50 GREAT
SHORT STORIES
伟大的短篇小说们

果麦 —— 编

天津出版传媒集团
天津人民出版社

果麦文化 出品

目录 | contents

项链 001
　　［法］居伊·德·莫泊桑 | 李炳韬 译

两个朋友 011
　　［法］居伊·德·莫泊桑 | 李炳韬 译

变色龙 019
　　［俄］安东·契诃夫 | 谢周 译

小官员之死 023
　　［俄］安东·契诃夫 | 谢周 译

带家具出租的房间 027
　　［美］欧·亨利 | 崔爽 译

麦琪的礼物 035
　　［美］欧·亨利 | 崔爽 译

最后一课 042
　　［法］阿尔丰斯·都德 | 柳鸣九 译

繁星 047
　　［法］阿尔丰斯·都德 | 柳鸣九 译

舞会之后 053
　　［俄］列夫·托尔斯泰 | 谢周 译

乞力马扎罗的雪 064
　　［美］厄尼斯特·海明威 | 杨蔚 译

三天大风 090
　　[美] 厄尼斯特·海明威 | 杨蔚 译

竞选州长 103
　　[美] 马克·吐温 | 雍毅 译

牛肉销售协议风波 109
　　[美] 马克·吐温 | 雍毅 译

圣诞树与婚礼 117
　　[俄] 陀思妥耶夫斯基 | 侯昌丽 译

午餐 125
　　[英] 威廉·萨默塞特·毛姆 | 于大卫 译

患难见知己 130
　　[英] 威廉·萨默塞特·毛姆 | 于大卫 译

本杰明·巴顿奇事 135
　　[美] F.S.菲茨杰拉德 | 良品 译

胎记 164
　　[美] 纳撒尼尔·霍桑 | 雍毅 译

鸟 180
　　[波] 布鲁诺·舒尔茨 | 林蔚昀 译

父亲的最后逃亡 185
　　[波] 布鲁诺·舒尔茨 | 林蔚昀 译

竹林中 ... 191
[日] 芥川龙之介 | 赵玉皎 译

鼻子 ... 200
[日] 芥川龙之介 | 赵玉皎 译

鸡蛋 ... 207
[美] 舍伍德·安德森 | 楼武挺 译

陪衬人 ... 217
[法] 埃米尔·左拉 | 张英伦 译

游园会 ... 225
[英] 凯瑟琳·曼斯菲尔德 | 杨向荣 译

白色寂静 ... 241
[美] 杰克·伦敦 | 王予润 译

驿站长 ... 252
[俄] 亚历山大·普希金 | 李君茜 译

哑女素芭 ... 264
[印] 拉宾德拉纳特·泰戈尔 | 王永斌 译

黑猫 ... 271
[美] 爱伦·坡 | 曹明伦 译

莫斯肯漩涡沉浮记 ... 281
[美] 爱伦·坡 | 曹明伦 译

情妇肖像 297
　　［法］夏尔·波德莱尔 ｜ 胡小跃 译

黄昏 302
　　［英］萨基 ｜ 杨珊珊 译

抽彩 307
　　［美］雪莉·杰克逊 ｜ 良品 译

黑面纱 317
　　［英］查尔斯·狄更斯 ｜ 雍毅 译

水泥桶里的一封信 328
　　［日］叶山嘉树 ｜ 黄悦生 译

幽暗的林荫小径 332
　　［俄］伊凡·蒲宁 ｜ 范玉贤 译

乌撒之猫 339
　　［美］H.P.洛夫克拉夫特 ｜ 姚向辉 译

致悼艾米丽的玫瑰 343
　　［美］威廉·福克纳 ｜ 张和龙 译

美女还是老虎 354
　　［美］弗兰克·斯托克顿 ｜ 吴涛 译

使用暴力 360
　　［美］威廉·卡洛斯·威廉姆斯 ｜ 楼武挺 译

罗马热 · · · · · · 364
[美]伊迪丝·华顿 | 周晓欣 译

沃尔特·米蒂的秘密生活 · · · · · · 379
[美]詹姆斯·瑟伯 | 良品 译

公主的月亮 · · · · · · 386
[美]詹姆斯·瑟伯 | 吴涛 译

乡村医生 · · · · · · 394
[奥]弗兰兹·卡夫卡 | 温仁百 译

亚洲胡狼与阿拉伯人 · · · · · · 400
[奥]弗兰兹·卡夫卡 | 温仁百 译

墙上的斑点 · · · · · · 404
[英]弗吉尼亚·伍尔夫 | 何蕊 译

好人难寻 · · · · · · 412
[美]弗兰纳里·奥康纳 | 李天奇 译

黄色墙纸 · · · · · · 429
[美]夏洛特·帕金斯·吉尔曼 | 钟山雨 译

里昂的婚礼 · · · · · · 449
[奥]斯蒂芬·茨威格 | 姜乙 译

看不见的藏品 · · · · · · 457
[奥]斯蒂芬·茨威格 | 姜乙 译

项链

[法]居伊·德·莫泊桑 李炳韬 译

  美丽动人的女子总似阴差阳错般投生于工薪之家。曾经，就有这样一位姑娘，她没有嫁妆，没有可指望的遗产，没有任何办法能让一个富贵的男子识她、懂她、爱她并娶她，因此也就任人摆布，委屈嫁给了教育部的一个小职员。

  她没钱打扮，因此不得不穿简朴的衣服，但她却认为自己像贵族沦落为平民一样不幸。因为女人本无种族门第之分，她们的美丽，她们的优雅，她们的风情万种，就是她们的出身，就是她们的门第。就算仅仅凭借与生俱来的聪敏、柔美的风姿和俏皮的灵性，平民百姓家的姑娘也应和地位最高的贵妇人比肩。

  她自以为本应生而享有一切精美奢华之物，而如今熬在清寒之家——住室简陋、墙壁没有装饰、桌椅家具陈旧、衣服便宜难看——让她感到无比的委屈和痛苦。若是换作另一个与她境况相当的女子，或许根本就不会在意，而于她则备受煎熬，内心愤愤。每当她看着家中帮佣打杂的女佣，她心中就充满缺憾，并开始出神幻想：她幻想着安静的会客厅，四壁挂着东方式帷幔，高脚青铜烛台光芒冶艳，在暖炉的熏烤中，两名穿短裤长袜的高大男仆倒在大长椅上昏昏欲睡；她幻想蒙着古朴丝绸的沙龙，里面的家具精致美观，上面摆有珍贵的古董；她还幻想香气妖娆、情调婀娜的小厅，那里是她专门用来在每天下午五点与男性密友娓娓私谈的处所，当然，这些男性也都是被所有女人爱慕追求的名流逸士。

每当吃晚饭时，她在连着三天都没换洗桌布的圆桌前坐下，她的丈夫则在对面揭开汤盆，随即高兴地叫：“哈！好香的一锅炖肉啊！还有比这更美味的吗？”于是，她又幻想起丰盛的大餐、闪闪发光的银餐具，幻想墙壁上的挂毯，上面绣有古代人物，还有森林仙境中的飞鸟珍禽；她幻想用奢华餐具盛放的美味佳肴，幻想一边品尝鲜嫩红润的鳟鱼肉或松鸡翅膀，一边带着神秘莫测的微笑享用英俊男友向她吐露的醉人情话。

然而，她没有漂亮衣服，没有珠宝首饰，总之，什么都没有，而她又偏偏只喜欢这些。她觉得自己生来就是享用这些东西的。她渴望自己魅力倾众，渴望能被女人们嫉妒，渴望能被男人们喜欢，走到哪儿都有人追求。

她有个富有的女性朋友，是过去同在教会女校的同学。但她现在不愿再去探望这个同学了，因为每次从那儿回来，她都会感到更痛苦。那份儿遗憾、伤心、绝望、愁苦、委屈、难受，能让她一连哭上个好几天。

一天晚上，她的丈夫回来了，一副志得意满的样子，手里抓着个大信封。

"瞧，"他说，"这是专门为你准备的。"

她撕开信封，从里面取出一张卡片，上面写着：

教育部部长若尔日·郎波诺偕夫人
荣幸邀请卢瓦泽尔先生及夫人
参加一月十八日（周一）在教育部大楼举办的晚会
敬请光临

与她丈夫期望的截然相反,她并没有欣喜若狂,反而恼怒地把邀请函扔在桌上,嘴里嘟囔着:

"你给我这个干什么?"

"可是——亲爱的,我原以为你会高兴呢。你从没参加过这种晚会,这是个机会,多好的一次机会!我费了不知多大劲才弄到手。大家都想要,请柬本就紧俏,发给职员的就更没多少了。你还能在那里见到官场上的大人物呢……"

她怒气冲冲地瞪着他,不耐烦地嚷道:

"你叫我穿什么去丢人现眼啊?"

他本没想到这一层,只得支支吾吾地说:

"我觉得你去看戏时穿的那条裙子就挺好,对我来说……"

他说到一半便止住了,手足无措,因为他看见妻子流下了眼泪,两滴泪珠从她的眼角缓缓流向嘴边。他翻来覆去地念叨着:

"你怎么了?你怎么了?"

而她竭力忍住自己的痛苦,一边擦着被眼泪打湿的双颊,一边平静地回答:

"没什么。只是我没有好看的衣服,所以不能去参加这个晚会。把请柬转送你的同事吧,如果他们的老婆比我的穿着更加得体的话。"

丈夫很内疚:

"这样吧,玛蒂尔德,一套像样的服装,以后你还有机会再穿的,简单一些的,得花多少钱?"

她考虑了几秒钟,心里盘算着一个她能说得出口的数目,这个数目既不能被断然回绝,也不能让这个精打细算的小职员慌张地叫出来。

终于,她犹犹豫豫地回答:

"我不太清楚,不过我猜花个四百法郎,应该可以了。"

丈夫的脸有点儿发白,因为他手里刚好攒够了这笔钱,本想用它买把猎枪,好在今年夏天过周末时能和几个朋友去楠泰尔平原打云雀来着。

他最终还是答应了：

"好吧，我就给你四百法郎，但是，你一定要弄套漂亮的礼服来。"

晚会的日期越来越近了，虽然卢瓦泽尔太太已经准备好了漂亮的礼服，但她却好像还有一件心事，为此整天焦虑不已、愁容满面。一天晚上，丈夫问她：

"亲爱的，你又怎么了？看看这两三天，你完全不正常。"

她回答道：

"你看，我没有一件首饰，没有一颗宝石，身上什么挂的戴的也没有，一想到这我就心烦。我简直就是一副穷酸相，我觉得还是不去参加晚会更好些。"

他说：

"你可以戴几朵鲜花呀。现在这季节，戴几朵鲜花可是很别致的。花十法郎，你就能买到两三朵好看的玫瑰花。"

她根本就听不进去。

"绝对不行……再也没有比在阔太太们中间一副穷酸相更丢人的了。"

丈夫忽然叫起来：

"哎呀，你真傻！去找你的朋友弗雷斯蒂耶太太，向她借点首饰。凭你和她的友谊，完全说得出口的。"

她高兴地叫起来：

"真的啊，我怎么就没想到。"

第二天，她去了这位朋友家里，向她倾吐了自己的烦恼。

弗雷斯蒂耶太太听完，走到她那个嵌有试衣镜的衣橱前，取出一个首饰盒，带过来并打开后，对卢瓦泽尔太太说：

"随便挑吧，亲爱的。"

她先是看见了一些手镯，然后是一条珍珠项链，随后是一把镶有宝石的威尼斯金十字架，做工极为精美。她戴上这些首饰，对着试衣镜左一遍又一遍地欣赏，根本舍不得取下来，更别提还回去，还一个劲儿地问：

"没有其他款式了吗？"

"有啊，你找找。不知道哪件合你的意。"

突然，她在一只黑色锦盒中发现了一串摄人心魄、精美华贵的钻石项链。她的心因为一种无法压抑的欲望怦怦跳着，她用颤抖的手捧起它，把它绕在脖子上，露在领口，对着镜子里的自己心摇神驰。

然后，她充满忧虑，迟疑地问：

"亲爱的，能把这件项链借给我吗，我只要这一件。"

"可以啊，当然可以。"

她兴奋地跳起来，抱住朋友的脖子激动地吻了又吻，随后带着她的宝贝轻快地走了。

晚会如期而至，卢瓦泽尔太太大获成功，她的美貌盖过现场所有女人，她丰韵娉婷，妩媚动人，脸上始终流露着迷人的微笑，快活得上了天。所有男人都盯着她看，打听她的姓名，想方设法与她结识。教育部的官员们都想和她跳舞，连部长也注意到她了。

她在忘乎所以的兴奋中跳舞，什么都不再去想了。她沉浸在欢乐中，沉浸在美貌绝伦的胜利中，沉浸在大获成功的荣耀中。所有男人都尊敬她，仰慕她，渴望得到她；所有女人可怜兮兮盼望的那种最甜蜜、最极致的胜利，此刻就紧紧握在她的手中！在这一团幸福的云朵中，她飞了起来。

她离开时已近清晨四点。她丈夫从午夜时分就与另外三位先生在一间没有人的小客厅里睡着了，他们的妻子也在尽情狂欢。

丈夫担心妻子出门着凉，赶紧把带来的衣服披在她的肩上，那是平时穿的简陋衣服，一副寒碜的样子与舞会盛装是绝然不配的。她立刻就察觉到了这一点，想赶紧躲开，以免被那些裹着贵重裘皮的太太们注意到。

卢瓦泽尔拉住她说：

"那就等一下吧。在外面你会着凉的，我去叫辆马车。"

但她根本不听他的，自顾飞快地下了楼梯。等他们来到大街上时，并没有应召的马车。于是，他们只要见到远处有马车经过，就对着车夫大声呼叫。

他们就这样一直向塞纳河走去，冻得浑身发抖，又垂头丧气。最后，他们在河堤马路上找到一辆专做夜间生意的老爷车，在巴黎，这种车只有天黑以后才能见到，他们也和这车一样，羞于把自己的贫穷暴露在光天化日之下。

他们一直乘车到了殉道者街的家门前，闷闷不乐地上楼回家。对她来说，一切都结束了；而他却在想，自己十点钟还得到部里去上班。

她对着镜子脱下披在肩头的旧衣服，想再欣赏一次自己风华绝伦的样子。

突然，她发出了一声尖叫：脖子上的项链不见了！

丈夫的衣服刚脱到一半：

"你怎么了？"

她转头看他，发疯似的说：

"我……我……我找不到弗雷斯蒂耶太太的项链了。"

他腾地一下站起来，大惊失色道：

"什么！……怎么！……这不可能！"

他们在晚会服装的褶皱里找，在披的旧衣服的褶层里找，在口袋里、在每一处地方来回搜查好几遍，但什么也没找到。

丈夫问：

"你确定在离开舞会时，项链还在吗？"

"确定,我在教育部的门厅里还摸过它。"

"可是,如果掉在路上,我们应该能听见掉落的声音。它应该还在车子里。"

"对。有可能。你记得车号吗?"

"不记得。你呢,你也没注意过?"

"没有。"

他们俩你看看我,我看看你,吓得呆住了。最后,卢瓦泽尔重新穿上衣服:

"我再去把我们走过的线路重新走一遍,看看还能不能找回来。"

他出门了。而她还穿着晚会上的礼服,却连脱衣服躺下睡觉的力气都没有了。她瘫倒在椅子上,心烦意乱,脑中一片空白。

将近早晨七点,丈夫回来了,什么也没找到。

他又去了警察局和报社,请求帮助悬赏寻物,他还去了租马车的车行,总之凡是有一线希望的地方他都去了。

面对这样可怕的灾难,她陷入焦虑与恐惧之中,然而又束手无策,只能成天在家苦等。然而,卢瓦泽尔每天晚上都一脸憔悴地回家:不用问,又是一无所获。

他说:"得写信给你的朋友,就说弄断了项链上的搭钩,现在正找人修理。这样我们就有了应付的时间。"

她在丈夫的口述之下写了信……

整整一星期过去了,他们失去了所有希望。

衰老了五岁的卢瓦泽尔郑重地说:

"只能想法子再弄一件一模一样的首饰了。"

第二天,他们带上装项链的锦盒,按照锦盒里标明的字号去了那家珠宝店。老板翻了翻账本,说:

"太太,这串项链不是我卖出去的,我应该是只定做了这个锦盒。"

于是，他们从一家珠宝店找到另一家珠宝店，寻找一模一样的项链，两个人找得是既焦急又烦躁，眼看着就要双双病倒。

终于，他们在皇宫附近的一家珠宝店里找到了一串钻石项链，它看起来与丢了的那条一模一样。商店标价四万法郎，如果他们真的要，可以还价到三万六千法郎。

他们央求老板在三天内先不要卖给别人，并且谈好了：如果他们能在二月底前找到之前的那条项链，新的这条可以以三万四千法郎的价格让店里回收。

卢瓦泽尔有他父亲留给他的一万八千法郎。那么，剩下的只得去借了。

于是，他开始借钱。他向这个人借一千法郎，再向那个人借五百法郎；从这儿找五个金路易，再去那儿弄三个；他签了很多借据，答应了许多会让他破产的条件；他与放高利贷的以及各种放款人打交道，把自己的后半辈子都搁了进来。不管还得起还不起，不管是否会身败名裂，他必须先签上字，而后才能去害怕。他怕极了即将面临的难熬日子，怕极了将要压垮家庭的负债累累，怕极了即将来临的物质与精神的双重折磨。但他要想得到那条新项链，就必须在珠宝商的柜台放上三万六千法郎。

当卢瓦泽尔太太亲手把项链还给弗雷斯蒂耶太太时，后者不怎么高兴地对她说：

"你应该早点还给我，因为我可能要用它。"

她没有打开盒子，卢瓦泽尔太太偏偏就担心这个。如果她看出这是件替代品，她会怎么想？又会怎么说？她还不把自己当成了个贼？

卢瓦泽尔太太马上就品尝到了过穷人日子的苦。只是，她早就像个英雄似的下定决心，还不清那笔可怕的债务就不罢休！她会还的。他们辞退了女佣，换了住处，租了一个屋顶下的狭窄阁楼居住。

她学会了做繁重的家务活和到处油烟污渍的厨房活。锅碗瓢盆得自己洗，油腻的碗盆和粗糙的锅底损坏了她玫红色的指甲；她用肥皂搓洗脏内衣、衬衣和抹布，然后把它们一件一件挂在绳子上晾干；每天早晨，她亲自下楼倒垃圾，再把水提到楼上，每上一层楼，就得停下来喘口气；她的穿着已经和一个平民妇女没什么两样了；她得在胳膊上挎上篮子去蔬菜店、杂货店和肉店，一个子儿一个子儿地讲价钱，仅仅是为了保卫她那点儿少得可怜的钱，还得经常挨骂。

他们每月都必须偿还一些债款，同时又得再续借几笔，以延缓还债的时间。

丈夫每天晚上都去帮一个商人誊写账目，这种抄抄写写要持续到半夜，价格是一页五个苏。

这样的生活持续了十年。

十年过去了，他们还清了全部债务，连同高利贷本金的利息以及利滚利的利息。

现在，卢瓦泽尔太太看上去已经老了。她已经变成了一个强壮、泼辣、粗野，活脱穷人家的老婆子。她不在乎头发散乱，裙子歪系着，两只手通红，日常说话用大嗓门，用大盆装水擦洗地板。只是，当她丈夫在办公室时，她偶尔会独自坐在窗前，回想从前的那个夜晚，回想那次舞会，那时她是多么美丽，多么令人倾倒啊。

如果当初她没有弄丢那条项链，现在会怎样呢？谁知道呢？谁又会知道呢？只能说，生活古怪又多变，就那么一丁点的小东西，就能毁了你的人生，或者救了你的人生。

一个星期日，她正在香榭丽舍大道上转悠，以此来消除一周家务的疲劳。突然，她看见了一个带孩子散步的女人，正是弗雷斯蒂耶太太，她还是那样年轻，还是那样美丽，还是那样迷人。

卢瓦泽尔太太非常激动。要上前和她说句话吗？是的，当然。既然现在她已经还清了债，那就可以告诉她全部了，为什么不呢？

她走上前去。

"你好，让娜。"

对方已经认不出她了，很惊讶自己会被这个粗俗的女人这样亲热地称呼，她结结巴巴地说：

"不过……夫人！……我不知道……您应当是弄错了。"

"没有错。我是玛蒂尔德·卢瓦泽尔。"

她的朋友惊呼起来：

"噢！……我可怜的玛蒂尔德，你变了好多！……"

"是的，我过了段苦日子，自从上次见过你以后，经历了好多苦难……这都是因为你！……"

"因为我……怎么回事？"

"你还记得我为了参加教育部的晚会，向你借的那条钻石项链吗？"

"记得，怎么了？"

"我把它弄丢了。"

"怎么会呢，你早就还给我了。"

"我还给你的是另一串完全一样的。就这样，我们为它付出了十年的辛苦。你知道的，对于像我们这样一无所有的人，这并不轻松……不过，终于到头了，我太高兴了。"

弗雷斯蒂耶太太停住了脚步：

"你是说你买了一串钻石项链来替换我的那一串？"

"是的。你没有看出来，是吗？它们简直一模一样。"

她带着天真而自豪的快乐，笑了起来。

弗雷斯蒂耶太太被深深地打动了，紧握住她的双手：

"啊！我可怜的玛蒂尔德！但我那串是假的，顶多值五百法郎！……"

两个朋友

[法]居伊·德·莫泊桑 | 李炳韬 译

巴黎在重重包围中断粮了,全城在饥火烧肠中挣扎。屋顶上连麻雀都不见了,下水道里连老鼠都灭绝了。人们匆忙吞下无论逮到的什么。

一月某个晴朗的早晨,莫里梭先生,一个不爱闲在家里的钟表匠,正阴郁地沿着环城大街溜达。他双手插进制服裤兜,肚子里空空如也。正走着,他突然停下脚步,认出了对面走来的一个伙伴。那是索瓦日先生,一个在河边钓鱼[1]相识的朋友。

战争之前,每逢星期日,莫里梭总会趁天一亮就出发,手持竹钓竿,背挎白铁罐,从阿让特伊搭火车,在科隆布下车,然后步行到马朗特岛。一到这个他做梦都会来的地方,他就迫不及待地开始钓鱼,不到天黑得看不见了,决不会收竿。

每个星期日,他总能在这里遇见一个热情开朗、身材矮胖的先生——索瓦日,洛莱特圣母院街服饰用品店的老板,也是个钓鱼迷。他们时常肩并肩一起坐着,手握钓竿,双脚悬在水流上悠悠荡荡。他们会这样一起度过大半天的时光,彼此的友情也就油然而生。

---

1. 在渔业发达的法国,钓鱼是一项拥有悠久历史传统的休闲活动。在大大小小的湖泊边经常可见垂钓者的身影,无论男女老幼,都视其为一种高雅并亲近自然的生活方式。

有时，他们随意聊上几句；有时，他们整天也不说一句话。但即便一句话不说，他们也是彼此心意相通的，因为他们兴趣相同，情怀相近。

春天，将近上午十点，回暖的阳光将淡淡的氤氲洒在宁静的河面上，使之跟随水流缓缓漂动，阳光也向两个朋友的后背洒下新季节怡人的温暖。有时，莫里梭会对身边的朋友说："嘿，真暖和！"索瓦日先生便会答上一句："是的，没有比这更好的了。"这简单的一问一答，就足够他们相互理解、彼此会意的了。

秋天，暮晚时分，夕阳将天空映得通红，几缕绯云倒映在河水里，也染红了整条河。地平线像在熊熊燃烧，叶子已然枯黄的树木，预感到寒冬将至，在簌簌颤动中也披上了金装。两个朋友笼罩在火热的红光中，索瓦日先生看了看莫里梭，露出微笑："多美的风景啊！"心里一样美滋滋的莫里梭，两眼紧盯浮标，赞同道："这可比在环城大街强多了，嗯？"

现在，他们一下子认出对方后，便紧紧握手，为在当前这惨淡时局中的重逢而激动不已。索瓦日先生叹了口气："日子可比以前艰难了！"阴郁的莫里梭也感慨道："倒霉的世道啊，这还是今年好不容易遇到的头一个好天气。"

确实，今天是少见的碧空如洗，阳光格外明媚。

他们肩并肩开始散步，都是一副心事重重的样子。莫里梭说："还记得钓鱼吗？嘿，多美好的回忆啊！"

索瓦日先生问："我们什么时候能再去？"

他们走进一家小咖啡馆，各点了一杯苦艾酒；出来后，又到人行道上散起步来。

莫里梭忽然停下脚步："再来一杯吧，嗯？"索瓦日先生赞同道："随您的便。"他们又钻进了另一家小酒馆。

空腹灌了一肚子酒，从酒馆出来时，他们都有些醉了，晕晕乎乎的。不过，天气正暖，和风温柔拂过他们的脸。索瓦日先生被风熏得兴致盎然了，他突然停住脚步说："去那儿吧？"

"哪儿？"

"当然是去钓鱼啦。"

"但是，去哪儿钓？"

"就去我们的那个岛上。法国先遣部队在科隆布附近。我认识迪穆兰上校，要放行很容易。"

莫里梭想念钓鱼想得都浑身发抖了："哈！就这么说定了。"于是，他们分头去取各自的渔具。

一个小时后，两个朋友肩并肩走在了大路上，来到那位上校所在的别墅。上校在听说他们心血来潮的请求后一阵大笑，但还是满足了他们的要求。于是，两个人揣上一张通行证又上路了。

他们很快就通过了前哨站，穿过已被废弃的科隆布镇，来到几片小葡萄园边上，穿过葡萄园，沿着斜坡下去，就能穿过塞纳河。此时是上午十一点左右。

对面，阿让特伊镇一片死寂。奥尔日山和萨努瓦山是整片地区的制高点。通向楠泰尔的辽阔平原上空空荡荡，除了兀立的光秃秃的樱桃树，便只有灰突突的土地。

索瓦日先生指着这些山岗，压低声音说："普鲁士人，就在那上面！"两个朋友面对着这片死亡地带，恐惧的感觉让他们的腿脚有点发软。

普鲁士人！虽然没有亲身遇见，但几个月来，两个人能感受到他们的存在。他们就在巴黎周围，蹂躏践踏着法国，抢劫，屠杀，制造饥荒，虽无从得见，他们却又无所不能。两个朋友在仇恨这个战胜者的陌生民族之余，对他们也抱有一种近似迷信的恐惧。

莫里梭犹犹豫豫地说："嗯——要是撞见他们怎么办？"

尽管处境险恶，索瓦日先生的回答依然带着巴黎人不论身处何种险境都爱开玩笑的意味：

"嘿，咱们可以请他们吃顿炸鱼。"

四周依然安静得过分，这让他们感到胆怯，不知该不该再往原野深处前进。

最后，索瓦日先生打定了主意："走吧，上路！不过得小心。"于是他们躲进一个葡萄园，蜷着身子向前爬行，并利用一些矮树掩护自己，耳朵竖起来，眼睛睁得老大。

离河岸只隔着一段裸露的地带了，他们狂奔过去，刚到岸边，立刻就躲进干枯的芦苇丛中。

莫里梭把脸贴在地上，细听附近是否有人走动。他什么也没听见。这里只有他们，绝无旁人。

于是，他们放下心，钓起鱼来。

荒凉的马朗特岛掩护着他们，阻挡了河对岸的视线。岛上那家小餐馆门窗紧闭，仿佛已经被遗弃了很久似的。

索瓦日先生钓到了第一条鲍鱼，莫里梭钓到了第二条，他们隔不了多久就要扬一次钓竿，而每次，鱼线末端总会钩着一条活蹦乱跳的银色小东西。总是在上钩，这次钓鱼真是如有神助。

当两个朋友把鱼轻轻放进脚边泡在水里的一个眼孔细密的网兜里时，一种美妙的快乐便会立刻传遍全身，那是一种当人与一件被剥夺的心爱之事久别重逢时才能体会到的独特快乐。

温热的阳光把他们的肩膀晒得暖洋洋的，他们不去听任何声音，也不去想任何念头，忽略了世界上其他所有的事：他们心里只有钓鱼。

突然，一声仿佛从地底传来的闷响震颤了大地：普鲁士人的大炮开始咆哮了。

莫里梭转过头，望见对面河岸的左侧，瓦勒良山巨大的侧影仿佛披着一件白色羽衣，那是刚才喷过来的炮灰。

与此同时，第二道烟又从堡垒顶上喷了出来；片刻之后，又一声轰鸣响起。

随后,炮声接连而至,瓦勒良山不断喷吐着死亡的气息,呼出的乳白色烟雾缓缓升向平静的天空,在山顶上凝结成一团云。

索瓦日先生耸了耸肩膀:"瞧,他们又开始了。"

莫里梭正紧张地注视着一个劲儿往下沉的浮标羽毛,忽然,这个性情温和的人发起火来,对着那些热衷战争的疯子叱骂道:"要愚蠢到像这样互相残杀吗?"

索瓦日先生应和道:"真不如畜生。"

莫里梭刚好钓到一条欧鲌:"自从设立政府后,就一直是打来打去的。"

索瓦日先生接嘴道:"不过,有共和国就不会发生战争……"

莫里梭打断他的话:"国王统治时代,和外国打仗;共和国时代,在国内打仗。"

然后,他们开始平心静气地讨论起来,这对性情温和、见识有限的朋友试图用他们老百姓的道理来辨明这些重大的政治问题。最后,他们达成共识:人类永远不会自由。瓦勒良山隆隆的炮声一刻不曾停息,炮弹摧毁法国老百姓的房屋,粉碎无数人的生活,葬送鲜活的生命。多少梦想化为泡影,多少欢乐和期待落空,多少梦寐以求的幸福就此终结,在母亲的心头,在妻子的心头,在女儿的心头,留下永远无法治愈的创伤,从这里,一直蔓延到远方。

"这就是生活。"索瓦日先生感慨。

"不如说,这就是死亡。"莫里梭微笑。

但是,他们突然吓得打了好几个寒战,因为他们清晰地感觉到身后有人走动。转头一看,只见肩膀旁挨着四个人,四个披挂武器、留胡子、孔武有力的大汉,他们穿着仆人似的军装,戴平顶军帽,正举枪瞄准他们的脸。

两根钓竿顿时从他们手里滑落,掉到河里,顺水漂走了。

他们立刻就被捉住,捆起来带走,扔进了一只小船,押送到对面的马朗特岛。

在那个他们误以为被废弃的房屋后面,他们看见了二十几个普鲁士士兵。

一个体毛浓密的彪形军官倒骑在椅子上,叼着一支大号陶瓷烟斗,用地道的法语盘问他们:"喂,先生们,鱼钓得尽兴吗?"

这时,一个士兵把满满一网兜鱼放在了军官脚下。普鲁士军官笑嘻嘻地说:"嘿嘿!我就说收获不错吧。不过这里面还有其他名堂。你们给我好好听着,别插嘴。

"我看,你们是两个被派来窥探我军的间谍。我既然捉了你们,就要枪毙你们。你们假装钓鱼,是为了更好地掩护你们的计划。你们落在了我的手上,活该倒霉,这就是战争。

"不过,既然你们是从前哨站出来的,自然知道回去的口令。把口令给我,我就饶了你们。"

两个朋友面如死灰,肩并肩站着,双手有点神经质似的轻微摇晃起来。他们并没有开口。

军官接着说:"谁都不会知道这件事,你们安安心心地回去,这桩秘密就跟着你们永远消失了。可是,如果你们拒绝给我口令,那,可只有死路一条!而且立刻就死!你们自己选吧。"

两个朋友依旧一动不动,一言不发。

普鲁士人还算冷静,他伸手指了指河边说:"想想吧,五分钟以后,你们就要淹死在水底了。只有五分钟!你们总该为亲人想想吧!"

瓦勒良山依旧炮声隆隆。

两个钓鱼人沉默地站着。军官们用德语下达了几道命令,然后,他把椅子换了个地方,以免和这两个俘虏过于接近。随后,上来十二个士兵,站在离他们二十步远的地方,枪齐脚立着。

军官说:"再给你们一分钟,多一秒都休想。"

这时，他猛地站起来，走到两个法国人近前，先抓起莫里梭的胳膊，搂他到远处，低声说："快点，口令呢？您的同伴什么也不会知道的，我可以装作心软。"

莫里梭一字不答。

普鲁士人又带走了索瓦日先生，对他提出了同样的问题。

索瓦日先生也没有回答。

两个朋友肩并肩地站着。

军官下达命令，士兵们齐刷刷举起了枪。

此时，莫里梭的目光恰巧落在那个几步外的草丛里装满鱼的网兜上。

一道阳光，把那堆还在跳动的鱼照耀得闪闪发亮。他只觉得心头一酸，尽管竭力克制，眼中还是噙满了泪水。

他结结巴巴地说："永别了，索瓦日先生。"

索瓦日先生回答："永别了，莫里梭先生。"

两个朋友把手紧紧握在一起，全身不由自主地打哆嗦。

军官吼出了命令："开火！"

十二支枪一齐响了。

索瓦日先生脸朝下，直着身子向前扑倒；莫里梭个子高些，摇晃了几下，才仰面横倒在同伴身上。鲜血从被打穿的制服前胸处涌了出来。

普鲁士军官又下了命令。

他的手下分头行动，随即带了些绳子和石头回来，绑在两个死人的脚上，然后把两具尸体抬到河边。

瓦勒良山依旧轰鸣，整个山顶笼罩在蒙蒙的灰霾中。

两个士兵抬着莫里梭的头和脚。另外两个用同样的方法抬着索瓦日先生。两具尸体被使劲来回摇荡了几下，远远地抛出去，划出一道弧线，然后头上脚下，直着被脚上拴的石头拖进河里。

河水溅起来，冒水泡，翻腾荡漾了几下，接着归于平静，轻轻的涟漪一直漫延到岸边。

血水浮了起来。

不以为然的军官咕哝说:"现在轮到鱼来吃他们了。"

随即,他向那所房子走去。

他忽然望见草丛中的那一兜鱼,提起来仔细瞧了瞧,笑嘻嘻地喊道:"威尔海姆!"

一个系白围裙的士兵跑了过来。普鲁士人把两个被枪毙之人钓的鱼扔给他,吩咐道:"趁这些鱼还活着,立刻把这些小东西给我炸一炸,味道肯定好极啦。"

说完,他享用起了烟斗。

变色龙

[俄]安东·契诃夫 | 谢周 译

巡警奥楚蔑洛夫身着崭新的大衣制服,手提一个小包袱,穿行在集市的广场上,他身后亦步亦趋地跟着一个长着红褐色头发的警士,警士双手端着一只筛子,里面装满了没收来的醋栗。四周寂寥无声……广场空无一人……那些店铺和酒馆敞开的门洞,阴郁地盯着上帝创造的这个世间,又好似一张张饥饿的大嘴,旁边连乞丐也难觅踪影。

"你竟敢咬人?该死的!"奥楚蔑洛夫突然听到有人喊叫,"伙计们,别让它跑了!如今可不许咬人!抓住它!啊……哟!"

听到一声狗的尖叫。奥楚蔑洛夫扭头一看:从商人皮丘金的木材仓库里,一只狗三条腿着地,一步一回头地颠了过来。紧随其后,一个穿着浆硬的花布衬衫和一件敞襟坎肩的人追了过来,他跑在狗的后面,身子往前一探,一下子扑倒在地,伸手抓住了狗的两只后爪。又听到一声狗的尖叫和人的喊叫:"别让它跑了!"睡眼惺忪的人们纷纷从店里探出头来,于是木材仓库附近,仿佛从地里冒出来似的,很快便围拢了一群人。

"好像出乱子了,长官!……"警士说道。

奥楚蔑洛夫往左一扭身,朝人群走去。他发现,就在紧挨仓库大门的地方,站着上述那个身穿敞襟坎肩的男子,他举着右手,正向大伙儿展示他那血淋淋的指头。他醉意朦胧的脸上，仿佛写着这么一句话："我要揭你的皮，坏蛋！"而那根高举的手指，则好似胜利的标志。奥楚蔑洛夫认出，这人是金匠赫留金。在人群的包围中，这场乱子的肇事者——一只白色的细腿小狗叉开两条前腿、瑟瑟发抖地趴在地上，这小狗脸尖尖的，背上有一块黄斑，它那泪汪汪的双眼里，露出愁苦、惊恐的神情。

"这是怎么回事？"奥楚蔑洛夫挤进人群问道，"这是为啥？你干吗举着个手指？……谁在大喊大叫？"

"我好好地走着，长官，没招谁没惹谁……"赫留金以拳掩口，咳嗽几声，开始讲道，"我正跟米特利·米特利奇谈论木材的事儿，可突然，这个坏蛋无缘无故就冲我的指头……请您原谅，我可是个干活儿的人……我干的是精细活儿。得让人赔我一笔钱才成，为啥——因为我这根手指可能一个礼拜都动不了啦……总没哪条法律规定，长官，说要忍让畜生吧……要是畜生们都咬起人来，那这世上可就没法活了……"

"嗯！……好吧……"奥楚蔑洛夫一面咳嗽，一面扬起眉毛，厉声说道。"好吧……这是谁家的狗？这事儿我不会放任不管。我要让你们瞧瞧，该怎样由着这些野狗胡来！是时候管教一下那些不愿遵守法令的大人物了！我要狠狠处罚一下这个混蛋，他才会明白，任由这些猫狗到处乱窜会有什么后果！我要给他点颜色瞧瞧！……耶尔德林，"巡警转身吩咐警士，"去查一下，这是谁家的狗，再打个报告！这狗要弄死。马上处理！也许是条疯狗……这是谁家的狗？问你们呢。"

"这像是日加洛夫将军家的狗！"人群中有人大声说道。

"日加洛夫将军？嗯！……耶尔德林，帮我把大衣脱掉……热得不得了！看来快下雨了……只有一件事儿我不明白：它是怎么咬到你的？"奥楚蔑洛夫转身问赫留金，"它怎么够得到你的手指？它那么矮小，而你却人高马大！你的手指肯定是被钉子划破了，后来才想出这么个歪点子。你这人……一帮出了名的家伙！我还不知道你们，鬼东西！"

"长官，他拿纸烟去戳狗脸，寻开心，那狗可不是傻瓜，一口咬过去……这人没正经，长官！"

"撒谎，你这独眼龙！你又没见着，干吗在这里撒谎？长官是明白人，知道谁在撒谎，谁在凭良心说话，就像在上帝面前那样……要是我撒谎，就让治安法官审判我好了。他那儿的法律可是讲了……现在人人平等……我自己的兄弟就在宪兵队……不瞒你们说……"

"少废话！"

"不，这不是将军家的狗……"警士寻思道，"将军家没有这样的狗，他家大多都是猎狗……"

"你有把握吗？"

"有把握，长官……"

"我本人也知道，将军家都是些名贵的纯种狗，可这只呢，鬼才知道什么玩意儿！无论毛色，还是模样……完全就是个下贱货……竟还有人养这样的狗？！……你们的脑子都去哪儿了？这样的狗要是到了彼得堡或者莫斯科，你们知道会怎样。那儿的人可不管什么法律不法律，瞬间就让它断了气儿！你呢，赫留金，吃了苦头，这事儿也不能就这么算了……要给点教训！是该……"

"不过，也许就是将军家的……"警士琢磨道，"它脸上又没写着……前几天我还在将军家的院里见过这样一只狗。"

"当然啦，就是将军家的！"人群里有人说道。

"嗯！……耶尔德林老弟，给我穿上大衣吧……好像起风了……身上发冷……你把它带到将军里问一下，就说我看见它，遣人送来了……还有，告诉他们，别放它到街上来……这狗也许很名贵，要是每头猪猡都拿纸烟往它的鼻子上戳，那要不了多久就把它作践坏了。

狗是娇气的动物……而你呢，唠叨鬼，把手放下！用不着显摆你那根臭指头！是你自己的错！……"

"将军家的厨子来了，咱们问问他吧……嗨，普罗霍尔！过来，老兄！来看看这只狗……是你们家的吗？"

"瞎说！我们家从没这种狗！"

"那就不用多问了，"奥楚蔑洛夫说道，"这是条野狗！犯不着多费口舌……既然说了是条野狗，那就是条野狗……弄死得了。"

"这狗不是我们家的，"普罗霍尔接着说，"是将军哥哥的，他前几天刚到。我家将军不喜欢这种细腿小狗，可他哥哥却喜……"

"哦，难不成是将军大人的兄长来了？是弗拉基米尔·伊万内奇大人？"奥楚蔑洛夫问道，满脸洋溢着亲切温柔的微笑，"哦，上帝！我还不知道呢！他是来小住几天的吧？"

"是来住一阵子……"

"哎呀，上帝……他是惦记弟弟了吧……可我竟不知道呢！这么说，这是他的小狗？真是高兴……你把它带走吧……这小狗狗真不赖……瞧那股子伶俐劲儿……一口就咬破了这家伙的指头！哈——哈——哈……哟，干吗发抖呀？呜呜呜……呜呜……生气呢，这小家伙……这小崽儿……"

普罗霍尔唤了一声，领着小狗离开了木材仓库……那群人冲着赫留金哄然大笑。

"我回头再来收拾你！"奥楚蔑洛夫威胁他道，一面把大衣裹裹紧，继续取道集市广场，穿行而去。

小官员之死[1]

[俄]安东·契诃夫 | 谢周 译

    一天傍晚,有这么一位机关勤杂管理员,名叫伊万·德米特利奇·切尔维亚科夫,他正端坐在剧院楼座第二排,手持双筒望远镜观看《科尔纳维勒的大钟》[2]。他看着演出,心里感到万分幸福。可突然……小说里经常会有"可突然"这个说法,作家们说得对:生活总是充满意外!可突然,他的脸皱成一团,双眼上翻,屏息凝气……他移开望远镜,俯下身子……"阿——嚏!!!"您瞧见的,他打了个喷嚏。这喷嚏任谁、在任何场合都可以打。乡巴佬们要打喷嚏,警察局长们也要打喷嚏,就连那些三等文官们,有时照样要打喷嚏。人人都要打喷嚏。切尔维亚科夫没有丝毫慌张,他掏出小手绢擦了擦鼻子,并礼节性地环顾了一下四周,看看他的喷嚏是否惊扰到谁。可这么一看,他还真慌了神。他发现,坐在他前面第一排的一个小老头,正用手套擦抹自己的秃顶和脖子,嘴里还嘟嘟囔囔的。切尔维亚科夫认出,这个小老头是勃利兹扎洛夫将军,是供职于交通部门的高等文官。

    "我溅到他身上了!"切尔维亚科夫想,"虽说不是我的上司,

---

1. 据《契诃夫文集(18卷本)》(莫斯科:科学出版社,1983)第2卷译出。
2. 《科尔纳维勒的大钟》是法国作曲家普朗凯特1877年创作的一部轻歌剧。

部门不同，可终究还是不妥。应该道个歉才对。"

切尔维亚科夫清了清喉咙，身子前倾，凑到将军耳边悄声说道：

"对不起，大人，我溅到您身上了……我不小心……"

"没事儿，没事儿……"

"实在不好意思，我……我不是故意的！"

"哎呀，您请坐好！让我听戏吧！"

切尔维亚科夫觉得有些尴尬，他愚蠢地笑了笑，开始观看演出。他眼睛盯着舞台，可心中适才的幸福感已经荡然无存。他越来越局促不安。幕间休息时，他走到勃利兹扎洛夫身旁，在他附近逡巡了一阵，然后按捺住怯意，嘟囔道：

"刚才我溅您身上了，大人……请原谅……可我……我并非……"

"哎呀，行了……我都忘了，您还没完没了！"将军说完，不耐烦地撇了撇下唇。

"说是忘了，可那眼神多阴哪，"切尔维亚科夫心想，并狐疑地瞥了将军几眼，"连话都不愿多讲。还是该向他解释一下，我完全无意……这是自然法则，由不得人。不然他还以为，我有意啐了他一口。即便现在不这么想，以后也会这么想！……"

切尔维亚科夫回到家里，把自己的这番失礼告诉了妻子。可他觉得，妻子似乎太不把这当回事儿；她先是吓了一跳，可随后，当她得知勃利兹扎洛夫"部门不同"时，也就放心了。

"不过你还是去一趟，去道个歉吧，"她说，"否则他还以为你在大庭广众之下不懂礼数呢！"

"可不是嘛！我道歉来着，可他却有点叫人琢磨不透……一句要紧的话也没说。不过当时也没工夫说。"

第二天，切尔维亚科夫穿上新制服，刮了脸，找勃利兹扎洛夫解释去了……他走进将军的接待室，看见里面有许多来求将军办事的人，将军本人也在他们中间，已经开始挨个接见。在询问了几位来访者之后，将军抬眼看着切尔维亚科夫。

"昨天在'乐园'，假如您还勉强记得的话，大人，"勤杂管理员开始汇报，"我打了个喷嚏……不小心溅到了……请原……"

"多大点事儿啊……天才晓得！您有什么吩咐？"将军扭头询问下一位来访者。

"话都不愿讲！"切尔维亚科夫想，不由得脸色发白，"这是生气了……不成，不能就这么算了……我得向他解释清楚……"

等将军接见完最后一个来访者，转身朝里间走去时，切尔维亚科夫跟上去，嗫嚅道：

"大人！假如我斗胆搅扰了您，那也确实出于，可以说，出于懊悔之心！……我不是有意的，请大人明鉴！"

将军不由得苦笑起来，挥挥手道：

"您这简直是开玩笑，这位先生！"他说着，闪身消失到了门后。

"这哪是什么玩笑？"切尔维亚科夫心想，"根本不是玩笑！贵为将军，连这都不懂！既然如此，我再也不向他赔礼道歉了，这个信口开河的家伙！见他的鬼！给他写封信得了，再也不上这儿来了！老天在上，再也不来了！"

回家的路上，切尔维亚科如此寻思。可给将军的信他却没写成。他左思右想，好歹都没能琢磨出这封信来，只好第二天又去登门拜访。

"大人，我昨天来打扰您，"当将军抬起眼睛，用询问的目光看着他时，他咕哝着说，"并非如您所言，是来开玩笑的。我来道歉，因为我打喷嚏溅到了您……我可压根儿没想过要开玩笑。我敢开玩笑吗？倘若我们敢开玩笑，真要那样的话，那对各位大人就是……大不敬了……"

"滚开！！"将军气得脸色铁青，浑身发抖，突然冲他大吼一声。

"什么？"切尔维亚科夫吓蒙了，低声问道。

"滚开！！"将军跺着脚，再次吼道。

切尔维亚科夫心头猛地一个咯噔。他两眼发黑，双耳轰鸣，倒退着出了门，来到街上，拖着沉重的步子离开了……他呆呆地回到家里，制服也没脱，和衣躺到沙发上，然后就……一命呜呼了。

带家具出租的房间

[美] 欧·亨利 | 崔爽 译

躁动不安，来去匆匆，如时光一般飘忽不定——这正是下西区这片红砖街区里的居民写照。说他们无家可归吧，他们却有上百个住处。他们在无数带家具的房间之间搬来搬去，不管在落脚处上还是精神上，都是些匆匆过客。他们用拉格泰姆[1]爵士乐调子唱着《甜蜜的家》，把传家宝打包装进纸箱里拎着走，用葡萄藤缠在宽边帽檐上作为装饰，将无花果树做成假盆景。[2]

这个街区有成千上万的住客，自然也应该有成千上万的故事可以讲述——尽管其中大部分都没什么意思。不过要说在这么多漂泊过客里头还找不出一两个鬼魂，那才奇怪呢。

一天入夜时分，一位青年男子穿梭在林立的红色楼房间，拉响一栋又一栋的门铃。一直来到第十二栋楼的门口，他把空荡荡的行李包放在台阶上，摘下帽子，擦了擦帽檐和前额上的尘土。微弱的门铃声

---

1. 拉格泰姆，也叫作繁音拍子，早期爵士乐的一种，盛行于19世纪末20世纪初的美国。
2. 葡萄藤、无花果是安定家庭的象征。《圣经·旧约·列王记上》中有句子："撒罗满一生岁月中，从丹到贝尔舍巴的犹大和以色列人，都各安居在自己的葡萄树和无花果树下。"

在遥远而空洞的深处响起。

这是他拉响的第十二个门铃。不一会儿，房东大妈出现在门口，她的体态让他联想到一条圆滚滚的饱食终日的大肉虫，刚刚把一颗大果子吃干抹净，正要找下一名房客来填肚子。

青年开口问是否有空房出租。

"进来吧。"房东说，她喉头里发出的声音似乎被舌苔堵住了似的，"我这三楼后头有间屋子空了快一星期了，看一眼？"

青年跟着她上了楼。不知何处透进来一丝微光，削弱了走廊里的阴暗。两人不言不语地走在铺着地毯的楼梯上，那地毯已经残破得不成样子，恐怕连它自己都觉得愧对地毯这个名称。细看之下，它俨然变成了一大片植被，在这飘着恶臭阴暗的空气中腐朽，生出了浓密的青苔，蔓延的苔藓一丛丛生长在楼梯上，踩上去感觉像是潮湿黏稠的有机物。楼梯每个拐角的墙上都有空着的壁龛，说不定里头曾经摆放着植物——就算真是如此，那些植物也一定在这污浊腐朽的空气里了吧。又说不定或许里头供奉过神像，不过不难想象，小鬼恶魔们肯定早就将其拖入黑暗之中，拖到底下某个带家具的不洁深渊去了。

"就是这儿，"房东开口说，嗓子眼儿依旧跟被堵住了似的，"这房间特别好，难得空出来。去年夏天住在这儿的可都是些高层次的人——从不惹麻烦，房租也总是一分不差提前付清。走廊尽头有自来水。过去三个月住在这里的是斯普劳斯和穆尼，他俩是表演歌舞杂耍的。哎，就是布列塔·斯普劳斯小姐啊——你应该也听说过吧——当然，那也就是个艺名——梳妆台上头还挂着她的结婚证呢，还装在相框里。煤气灶在这儿，你看，储藏空间也很大啊。这间屋子很受欢迎，空不了多久就会被租出去。"

"您这儿的房客很多都是戏剧界人士吗？"年轻人问。

"他们可都是去了又来，来了又去，对，我大部分房客都跟戏剧圈有关系。先生，这儿可是剧院区，演员什么的从来不在一个地方待久了,我这儿也是他们待过的地方之一。是啊,他们是去了又来来了又去啊。"

青年租下了这间房,提出先付一周的租金。他说自己很累了,希望立即入住,点好钱就交给了房东。房东说房间里一应俱全,连毛巾和水都是现成的。房东准备离开的时候,他终于问出了那个已经问过一千次并且早就挂在舌尖上的问题。

"您记不记得这么个人——名叫瓦什娜——爱洛伊斯·瓦什娜小姐——有这样一位年轻女孩租过您的房间吗?没猜错的话,她应该在大舞台唱歌,皮肤白皙,中等个头,身材纤瘦,一头发红的金发,左边眉毛附近有颗黑痣。"

"没有。我不记得这个名字。那些演员换名字就跟换房间似的,去了又来,来了又去。嗯,我对这名字的确没印象。"

没有。又是没有。永远都是没有。他花了整整五个月马不停蹄地追寻打听,终究还是无可避免地得到了这个无可避免的否定回答。白天花上那么多时间去询问经纪人、中介、学校和合唱队,夜里还要向从各种戏院出来的观众们打听。不管是群星闪耀的音乐会还是鲜为人知的草台班子他都打听过了,有些档次低到他甚至害怕在那里找到她。他,世上最爱她的人,一直都在寻找着她。他确信,她离家之后,一定是受到了这个水边大城市的诱惑,流落在某处。这座城市好似一片巨大的流沙滩,沙砾不断地流动,无根无基,今天还在上层的沙砾,明天就被掩埋在了底部。

这个所谓家具齐全的房间以虚假的热情迎来了它头一回见面的新房客。它已经人老珠黄,像个欢场女子似的皮笑肉不笑,敷衍地摆出个欢迎架势。那些破败的家具让所谓"舒适"的环境变成了睁眼说瞎话:长沙发和两张扶手椅上的锦缎已经残破不堪,两扇窗户之间只有一块尺把宽的廉价穿衣镜;墙角挂着几个金粉斑驳的画框,画框下有一张黄铜床架。

这位房客跟个木头人一样仰面倒在椅子上,任由这间巴别塔[1]上的公寓,向他讲述形形色色的房客的故事。

地上有块色彩纷呈的地毯,像是一座花团锦簇的长方形热带岛屿,被四周污垢边缘所构成的汹涌海浪围困当中。鲜艳的壁纸上挂着的那些画作——《胡格诺恋人》《第一次争吵》《婚礼的早餐》《泉边的赛姬》几乎在每个漂泊住客住过的出租房里都能看到。庄重刻板的壁炉台羞于见人地躲在一堆破烂帷帐后头,布帘千疮百孔,可以拿去充当垂在腰间遮羞的布条跳土风舞了。台子上头摆着些零零碎碎——几个没用的花瓶、女演员的画像、一个药瓶、几张扑克牌,都是过往居住于此的漂流客们出发前往下一站寻求好运前留下的。

房间里的各种密码线索一一显现出来,那些前任房客留下的细小线索也被一个个放大,变得清晰了起来。梳妆台前的地毯上,有一块磨损得格外严重的地方,意味着漂亮的女人们曾在这儿来来去去。墙上小小的手印讲述着被困于此的孩子们渴望阳光和空气的故事。另一摊炸弹爆裂般四溅开来的污渍则一定是盛装着液体的玻璃器皿被砸在墙上造成的。穿衣镜上,有人用金刚石刻下了硕大的"玛丽"二字。也许是终于被这里过分刺眼的冰冷弄得忍无可忍,租客们都在最后时刻怒火喷发。放眼望去,几乎每件家具都缺胳膊断腿,伤痕累累。沙发里的弹簧已经戳出了表面;变了形的座位好似一只受尽折磨、在扭曲痉挛中被宰杀的妖怪。大理石材质的壁炉台上有一条很大的裂痕,肯定是因为受到了某种强烈的撞击。地上每一块木板翘得姿态各异,一踩上去便吟唱起曲调各异的嘎叽声来,哀鸣中述说着各自不幸的遭遇。不得不说,那些曾经把这里称作"家"的人们,竟然能够对着这

---

1. 巴别塔,也称通天塔,《圣经·旧约·创世记》第十一章宣称,当时人类联合起来兴建希望能通往天堂的高塔;为了阻止人类的计划,上帝让人类说不同的语言,使人类相互之间不能沟通,计划因此失败,人类自此各散东西。此故事试图为世上出现不同语言和种族提供解释。

儿发泄自己潮水般的恶意,毫不怜惜地肆意破坏,真是让人难以置信。可让他们怒火燃烧的,也许正是因为他们对家的眷恋植根于心底,却得不到满足,是出于对冒牌守护神的愤恨。如果真是自己的家,即便是草窝茅舍也好,我们都会收拾整洁、精心装饰、悉心维护。

年轻的房客倒在扶手椅中,任由这些思绪在头脑中轻舞飞扬。从别的房间飘进来各种声响和气味,萦绕在他身边不去。他听见有间房里传来阵阵放荡的咻咻低笑;另外几间房里有人在独自谩骂,有人在摇色子,有人在哼唱摇篮曲,还有人在低声哭泣;楼上有人把班卓琴弹奏得奔放激昂。不知何处的门"砰"的一声关上了;高架铁路上有火车间或呼啸而过;后面的篱笆墙上有只猫叫得凄凉。他的呼吸中全都是这个房间的味道——准确地说应该是潮气——那是一股阴冷的霉味,像是从地下室漫上来的,中间还掺杂着油毡上残油的哈喇味和木制品的腐烂味。

他就这么瘫在那儿,突然,整个房间弥漫着馥郁的木樨草甜香。它似乎是随着一阵风闯进屋子里的,是那么清晰、浓郁而强烈,沁人心脾,似乎就要幻化成活生生的来客。仿佛听到了谁的召唤,年轻人失声大喊:"亲爱的,怎么啦?"他从椅子上一跃而起,四下张望。浓烈的香味萦绕在他身边,他伸出手臂想要触摸,一切感官在这一刻都混乱地交织在一起。气味怎么可能对他如此蛮横地呼唤?他肯定是听到了声音。而这个声音,难道不正是那个触动过他心底,抚慰过他心灵的声音吗?

"她住过这个房间!"他大吼一声,一蹦三尺高,脑中灵光乍现,他就知道自己肯定能认出曾属于她的物件或她曾触摸过的物体,无论多么微小都能。这阵围绕身边的木樨草香,她曾经喜爱且专有的这种气味——究竟来自何处?

房间的布置杂乱无章。做工马虎的梳妆台上散落着一打发卡——样式朴素,几乎每个女人们都有,用语法来打比方,就是阴性的,不定式的，不限时态的，没有更多信息可透露。他很快略过了这些发卡，它们显然缺乏个性特征。他把梳妆台抽屉翻了个底儿朝天，找到了小小一方被丢弃的旧手帕。他将脸埋进手帕，一股刺鼻野蛮的洋茉莉味儿扑面而来，冲得他赶紧将它扔到地上。另一个抽屉里有几颗纽扣、一张节目单、一张当铺老板的名片、两粒不小心掉落的果汁软糖，还有一本解梦书。最后一个抽屉里，有一个黑缎子的蝴蝶结发饰，让他整个人呆了一下，像在冰火之间感受着激动与失望。不过这样的黑色蝴蝶结也是女人们常见的发饰，端庄而平淡，没有线索可循。

接着，他像一条嗅觉灵敏的猎狗般，趴在地上把房间扫了一遍，没放过墙面、拐角任何一处，翻遍了壁炉、餐桌、窗帘、挂画和角落的小酒柜，探查一切看得见的标记，希望能感知她是否曾经出现在这里，在他身边，在他对面，在他所站之处或是头顶上方，恳求他，大声唤着他的名字……他的知觉乱作一团，却似乎能更加强烈地感应到她的呼唤。他再次大声问道："亲爱的，怎么啦？"瞪大眼睛转过身来，却依然什么都看不见——他已经被这木樨草香熏得无法分辨形状、颜色、爱情和张开的双臂了。上帝啊！这香气到底从何而来？从何时起，气味也能召唤人了？他只有不断地摸索。

他在裂缝旮旯里研究探寻，只收获了几个瓶塞和烟头，瞥了一眼便抛下了。在地垫折缝里，他捡到一支只吸了一半的香烟，用鞋跟使劲碾了又碾，嘴里还狠狠咒骂着。他将这间屋子的每个方位都搜了个遍，发现了许多住客留下的各种无趣或不雅的痕迹。可那个他遍寻不着的她，那个很有可能曾在这儿停留的她，那个灵魂仿佛曾在这里徘徊的她，却毫无头绪。

他想起了房东。

他从楼下这间闹鬼似的屋子里出来，跑到一扇透着一线灯光的门前。房东应着敲门声出来了。他竭尽全力想要掩饰自己的激动。

"请告诉我，夫人，"他哀切地恳求着，"我来之前，到底是谁住过那个房间？"

"可以啊，先生，我再说一遍好了。就是斯普劳斯和穆尼嘛，我之前说过的。布列塔·斯普劳斯小姐是演员，后来变成了穆尼太太。我这房子可没什么不光彩的。他俩的结婚证不就挂在墙上吗，还配了镜框，用钉子……"

"斯普劳斯小姐是什么样的人呢——我是说，她长什么样？"

"怎么了？黑头发呀，先生。短发，丰满，脸长得挺有趣的。他俩上周二才走的呢。"

"那在他们之前呢？"

"嗯，那得是那个单身汉了吧，做货运生意的。他走的时候还欠我一周房租呢。在他之前是克劳德太太和她的两个孩子，住了四周；再往前就是老道尔先生，房租还是他的儿子们给付的。他可是住了六个月呢。这都是一年前的事儿啦，先生，再往前我就记不得了。"

年轻人道过谢，步履跟跄地回到房间。房中一片死寂。那阵给它带来勃勃生机的香气早已消散。木樨草香已经不在，取而代之的是破家具陈腐的霉臭，让人仿佛置身于仓库。

随着最后一丝希望的破灭，他的信念也已然耗尽。他坐在那里，盯着那盏昏黄跳跃的煤气灯。过了一会儿，他走向床边，把被单撕成一绺绺，拿到窗户和房门旁边，用小刀把它们紧紧塞进每一处缝隙里。等一切都安排妥当，他关上灯，把煤气开到满挡，欣然躺上床。

今晚轮到麦库尔太太做东请喝啤酒了。她拿上啤酒罐，跟珀迪太太一块儿在她们的一个秘密基地里头小坐，那是房东们惯常聚会闲谈八卦的地方。

"就今晚，我把三楼后头那间房租出去了。"珀迪太太面前的啤酒堆着满满的泡沫，"一个男青年租的，两小时前他就睡下了。"

"真的假的啊？珀迪太太，珀迪夫人欸！"麦库尔太太无比崇拜地说，"您可真有能耐，连那间房都能推销出去！那您告诉他了吗？"最后一句是神秘兮兮地低声说出来的悄悄话。

"房间嘛，"珀迪太太用她像嗓子眼长毛似的声音答道，"配上家具就是为了出租的。我没告诉他，麦库尔太太。"

"您说得对着呢，夫人，咱们就是靠租房过活的。您这生意头脑可真是非比寻常，夫人。要是知道这房里有人自杀死在床上，恐怕没人愿意租呢。"

"您说得一点没错，咱们可也得挣钱过日子呀。"珀迪太太说。

"可不是嘛，夫人，就是这个理儿。我帮着您把三楼后头那间房收拾干净也就是上个礼拜今天的事儿吧？那姑娘是个小美人儿呢，竟然开煤气自杀了——那小脸儿怪甜的，是吧，珀迪太太？"

"她的确长得挺好，您说得没错，"珀迪太太勉强赞同，但还是刻薄地说了一句，"可惜左边眉毛那里多了颗痣。快给自个儿满上吧，麦库尔太太。"

麦琪的礼物

[美]欧·亨利 | 崔爽 译

一块八毛七。就这么多。其中还有六毛是一分的硬币。都是一个两个攒下来的，在杂货铺摊主那儿，在卖菜小贩那儿，在屠宰户那儿软磨硬泡，直到他们涨红了双颊，对这抠门至极的买卖流露出无声的愤懑。黛拉足足数了三遍，一块八毛七分钱。而明天就是圣诞节了。

显然，这时一个人能做的也只剩下扑倒在简陋的小沙发上号哭一场了吧。黛拉就这么做了。这场景恰恰反映出，人世间所谓的生活是由大哭、抽泣、破涕为笑组合而成的，而在这之中，抽泣占据了绝大部分。

随着这位女主人的情绪渐渐从第一阶段平息至第二阶段，咱们来瞧一瞧这个小家庭吧。租金八块钱一周的带家具公寓。虽说这间屋子也不是完全没法用笔墨形容，但谁要是住在这里，可真得提防那些专抓乞丐的警察找上门来。楼下门廊里有个信箱，不过没一封信会进来，还有个电铃，只有鬼才能按得响。电铃上挂了块牌子，上头写着"詹姆斯·狄灵汉·杨先生"。

这个"狄灵汉"是名字的主人在以前春风得意中一时兴起加上的一笔，那时候他拿着一周三十元的收入。现在，挣回来的钱缩水到了二十元，"狄灵汉"这几个字也显得模糊不清，就像它们正琢磨着缩短成一个"狄"字算了。不过呢，无论什么时候詹姆斯·狄灵汉·杨先生下了班，回到楼上自家公寓里，都会听到一声"吉姆"，并得到一个热烈的拥抱——当然是来自詹姆斯·狄灵汉·杨太太，也就是刚向大家介绍过的黛拉了。他俩的感情真好啊！

黛拉哭罢，仔细地给两颊补上粉。她站在窗边，心情灰暗地看着一只灰色的猫走在灰色后院里的灰色篱笆上。明天就是圣诞节了，可她手头上能用来给吉姆买礼物的钱，仅有一块八毛七。这还是她花了好几个月辛辛苦苦省下来的。一周二十元的家用维持不了多久，开销总是远超预算，每天如此。区区一块八毛七，还想给吉姆买礼物。那可是她的吉姆啊。她花了那么多时间盘算着要送他什么好东西，就想找到个好看的、稀罕的、精美的礼物——一件稍稍能配得上吉姆的礼物。

房间的两扇窗之间嵌着一面壁镜。也许你见过这种一周八块租金公寓里的壁镜吧，照这种镜子，需要身材相当纤瘦且身段灵活，通过一连串狭长的影像大概拼凑出自己的样子来。黛拉身材修长，精于此道。

她倏地离开窗子，站定在壁镜前，双眼熠熠闪耀，但只持续了不到二十秒，脸上便失去了血色。她将自己盘好的头发一把解开，让它完全垂下至原本的长度。

詹姆斯·狄灵汉·杨家有两样令他们特别为之骄傲的东西。其中一样是吉姆的金表，由他祖父传给他父亲，再传到他手上。另一样就是黛拉的头发。假使示巴女王[1]住在通风天井对面的另一间公寓里，只要某天黛拉将头发披散在窗外晾晒，就能将女王陛下的珠宝都比得黯然失色。若是由所罗门王[2]来做公寓的看门人，就算他将金银财宝堆满底层，吉姆每次经过时肯定会摸出自己的金表，好看看国王一脸嫉妒地拽着胡子。

---

1. 示巴女王，又称席巴女王，是公元前非洲东部示巴国的女王。她在非洲势力最强的时候，疆域涵盖东部非洲以及现今的沙特阿拉伯南部地区和也门，是当时的人间巨富。
2. 所罗门王，犹太民族历史上最伟大的君王，耶路撒冷第一圣殿的建造者，拥有超人的智慧、大量的财富和无上的权力。

黛拉美丽的秀发垂在身侧，波浪起伏，光泽动人，就像棕色的瀑布一般。长发垂过了膝盖，仿佛就是她的衣裳。接着，黛拉又紧张而迅速地把头发重新盘好。有那么一分钟，她的身子微微颤抖，但很快便站直了身体，一两滴眼泪溅到了残破的红色地毯上。

她穿上棕色旧外套，戴上棕色旧软帽，一转身，裙摆飞扬，眼中仍闪烁着泪光点点。她快步走出门外，迈下台阶，来到大街上。

在一块门店招牌前，她停下了脚步，牌子上头写着"莎弗朗妮夫人沙龙——专营各种毛发货品"。黛拉噔噔噔跑上台阶，轻轻喘着气，努力想镇定下来。她面前的这位女士体型肥硕，面色苍白，眼神冷漠，看起来可一点也不像叫"莎弗朗妮"[1]的人。

"您要不要买我的头发？"黛拉问。

"头发我倒是买，"夫人说，"把帽子摘了，先让我看看怎么样吧。"

棕色的瀑布喷涌而下。

"二十块。"夫人一边说着，一边老练地掂量着这一大团头发。

"我现在就要钱。"黛拉说。

噢，接下来的两个小时就像长了玫瑰色翅膀快乐地飞走了。这比喻不怎么恰当，但无需在意。为了给吉姆找礼物，黛拉在两个小时里可说是"洗劫"了好几家店铺。

终于找到了！它简直是为吉姆量身打造的，这可是除他之外任何人都用不了的好东西。她几乎把所有店铺都翻了个底朝天，再没有第二家店有售呢。这是一条铂金表链，设计简单朴素，没有华而不实的

---

1. 莎弗朗妮，意大利诗人塔索（1544—1595）以第一次十字军东征为题材的史诗《被解放的耶路撒冷》中的人物，她为了拯救耶路撒冷全城的基督徒，承认了并未犯过的罪行，成为舍己救人的典型。

装饰，材质本身恰到好处地彰显出它的价值——真正的好物件就该这样。即使配上吉姆的金表，它也不会失色。黛拉第一眼看到时，就认定了它应该属于吉姆。他们俩一样，沉静而宝贵——表链和人都可以被这样恰如其分地描述。店家跟她开价二十一块，她揣着余下的八毛七飞奔回家。配上这条链子后，吉姆就能在任何人面前体面地掏出金表来看时间。要知道就算表是那么金贵，而表链却是一条旧皮绳，吉姆有时想看看时间，也只能间或偷瞥上一眼。

回到家，黛拉才从陶醉中清醒了一点，一丝忧虑和理智袭上心头。她拿出卷发钳，点燃煤气，开始拯救那一头为爱慷慨奉献后残留的废墟。这可是一项宏大的工程，亲爱的朋友们——简直堪称艰巨。

四十分钟后，她顶着满头浓密的小卷毛，活像个逃学的坏小子。她站在镜子前面盯着自己的模样，久久地，认真地审视着。

"要是吉姆没杀了我，"她自言自语道，"没在看我第二眼之前……他肯定会说我活脱脱就是科尼岛合唱队的卖唱姑娘。可我又能怎么办啊——唉，我拿着一块八毛七还能干吗呢！"

七点钟，煮好咖啡，煎锅也已经在炉火上加热，就等着煎肉了。

吉姆从不晚归。黛拉把表链折了又折攥在手心里，坐在门边的小桌旁等着吉姆推门进来。不一会儿，她听到楼下传来吉姆的脚步声，脸色瞬间变白了。她有个习惯，对于平日里最寻常的琐事，也总要默默祈祷一番。正如此刻，她在轻声低喃着："主啊，求求您，让我在他眼里仍然漂亮吧！"

门开了，吉姆走进来，回手关上门。他身形瘦削，表情严肃。可怜的家伙，他也只有二十二岁，年纪轻轻就要扛起养家的重担。他亟须一件新外套，还应该添一双手套。

吉姆背对着门，定定地站在那儿，像一只闻到了鹌鹑气味的猎犬。他的目光紧紧盯住了黛拉，眼里满是她读不懂的神情，让她心生惧怕。那里面没有气愤、惊讶,也没有不满、恐惧,那不是她鼓足勇气准备好面对的任何一种情绪。吉姆只是站在那儿,盯着她,满脸只有那种奇特的表情。

黛拉轻盈地从桌边起身,蹭到他跟前。

"吉姆!亲爱的,"她拔高了声调,"别这么看着我呀。我把头发剪掉卖了,要是不送你一样礼物,我实在没法过这个圣诞节!头发还能再长回来的,你不会介意吧,对不对?我实在是没办法呀。其实我头发长得特别快呢。快跟我说'圣诞快乐'吧,吉姆!开心点儿。你都不知道我给你准备的礼物有多棒——太漂亮、太精致了!"

"你、把、头、发、剪、掉、了?"吉姆一字一句艰难地问道,似乎即便绞尽了脑汁也无法完全消化这个明摆着的事实。

"剪掉了,卖了,"黛拉说,"难道你不是无论如何都会一样爱我吗?就算剪了头发,我还是那个我呀,不是吗?"

吉姆古怪地扫视了一圈屋子。

"你是说你的头发没了?"他问着,表情有些呆滞。

"不用找了。"黛拉说。"已经卖掉了。我说过了,卖了,没了。老天,这可是圣诞前夜,别对我那么严肃好吗?那可是为了你呀!也许我的头发可以数得清有多少,"说着说着,她忽然改用了甜甜的声调说,"可永远没人能说得清我对你的爱有多深。那我开始做菜了,吉姆?"

吉姆仿佛一下子从恍惚中醒来。他呼啦一把将黛拉紧紧拥入怀里。现在请大家别过脸专心往另外一个方向看,看什么都行,十秒钟左右吧。房租一周八块还是一年一百万,有区别吗?也许此时只有数学家或者自作聪明的人才会答错。麦琪带来了无价的礼物,但他们也没有答案。这句话说得有些莫名其妙,我们稍后再交待明白。

吉姆从大衣口袋里掏出一个包裹,随手放在小桌上。

"黛儿,"他说,"别误会,我觉得任何东西——不论是发型、修面、洗发之类的都没法让我少爱我家姑娘一丁点儿。不过要是你拆开那个包裹,就能明白为什么刚一进门那会儿我会发蒙。"

黛拉纤细白皙的手指灵巧地拆开了包装的绳子和纸。几秒钟后,一声充满狂喜的惊叫陡然响起!接踵而来的是只有女人才能瞬间爆发出的号啕大哭、泪流满面,非得这位男主人使出浑身解数才能安抚不可。

静静躺在盒子里的是一套梳子——一整套的,有梳理两鬓用的和背梳。这就是黛拉曾在百老汇的一个橱窗前久久驻足、向往流连的那一套。精美的梳齿,纯玳瑁的,边缘还镶嵌着珠宝——与那头已然消失了的秀发再般配不过。她知道,这套梳子十分昂贵,对它们,自己的心之前只是单纯的渴望,即便一丝一毫拥有的奢求都不曾有过。而现在,它们属于她了,当她终于可以用这件梦寐以求的礼物梳妆打扮时,却已经失去了那头美丽的长发。

但她还是将梳子紧紧抱在胸前。许久,才抬起泪眼朦胧的小脸,努力微笑着说:"我的头发长得可快了,吉姆!"

接着,黛拉像被烧着了尾巴的小猫似的跳起来,大喊着:"噢!噢!"

吉姆还没看到他漂亮的礼物呢。她摊开一直紧紧攥着的手掌,急切地将表链送到他面前。在她明亮而火热的激情映照下,亚色的贵金属闪耀着光芒。

"简直太华丽了是吧,吉姆?我把整座城翻了个遍才找到它的。现在,你每天得看一百次时间才行啦。把表给我,让我看看把它挂上去会是什么样。"

吉姆并没有照她说的做,而是一屁股跌坐在沙发里,双手放在脑后,脸上绽开了一个微笑。

"黛儿,"他说,"我们暂时先把圣诞礼物收起来吧。它们都很棒,但还不急着用。我把表卖了,用卖表的钱给你买了梳子。好了,现在你可以去做菜了。"

我们知道，麦琪[1]是三位智慧贤人——他们给那位马槽中降世的婴孩带来了礼物，他们发明了送圣诞礼物这档事儿。作为智者，他们的礼物无疑很明智，说不定经过复制量产之后还能流通交易。在这儿，我给大家讲了一个平凡的小故事，主人公是两个蜗居在小公寓里的傻孩子，特别不明智地为彼此牺牲掉了家里最宝贵的财产。可我最后要对现今的聪明人说，在所有送礼物的人之中，这两位是最为聪明的。在所有交换礼物的人之中，他们也是最聪明的。无论在何处，他们都是最聪明的。他们俩就是麦琪。

---

1. 麦琪，又称东方三贤人、东方三博士、东方三智者等等，名字分别为梅尔基奥尔、加斯帕和巴尔撒泽，被认为是圣诞礼物的发明人。基督初生时他们从东方来耶路撒冷给他送礼物，分别送了黄金（象征基督的权威）、乳香（象征基督纯洁的品质）和没药（象征基督即将受到的苦难）。

最后一课

——阿尔萨斯省一个小孩的自叙

[法]阿尔丰斯·都德 | 柳鸣九 译

那天早晨,我很晚才去上学,非常害怕挨老师的训,特别是因为哈墨尔先生已经告诉过我们,他今天要考问分词那一课,而我,连头一个字也不会。这时,我起了一个念头,想逃学到野外去玩玩。

天气多么温暖!多么晴朗!

白头鸟在林边的鸣叫声不断传来,锯木厂的后面,黎佩尔草地上,普鲁士军队正在操练。这一切比那些分词规则更吸引我,但我毕竟还是努力克制了这个念头,很快朝学校跑去。

经过村政府的时候,我看见一些人围在挂着布告牌的铁栅栏前面。这两年来,那些坏消息,吃败仗啦,抽壮丁啦,征用物资啦,还有普鲁士司令部啦,都是在这儿公布的。我没有停下来,心想:

"又有什么事了?"

这时,正当我跑过广场的时候,带着徒弟在那里看布告的铁匠瓦什泰,朝着我喊道:

"小家伙,不用这么急!你去多晚也不会迟到了!"

我以为他是在讽刺我,于是,气喘喘地跑进了哈墨尔先生的小院子。

往常，刚上课的时候，教室里总是一片乱哄哄，街上都听得见，课桌开开关关，大家一起高声诵读，你要专心，就得把耳朵捂起来，老师用大戒尺不停地拍着桌子喊道：

"安静一点！"

我本来打算趁这一阵乱糟糟，不被人注意就溜到自己的座位上去；但是，恰巧那一天全都安安静静的，像星期天的早晨一样。我从敞开的窗子看见同学们都整整齐齐地坐在各自的位子上，哈墨尔先生挟着那根可怕的铁戒尺走来走去。我非得把门打开，在一片肃静中走进去，你想，我是多么难堪、多么害怕！

可是，事情并不是那样。哈墨尔先生看见我并没有生气，倒是很温和地对我说：

"快坐到你的位子上去吧，我的小弗朗茨！你再不来，我们就不等你了。"

我跨过条凳，马上在自己的课桌前坐下。当我从惊慌中定下神来，这才注意到我们的老师这天穿着他那件漂亮的绿色礼服，领口系着折叠得挺精致的大领结，头上戴着刺绣的黑绸小圆帽，这身服装是他在上级来校视察时或学校发奖的日子才穿戴的。而且，整个课堂都充满了一种不平常的、庄严的气氛。但最使我惊奇的，是看见在教室的尽头，平日空着的条凳上，竟坐满了村子里的人，他们也像我们一样不声不响，其中有霍瑟老头，戴着他那顶三角帽，有前任村长，有退职邮差，还有其他一些人。他们都愁容满面，霍瑟老头带来一本边缘都磨破了的旧识字课本，摊开在自己的膝头上，书上横放着他那副大眼镜。

正当我看了这一切感到纳闷的时候，哈墨尔先生走上讲台，用刚才对我讲话的那种温和而严肃的声音，对我们说：

"我的孩子们，这是我最后一次给你们上课。从柏林来了命令，今后在阿尔萨斯和洛林两省的小学里，只准教德文了……新教师明天就到,今天,是你们最后一堂法文课,我请你们专心听讲。"

这几句话对我简直就是晴天霹雳。啊!那些混账东西,原来他们在村政府前面公布的就是这件事。

这是我最后一堂法文课!……

可是我刚刚勉强会写!从此,我再也学不到法文了!只能到此为止了!……我这时是多么后悔啊,后悔过去浪费了光阴,后悔自己逃学去掏鸟窝,到萨尔河上去滑冰!我那几本文法书,还有《圣徒传》,刚才我还觉得背在书包里那么讨厌,显得那么沉,现在就像老朋友一样,叫我舍不得离开。对哈墨尔先生也是这样。一想到他就要离开这儿,从此再也见不到他了,我就忘记了他以前给我的处罚,忘记了他如何用戒尺打我。

这个可怜的人啊!

原来他是为了上最后一堂课,才穿上漂亮的节日服装。而现在我也明白了,为什么村里的老人今天也来坐在教室的尽头,这好像是告诉我们,他们后悔过去到这所小学里来得太少。这也好像是为了向我们老师表示感谢,感谢他四十年来勤勤恳恳地为学校服务,也好像是为了对即将离去的祖国表示他们的心意……

我正在想这些事的时候,听见叫我的名字。是轮到我来背书了。只要我能从头到尾把这些分词的规则大声地、清清楚楚地、一字不错地背出来,任何代价我都是肯付的啊!但是刚背头几个字,我就结结巴巴了,我站在座位上左右摇晃,心里难受极了,头也不敢抬。只听见哈墨尔先生对我这样说:

"我不好再责备你了,我的小弗朗茨,你受的惩罚已经够了……事情就是这样。我们每天都对自己说:'算了吧,有的是时间,明天再学也不迟。'但是,你瞧,今天发生了什么事……唉!过去咱们阿尔萨斯最大的不幸,就是把教育推延到明天。现在,那些人就有权利对我们说:'怎么,你们自称是法国人,而你们既不会读也不会写法文！'在这件事里,我可怜的弗朗茨,罪责最大的倒不是你,我们都有应该责备自己的地方。

"你们的父母并没有尽力让你们好好念书。他们为了多收入几个钱,宁愿把你们送到地里和工厂去。我难道就没有什么该责备我自己的?我不是也常常叫你们放下学习替我浇园子?还有,我要是想去钓鲈鱼,不是随随便便就给你们放了假?"

接着,哈墨尔先生谈到法兰西语言,说这是世界上最美的语言,也是最清楚、最严谨的语言,应该在我们中间保住它,永远不要把它忘了;因为,当一个民族沦为奴隶的时候,只要好好保住了自己的语言,就如同掌握了打开自己牢房的钥匙……随后,他拿起一本文法课本,给我们讲了一课。我真奇怪自己怎么会理解得那么清楚,他所讲的内容,我都觉得很好懂,很好懂。我相信,我从来没有这样专心听过讲,而他,也从来没有讲解得这样耐心。简直可以说,这个可怜的人想在他走以前把自己全部的知识都传授给我们,一下子把它们都灌输到我们的脑子里去。

讲完了文法,就开始习字。这一天,哈墨尔先生特别为我们准备了崭新的字模,上面用漂亮的花体字写着:"法兰西,阿尔萨斯;法兰西,阿尔萨斯。"我们课桌的三角架上挂着这些字模,就像是许多小国旗在课堂上飘扬。每个人都那么专心!教室里那么肃静!这情景可真动人。除了笔尖在纸上划写的声音外,听不到任何别的声响。这时,有几个金龟子飞进了教室;但谁也不去注意它们,就连那些最小的学生也不例外,他们专心专意地在划他们的一横一竖,好像这也是法文……在学校的屋顶上,有一群鸽子在低声"咕咕",我一面听着,一面想:

"那些人是不是也要强迫这些鸽子用德语唱歌呢?"

有时,我抬起头来看看,每次都看见哈墨尔先生站在讲台上一动也不动,眼睛死死盯着周围的东西,好像要把这个小学校舍都吸进眼光里带走……请想想！四十年来，他一直待在这个地方，老是面对着这个庭院和一直没有变样的教室。只有那些条凳和课桌因长期使用而变光滑了；还有院子里那棵核桃树也长高了，他亲手栽种的啤酒花现在也爬上窗子碰到了屋檐。这可怜的人听着他的妹妹在楼上房间里来来去去收拾他们的行李，他们第二天就要动身，告别本乡，一去不复返。他即将离开眼前的这一切，这对他来说是多么伤心的事啊！

不过，他还是鼓起勇气把这天的课教完。习字之后，是历史课；然后，小班学生练习拼音，全体一起诵唱Ba，Be，Bi，Bo，Bu。那边，教室的尽头，霍瑟老头戴上了眼镜，两手捧着识字课本，也和小孩们一起拼字母。看得出他也很用心；他的声音由于激动而颤抖，听起来有一种说不出的味道，叫人又想笑又想哭。

唉！我将永远记得这最后的一课……

忽然，教堂的钟打了十二下，紧接着响起了午祷的钟声。这时，普鲁士军队操练回来的军号声在我们窗前响了起来……哈墨尔先生面色惨白，在讲台上站了起来。他在我眼里，从来没有显得这样高大。

"我的朋友们，"他说，"我的朋友们，我，我……"

他的嗓子被什么东西堵住了，无法说完他那句话。

于是，他转身对着黑板，拿起一支粉笔，使出了全身的力气按着它，用最大的字母写出：

法兰西万岁

写完，他仍站在那里，头靠着墙壁，不说话，用手向我们表示：

"课上完了……去吧。"

繁星

[法] 阿尔丰斯·都德 | 柳鸣九 译

在吕贝龙山上看守羊群的那些日子里,我常常一连好几个星期看不到一个人影,孤单单地和我的狗拉布里,还有那些羔羊待在牧场里。有时,于尔山上那个隐士为了采集药草从这里经过,有时,我也可以看到几张皮埃蒙山区煤矿工人黝黑的面孔;但是,他们都是一些天真淳朴的人,由于孤独的生活而沉默寡言,再也没有兴趣和人交谈,而且,他们对山下村子里、城镇流传的消息也一无所知。因此,每隔十五天,当我们田庄上的驴子给我驮来半个月的粮食的时候,我一听到在上山的路上响起了那牲口的铃铛声,一看见在山坡上慢慢露出田庄上那个小伙计活泼的脑袋,或者慢慢露出诺拉德老婶那顶赭红色的小帽,我真是快活极了。我总是要他们给我讲山下的消息,洗礼啦,婚礼啦,等等;而我最关心的就是丝苔法内特最近怎么样了,她是我们田庄主人的女儿,方圆十里以内最漂亮的姑娘。我并不显出对她特别感兴趣,装出不在意的样子打听她是不是经常参加节庆和晚会,是不是又新来了一些追求者;而如果有人要问我,像我这样一个山沟里的牧童打听这些事情有什么用,那我就会回答说,我已经二十岁了,丝苔法内特是我一生中所见过的最美的姑娘。

可是,有一次碰上礼拜日,那天粮食来得特别迟。当天早晨,我就想:"今天望弥撒,一定会耽误给我送粮来。"接着,将近中午的时候,下了一场暴雨,我猜,路不好走,驴子一定还没有出发。最后,大约在下午三点钟的光景,天空洗涤得透净,满山的水珠映照着阳光,闪闪发亮,在叶丛的滴水声和山溪的涨溢声之中,我突然听见驴子的铃铛在响,它响得那么欢腾,就像复活节的钟群齐鸣一样。但骑驴来的不是那个小伙计,也不是诺拉德老婶。而是……瞧清楚是谁!我的孩子们哟,是我们的姑娘!她亲自来了,她端端正正地坐在柳条筐之间,山上的空气和暴风雨后的清凉,使她脸色透红,就像一朵玫瑰。

小伙计病了,诺拉德婶娘到孩子家度假去了。漂亮的丝苔法内特一边从驴背上跳下来,一边告诉我,还说,她迟到了,是因为在途中迷了路;但是,瞧她那一身节日打扮,花丝带,鲜艳的裙子和花边,哪里像刚在荆棘丛里迷了路,倒像是从舞会上回来得迟了。啊,这个娇小可爱的姑娘!我一双眼睛怎么也看她不厌,我从来没有离这么近地看过她。在冬天,有那么几回,当羊群下到了平原,我回田庄吃晚饭的时候,她很快地穿过厅堂,从不和下人说话,总是打扮得漂漂亮亮的,显得有一点骄傲……而现在,她就在我的面前,完全为我而来,这怎么不叫我有些飘飘然?

她从篮筐里把粮食拿出来后,马上就好奇地观察她的周围。她轻轻地把漂亮的裙子往上提了提,免得把它弄脏,走进了"栏圈",想看看我睡觉的那个角落,稻草床、铺在上面的羊皮、挂在墙上的大斗篷、我的牧杖和我的火石枪,她看着这一切很开心。

"那么,你就住在这里啰,我可怜的牧童?你老是一个人待在这里该多烦啦!你干些什么?你想些什么?"

我真想回答说"想你,女主人",而我又撒不出别的谎来;我窘得那么厉害,简直找不出一句话来说。我相信她一定是看出来了,而且这个坏家伙还很开心地用她那股狡猾劲儿来使我窘得更厉害:

"你的女朋友呢，牧童，她有时也上山来看你吗？……她一定就是金山羊，要不然就是只在山巅上飞来飞去的仙子埃丝泰蕾尔……"

而她自己，她在跟我说话的时候，仰着头，带着可爱的笑容和急于要走的神气，那才真像是埃丝泰蕾尔下了凡，仙姿一现哩。

"再见，牧童。"

"女主人，你一路走好。"

于是，她走了，带着她的空篮子。

当她在山坡的小路上消失的时候，我似乎觉得驴子蹄下滚动的小石子，正一颗一颗掉在我的心上。我好久好久听着它们的响声，直到太阳西沉，我还像在做梦一样待在那里，一动也不敢动，唯恐打破我的幻梦。傍晚时分，当山谷的深处开始变成蓝色，羊群咩叫着回到栏圈的时候，我听见有人在山坡下叫我，接着就看见我们的姑娘又出现了，这回她可不像刚才那样欢欢喜喜，而是因为又冷又怕身上又湿正在打颤，显然她在山下碰上了索尔格河暴雨之后涨水，在强渡的时候差一点被淹没了。可怕的是，这么晚了，她不可能回田庄了，因为抄近路的话，我们的姑娘是怎么也找不到的，而我，又不能离开羊群。要在山上过夜这个念头使她非常懊恼，我尽量使她安心：

"在七月份，夜晚很短，女主人……这只是一小段不好的时光。"

我马上燃起了一大堆火，好让她烤干她的脚和她一身被索尔格河水湿透了的外衣。接着，我又把牛奶和羊奶酪端到她的面前，但是这个可怜的小姑娘既不想暖一暖，也不想吃东西，看着她流出了大颗大颗的泪珠，我自己也想哭了。

夜幕已经降临。只有一丝夕阳还残留在山巅之上。我请姑娘进"栏圈"休息。我把一张崭新漂亮的羊皮铺在新鲜的稻草上，祝她晚上睡得好之后，就走了出来坐在门口……上帝可以作证，虽然爱情的烈火把我身上的血都烧起来了，可我没有起半点邪念；我想着：东家的女儿就躺在这个栏圈的一角，靠着那些好奇地看着她熟睡的羊群，就像一只比它们更洁白更高贵的绵羊，而她睡在那里完全是信赖我的守护，这么想着，我只感到一种无比的骄傲。我这时觉得，天空从来没有这么深沉，群星也从来没有这么明亮……突然，"栏圈"的栅门打开了，美丽的丝苔法内特出来了。她睡不着。羊儿的动弹使稻草发响，它们在梦里还发出叫声。她宁愿出来烤烤火。看她来了，我赶快把自己身上的山羊皮披在她肩上，又把火拨得更旺些。我俩就这样靠在一起坐着，什么话也不讲。如果你曾经在迷人的星空之下过过夜，你当然知道，正当人们熟睡的时候，在夜的一片寂静之中，一个神秘的世界就开始活动了。这时，溪流歌唱得更清脆，池塘也闪闪发出微光。山间的精灵来来往往，自由自在，微风轻轻，传来种种难以察觉的声音。似乎可以听见枝叶在吐芽，小草在生长。白天，是生物的天地；夜晚，就是无生物的天地了。要是一个人不经常在星空下过夜，夜会使他感到害怕……所以我们的姑娘一听见轻微的声响，就战栗起来，紧紧往我身上靠。有一次，从下方闪闪发亮的池塘发出了一声凄凉的长啸，余音缭绕，直向我们传来。这时，一颗美丽的流星越过我们头顶坠往啸声的方向，似乎我们刚才听见的那声音还携带着一道亮光。

"这是什么？"丝苔法内特轻声问我。

"女主人，这是一个灵魂进入了天国。"我回答她，画了一个十字。

她也画了一个十字，抬着头，凝神片刻，对我说：

"这是真的吗？牧童，你懂巫术吗？你们这些人都懂吗？"

"没有的事！我的小姐。不过，我们住在这里离星星比较近，所以对天上发生的事比山下的人知道得更清楚。"

她一直望着天空，用手支着脑袋，身上裹着羊皮，就像天国里的一个小牧童。

"瞧！那么美！我从来没有见过这么多星星……牧童，你知道这些星星的名字吗？"

"知道，小姐……你瞧，在我们头顶上的是'圣雅各之路'（银河）。它从法国直通西班牙。这是加里斯的圣雅各在正直的查理大帝与阿拉伯人打仗的时候，为了给他指路而标出来的。再远一点，你可以看见'灵魂之车'（大熊星座）和它四个明亮的车轴。走在前面的三颗星是三头牲口，对着第三颗的那一颗很小的星星，就是车夫。你看见周围那一大片散落的小星吗？那都是仁慈的上帝不愿意接纳进天国的灵魂……稍微低一点，那是'耙子'，或者又叫'三王'，这个星座可以给我们牧人们当时钟，我现在只要望它一眼，就知道已经过了午夜时分。再稍微低一点，老是朝着南方的是'米兰的约翰'，它闪闪发亮，是群星的火炬（天狼星）。我给你讲讲我们牧人对它的传说：有一天夜里，'米兰的约翰'和'三王'以及'北极星'（昴星），被邀请去参加它们朋友的婚礼。'北极星'急急忙忙从上面那条路先出发了。'三王'从下面那条路抄近追上了它，但'米兰的约翰'这个懒家伙，它睡到很迟才起来，一直落在后头，它很恼火，为了要阻止它的两个同伴，就把自己的拐杖向它们扔去。所以，'三王'又叫作'米兰的约翰的拐杖'……不过，所有这些星星中最美的一颗，是我们自己的星，那就是'牧童的星'。每天清晨，当我们赶出羊群的时候，它照着我们，到了晚上，当我们驱回羊群的时候，它也照着我们。我们还把它叫作'玛凯洛纳'，美丽的玛凯洛纳追在'普罗旺斯的皮埃尔'（土星）的后面，每隔七年就跟它结一次婚。"

"怎么！牧童，星星之间也有结婚的事？"

"是的，小姐。"

正当我想要向她解释星星结婚是怎么一回事的时候，我感到有样清凉而柔细的东西轻轻地压在我的肩上。原来是她的头因为瞌睡而垂了下来，那头上的丝带、花边和波浪似的头发还轻柔可爱地紧挨着我。她就这样一动也不动，直到天上的群星发白，在初升的阳光中消失的时候。而我，我瞧着她睡着了，心里的确有点激动，但是，这个皎洁的夜晚只使我产生一些美好的念头，我得到了它圣洁的守护。在我们周围，群星静静地继续它们的行程，柔顺得像羊群一样；我时而这样想象：星星中那最秀丽、最灿烂的一颗，因为迷了路，而停落在我的肩上睡着了……

舞会之后

[俄]列夫·托尔斯泰 | 谢周 译

"刚才你们说,一个人自己不可能懂得,什么是好,什么是坏,万事在于环境,是环境弄人。可我认为,万事在于机缘。我来讲讲我自己的经历。"

大家都很敬重的伊万·瓦西里耶维奇在听完我们的谈话之后,打开了话匣子。刚才我们谈论的是:为了个人的完善,首先必须要改变人们所处的环境。可我们谁也没有说过,一个人自己能否懂得,什么是好,什么是坏,但伊万·瓦西里耶维奇就是这么个人,他总喜欢琢磨跟大家谈话时他自己产生的那些念头,并循着这些念头给大家讲述他自己的生平际遇。通常,他都会完全忘记讲述的缘由,而全身心地沉浸在讲述之中,况且他还讲得非常诚挚、可信。

他现在就是这么做的。

"我来讲讲我自己。我的一生之所以如此,而非其他样子,这并不是环境使然,而完全是因为别的事情。"

"因为什么事情呢?"我们问道。

"不过这说来话长。要想弄明白,得讲好一阵子。"

"您倒是讲啊。"

伊万·瓦西里耶维奇陷入了沉思,随后摇了摇头。

"是啊,"他说,"我整个一生的转折,都是因为那天晚上,或者,更准确地说,是那天早上。"

"可到底怎么回事呢?"

"事情是这样的:当时我陷入了热恋。尽管我有过多次恋爱经历,但这次却最为刻骨铭心。这是往事,如今她的几个女儿都已嫁人了。她姓Б××,是的,她叫瓦莲卡·Б××,"伊万·瓦西里耶维奇没有隐瞒她的姓名,"她即便五十岁时,仍是个了不起的美女。而年轻时,十八岁那年,则更加妩媚动人:高挑、匀称、优雅,而且庄严,对,就是庄严。她总是把身子挺得笔直,好似非这般不可似的,同时头微微后仰,再加上她姣好的容貌和修长的身材,所以尽管她很瘦,甚至瘦得皮包骨,却仍有一股女皇般的威严气派,似乎令人难以接近,不过在她的嘴唇上、在她妩媚而又明亮的双眸里、在她可爱而又年轻的整个人身上,又始终都有一抹亲切、快乐的微笑。"

"瞧瞧,伊万·瓦西里耶维奇可真能形容。"

"是啊,可无论怎么形容,都无法让你们明白,她到底有多美。不过,这并不要紧,我主要想讲的是,当时是40年代。我还是一名大学生,就读于外省的一所大学。我不知道这是好事还是坏事,不过在当年,我们学校里可没有什么课外小组,也不传播什么理论,我们仅仅就是年轻人,过着年轻人该有的生活:学习、玩乐。当时我是一个快乐、活泼的小伙子,并且还很富裕。我有一匹剽悍的溜蹄马,我经常骑着它,载着贵族小姐们从山上疾驰而下(当时滑冰还不流行),也与男生们纵酒作乐(当年我们只喝香槟,不喝别的酒;要是没钱,就什么酒也不喝,可不像现在,去喝伏特加)。当年我最大的乐趣便是去参加晚会和舞会。我舞跳得很好,并且长得也不赖。"

"嚼,不必过谦,"一位女士插话道,"我们可是见过你早年的银版老照片。您何止长得不赖啊,您简直就是个美男子。"

"美男子就美男子吧,这没什么关系。关键是,那段时间我正热恋着她,这是谢肉节[1]的最后一天,我参加了省首席贵族——一位温厚和善的小老头、热情好客的大富翁、高级宫廷侍从——家里举办的舞会。负责招待客人的是同他一样温厚和善的妻子,她身着深褐色丝绒连衣裙,头戴钻石额饰,就像画像上的女皇伊丽莎白·彼得罗芙娜那样裸露着衰老、丰腴、洁白的肩膀和前胸。舞会很美妙:舞厅漂亮,还有乐队,乐手们在当时非常有名,是一位爱好音乐的地主家养的农奴乐师,餐点也很丰盛,还有无数的香槟美酒。尽管我非常喜欢香槟,当晚却滴酒未沾,因为即便不喝酒,我也早已陶醉于爱情之中了;不过舞我还是跳了个筋疲力尽——既跳了卡德里尔,又跳了华尔兹,还跳了波尔卡,当然,都是尽量找机会和瓦莲卡跳。她身着一袭白裙,腰间束一条粉红腰带,一双洁白的细软羊皮手套,大致齐到她那纤瘦、尖细的胳膊肘,脚上穿一双白色绸鞋。我的玛祖卡舞被人抢去了:那个可恶的工程师阿尼西莫夫(我至今都不能原谅他这件事)把她请走了,当时她刚进舞厅,而我去了一趟理发店,又去取了手套,便来迟了一步。所以我的玛祖卡舞没能跟她跳,而是跟一个德国小妞儿跳的,我此前也曾给她献过一点殷勤。不过,那天晚上我恐怕待她颇为失礼,我根本没拿正眼瞧她,眼里只有那个身着白色连衣裙、腰系粉红束腰带、修长而又匀称的曼妙身影,只有她那光彩照人、泛着红晕、嵌着酒窝的面容,以及她那亲切、可爱的双眸。不只我一人,大家都在看着她,都在欣赏她,男人们在欣赏她,女人们也在欣赏她,尽管她掩盖了她们所有人的光芒。不可能不欣赏呢。

"虽然照理说,我的玛祖卡舞不是跟她跳的,可实际上我几乎总在与她共舞。她时常大大方方地穿过整个舞厅,径直朝我走来,而我也往往不待邀请,便急忙立起身来,于是她就微笑着感谢我的机敏。

---

1. 谢肉节:包括俄罗斯在内的东斯拉夫民族的传统节日,一般在二月底三月初,即东正教大斋开始之前的一周。

而当我和别人同时被带到她跟前，她又没猜中我的品质[1]时，她一边把手伸给别人，一边耸耸纤细的肩膀，对我微微一笑，以示惋惜和安慰。当大家把玛祖卡舞曲的舞步跳成华尔兹时，我又与她跳了很久的华尔兹，她几次都气喘吁吁地微笑着对我说'Encore'[2]。于是我一次又一次地跳起华尔兹，轻盈得感觉不到自己的身体。"

"哟，怎么会感觉不到呢，我看哪，肯定能强烈地感觉到，当您搂着她的腰时，您不仅能感觉到自己的身体，还能感觉到她的呢。"一位男客说道。

伊万·瓦西里耶维奇突然涨红了脸，生气得几乎喊叫着说：

"是啊，这就是你们，如今的年轻人。你们眼里除了身体，什么都没有。在我们那个年代可不这样。我爱得越深，就越不注重她的肉体。如今你们见到的尽是秀足啊、脚踝啊什么的，你们只会脱光所爱的女人，可对我而言，按照Alphonse Karr[3]——他是位好作家——的说法：我恋爱对象身上，总穿着铜衣铁裳。我们不是想着要把她脱光，而是尽力去遮盖裸体，就像诺亚善良的儿子所做的那样[4]。唉，不过你们反正也不懂……"

"别理他。接下来呢？"我们中有个男子说道。

"是啊。就这样我又跟她跳了很久的舞，不知不觉时间就过去了。乐手们累得够呛，你们也知道，就像通常舞会快结束时那样，现

---

1. 此处指女士选择舞伴的规则：若两名男士同时想要邀请一名女士跳舞，则由他们各自先行选定代表自己的某种品质，如一人代表"勇敢"，另一人代表"谦逊"等；随后由中间人把二者领到女士跟前，由她猜测一种品质，猜中哪种品质，则与代表该品质的男士共舞。
2. 法语：再来一次。
3. 法语：阿尔封斯·卡尔（1808—1890），法国作家、记者，曾任《费加罗报》主编。
4. 据《圣经·旧约·创世记》记载，大洪水后，诺亚栽了一个葡萄园，他喝了园中的酒，赤身裸体地醉卧在帐篷中。诺亚的大儿子含见到赤裸的父亲，就到外边去告诉两个弟弟闪和雅弗。两个弟弟拿了件衣服搭在肩上，背脸倒退着走进帐篷，把衣服盖在父亲身上，这样他们就没看见父亲赤裸的样子。

场一个劲儿地反复奏着玛祖卡舞曲,各个休息室里面,老爷子和老妈子们也已经起身离开牌桌,等着用晚餐,仆人们端着东西,更加频繁地穿梭奔忙起来。这时已是凌晨两点多。应该要好好利用这最后几分钟时间。我再次挑选了她,于是我们第一百次踏着舞步穿过大厅。

"'那么,晚饭后的卡德里尔舞跟我跳?'我送她回原座时,对她说道。

"'当然,假如爸妈没把我带走的话。'她微笑着说。

"'我不许。'我说。

"'请把扇子给我。'她说。

"'真遗憾要把它还给您。'我一边说,一边递给她那把颇为廉价的白扇子。

"'这个给您吧,免得您遗憾。'她说着,从扇子上拽下一小片羽毛给我。

"我接过羽毛,满眼尽是欣喜和感激之情。我何止快乐、满意,我还幸福,如登极乐,我善良,我已不再是我,而是某个超凡脱俗、某个不知恶为何物、一心向善的圣人了。我把羽毛藏进手套,站在那里,无法从她身边挪开脚步。

"'您看,有人叫爸爸跳舞呢。'她对我说道,同时指着她父亲——一个高大魁梧、肩上戴着银质带穗肩章的上校军官,此刻他正站在门口,跟女主人和另外几位女士们待在一起。

"'瓦莲卡,过来。'我们听见,那位头戴钻石额饰、露出伊丽莎白式肩膀的女主人高声喊道。

"瓦莲卡往门口走去,我跟在她后面。

"'ma chère[1],劝你父亲跟你跳跳舞吧。欸,请吧,彼得·弗拉基斯拉维奇。'女主人又对上校说道。

---

1. 法语:我亲爱的。

"瓦莲卡的父亲是一位潇洒帅气、高大魁梧，精神抖擞的长者。他的脸颊非常红润，留着两抹雪白、à la Nicolas I[1]末端上翘的小胡子，以及同样雪白、一直延伸到唇髭的络腮胡，还有两绺朝前梳的鬓发；他那明亮的双眼中和嘴唇上，有着和他女儿一模一样亲切、快乐的微笑。他的身材很好，按军人的派头挺着宽阔的胸膛，上面稍稍点缀了几枚勋章，肩膀非常结实，两条腿修长、匀称。这是一位颇具尼古拉一世风采的沙场老将型军官。

"当我们走到门口时，上校却推辞说，他已经疏于跳舞了，不过他还是微笑着把手伸到左边，从佩带环套中拔出长剑，交给一个殷勤的年轻人，随后把麂皮手套戴到右手上。'全都得按规矩来。'他微笑着说道，牵起女儿的手，转了小半圈，候着节拍。

"等到玛祖卡舞曲刚一起头，他便利落地把一只脚一跺，随后迈出另一只脚，于是他那高大笨重的躯体，配合着鞋底的踏地声和两只脚跟的互碰声，时而平稳舒缓、时而迅猛豪迈地绕着大厅舞动起来了。瓦莲卡那婀娜轻盈的身影，在他旁边翩然飘动，她那双白色绸鞋里的纤纤秀足，令人不易觉察却又非常及时地不断变换着步幅，时而迈着碎步，时而又跨出大步。整个大厅里的人都在注视着这对舞伴的每一个动作。而我呢，不仅在欣赏，而且还满怀欣喜和感动地看着他们。尤其令我动容的是他脚上那双紧绷在裤脚套带[2]里的靴子——这是一双上好的小牛皮靴子，可并非那种时髦的尖头皮靴，而是一双旧式的、没有后跟的方头靴。显然，这双靴子出自一位军营鞋匠之手。'为了让心爱的闺女进入社交界，为了装扮她，他连双时髦的靴子都不买，却穿着这种自制的东西……'想到这里，这双靴子前端的方头

---

1. 法语：尼古拉一世式的。
2. 裤脚套带：当时的贵族男子或军人为了使裤子穿在身上随时显得笔挺好看，往往会在裤脚口缝一条套带，踩在鞋底的鞋跟和鞋掌之间的空隙处。

部分就越发让我感动了。显然,他曾经舞技精湛,可如今却变得笨重了,双腿再也不那么矫健,尽管全力以赴,他仍然难以全部完成那些优美、轻快的舞步。可他终究还是在大厅里灵巧地舞了两圈。随后他快速地叉开双腿,再重新并拢,接着稍显吃力地单膝跪地,而她则微笑着正了正被他绊住的裙子,绕着他轻盈地溜了一圈,这时,所有人都热烈地鼓起掌来。他略显费力地起身,温存、爱怜地双手捧起女儿的后脑,吻了吻她的额头,然后把她带到了我的跟前,以为我在跟她跳舞。我说,我不是她的舞伴。

"'嗨,反正都一样,你们现在就去跳会儿吧。'他一边说,一边亲切地微笑着把长剑插入佩带环套。

"只要有一滴水从瓶中溢出,整瓶水往往都会随之倾泻而出,同样,我心中对瓦莲卡的爱情,也释放出了蕴藏在我内心的爱的全部潜能。当时我用我的爱,拥抱着全世界,我爱那位戴着额饰的女主人,爱她那伊丽莎白女皇式的前胸,爱她的丈夫、她的宾客们和仆人们,甚至也爱那个冲我生气的工程师阿尼西莫夫。至于对她的父亲,连同他那双自制靴子和像她一样亲切的笑容,我当时更是体会到了一种欣喜而又温存的情意。

"玛祖卡舞曲结束了,主人招呼宾客们用晚餐,可Б××上校谢绝了,说他明日要早起,便与主人夫妇道了别。我吓了一跳,以为她要被带走,然而她跟母亲一起留了下来。

"晚饭后我和她跳了先前说好的卡德里尔舞,尽管我似乎已经幸福无限,可我的幸福还在不断增长。我们只字未提爱情。我甚至既没问她,也没问自己,她是否爱我。对我而言,只要我爱她,这就足够了。我唯一担心的便是:会不会有什么事情来破坏我的幸福。

"当我回到家里,脱去衣服想要睡觉的时候,我发现,这样的事情绝无可能。我手里有一小片从她扇子上拔下来的羽毛,还有她的一整只手套,这是她乘马车离开、我依次扶她母亲和她上车时,她交给我的。我看着这些东西，尽管睁着眼睛，眼前还是浮现出了她挑选舞伴、猜中我品质时的情景，仿佛听见她用动人的嗓音说：'是骄傲？对吧？'——随后便欢快地伸出一只手给我；忽而仿佛又见到她晚餐席间一边举杯轻啜香槟、一边蹙着额头用温存的眼神望着我的情景。不过多数时候还是回想起她与父亲配对起舞的场景，我仿佛看见她轻盈地在他身旁转动，怀着对自己、对他的骄傲和喜悦之情，望着那些观赏他们的宾客。这时我便情不自禁地对他和她产生了同样的温情和感动。

"当时我跟我已故的哥哥单独住在一起。我的兄长总体说来不喜欢上流社会，也不参加舞会，他那时正在准备学士考试，生活得极有规律。他已经睡下了。我看了一眼他埋在枕头里、被法兰绒被子盖住一半的脑袋，不由得爱怜起他来，惋惜他既不了解，也没能分享到我现在的幸福。家仆彼得鲁沙手持蜡烛迎上了我，他想帮我宽衣，但被我打发走了。他那副睡眼惺忪的面容和乱蓬蓬的头发，也让我觉得深受感动。我尽量不弄出声响，踮着脚尖走进自己的卧室，坐到床铺上。嗬不，我太幸福了，我难以入眠。加之屋里暖气太足，热得难受，于是我没脱制服，悄悄出了卧室，来到前厅，穿上大衣，打开户外大门，出门到了街上。

"我离开舞会的时候是凌晨四点多，等回到家里，再坐了一会儿，又过了大概两小时，因此，当我出门的时候，天色已亮。正是谢肉节期间的典型天气，有雾，饱含水分的积雪在道路上渐渐融化，所有的屋顶都在滴水。Б××家住在城市的尽头，附近有一大片空地，空地一端是一处游乐园，另一端则是一所女子中学。我穿过我们那条空寂的小巷，来到外面大街上，渐渐开始有了些行人，还遇到一些运送劈柴的马拉雪橇，雪橇的滑木碾过薄薄的积雪，已经可以触到硬路面。马儿们不紧不慢地摆动着湿漉漉的、套在锃亮车轭下方的脑袋，车夫们身上罩着粗麻布，脚上穿着大筒靴，跟在雪橇车旁啪嗒啪嗒地走着，街上的楼房笼罩在雾中，显得格外高大——眼前这一切景象，都让我倍感亲切,让我觉得意义非凡。

"当我来到他们家附近的那片空地时,我看见,在远端的游乐园方向,有一大团黑乎乎的东西,还听到有笛声和鼓声传来。我心情一直很舒畅,耳边还不时回响着玛祖卡舞曲。但是,这却是另外一种生硬、难听的曲调。

"'这是怎么回事?'我想,便沿着空地中间一条车辙形成的湿滑道路,朝声音传来的方向走去。走了百十来步,我透过雾气,影影绰绰地看见许多黑色的人影。显然,这是一群士兵。'大概在操练吧。'我想,便与我前方一个穿着油渍斑斑的短皮袄子、系着围裙、手里拿着什么东西的铁匠一起又走近了些。士兵们穿着黑色军装,面对面地站成两排,手持长枪贴着裤腿立定。他们身后站着一名鼓手和一名笛手,正在不断地翻来覆去演奏那难听、刺耳的曲子。

"'他们这是在干什么?'我问在我身旁停下来的铁匠。

"'在用夹鞭刑[1]惩罚一个鞑靼逃兵。'铁匠生气地说道,望着队列的远端。

"我也往那边看去,发现在两排士兵中间,有个什么可怕的东西正在逐渐向我移近。这离我越来越近的,原来是个赤裸上身的人,他两只手分别绑在两个士兵的长枪上,被他们牵着。他身旁跟着一位高大的军人,身穿军大衣,头戴大檐帽,他的样子让我觉得很眼熟。受刑者全身抽搐,双脚噗嗒噗嗒地踏着湿雪,承受着来自两边密集的抽打,慢慢向我走来,时而向后仰倒——这时那两个用长枪牵着他的军士就把他往前推,时而向前扑倒——这时那两个军士就撑住他,把他往后拽。紧跟在他身旁的,是那位迈着坚定步伐、大摇大摆地走着的高大军人。这是她的父亲,是他那红润的脸、他那雪白的小胡子和络腮胡。

"每挨一次打,这个受刑人就好似吃了一惊似的,把他痛苦扭

---

1. 夹鞭刑:旧时的一种酷刑,受刑者慢慢穿过用树条鞭或棍棒抽打的兵阵。

曲的脸转向抽打袭来的那个方向，龇牙咧嘴地重复着同一句话。直到他离我很近，我才听清这句话。他不是在说话，而是在呜咽：'兄弟们，发发慈悲吧。兄弟们，发发慈悲吧。'可兄弟们并没有发慈悲，而当队列跟我完全齐平时，我看到，站在我对面的一个士兵果断地向前迈出一步，呼的一声大力挥起棍子，狠狠地抽打在这个鞑靼人的后背上。鞑靼人挣扎着往前，可两名军士拽住了他，接着，同样的击打又从另一边落到了他的身上，接着又从这边，接着又从那边。上校跟在旁边，时而看看自己脚下，时而瞧一眼受刑者，间或鼓起腮帮，吸一口气，然后再从嘬起的嘴唇里，缓缓把气呼出去。当队伍经过我站立的地方时，我匆匆瞥了一眼受刑者那夹在两排士兵中间的脊背。这是一个伤痕斑斑、血肉模糊、红一块紫一块、完全不成样子的东西，我简直不敢相信，这是人的躯体。

"'哦，上帝啊。'我身旁的铁匠说道。

"队伍渐渐远去，棍棒继续从两边抽打着这个步履踉跄、全身抽搐的人，依然响着鼓声和笛声，高大魁梧的上校仍然迈着坚定的步伐，走在受刑人身旁。突然，上校停下脚步，快步冲向一个士兵。

"'我要叫你尝尝厉害，'我听到他愤怒的声音，'看你还敢打马虎眼？还敢不？'

"于是我看到，他抬起那只强壮有力、戴着麂皮手套的大手，朝一个惊恐万状、瘦小赢弱的士兵脸上打去，因为这士兵没有用尽全力去挥棍击打鞑靼人那通红的脊背。

"'重新拿些棍子来！'他喊道，回头时看见了我。他装作一副不认识我的样子，恶狠狠地拉下脸，急忙扭过头去。我羞愧得无地自容，眼睛都不知道该往哪儿放，好似有人当众揭发了我一桩最无耻的行径一样，于是我垂下眼睛，赶紧离开这里往家去了。一路上，我的耳朵里时而回响着急促的鼓声和吱吱的笛声，时而传来那句话：'兄弟们，发发慈悲吧。'时而又听到上校那自负、愤怒的声音在喊叫：

‘看你还敢打马虎眼？还敢不？’同时，我心头却几乎产生了一种生理上的、令人作呕的忧愁，我好几次都停下脚步，觉得似乎马上就要把我体内因这一情景而起的全部恐惧呕吐出来。我不记得是如何回到家里躺在床上的，可我刚要睡着，立马又听到、看到了这一切，于是猛地坐了起来。

"'显然，他知道一些我不知道的事情，'我想起上校，'假如我也知道他知道的那些事情，我就会理解我见到的这一切，也就不会为此痛苦了。'然而，尽管我绞尽脑汁，还是没能理解上校所知道的那些事情，直到傍晚，我去找一位朋友喝得酩酊大醉之后，才终于睡着。

"怎么样，你们以为，我当时就断定，我见到的这件事情是坏事？决不。'既然事情做得那么坦然，并且大家都认为必须如此，那么，应该是他们知道某些我不知道的事情。'我一直琢磨着，极力想要明白这一点。可无论我怎么努力，后来还是没弄明白。也正因为没弄明白，我才没按原来的打算去从军，不但没去从军，而且什么也没干，正如你们所见，成了个一无是处的人。"

"嘿，这我们可知道，您是如何一无是处的，"我们中有个男的说道，"您倒还不如说：要是没有您，有多少人会一无是处呢。"

"嗨，这全都是胡说八道。"伊万·瓦西里耶维奇带着诚挚的懊恼语气说道。

"那么，爱情怎样了呢？"我们问道。

"爱情？爱情从这天起就逐渐消逝了。当她习惯性地面带微笑陷入沉思时，我立刻就会想起广场上的上校，就会觉得有些尴尬、不快，也就越来越少跟她见面了。于是，我们的爱情就这样消于无形了。所以，真是世事无常，人生的逆转难料啊。可你们却说……"他结束道。

乞力马扎罗的雪

[美]厄尼斯特·海明威 | 杨蔚 译

乞力马扎罗是一座冰雪覆盖的山峰，海拔19710英尺[1]，据说，是非洲最高峰。它的西峰在马赛语里被叫作"恩伽耶—恩伽伊"[2]，神之居所。西峰顶附近有一具风干冰冻的花豹尸首。没人知道，花豹跑到这么高的地方来做什么。

"妙的是，一点儿都不疼。"他说，"这时候你就知道，麻烦了。"
"真的吗？"
"绝对。不过真是抱歉，这味道一定熏着你了。"
"别！别这么说！"
"瞧瞧它们，"他说，"到底是我这副模样，还是这股气味把它们招来的？"

行军床搁在金合欢树下，男人躺着，透过树影望向白晃晃的草原，那里蹲着三只惹人厌的大鸟，天上还有十几只在盘旋，投下一道

---

1. 乞力马扎罗目前公认的海拔高度是19341英尺。
2. 恩伽耶—恩伽伊，原文为"Ngàje Ngài"，"Ngài"是非洲马赛人（Masai）信奉的创世神。Masai也作Massa、Massi或Massai。

道快速划过的影子。

"从卡车抛锚那天起它们就在了，"他说，"今天是头一次有停到地上的。一开始我还仔细观察过它们飞行的姿态，琢磨着，说不定有天能用在哪篇小说里。现在想想，真好笑。"

"真希望你不要这样。"她说。

"我不过说说罢了。"他说，"说说话时间就好过得多。但我不想惹你心烦。"

"你知道我不会烦的。"她说，"只是什么都做不了，我才这么焦虑。我觉得，也许我们应该尽量放轻松些，好等到飞机来。"

"或者是等到飞机再也不来。"

"拜托，告诉我，我能做些什么。一定有什么是我能够做的。"

"你可以把我这条腿卸了，说不定就能阻止它继续恶化，不过我很怀疑。要不也可以冲着我开一枪。如今你是个好枪手了。我教过你射击，不是吗？"

"求你了，别这么说。要不我给你读点儿什么？"

"读什么？"

"咱们包里随便哪本没读过的书。"

"我听不进去。"他说，"说说话最好过了。我们来吵架吧，打发打发时间。"

"我不吵架。我从来就不想吵架。咱们再也不要吵架了，好吗？不管多紧张都不吵。说不定他们今天就会搭另一辆卡车回来。说不定飞机就快到了。"

"我不想动弹了，"男人说，"现在走已经没什么意思了，最多是能让你好过点儿。"

"你这是懦弱。"

"你就不能让一个男人死得舒服点儿吗？清清静静的？骂我有用吗？"

"你不会死的。"

"别傻了。我这就要死了。不信问问那些混蛋。"他看向那些讨厌的巨鸟,它们蹲在那里,翅膀耸起,把光秃秃的脑袋埋在里面。第四只落下来了,先是紧跑几步,接着就晃晃悠悠地踱近其他几只。

"每个营地周围都有。你只是从来没有留意过它们。只要不放弃,你就不会死。"

"你从哪儿看来的这些东西?真是个大傻瓜。"

"你可以想想别的什么人。"

"看在上帝的分上,"他说,"这正是我的老本行。"

他躺下来,沉默了一阵,隔着草原上蒸腾的热浪,望向灌木丛边。几只汤氏瞪羚现了一下身,看着就像是黄底上的小白点,更远处,他看见了一群斑马,条纹雪白,衬着背后灌木丛的绿。这是个挺舒服的营地,安在大树下,背靠山坡,有不错的水源,不远就是一个快要干涸的水塘,清早有沙鸡飞来飞去。

"不想要我读点儿什么吗?"她坐在行军床旁的一张帆布椅上,问道,"有点儿风了。"

"不,谢谢。"

"也许卡车就要到了。"

"我不在乎什么卡车。"

"我在乎。"

"你在乎的东西多了,都是些我不在乎的。"

"并没有那么多,哈里。"

"来杯酒怎么样?"

"这对你不好。《布莱克手册》[1]里说了,什么酒也不能碰。你不

---

1. 一种当时流行的日常健康指导手册。作者詹姆斯·布莱克(James Black,1823—1893)是戒酒运动的倡导者,美国禁酒党的建立者之一,并在1872年成为该党的美国总统竞选人。

应该喝酒。"

"莫洛!"他叫道。

"是的,老爷。"

"拿杯威士忌苏打来。"

"是的,老爷。"

"你不该喝酒。"她说,"我说的放弃就是指这个。书上说了,这对你不好。我知道,这对你没好处。"

"不。"他说,"这对我有好处。"

都结束了,他想。现在,他再也没有机会来完成它了。这就是结局,为一杯酒争吵着,就这么结束。自从右腿上生了坏疽,他就不觉得疼,也不觉得害怕了,能感觉到的,只有浓浓的倦意和愤怒,就这么完了。至于这临近的尾声,他完全不在意。多少年来这问题一直纠缠着他,不过现在已经毫无意义了。很奇怪,只要够疲倦,原来这么容易就能走到这一步。

那些积攒下来的,想留到更有把握时再写的东西,现在再也无法写下来了。也不用忍受写作的挫败了。也许你根本就不会把它们写出来,这就是为什么你要把它们扔在一边,迟迟不肯动笔。但现在,他永远都不会知道答案了。

"真希望我们没来这里。"女人说。她看着他,手里端着玻璃杯,咬着嘴唇:"在巴黎你绝不会遇到这种事。你总说你爱巴黎。我们应该留在巴黎,或者随便去哪里都好。到哪儿都行。我是说,只要你喜欢,我到哪儿都好。如果你想打猎,我们可以去匈牙利,那里很舒服。"

"你那些该死的钱。"他说。

"这不公平。"她说,"我的钱就是你的。我扔下一切,你想去哪儿就跟你去哪儿,你想做什么我就做什么。但我宁愿从没来过这里。"

"你说过你爱这里。"

"是,那是你没事的时候。但现在我恨这里。我不明白为什么你会出事。我们做了什么,这一切要发生在我们身上?"

"我猜,我在一开始刮伤时忘了给伤口上碘酒。后来也没管它,因为我从来没有感染过。再后来,情况变糟了,别的抗菌剂也用完了,大概是碳酸溶液效力不够,反而麻痹了毛细血管,于是就生坏疽了。"他看向她,"还有别的吗?"

"我不是这个意思。"

"如果我们雇了个好机修工,而不是半吊子的基库尤[1]司机,那他就会检查机油,绝不会把卡车的轴承给烧了。"

"我不是这个意思。"

"如果你没有离开你那帮人,你那帮该死的旧西布雷、萨拉托加、棕榈滩[2]的家伙,来和我待在一起——"

"嘿,我爱你。这不公平。我爱你。我一直爱你。难道你不爱我吗?"

"不。"男人说,"我可不这么想。我从没爱过你。"

"哈里,你在说什么呀?你昏头了。"

"不。我没什么头可昏。"

"别喝了。"她说,"亲爱的,求你别再喝了。我们一定要尽全力。"

"你尽吧。"他说,"我累了。"

此时,他的脑海里浮现出一座火车站,是卡拉加奇[3],他看见自己站着,背着背包,一道亮光划破黑暗,辛普朗号东方快车疾驰而来,那是撒

---

1. 基库尤,非洲种族之一,也是肯尼亚最大的族群。
2. 旧西布雷、萨拉托加、棕榈滩,美国地名,都是富人区。
3. 卡拉加奇,土耳其西北部城市。

退以后,他正要离开色雷斯[1]。还有他攒下来想写的一个片段,那天早餐时,透过窗户,他看到保加利亚群山上的白雪,南森[2]的秘书正向一位老人打听山上的究竟是不是雪,那老人看看窗外,说,不,那不是雪。离下雪还早着呢。秘书将这话告诉了其他姑娘:你们看,不是雪。不是雪,她们相互说,那不是雪,我们弄错了。但那就是雪,他却在安排居民交换时把她们送进了山里。那就是雪。那个冬天,她们艰难地跋涉,直到死去。

那一年的圣诞,高尔塔尔山[3]也下了整周的雪。他们住在伐木工人的屋子里,半间屋子都被大大的方形瓷炉子给占满了,当那个双脚流血的逃兵穿过雪地闯来时,他们正睡在填着山毛榉叶子的床垫上。他说宪兵就在后面追来,他们给他穿上羊毛袜子,拖住宪兵东拉西扯,直到雪地上的脚印被盖住。

在施伦茨[4],圣诞那天,从魏因斯图贝葡萄酒馆看出去,雪亮得扎眼,你能看到每一个从教堂出来回家的人。河边道路滑溜,被雪橇磨得发黄,穿过长满松树的陡坡,他们就从那里上路,肩上扛着沉甸甸的滑雪板。在那个地方,他们自马德莱纳小屋上方的冰川呼啸而下,白雪像蛋糕上的糖霜一样柔滑,轻盈蓬松如粉,他还记得那种滑行,无声无息,快得像飞鸟俯冲。

那次,他们被暴风雪困在马德莱纳小屋,足足有一整个星期,成天都在打牌,马灯烟雾腾腾。越是输,伦特先生的赌注就下得越高。最后,他输了个底儿掉。什么都输光了,滑雪学校的经费,整个季度的收益,还有他自己的钱。到现在,他还能看见伦特先生的模样,长长的鼻子,抓起牌

---

1. 色雷斯,欧洲东南部的历史地区,覆盖今保加利亚东南部、希腊东北部和土耳其的欧洲部分。主人公的回忆片段多来自海明威本人的经历,此处涉及1922年的希土战争(Greek-Turkish War),土耳其军队于8月发动反攻,以致希腊军队在色雷斯溃败并撤退。
2. 南森,挪威探险家、科学家,因帮助战俘和难民重返家园而获得1922年的诺贝尔和平奖。
3. 高尔塔尔山,位于奥地利。
4. 施伦茨,奥地利西部山地城市,登山徒步度假胜地。

来,翻开,嘴里大叫着,"不看"[1]。那时候总是在赌博。没雪时,你赌,雪太大时,你也赌。他想起这辈子所有那些花在赌博上的时间。

关于这些,他一行字都没写过。也没写过那个寒冷、明亮的圣诞节。群山在草原上投下阴影,巴克驾着飞机飞过边界,去轰炸撤离奥地利军官的火车,在他们四散奔逃时端起机枪扫射。他记得,后来巴克走进食堂,说起这事。食堂里一片寂静,然后,有人说:"你这狗娘养的杀人狂。"

跟后来和他一起滑雪的那些人一样,被杀死的也都是奥地利人。当然,不是同一批。和他滑了整年雪的汉斯曾在皇家猎兵[2]服役,一起爬上锯木场上方的小山谷打野兔时,他们聊起过帕苏比奥之战,聊起过佩尔蒂卡拉和阿萨隆尼遭到的进攻,他没写过一个字。也没写过蒙特科罗纳,没写过塞特科穆尼,没写过阿尔谢罗[3]。

他在福拉尔贝格和阿尔贝格[4]待过几个冬天?是四个。接着,他记起那个卖狐狸的男人,那时他们刚刚走进布卢登茨,打算去买礼物,他记起上好樱桃酒里的樱桃核味道,记起在干燥的粉雪上飞驰,嘴里唱着"嗨!嚯!罗利说"[5],滑过最后一段,冲下陡峭的山坡,笔直向前,转三个弯,穿过果园,跃过沟渠,踏上旅馆背后结冰的路面。掰开卡子,蹬掉雪板,把它们竖在旅馆木墙边,灯光从窗户里透出来,屋子里烟雾腾腾,新酒闻着很暖,他们正拉着手风琴。

"我们在巴黎时住在哪儿?"此刻,在非洲,他问身边帆布椅上的女人。

---

1. 原文此处为法语"Sans Voir",意为"不看"。
2. 皇家猎兵,奥匈帝国的皇家精锐部队,1918年解散。
3. 帕苏比奥(Pasubio)、佩尔蒂卡拉(Perticara)、阿萨隆尼(Asalone)、蒙特科罗纳(Monte Corona)、塞特科穆尼(Sette Communi)、阿尔谢罗(Arsiero),均是意大利地名。
4. 福拉尔贝格(Vorarlberg)和阿尔贝格(Arlberg),奥地利著名冬季度假区。
5. 出自爱尔兰民谣《井中的青蛙》。

"克里翁酒店。你知道的。"

"我怎么知道？"

"我们总是住那里。"

"不。并不总是。"

"是，还有圣日耳曼的亨利四世酒店。你说过你爱那儿。"

"爱是堆屎。"哈里说，"我就是只站在屎堆上打鸣儿的公鸡。"

"如果你不得不离开，"她说，"是不是一定要把留下的都毁了？我是说，你是不是非得把一切都带走？是不是非得杀掉你的马、你的妻子，烧掉你的马鞍和盔甲？"

"是。"他说，"你那些该死的钱就是我的盔甲。我的快马和我的盔甲。"

"别这样。"

"好啊。我不这样。我没想伤害你。"

"现在说有点晚了。"

"那好吧。我就接着伤害你。这挺有趣。反正我唯一喜欢和你做的事现在没法做了。"

"不，这不是真的。你喜欢做很多事，你想做的事我都会陪你。"

"噢，看在上帝的分上，别说漂亮话了，行吗？"

他看向她，发现她哭了。

"听着。"他说，"你觉得我这样有趣吗？我不知道为什么要这么说。大概是要破坏一切来让自己活下来吧，我猜。咱们刚开始聊天时我还好好儿的。我没想这样，现在我就像个疯狂的傻子，对你也糟透了。别在意我说的那些话，亲爱的。我爱你，真的。你知道的，我爱你。我从未像爱你那样爱过任何其他人。"

他又开启了平日里为换得面包黄油而惯常说的谎言。

"你对我很好。"

"你这女人，"他说，"你这有钱的女人[1]。这是诗。我现在浑身都是诗。腐烂和诗，腐烂的诗。"

"停下来。哈里，为什么你现在一定要变成个恶魔？"

"我什么都不想留下。"男人说，"我死后什么都不想留下来。"

现在已经是黄昏，他睡了一觉。太阳落到山后，一片阴影横跨过平原，小动物来到营地附近觅食，这会儿，他就在看着它们。它们的脑袋飞快地一点一点，尾巴扫来扫去，小心地与矮树丛保持着距离。大鸟不再停在地面上，全都沉甸甸地盘踞在树梢，更多了。他的随身男仆守在床边。

"夫人去打猎了。"男孩说，"老爷想要些什么吗？"

"不。"

她是想去弄些肉回来，知道他有多爱看这个，她特意跑得远远的，避开他视线内的一小块平原，免得打扰了他。她总是那么体贴，他想。不管是知道的，曾经读过的，还是听到过的，她都记着。

这不是她的错，他遇到她时，就已经毁了。一个女人要怎么才会知道，你的那些话毫无意义，只不过是习惯性地顺口说说，只不过是为了图个舒服？自从不再用真心之后，他就靠谎言应付女人，比说实话时得心应手多了。

与其说，他是想要说谎，不如说是没什么真话可说。他曾拥有过自己的生活，但那早已结束，之后还继续活着，和另一些人一起，更有钱，待在那些最棒的老地方，也去一些新去处。

不去多想，一切都很好。你心里有数，做好了防备，所以不会再像大多数人那样受伤，对于曾经在乎的工作，你摆出了毫不在意的姿态，结果，你就再也无法工作了。可是，你暗地里告诉自己，你会把这些人都写出来的，至于那些大富豪们，你并不是其中一员，只是他

---

1. 原文"rich bitch"为叠韵，所以以下文说"这是诗"。

们国度里的冷眼旁观者，你终究会离开，把这些化为文字，至少这一次，是个真正了解内情的人在写作。但他再也无法办到了，因为那没有写作的每一天，舒适的每一天，扮演着他所瞧不起的人的每一天，早已耗去了他的能力，消磨了他工作的欲望，最后，他就彻底不工作了。他不工作时，那些他认识的家伙也就都觉得舒服多了。在生命中最好的时光里，非洲曾给他带来了最多的快乐，所以他回到这里，想要重新开始。他们安排了这次游猎，不讲究舒适。但也不艰苦。只是没有奢华享受而已，他想着可以通过这样的方式重新锻炼自己。他或许可以想办法给灵魂减减肥，就像拳击手进山里训练一样，以便重新焕发活力，调动起他的身体。

她原本很喜欢的。她说过，她爱这次旅行。一切能让人兴奋的东西她都爱，包括环境的改变，那里有新的人和令人愉悦的东西。他也恍惚感到重新获得了工作的力量。如果现在就是结局，他知道这就是，他绝不能像有些蛇那样，因为断了脊梁就啃咬自己。这不是那女人的错。就算不是她，也会是其他人。如果以谎言为生，就该试着在谎言里死去。他听到山后传来一声枪响。

她打枪打得很好，这个富有的女人、仁慈的守护人、他才华的摧毁者。胡说。是他自己毁了自己的才华。他怎么能责备这个女人，就因为她让他衣食无忧？是他自己荒废了自己的才能，背叛了自己和心中的信念，他饮酒无度，磨钝了洞察的锋锐，他懒散、怠惰、势利、自高自大、心怀偏见，他不择手段，满口谎言。这是什么？一张旧书单？他到底有什么才能？是，他有过一项还过得去的才能，却没有好好使用它，反倒是用它来做了交易。问题始终不在于他做过什么，只在于他能做什么。而他选择了用其他东西谋生，而不是笔。每次他爱上一个女人，这女人都比前一个更有钱。这很奇怪，不是吗？可现在，他不再爱了，满口谎言，就像对现在这个女人一样，她是最有钱的一个，有的是钱，曾有过丈夫和孩子，有过些不如意的情人。她深爱他,把他看作作家、男人、伴侣和珍宝。奇怪的是,虽然压根儿不爱她,一切都是谎言,他却比真心爱恋时做得更好。

我们能做什么必定是早就注定了的,他想。无论如何,你总得靠才能谋生。他一辈子都在出卖生命力,以这样那样的方式,而不动多少真情的时候,你反而能让金主的钱花得更值。他早就明白了这一点,但从没写出来,现在也不。不,他不会写的,尽管这很值得一写。

这会儿她出现了,正穿过开阔地向营地走来。穿着马裤,带着她的来复枪。两个男孩拖着一只羚羊跟在她身后。她仍是个好看的女人,他想,身体也动人,在床笫间很有天分和品位。她并不漂亮,可他喜欢她的脸。她阅读很广,喜欢骑马打猎,当然,酒喝得有点多。年轻时,她丈夫就死了,后来,她一心扑到两个刚刚长大的孩子身上,可他们并不需要她,觉得被束缚住了,再后来,她的心思转向马,转向书,还有酒。她喜欢在晚饭前的黄昏里读书,一边喝着苏格兰威士忌苏打。到吃饭时已经醉得不轻了,餐间再有一瓶葡萄酒下去,就可以倒头睡下。

这是在情人们出现以前的事。有情人之后她就不喝这么多了,因为用不着靠酒来入睡。但这些情人很快就让她腻烦了。她嫁过一个男人,从没烦过,可这些人让她烦透了。

后来,她的一个孩子在飞机失事中去世,她不想再靠情人和酒来麻醉自己了,不得不寻找另一种生活。突然之间,她很害怕一个人待着,只想找个值得敬重的人陪着。

开头很简单。她喜欢他的书,一直羡慕他笔下的生活。觉得他做的都是自己想做的事。慢慢地,她虏获了他,也在这过程中爱上了他,一切都很自然,她建立了新的生活,而他则卖掉了过去的生活。

为了安全感,也为了安逸,他卖掉了过去,这没什么好否认的,还能为什么呢?他不知道。她对他予取予求。他知道。她是个该死的好女人。谁见了都会想和她上床,他也不例外,或者说,宁愿是她,因为她更富有，因为她那么亲切、迷人，有品位，因为她从不矫揉造作。可现在，她重新建立起的新生活又要到头了，就因为两周前荆棘扎破膝盖时他忘了涂碘酒，当时他们是想再靠近些去拍一群非洲大水羚，它们的头高高抬起，四处张望，努力嗅着空气里的味道，耳朵大大张开，只要有一丝异样的声音，就立刻冲进矮树丛里。没等他按下快门，它们就跑掉了。

她现在走过来了。

他躺在帆布床上，转过头看向她。"嗨。"他说。

"我打了一只公羚羊。"她告诉他，"能给你做碗好肉汤，我还让他们用克林奶粉做些土豆泥。你感觉怎么样？"

"好多了。"

"这不是很好吗？你知道，我就想着你会好起来的。我离开时你睡着了。"

"我睡了个好觉。你走得远吗？"

"不。就在山后面。打那只羚羊时我干得棒极了。"

"你很会打猎，你知道的。"

"我爱这个。我爱非洲。真的。如果你还好好儿的，那这就是我最快乐的日子。你不知道，和你一起打猎有多开心。我原本很爱这个国家。"

"我也爱它。"

"亲爱的，你不知道，看到你感觉好些了有多棒。你之前那样我简直要受不了了。别再那样对我说话了，好吗？答应我？"

"好。"他说，"我都不记得自己说了些什么了。"

"千万别再伤害我了。行吗？我只是个爱你的中年女人，想要陪着你做你喜欢的事。我已经被毁过两三次了。你不想再毁我一次，对吗？"

"我很乐意在床上毁你几次。"他说。

"是啊,那是很棒的毁灭。我们都乐意被那样毁灭。明天飞机就会到了。"

"你怎么知道?"

"我知道。它会来的。男孩们已经准备好了柴火,在草地上架好了柴堆。我今天又下去看过了。这里有的是地方可以降落,我们已经在两头都堆好了柴堆。"

"你为什么觉得它明天会来?"

"我确定。这都已经晚了。等到了城里,他们会治好你的腿,接着我们就可以来些很棒的毁灭。再也没有那些糟透了的谈话。"

"来杯酒如何?太阳下山了。"

"你觉得你该喝吗?"

"我要喝一杯。"

"那我们一起喝一杯。莫洛,拿两杯威士忌苏打来!"她喊道。

"你还是穿上防蚊靴的好。"他提醒她。

"等洗过澡再穿……"

他们喝着酒,天越来越黑,已经没法瞄准射击了,就在完全黑下来之前,一只鬣狗穿过空地朝山边跑去。

"那杂种每晚都这么跑过去。"男人说,"两个星期了,每晚都是。"

"晚上叫的就是它。我倒不太在意。虽说它们是种肮脏讨厌的动物。"

两人一起喝着酒,没有疼痛,男孩们点起了火,影子在帐篷上跳跃,要不是一直躺着有些难受,他几乎又要沉迷在过去那种安逸放任的生活中了。她对他非常好。可今天下午他却粗暴不公。她是个好女人,真的非常好。就在那一刻,他意识到自己要死了。

这念头一下子冒出来,不像奔涌而来的水或呼啸而来的风那样,而是一种突然弥漫的空虚,充满不幸的味道。诡异的是,那只鬣狗也贴着这股气息的边缘悄悄溜了过来。

"那是什么，哈里？"她问他。

"没什么。"他说，"你最好换一边坐。挪到下风处去。"

"莫洛帮你换药了吗？"

"换了。我现在只用硼酸。"

"现在觉得怎么样？"

"有点晕。"

"我去洗个澡。"她说，"很快就出来。我们一起吃饭，过后再把床抬进去。"

看，他对自己说，我们没有吵架，干得很好。他几乎没怎么和这个女人吵过架，可和他爱的女人在一起时，他们总是吵吵闹闹，以至于最后不得不分开。他曾经爱得太深，要求得太多，心力交瘁。

他想起那时候，一个人待在君士坦丁堡，离开巴黎前他们刚刚大吵了一架。他一直和别的女人待在一起，可这不但没能驱散寂寞，反倒更糟了。于是他给她写信，那是他的第一个爱人，已经离开了他，他写信诉说那些从没能摆脱的寂寞……告诉她，有一次他怎样以为在摄政王宫外看见了她，结果脑子嗡嗡作响，心乱如麻；怎样看到一个有些像她的女人，就会尾随在她身后，顺着马路走，生怕发现那并不是她，害怕这份感觉化为泡影。和他一起睡过的每个人都只会令他更思念她。她做什么都不要紧，因为他发现自己早已爱她爱得无法自拔。他在夜总会里写这封信，很冷静，然后寄到纽约，请求她回信到他在巴黎的办公室。这样似乎妥当些。那个晚上，他太想她了，心里空落落地难受，便到处闲逛，经过马克西姆时找了个姑娘一起去吃晚餐。后来，他们到某个地方跳舞，可这姑娘跳得太差劲儿了，他丢下她，另找了个美丽的亚美尼亚女人。经过一番争斗，他才从一个英国炮兵中尉手里抢到了她。那中尉把他叫到外面，两人当街扭打起来，地上铺着鹅卵石，四周黑乎乎的。他在炮兵下巴一侧狠狠揍了两拳，出手很重，炮兵没倒下去，这下他知道得有一番好打了。炮兵打中了他的身体，又一拳砸在他的眼角。他再一次挥动左拳，打中了，炮兵倒在他身上，抓住他的外套，撕下一只袖子，他在他耳朵后面捶了两下，一边推开他，一边用右手给了他一拳。炮兵倒下时头先着地。听到宪兵来的声音，他拉着姑娘跑了。他们跳上一辆出租车，沿着博斯普鲁斯海峡[1]开往里米利·希萨，兜了一大圈，才在寒冷的夜里回城，上了床。可当第一缕阳光照进来时，一切都变得粗俗不堪。他没等她醒就离开了，带着一只乌青的眼睛去了佩拉宫酒店，少了只袖子的外套只能拿在手里。

当天晚上他就去了安纳托利亚[2]，他还记得，在稍后的旅程中，整天骑着马穿行在罂粟地里。人们种罂粟来提炼鸦片，它给人的感觉如此奇怪，最后，似乎怎么走都不对，他来到了曾和新来的君士坦丁堡军官们一起发动进攻的地方，他们狗屁不通，炮弹直接轰进了队伍里，那个英国观察员哭得跟个孩子似的。

那是他第一次看到那样的死人，穿着白色芭蕾裙，翘起的鞋尖上缀着绒球[3]。土耳其人如潮水般涌来，他看到穿裙子的男人四处奔逃，军官朝他们开枪，后来军官们自己也跑了起来，他和那个英国观察员也在跑，一直跑到肺里发疼，嘴里充满了铁锈味，才躲在几块岩石背后停下来，土耳其人仍然像潮水一样涌来。后来，他看到了从没想过的情形，越到后面越糟糕。等到他返回巴黎时，根本没法谈起这事，提都不能提。在他路过的一个咖啡馆里，那个美国诗人面前堆着一叠茶碟[4]，土豆似的脸看起来一副蠢相，正在和一个罗马尼亚人大谈达达主义运动。那罗马尼亚人说自己名叫特里斯坦·查拉[5]，他总是戴着单片眼镜，常常头疼。他回到公寓和妻子待

---

1. 博斯普鲁斯海峡，又名伊斯坦布尔海峡，连通黑海和马尔马拉海，是欧亚的分界线。
2. 安纳托利亚，又称小亚细亚，位于地中海和黑海之间的土耳其半干旱高原。
3. 希腊男子的传统服饰。
4. 当时习惯以茶碟计算所饮咖啡或酒的数量。
5. 特里斯坦·查拉（1896—1963），法国超现实主义代表人物，达达主义运动创始人。

在一起,现在他又爱她了,争吵结束了,疯狂结束了,真高兴能回家。办公室把他的信件都转到了家里。一天早晨,之前那封信的回信来了,装在大盘子里,一看到笔迹,他就浑身发冷,想把它塞到其他信下面去。但他妻子说:"亲爱的,那封信是谁寄来的?"于是,一切刚刚开始就走到了尽头。

他记得和每个人在一起的美好时光,还有争吵。他们总是选在最好的地方吵架。为什么他们总是在他感觉最好的时候吵架啊?他从没就此写过一个字,首先,他决不想伤害任何人,看起来不伤害也有够多的东西可以写。但他总想着,要等到最后再来写。有太多可写的了。他目睹了世界的变化,不仅仅是一些事件;尽管他看过了许多,观察过许多人,可他也看到了微妙的变化,记得人们在不同时候是什么样子。他曾经身处其中,曾经亲眼目睹,他的职责就是记录下这些。可现在,他永远做不到了。

"你感觉怎么样?"她说。她已经洗好澡从帐篷里出来。

"还好。"

"想吃点东西吗?"他看见莫洛跟在她身后,端着折叠桌,其他男孩端着盘子。

"我想写点东西。"他说。

"你该喝些肉汤来补充体力。"

"我今晚就要死了。"他说,"不需要体力。"

"别瞎说,哈里,拜托。"她说。

"为什么不用用你的鼻子?我都烂到大腿根了。我他妈的为什么还要用肉汤来自欺欺人?莫洛给我拿杯威士忌苏打来。"

"求你,喝点肉汤吧。"她温柔地说。

"好吧。"

肉汤太烫了。他只好把汤留在杯子里等它凉下来,然后一口气灌了下去。

"你是个好女人。"他说,"别再管我了。"

她仰起脸看着他,这张脸常常出现在《激驰》和《城市与乡村》[1]上,备受人们喜爱,只不过因为饮酒和耽于床笫而稍稍有些失色,但《城市与乡村》从未展示过她迷人的身材,还有那轻抚腰背的双手。当抬头看到她那有名的动人微笑时,他感到死亡再次靠近了。这一次不是闯进来的。那是一口烟,像摇曳烛火的轻风,让火焰陡然高涨。

"他们等会儿可以把我的帐子拿来挂在树上,再烧一堆火。今天我不进帐篷了。犯不着挪来挪去。今晚很凉爽,不会下雨。"

所以,这就是他的死法了,死在悄无声息的一阵低喃中。好吧,再也不会有争吵了。这个他能担保。他从没有过这样的体验,到这时,他再也不会搞砸了。原本可能会的。你搞砸了一切。但大概再也不会了。

"你不会记录口授,对吧?"

"从没学过。"她告诉他。

"那好吧。"

没时间了。当然,只要处理得当,看起来只要短短一段话就能把这所有一切都概括进去。

湖边山上有一座小木屋,墙缝里抹着白色的灰泥。门边柱子上挂着一个铃铛,用来招呼大家吃饭。屋后是原野,原野后面是一片林子。一排钻天杨从小屋直排到码头上。岬角也有白杨逶迤。一条小路沿着林边蜿蜒上山,他曾在路边摘黑莓。后来,木屋烧毁了。放在壁炉鹿角架上的那些猎枪也烧毁了,枪托化为灰烬,只留下枪管和熔化的铅弹,扔在灰堆上,那些灰原本是要用来给煮肥皂的大铁锅做碱水的。你问祖父,能不能拿枪管来玩,他说,不行。你就知道,它们仍旧是他的枪。他再没有买过别的枪。也再没有打过猎。如今在老地方重新修起了一座木头

---

1. 《激驰》《城市与乡村》,两者都是杂志名。

房子，漆成白色，从门廊上，你能看到白杨和远处的湖；但再也没有猎枪了。曾架在木屋墙头鹿角架上的那些枪管，仍旧躺在灰堆上，再也没有人去碰过它们。

战争过后，我们在黑森林[1]里租下一条鳟鱼溪，有两条路可以通向那里。一条从特里贝格[2]下到山谷，绕过树荫里连接着白色道路的山谷小道，转进上山的岔路，一路经过许多小农场，农场上点缀着高大的黑森林房屋，直到溪边。我们就从这里开始钓鱼。

另一条路陡直爬到树林边缘，穿过松林，翻过山顶，来到草地边，然后向下跨过草地，通到桥头。桦树沿着溪边生长，这条溪不大，窄窄的，水流清澈、湍急，桦树根边汪出一个个小水坑。在特里贝格的旅馆里，主人家生意兴隆。那是段愉快的时光，我们成了很好的朋友。第二年，通货膨胀开始了，他前一季赚的钱甚至没办法应付开店的成本，他上吊自杀了。

你可以口述这些，但你无法单凭口述描绘出护墙广场[3]的模样：卖花人在街道上染他们的花，颜料流得满街都是，公共汽车从那里开出，总有老人和老妇人被葡萄酒和劣等果渣酒灌醉；孩子们在冷风中抽着鼻子，污浊的汗味和贫穷的气息，爱好者咖啡馆里的醉汉，弥赛特[4]舞场里的舞女，她们就住在舞厅楼上。看门女人在她的隔间里招待共和卫队[5]的骑兵，那飘着马鬃的头盔就放在椅子上。大堂对面住着一位房客，她的丈夫是自行车手，那个早晨，她在乳品店里翻开《机动车报》，看到丈夫赢得了环巴黎自行车赛的第三名，禁不住满心欢喜，那是他的第一场重大赛事。她满面红光，大笑着跑上楼，手里抓着那份黄色的体育报，接着又哭了起来。舞厅老

---

1. 黑森林，德国西南部山林地区，著名游览胜地。
2. 特里贝格，德国市镇名，位于黑森林中心。
3. 护墙广场，法国巴黎最著名的广场之一。
4. 弥赛特，19世纪80年代风靡于巴黎的音乐舞蹈形式，用手风琴伴奏。
5. 共和卫队，隶属法国国家宪兵队，负责重要场合的仪仗、军乐表演及巴黎主要场所、首领、外宾的护卫。

板娘的丈夫是个出租车司机，当他——哈里——不得不赶早班飞机时，这位丈夫就会来敲门叫他起床，出发前，他们会在锡皮酒吧台旁一人喝上一杯白葡萄酒。那会儿他很熟悉街区里的邻居们，因为大家都是穷光蛋。

广场一带只有两种人：醉汉和运动狂。醉汉靠狂饮滥喝来应付困境，运动狂则用锻炼来忘掉贫困。他们都是巴黎公社成员的后人，了解政治对他们来说一点也不难。他们很清楚，当凡尔赛军队进城时，是谁杀死了他们的父亲、他们的亲人、他们的兄弟、他们的朋友，取代公社占领了这座城市，抓捕一切能抓到的人，手上生茧的、戴帽子的，或是有任何迹象表明是工人的，杀死他们。在那样的贫困中，在街对面就是马肉铺和酿酒坊的街区里，他开始了最初的写作。巴黎再没有什么地方能让他这般热爱了，恣意生长的树木、底下刷成棕色的白色老房子、圆形广场上公交车的绿色长条、人行道上的紫色染花液、从山上到塞纳河边的主教街陡坡，以及另一边穆浮塔街窄小拥挤的世界。向上通往先贤祠[1]的街道，另一条他常常在上面骑车的路——那是这个区域唯一的柏油马路，轮胎下的路面平顺整齐，房屋又高又窄，还有那间高耸的廉价酒店，保罗·魏尔伦[2]就死在里面。他们住的公寓只有两个房间，他租下了旅馆顶楼的一间房，每个月得花上六十法郎，他在那里写作，抬眼就能看到屋顶、烟囱盖和巴黎所有的山。

从公寓里你只能看到那个卖柴火和煤的家伙的店。他也卖酒，劣酒。马肉铺外有个金色马头，敞开着的窗户里挂着红的黄的马肉；他们在刷成绿色的酿酒坊里买酒，又好又便宜。旁边就是灰泥墙和邻居们的窗户。每当夜里，某个人醉倒在大街上，是那种人们会矢口否认的法国式的酩酊大醉，哼哼着，唉声叹气，邻居们的窗户就会打开来，接着传出一阵喃喃的

---

1. 先贤祠，安葬和纪念法国历史名人的殿堂，位于巴黎的拉丁区。
2. 保罗·魏尔伦，法国诗人，19世纪末法国及国际诗坛的重要代表人物。

说话声。

"警察在哪儿？你不想看到他时这该死的家伙总是晃来晃去。他是在和哪个看门人睡觉吧。叫管理员来。"直到某个人从窗口泼下一盆水来，呻吟声才会停止。"那是什么？水。哦，真聪明。"接着，窗户都关上了。玛丽，他的清洁女工，在抗议8小时工作制时说："如果当丈夫工作到6点下班，那他回家前只能顺路喝上两口小酒，不会太浪费。可要是只工作到5点，那他就会每天晚上都喝得烂醉，把钱也花个精光。缩短工作时间，受罪的是工人的妻子。"

"不想再来点肉汤吗？"女人正在问他。
"不，多谢你了。这真是太棒了。"
"就只多喝一点儿。"
"我更想来杯威士忌苏打。"
"那对你没好处。"
"是。这对我不好。科尔·波特写的，作词作曲，'知道你正为我疯狂'[1]。"
"你知道我是喜欢你喝酒的。"
"哦，是的。只不过这对我不好。"

她走开时，他想着，我会得到我要的一切。不是我想要的一切，而是我有的一切。唉，他累了，太累了。他要睡一小会儿。他静静躺着，死神还没到来。它一定是逛到别的路上去了。它成双成对地来，骑着自行车，悄无声息地走在人行道上。

不，他还从来没有写过巴黎。没写过他在乎的那个巴黎。但其他那些

---

1. 科尔·波特（Cole Porter，1891—1964），美国词曲作家，曾写过一首名叫《这对我有害》（*It's Bad for Me*）的歌，"知道你正为我疯狂"是其中一句歌词。

他从没写过的东西又怎样呢?

大牧场和银灰色的灌木丛、农田水渠里清澈欢快的流水、深绿色的苜蓿,又怎样呢?小径一路向上探进小山丘里,夏天的牛活像是害羞的鹿。到了秋天,当你赶着牛群下山时,吆喝声、一刻不停的喧闹声、缓缓移动的牛群扬起的尘土,统统混在一起。而群山背后,山峰的轮廓在暮光里清晰分明,月色下骑着马沿小径下山,山谷对面一片皎洁。此刻,他想起黑夜里抓着马鬃穿过树林下山的情形,一路上什么也看不见,他想起了所有原本打算写的故事。

那个留在牧场上打杂的弱智男孩,被嘱咐别让任何人拿走哪怕一根干草,还有那个从福克斯来的老混蛋,男孩为他工作时曾经挨过他的揍,他想弄点干草当饲料。男孩拒绝了,老家伙嚷嚷要再揍他一顿。男孩从厨房里拿出了来复枪,当他试图闯进畜栏时开枪打中了他。等他们回到牧场,那老头已经死了一个礼拜了,在畜栏里,冻得梆硬,尸首都被狗啃掉了半截。但你用毯子裹起残尸,拿绳子绑在雪橇上,让那男孩帮你拖着,你们俩穿上滑雪板带着它上了路,滑了六十英里来到镇上,把那男孩交了出去。他根本不知道自己会被抓起来。还想着他是在尽自己的职责,还以为你是他的朋友,以为他会得到奖赏。他帮忙把那老家伙拖过来,这样人人都能知道那老头有多坏,知道他是怎样试图偷那些不属于他的饲料,直到治安官给他铐上手铐时,他还无法相信这一切。他哭了起来,这是他攒着想要写的一个故事。他知道至少二十个出自那里的好故事,可他一个都没写过。为什么?

"你来告诉他们为什么。"他说。

"什么为什么,亲爱的?"

"没什么。"

现在她不喝那么多了,从认识他开始就这样。但如果他活着,是永远不会写她的,这会儿他很清楚,也不会写他们中的任何一个。有钱人全都乏味得很，喝得太多，整天就会玩西洋双陆棋。他们乏味无趣，唠唠叨叨。他记得可怜的朱利安[1]和他对他们浪漫的敬畏，记得他曾如何动手写一个故事，开头就说："富人和你我都是不同的。"记得曾有人如何对朱利安说，没错，他们更有钱。但对朱利安来说，这不是玩笑。他认为他们是别有魅力的群体。当他发现事实并非如此时，他被打倒了，就像被其他事情打倒了一样。

他曾经瞧不起那些被打倒的人。你不必非得因为了解而喜爱他。他能应付一切，他想，只要不在乎，就没有什么能伤害他。

好吧。现在他不在乎死亡了。一直让他害怕的是疼痛。他能像任何人一样忍受疼痛，除非疼得太久，让他筋疲力尽，可如今就是有这么样东西疼得他够呛，就在他觉得快要扛不住时，疼痛停止了。

他记得很久以前，那时投弹官威廉姆森正要趁夜钻过铁丝网回营地，却被德国巡逻队的手榴弹炸中了，他尖叫着，央求每一个人杀了他。他是个大胖子，非常勇敢，是个好军官，只是总喜欢炫耀。但那个晚上，他在铁丝网那里被抓住了，探照灯找到了他，他的肠子都流了出来，挂在铁丝网上，还活着，当他们要把他抬进来时，不得不剪断他的肠子。打死我，哈里。看在上帝的分上，打死我。他们有一次曾经争论过，讨论耶稣基督是否从不会让人承受你无法承受的东西，有人举例说，只要过上一段时间，疼痛就会自动消失了。但他总是记得威廉姆森，记得那个晚上。什么都没有消失，直到他在他身上用光了所有的吗啡片，那是他省下来备着自己用的，可即便这样，药片也没有及时生效。

---

1. 此处的"朱利安"在本篇1936年发表于《君子》（*Esquire*）时为"司各特·菲兹杰拉德"，借此嘲弄对方。后因菲兹杰拉德的要求而在归入单行本时改为"朱利安"。司各特·菲兹杰拉德（Scott Fitzgerald，1896—1940），美国作家，与海明威同为"迷惘的一代"的代表人物，代表作为《了不起的盖茨比》。

可现在，他非常轻松。只要情况不再恶化，就没什么好担心的。只是他宁愿身边有个更好的伴儿。

他稍稍想了一下，自己究竟想要什么样的伴儿。

不行了，他想，如果你做什么都太拖沓，开始得太晚，就不能期望别人还待在那儿等着你。大家都走了。聚会结束了，如今只剩下你和你的女主人。

我已经开始厌倦死亡这事了，就像厌倦其他每件事一样，他想着。

"无聊。"他大声说。

"怎么啦，我亲爱的？"

"什么都拖得太他妈久了。"

他看着她的脸，篝火映在她背后。她向后靠在椅子上，火光勾勒出动人的脸部轮廓，他能看到，她已经昏昏欲睡了。他听见鬣狗的动静，就在火光的外面。

"我一直在写作。"他说，"可我累了。"

"你觉得你能睡得着吗？"

"非常确定。你干吗不进去呢？"

"我想在这里陪你。"

"觉不觉得有什么不对劲儿？"他问她。

"没。只是有点困了。"

"我觉得。"他说。

他刚刚感觉到死神又来了。

"你知道，我唯一没失去的就是好奇心。"他对她说。

"你什么都没失去。你是我知道的最完美的男人。"

"上帝啊，"他说，"女人是多没见识啊。这是什么？你的直觉？"

因为，就在刚才，死神来了,头靠在床脚,他闻得到它呼吸的味道。

"永远不要相信什么长镰刀、骷髅头。"他对她说，"它可能就是两个简简单单骑着自行车的警察,或者一只鸟。也可能有个鬣狗一样的大鼻子。"

它现在正在逼近他,但还是没显出什么模样来。只是就在那里。

"让它滚开。"

它没有走开,反而更靠近了些。

"你的呼吸难闻死了。"他对它说,"你这臭杂种。"

它还在靠近,现在,他没法说话了,见到他说不了话,它靠得更近,他开始试着不说话就赶跑它,但它已经挪到了他身上,压在他的胸口。当它蹲上来时,他动不了,也说不了话,只听见女人说:"老爷睡了。把床抬进帐篷里去,轻点儿。"

他没法叫她把它赶走,它现在就蹲在那里,越来越重,他快不能呼吸了。接下来,就在他们抬起折叠床的那一瞬,一切突然恢复了,胸口的重量移开了。

现在是早晨,天已经亮了有一会儿了。他听到飞机的声音。它看上去很小,在天上转了一大圈,男孩们跑过去用煤油点起火,再堆上草,这样平地的两头就都有显眼的大标记了。晨风把烟吹向营地,飞机又绕了两圈,这一次飞得低了些,接着开始向下滑行,拉平,平稳地降落。冲着他走过来的是老康普顿,穿着宽松长裤和花呢夹克,戴着一顶棕色呢帽。

"怎么了,老伙计?"康普顿说。

"腿坏了。"他告诉他,"来点儿早餐?"

"多谢。茶就行了。这是架银天社蛾,你知道的。我没法把夫人也捎上。只有一个人的位子。你们的卡车已经在路上了。"

海伦把康普顿拉到一边说了会儿话。回来时康普顿快活多了。

"我们现在就得带你走。"他说,"我会再回来接夫人一趟。恐怕我还得在阿鲁沙加一次油。咱们最好现在就动身。"

"那茶呢？"

"我也不是真的要喝，你知道的。"

男孩们抬起帆布床，绕过绿色的帐篷，沿着岩石下到平地上，经过火堆时，它们燃得正旺，草都烧掉了，风吹着火苗，他们走向那小飞机。把他抬进机舱里时费了些力气，坐上去后，他躺在皮座椅里，伤腿直挺挺地架在康普顿的座位旁。康普顿发动引擎，坐上了飞机。他朝海伦挥了挥手，又朝男孩们挥挥手，咔嗒声变成了熟悉的轰鸣，他们掉了个头，康比[1]小心地避开疣猪打的洞，飞机轰鸣着，震颤着，在两个火堆间滑行，最后猛地一下抬头冲上天空。他看见他们全都站在下面，挥着手，营地靠在山边，看起来扁扁的，平原蔓延开去，树木一团一团的，矮树丛看起来也扁扁的，野兽出没的小道一直通到干涸的水潭边，那儿还有一个他从来不知道的新水潭。斑马只剩下一个个小小的滚圆背脊，角马成了大头的黑点，成排穿过草原时活像一根根手指，飞机的影子投在地上，把它们吓得四散奔逃，它们现在都变成了小不点儿，跑起来毫无气势。最远处，平原一路化为了灰黄色，而面前则是老康比的花呢外套和棕色呢帽。很快，他们飞过第一片山头，角马正成群往上爬，接着是高峻的山脉，深谷里的森林绿意盎然，山坡上长满了竹子，然后又是一片茂密的丛林，随着地势高低起伏，山坡缓缓向下延伸。他们继续飞，来到另一片平原，现在热起来了，草原变成了紫褐色，飞机在热浪里颠簸，康比回头看了一眼他的情况。前方出现了另一片黑黝黝的高山。

他们没有去阿鲁沙，而是向左转了个弯，他猜油够用了。低头望去，一片泛着点点粉红光芒的云朵正掠过地面，半空中，像是不知从哪里来了一阵暴风雪的排头兵，他知道，那是南方飞来的蝗虫。接着他们开始爬升，看起来是在往东方飞，天色突然暗了下来，他们闯进

---

1. 康普顿的昵称。

了暴雨里，雨水倾泻，像是在瀑布里飞行一般。闯出来之后，康比转过头来，咧嘴一笑，指了指。就在前方，他看到的，是如整个世界一般的广阔，宏大、高耸，在阳光下闪耀着不可思议的洁白光芒，那是乞力马扎罗的方形山顶。他明白了，这就是他正去往的地方。

黑夜里，鬣狗刚刚停止呜咽，开始发出一种奇怪的声音，像是人的哭声。女人听到了，不安地辗转起来。她还没有醒。在梦里，她正待在长岛的家中，那是她女儿首次登台演出的前夜。古怪的是，她父亲也在，举止十分粗鲁。这时，鬣狗疯狂的叫声太大了，她醒了过来，有那么一瞬间，不知道自己在哪里，觉得非常害怕。跟着，她抓起手电筒，照向另一张帆布床，哈里睡着后他们把它搬了进来。她能看见蚊帐里的身影，但不知怎么，他的腿伸了出来，垂在床边。伤口上的敷料都掉了，她没法再看下去。

"莫洛，"她叫道，"莫洛！莫洛！"

然后她说："哈里，哈里！"她的声音提高了，"哈里！求求你。哦，哈里！"

没人回答，她听不到他的呼吸声。

帐篷外，鬣狗还在发出刚刚吵醒她的那种奇怪声音。但她的心怦怦跳着，什么也听不见。

三天大风

[美]厄尼斯特·海明威 | 杨蔚 译

尼克转上通往果园的小路时，雨停了。果子都已经摘了，秋风在光秃秃的树枝间穿梭。停下脚步，尼克从路旁捡起一颗瓦格纳苹果，雨水冲刷过后，果子在褐色草地上闪闪发亮。他把苹果放进花呢短大衣的口袋里。

小路穿过果园，通往山坡顶上。那儿有一栋小屋，门廊上空荡荡的，烟囱里冒着烟。屋子后面是车库、鸡舍和次生林里伐下的木柴，像一道篱笆，将树林隔开。他看向远处，大树正在风中摇摆。这是秋天的第一场风暴。

当尼克走过果园上方的空地时，小屋门开了，比尔走了出来。他站在门廊上向外张望。

"嗨，威米基[1]。"他说。

"嘿，比尔。"尼克说着，踏上台阶。

他们站在一起，放眼眺望这片土地，视线掠过果园，横过小路，越过山脚的田野和岬角上的树林，落在湖上。风直扑湖面。十里岬岸边卷起的浪花清晰可见。

---

1. 威米基（Wemedge）是海明威为自己取的昵称，常用于他在第一次世界大战时期的朋友之间。

"起风了。"尼克说。

"会这么一直刮上三天。"比尔说。

"你爸爸在屋里吗?"尼克说。

"不。他带着枪出去了。快进来。"

尼克走进小屋。壁炉里火烧得正旺。风吹得火苗呼啦啦作响。比尔关上房门。

"喝一杯?"他说。

他走进厨房,拿了两个玻璃杯和一大罐水出来。尼克伸手到壁炉顶上,去取架子上的威士忌酒瓶。

"可以吗?"他说。

"行。"比尔说。

他们在炉火前坐下,喝着兑水的爱尔兰威士忌。

"这酒有股很棒的烟熏味。"尼克说,一边隔着杯子看炉火。

"是泥炭。"比尔说。

"怎么可能往酒里放泥炭。"

"那也没什么大不了。"比尔说。

"你见过泥炭吗?"尼克问。

"没有。"比尔说。

"我也没有。"尼克说。

他伸长双腿,鞋子被炉火烤得冒出了水汽。

"不如把鞋脱了。"比尔说。

"我没穿袜子。"

"脱了吧,烤烤干,我给你拿双袜子来。"比尔说。他起身上了阁楼,尼克听到他在头顶上走来走去。楼上是个通间,抬头就是屋顶,比尔和父亲,还有他,尼克,有时会在上面睡觉。靠里是个更衣间。他们把帆布床往后拖,放在雨淋不到的地方,并罩上塑料布。

比尔拿着一双厚羊毛袜走下来。

"已经不是可以不穿袜子到处跑的时候了。"他说。

"又是这种季节了，我讨厌这个。"尼克说。他套上袜子，往后一仰，倒进椅子里，脚跷在炉火前的围屏上。

"你要把架子压塌了。"比尔说。尼克脚一晃，搁到了壁炉侧面。

"有什么可看的吗？"他问。

"只有报纸。"

"红雀队[1]打得怎么样？"

"连输了巨人队两场。"

"看来他们赢定了。"

"这是注定的。"比尔说，"只要麦克劳[2]还能买得下联盟里的好球手，这就是没法子的事。"

"他总不能把所有人都买回去。"尼克说。

"他把所有他想要的都买了。"比尔说，"不然他就在中间挑拨生事，最后人家也只好把人交易给他。"

"就像海尼·齐姆[3]。"尼克同意。

"那个笨蛋对他可是大有用处。"

比尔站起来。

"他能击球。"尼克指出。炉火腾腾，烘着他的腿。

"还是个厉害的守备员。"比尔说，"不过他也输球。"

"说不定麦克劳就是要他来干这个的。"尼克猜测。

"说不定。"比尔附和道。

---

1. 红雀队（Cards, St. Louis Cardinals；圣路易斯红雀队）和下文提到的巨人队（Giants, San Fransisco Giants；旧金山巨人队）均为美国职业棒球大联盟中的国家联盟球队。本篇初次发表于1925年，红雀队在1926年获得队史上的第一个世界大赛冠军。
2. 即约翰·麦克劳（John McGraw, 1873—1934），绰号"小拿破仑"，美国著名棒球运动员，位列美国棒球名人堂，退役后担任巨人队主教练长达三十三年，以擅长发掘球员著称。
3. 即海尼·齐默尔曼（Heinie Zimmerman, 1887—1969），美国著名棒球运动员，内场手，1907年初登赛场，1916年加入旧金山巨人队，三年后退役。

"我们知道的永远不是全部。"尼克说。

"当然。不过我们到底离得远着呢,能知道这些已经不错了。"

"就像赛马,不亲眼看看马,再怎么挑也就是那么回事。"

"就是这样。"

比尔伸手去够威士忌瓶子。酒瓶在他的大手里刚好一握。尼克将杯子递过来,他往里倒了一点儿酒。

"多少水?"

"老样子。"

他贴着尼克的椅子在地板上坐下。

"这种起秋风的日子真不错,对吧?"

"非常好。"

"全年最好的时候。"尼克说。

"城里大概一塌糊涂了吧?"比尔说。

"我想看世界大赛[1]。"尼克说。

"嗐,那不是在纽约就是在费城。"比尔说,"我们一点儿好处都捞不着。"

"我想知道红雀队究竟能不能拿一次总冠军?"

"我们这辈子是看不到了。"比尔说。

"哈,他们要气疯了。"尼克说。

"你还记得火车出事前那一次吗?他们差点就赢了。"

"好家伙!"尼克说,他记起来了。

比尔探身去拿书。书倒扣在窗边桌子上,是他去开门时放下的。他一手端着酒杯,一手捧着书,背靠在尼克的椅子上。

"你看的什么书?"

---

1. 美国职业棒球大联盟中包括美国联盟和国家联盟,两个联盟的冠军角逐总冠军的决赛,被称为"世界大赛"。

"《理查德·法弗尔》[1]。"

"这书我看不进去。"

"还好啦。"比尔说,"这书写得不坏,威米基。"

"还有什么我没读过的吗?"尼克问。

"看过《丛林恋人》[2]吗?"

"看过。就是那本,说他们每晚睡觉时都在两个人中间放一把出鞘的剑的。"

"那是本好书,威米基。"

"第一流的好书。我一直不懂那把剑有什么用。必须保证剑刃朝上,只要倒下来,你翻个身就能滚过去,完全构不成任何阻碍。"

"那是个象征。"比尔说。

"没错,"尼克说,"可那不现实。"

"看过《坚忍不拔》吗?"

"那书不错。"尼克说,"是本实在的书。讲他的老爹一直盯着他不放。你还有沃尔波尔[3]其他书吗?"

"《黑暗森林》。"比尔说,"讲俄国的。"

"他怎么知道俄国的事?"尼克问。

"我不知道。这些家伙说不清。也许他小时候在那儿待过。他知道不少俄国的内幕呢。"

"真想见见他。"尼克说。

---

1. 全名为《理查德·法弗尔的考验:父与子的故事》(*The Ordeal of Richard Feverel: A History of Father and Son*,1859),英国维多利亚时期的作家乔治·梅瑞狄斯(George Meredith,1828—1909)的作品,小说中多心理剖析和对于所处时代两性关系的探讨。
2. 《丛林恋人》(*Forest Lovers*,1898)为英国作家莫里斯·休伊特(Maurice Henry Hewlett,1861—1923)的历史小说。小说中有一个年轻人与社会地位较低的女孩分手的情节。
3. 即休·沃尔波尔(Sir Hugh Seymour Walpole,1884—1941),英国作家。《坚忍不拔》(*Fortitude*,1913)和《黑暗森林》(*Dark Forest*,1916)都是他的作品。沃尔波尔很在意有关自己著作的评论,有时会反应激烈,下文有关两位作家的比较或本于此。

"我想见切斯特顿[1]。"比尔说。

"真希望他现在就在这里。"尼克说,"这样我们明天就能带他一起去夏勒瓦钓鱼。"

"我很怀疑他是不是喜欢钓鱼。"比尔说。

"肯定喜欢。"尼克说,"这事儿上他绝对是把好手。记得《飞行客栈》吗?"

> 若有天使离开天堂,
> 为你带来别的汁浆,
> 谢过他的美意善良,
> 转身倒进污水池塘。

"这话说得对。"尼克说,"我猜他这人比沃尔波尔要好些。"

"噢,他为人更好,没错。"比尔说。

"可沃尔波尔写得更好。"

"我不知道。"尼克说,"切斯特顿是一流的。"

"沃尔波尔也是一流的。"比尔坚持。

"真希望他俩都在这儿。"尼克说,"这样咱们明天就可以带上他们两个一起去夏勒瓦钓鱼了。"

"我们来个一醉方休吧。"比尔说。

"好。"尼克赞成。

"我家老头不会管的。"比尔说。

"你确定?"尼克说。

---

1. 即G.K.切斯特顿(Gilbert Keith Chesterton,1874—1936),英国作家。其长篇小说《飞行客栈》(*Flying Inn*,1914)中包含若干诗歌作品。下文所引诗句出自《The Song of Right and Wrong》(《是与非之歌》),诗中将茶、咖啡、苏打水等饮品数落了一番,劝人当饮美酒。

"我知道。"比尔说。

"我已经有点醉了。"尼克说。

"你才没有。"比尔说。

他从地板上爬起来,去拿威士忌酒瓶。尼克伸过酒杯。他一直盯着杯子,看着比尔倒酒。

比尔倒了足有半杯威士忌。

"自己加水吧。"他说,"只够再来一轮的了。"

"还有吗?"尼克问。

"有的是,可我爸只乐意让我喝开过的。"

"当然。"尼克说。

"他说开酒会让人变成酒鬼。"比尔解释道。

"有道理。"尼克说。他大开眼界。以前他从来没这么想过。一直以为独个儿喝闷酒才会让人变成酒鬼。

"你爸爸是什么样的?"他恭敬地问。

"他挺好。"比尔说,"有时候脾气暴了点儿。"

"他是个了不起的人。"尼克说。他拿起罐子往杯子里倒水。水慢慢混进威士忌。水少,威士忌多。

"绝对的,他是。"比尔说。

"我家老头也挺好。"尼克说。

"毫无疑问,他肯定是。"比尔说。

"他号称这辈子一滴酒都没沾过。"尼克说,像是在公布一个科学真相。

"哦,他是医生。我家老头是个画画儿的。这可不一样。"

"他错过了很多东西。"尼克伤感地说。

"话不能这么说。"比尔说,"有失必有得。"

"他自己说他错过了很多。"尼克坦白。

"好吧,老爸也有过艰难岁月。"比尔说。

"都扯平了。"尼克说。

他们看着炉火,静静坐着,思索这意味深长的真理。

"我去后廊上拿块大木头进来。"尼克说。刚才盯着炉火时,他发现火快熄了。此外也是想表示一下,这点酒不算什么,他的脑子还管用。虽说父亲一滴酒都没沾过,可比尔也休想清清醒醒地就把他灌倒。

"从大块的山毛榉里拿。"比尔说。同样是故作清醒。

尼克带着木头回屋,经过厨房时,把案台上的平底锅碰翻了。他放下木头,捡起锅。锅里本来泡着干杏脯。杏脯都翻到地上了,还有几个滚进了炉灶底下,他仔细地一个一个捡起来,放回锅里。又从案台旁的桶里舀了点儿水加进去。他太为自己骄傲了。尼克就是这么能干。

他拿起木头走进房间,比尔从椅子里站起来,搭手一起把木头架在火上。

"是块好木头。"尼克说。

"我一直留着,就准备坏天气的时候用。"比尔说,"这样一块木头能烧一整夜。"

"到早上还能留下些炭来生火。"尼克说。

"没错。"比尔赞同。他们的谈话已经飘上天了。

"咱们再来点儿吧。"尼克说。

"我记得柜子里还有一瓶开了的。"比尔说。

他跪在屋角的柜子跟前,掏出一个四方瓶子。

"是苏格兰威士忌。"他说。

"我再去弄点儿水来。"尼克说。他出门回到厨房,拿起水瓢,从桶里舀出冰凉的泉水,装了满满一罐。回起居室的半路上,他经过餐厅里的镜子,朝里瞟了一眼。那张脸看起来很陌生。他朝镜子里的脸笑一笑,它也对他咧开嘴。冲着它眨了眨眼睛,尼克便接着往前走了。那不是他的脸,不过没关系。

比尔已经倒好酒了。

"真是一大杯啊。"尼克说。

"这可不是为我们,威米基。"比尔说。

"那我们该为了什么喝?"尼克问,抓起杯子。

"就为钓鱼吧。"比尔说。

"好。"尼克说,"先生们,为了钓鱼,干杯。"

"所有的钓鱼。"比尔说,"无论在哪里。"

"钓鱼。"尼克说,"我们为钓鱼干杯。"

"比为棒球干杯好。"比尔说。

"那没有任何可比性。"尼克说,"我们干吗老要说棒球?"

"这不对。"比尔说,"棒球是蠢人的游戏。"

他们干掉了杯子里的酒。

"现在,让我们为切斯特顿喝一杯。"

"还有沃尔波尔。"尼克插进来。

尼克倒酒。比尔加水。他们目光交汇。感觉非常好。

"先生们,"比尔说,"我提议,为切斯特顿和沃尔波尔干杯。"

"正是如此,先生们。"尼克说。

他们干了。比尔再次斟满酒杯。两人坐进炉火前的大椅子里。

"你非常明智,威米基。"比尔说。

"你是说什么?"尼克问。

"跟玛吉分手那事。"比尔说。

"我猜也是。"尼克说。

"就该这么办,没第二条路。要不这会儿你就该回家去拼命工作,赚钱,准备结婚。"

尼克没有说话。

"男人只要一结婚,铁定就毁了。"比尔接着说,"什么都干不成了。一事无成。一件他妈的事都干不成。他就完了。那些结婚的家伙,你看到了的。"

尼克没有说话。

"你知道他们什么样。"比尔说，"他们一个个都是结了婚的蠢样。他们完蛋了。"

"是的。"尼克说。

"这事儿吹了也许是挺糟，"比尔说，"可你总会再爱上其他什么人的，到时候就没事了。只管去爱，但别让她们毁了你。"

"是。"尼克说。

"你要是跟她结婚，就等于跟她全家结婚。记得她妈妈吧，还有她嫁的那个家伙。"

尼克点点头。

"想想看，他们一天到晚在你的房子周围转悠，礼拜天要去他们的屋子里吃晚餐，要请他们来吃晚餐，她还会整天指使玛吉，做这做那，这样做那样做。"

尼克静静坐着。

"你能脱身绝对是好事。"比尔说，"现在她可以找个同类的家伙结婚，安顿下来，高高兴兴过日子。你没法让油和水混在一起，也没法在这种事情上再多搅和，就像我不能跟在斯特拉顿家帮佣的艾达结婚一样。她倒多半是愿意呢。"

尼克一言不发。他身体里的酒精统统消失了，只剩下他一个。没有比尔。他没有坐在炉火前，没有打算明天跟比尔和他父亲一起去钓鱼，什么都没有。他没有喝醉。只是一切都消失了。他唯一知道的，是他曾拥有过玛乔莉，如今却已失去。她走了，是他赶走了她。别的全都无关紧要。他也许再也见不到她了。很可能是永远都见不到。全都走了，结束了。

"再来一杯吧。"尼克说。

比尔倒酒。尼克往里洒了几滴水。

"如果你走上那条路，现在咱们就不会在这里了。"比尔说。

这倒是真的。他原来计划回家安顿下来，找份工作。然后，他计划整个冬天都留在夏勒瓦，好离玛吉近一些。可现在，他不知道该做什么了。

"说不定连明天去钓鱼的事也没了。"比尔说，"你这一步走得对，再对也没有了。"

"我没办法。"

"我明白。只能这么解决。"比尔说。

"就这么突然一下，都结束了。"尼克说，"我不知道为什么会这样。我没办法。就像现在，三天大风来了，把树上的叶子全都吹掉了。"

"好了，事情结束了。这才是重点。"比尔说。

"是我的错。"尼克说。

"谁的错都一样。"比尔说。

"不，我觉得不一样。"尼克说。

重要的是，玛乔莉走了，他也许再也看不到她了。他曾经对她说，他们要怎样一起去意大利，他们会多么快乐。他们要一起去那么多地方。现在全都没了。

"事情结束了，这就是全部。"比尔说，"跟你说吧，威米基，之前我一直很担心。你做得对。我知道她妈妈气得要死。她之前还到处跟人说你们订婚了。"

"我们没有订婚。"尼克说。

"大家都认为你们订婚了。"

"那我也没办法。"尼克说，"我们没有。"

"你们是不是已经打算结婚了呢？"比尔问。

"是。可我们没有订婚。"尼克说。

"那有什么区别？"比尔像法官似的问。

"我不知道。那不一样。"

"我看不出。"比尔说。

"好吧。"尼克说,"让我们大醉一场吧。"

"好。"比尔说,"让我们好好醉一场。"

"我们先喝醉,然后就去游泳。"尼克说。

他干掉杯子里的酒。

"我觉得对不起她,愧疚得要死,可我能怎么办?"他说,"你知道她妈妈是什么样!"

"她是很可怕。"比尔说。

"就这么突然一下,全都结束了。"尼克说,"我不该说起这个的。"

"你没有。"比尔说,"是我说起来的,现在我说完了。我们再也不说了。你不愿再想起它了。否则没准儿会又掉回去。"

尼克没有想到这些。好像太绝对了。这么想也对。他感觉好些了。

"没错,"他说,"总有那种危险的。"

他很高兴。没有什么是不能挽回的。他可以在星期六晚上进城去。今天是星期四。

"总有可能的。"他说。

"你一定要自己当心。"比尔说。

"我会当心的。"他说。

他很高兴。一切都没有结束。一切都没有失去。他会在星期六进城去。他感觉轻松多了,就像比尔提起这事之前一样轻松。总有办法的。

"我们去岬角找你爸爸吧,带上枪。"尼克说。

"好。"

比尔从壁架上取下两把猎枪。又拆开一盒子弹。尼克穿上他的花呢短大衣和鞋子。鞋子烤干了,硬邦邦的。他仍然醉得不轻,但脑子很清醒。

"你感觉怎么样?"尼克问。

"好极了。我才刚有点儿感觉。"比尔扣上他的运动外套。

"喝醉也没什么用。"

"是啊。我们应该出门去。"

他们迈出房门。风刮得正猛。

"这种风,鸟都躲到草丛底下了。"尼克说。

他们吃力地朝山下果园走去。

"我今天早晨看到了一只丘鹬。"比尔说。

"也许我们能把它轰出来。"尼克说。

"这么大的风,没法开枪。"比尔说。

到了户外,玛吉的事似乎也不那么悲惨了。甚至都不大要紧了。大风把这一切都刮跑了。

"是从大湖那边起的风。"尼克说。

迎着风,他们听到砰的一声猎枪响。

"是爸爸。"比尔说,"他下到沼泽地那边了。"

"我们抄小路过去。"尼克说。

"从下面的草地穿过去,看看我们能不能惊些什么出来。"比尔说。

"好。"尼克说。

现在,一切都不重要了。风把他脑子里的东西刮走了。星期六晚上他还是可以进城去。有选择总是好的。

竞选州长

[美]马克·吐温 | 雍毅 译

几个月前,我作为独立党的一员,被提名为纽约州州长候选人,与斯图尔特·伍德福德和约翰·霍夫曼竞选州长。不知为何,我总感觉自己有个优势明显大于这两位先生,即我品行端正。从报纸上容易看出,即使他俩曾经知道享负盛名何等重要,那也成为了过往之事。近几年来,他俩分明对于各种无耻行径已习以为常。可就在我赞赏自己的优势并暗自窃喜之际,却有一股浑浊的暗流在我快乐的心底涌起,让我浑身不爽——那就是,我无奈听说我的令名给人随意拿来与他俩的臭名相提并论并四处传扬。我心里越来越烦闷,后来写信给我祖母,跟她说起这事。她的回信又快又干脆。她在信中写道:

你这辈子从没做过一件丢人的事——绝对没有。看看报纸——看了报纸,你就知道伍德福德和霍夫曼是什么货色。然后仔细斟酌,看你是否愿意将自己降至他俩的水平,和他俩公开竞争。

我也正有此意!那天晚上,我片刻不得安睡。但事已至此,我不能退缩。既然我已投身竞选运动,就必须勇往直前,奋力争夺。次日早饭时,我无精打采地翻阅报纸,正好看到下面这段文字,老实说,之前我从未如此诧异：

胡作伪证——既然马克·吐温先生已作为州长候选人站在公众面前，或许他该纡尊降贵，如实"回答"自己因何于1836年在交趾支那[1]的瓦卡瓦科，被三十四名证人指控犯有伪证罪。其伪证的意图，是想从当地一位贫苦遗孀及其失怙儿女手中，抢夺一块贫瘠的车前草地，那是丧亲母子凄凉生活的唯一源泉和依靠。马克·吐温先生必须将此事交代清楚，才对得起他本人，对得起他要求投票给他的广大民众。他是否会如实交代？

我惊愕不已，感觉肺都要炸裂！竟有如此惨无人性的诬蔑！我从没到过交趾支那！从没听过瓦卡瓦科！我连袋鼠都不知道，更何况是车前草！我真不知如何是好。我气得发疯，却又无可奈何。那天我根本无心做事，就那么浑浑噩噩地度过。次日清晨，同一家报纸上刊登了下面这条消息——仅此而已：

众目昭彰——吐温先生对交趾支那的伪证行为闭口不谈，居心叵测，这将引起民众的注意。

（备注：在竞选活动后期，这家报纸每提到我，必称我是"无耻的伪证人吐温"。）

接下来，《公报》上刊登了下面这段文字：

愿闻其详——新任州长候选人是否愿意委曲求全，将下述小事的实情向为其投票、受尽煎熬的同胞公民澄清：在蒙大拿时，他的同屋室友们经常丢失一些贵重的小物品，后来这些东西总在马克·吐温先生身上或其

---

1. 越南南部一地区的旧称。

"手提箱"（即他包裹随身用品所用的报纸）中找到。出于对他的一番好意，室友不得不给予他友善警告，往他身上涂抹柏油，粘满羽毛，令他骑木杠游行示众，奉劝他永远离开他平时占据于棚屋的床铺。关于此事，他能否细说端详？

难道世间还有比这更居心不良的恶意中伤？我这辈子从未去过蒙大拿州。

（从此以后，这家报纸总是习惯性地将我称作"蒙大拿的小偷吐温"。）

后来，我一拿起报纸就惶惶不安，好像一个人想掀开毛毯睡觉，却担心底下可能藏着一条响尾蛇。有一天，我又看到下面这段文字：

谣言不攻自破——根据五点区[1]的迈克尔·奥弗拉纳根和沃特街[2]的基特·伯恩斯及约翰·艾伦三位先生宣誓过的证词，现已证明马克·吐温先生曾诬蔑我党德高望重的旗手约翰·霍夫曼令人哀痛的已故祖父，说他因拦路抢劫被处以绞刑。这种惨无人性的无端捏造，纯属捕风捉影，没有丝毫事实根据。为了获取政坛功名，采用如此卑鄙的手段，诋毁沉眠于青冢的亡灵，诽谤玷污其一世英名，这叫有德之人看了实在痛心。想到这卑鄙谣言定会给死者的无辜亲友造成的巨大悲恸，我们几乎迫不及待地鼓动被侮慢的愤怒民众，对诽谤者断然采取非法的报复行动。但我们不会这么做！就让他遭受撕破良心的痛苦煎熬去！（不过，假使民众情绪过于激动，在盲目的愤怒中给诽谤者造成人身伤害，陪审团也不能给他们定罪，法院亦不能处罚他们，因为这分明是一种过失行为。）

---

1. 位于美国纽约市曼哈顿，其名称来源于三条相互贯通的街道所形成的五个拐角。
2. 纽约市曼哈顿一街名。

末尾那句话标新立异，立竿见影。当晚就有一帮"被侮慢的愤怒民众"从我家的前门涌入室内。我仓皇下床，从后门逃之夭夭。那帮正义之师义愤填膺，一进门就砸烂家具，捣毁窗户，撤离前还把凡能拿动的财物全部拿走。但我可以手按《圣经》发誓，我从没诽谤过霍夫曼州长的祖父。不仅如此，直到那天为止，我从没说过他的祖父，我自己也从没提过那个死人。

（随便说一下，从那以后，上述报纸一直将我称为"盗尸贼吐温"。）

接下来，报上登了这篇文章，又引起我的注意：

可爱的候选人——在昨晚召开的独立党群众会议上，马克·吐温本应发表一次恶语中伤的演讲，但他竟未到场！医生发来电报，说他被一辆狂奔的马车撞倒，腿部两处骨折，伤者正躺在床上，极度痛苦，以及诸如此类的无稽之谈。对这个卑鄙的托词，独立党人极力曲意迁就，并且故作不知他们称为旗手的放荡之徒缺席的真正原因。据目击者说，昨夜有个醉鬼东倒西歪地闯入吐温先生下榻的宾馆。独立党人责无旁贷，必须证明这个醉鬼并非马克·吐温本人。我们终于抓住他们的把柄！此事不容回避。民众的呼声如雷贯耳："那个醉汉究竟是谁？"

我的大名竟和可耻的醉酒嫌疑绑在一起，一时简直令人难以置信，真是太不可思议！我有整整三年从没尝过一口麦芽酒、啤酒、葡萄酒或是别的什么酒。

（说起当时看见那家报纸在另一期上给我封了一个"酒疯子吐温先生"的绰号，我竟没有一丝痛苦——虽然我明知它将始终不渝如此戏称我，直到永远——这足见时势给我打下什么烙印。）

这段日子，匿名信纷至沓来，已成为我信件的重要部分，如下诽谤司空见惯：

被你一脚踢开的那位老妇现在如何……

爱管闲事的波尔

还有下面这条：

你暗地里干过的那些好事只有天知我知。最好给你这位真诚的朋友打赏几块钱，不然你会听到报上的传言……

随叫随到的安迪

大致就是这个意思。如果读者还想继续看，我也可以继续列举，直教你发腻为止。

不久，共和党的主要报刊给我"定了"一条大肆行贿受贿的罪状，民主党的先锋报纸则把一宗敲诈勒索大案"栽赃"在我身上。

（就这样，我又获得两条罪状：龌龊的腐败分子吐温，可恶的勒索罪人吐温。）

这时舆论已开始嚣张，要求我"如实交代"被控告的各条弥天大罪。我党的报刊编辑和领袖们也奉劝我说，如果我再保持沉默，政治前途将会被断送殆尽。就在次日，一家报纸又刊登了下面这段文字，看来他们已迫不及待，欲将我告上法庭。

看，竟有这号男人！——独立党的候选人至今保持沉默，因为他不敢声张。一切对他的指控，都证据确凿。此人一贯巧言令色，如今却缄默不语。这一再证明他犯有那些罪状。自今日起，他将永远认罪服法。独立党人，看看你们这位候选人！看看这位臭名昭著的伪证人！这位蒙大拿的小偷！这位盗尸贼！好好看看你们这位酒疯子的化身！这位龌龊的腐败分子！这位可恶的勒索罪人！凝神细看——将他好好端详——然后再说你们是否发自内心，想把选票投给这个恶贯满盈的贼人！他欺世盗名，获得一连串不光彩的头衔，却不敢张嘴否认！

凡此种种人身攻击，实在无法摆脱。我只得忍辱含垢，准备"回应"那一大堆无中生有的指控和卑鄙恶毒的谣言，但这个任务始终没有完成。因为就在次日清晨，另一家报纸刊登了一条骇人新闻，再度恶毒中伤，严厉指控我放火烧了一家疯人院，连同住院病人一同烧死，原因是它挡住了我房外的视线。这使我陷入恐慌的深渊。接着又是一条指控，说我曾图财害命，毒死自己的叔父，并强烈要求掘墓验尸，这简直把我逼入怒海边缘。这且不说，他们又给我加了一条罪状，说我在孤儿院当院长时，曾雇用几个老迈无能牙齿掉光的亲戚当伙夫。我顿觉头晕目眩——天旋地转。后来，因党派仇恨而诬陷我的无耻控告，终于达到预期的高潮——他们教唆九个蹒跚学步的各色幼童，身着各种褴褛衣衫，跑上公众集会的讲台，抱着我的大腿叫我亲爹。

我认输，我降旗投降，我达不到纽约州州长竞选的资格。于是我递交了辞呈报告，含恨签上自己的大名：

曾经正派但已沦为
伪证人、小偷、盗尸贼、酒疯子、腐败分子、勒索罪人的

马克·吐温 顿首呈上

牛肉销售协议风波

[美]马克·吐温 | 雍毅 译

此事与我关系甚微,但我毕竟涉入其中,况且它曾一度引起民众关注,激起莫大民愤,就连欧美两大洲的报刊也歪曲事实,大放厥词。因此,我希望能简明扼要地向全国人民做个交代。

我在此申明,以下简述所列诸事均可从联邦政府的官方记录中得到充分证明。此不幸事件的起因是:

大约在1861年10月10日,新泽西州希芒县鹿特丹镇已故的约翰·威尔逊·麦肯齐曾与联邦政府签订了一份协议,向谢尔曼将军[1]供应总数为三十件的桶装牛肉。

那是一桩非常不错的买卖。

话说,麦肯齐携牛肉去找谢尔曼,等他赶到华盛顿[2]时,谢尔曼已去了马纳萨斯[3]。于是他便携牛肉追至彼处,但为时已晚。后来他又追

---

1. 指威廉·特库赛·谢尔曼(1820—1891),美国南北战争中的联邦军将领,曾经历马纳萨斯战役惨败,后攻克那什维尔、查塔努加和亚特兰大等城市,因"向海洋进军"政策而闻名于世,曾策划屠杀印第安人的军事行动,是美国内战史上一个颇有争议的人物。
2. 即现在的华盛顿哥伦比亚特区,位于美国东北部,靠近弗吉尼亚州和马里兰州。
3. 弗吉尼亚州东北部一城市。

至纳什维尔[1]，再从纳什维尔追至查塔怒加[2]，复从查塔怒加追至亚特兰大[3]——但始终没追上谢尔曼。于是，他在亚特兰大稍作休停，然后沿谢尔曼的征途直抵海边。可是，这回他又晚到了几天。听说谢尔曼准备乘"贵格城号"[4]去游览"圣地"[5]，他便乘船前往贝鲁特[6]，打算截住"贵格城号"。可是，等他将牛肉运至耶路撒冷[7]时，才获悉谢尔曼并没乘"贵格城号"出海，而是去了大平原[8]攻打印第安人。于是他又返回美利坚，动身前往落基山。在大平原上经历六十八天的辛苦跋涉，就在离谢尔曼总部四英里处，他却被印第安人用战斧劈死，剥下头皮，牛肉亦被洗劫一空，只丢下一桶，后被谢尔曼部队截获。因此，这位勇敢的航海家虽已身亡，却履行了自己的部分协议。在一份以日记体写的遗嘱中，他将协议传给儿子巴尔泽洛缪·威尔逊。巴尔泽洛缪列了一份账单，却不幸去世。账单如下：

合众国

应偿付已故新泽西州约翰·威尔逊·麦肯齐医生
向谢尔曼将军供应三十件桶装牛肉之费用
单价100美元，计3000美元，旅费及运费14000美元
总计17000美元
收讫人：

---

1. 田纳西州首府。
2. 田纳西州东北部城市。
3. 佐治亚州首府。
4. 汽船名，以宾夕法尼亚州费拉德尔菲亚市的别称命名。
5. 指巴勒斯坦。
6. 黎巴嫩一港口城市。
7. 巴勒斯坦古城，犹太教、基督教和伊斯兰教的圣地。
8. 位于北美洲中部。

巴尔泽洛缪虽已死亡，但生前曾将协议留给威廉姆·杰·马丁。马丁曾欲收取货款，但事没办完便撒手人寰。去世前曾将协议留给巴克·杰·艾伦。艾伦也曾欲收取货款，却死于非命，但临终前曾将协议留给安森·吉·罗杰斯。罗杰斯也极力收取那笔货款，经过层层审核，终于快到九级审计官的公署。但就在那时，对人一视同仁的死神未经召唤突然降临，将他的性命拿去。罗杰斯生前曾将账单留给康涅狄格州的一位亲戚，名唤"复仇者"霍普金斯。霍普金斯拿到单据后，虽仅活了四个礼拜零两天，但因他差点儿见到十级审计官，从而创下最高纪录。霍普金斯在遗嘱中将单据赠与他的一位舅父，人唤"及时行乐"约翰逊。约翰逊尚未及时行乐，便已命丧黄泉。临终前有言："别为我哭泣，我要去了。"真是一语成谶，可怜的灵魂！打那以后，那份协议共有七人继承，但个个死于非命。及至后来，协议终于落入我手中，是我的一位亲戚传给我的，他姓哈伯德，名伯利恒，是印第安那州人。他生前一直对我怀恨在心，弥留之际却不计前嫌，将我唤去，含泪将那份牛肉销售协议交与我手中。

以上是我继承那笔遗产前的一段历史。现在我就把自己涉足此事的细节逐一向全国人民交代清楚。

我拿着那份牛肉买卖协议和旅费及运费发票去见合众国的总统。

总统道："说吧，先生，我有什么能为你效劳？"

我答道："陛下，大约在1861年10月10日，已故新泽西州希芒县鹿特丹镇的约翰·威尔逊·麦肯齐与联邦政府签订了一份协议，向谢尔曼将军供应总数为三十件的桶装牛肉……"

我话音未落便被他打断。他叫我走人——态度和蔼而又坚定。次日，我去拜见国务卿。

他问我："先生，有何贵干？"

我答道："大人，大约在1861年10月10日，已故新泽西州希芒县鹿特丹镇的约翰·威尔逊·麦肯齐与联邦政府签订了一份协议,向谢尔曼将军供应总数为三十件的桶装牛肉……"

"好啦,先生,休要多言,本部门与牛肉供应合同毫不相干。"

他躬身送我出门。我将此事寻思了一遍。次日,我又去拜见海军部长。他说:"有话快说,先生,别叫我久等。"

我说:"大人,大约在1861年10月10日,已故新泽西州希芒县鹿特丹镇的约翰·威尔逊·麦肯齐与联邦政府签订了一份协议,向谢尔曼将军供应总数为三十件的桶装牛肉……"

可是,我的话只说了一半。他也不管涉及谢尔曼将军的那份牛肉供应协议的事。我心里开始犯嘀咕:这个政府有些古怪,好像存心想赖掉那笔牛肉账。次日,我又去见内政部长。

我告诉他说:"大人,大约在1861年10月10日……"

"够啦,先生,我对你早有耳闻。走吧,拿着你的破牛肉合同离开这里。我们内政部不管陆军的给养问题。"

我只好离去,但却憋了一肚子火。我心想,我就要缠着他们,我要大闹这个霸道政府的每个部门,不解决合同的事决不罢休。收不回货款,我情愿一死,就像我的前辈那样,以死抗争。于是我质问邮政部长,围困农业部,拦截众议院主席。可是他们全都不管与陆军有关的牛肉供应协议事宜。后来我又去找专利局局长。

我跟他说:"尊敬的大人,大约在……"

"真要命!你到这里来,就是为了那份蛊惑人心的牛肉供应协议?亲爱的先生,那份事关陆军的牛肉供应协议与我局毫不相干。"

"哼,你说得倒好——可是,总得有人付那笔牛肉账吧。现在你必须给钱,不然我就没收这个破专利局,把里面的东西全部搬走。"

"可是,亲爱的先生……"

"先生,说也没用。我认为你们专利局对那批牛肉负有不可推卸的责任。我不管是不是你们的责任,货款必须要付。"

闲话休提。结果是一场武斗。专利局胜出。不过，我也有意外收获。他们告诉我说，我应该去找财政部。于是我便去了财政部。我足足等了两个半钟头，他们方允许我见第一财政大臣。

我对他说："最高贵、最庄严、最尊敬的先生，大约在1861年10月10日，约翰·威尔逊·麦肯……"

"够啦，先生。你的事我早有耳闻。去找一级财政审计官吧。"

我去找了一级审计官。他叫我去找二级审计官。二级审计官又叫我去找三级审计官。三级审计官又叫我去找咸牛肉司的一级督察。这位督察倒像办事的样子。他查看了账本和活页文件，但没找到合同底本。尽管如此，我却深受鼓舞。那个星期内，我一直找到该司的六级督察。第二个礼拜，我又找了理赔司。第三个礼拜，我又去误勘司查询，后在测算司找了个落脚处，又等了三天。现在我只剩一个地方没去问。于是我便去纠缠勤杂司司长——确切地说，我去找了他的办事员，因为他本人没来上班。那里有十六位俊俏姑娘在室内记账，另有七位英俊文员在一旁指导。这帮青年男女眉来眼去，喜气洋洋，好像听见婚礼的钟声敲响。这时，只见两三个业务员从报纸上抬起头来，盯着我打量了半天，又继续看报，谁也不说话。不过，自从跨进咸牛肉司一号公署的一瞬间，直到我离开误勘司的最后一个公署的那一刻，我已经积累了丰富的经验，习惯于这帮四等初级助理业务员的灵活性。此时我已技艺娴熟，自打踏进公署的那一刻，直到一位办事员跟我说话为止，我都可以一直保持金鸡独立，即使改变姿势，也不会超过两三次。

于是我就立在那里，直到换了四个不同的姿势，才对一位正在看报的办事员说："赫赫有名的浪人，格兰特哪去啦？"

"先生，你这话是什么意思？你指的是哪一位？你说的是司长吧，他出去了。"

"今天他又去寻花问柳了吧？"

那年轻人瞪了我一眼,又继续看他手里的报纸。这帮业务员的办事作风,我算是领教过了。我知道,纽约方面再次来函之前,他要是能读完报纸,我的事就会有着落。他还有两张报纸没读。过了一会儿,他总算读完,先打个哈欠,才问我有什么事要办。

"大名鼎鼎而又令人景仰的笨蛋,大约在……"

"你就是那位要办牛肉协议那件事的人吧。把单据给我。"

他接过单据,然后在一堆零七八碎的材料中翻来翻去,最后终于找到那份失落多年的牛肉协议记录——我还以为他发现了西北航道[1];以为他发现了我的许多祖先尚未靠岸便已被撞成肉泥的礁石。我很感动,也很高兴——我的事终于有了眉目。我激动地说:"把它交给我,这下政府该给办了。"他挥手叫我退后,说我还得先办一些手续。

"那个约翰·威尔逊·麦肯齐如今人在何处?"他问道。

"死了。"

"何时死的?"

"不是自然死亡——是让人给砍死的。"

"怎么砍死的?"

"战斧砍死的。"

"是谁砍的?"

"这还用问,当然是印第安人。难道是主日学校[2]的校长不成?"

"当然不是。凶手就一个印第安人么?"

"正是。"

"那印第安人姓什么?"

"姓什么?我不知道。"

---

1. 指由格陵兰岛经加拿大北部北极群岛到阿拉斯加北岸的航道,这是大西洋和太平洋之间最短的航道。
2. 也称星期日学校,是英美诸国在星期日为贫民开办的初等教育机构,兴起于18世纪末,盛行于19世纪上半期,主要教授《圣经》、拼音、识字。

"必须要有姓名。是谁看见他拿战斧砍人的？"

"我不知道。"

"当时你不在场吗？"

"你明知故问。我不在场。"

"那你怎么知道麦肯齐是让人砍死的？"

"因为他肯定当场毙命。我有充足的理由相信，他当时就已经死了。真的，我知道他早就不在人世了。"

"我们必须要有证据。你找到那印第安人了没？"

"当然没有。"

"那你必须得找到他。你找到那把战斧了没？"

"我从没想过要找那玩意。"

"你必须要找到那把战斧。你得交出那个印第安人和那把战斧。只要两者能证明麦肯齐的死因，你才可以拿着索赔单据，去找指定的委员会审核。若以这样的速度办理，你的子女或许可以活到拿上这笔钱去享受生活的那一天。不过，你必须要有那人的死亡证明。但我不妨告诉你，虽说麦肯齐死得可怜，但他支出的运费和旅费，政府是不予报销的。假如你能让国会通过一项救济法，为此拨出一笔专款，政府或许会支付谢尔曼部下截获的那桶牛肉的货款；但印第安人吃掉的那二十九桶牛肉，政府是不会赔付的。"

"这么说来，我只能拿到一百美元，就连这点钱也是个未知数！麦肯齐毕竟携着牛肉跑遍了欧亚美；他毕竟历尽千辛万苦，辗转千里运送牛肉；还有，继承他遗志的那些无辜的追账人一个个全都死光了，难道这件事就这么不了了之啦！年轻人，咸牛肉司的一级督察为何不将此事提前告知与我？"

"因为他并不知道你提出的要求是否属实。"

"二级督察为何不提前告知？三级督察为何不提前告知？各司各部为何不提前告知？"

"他们全都不知晓。我们这里按程序办事。你已走完各种程序，了解到你想要知道的事。这是最好的办法，也是唯一的办法，非常正规，虽然很慢，但万无一失。"

"是的，万无一失，必死无疑。我们宗族的人大多都已经死光了。我觉得自己也快要被主召唤去了。年轻人，从你那温柔的流盼中，我看得出来，你爱上那边那个耳后插着几支钢笔[1]、长着一双脉脉含情蓝眼的佳丽——但你是个穷光蛋。来，伸出手来——拿着，这是那份牛肉协议。去，搞定她，快活去吧！我的孩子，上帝保佑你俩！"

关于大宗牛肉销售协议一事，我所知道的就是这些。此事曾造成很大的社会舆论。从我手里接去那份协议的办事员也一命归天。后来协议落入谁的手中，我一概不知。我只知道，假如一个人能长命百岁，他若想调查一件事，不妨去找华盛顿的推诿公署，在那儿耗上几天，历经几番周折和拖延，才能查出本该在头一天就能查出的事——但前提条件是，推诿公署也能像大型私营商业组织一样，将办事流程安排得方便灵活，有条不紊。

---

1. 戏指发卡。

圣诞树与婚礼

——摘自佚名人士的笔记

[俄] 陀思妥耶夫斯基 | 侯昌丽 译

前些日子我遇到了一次婚礼。但是,不!我最好还是先来说说圣诞树吧。婚礼很不错,虽然我也很喜欢,但很久以前发生的一件事却更值得一提。不知为何,当我看见这次婚礼,我就回想起了那棵圣诞树。事情是这样的。大约在五年前的新年前夕,我受邀去参加一个儿童舞会。邀请我的是一位著名的实业家,他交游广、熟人多、威望高。可以想得到,儿童舞会不过是大人们聚集起来畅谈各种奇闻怪事的借口。我是一个局外人,反正也没什么谈资,所以整个晚上都挺轻松的。当时在场的还有一位先生,他似乎和我一样,并不是什么名门望族,却也受邀参加了这次家庭聚会,他也注意到我了。这位高个子的瘦削男子神情严肃,穿着非常讲究。不过看得出来,他并不开心,也不曾拥有什么家庭幸福。每当他走到角落里,便立刻停止微笑,蹙起那两道浓黑的眉毛。除了主人,他几乎不认识别的客人。显然,他无聊至极,却表现得非常勇敢,自始至终都装作是一个快乐幸福的人。后来我才知道,这位先生来自外省,他来首都,是为了解决一件非常紧迫而又棘手的事情。他给主人捎来一封举荐信,虽然主人对此并没有什么热情[1]，但仍然邀请他参加了这次儿童舞会。没人请他打牌，没人给他敬烟，甚至没人跟他聊天。也许，人们只要从远处看一眼它的羽毛，就知道它是只什么鸟。因此，我们的这位不知道该把双手放到哪儿的先生，只好整晚上都去摆弄自己的络腮胡子。的确，他的络腮胡子长得很好看。他那样用心地抚摸着胡子，当你望着他，你会觉得先有胡子而后才有了这位抚摸胡子的先生。

这位先生参加主人（主人家养了五个白白胖胖的儿子）家庭聚会的情形就是这样。此外，还有一位先生也引起了我的注意。这位先生与前面提到的那位先生完全不同，他可是位达官贵人。他叫尤里安·马斯塔科维奇。只稍微一眼便能看出，他是位尊贵的客人。他对待主人的态度，正好与主人对待那位络腮胡子先生的态度一模一样。男主人和女主人都对他说了许多献殷勤的话，给他敬烟倒酒，对他关怀备至；他们将各类宾客引荐给他，却从不将他引荐给别的客人。我注意到，当尤里安·马斯塔科维奇谈到这次聚会，说他很少度过这样美好的时光的时候，主人的眼里几乎要涌出泪来。不知为何，有这位大人物在场我突然有点害怕。因此，在欣赏了一会儿孩子们之后，我独自走进一间空无一人的小客厅，坐在女主人的几乎占去一半房间的花亭里。

所有的孩子都可爱得出奇，尽管女家庭教师和母亲一再叮嘱，但他们坚决不像大人那样表现自己。一眨眼的工夫，他们就把圣诞树弄得七零八落，连一块糖果也没有剩下。接着，就在还没有搞清楚哪件玩具归谁之前就把一半的玩具给弄坏了。有一个黑眼睛，顶着一头卷发的小男孩特别好看。他总想拿自己的木质玩具枪向我射击。不过，他姐姐更加引人注目。那是个十一岁左右的小姑娘，像爱神一样美丽，很文静，一副若有所思的样子，白净的脸上鼓着一对沉思

---

1. 原文为意大利语。

的大眼睛。她也许是被孩子们欺负了，所以一个人来到我待的那间客厅，在角落里玩自己的洋娃娃。客人们满怀敬意地指着一位有钱的承包商——这个小女孩的父亲。有人在窃窃私语，说他已经给自己的女儿存了三十万卢布的嫁妆。我转过身来，看了一眼对这事满心好奇的人们，最后将目光落到了尤里安·马斯塔科维奇身上。他双手背在身后，头微微偏向一侧，像是在仔细聆听人们对他的节日祝福。后来，我不得不对主人在给孩子们分发礼物时表现出来的"智慧"表示惊讶。那位据说是有三十万卢布嫁妆的小姑娘得到了一个最珍贵的洋娃娃。所有"幸福"的孩子都得到了礼物，但礼物随着父母地位的降低也越来越次。最后得到礼物的是一个十岁左右的小男孩。他又瘦又小，脸上长了几粒雀斑，长着红头发。他得到的是一本讲述伟大自然界与感动眼泪的书，没有插图，卷首卷尾甚至没有用来装饰的小花。他是主人家的家庭女教师——一个可怜寡妇的儿子。这小孩饱受折磨，因而变得怯懦胆小。他穿了一件旧土布做成的夹克衫。在得到自己的礼物后，他在别的小孩的礼物跟前徘徊了好久，他特别想跟别的孩子一起玩，但是又不敢。看得出，他能感觉到也能理解自己的处境。我特别喜欢观察孩子们。我对他们在生活中本真的、自在的表现非常感兴趣。我注意到，红头发的小男孩对有钱人家孩子们的玩具非常着迷，尤其是戏剧，他很想扮演其中某个角色，所以低声下气地去接近他们。他满脸堆笑，和孩子们一起玩耍。他把自己的苹果送给一个脸上有些浮肿的小男孩，那小孩的手帕里包满了客人们赠送的礼物。为了不让他们把他从戏剧扮演中赶出来，他甚至决定把一个小孩背起来。不一会儿，不知哪个顽皮的小孩揍了他一顿，他不敢哭。正在这时，小男孩的母亲——家庭女教师来了，她叮嘱他不要妨碍别的孩子玩。于是小男孩走进了小女孩待的这间客厅。小姑娘叫他来到身边，两人开始热情地打扮那个珍贵的洋娃娃。

我在花亭里坐了半个多小时，听着红头发小男孩和拥有三十万嫁妆的小美人不断地谈论洋娃娃，几乎要开始打盹儿了。忽然，尤里安·马斯塔科维奇走进来了。他利用孩子们吵架的工夫悄悄走出大厅。我注意到，一分钟前他还在热情地和未来有钱媳妇的爸爸谈话呢。他们虽然刚刚认识，但在讨论哪种工作更加优越。

这会儿，他站在那儿沉思着，好像在掐指算什么。

"三十万……三十万，"他低语道，"十一岁……十二岁……十三岁……再过五年就十六岁了！假设年利率是百分之四，一年就是一万二千，五年就是六万，再拿这六万……是的！的确是……但年利率不会只有百分之四吧，真是骗子！可能到百分之八或百分之十吧！喏，五十万，也许，至少能有五十万呢，还会带来一些衣服作为嫁妆呢……"

他停止思考，擤了擤鼻子，想要走出房间。忽然，他看到了那个小姑娘，于是停住脚步。他并没有发现坐在绿色花盆后面的我。我能感觉到，他似乎非常激动。也许是因为刚才算的那笔账，也许是因为别的什么事。他搓着双手，不得不站在原地。当他停下脚步，向未来的未婚妻投去珍贵而又坚定的一瞥时，这种激动似乎达到了极限[1]。他本该朝前走的，却停下脚步环顾四周。他似乎产生了某种罪恶感，却仍然踮起脚尖朝小女孩走去。他满脸笑意地靠近她，弯下腰吻了吻她。小姑娘没料到他会这样，吓得尖叫了一声。

"你在这儿干什么呢，亲爱的小姑娘？"他悄声问道，一边环顾四周，一边拧小女孩的面颊。

"我们在玩……"

"啊？和他玩呢？"尤里安·马斯塔科维奇眯缝着眼睛盯着小男孩。

"宝贝，你该去大厅玩。"他对小男孩说。小男孩沉默不语，抬眼望着他。尤里安·马斯塔科维奇又环顾了一下四周，又冲着小姑娘

---

1. 原文为拉丁语。

俯下身子。

"洋娃娃是干什么用的啊，亲爱的小姑娘？"他问道。

"洋娃娃。"她皱着眉头，害羞地说了一句。

"洋娃娃……亲爱的小姑娘，你知道你的洋娃娃是用什么做成的吗？"

"不知道……"小姑娘小声回答道，完全把头垂下去了。

"是用破布做成的，小宝贝。你去大厅玩，小家伙，去找自己的伙伴们！"尤里安·马斯塔科维奇对小男孩厉声说道。两个小孩皱起眉头，互相抱着不放开，他们不想分开。

"你知道吗，为什么送给你洋娃娃？"尤里安·马斯塔科维奇问道，声音越来越低。

"不知道。"

"因为你在这一周里表现得惹人喜爱，而且很有教养。"

此时，尤里安·马斯塔科维奇激动不已，他又环顾了下四周，声音越来越低，最后用几乎听不到的声音，激动而又焦急地问：

"亲爱的小姑娘，如果我去您父母家做客，您会喜欢我吗？"

说着，尤里安·马斯塔科维奇又亲吻了小姑娘。红头发的小男孩看到小姑娘都快哭了，于是抓住她的双手，出于对她的同情几乎要哽咽了。尤里安·马斯塔科维奇非常生气。

"快走，离开这儿，快走！"他对小男孩命令道，"去大厅！去那儿找你的伙伴们！"

"不，不要去，不要去！您走开，"小姑娘说，"让他留下，让他留下。"说着，放声哭起来。

门外传来沙沙的声音，尤里安·马斯塔科维奇立刻直起他魁梧的身子，好像被吓了一跳。不过，红头发的小男孩比尤里安·马斯塔科维奇吓得更厉害。他撇下小姑娘，顺着墙根去大厅了。为了不引起怀疑，尤里安·马斯塔科维奇也去大厅了。他照了照镜子，脸红得像一只虾,似乎有些尴尬。可能,他对自己的狂热和急躁开始感到懊悔。

也可能,他对自己掰着手指算的结果感到震惊,继而又受到激励和鼓舞,以至于他不顾自己的体面和庄重,决定像个小男孩一样直接向自己的对象发起进攻,虽然这个对象至少要在五年后才能成为他真正的对象。我跟着这位尊贵的先生走进大厅,看到了可怕的一幕。尤里安·马斯塔科维奇由于气恼和嫉妒,在恐吓红头发的小男孩。那小男孩离他越来越远,越来越远,吓得不知道该往哪里躲才好。

"走开,离这儿远远的,走开,淘气鬼,快走!"

"你在这儿偷吃水果吗,啊?你是不是在偷吃水果?快走,淘气鬼,快走,你这个鼻涕虫,走开,去找自己的同伴玩!"

小男孩似乎被吓昏了头,他尝试着爬到桌子底下。这时,那位满脸通红的追赶者已经气到了极点,他掏出一条长长的麻纱手绢,开始抽打藏在桌子底下的小男孩。需要指出,尤里安·马斯塔科维奇着实有点胖。这是一个保养得不错的人,面色红润,相当结实,挺着个大肚子,还有两条粗壮的大腿,一句话,是个壮实的小子,圆得像颗核桃。他汗流满面,呼呼喘着粗气,脸红得可怕。最后,他几乎要发疯了,全身心都是愤怒,也许还有嫉妒(谁知道呢?)。我放声哈哈大笑。尤里安·马斯塔科维奇转过身来,虽然他地位显赫,此时却也觉得十分尴尬。就在这当儿,男主人从对面门里走出来。小男孩从桌子底下爬出来,拍了拍膝盖和胳膊肘上的尘土。尤里安·马斯塔科维奇赶紧把手绢放到鼻子上,手绢的一头还抓在手里呢。

主人看了看我们三个人,有点摸不着头脑。但是,作为一个精通世故、做事严谨的人,他马上抓住了这次与客人单独见面的机会。

"这孩子就是……"他指着红头发小男孩说,"我非常荣幸地恳求您……"

"啊?"尤里安·马斯塔科维奇啊了一声,还没有缓过神来。

"这是我孩子家庭女教师的儿子,"主人以恳求的语气继续说道,"是个可怜的女人,一个寡妇,她的丈夫曾是一名受人尊敬的公务员,所以……尤里安·马斯塔科维奇,如果可以的话……"

"哎呀,不行,不行,"尤里安·马斯塔科维奇连忙喊道,"不行,很抱歉,菲利普·阿列克谢耶维奇,真的没办法。我问过了,没有空缺。即使有的话,也早有十个人添上去了,他们比他更有权。非常遗憾,非常遗憾……"

"太遗憾了,"主人又重复了一遍,"这孩子挺谦虚,挺文静的……"

"我发现他是个调皮鬼,"尤里安·马斯塔科维奇歇斯底里地大声喊道,"快走,小孩,你站在这儿干什么?去找你的伙伴们!"他对小男孩说。

这时,他好像再也忍不住了,用一只眼睛瞟了我一眼。我也忍不住了,看着他哈哈大笑起来。尤里安·马斯塔科维奇立马转过身来,指着我,用非常明晰的声音问主人,这个奇怪的年轻人是谁?他们窃窃私语了一会儿,然后走出了房间。我看到,尤里安·马斯塔科维奇在听主人说了什么后,难以置信地摇了摇头。

笑够了以后,我回到大厅。那位大人物正在被来自不同家庭的父亲母亲以及男女主人包围着,他正和刚刚引荐的一位女士兴高采烈地交谈着。这位女士手里领着一个小女孩,正是十分钟前与尤里安·马斯塔科维奇有过一段对话的小女孩。此刻,他正在盛赞这位小女孩的美丽、天真、优雅且知书达理。显然,他在小女孩的妈妈面前大献殷勤。女孩的母亲听了他的奉承话,激动得快要流下泪来,小女孩的父亲也露出了笑意。男主人对这皆大欢喜的场面非常满意。所有的客人都感同身受,甚至连小孩子们的游戏都被止住了,以免他们打扰这次谈话。空气中弥漫着崇拜的气息。后来,我听到激动不已的小女孩的妈妈盛情邀请尤里安·马斯塔科维奇去她家做客,希望他能成为自己家尊贵的常客。后来,尤里安·马斯塔科维奇满心欢喜地接受了邀请。

再后来，客人们按照礼节散开了。我听到他们彼此用十分动人的语言，赞扬承包商夫妇和他们的女儿，特别是尤利安·马斯塔科维奇。

"这位先生结婚了吗？"我特别大声地问一位熟人，他站在离尤利安·马斯塔科维奇最近的地方。

尤利安·马斯塔科维奇向我投来恶狠狠的、审视的一瞥。

"还没呢。"那位熟人回答道。他对我故意提出的这个不知趣的问题打心眼儿里感到不满。

前不久，我经过某教堂，拥挤的人群和车队令我震惊。周围的人们纷纷议论着这场婚礼。天色阴暗，已经开始下毛毛细雨了。我跟着人群走进教堂，看见了新郎。新郎个头矮小，圆脸，大腹便便，不过保养得很好。他来回周旋，不停地发号施令。终于，听说新娘来了。我挤进人群，看到了一位绝色佳人。大概，她才进入人生的第一个春天吧。不过，她脸色苍白，满脸忧伤，漫不经心地张望着。我注意到，她的眼睛也许因为哭泣而又红又肿。她脸上的古典线条赋予她的美丽以庄重和典雅。然而，透过庄重和典雅，透过忧伤，仍能看见那最初的、天真无邪的面容。某种天真烂漫的、尚未定型的、青春年少的东西不断表现出来，似乎在默默无言地为自己哀求怜惜。

听说，她今年刚满十六岁。我仔细看了看新郎，忽然发现他正是五年前偶然结识的尤利安·马斯塔科维奇。我又看了看新娘……我的天啊！我赶紧离开了教堂。人们议论着，说新娘家非常富有，据说她带来了五十万的嫁妆……还有很多衣服……

"这算盘打得真精明啊！"我想，赶紧挤到外面去了。

午餐

[英]威廉·萨默塞特·毛姆 | 于大卫 译

我在看戏的时候瞧见了她,为回应她的招呼,幕间休息的时候我走了过去,在她旁边坐下。我上一次见到她后已经过去了很久,若不是有人提到她的名字,我恐怕都无法认出她了。

她畅快地跟我说起话来。

"哎呀,我们第一次见面还是很多年前了。真是时光飞逝啊!我们都不年轻了。你记得我第一次见到你时的情形吗?你请我吃了午饭。"

我记得吗?

那还是二十年前我住在巴黎的时候。我在拉丁区有个很小的公寓,俯视着一座公墓,而我挣的钱也几乎只够维持我魂不离体。她读了我写的一本书,给我写信谈起它来。我回信感谢她,不久我又收到她一封信,说她路过巴黎,想跟我聊一聊;不过她时间有限,只有下个星期四才能有空;她上午要去卢森堡公园,我可否随后邀她在富悦吃一顿小小的午餐?富悦是法国参议员们经常吃饭的一家餐厅,远远超出了我的收入,我从没想过自己会去那儿。不过我受了恭维,自己又太年轻,还没学会对女人说"不"字。(容我加一句:没有几个男人学得会,等他们学会也已经太老,他们说什么对女人也无关紧要了。)我手头还有八十法郎(金法郎)可以让我维持到月底,一顿适中的午餐花费不会超过十五法郎。如果我在余下的两周把咖啡省掉，我还能够应付过去。

我回答说我会与我的书信朋友于星期四的十二点半在富悦餐厅见面。她不像我期望的那么年轻，外表堂皇有余，魅力不足。实际上，她已年届四十（这是迷人的年纪，但已不是看上一眼就能骤然引发强烈激情的岁数），而且她给我一种印象，她的牙齿过多，又白又大又整齐，多得超过了实际需要。她很健谈，但看上去她更愿意谈论我本人，我便做好准备当个忠实的听众。

菜单拿来的时候我吓了一跳，因为价格比我预料的高出一大截。但她的话让我放心下来。

"午餐我从来什么都不吃。"她说。

"哦，可别这么说！"我大大方方回答道。

"我吃的东西从不超过一样。我认为现在人们吃得太多了。也许，来一条小鱼吧，不知道他们有鲑鱼没有。"

只是一年之中吃鲑鱼的时令未到，菜单上也没写，但我还是询问侍者有没有。有的，刚刚送过来一条漂亮的鲑鱼，是他们今年进的第一条。我为我的客人订了这道菜。侍者问她在等菜的时候要不要来点儿什么。

"不，"她回答，"我吃的东西从不超过一样，除非你们有一点点鱼子酱，我从不介意鱼子酱。"

我的心稍稍一沉。我知道我负担不起鱼子酱，可我不能把这话说给她，我告诉侍者务必上这道鱼子酱。我给自己点了菜单上最便宜的菜，是一份烤羊排。

"我认为你吃肉是不明智的，"她说，"我不知道你吃了羊排这么难消化的东西后还怎么工作。我可不会让我的胃超过负荷。"

然后是喝什么酒的问题。

"我午餐从来不喝任何东西。"她说。

"我也什么都不喝。"我赶紧说道。

"除了白葡萄酒。"她紧接着说,就好像我没说那句话一样。

"好些法国白葡萄酒都特别清淡。这种酒有助于消化。"

"你要喝什么?"我问,仍很好客的样子,但并不过分热情。

她那一口白牙朝着我明亮而友善地闪了闪。

"我的医生什么酒也不让我喝,除了香槟。"

我感觉我的脸变得有点儿苍白。我要了半瓶香槟。我若无其事地提及我的医生绝对禁止我喝香槟。

"那么,你要喝什么呢?"

"水。"

她吃掉了鱼子酱也吃掉了鲑鱼。她兴高采烈地谈起艺术、文学和音乐。但我一直在琢磨账单会累加到什么地步。当我的羊排端上来的时候,她相当严肃地批评起我来。

"我看出你习惯吃难以消化的午餐。我认为这是个错误。为什么你不学学我只吃一样呢?我相信那么做你会感觉更好。"

"我正打算只吃一样呢。"我说。此时侍者又拿着菜单过来了。

她用一个轻盈的手势把他挥到一边。

"不,不,午餐我从来什么都不吃。只吃一小口,我从来不想多吃,就算吃也是因为谈话的缘故,而不是为了别的。我不会再吃任何东西,除非他们有那种大芦笋。要是不吃上一点就离开巴黎,我会感到遗憾的。"

我的心沉了下去。我在商店见过那东西,我也知道它们贵得要死。一看见它们我的嘴里就涎水四溢。

"夫人想知道你们有没有那种大芦笋。"我问侍者。

我穷尽全身之力希望他说没有。一抹快乐的微笑在他那宽宽的、牧师一般的脸上蔓延开来。他满有把握地告诉我,他们有一些那么大、那么好、那么嫩的芦笋,实在妙不可言。

"我真是一点儿都不饿，"我的客人叹了口气，"不过你要是坚持，我不介意来一点儿芦笋。"

我要了这道菜。

"你不来点儿吗？"

"不，我从来不吃芦笋。"

"我知道有人不喜欢芦笋。事实是，你吃掉的那些肉毁了你的味觉。"

我们等着芦笋做好。一阵惶恐攫住了我。现在的问题不再是我能剩下多少钱维持这个月的生计，而是我有没有足够的钱支付账单。如果发现自己差了十个法郎而不得不向我的客人借，那就太丢脸了。我实在没有勇气让自己这么做。我很清楚手里到底有多少钱，如果账单太大我就准备伸手往口袋里一掏，煞有介事地惊呼一声，跳起来说我被人偷了。当然，如果她也没有足够的钱付账，场面就尴尬了。那样的话我只好把我的手表留下，说我过后再回来付账。

芦笋端上来了。个头巨大、多汁，令人胃口大开。融化的黄油香味搔弄着我的鼻孔，正如纯洁的闪米特人献上的燔祭搔弄着耶和华的鼻孔一般。我一边看着这个放纵的女人把芦笋大口大口塞进喉咙，一边彬彬有礼地论述巴尔干地区的戏剧现状。最后她吃完了。

"咖啡？"我说。

"好的，就来一份冰激凌加咖啡吧。"她答道。

现在我已经不在乎了。因此我给自己点了咖啡，给她点了冰激凌加咖啡。

"你知道，我十分相信这么一句话，"她边吃冰激凌边说，"一个人应该在感觉还能再吃一点儿的时候离开餐桌。"

"你还饿吗？"我无力地问道。

"不，不，我不饿；你看，我是不吃午餐的。我早上喝一杯咖啡，然后就是晚餐了，但我午餐吃的东西从不超过一样。我这都是为了你说的。"

"哦，明白了！"

接着发生了一件可怕的事。我们正等着咖啡，那个领班侍者，虚伪的脸上带着逢迎的微笑，提着满满一篮硕大的桃子走到我们面前。一只只桃子带着天真少女一般的绯红，饱满的色泽如同意大利风景画。可眼下还不到吃桃子的季节吧？上帝知道它们是什么价钱。我片刻之后也知道价钱了，因为我这位客人继续说着话，一边心不在焉地拿起了一个。

"你看，你用那么多肉把肚子填得满满的（我那一小块可怜的羊排），再吃不下什么了。可我只是吃了点儿小吃，所以我还能享用一个桃子。"

账单来了，等我付完了账，我发现剩下的钱只够给一份相当寒酸的小费。她的目光在我留给侍者的三个法郎上停了片刻，我明白她觉得我吝啬。不过等我走出这家餐厅，我就得面对整整一个月身无分文的日子。

"照我的样子做，"她在我们握手的时候说，"午餐吃的东西永远不要超过一样。"

"我会做得比这更好，"我回敬道，"我今天晚饭什么都不吃了。"

"幽默家！"她快活地喊道，跳上一辆出租马车，"你真是个幽默家！"

不过我最终还是报了仇。我不认为我是个怀有报复之心的人，但是当不朽的神明插手此事，欣然静观其果还是可原谅的。如今她的体重是二十一石[1]。

---

1. 一石约为十四磅，二十一石约为一百三十三公斤。

患难见知己

[英]威廉·萨默塞特·毛姆 | 于大卫 译

三十年来我一直在研究我的同胞。我算不上很了解他们。我自然不会凭一张脸就毫不犹豫地雇下一个佣人,不过我认为我们大多就是凭着面相来评判我们遇见的人。我们从下巴的形状、眼睛的神色、嘴巴的轮廓做出自己的结论。我不知道这么做经常是对还是错。小说和戏剧往往与真实生活不符,那是因为写这些东西的作家们,或许出于需要,让笔下的人物表里如一,他们不敢冒险把人物写得自相矛盾,那样的话人物就变得无法理解了,尽管我们大部分人就是自相矛盾的。我们每个人都是相互矛盾的品性胡乱拼凑的一团。逻辑学书籍会告诉你,说黄色是管状的或者感激比空气重是荒谬的;但在构成自我的那种不协调的混合体中,黄色很可能是一匹马和大车,而感激是下个礼拜当中的一天。每当有人跟我说他们对人的第一印象永远正确,我就会耸耸肩。我认为他们要么缺乏眼界,要么就是过于自负。从我这方面说,我发现我认识别人越久,他们就越令我困惑:我最老的朋友恰恰是些我可以说一点儿都不了解的人。

想起这些是因为我在今早的报纸上读到爱德华·海德·伯顿在神户去世的消息。他曾是个商人,多年来一直在日本做生意。我不太认识他,但我对他很感兴趣,因为有一次他让我大吃一惊。若不是听他亲口讲出来，我决不会相信他会做出那种行为。更令人惊愕的是，无论外表和举止，他都会让人想到一种十分明确的类型。如果真的有人表里如一，那就是他了。他个头矮小，身高只有五英尺四多一点，非常纤瘦，一头白发，红脸膛上满是皱纹，长着一双蓝眼睛。我估计我认识他的时候他大概六十岁。他总是穿得整洁朴素，适合他的年纪和身份。

虽然他的办事处设在神户，伯顿却常来横滨。我一度偶然在那里待了几天，等待一艘船，在英国人俱乐部被人介绍给他。我们一起打桥牌。他牌打得好，人也很大方。他的话不太多，无论打牌时还是之后我们在一起喝酒，但他说的话都很通情达理。他有一种沉静的冷幽默。他似乎在俱乐部里颇有人缘，随后，在他走了以后，他们形容他是个数一数二的人物。碰巧我们两个都住在格兰德酒店，第二天他请我跟他一起吃饭。我见到了他的妻子，胖胖的，上了年纪，笑脸盈盈，以及他的两个女儿。这显然是个和睦而感情深厚的家庭。我觉得伯顿最打动我的是他的仁慈之心。他那双温和的蓝眼睛里有一种很讨人喜欢的东西。他的声音十分轻柔；你很难想象他会气愤之下抬高嗓门；他的笑容也很亲切。这个人吸引你的注意，因为你在他身上感受到他对身边的人真正的爱。他确有魅力，但他身上没有任何虚情假意：他喜欢他的牌戏、他的鸡尾酒，他能意有所指地讲一则粗俗故事，年轻时还曾是个运动员。他是富人，而且是靠自己挣下每一分钱。我认为让你喜欢他的一个原因是他矮小而又脆弱；他激发了你保护他人的本能。你会觉得他连一只苍蝇都不忍伤害。

一天下午，我正在格兰德酒店的休息室闲坐。那是在地震之前，休息室里放着几张皮扶手椅。你可以看见窗外一片宽阔的景致，港口上拥塞着频繁往来的船只。儿艘大客轮开往温哥华和圣弗朗西斯科，或者取道上海、香港和新加坡去欧洲；还有各国的不定期货轮，破旧不堪，饱受海水侵蚀，以及一艘艘船尾上扬、挂着彩帆的平底帆船和数不清的小舢板。这是一片繁忙而令人兴奋的景致，但我说不出为什么,这景致又让人感到心定神闲。这里有一种浪漫的气息,让你忍不住伸手触摸。

伯顿走进休息室,马上就瞧见了我。他在我旁边的椅子上坐下。

"你觉得来点儿喝的怎么样?"

他拍手叫来一个侍者,要了两杯杜松子汽水酒。侍者端上来的时候,一个人从外面街上走过,看见我便招了招手。

"你认识特纳?"我点头打招呼的时候,伯顿问道。

"我在俱乐部见过他。人家说他靠国内寄钱过日子。"

"我想是吧。我们这儿有很多这种人。"

"他桥牌打得不错。"

"这些人通常都打得不错。去年有那么个家伙,说来奇怪,跟我一个姓,是我见过的最好的桥牌玩家。我估计你没在伦敦碰见过他。他自称名叫伦尼·伯顿。我认为他大概属于最好的那一类俱乐部。"

"不,我不记得我听说过这个名字。"

"他是个十分出色的玩家。他好像对玩牌有一种本能。这太离奇了。我以前常常跟他玩牌。他在神户待过一阵儿。"

伯顿啜了一口杜松子汽水酒。

"说起来挺好笑,"他说,"他不是什么坏人。我喜欢他。他总是穿着体面,很潇洒的样子。他还算漂亮,长着一头卷发,粉白的脸颊。女人们会对他浮想联翩。他并无害人之心,你知道,他只是放纵而已。他自然是喝得太多。这些家伙总是这样。每季度家里都给他寄些钱来,他靠玩牌还能再赚点儿。他赢了我不少钱,这我知道。"

伯顿和善地笑了几声。我凭自己的经验得知,他在桥牌上输钱会很有雅量。他用自己瘦小的手摸着刮得精光的下巴;条条静脉从手上凸显出来,那手几乎是透明的。

"我估计他破败之后来找我就是因为这个,还因为他跟我同一个姓。有一天他来我的办事处见我,要我给他一份工作。我很惊讶。他告诉我说，家里不再寄钱给他了，他想工作。我问他多大岁数。

"'三十五。'他说。

"'迄今为止你都在做什么呢？'我问他。

"'哦，也没做什么。'他说。

"我忍不住笑了起来。'我恐怕帮不了你什么忙，'我说，'再过三十五年来找我吧，到时候我看我能做点儿什么。'

"他没动地方。他变得一脸惨白。他迟疑了一会儿，然后对我说，一段时间以来他打牌交了厄运。他不想一心扑在桥牌上，便玩起了扑克，结果被刮得一毛不剩，现在身无分文了。他把所有的东西都典当了。他付不出旅馆的账来，人家也不再容他赊欠。他已经一败涂地。要是找不到任何事情做，他就只能去自杀。

"我看了他一会儿。我看得出现在他已经完全垮了。他比平常喝得更多，看起来像五十岁。姑娘们见到他这副样子，绝对不会浮想联翩了。

"'那么，除了打牌你就什么都不能干了吗？'我问道。

"'我会游泳。'他说。

"'游泳！'

"我几乎不敢相信我的耳朵；这种回答简直愚蠢透顶。

"'我代表大学参加过游泳比赛。'

"我隐约揣摩出他为什么说起这些。我认识太多这种上大学时的小宠儿了，没觉得有什么了不起。

"'我自己年轻时游泳游得相当好。'我说。

"突然间我有了个主意。"

伯顿停顿了一下，朝我转过身来。

"你熟悉神户吧？"他问道。

"不熟悉，"我说，"有一次我路过那里，但只待了一个晚上。"

"那么你也就不知道盐谷俱乐部了。我年轻时就从那儿开始游，绕过灯塔游到垂水湾上岸。三英里多一点儿的距离,由于灯塔周围有急流,游起来很吃力。我把这些告诉那位跟我同姓的人,说如果他能游完这一程,我就给他份工作。

"我能看出他吓坏了。

"'你说你是个游泳能手。'我说。

"'我身体情况不太好。'他回答说。

"我没再说什么。我耸了耸肩膀。他看了我一会儿,然后点了点头。

"'那好吧,'他说,'你打算什么时候让我做这件事?'

"我看了看手表。十点钟刚过。

"'这一程要花一个钟头零一刻钟,不会超过太多。我开车十二点半绕到小湾那儿接你。我带你去俱乐部更衣,我们一起吃午饭。'

"'一言为定。'他说。

"我们握了手。我祝他好运,随后他就离开了。那天上午我有不少事要办,勉勉强强才在十二点半来到垂水湾。不过我没必要那么着急;他压根儿就没出现。"

"他在最后一刻打退堂鼓了?"我问。

"不,他没打退堂鼓。他的确开始游了。但他的身子骨肯定是让饮酒和放浪生活给毁了。灯塔周围的急流完全超出了他的应付能力。我们两三天都没找到尸体。"

有那么一两分钟我什么话都没说。我感到有点儿震惊。随后我问了伯顿一个问题。

"当你提出要给他一份工作的时候,你知道他会淹死吗?"

他温和地轻轻笑了几声,那双友善而坦诚的蓝眼睛看着我。他用一只手摩挲着他的下巴。

"不过,我的办事处当时并没有空缺啊。"

本杰明·巴顿奇事

[美] F.S.菲茨杰拉德 | 良品 译

一

早在1860年，小孩在家里出生还是挺正常的一件事。据闻，如今那些伟如神祇的医学界高层已颁布法令：新生儿的第一声啼哭应该响彻在弥漫着麻醉剂气味的医院里——而且最好是一家时髦的医院。是以，1860年夏天某日，年轻的罗杰·巴顿先生及其夫人做出了让他们第一个孩子生在医院的决定——这一决定整整走在了时代的前列五十年——至于这一桩并不甚合时宜的事件是否跟我接下来要讲述的这段令人惊诧的历史有关，则将永远是个谜了。

那我来说说都发生了什么，由你自己来做判断吧。

罗杰·巴顿一家在内战前的巴尔的摩，无论在社交界还是商界，都拥有让人艳羡的显赫地位。他们跟好些名门望族都多多少少沾亲带故，诚如每个南方人所知道的那样，借此，他们也就拥有了成为南方庞大贵族集团中之一员的资格。第一次经历生小孩这一令人陶醉的古风遗俗——巴顿先生自然会紧张了。他希望生个儿子，这样就能把他送到康涅狄格的耶鲁大学去——巴顿先生自己就是在那儿度过了四年的时光的,并且多多少少顺理成章地被同学们叫作"袖口"[1]。

在那个神圣的九月清晨,重大事件行将发生。六点钟他就张皇失措地从床上爬了起来,穿戴整齐,还打了一个毫无瑕疵的宽领结,匆匆忙忙地沿着巴尔的摩的街道往医院赶去——他要去确定一件事:暗夜的怀抱中,一个新的生命是否已然诞生。

在离"马里兰淑女与绅士私立医院"尚有一百码时,他看到他的家庭医生基恩从医院前门台阶上走下来——他一边走一边像在洗手似的搓着双手——是医生就得这么做,大概这是他们这个行当一条不成文的规定。

罗杰·巴顿先生,罗杰·巴顿五金批发公司董事长——朝着基恩医生一路小跑着过去,全然罔顾在那绚丽时代南方绅士所应有的风度和尊严。"基恩医生!"他喊道,"嗨,基恩医生!"

听到喊声,医生四下环顾,然后站住了等着他。巴顿先生快到眼前时,他那紧板着的医生面孔方始现出一丝怪异的神色。

"怎么样?"巴顿先生气喘吁吁地冲上前去,问道,"男的还是女的?母亲平安吗?是男孩吧?是什么呀……?怎么……"

"把话说清楚!"基恩医生刻薄地喝止他道,看上去有些愠怒。

"小孩出生了吗?"巴顿先生恳切地询问。

基恩医生皱起眉:"是吧,我想是……多少算是吧!"他看了巴顿先生一眼,眼神有些怪异。

"我太太都好吧?"

"好。"

"那是男孩还是女孩呀?"

"听着啊!"基恩医生气急败坏地吼起来,"你自己去看!真受不了!"他几乎只用了一个音节就把最后一个词喷了出来,然后背转

---

1. 巴顿(Button)为纽扣的意思,故Cuff在此译作"袖口"。

身，嘟哝着："你以为这样的事会抬高我的声誉吗？要是再来一桩，我就毁了……不管是谁都得给毁了！"

"到底怎么了？"巴顿先生吓坏了，"三胞胎吗？"

"不，不是三胞胎！"医生语带讥讽，"到底是怎么回事，你自己去看！还有，你另请高明吧。年轻人，是我把你带到这个世界上来的，做了你们家四十年家庭医生……可我……现在不干了！我不想再见到你或你们家的任何人，再见！"

接着，他猛地转过身，没再说一句话，一头钻进停在路边的马车扬长而去。

巴顿先生站在人行道上，茫然不知所措，从头到脚哆嗦着。到底遭遇了怎样的不测？他一下子失去了往"马里兰淑女与绅士私立医院"一探究竟的欲望——过了一会儿，他举步维艰地强迫自己踏上台阶，走进了医院大门。

晦暗的医院大厅，一个护士端坐在桌子后面。咽下了耻辱，巴顿先生朝她走去。

"早上好！"她抬起头愉快地看着他。

"早上好！我……我是巴顿先生。"

他话音刚落，极度恐慌的神情就在女孩的脸上蔓延开来。她站了起来，像是要从大厅飞将出去——很明显，她在拼命地控制着自己。

"我想看看我的孩子。"巴顿先生说。

护士轻轻地一声尖叫。"噢……当然！"她有点儿歇斯底里起来，"楼上，楼上右转，去……上去吧！"

她指了指上楼的方向。巴顿先生滴着冷汗，跌跌撞撞转身上楼。在二楼大厅，一名护士端着盆子向他走来。"我是巴顿先生，"他竭力让自己口齿清晰，"我想看看我的……"

咣当！盆子摔到地上，滚到楼梯口，接着咣当咣当滚下楼去，似乎翻滚的盆子也渐渐感受到了这位先生所挑起的恐慌。

"我要看我的孩子！"巴顿先生濒临崩溃，几乎要失声尖叫。

咣当！盆子跌到了一楼。护士再次控制住了自己，向巴顿先生致以发自内心的轻蔑。

"好吧！巴顿先生，"她压低嗓音，"很好！但您得知道今天早上，医院上上下下的处境！太忍无可忍了！医院的名声……"

"快点！"他沙哑着嗓子喊道，"我受不了了！"

"那……请这边走，巴顿先生。"他拖着疲惫的身子，跟在她身后。来到长长的走廊尽头的房间，里面传出各种样式的哭号声——后来人们把这样的房间称为"哭房"。

"好了，"巴顿先生喘着气，"哪个孩子是我的？"

"在那儿！"护士说。

巴顿先生顺着她手指的方向看过去，所见的情景如下：用宽大的白绒毯裹着、被勉强塞进摇篮里的——是一个约莫着得有七十岁的老头儿——稀疏的头发全白了，下巴上垂着长长的烟灰色胡须，正滑稽可笑地随着窗外吹进的微风来回飘荡。他抬起黯淡无神、朦朦胧胧的双眼，望着巴顿先生，眼里藏着疑问。

"是我疯了吗？"巴顿先生大吼，他的恐惧化为了狂怒，"见鬼，你们医院开的什么玩笑？"

"我们可不认为这是开玩笑，"护士严肃地说道，"我不知道您疯没疯……但那的的确确是您的孩子。"

更多冷汗从巴顿先生的额头上渗出来。他死死地闭紧双眼，然后，再睁开，再看一次。没错——他正盯着一个七十岁的人——一个七十岁的婴儿，两只脚悬荡在他原本应该用来安睡的小小摇篮的栏杆外面。

老人淡定地挨个打量着他们，突然一个黯哑苍老的声音响了起来："你是我父亲吗？"他问道。

巴顿先生和护士都大吃一惊。

"如果您是的话，"老男人继续抱怨道，"我希望您带我出去……要不……至少也得让她们给弄一个舒服点的摇摇椅。"

"你究竟从哪儿来的？你是谁？"巴顿先生疯狂地大喊大叫。

"我不能确切地告诉您我是谁，"那个抱怨的声音回答道，"因为我才生下来几个钟头……但我肯定姓巴顿。"

"你撒谎！你个冒牌货！"

老人疲惫地转向护士。"这样欢迎一个新生儿倒不错啊？"微弱的声音抱怨道，"你干吗不告诉他是他错了呢？"

"您错了，巴顿先生，"护士严正地说，"这就是您的孩子，还是好好做做打算吧……我们要求您把他接回家去……尽快，就在今天某个时间。"

"回家？"巴顿先生重复道，他完全难以置信。

"是的，我们不能把他留在这里。真不能，您明白吗？"

"回家我很开心啊，"老人哀恳地，"这真不是一个喜欢安静的年轻人能待的地方。你听听，这么些哭声号叫声，连眼都闭不上。我还想吃东西呢。"——说到这儿，他亮起嗓门抗议起来："他们却只给我一瓶子牛奶！"

巴顿先生瘫坐在儿子近前的一把椅子上，双手掩面。"天哪！"他恐惧地喃喃自语，"别人会说什么？我该怎么办？"

"你必须把他接回家，"护士坚持着——"立刻，马上！"

一幅古怪的画面清晰地浮现在这个备受煎熬的男人眼前——他沿着拥挤的城市街道行走，恐怖的怪人却亦步亦趋地跟着他，如影随形。

"不行，不行！"他呻吟着。

人们会停下脚步和他攀谈，而他又该说些什么呢？他必须介绍——这个七十来岁的这位……"这是我儿子，今天早上才出生的。"然后这个老家伙，会再裹紧毯子，继续跟着他，一起迈着沉重的步履缓缓前行。走过生意兴隆的商店，走过贩卖奴隶的市场——有那么一个黑暗的瞬间,巴顿先生真恨不得他儿子是黑人——走过住宅区的豪宅,走过老年公寓……

"好了,打起精神吧。"护士命令道。

"你看,"老人突然开口,"如果你以为我会裹着这条毯子走回家去,那就大错特错了。"

"小婴儿都得用毯子裹着。"

老人举起一件小小的白色婴儿装,"叭"地一抖。"看啊!"用他颤巍巍的声音说,"这就是他们为我准备的。"

"婴儿都穿这个。"护士一本正经地说。

"好吧。"老人说,"过两分钟我这个婴儿就只好一丝不挂了。毛毯让我全身痒痒,他们早就应该给我一床床单。"

"裹上!裹上!"巴顿先生急吼吼道。他转向护士:"我该怎么办?"

"进城去,给你儿子买几身衣服。"

巴顿先生走到大厅时,身后传来他儿子的声音:"还有拐杖,父亲!还要一根拐杖。"

砰的一声,巴顿先生狠狠地摔上了大门。

二

"早上好!"巴顿先生面对切萨皮克纺织品公司的店员,有些紧张不安。"我想给我的孩子买几件衣服。"

"先生,您孩子几岁了?""差不多六个钟头。"巴顿先生不假思索地回答。

"婴儿用品部在后面。"

"是吧?我不认为……我不确定那是我想找的。他是……他是个个头儿大得不一般的小孩。特别……呃……大。"

"那儿有最大号的婴儿服装。"

"男童部在哪儿?"巴顿先生绝望地变换了自己的立场。他觉得店员肯定是嗅出了他不可告人秘密的味道——丢人的秘密。

"就在这儿。"

"啊……"他犹豫不决起来。一想到他的儿子要穿成人的衣服,他就反感难受极了。如果能找到一套特大号的童装,也许他可以剪掉儿子那又长又丑的胡须,把他的白头发漂染成棕色,这样一来,也许就能把最糟的部分掩盖起来——也许还能因此保留几分自尊——更不用说他在巴尔的摩的社会地位了。

但是,搜刮遍整个男童部,他也没能找到一套适合刚刚来到这个世界的小巴顿的衣服。当然,还得责怪这间服装店——此情此景之下,当然是应该责怪服装店了。

"您刚刚说您的儿子多大?"店员好奇地问道。

"他……十六。"

"啊,请原谅,我以为您刚刚说的是六个小时。在旁边那条货架就能找到青年服装部了。"

巴顿先生痛苦地转身离开。突然,他停住了,面色豁然明亮起来。他指着陈列橱窗中的假人。"那个!"他大叫起来,"我就要这件了,这个模特身上的。"

店员瞪大眼睛。"干吗啊?"他辩驳道,"那可不是给孩子穿的。至少……至少也是要在化装舞会才会给孩子穿吧。您自个儿穿倒是可以!"

"把它给我包起来,"这位顾客抓了狂,但仍然坚持着,"我就想要这个。"

店员惊讶至极,却仍然照办了。

回到医院以后,巴顿先生走进婴儿室,差不多是把那包东西朝儿子扔过去的。"这是你的衣服。"他怒不可遏地说。

老头儿把包打开,困惑地打量着里面的东西。

"这看着有些滑稽吧!"他抱怨着,"我可不想被当成猴儿耍……"

"是我被当猴耍了!"巴顿先生怒气冲冲地反驳道,"你别管穿上它有多滑稽。给我把衣服穿起来……否则我……我……我打你屁股。"他局促不安地咽了咽口水,最后这个词让他觉得很不舒服,不过,这样说又是恰当的。

"好吧,父亲,"——他用一种古怪的,但又似乎十分孝顺的腔调说道,"您比我岁数大,您懂得最多,我照您说的做。"

和之前一样,这一声"父亲"把巴顿先生叫得心惊肉跳。

"那快点儿吧。"

"我正在快呢,父亲。"

儿子穿好衣服,巴顿先生打量着,很是郁闷。这套衣服包括一双斑点袜子、一条粉色裤子和一件束腰的白色宽领上衣,当然还有荡在上衣领子外面,那飘来飘去的老长的白胡子,几乎垂到腰部,效果很不怎么样。

巴顿先生抓起医院的剪刀,咔嚓咔嚓,三下两下就把胡子剪掉了一大截。即使经过这样的大力改进,整体效果却还是不尽如人意。残存的稀稀拉拉的头发,泪汪汪的眼睛,一嘴老牙,与艳丽喜庆的衣服十分不搭。然而,巴顿先生主意已定——冷冷地把手伸过去,坚定地说:"咱们走吧!"

他儿子信赖地牵住他的手。"您打算叫我什么呢,爸爸?"他们从育婴室出来时,他颤颤巍巍地问巴顿先生,"在您想出更好的名字以前,是不是暂时就叫我'宝贝'呢?"

巴顿先生哼了一声。"我不知道,"他粗暴地说,"我觉得我们应该叫你玛土撒拉[1]。"

三

即使巴顿家族的这位新成员已经剪短了头发，并染成稀稀拉拉不甚自然的黑色，还把脸刮得锃光发亮，穿上了给惊得目瞪口呆的裁缝为他量身定制的小男装……巴顿先生依然不能罔顾这样一个事实：他的儿子，作为家中长子，委实不大能够拿得出手。他们给他起了个名儿——本杰明·巴顿，而没再继续用那个虽然很恰当却容易招来猜忌的名字——玛土撒拉。虽然他年老背驼，但依然昂藏五英尺八英寸，这点，在穿上衣服后也是无法隐藏的，就像他染过修剪过的眉毛无法遮盖住他泪汪汪、暗淡、疲乏的眼睛。事实上，产前就预定好的保姆来到家里只瞧了他一眼，就愤愤然离开了。

但巴顿先生毫不动摇地坚守他的立场：本杰明既然是婴儿，那就得有个婴儿样。首先他声称本杰明要是再不喝热牛奶，那就索性什么东西都别吃。但最后，他还是被说服，允许他儿子吃面包、奶油，甚至妥协到让他吃燕麦片。一天，他还带回家一个"哗啷棒"[2]，明白无误地告诉本杰明得"好好玩"它。老头儿只好怏怏地接过来，每过上一阵子，就乖乖地哗啷哗啷。

毫无疑问，那个"哗啷棒"让他很是厌烦。独处时，本杰明自个儿找到了更为有趣的消遣方式。例如某天，巴顿先生就发现他上周抽掉的雪茄比以往任何时候都多——这一现象几天之后就得到了圆满解释：那日，他冷不丁走进婴儿室，发现整个一屋子都笼在薄薄的蓝

---

[1] 玛土撒拉是圣经旧约里提到的族长，据传活了969岁，是世界上有记录以来最长寿的人。
[2] 儿童手摇铃玩具(Rattle)。

雾里。本杰明一脸内疚,并试图将黑色哈瓦那雪茄的烟头藏起来。当然,这种行为应该被打屁股,但巴顿先生发觉自己怎么也下不了手。因此,他只得警告儿子,抽烟会"阻碍他的发育"。

尽管如此,巴顿先生依然固执己见。他买回家铅制的士兵、玩具火车,还有用棉布做的大大的可爱动物。为了使自己营造的这个幻觉足够完美——起码是为了他自己—— 他还兴致勃勃地询问玩具店店员:"要是婴儿把粉红色的鸭子放进嘴里,鸭子上的涂料会不会脱落呢。"可不管父亲再怎么努力,本杰明照旧对这些东西提不起一丝一毫的兴致。他宁愿偷偷从后楼梯下去,抱着一册大英百科全书回到婴儿室看上一个下午,也不愿意碰那些扔在地板上的大棉花牛、诺亚方舟。面对儿子的执拗,巴顿先生的良苦用心自然也就全都泡了汤。

这件事一开始在巴尔的摩可谓轰动一时。要不是因为突然爆发的南北战争转移了城中人们的注意力,谁也无法确定巴顿及其整个家族要为这一不幸事件在社交上付出多大的代价。有那么几个永远都礼貌克制的人,总在绞尽脑汁想要恭维巴结本杰明父母,最终他们别出心裁地说这孩子像他爷爷—— 诚然,这是谁也没办法说不的不争事实,对所有七十岁的人来说颓败倒是常态。显然,巴顿先生和夫人对这样的说法并不感到开心,而本杰明的爷爷更是觉得自己受到了莫大的侮辱。

本杰明才一离开医院,便全然被动地接受了安排给他的生活。几个小男孩被带来看他,他也试着活动活动自己僵硬的关节,勉勉强强地跟他们一起玩了一下午,力争培养起对陀螺和玻璃弹珠的兴趣——甚至还一不小心用弹弓打碎了厨房的一扇窗玻璃,此举,倒让他父亲平添了几分暗喜。

从那以后,本杰明每天都变着法儿地试着打破点儿什么——不过,他做这些只是为了让大家伙高兴,而且他生来就很听话很孝顺。

在爷爷对他最初的敌意慢慢消退之后,本杰明便和这位老绅士从彼此的陪伴中获得了巨大的快乐。虽然两者的年龄和经历相差悬殊,可他们能一块儿坐着,且一坐就是好几小时,像老朋友一样不知疲倦地讨论当日发生过的单调且毫无生气的种种琐事。相比于父母,本杰明跟爷爷在一起要自在得多——他的父母似乎对他总有几分敬畏,尽管他们表现出独裁的权威,但却常常称他为"先生"。

面对自己出生时的心理和生理年龄明显超前,他也和其他人一样为此深感困惑。为了这个,他还翻阅了大量的医学期刊,发现他这样的情况从未被报道过。在父亲的鼓励下,他也诚心诚意地试着跟其他男孩们一块儿玩耍,还经常参加一些比较温和的运动——像橄榄球这样的运动就让他心惊肉跳,他害怕这把老骨头折腾不起,断了就无法愈合。

五岁那年,他被送进了幼儿园。在那里,他开始学习把绿色的纸贴在橙色的纸上,编织彩色的地图,用硬纸板做纸环项链。在此一过程中,他往往无精打采至昏昏欲睡,此种作为叫年轻的幼儿园老师又气又怕。但让他欣慰的是,老师到父母那里告状以后,他便被幼儿园给除了名。罗杰·巴顿夫妇对朋友们说的是,幼儿园还是觉得他太小太小了。

十二岁时,他的父母已经习惯了他们的儿子。事实上,习惯的力量如此强大,他们不再觉得他与其他小孩儿有什么不一样的地方——除了某些奇怪的反常现象提醒着他们。但在他十二岁生日过后的几周,有一天照镜子时,本杰明有了一个惊人的发现——或者自认为有了一个惊人的发现—— 是他的眼睛欺骗了他,还是十二年的时光荏苒,他的头发在染发剂的遮盖下真的由白变成了铁锈灰?难道脸上蜘蛛网般的皱纹已经变得不那么明显?皮肤是否也更健康更紧实,甚至透出一抹冬天里的红润?他说不清。但他知道,他不再弓腰驼背了,健康水准也比出生时要好了很多。

"会不会……"他想,或许,难道,他不敢想下去了。

他去见了父亲。"我长大了,"他坚定地说,"我要穿长裤。"

父亲犹豫片刻。"哦,"他最后说,"我不知道。十四岁才是穿长裤的年龄……你却只有十二岁啊。"

"但你一定要承认，"本杰明反驳道，"我比同龄人个子高。"

他父亲看着他，陷入沉思。"我可不这么想，"他说，"我十二岁时跟你一般高。"

这不是真的，罗杰·巴顿之所以能这样说，那只是他自己跟自己签订的一项无声协议：儿子跟常人没两样。

最终，妥协在他们之间达成：本杰明得继续染头发、得更积极地尝试和同龄男孩玩耍、在大街上不能戴眼镜或拄拐棍儿——作为对上述妥协的回馈，他人生第一次被允许穿上了长裤。

四

关于本杰明·巴顿十二岁到二十一岁间的生活我不想多费笔墨，只需指出那些年他照例还是没怎么长大就够了。当本杰明十八岁的时候，他如同五十岁的男人一般挺拔；头发变得浓密了，且呈深灰色；他步伐稳健；嗓音变成了健康的男中音，不再嘶哑颤抖。于是，他的父亲把他送到康涅狄格去参加耶鲁学院的入学试。本杰明通过了考试，成为了新生中的一员。

入学后的第三天，他接到学院注册登记员哈特先生的通知，让他到办公室安排一下课程。本杰明看了看镜子里的自己，觉得还是把头发染成棕色比较好。他焦急地把抽屉翻遍了也没找到染料瓶子。这时，他想起来了——染料在头一天就被用光，瓶子也扔了。

真是进退两难啊，还有五分钟就必须赶到注册办公室。没办法，必须去。于是他去了。

"早上好！"注册登记员谦和有礼地打着招呼，"您是来问询您儿子的情况吗？"

"哦，事实上，我就是巴顿……"本杰明刚开口就被哈特先生打断了。

"很高兴见到您，巴顿先生。我正在等您儿子，他随时会到。"

"我就是啊！"本杰明冲口而出，"我是新生。"

"什么？！"

"我是新生。"

"您在开玩笑？！"

"绝对没有。"

注册登记员皱起眉头，看了眼面前的卡片："怎么搞的，这里明明写着本杰明·巴顿是十八岁啊。"

"那正是我的年龄。"本杰明坚定地说，面孔开始微微发红。

注册登记员不耐烦地看着他："巴顿先生，您该不会指望我相信你说的话吧？"

本杰明疲倦地笑了笑。"我是十八岁。"他重复道。

注册登记员指着门，厉声大吼。"滚出去，"他说，"滚出我们学校，滚出这镇子。你这个危险的疯子。"

"我是十八岁。"

哈特先生打开门，"太可笑了！"他吼道，"你这种岁数的人跑到这儿来当新生。十八岁……是吗？好吧，我给你十八分钟滚出这个镇子。"

本杰明·巴顿带着尊严，昂然走出了注册办公室。等候在大厅的五六个大学生齐齐用惊奇的眼光目送着他。他走出几步，又转过身来，对仍站在门口、怒气冲天的注册登记员，用坚定的语气重复道："我就是十八岁。"

在那帮学生们的哧哧笑声中，本杰明转身离去。

但命中注定，他不能这么轻易地逃走。在垂头丧气去往火车站的路上，他发现有几个大学生在后头跟着他，后来跟着的人还越来越多——从三五变成一群，由一群变成密密麻麻一大片。消息已经传开了，说有个疯子通过了耶鲁的入学试，还试图冒充十八岁的小年轻。整个大学校园都充斥着一种亢奋的情绪。男人们不戴帽子就冲出教室；橄榄球队的队员们停下训练也加入了人群；连教授夫人们的帽子在人潮中也挤歪了，裙撑也跑偏了，她们一边喊叫，一边跟在队伍后奔跑。人群中发出一串串品头论足的闲话，句句直捣本杰明·巴顿脆弱的神经。

"他一定是那个四处流浪的犹太人！"

"他这样的年纪应该上预科！"

"瞧这神童！"

"他以为这是老年之家吧。"

"上哈佛去吧！"

本杰明加快了脚步，最后索性跑起来。他要让他们看看！他会去哈佛，他们会为自己那些不负责任的奚落后悔的！

安全登上了开往巴尔的摩的火车，他把头伸出窗外。"你们就等着后悔吧！"他大喊道。

"哈哈！"大学生们哄笑起来，"哈哈哈！"那是耶鲁学院有史以来犯下的最大的错误。

五

1880年，本杰明·巴顿二十岁。为庆祝这个生日，他开始到他父亲的罗杰·巴顿五金批发公司工作。也在同一年，他进入了社交界——父亲坚持带他参加了几回时尚舞会。罗杰·巴顿现年五十，他越来越喜欢跟儿子一块儿待着了——讲老实话，由于本杰明停止了染发（照旧是灰色的），可他们看起来年龄相当接近，完全可以冒充两兄弟。

八月里的一个晚上，他们身着礼服坐上敞篷马车，前往巴尔的摩郊外的谢夫林乡村别墅参加舞会。那是一个让人沉醉的夜晚。乡间小路上遍是一轮满月洒下的柔软的银色月光；迟放的花朵在夜晚宁静的空气中飘散出阵阵诱人的芳香，宛若轻巧却清晰可辨的浅笑。广褒原野上铺满了成片成片亮澄澄的麦子，像白昼一般地透亮。此时此刻，人们几乎不可能不被天空的美所迷醉——几乎。

"纺织品行业前景极为广阔。"罗杰·巴顿说。他不是个有精神追求的男人，其审美也只能算是入门水平。

"像我这样的老家伙是不能学什么新东西了，"他语带深意地说，"了不起的未来是属于你们这些精力充沛的年轻人的。"

道路远端的尽头，已看得到谢夫林乡村舞厅闪耀的灯光；如梦似幻的声响不绝于耳——是小提琴的哀怨倾诉？抑或是月光下银色麦浪摇曳的沙沙作响？

他们在一辆漂亮神气的马车后停了下来，上面的乘客正在下车。先下来的是位女士，然后是一位年老的绅士，接着，又是一位年轻小姐。本杰明蓦地呆住了，像是有某种化学变化熔断又重组了他体内所有的元素。他浑身僵硬，血往头上涌，面红耳赤，阵阵轰鸣在他耳中回响，这就是初恋的滋味！

那个女孩身材苗条孱弱，月光掩映下的头发是灰白的，可在门廊上挂着的噼啪作响的煤气灯映照中却又显出蜜汁黄来。肩上围的是缀着黑蝴蝶的柔黄色西班牙披肩，撑开的裙裾边上镶嵌着闪闪发光的纽扣。

罗杰·巴顿凑到儿子跟前。"那姑娘，"他说，"是年轻的希尔特加·蒙克里夫。蒙克里夫将军的千金。"

本杰明冷冷地点点头。"小美人。"他满不在乎地说。但当黑人童仆把马车带走后，他却又加了一句："父亲，或许您可以给我们介绍介绍。"

他们加入了人群,蒙克里夫小姐无疑是人群的中心,被簇拥其间。在旧传统的环境中长大的她,对本杰明行了一个深深的屈膝礼。是的,他可以请她跳舞。他答谢了她,然后走开了——跟跟跄跄地走开的。

和她共舞的时间还没到来,冗长的等待显得没完没了。他伫立于墙边,默默地,谜一样地,眼含凶光地看着那些年轻的巴尔的摩浪荡子。他们围绕着希尔特加·蒙克里夫,那一张张倾慕热烈的脸膛啊!本杰明厌恶极了,他们让他无法忍受,简直忍无可忍——他们唇边两抹弯曲的棕色小胡子着实让他恶心。

可是,当他自己的机会到来,当他和她滑步进入刚从巴黎传来的最新的华尔兹舞曲时,那如同白雪覆盖于心的嫉妒和焦虑都随之消融殆尽。目眩神迷之际,他感觉生活这才刚刚开始。

"你和你的兄弟跟我们同时到的,是不是?"希尔特加用她那湛蓝的珐琅般的眼睛望着他。

本杰明犹豫了。要是她也错把他当作父亲的兄弟,应不应该向她道破实情?他想起了在耶鲁的经历,决定还是不说为好,什么也不说。顶撞一位女士是很不礼貌的唐突,再让他的荒唐身世破坏这美妙的盛会则更是犯了罪。也许,以后吧。他点点头,微笑着,倾听着,心情十分愉悦。

"我喜欢你这岁数的男人,"希尔特加对他说,"年轻的男孩子都傻里傻气的。他们只会告诉我,在学校喝了多少多少香槟,打牌输了多少多少钱……像你这个年龄的男人才知道如何欣赏女人。"

本杰明简直想立刻向她求婚——拼了命,他忍住了这个冲动。"你正处在浪漫阶段,"她接着说,"五十岁……二十五岁的男人,过于钻营世故;三十岁的男人大都劳累过度而面色惨白;四十岁的男人,往往会花上抽一整支雪茄的时间来讲一个故事;六十岁……噢……六十岁太接近七十了;只有五十岁是成熟稳重的年龄。我喜欢五十岁。"

对本杰明来说，五十岁，也貌似一个很光荣的年龄。他热切地期盼着自己的五十岁。

"我常常说的是，"希尔特加继续说，"与其嫁个三十岁的男人去照顾他，不如嫁个五十岁的男人去被他照顾。"

那天夜晚余下的时光，本杰明都浸淫于蜜雾里。希尔特加与他多跳了两支舞。两人发觉他们对所有问题的看法都惊人地一致。下个礼拜天她要和他一起出去兜兜风，以便他们对这些问题进行更为深入的讨论。

本杰明和父亲在黎明前坐着马车回家，晨起的蜜蜂正嗡嗡低回，月色在冰凉的晨露中闪烁再慢慢消失。本杰明隐约感觉到父亲在和他谈什么五金器材的批发。

"……你认为在锤子和钉子之后，什么东西最值得我们关注呢？"老巴顿说。

"爱情。"本杰明心不在焉地回答。

"把手？"罗杰叫着，"我刚刚已经说过把手了。"

本杰明茫然地望着他。东方的天空突然露出一缕曙光，苏醒的树林中传来一只黄莺尖利的啼鸣。

六

半年之后，当希尔特加·蒙克里夫小姐与本杰明·巴顿先生订婚的消息被公开的时候（我用"被公开"这三个字，是源于蒙克里夫将军的声明：宁可戳死在自己的佩剑上也不会宣布这个消息），在巴尔的摩社交界引起的骚动已经达到了一种癫狂的程度。本杰明几近被遗忘的身世丑闻又再次给翻了出来，被人们当作匪夷所思的传奇冒险，添油加酱地炸开了锅。有说本杰明实际上是罗杰·巴顿的父亲，也有说他是罗杰·巴顿在牢里待了四十年的兄弟,还有说他是改头换面的约翰·威尔克斯·布斯[1],最后,甚至有人说他脑袋上长了两只锥形的尖角。

纽约的好几份报纸的星期天副刊版面也趁机大肆炒作。各式各样的有趣漫画都把本杰明·巴顿的头安在不同的东西上:人首鱼身,人首蛇身,最后还有一张人首黄铜身的。他在报刊上被称为"马里兰的神秘人物"。但,和以前一样,其真实身世却鲜少被提及。

然而,每个人都同意蒙克里夫将军的观点:一个可爱的姑娘本可以嫁给巴尔的摩任何一个富家子,谁承想这姑娘却投入了一个半百老男人的怀抱,这分明是在"犯罪"。罗杰·巴顿先生把儿子的出生纸用大号字体公示在《巴尔的摩烈焰报》上,但这一举动纯属徒劳,没人相信它。人们只需亲眼看一眼本杰明就明了了。

尽管外面风言风语,可两个当事人却丝毫不为所动。关于未婚夫的传言太多了,以至于希尔特加连真实情况到底怎样也都不相信了。蒙克里夫将军语重心长地劝说女儿,指出五十岁的男人——或者起码看上去有五十岁的男人的死亡率居高不下——可这也是徒劳,完全没有任何效果;对她讲五金批发业务的前景如何不稳定,还是徒劳!希尔特加铁了心要嫁给"成熟",于是她就这么嫁了。

七

希尔特加的朋友们至少在一件事情上是看走了眼的:五金批发业出人意料地兴隆蓬勃。自本杰明1880年结婚,至他父亲退休的1895年这十五年间,这个家庭的财富翻了一倍——这,主要得归功于公司的

---

1. 约翰·威尔克斯·布斯(John Wilkes Booth,1838—1865)是美国戏剧演员,他于1865年4月14日,刺杀了林肯总统。

这位年轻成员。

不用说，巴尔的摩最终还是敞开怀抱接受了这对夫妻。就连老蒙克里夫也与女婿和解了，毕竟是本杰明出资出版他曾被九家知名出版商退稿的二十卷《南北战争史》。

十五年的时光也在本杰明身上留下了痕迹。他似乎感到自己血管里的血液涌出了新的活力。每日清晨起床，精神饱满地走在人来人往、阳光照耀的大街上，不知疲倦地为他的锤子发货、为钉子装船，这一切对他来说都成了快乐的事情。就在1890年，他发起并实施了一场著名的商业革命：他提出动议——所有运钉箱上的钉子都应算在收货方接纳货物总量之内。此动议经大法官福索尔批准，成了一条法令，借此，罗杰·巴顿五金批发公司每年节省的钉子超过了六百颗。

此外，本杰明还发现他越发被生活积极快乐的一面所吸引，他成了巴尔的摩头一位拥有并驾驶汽车的人，这正是他日渐膨胀的享受欲的一种典型表现。与他同辈之人在街上遇到他，无不为他所展现的极富活力的健康身影投去嫉妒的目光。

"他好像一年比一年年轻了。"他们都这么说。如果现年六十五的老罗杰·巴顿在最开始并没对儿子的出生给予应有的热烈欢迎的话，他最终也用近乎谄媚的殷勤做了弥补。

眼下，我们即将遇到一个不甚愉快的话题——这话题还是尽快一笔带过为好——只有一个事儿，让本杰明·巴顿很是担忧：他妻子对他的吸引力已丧失殆尽。

当时，希尔特加是位三十五岁的妇人，他们还有个十四岁的儿子，叫罗斯科。新婚不久的一段时间里，本杰明曾对她万般爱慕。但白驹过隙、时光流逝，她蜜黄色的头发已变成了毫无刺激的棕色；珐琅般的碧蓝眼睛也显露出廉价陶器的质感——还有，最最糟糕的是，她变得太安于现状，太过平淡，太过自我满足，太缺乏激情，品位也太过素净。新婚燕尔时，是她"拽"着本杰明去赴一场又一场的舞会和晚宴——如今，一切都反过来了。她会陪他出没于各种社交活动，但却意兴阑珊。她的热情已被永恒的惰性给吞没了——这种惰性每个人都有，且一旦进入我们的生活就会伴着我们，直到生命的尽头。

本杰明的不满日益滋长，越来越强烈。1898年西班牙战争爆发时，家庭生活全无任何值得依恋的地方，于是他决定参军入伍。鉴于其在商界之影响力，本杰明被任命为上尉，然后又因其工作干得游刃有余，晋升为了少校，最后更被提升为中校——此时刚好爆发了著名的圣胡安山激战[1]，他参战并在战斗中受了点轻伤，因此获授奖章一枚。

本杰明已经相当迷恋有活力且又充满刺激的军旅生涯，对退伍这个决定他很是感到惋惜。不过，生意还是需要人打理的，因为这个，他辞去军职解甲归田。回乡之际，一整支铜管乐队在车站迎接他，并且一路簇拥着护送他回家。

八

希尔特加在门廊上舞着一面巨大的丝质锦旗恭候他。即使在吻她时，他的心情也异常沉重——三年的时光刻下了烙印——她现在是个四十岁的妇人，隐约掺杂着白发。此情此景让他沮丧。

在楼上房间里，在那面熟悉的镜中又看见自己的身影——离镜子更近一些，他焦虑地审视着自己的脸，过一会儿，又和战前身着军服的照片进行比对。

"天啊！"他大喊。毫无疑问，那个"过程"还在继续。可不么——现在的他，看上去就像个三十岁的男人。可他一点儿也高兴不

---

1. 圣胡安山战役(1898年7月1日)，也被称为圣胡安的山峰争夺战，是美西战争中一场决定性的战役。

起来，不但高兴不起来，相反地，他感到不安、心神不宁——他越来越年轻了。时至今日，他一直希望自己的身体年龄和实际年龄相符，一旦这样，他出生时发生的那些奇怪现象就会停止运作。想到这儿他不禁打了个寒战，觉得自己的命运似乎非常可怕，非常不可思议。

下楼时，希尔特加正等着他呢，她看上去有些恼怒。但他也无从知道她是否察觉出哪里不对劲了。为了缓解两人之间紧绷的情绪，晚餐时，他用自认为非常审慎且安全的方式提起了这个话题。

"你看，"他轻描淡写道，"大家都说我看起来比以前更年轻了。"

希尔特加嗤之以鼻，轻蔑地瞟了他一眼："你以为那是什么值得吹嘘的事儿么？"

"我没吹啊。"他加重语气，有些不安。她再度嗤之以鼻。"这种念头啊，"片刻停顿之后，"我以为你有足够的自尊来阻止它。"

"我能有什么法子？"他问道。

"我不会和你争这个的，"她反驳说，"可……做事总有对和错的分别。如果你打定主意要做一个与众不同的人，我想我也阻止不了，但我真的认为这么做欠考虑。"

"可是，希尔特加，我也没办法呀！"

"你还是有办法的，你只是太顽固。你就想跟别人不一样……你以前就总这样，以后还会这样……但你想想吧，每个人要是都像你一样考虑问题，会是什么情况……这个世界会变成什么样儿？"

听着这空洞且没法回应的话，本杰明没有作答。从那一刻起，两人间的裂痕就越来越大了。有时候他甚至还纳闷儿，当初她是施了什么魔法，让他着了她的道儿一般如此着迷。

雪上加霜的是，随着新世纪向前推移，他发现自己对欢乐的渴望愈加强烈。巴尔的摩大大小小的派对上都会看到他的身影。他和最美的少妇跳舞，和社交界最受欢迎的社交名媛聊天，沉迷并享受她们的陪伴。而他的妻子——一个已显出不祥之兆的老贵妇——坐在一帮上了岁数的女伴中间,满脸的傲慢挑剔,严厉、迷惑和谴责的目光牢牢追锁着他。

"看嘛!"人们会这么说,"要多可惜有多可惜。这么年轻的小伙子跟个四十五岁的女人捆在一起。他肯定得比他妻子小上二十岁。"他们忘了——人们难免都会忘记——早在1880年,他们的父母也曾对这对儿不般配的夫妻做过相似的评论。

本杰明在家里的不快日益增长,而新添的爱好正好适时地给予了补偿。他开始打高尔夫球,还打得相当有模有样。他也沉迷于舞蹈:1906年,他是"波士顿舞"的专家;1908年成为"玛嬉喜舞"高手;1909年,他跳的"卡斯尔慢步舞"招来城里所有年轻男性的羡慕与妒忌。

当然,他的社交活动在某种程度上还是影响了他的生意。但那时,他已经苦心经营五金批发业务二十五个年头,也差不多很快就能把生意交给罗斯科打理了——他那才从哈佛大学毕业的儿子。

事实上,人们经常将他和他儿子搞混。这让本杰明感到开心——他很快就忘掉了从西班牙战争回来后,那潜伏在心中的恐惧,并对自己的外貌生发出一种天真的沾沾自喜。当然,唯有一件事情美中不足——他讨厌再跟妻子一起出现在公共场合。希尔特加年届五十了,一看到她,他就觉得荒唐可笑。

九

1910年9月的某一天——罗杰·巴顿五金批发公司交给年轻的罗斯科·巴顿经营数年之后——一个看上去大约二十岁的男子,以一名一年级新生的身份入读剑桥市的哈佛大学。他没有重复以前的错误,愚蠢地说自己已经经历过五十岁,也没提及自己儿子早在十年前正是从这所学校毕业的。

他获批入学，几乎立刻在班里占据了不容小觑的重要地位，部分是缘于他似乎比其他平均年龄十八的新生显得成熟一些。

然而他的成功主要还得归功于他在与耶鲁的橄榄球比赛中的惊艳表现。他在球场上坚定、冷酷、横冲直撞，为哈佛夺得七次达阵得分，以及十四次射门得分的佳绩——并且还有的一次是让耶鲁队共十一名球员依次不省人事地被抬出赛场。他是校园内最有名的风云人物。

可是说起来奇怪，到大学三年级时，他几乎无法入选橄榄球队。教练说他体重下滑；而在一些观察力敏锐的人眼里，其身高也缩水了。他没有再得过达阵得分——事实上，他被留在队里的主要原因是想凭着他的赫赫大名，让耶鲁队自乱阵脚，士气瓦解。

到了四年级，他再也没办法入选球队。他变得非常瘦小，非常孱弱。有一天还被几个二年级生当成了新生——这事让他倍感羞辱。人们把他看作神童——一个绝对不到十六岁的大学四年级生。他常常为班上其他一些同学的老于世故感到震惊。课程呢，对他来说似乎也难了一些——门门都太高深了。他曾听同学谈到过圣·米达思学校——那是一所有名的预科学校——他们中许多人以前都在那里接受过大学入学前的预科培训。他决定在大学毕业后到圣·米达思去，藏在一帮身材相仿的男孩儿当中的生活，对他来说也许更为意气相投。

1914年大学毕业，他怀揣着哈佛大学的毕业证书回到巴尔的摩家中。希尔特加已经搬去意大利定居，因此本杰明便与儿子罗斯科同住。虽然大体上，每个人都欢迎他回家，但罗斯科对他明显热情寥寥——甚至当本杰明像个无所事事的青少年在屋里闲晃时，他可以看得出儿子在嫌他妨碍了自己的生活。罗斯科已经结婚了，在巴尔的摩社交界中也算有头有脸。他可不希望和什么丑闻扯上干系。

本杰明已不再是社交新媛和年轻大学生中的讨喜人物。他觉得除了与三四个十五岁的邻家男孩相伴以外，其他也再没什么可做的。所以去圣·米达思学校读书的念头又再冒了出来。

"是这么回事，"一天他对罗斯科说，"我跟你提过好几遍了，我想去上预科学校。"

"那就去吧。"罗斯科简短地回答。这件事使他莫名厌烦，很希望能够避而不谈。

"我一个人去不了啊，"本杰明无助地，"你得帮我申请，还得把我带过去。"

"我没时间，罗斯科一口拒绝，眼睛眯缝着，不安地看着他父亲。"事实上，"他接着说，"你最好别再这样继续下去了，最好马上停下来。你最好……你最好……"他顿了顿，苦于寻找合适词语不得而面孔涨得通红——"你最好马上调转头往另一个方向走。这个玩笑已经开得太大了，再也不好笑啦。你……你得注意注意！"

本杰明看着他，眼泪都快流出来了。

"还有一件事儿，"罗斯科继续说，"家里来客人时，你要叫我'叔叔'……不是'罗斯科'，是'叔叔'，你听明白了吗？一个十五岁的小孩直呼我的名字也太荒唐了。要不然……你就一直叫我'叔叔'得了，这样你才会习惯。"

罗斯科严厉地瞪了他父亲一眼，转身离去。

|-

此番谈话结束之后，本杰明在楼上凄凄冷冷地踱着步，端详着镜中的自己，很是沮丧。他已经三个月没刮胡子了，但脸十分干净，除了一根压根儿不必打理的细白绒毛之外什么也没有。他当初刚从哈佛返家时，罗斯科还找他商量过，建议他戴上眼镜，再粘上假胡子，于是有一段时间，他早年经历的那些闹剧似乎又重新上演了。可胡子让

他痒痒，也让他羞愧。所以他哭了，这一哭，罗斯科才勉勉强强地动了动怜悯之心。

本杰明翻开一本儿童故事书《比米尼湾的童子军》，并开始阅读，但脑子里老想着战争。美国已在上个月加入了协约国。本杰明也想入伍，可是，唉，入伍的年龄下限是十六，他看起来却没有那么大。可不管怎么说吧，即便按他的实际年龄，五十七岁，也同样不具资格。

有人在敲门。管家拿着一封信，信封一角印着官方大印，收件人是本杰明先生。本杰明迫不及待将信拆开，一路兴奋地读起来。附件上写着，诸多参加过美西战争的后备军官都要被召回部队担任更高的军职。信里还附有任命他为美国陆军准将的委任状，以及即刻前往报道的召集令。

本杰明一跃而起，激动得浑身发抖。这正是他一直想要的。他抓起帽子，十分钟以后，他已经来到了查尔斯街的一间大型成衣店，用尖细的、含糊的声调要求量身定做军装。

"你要扮士兵吗，小弟弟？"一个店员随口一问。

本杰明脸都红了。"嘿！你管我要干什么！"他生气地回嘴，"我是巴顿，住在佛农山广场，现在你知道我付得起钱了吧？！"

"这……"店员犹豫着说，"就算你付不起，我想你爸爸也付得起……就这样吧。"

裁缝给本杰明量了尺寸，过了一周，军装就做好了。但他在选用合适的将军徽章时遭遇到了困难：店主坚持认为，一个漂亮的V.W.C.A女青年徽章看起来会同样带劲，而且会更好玩。

没跟罗斯科报备，一天晚上，他便离家搭上火车去了南卡罗来纳的摩斯比军营，在那里他将指挥一个步兵旅。那个闷热的四月天，他到了军营入口，付掉把他从车站送过来的出租车车费后，便转身走向值班中的卫兵。

"叫个人给我提行李！"他精神抖擞地说。

卫兵以责备的眼神看着他。"小弟弟，"他说，"你穿着这么神气的将军制服要上哪儿去呀？"

本杰明——美西战争的老兵，两眼冒着火朝卫兵冲了过去。可是，唉，脱口而出的声音还是变了调的尖锐童声。

"立正！"他试着怒喝一声，然后停下来，喘了一口气——只见卫兵突然两个脚跟一磕，把枪抬握在胸前行礼。本杰明收敛着满意的微笑。但当他环顾四周，笑容便立时隐去了——这个卫兵服从的对象并不是他，而是一位骑着马缓缓正向他们靠近，威风凛凛的炮兵上校。

"上校！"本杰明尖声大叫。

上校走上前来，勒马，冷峻地俯瞰着他，眼中闪烁着光芒。"这是谁家的孩子？"他的声音非常和蔼。

"我他妈很快就会让你知道我是谁家的孩子！"本杰明恶恨恨道，"从马上给我滚下来！"

上校哈哈大笑。

"你想骑它吗？将军？"

"这里，"本杰明不顾一切地大叫，"读一下。"他把委任状塞到上校手里。上校阅毕，眼珠子都快要掉出来了。

"你从哪儿搞到的这个？"他问道，并把这份文件塞进自己口袋。

"政府发给我的，你很快就可以搞清楚！"

"跟我来，"上校满脸古怪的神情，"我们到司令部去好好谈一谈。来吧……"

上校转过身，牵着马朝司令部走去。束手无策，本杰明只好跟着他，尽全力维持着自己不失尊严的样子——同时暗忖着一定得狠狠地报复他一把。而报复并未得以实施。两天后，他的儿子罗斯科倒是现了身，风尘仆仆、气急败坏地从巴尔的摩赶过来，把这位被扒了军装、眼泪汪汪的将军领回了家。

十一

1920年，罗斯科·巴顿的第一个孩子出生了。而在随之而来的一连串庆典活动中，没有一个人提到"这件事"：那个看起来大约十岁，正在屋里玩铅制士兵和迷你马戏团模型的邋遢小男孩是这个新生儿的祖父。

没谁讨厌这个稚嫩爽朗、脸上却挂着一丝淡淡忧伤的小男孩。但对罗斯科·巴顿而言，他的存在恰恰是苦恼的根源。按照罗斯科他们这代人的习惯用语来说，他不认为"这件事"是"有效率"的。在他看来，他这位拒绝看上去像六十岁的父亲，行为举止不像个"铮铮铁汉"——这是罗斯科最喜欢使的词儿——以一种奇怪、乖戾的方式。是的啊，但凡把这件事放在脑子中琢磨上半个钟头，就会让他走到精神崩溃的边缘。罗斯科相信人们应该保持"龙精虎猛"的年轻心态，但把事情做到这个份儿上是不是就是……就是……就是没效率。然后，罗斯科就不想再想下去了。

五年后，罗斯科的小男孩已经长大了，可以和小本杰明在同一个保姆的照看下一起玩儿童游戏。罗斯科在同一天带他们两个去上幼儿园。本杰明觉得玩彩色纸条、纸垫子和纸项链，以及画些美丽新奇的小图画是世界上顶顶好玩的趣事。有一次，他因为行为不端还被叫去在角落里罚站——于是他哭了——而多数时候，在宽敞明亮的教室里，阳光透过玻璃窗照进来，贝莱小姐慈爱的手会不时地轻轻抚摸他乱蓬蓬的头发，他是快乐的。

一年后，罗斯科的儿子升到了一年级，可本杰明仍然留在幼儿园。他非常快乐。只在有些时候——当别的小孩谈起长大后要做什么的时候——他的小脸上会掠过一丝阴影。似乎在懵懵懂懂之间，他那孩子气的脑袋瓜已经意识到，他们谈的都是一些他永远不能分享的事。

日复一日，日子在单调中流逝。他在幼儿园已经待了三年了。可他还是太小太小,已经无法理解那些亮闪闪的纸条是用来做什么的。别的小朋友比他都要高大,这让他很害怕,怕得哭哭啼啼。当老师跟他说话时,虽然他努力去理解,可还是一句都听不懂。

他从幼儿园被接了回来。穿着浆过的方格裙的保姆娜娜,成了他小小宇宙的中心。阳光灿烂的日子里,他们会到公园去散步,娜娜会指着一只巨大的灰色庞然大物说"大象",本杰明就跟着娜娜说。而夜里当娜娜为他脱衣服睡觉时,他会一遍又一遍,大声地对她说"大象、大象、大象"。有时,娜娜会允许他在床上蹦蹦跳跳——这太好玩了。因为蹦跳之后,假如屁股落下的时机正好,就会自然而然地再一次弹起来,双脚站定;要是跳的时候嘴里一直发出"啊"的声音,还可以听到一种断断续续破音颤抖的声音,真是惹人欢喜啊。

他喜欢从衣帽架上取下一根手杖,拿它四处敲打桌椅,一边敲一边说"冲啊,冲啊,冲啊"。有客人来访时,老年妇女都会发出"咯咯咯"的声音逗他,这让他觉得很有意思;而那些年轻的女士则会尝试着亲他,他只好略带嫌弃地屈从并接受。漫长的白昼过去,下午五时,娜娜就会带他上楼,用汤匙给他喂燕麦粥和糯软可口的糊糊餐。

在他稚气的睡梦中,没有恼人的记忆。大学时代那些勇猛时光,那些让许多女孩心荡神怡的燃情岁月,没有给他留下任何印象。眼前他所拥有的只有围着牢固白色围栏的婴儿床、娜娜、一个偶尔前来探望的男人和一只巨大的橘色圆球。每当他在黄昏就寝前,娜娜就会指着这个橘色大球,说"太阳"。夕阳西下,他就双目微翕,昏昏欲睡。他没有梦,再也没有梦来惊扰他了。

往事:带领士兵们英勇冲杀,攻占圣·胡安山顶;婚后头几年繁忙的夏天,为了他深爱的姑娘、年轻的希尔特加工作忙碌到夜幕低垂;还有,那更久远的时候,与他祖父在蒙罗大街阴暗的巴顿老宅中,坐着抽烟到深夜——这一切皆如幻的梦境,渐渐从他心底消退干净了,似乎,凡此种种从来未曾发生过。他什么都不记得了。

他记不得最后一口牛奶是热的还是凉的，也不记得日子是怎么过去的。只记得他的摇篮和娜娜熟悉的身影。接着，连这一些也不记得了。他饿了就哭，就是这样，如此而已。从早到晚，他只是呼吸着。周围和上方传来一些轻轻的呢喃及低语，这些他几乎都听不到了。剩下的只有模糊难辨的各种气味，还有光明和黑暗。

然后一切归于黑暗。他白色的儿童床，在他头上晃动的模糊面庞，温暖甜美的牛奶香……所有这一切一并从他的神志中退去了。

胎记

[美]纳撒尼尔·霍桑 | 雍毅 译

上世纪下半叶,有一位在各门自然科学中都享有盛名的科学家。他在本故事尚未发生之前,就已感觉到精神吸引力比化学亲和力更强大,便将实验室交给助手打理,洗净英俊面庞上的炉烟灰和手指间的酸液污渍,去追求一位漂亮女人,让她成为自己的爱妻。

那个年代,电与其他大自然的奥秘刚为人发现,仿佛开辟了进入神奇领域的途径。人们对科学的深爱与专注,远甚于对女人的情爱,这也不足为怪。无论高超智力,还是想象力,无论精神,还是心灵,都能从科学探索中找到相应的滋养品。一些热诚的献身者相信,科学探索将使强大的智慧更上层楼,直至科学家揭开创造力的奥秘,为自己开辟一片新天地。对于人类终将征服自然,艾尔默是否也有此等信心,我们不得而知。但他已毫无保留地致力于科学研究,心无旁骛,从未间断。他疼爱娇妻也许甚于热爱科学,但只有将这两股爱力交织在一起,使科学的力量与他自己的能力结合起来,他对妻子的爱才会更加强烈。

于是,便有了这样的结合,随之而来的,果然是惊人的结果和深刻的教训。

话说婚后不久的一天，艾尔默正襟危坐，瞅着妻子，神情越来越焦躁不安，后来终于开口。

"乔治亚娜，"他说，"你就从没有想过脸上的胎记也许能够去掉？"

"没想过，从没想过！"她莞尔一笑，却见丈夫神情凝重，又满脸绯红。"实话告诉你，人家都说那是美人痣，我就权当它是美人痣。"

"呵呵，长在别人脸上，也许如此。"丈夫道，"但长在你脸上，肯定不是。啊，亲爱的乔治亚娜，上天把你造得近乎十全十美，可是这小小的瑕疵，却老让我惊愕。我不知道该叫它瑕疵还是美丽，反正那是人间的美中不足，痕迹太明显啦。"

"让你惊愕，我的夫君！"乔治亚娜深受伤害，先是气得满脸通红，尔后泪水涟涟。"那你干吗要把我从我娘身边抢来？你怎么会爱上一个让你惊愕的女人！"

有一事需向读者做个交代，权当给这对夫妻的对话做个注释：

乔治亚娜左脸正中，长了一颗奇特的胎记，看似镶嵌在面部肌肉的纹理中。平时，她脸容姣美，健康红润，那印记显得绯红，在一片红润中依稀看见，不太美观。她害羞时，脸颊会泛起红潮，那印记也渐渐变得模糊不清，最后消失在一片光彩照人的红晕之中。可是，只要她情绪波动，脸色发白，那印记便会再次显现，宛如白雪中的一点红斑。这个特征有时让艾尔默触目惊心。那印记就像一只人手，和特小号侏儒的手一般大。乔治亚娜的爱慕者们常说，她出生时，有个小精灵将手按在婴儿脸上，留下这个印记，赐给她颠倒众心的魅力。许多为爱痴狂的青年，为了享受一吻那神秘手印的特权，甚至不顾性命。无需讳言，那个精灵手印给众人的印象千差万别，因为旁观者的性格各不相同。有些吹毛求疵的人说，那只血手印——他们故意这么戏说——使乔治亚娜的美貌大打折扣，把脸弄得丑陋不堪。不过，也只有女人才会这么说。可是,那么说,也不无道理。这就好比说,纯白大理石雕像偶尔出现一小块蓝色斑痕,就足以把鲍尔斯[1]的夏娃变成怪物。对男人们来说,即使那颗胎记不能增进他们的爱慕,也总盼着它早日消失才会满足,如此一来,世间就能有一位毫无瑕疵、理想美人的活标本。这等事,艾尔默以前极少想过,或者说,从未想过。可是,婚后他却发现,自己其实正有此愿。

倘若她不够漂亮,倘若嫉妒女神能发现别的嘲弄目标,那可爱的小手印也许尚可增进他的爱情。那胎记时而朦胧可见,时而踪迹全无,时而悄然归来,一直随着她内心情绪的波动若隐若现。艾尔默知道,妻子在别的方面是完美无缺的,但随着朝夕相伴,他越发觉得那个缺陷难以容忍。人类有个致命缺陷,乃是上苍打在万物身上的烙印,形形色色,不可磨灭,意味着人生短暂有限,若求完美需历尽苦难。那块绯红手印表明,人类逃不出死神的掌控,即使世间至高至纯的尤物,也难逃一劫。人类终将被降至最低等乃至与兽类同等的地位。就像兽类一样,人的有形肉身终将归于尘土。就这样,艾尔默将那胎记视为妻子难逃罪孽、悲伤、腐朽和死亡的征兆。在他阴暗的想象中,那胎记竟成了不祥之物,给他造成的烦恼和恐怖,超过了乔治亚娜的美丽心灵和漂亮容貌带给他的欢乐。

他俩本该是最幸福的一对,可是一年四季,他却一再提起这个灾难般的话题。他并非故意而为,恰恰相反,他还力图回避。这件起初看似小小不言的事,一旦勾起千思万绪和种种感受,便会成为重中之重的大事。每当晨光熹微,艾尔默睁眼便见妻子那张脸,一眼看出那个缺陷的标记。夜晚一同围炉而坐,他又暗将目光瞥向她的脸颊,借着摇曳的木柴火光,睇眄那鬼魅手形,在他本来欣然膜拜的部位写下

---

[1] 即海勒姆·鲍尔斯(1805—1873),美国雕刻家,因《堕落前的夏娃》等新古典主义作品而闻名。

必死二字。乔治亚娜很快觉察到丈夫的窥视目光，并为之战栗惊惶。他只消露出脸上常见的怪异表情，朝她匆匆一瞥，她那桃红的脸颊立刻变得白如死灰，那绯红手印也随之蓦然显现，宛如洁白大理石上的一块红宝石浮雕。

一日，夜阑人静，火光幽暗。脸颊上的胎记几乎已看不出来。可怜的妻子破天荒主动提起那个话题。

"亲爱的艾尔默，你记得吧，"她强颜欢笑，"昨天晚上你做梦了，梦见了那只讨厌的手，你不记得啦？"

"不，啥也不记得！"艾尔默吃了一惊。但为了掩饰难言之隐，他又故作镇定，干巴巴地补了一句："也许梦见了，因为入睡前，我心里老想着那事。"

"这么说，你是真的梦见啦？"乔治亚娜连忙追问，唯恐泪水夺眶而出，打断欲说之话。"那是一场噩梦！我就不信你能忘记。什么'现在已经长到她心里了，我们必须把它拿掉！'你能忘了这句梦话？想想吧，我的夫君，无论如何，你都得把那个梦给我想起来。"

精神消沉时，无所不及的梦神，不能将各种幻想幽禁在可控的混沌区域，只能听任它们横冲直撞，内心深处的秘密也随之泄漏，使现实生活充满恐怖。艾尔默想起了那个梦。他梦见自己和助手阿米那达布一起在给妻子做胎记切除手术。可是，刀切得越深，那小手也陷得越深，后来仿佛紧紧抓住了乔治亚娜的心，而她丈夫却冷酷无情，执意要将那小手切除或扯掉。

梦中情景历历在目，艾尔默坐在妻子面前，心里有种负罪感。真实的自我常在大脑沉睡之际翩然来临，将醒时无意识的自我欺骗行为直言相告。直到目前，艾尔默才意识到，自己的大脑已被一个念头完全左右，为了得到安宁，他在心里竟然做出这等极端的事来。

"艾尔默！"乔治亚娜神情严肃，复又说道，"不知我俩得要付出多大代价,才能去掉这个要命的胎记。去不好的话,可能还会造成无法医治的伤残,也可能它就是个色斑,和我同寿同命。再说,这只小手在我出生以前就已将我紧紧抓牢,咱们哪里知道,有没有可能,不管付出任何代价,都得把它去掉?"

"亲爱的乔治亚娜,这事我考虑很久了。"艾尔默急忙插话,"我相信去掉它完全有可能。"

"哪怕可能性非常小,"乔治亚娜接着说,"不管危险有多大,都要试一试。危险我不在乎,既然这可恶的印记让你对我又怕又讨厌,那么活着——活着就是个负担,我情愿把它扔掉。要么拿掉这可怕的手印,要么拿走我这可怜的小命!你学问高深,天下有目共睹。你创造了伟大的奇迹。这么一点小小的印记,我两个小指尖都能盖住,难道你还去不掉?为了你自己的安宁,也为了救救你可怜的老婆,免得让她发疯,难道你连这点儿小事都办不成?"

"至高至亲的温柔贤妻!"艾尔默大喜过望,"不要怀疑我的能力,这事我已深思熟虑——灵感几乎能让我造出一个毫不亚于你的美人。乔治亚娜,你已将我引入科学的核心。我觉得自己完全有能力,把你这边可爱的脸蛋整得和那边同样完美无瑕。上苍给它的杰作留下了瑕疵,我一定要给它重新整容,等到那时,最亲的人,我将多么欢喜!就连皮格马利翁[1]的少女雕像被赋予生命之际,他的欢喜之情也没法和我相比。"

"那就一言为定,"乔治亚娜微微一笑,"还有,艾尔默,就算你最后发现,那胎记已长进我的心里,也别对我心慈手软。"

丈夫温存地吻了吻她的脸颊——是右脸——不是长着绯红手印的左脸。

次日,艾尔默跟妻子讲了他制订的一个计划。按照这个计划,

---

1. 希腊神话中的塞浦路斯国王,热恋自己雕刻的象牙少女像,将全部精力和热情赋予其上,并乞求神让他娶其为妻。爱神阿芙洛狄忒被他打动,遂赋予雕像生命,使他们结为夫妻。

他就有机会深谋远虑,密切观察,这是手术方案所必需的环节。这样一来,乔治亚娜也可安心静养,这对手术成功关系重大。他们将与世隔绝,住进艾尔默用作实验室的宽敞寓所。艾尔默青年时代就曾在那里辛勤耕耘,在自然界的基本力方面做出重大发现,赢得整个欧洲学术界的一片赞誉。这位面容苍白的科学家,曾安然坐在那里,探究了至高云区和最深矿井的奥秘,揭示了火山爆发和喷火的原因,揭开了喷泉之谜,解释了泉水何以从黑暗地心喷涌而出,有的清澈透明,有的具有医疗价值。同样是在那里,他早些时候还研究过人体构造的神奇,试图了解自然女神从天地和精神世界吸取精华,创造并养育其杰作即人类的过程。然而,艾尔默的人体研究却耽误很久,因为他不愿承认一个事实——这将迟早成为一切探索者的羁绊——这便是:光天化日下,伟大的创造之母表面上创造奇迹使我们开心,其实却极为审慎地严守秘密,尽管她看似豁达坦荡,但只向我们展示她的成果。她允许我们破坏,却不允许我们修改,好比一个嫉妒心强的专利持有人,绝不允许他人修改自己的作品。可是如今,艾尔默却要重新从事那项几近遗忘的研究。当然不是怀着当初的希望或心愿,而是因为这项研究涉及生理方面的实际问题,是乔治亚娜治疗方案中亟待解决的难题。

他领着妻子来到实验室,刚跨过门槛,乔治亚娜便觉浑身发冷,肉跳心惊。艾尔默喜滋滋地望着她的脸,想给她吃个定心丸,却惊讶地发现她煞白的脸上那块赫然醒目的胎记,不由抽搐发抖。他的妻子顿时昏倒在地。

"阿米那达布!阿米那达布!"艾尔默一面大声叫喊,一面脚跺地板。

里屋立刻走出一个人来,身材矮胖,头发蓬乱,脸上挂满蒸汽炉排放的水汽珠。此人便是艾尔默的仆人,在主人的整个科学生涯中一直给他打下手。他手脚利索,非常称职,虽对实验原理一窍不通,但能熟练完成主人交给的详细任务。他精力充沛,蓬头垢面,浑身上下透出一股难以言状的粗犷,仿佛代表了人类肉体的本性。而艾尔默则身材修长,皮肤白皙,一脸书生气,也恰好代表了人类的精神素养。

"打开卧室门,阿米那达布,"艾尔默吩咐道,"再点上一片熏香。"

"遵命,主人!"阿米那达布答道,关切地看了一眼已无生气的乔治亚娜,又喃喃自语,"她要是我老婆,我才舍不得那颗痣呢。"

乔治亚娜刚苏醒过来,便觉有股刺鼻的芳香扑面而来,那温和浓郁的香气把她从昏死中熏醒。周围的情景如魔幻一般。这里原本是艾尔默在金色年华探求自然奥秘的地方,他已将那些烟熏火燎肮脏阴暗的房间改成一套漂亮公寓,这给一个漂亮女人做幽居闺房再合适不过。四壁悬挂着豪华帷幔,显得雍容典雅,其他任何装饰都无法达到这般效果。帷幔从天花板直垂地板,重重皱褶,遮住了屋角和地脚线,仿佛将这片天地与无限空间隔离开来。乔治亚娜或许以为,这是一座云中楼阁。艾尔默特意遮住阳光,唯恐他的化学实验受到影响,却装了散发香气的霓虹灯,发出五颜六色的光焰,与柔和的紫光融为一体。此刻,他正跪在妻子身旁,关切地望着她,却毫不惊慌。因为他相信自己的科学,觉得能在她周围划出一道魔圈,不让邪气入侵。

"我这是在哪儿?哦,想起来了!"乔治亚娜微弱地说,一面用手捂住那可恶的胎记,生怕丈夫看见。

"别怕,亲爱的!"他安慰道,"别躲着我!相信我吧,乔治亚娜,我为这个小小的缺陷感到庆幸,因为去掉它我就太开心啦。"

"哦,饶了我吧!"妻子苦苦哀求,"求你别再看着它。我可忘不掉你刚才抽搐发抖的那副模样。"

艾尔默从深奥的科学中发现了一些轻松有趣的秘密,为抚慰乔治亚娜,不妨说,为打消她对手术的心理负担,此刻他要将这些秘密付诸实践。于是,那缥缈的人影,无形的意念,虚幻的美姿,翩然出现在她的眼前,在一道道光束中留下转瞬即逝的足迹。她虽对这些光学现象的原理略知一二，但近乎完美的幻觉足以使她相信，丈夫有能力操控精神世界。恍惚中，仿佛意念得到回应，她忽有一股冲动，想从隔离区往外张望。但见外界万物列队掠过屏风，现实生活中的景色人物完美地呈现在眼前，那么令人着迷，却形态各异，难以描述。一幅幅画面，每个形象或影子，都比原物更加美丽动人。待她对此感到厌倦，艾尔默又让她抬眼观看一只盛了一些泥土的器皿。起初她并无多大兴致，但很快惊讶地发现，一颗幼芽破土而出，接着伸出一根细长的茎，一片片叶子缓缓舒展开来，中间竟是一朵娇艳的花儿。

"是魔花！"乔治亚娜惊叫，"我可不敢碰。"

"没事，摘下来，"艾尔默说，"摘下来，赶紧闻闻那短暂的香味。花儿很快就要凋谢，只剩褐色的籽秆，但会重新长出一朵和它一样短命的花儿来。"

可是，乔治亚娜刚一碰到那朵花儿，整个花枝立刻枯萎，叶子变成炭黑色，像是被火烧焦了一般。

"刺激太强烈。"艾尔默思忖道。

为补救试验失败，他建议用自己发明的科学方法给她照一张相，让光束投在一块擦亮的金属片上使之成像。乔治亚娜表示同意，但一看结果，大惊失色。影像上的五官模糊不清，难以辨认，本该是脸的部位，出现了一只小小的手形。艾尔默猛地抓起金属片，投进一罐腐蚀酸液。

但是，他很快又将那尴尬的失败抛掷脑后。在研究和化验的间歇，他面红耳赤、垂头丧气地回到妻子身边，但一见她似乎又雄姿勃发，滔滔不绝地谈起他的各种手段。他讲述了历代炼金术[1]士如何经年累月，探寻一种万能溶剂，借此从一切低廉的贱金属中提炼出黄金。艾尔默似乎相信，根据最朴素的科学逻辑，这种探寻已久的溶剂媒介

---

1. 炼金术是中世纪的一种化学哲学思想，是当代化学的雏形。其目标是通过化学方法将一些基本金属转变为黄金，制造万灵药及制备长生不老药。

完全可以发现。"不过,"他又说,"通过深入钻研学会这种本事的科学家,一般都智慧超凡,不屑用它去干那种事。"他对长生不老药也同样有一番独特见解,并直言不讳地说,他能随意配制一种药水,可使人延年益寿,也许长生不老;只不过,那会引起天下大乱,招来世人的诅咒,尤其是喝过这种不死灵药的人。

"艾尔默,此话当真?"乔治亚娜惊恐交集,望着丈夫,"有这本事太可怕了,就连梦到有这本事都很可怕。"

"哦,别紧张,我的爱妻。"丈夫宽慰道,"我是不会害你,害我自己的,那东西不会把咱们的生活搞得一团糟。我只是要让你想一想,相比之下,去掉这个小手印,不过是小菜一碟。"

一提到那胎记,乔治亚娜立刻像往常一样,吓得畏缩不前,好像脸被热红的烙铁烫了一般。

艾尔默复又埋头工作。她听得见丈夫在远处冶炼间指使阿米那达布。而后者的响应听来嘶哑刺耳,已经走调,不像人声,倒像是鬼哭狼嚎。几个时辰后,艾尔默复又回到妻子身边,说她应该去看看他那只装满化学品和天然宝藏的橱柜。他从柜中取出一枚小瓶给她看,说里面装的是一种淡雅而又强烈的香精,足以让吹遍全国的微风透出阵阵香气。那小瓶里的东西价值连城。他边说边向空中洒了几滴,屋里顿时充满沁人心脾、令人心旷神怡的香味儿。

"这是什么?"乔治亚娜问道,一面指着一个装有金色液体的小球状水晶瓶。"太漂亮啦,我猜这一定是长生不老药。"

"可以这么说,"艾尔默答道,"或者应该说,是一种长生不死的万灵药水。这是世上最宝贵的配制毒药。凭着它,无论你指定哪个人,我都能决定他的寿命。它威力无比,视剂量而定,既能让他多活几年,也能叫他瞬间气绝身亡。无论哪个在位的国王,任他戒备如何森严,只要我在自己的实验室里,为了万民的福利着想,认为理应剥夺他的性命,他都必死无疑。"

"你干吗存着这么厉害的毒药?"乔治亚娜惊恐地问道。

"相信我,亲爱的!"丈夫笑道,"它的疗效远大于害处。你瞧!它还是一种特效美容液。只需往一瓶水里滴上几滴,即可洗掉雀斑,就像洗手一样方便。剂量再加大一点儿,就能洗掉脸上的血色,把最红润的漂亮脸蛋变成煞白的鬼脸。"

"你是想让我用这种美容液洗脸吧?"乔治亚娜焦急地问道。

"哦,不,"丈夫连忙道,"这东西只能清洗表皮,你这种情况,得用渗透力更强的药水。"

谈话中,艾尔默不时询问乔治亚娜的感受如何,待在封闭的房间,气温是否合适。这些问题具有特殊的诱导性,乔治亚娜开始猜疑,自己的身体已受到影响,感觉吸入一股清香,又感觉想吃东西。她还感觉——也许纯属幻想——自己的体内有股躁动,一种奇特的、难以言状的感觉流遍全身的毛细血管,刺痛的快感直达心间。而且,只要她大胆揽镜自顾,便见自己脸色如白玫瑰一般,而那绯红的胎记却赫然凸显在面颊上。此刻,她对那东西的讨厌程度,恐怕连艾尔默也赶不上。

丈夫又在埋头配制并分析药水,乔治亚娜便翻阅起他那些浩如烟海的科学典籍来,借以打发无聊的时光。她从许多晦涩难懂的大部头旧书里,看到一些充满传奇和诗歌的章节,作者均为中世纪的科学家,有艾尔伯图斯·麦格努斯[1]、科尼利厄斯·阿格里帕[2]、帕拉塞尔苏斯[3],还有那位发明了预见未来的青铜头像[4]的著名修道士。所有这些昔日的博物学家都具有超前意识,却又轻信盲从那个时代的思想,他们或许认为,自己从自然探索中,获得了超乎自然的能力,又从物理研究中,获得了支配精神世界的能力,而后人对此也信以为真。那一卷卷

---

1. 俗称大阿尔伯图斯,德国理论家和科学家,博学多才,被誉为"百科学博士"。
2. 文艺复兴时期德国最具影响力的巫术士、通灵思想家和西方神秘传统的作者。
3. 中世纪瑞士著名医生和炼金术士,认为疾病的发生是由于元素之间的不平衡。
4. 中世纪传奇文学中描写的一种机械装置,形状如人头,据说能预知未来,有问必答。

皇家学会的早期刊物，无不离奇古怪，异想天开。其会员对自然可能性的极限知之甚少，不过是持续记载奇迹，要么提出创造奇迹的方法。

不过，最吸引乔治亚娜的，是一卷对开本的大书，那是她丈夫的著作。书中记载了他科研生涯中每一项实验，包括原定目标、实验步骤、最终的成败，以及成败的原因。这本书既是他一生孜孜以求、雄心勃勃、富于想象的真实写照，又是他躬身实践与辛勤耕耘的象征。他处理物质细节时，看似心无二物，却能将一切物质转化为精神。他超然物外，强烈渴求无限精神。在他手里，一块实实在在的泥土也富有灵性。乔治亚娜看着这本书，对艾尔默敬爱有加，情意更浓，但对他的判断却不似以前那么可信。尽管他硕果累累，但她不能不说，若与他的理想目标相比，他最辉煌的成就几乎只能算是败绩。与藏于远处触手难及的无价宝石相比，他最耀眼的钻石不啻于一堆鹅卵石，他自己也这么认为。这本书充盈着为作者赢得声誉的诸多成就，不过是一部凡夫俗子书写的悲情记录。它是伤心的自白和连绵的论证，揭示了复杂人类的种种缺陷，说明精神既为泥做的肉体[1]所累，又作用于肉体，并阐述了绝望如何困扰人的崇高本性，使之陷入苦难，无法摆脱肉体的羁绊。无论哪个领域的天才，或许都能从艾尔默的记录中，看出自己历程的踪影来。

这些思想触动了乔治亚娜的心弦，她将脸贴在打开的书页，泪水涟涟。此情此景正好被丈夫瞧见。

"看巫书是很危险的。"他笑道，却神情不安，脸色不悦。"乔治亚娜，那本书有些地方我看了都几乎失去理智。当心它害了你。"

"看了它，我对你更加崇拜啦。"她说。

"哦，等这次成功了，"他说，"你乐意的话，再崇拜我吧，那时我也会觉得自己受之无愧。好啦，我来找你，是想听你一展歌喉。

---

1. 据《圣经·旧约·创世记》载，上帝用泥土造出人类始祖亚当。

亲爱的，唱支歌给我听吧！"

于是，她便唱出行云流水般的歌声，一消他的精神饥渴。之后他又要走，像个孩子似的，兴高采烈，并宽慰她说，隔离就要结束，胜利在望。他刚离开，乔治亚娜便觉有股无法抗拒的冲动，迫使她跟了上去。她忘了告诉艾尔默，两三个钟头前，身上就有一个症状引起她的注意。感觉就在那个倒霉的胎记上，虽然不痛不痒，却引得全身焦躁不安。她紧跟几步赶上丈夫，破天荒头一遭踏进他的实验室。

首先进入眼帘的，就是那只熔炉，热浪滚滚，火光熊熊。炉顶簇集的烟煤仿佛已经燃烧了好多天，一台蒸馏设备正在全面运行。屋里到处是蒸馏罐、试管、量筒、坩埚等其他化学实验仪器。一台电机已准备就绪，可随时启用。空气令人压抑窒息，弥漫着实验造成的各种难闻气味。这屋子极其简陋，四壁光秃，地面铺砖，使看惯自己雅致闺屋的乔治亚娜觉得非常陌生。不过，她关注的目标只是艾尔默本人，目光几乎完全落在他的身上。

他面如死灰，神情焦虑凝重，欠身站在熔炉前，仿佛蒸馏中的液体究竟是永恒幸福的甘露，还是灾难的祸水，全部倚仗他的密切观察。这模样与他鼓励乔治亚娜时眉开眼笑的神态相比，简直判若云泥！

"当心，阿米那达布，当心，你这榆木疙瘩；当心，土包子！"艾尔默咕哝道，不像是埋怨助手，反倒像是在自怨自艾。"这个时候，要是三心二意，就全完啦。"

"呵呵！"阿米那达布嘀咕道，"瞧啊，主人！快瞧！"

艾尔默急忙抬头，见是乔治亚娜。他脸色一红，继而变得煞白，然后冲上前去，一把抓住她的胳膊。他抓得太狠，竟在她的胳膊上留下一道手印。

"你来干啥？信不过你丈夫？"他大发雷霆，"你想让那晦气的胎记毁了我的心血不成？还没弄完呢。走吧，多事的女人，快走！"

"就不,艾尔默,"乔治亚娜态度坚定,毫不让步,"该发牢骚的不是你。你不信任自己的老婆。你焦躁不安地观察实验进展,却对我遮遮掩掩。别以为我不值得你尊重,我的夫君,快把一切风险全都告诉我。别担心我会退缩,因为我的心理负担比你要小得多。"

"不,不,乔治亚娜!"艾尔默急忙道,"这不行。"

"我全听你的,"她平静地说,"而且,艾尔默,不管你拿来什么药水,我都会大口喝下去。就算是一杯毒药,只要是你亲手递给我的,我都照喝不误。"

"我高尚的夫人!"艾尔默深为感动。"现在我才明白,你的宅心有多仁厚。实不相瞒,这绯红的手印看似是在表面,其实已牢牢陷入你的肌体,真是始料未及。我已配好了包治百病的特效汤药,只是会改变你的整个生理系统。只剩一项还没测试。万一失败,咱们就全完啦。"

"这事你为啥迟迟不对我讲?"她问。

"因为,乔治亚娜,"艾尔默声音一沉,"因为有危险。"

"危险?只有一个危险——就是这恐怖的污渍会永远留在我的脸上!"乔治亚娜叫道,"去掉它,去掉它吧,不管什么代价,要不然,我俩都会变成疯子的!"

"老天在上,你说得太对啦。"艾尔默心中凄凉,"好啦,亲爱的,回你房间去吧。过一会儿,一切将会面临考验。"

他送她回至房中,然后和她庄严告别,情意绵绵,胜过万语千言,看来危如累卵。他去了以后,乔治亚娜陷入沉思,将艾尔默的性格反复琢磨,比以往更为公正全面地思量。想着他高尚的爱情,她热血沸腾,却心有余悸——他的爱情如此纯洁高尚,只接纳尽善尽美,对稍逊于他梦寐以求的天然美物,不会委屈接受,更不会知足。在她看来,这是一种高尚情感,比之为她着想而宁愿忍受她缺陷的低劣情感更为可贵,而将完美标准降至现有水平,则是一种罪过,是对神圣爱情的背叛。于是,她虔诚祈祷,希望能满足他至高至深的审美观,即使只是一瞬。但比一瞬更为久长，却不可能，这她十分清楚。因为他的精神永不停息，永远升华，每时每刻都要超越眼前的一瞬。

丈夫的脚步声惊醒了她的沉思。他端来一只水晶高脚杯，内盛水似的无色液体，却清澈透亮，定是那不死药水。艾尔默脸色苍白，不似惊慌或疑虑，倒像是大脑过度疲劳和精神高度紧张所致。

"这杯药水调制得最完美，"他响应乔治亚娜询问的目光，"万无一失，不然就是科学欺骗了我。"

"也就是为了你，亲爱的艾尔默！"妻子道，"不然我宁愿用别的方式以死抗争，也不愿去掉这该死的胎记。对于达到我这种道德境界的人来说，活着就是一种悲哀。要是我软弱一些，睁一只眼闭一只眼，倒也活得快乐。要是我坚强一些，也许还能满怀希望，忍受下去。可是，既然我无法改变自己，那我想，在所有凡人当中，我最适合去死。"

"你最适合上天堂，而无需体验死的滋味！"丈夫回应道，"可咱们干吗非要说死不可？这药水不可能不灵。看看它对这盆花产生的效果吧。"

窗台上放着一盆天竺葵，患了黄斑病，叶子上斑斑点点。艾尔默往盆土里倒进几滴药水。顷刻间，花根已被药水浸润，丑陋的斑点开始消退，最后是一片生机勃勃的翠绿。

"没必要证明，"乔治亚娜平静地说，"把杯子给我，既然你这么说，我宁愿舍弃一切，在所不惜。"

"那就喝吧，高尚的人！"艾尔默钦佩赞赏，大声说道，"你的心灵完美无瑕，你敏感的肉体很快也会变得十全十美。"

她大口喝完药水，把杯子还给他。

"味道真美！"她平静地笑道，"感觉像是天堂的泉水，有股说不清的淡淡的香味。我多日的焦渴终于止住。好啦，亲爱的，让我睡吧。我的尘念即将消失于灵魂之外，就像日落时分的玫瑰花瓣离开花蕊一般。"

那最后一句话,她说得低柔而又牵强,仿佛用尽全部气力,才吐出几个微弱而又延绵的字音。话音刚飘离芳唇,便酣然入梦。艾尔默守在她的身旁,望着那张脸,心潮激荡,仿佛他一生的价值全部体现在这项实验的成败上。而与这种情结互为交织的,还有科学家特有的科研态度。即使最细微的症状,也逃不出他的眼睛。但见妻子面泛红潮,呼吸稍有不匀,眼帘颤动,全身微微震颤,几乎难以觉察。时间在一分一秒地流逝,他将这些细微症状全部记录在那本大书上。他的深邃思想在这本书的每一页上都留有痕迹,而多年的思想结晶则全部汇集在最后一页。

他就这么写着,还时时不忘观察那致命的手印,难免心中颤栗。有一次,他竟有一股奇怪莫名的冲动,去亲吻那小手印,但在吻的同时,又精神畏缩。乔治亚娜在沉睡中不安地乱动,口中呢喃细语,仿佛是在抗议。艾尔默复又观察,并非没有起色。那绯红的手印,起初在乔治亚娜大理石般苍白的脸上清晰看见,此时变得模糊朦胧。她的脸色仍和先前一样苍白,但随着一呼一吸,胎记却失去先前的清晰轮廓。它的存在曾令人惊讶,它的消退更是令人惊讶有加。见过彩虹消失于天空的景象,便会知晓那神秘印记如何消亡。

"天啊!几乎没啦!"艾尔默自言自语,狂喜难遏,"简直看不见啦。成功啦!成功啦!现在就像最淡的玫瑰色。脸上稍微有一点儿血色,就能盖住。可她怎么这么苍白!"

他拉开窗帘,让阳光透进屋里,照在她脸上。恰在此时,忽听耳边响起一阵嘶哑刺耳的咯咯声,这声音他久已熟谙,是他仆人阿米那达布的嬉笑声。

"哈哈,傻瓜!哈哈,土疙瘩!"艾尔默放声狂笑,"你干得不错!物质与精神——人间和天堂——一举两得!笑吧,你这只有感官的东西！这下你有资格笑啦。"

他的喊叫声惊醒了乔治亚娜。她缓缓睁开双眼，照着那面丈夫特意为她准备的镜子，嘴角掠过一丝淡淡的微笑。那绯红手印一度赫然醒目，如灾难一般，险些吓跑他们夫妻的幸福，而现在却难以看见。可是，紧接着，她又将搜寻的目光落在丈夫的脸上，那忧伤焦虑的眼神，让艾尔默百思不得其解。

"可怜的艾尔默！"她呢喃细语。

"可怜？不，我是最富有、最幸福、最受宠的男人！"他大声说道，"绝世无双的新娘，成功啦！你完美无缺啦！"

"可怜的艾尔默，"她又喃喃细语，千般温柔。"你目标崇高，行为高贵。你可不要后悔，竟以如此高尚纯洁的情怀，拒绝了人间给予你的厚爱。艾尔默，最亲的艾尔默，我就要死啦！"

悲夫！真是令人难以置信！那致命的手印承载了生命的奥秘，像纽带一样，将天使般的心灵与凡人的躯体联结在一起，是人类缺陷的唯一标志。随着那块胎记的最后一抹绯红消失于脸颊，这位已是完美无瑕的女人，向空中吐出最后一口幽兰之气，她的芳魂在夫君身边流连须臾，便向天堂飞升而去。此时，又响起一阵嘶哑的咴咴笑声！就这样，肉体凡胎的陨落终于傲然压倒不死香精的威力，而在这个技术不够发达的混沌领域，这种不死香精的提炼，尚需从更高层面上继续努力，才能使其完备。然而，倘若艾尔默具有更高深的智慧，他就无需含恨舍弃本来可与天体同辉的人间幸福。妻子的瞬间死亡给他造成强烈的冲击，使他无法摆脱余生的阴影。即使他永远活在世上，也无法从现世中发现完美的未来。

鸟

[波] 布鲁诺·舒尔茨 | 林蔚昀 译

昏黄无聊的冬日到来了。锈红色的大地被一层破破烂烂的白雪桌布覆盖着。这块桌布根本不够大,在许多地方,棕色或黑色的木瓦板屋顶露了出来,有如一艘艘小船,在那下面藏着被烟熏黑了的阁楼——它们像是炭化的大教堂,密布着肋骨般的椽子、檩条和支架,如同冬日狂风那黑暗的肺。每个清晨,我们都会看到一些夜里新长出来的烟囱和通风口,它们是被夜晚的狂风鼓胀起来的恶魔的风管。清扫烟囱的人无法摆脱乌鸦——它们在黄昏时候站在教堂前大树的枝丫上,有如活生生的黑色叶子。它们拍打着翅膀飞起来,然后又站回树枝上,每一只都回到它该有的位置。破晓时分,它们成群结队飞起——像是大块的煤烟和一片片煤灰。它们在空中曼妙地飞舞,闪烁不定的叫声染黑了混浊灰黄的清晨光线。日子因为寒冷无聊而变得坚硬,像是一块去年的面包。我们用钝了的刀切下来一小块食用,没有什么胃口,慵懒,昏昏欲睡。

父亲已经足不出户。他在炉子里生火,研究那永远无法参透的火光,闻着冬日火焰那金属的咸味和被烟熏过的气味,感受着火蝾螈[1]冰

---

1. 这里指欧洲民间传说中代表火元素的元素精灵。人们相信它可以在火中存活。

冷的抚摸——它们正在烟囱的风口舔食发亮的煤灰。那段日子，他满怀热情地在房间的高处东修西补，不管是一天中的什么时候，都可以看到他蹲在一把梯子的顶端，在天花板附近，在高窗旁边的窗帘轨，在吊灯的灯泡和链子旁边干活儿。他像粉刷匠一样使用梯子，把它当成巨大的高跷，穿梭在彩绘的天空、阿拉伯式花纹和各种鸟类图案之间，对这鸟瞰的视野感到相当满意。他和现实生活的俗事渐行渐远。每当母亲出于关心或者担忧，试图和他提起关于生意的事，关于付清最近一次月结的费用，他总是心不在焉地听着，一脸茫然，心神不宁，脸上的肌肉不住抽动。有时候，他会突然用一个警告的手势打断她，跑到房间的角落，把耳朵贴到地板的缝隙上，伸出十指，抬起双手（以表示这项研究的极端重要性），竖耳倾听。那时候，我们还不明白这些古怪举止那令人难过的根源，不明白那些在他内心深处酝酿累积的情结。

母亲对他没有任何影响力，不过，他倒是对阿德拉极为尊崇，关注着她的一举一动。打扫房间对他来说是一项盛大而重要的仪式，他从不放过任何一个目睹它的机会，总是带着恐惧和狂喜的颤抖注视着阿德拉的每一个动作。他赋予她所有的举动以深沉的象征意义。当女孩以她年轻大胆的姿势拿着长扫帚扫过地板，他几乎无法承受眼前这一幕。这时他会泪如泉涌，发出一连串咯咯的笑声，而他的身体则狂喜地不住颤抖。他对呵痒的敏感已经到了疯狂的地步，只要阿德拉向他伸出手指，比出呵痒的动作，他就像受惊的动物一样狂奔过所有的房间，乒乒乓乓关上身后的门，最后扑倒在最远那个房间的床上，浑身因为大笑而痉挛——光是在脑子里想象这个他无法抵抗的画面，他就已经狂笑到不能自已。正因如此，阿德拉对父亲的影响力可说是无远弗届。

在这段时期，我们第一次注意到父亲对动物有着巨大的热情。一开始，它是一种介于猎人和艺术家之间的狂热，或许也是生物对其亲缘（虽然两者并非同类）在更深的动物学意义上的好感，或者是创造出全新物种的尝试。直到后来，这件事才发生了令人惊异的转折，变得纠葛混乱，充满罪恶，有违自然——关于它，我们还是不要在光天化日下大声张扬的好。

这件事是从孵鸟蛋开始的。

克服重重困难，砸下大笔银子，父亲从汉堡、荷兰、非洲的动物观察站搞来一堆受精的鸟蛋，把它们交给比利时的巨型母鸡去孵。看着这些奇形怪状的雏鸟孵化出来，这个过程对我来说无比诱人。它们不只形状奇怪，颜色也怪异无比。看到这些怪物，你实在不会产生那种想要照顾它们的念头。它们的鸟喙十分巨大，一生下来就大张着，从喉咙深处发出嘶哑、贪婪的叫声。在这些弱不禁风、赤裸驼背的蜥蜴般的小动物体内，住着未来的孔雀、雉鸡、松鸡和兀鹰。它们被放在篮子里的棉絮上，像龙一样抬起那挂在细瘦脖子上的脑袋，眼睛布满白翳，从沙哑的喉咙里发出无声的啾鸣。父亲穿着绿色围裙穿梭在架子间，就像一个走在种满了仙人掌的冷床[1]旁边的园丁。他从空无中变出这些瞎眼的、鼓动着生命的水泡。这些行动笨拙的大肚子对于外在世界的认识只有食物而已。这些生命的肿瘤摸着黑，往有光线的方向移动。几个星期后，当这些盲眼的花苞绽放开来，迎向光亮，房间里充满了彩色的喧哗和闪烁不定的啾鸣。这群新房客站在窗帘轨上，靠在衣柜的带状装饰上。它们在有许多把手的吊灯上筑巢，住进锡制枝丫和阿拉伯花纹的深处。

当父亲在研读那本厚重的鸟类学概论，翻阅那些彩色的图片时，那些长着羽毛的奇幻生物仿佛就从书页中飞了出来，让房里充满了拍动不停的彩色翅膀，紫红色、蓝宝石色、铜绿和银色的羽毛。喂食的时候，它们在地板上聚成一块五彩缤纷、波浪起伏的花圃，像是一

---

1. 又称阳畦，将植物围起但无暖房装置的框架。

张有生命的地毯，当有人不经意地闯进去，这块地毯就瓦解、四散开去，变成动态的花，在空中拍打，最后栖息在房间上方。我特别记得一只兀鹰，这只巨鸟有着赤裸的脖子，皱巴巴的脸上布满了肿瘤。它像一个清瘦的禁欲主义者和藏传佛教僧人，一举一动中有着不可动摇的尊贵，以它高贵家族那铁一般的纪律过活。它一动也不动，以埃及诸神永垂不朽的姿态坐在父亲对面，那只覆满白色眼翳的眼睛就从侧面移到中间，然后在沉思和尊贵的孤独中闭上。从侧面看，这有如一尊石像的巨鸟就像是父亲的兄长。他们都有着同样的躯壳、肌腱和皱巴巴的坚硬皮肤，同样干瘪、多骨的脸庞，同样起茧、深邃的眼窝，甚至连父亲修长有力、瘦骨嶙峋、指甲浑圆的手掌，也和兀鹰的爪子有点类似。看着它那样沉睡着，我实在无法抗拒这样的想象：在我面前是一具木乃伊，是父亲的干尸（这就是为什么体型比较小）。我想母亲也注意到了这诡异的相似性，虽然我们从没谈论过这件事。最明显的证据就是：兀鹰和父亲共用一个夜壶。

不满于只是孵化更多新品种，父亲在阁楼上为鸟儿们举行了婚礼，他充当媒人，把美丽娇羞地等待新郎的新娘们拴在阁楼的缝隙和洞穴里。他完成了这项壮举——把我们家的屋顶，那巨大的覆满木瓦板的拱形屋顶变成了真正的鸟类客栈，它们的诺亚方舟，所有长了翅膀的生物都不远万里前来驻足。甚至在这个鸟类家园倒闭很久以后，世界上的鸟儿还长久维持着这项从我们家学到的习俗。在春天的迁徙中，成群的鹤、鹈鹕、孔雀和其他各式各样的鸟儿会从天空中一拥而下，飞到我们的屋顶上。

在短暂的荣光后，这场盛会出现了一个令人沮丧的转折。很快地，我们就不得不让父亲搬到阁楼下那两间房里去——那儿本来是放旧物的储藏室。我们一大早就可以听到那里传来鸟儿混乱的尖叫，这两个木头共鸣箱在屋顶的回音共振下，充满了震天价响的咕咕叽叽的鸣叫，喀喀拍打翅膀的声音，还有各种噪声。父亲一连好几个礼拜都不见踪影，只有偶尔才会下楼来到公寓里，这时我们注意到他好像是缩小了一点，变瘦了，两只眼睛也覆上一层白雾般的眼翳。有时候他会忘我地从椅子上跳起来，鸟儿振翅一样挥动双手，发出一连串咕咕声。然后，他会尴尬地和我们一起笑着，试图用玩笑话把这件事带过。

有一天在我们大扫除的时候，阿德拉突然出现在父亲的鸟类王国。她站在门边，绝望地闻着充斥房间的恶臭，看着黏在地板、桌子和家具上成堆的鸟粪。她很快做出了决定，打开窗户，挥舞着手中那根长扫帚，把一整个房间的鸟儿搅动了起来。一大片羽毛和翅膀组成的可怕云团伴随着尖叫腾空而起，在那风暴的中心，阿德拉像是酒神愤怒的女祭司，挥着酒神杖，跳着毁灭之舞。父亲和那些鸟儿一起挥舞双臂，惊恐万分地试图飞到空中去。慢慢地，那片翅膀的云团越来越稀疏，最后，战场上只剩下精疲力尽、喘个不停的阿德拉，还有父亲，带着忧虑和羞愧的神情，准备好接受任何形式的投降。

过了一会儿，父亲走下楼，走出了自己的领土——他是一个被击溃的人，一位刚刚失去了自己宝座和王国的、被流放的国王。

父亲的最后逃亡

[波] 布鲁诺·舒尔茨 | 林蔚昀 译

这件事发生在那完全失序崩解的时代,在它失落的晚期,我们的生意已经走到最后清仓、准备关门大吉的尽头。店铺上的招牌老早就拿下来了,在拉下来一半的铁卷门旁边,母亲做着贩售剩余存货的非法生意。阿德拉去了美国。人们说她搭的那艘船沉了,船上所有的乘客都做了海底亡魂。我们从来都没有去证实这则传闻的真实性。阿德拉的消息从我们的生活中销声匿迹,我们再也没有听过关于她的事。新的时代来临了,空洞、清醒、郁郁寡欢——纸一样苍白。新来的女仆葛妮亚是个贫血、白皙、柔软无骨的女孩,总是漫无目的地从一个房间晃到另一个房间。有人轻抚她的背,她就像蛇一样蜷起身子滑行,发出母猫的咕噜声。她的皮肤是混浊的白色,甚至连她那对珐琅眼珠的眼睑里面也不是粉红色的。她总是心不在焉,竟会用旧账单和账册调制奶油面粉糊——那东西一点味道也没有,而且根本难以下咽。

这时候,父亲确实是死了。他已经死了很多次,总是死得不干不净,留下一些疑点,迫使我们不得不对他的死进行重新修正。这也有它的好处。把自己的死亡改成分期付款,父亲让我们习惯了他的离去。我们对他的归来已经无动于衷,每次都越来越短暂,越来越可悲。在他以前住的房间,这位逝者的容颜仿佛散了开来,往四面八方生出枝丫，在某些地方形成诡异的纠结，和他长得十分相像，清晰到不可思议。壁纸在某些地方模仿他痉挛的颤抖，阿拉伯式花纹形成他痛苦的笑容，分成两个对称的部分，像是石化的三叶虫印记。有一阵子，我们经过他那件用臭鼬皮毛做衬里的大衣时，总是要绕道。他的大衣在呼吸。这些彼此紧咬、缝合在一起的小动物的恐惧流过这件大衣，无力地颤抖，在绒毛的皱褶之间迷失。把耳朵贴到旁边，还可以听到它们随着睡眠的韵律发出的悦耳呼噜声。以这种鞣制的皮革的形式——带着鸡貂、谋杀和夜晚发情的味道——他可以存活很多年。但是，他并没有像这样活很久。

有一次母亲从城里回来，带着惊诧、不知所措的表情。"你看，约瑟夫，"她说，"真是巧，我在楼梯上抓住他了，他正在一级一级往下跳。"然后她掀起盖在盘子里那东西上头的手帕，我立刻认出了他。那神似的样貌是不可能让人搞错的，虽然他现在是一只螯虾，或者巨蝎。母亲和我用眼神彼此默认了这个事实，为这种明显的相似感到不可思议。即使经过如此剧烈的蜕变，他竟然还以令人无法抗拒的力量顽强地存在着。

"他还活着吗？"我问。

"当然啦，我几乎抓不住他，"母亲说，"我要把他放到地板上吗？"

她把盘子放到地上，我们弯下腰去，更仔细地端详他。他凹陷在一堆弯曲的脚之间，不时晃动着它们。他的螯和触须微微抬起，好像是要努力听清楚我们在说什么。我把盘子倾斜了一下，父亲小心地走了出来，带着些许迟疑，但是他一碰到身子底下平坦的地面，就突然用那十几只脚开始奔跑，他节肢动物的小硬骨发出哐啷哐啷的声响。我挡住了他的去路。他晃动的触须侦测到阻碍，犹豫了一下，然后举起了螯，转到旁边去。我们让他按照他选择的方向跑去，在那一头没有任何家具可以为他掩护。他就这样用许许多多的脚跑着，发出波浪般的痉挛，跑到了墙边。在我们还来不及察觉之前，他已经用他那一大堆脚轻巧地爬到了墙上，完全没有停下来。看着那多足生物在壁纸上游荡，一边发出喀啦喀啦的声音，我因为本能的嫌恶猛地打了个冷战。父亲这时走到了嵌在墙上的厨房小柜子那里，他有一瞬间在它的边缘上弯起身，用螯检查着柜子的内部，然后就整个身子钻了进去。

他仿佛是用他的螯虾视野重新认识了我们的公寓。他也许是用嗅觉来熟悉事物的，我仔细看过他，没有找到任何视觉的器官。当他在路上碰到什么东西的时候，他似乎会对它们沉思一下子，甚至抱住它们，好像试着用螯和它们建立起某种关系。过一阵子之后，他才会放下它们，继续往前跑，拖着微微抬起的尾部。对于那些我们丢到地板上、希望他会吃的肉和面包，他也用同样的方法对待。他只是把它们抱起来看一下，就继续往前跑，没有猜到这些东西是可以拿来吃的。

看到他这么耐心地对房间做侦察，也许有人会以为他是在顽固、执着地寻找什么。他时不时跑到厨房的角落去，跑到漏水的木桶旁，他会跑到水洼那边去，看起来像是在喝水。有时候他好几天不见踪影，看样子，他没有食物也可以活得很好——我们并没注意到他因为缺乏进食而丧失活力。白天的时候，我们抱着既羞愧又嫌恶的心情体验着秘密的恐惧，害怕他晚上会到床上来找我们。但是这从来都没有发生过，一次也没有，虽然他白天在所有的家具上游荡，而且最喜欢待在柜子和墙壁之间的缝隙里。

我们不能忽视他某些智慧的表现，甚至是恶作剧的玩笑举止。比如说，父亲从来没有因为疏忽而在用餐时间缺席，虽然他在午饭活动中的参与只是柏拉图式的。如果饭厅的门不小心关上了，而父亲刚好又在隔壁的房间，他就会嘎吱嘎吱地抓门，在门缝边跑来跑去，直到有人替他开门为止。后来他学会了把螯和脚塞进门缝底下，奋力摇晃几下后，成功地将身体侧着挤过门缝，得以进入房间。这似乎令他高兴。这时他会躺在桌子底下一动也不动，不发出一点声音，只是轻轻地鼓动着尾部。这样有节奏地鼓动闪亮的尾部到底有什么意义,我们没有人能参透。它是一种又嘲讽、又下流、又恶劣的东西,好像是要同时表现某种低级的肉欲满足感。宁录,我们的狗,慢慢地、胆怯地走近他,小心地闻了几下,打了个喷嚏,然后冷淡地走开了,没有得出什么决定性的结论。

我们家一天比一天更不像样,失序的范围也越来越广——葛妮亚整天都在睡,柔弱无骨的细长身躯在深沉的呼吸下像波浪般鼓动。我们经常在汤里找到线团,那是她因为疏忽和奇怪的心不在焉连同蔬菜一起丢下去的。我们的店日夜不停地开着,没有间断。在半掩的铁卷门下,大拍卖日复一日地进行,越来越令人无法理解,充满了讨价还价和游说。仿佛这一切还不够,查尔斯叔叔也在这时候来到了我们家。

他看起来很奇怪地颓丧,沉默寡言。他叹了一口气说,在历经了最近这些悲惨的事情后,他决定改变自己的生活方式,开始研究各种语言。他足不出户,把自己关在最后头的房间——葛妮亚把里面的地毯和布帘拿走了,她对这位客人满怀憎恶——然后开始研究旧的价目表。好几次他恶作剧地试图去踩父亲的尾部,我们吓得尖叫着阻止了他。他只是露出恶劣的笑容,对我们的制止抱持怀疑。完全没有危机感的父亲还停在附近,注意力集中在地板的污渍上。

父亲平常站着的时候是既敏捷又好动的,但就像所有甲壳类动物一样,一旦被翻了过来,他就完完全全丧失了自我防御的能力。那真是一个可悲又令人难过的画面——我们看到他绝望地晃动着所有的脚,无助地仰天躺着,以自己的身体为轴心在原地旋转。看到他的身体,没有人不会油然产生一股嫌恶——他身体的结构太过清楚,太过明显,几乎毫无羞耻可言。没有任何东西遮盖,他赤裸裸的多节的尾部就这么露在外面。这种时候查尔斯叔叔会变得非常激动,想要冲过去把父亲踩烂。我们跑过去解救父亲,给他一个什么东西,他用螯紧紧抓住它,如此就灵巧地翻回正常姿势。脚才刚落地,他马上开始四处乱跑,敏捷地呈Z字形跑来跑去,速度是平常的两倍,仿佛想要抹杀刚才那场妥协堕落的回忆。

我必须克服痛苦,才能据实说出那令人无法理解的事实,甚至现在,我整个人都在抗拒它。直到今天我还是无法理解,我们竟然一直都是在意识清醒的情况下做出那件事的。从这样的角度看来,这起事件有了一种奇怪的宿命感,因为宿命不会放过我们的意识和意志,反而会将它们卷入自己的机制中,让我们接受、承认它,就像在昏睡的梦中我们会接受那些平常环境中抗拒的东西。

我被既成事实深深震撼,绝望地问母亲:"你怎么能做出这种事?如果是葛妮亚那还算了,但这是你自己……"母亲绝望地哭泣,无法给我一个答复。她是不是以为,这样做会对父亲比较好?她是不是把这当作他那绝望处境的唯一出路?或者她只是因为令人无法理解的鲁莽和轻率才这么做?……噩运有一千种捷径要来强迫人们接受它不可理解的意志。只要让我们的神智出现短暂的日食,一瞬间的盲目或疏忽,就足以让我们在面对斯库拉和卡律布狄斯之间的抉择时干出这种事来。[1]事过境迁后我们可以无止境地解释动机、研究冲动——然而,铸下的事实已无法改变,而是永恒地盖棺论定了。

直到父亲被放在盘子里端上桌来,我们才从盲目中惊醒过来,恢复了理智。他躺在那里,身体因为煮熟而显得巨大臃肿,呈现苍白的灰色,看起来像一块肉冻。我们哑口无言地坐着,闷闷不乐。只有查尔斯叔叔把叉子往盘子那边伸过去,但是他在半途中不确定地把它放了下来,讶异地看着我们。母亲命人把盘子端到客厅去,在那里,父亲被放在桌上,用一块长毛绒盖着,摆在相册和音乐香烟盒旁边。我们所有人都回避着,他躺在那里一动也不动。

---

1. 希腊神话中,斯库拉是吞吃水手的女海妖,卡律布狄斯是女妖斯库拉对面的大漩涡,会吞噬所有经过的东西,包括船只。面对斯库拉和卡律布狄斯之间的抉择,即"左右为难"之意。

然而，父亲在世上的流浪却没有在这里画下句点。那接下来的后续事件，那加长的番外篇，似乎已经超过最后可被容忍的极限——而它正是整件事中最令人痛苦的。他为什么不放弃？为什么他不承认他终于被击败了？他有充分的理由这么做，命运已经竭尽所能、使出浑身解数欺压他。在静静地躺了几个礼拜后，他好像把自己重新整合了起来，仿佛慢慢回到了以前的自己。有一天早上我们发现盘子是空的。只有一条腿躺在盘子的边缘，被遗弃在变冷的番茄酱汁里，还有一团他在逃亡中压烂的肉冻。虽然被煮熟了，在半路上丢了一条腿，父亲还是拖着最后一点力气迈向下一段无家可归的流浪。从此，我们再也没有见过他。

竹林中

[日]芥川龙之介 | 赵玉皎 译

捕吏讯问的樵夫的证词

正是,发现那具尸体的,正是小人。今天一早,小人像平常一样,去后山砍伐杉树,在山后的竹林中,发现了那具尸体。尸体所在的位置?离山科驿道约莫一里路远,竹丛中夹杂着些细杉树,是个人迹罕至的所在。

尸体穿着缥青色袍子,戴着一顶城里式样的绉纱乌帽,仰面朝天倒在那里。他身上虽然只中了一刀,但扎在胸口,尸体周围落的竹叶已经被染成了暗红色。不,血已经不流了,伤口像是已经干了。而且,有一只马胃蝇紧紧叮在伤口上,小人走过去它也不理睬。

有没有看到腰刀之类?没有,什么都没有。只有一根绳子,落在杉树根旁边。此外……对了,除了绳子,还有一把梳子。尸体的周围只有这两件东西。不过,草丛和竹叶都被践踏得不成样子,那人在被杀前,一定经过了一场恶斗。什么,有没有马?那个地方,马是进不去的。马能通行的道路在那边呢,要隔着一片竹林。

捕吏讯问的行脚僧的证词

贫僧是昨日遇到那个被害的男人的。昨日的……嗯,中午时分吧。地点是在从关山到山科的途中。那男人和一个骑马的女子一道，朝关山方向前行。女子戴着面纱，没有看清模样，只看到她穿着荻叠色的衣裳[1]。马是桃花马，马鬃修得短短的。马有多高？大约有四尺四寸吧。贫僧乃是出家之人，对此知之不多。男人……不，他不但佩着腰刀，还带着弓箭。尤其是那个黑漆箭壶，里面插着二十多支箭，贫僧现在还记得清清楚楚。

贫僧做梦也想不到，那人竟遭此横祸，人之命运，真是宛如朝露、亦如电光哪。唉唉，委实可悲可叹，令人无话可说。

捕吏讯问的差役的证词

大人问属下捕获的这个人？他的确便是那个有名的盗贼多襄丸。只不过属下抓捕他的时候，他从马上跌了下来，正在粟田口的石桥上哼哼唧唧地呻吟。时辰？是昨夜的一更时分。上次属下抓捕他失败时，他也是穿着这件藏青外褂，佩着雕花大刀。只不过这一回，如大人所见，他还带了弓箭。哦，被害男子所带弓箭正是这些？那么，杀人者必是这多襄丸无疑了。皮弓、黑漆箭壶、十七支鹰羽箭——这都是被害男子的物品。是，如大人所言，马是短鬃桃花马。他被那畜生甩下马背，必是因果报应所致。马在石桥稍往前的地方，还系着长长的缰绳，正在吃路边的青草。

说到这个多襄丸，在横行京城一带的盗贼中，他尤其是个好色之徒。去年秋天，在鸟部寺[2]的宾头卢尊者像所在的后山上，一名拜佛女子和她的小使女双双被杀害，就是这多襄丸的恶业。那骑桃花马的女子也是如此，他在杀了男人后，不知把那女子怎样了。请恕属下多

---

1. 荻叠色是日本女性秋季衣衫常用的搭配色，以天蓝色为衬袍，配以暗红色外褂。
2. 鸟部寺（法皇寺）是位于京都东山区鸟边野的寺庙。平安时代，鸟边野是京都的火葬之地。宾头卢尊者为佛教十六罗汉之首，在日本古代，人们常抚摸宾头卢尊者像，以祈祷疾病痊愈。鸟部寺拜佛女子遇盗的故事见《今昔物语集》第29卷。

言，此事还望大人详察。

捕吏讯问的老妪的证词

是，那死者正是小女所嫁的男人。不过，他并非京都人，而是若狭国[1]的国司官署中的武士。名字叫作金泽武弘，年纪二十六岁。不，他性格温和，不会是招惹了什么仇家。

大人问老妇的女儿？小女名叫真砂，年方十九。她性格好强，不逊于男子，不过除了武弘之外，从未有过相好之人。她肤色微黑，小小的瓜子脸，左眼角上有一颗黑痣。

武弘昨天与小女一起动身，前往若狭国。结果出了这样的祸事，这是何种因果啊。女婿的事只能认命吧，可是小女究竟怎样了，老妇实在忧心如焚。老妇恳求大人，无论如何，好歹设法搜寻小女的下落。最可恨的就是那个叫多襄丸的贼人，不但害了老妇的女婿，就连小女也……（泣不成声）

多襄丸的供状

杀死那个男人的正是本人。不过我没杀女人。她去哪里了？我也不知道。哎，慢着，不管如何拷问，不知道的事是说不出来的。何况，我既然到了这个地步，本不打算没出息地隐瞒什么。

我是在昨日的稍微过午时分，遇到那对夫妇的。当时一阵风吹过，那女人的面纱飘了起来，我一下子看到了女人的脸。只是倏地一眼——刚看到，转瞬就不见了。或许也是这个缘故，在我眼里，那女人好似女菩萨一般。那一刻，我下定了决心，哪怕杀了男人，也要把女人夺到手。

什么？杀掉男人，并不像你们想的，没什么大不了。反正既然要

---

1. 日本古代的旧地名，在今福井县西南部。

夺女人，男人总归得死。只不过我杀人，用的是腰间的大刀，你们这些大人老爷不用大刀，用权力杀人，用金钱杀人，甚至光用虚情假意的话也能杀人。的确，那样不用流血，人也活得风光——但那也是杀人。若说罪过，是你们的罪过深，还是我的罪过深，那就不好说了。（讥讽的微笑）

不过，若是不杀男人，也能把女人夺到手的话，我并没什么不满足。不，那时我心里倒是决定，抢走女人时尽量不杀男人。可是，在山科的驿道上是没法干这种事的，我得设法把那对夫妻领到山里去。

那没什么费事的。我和那对夫妻一道走，攀谈起来。我说，对面山上有古坟，掘开一看，里面有很多古镜和宝刀，我偷偷地把这些宝贝埋在了山后的竹林里，如果有人想买，不管哪一件都廉价出售。不知不觉地，男人对我的话动了心，于是——怎么样，欲望这东西可怕吧？于是，还不到半个时辰，那对夫妻和我一起，驱马上了山路。

来到竹林前，我说，宝贝就埋在里面，进来看看吧。男人正满怀欲望，没有什么异议，女人却不肯下马，说自己在外面等。竹林中草木繁茂，她这么说也难怪。说实话，这正中我的下怀，于是我把女人独自留在外面，和男人进入了竹林。

林中有一段全是竹子，不过，走上约莫十五丈远，就是稍微开阔些的杉树丛——我要想做事，那是绝好的所在。我一边分开草木，一边煞有介事地哄男人说，宝贝就埋在杉树下。男人听了，急不可耐地朝前方的细杉树赶去。这时，我们来到一处地方，竹子变得稀疏，有几棵杉树，突然，我猛地把男人按倒在地。他不愧也是佩刀的人，膂力相当不错，但冷不防被攻击，只能束手就擒。我立刻把他绑在一棵杉树根上。绳子？绳子乃是我们强盗的法宝，没准儿何时就要翻墙越户，一直好好地拴在腰上呢。当然，为了不让男人出声，我给他塞了满满一嘴竹叶，再就没什么麻烦了。

我收拾了男人，又回头去找女人，说男人突然犯了急病，让她快来看看。不必多说，她当然也上了套。女人摘下斗笠，任由我拉着她的手，进了林子里。可是进来一看，男人被绑在杉树上——女人只看了一眼，立刻"嗖"地从怀里拔出一把寒光闪闪的匕首。迄今为止，我还从没见过那么烈性的女人。如果那时我稍有疏忽，匕首必是刺进了我的肚子。不，我虽是避过了那一下，可她拼命地一个劲刺来，我也难保不受伤。不过，在下毕竟是多襄丸，总算没用着拔刀，就把她的匕首打掉了。再怎么刚烈的女人，手里没了武器，也就无计可施了。终于，我遂了自己的心意，没要男人的命，就把女人弄到了手。

没要男人的命——对，那之后，我并没打算杀男人。可是，当我丢下哭倒在地的女人，朝竹林外逃去的时候，女人忽然发疯般地抓住了我的手臂，断断续续地叫喊起来。她说的是："要么你死，要么我丈夫死，反正你们要死一个，在两个男人面前出丑，比死还痛苦，不管你们中的谁，活下来的那一个，我就跟他走。"她气喘吁吁，说了这番话。就在那时，猛然间，我对男人起了杀心。（阴郁的兴奋）

听我这么说，你们一定觉得我生性残忍吧。可是，那是因为你们没看到那个女人的脸，尤其是，你们没有看到那一瞬间，她那像火焰燃烧般的眼睛。我和女人眼神相撞的那一刻，我想，哪怕是天打雷劈，我也要娶这个女人为妻。我要娶她为妻——我心里只有这一个念头。这并不像你们所想的，是什么卑下的色欲。如果我当时只有色欲，再没有别的念想的话，我肯定会踢开女人逃掉。那样，我的大刀就不会染上男人的血。可是，在昏暗的竹林里，我紧盯着女人的脸，一刹那我明白了，若不杀了男人，我是没法离开那里的。

不过，就算要杀男人，我也不想用卑怯的手段。我把男人的绳子解开，让他和我比试刀法。（落在杉树根下的绳子，就是那时忘记的。）男人勃然变色，拔出了宽佩刀，一言不发，愤然朝我扑来。我们的比刀结果如何，自是不必说了。在第二十三个回合中，我的刀刺穿了他的胸膛。第二十三个回合——请不要忘了这一点，直到现在，

我还很佩服呢。能和我交手二十个回合的，天下只有他一个人。（快活的微笑）

男人倒下时，我放下了染血的大刀，回头去看女人。可是——怎么回事？女人已经不见了。我在杉树丛中寻找，看女人跑到哪里去了，但地上的竹叶上毫无痕迹。我侧耳倾听，听到的只有男人咽喉中濒死的喘息声。

或许在我们开始打斗时，女人就钻出竹林喊救命去了。这么一寻思，这可关系到自家的性命，于是我拿了男人的佩刀和弓箭，迅速出了竹林，回到原来的山路上。女人的马还在那里安静地吃草。之后的事，就不用多说了。只不过，到京都之前，我把那把佩刀卖掉了——我的供状就是这样。我早就明白，横竖我的脑袋总有一天要挂在狱门前的楝木上示众，请判我极刑就是了。（态度昂然）

来到清水寺的女人的忏悔

那个穿藏青外褂的男人将我凌辱后，望着被捆绑着的我的丈夫，嘲讽地笑了。丈夫该有多么愤恨啊。可是，不管他怎样挣扎，只能使身上的绳索绑得更紧。我连滚带爬地奔到丈夫身边，不，是我想奔到他身边，但那个男人一脚把我踢倒在地。就在那时，我看到丈夫眼中闪现出一种难以言喻的光芒。难以言喻的——直到现在，一想起他的眼神，我还忍不住颤抖。丈夫没有说一句话，可是那一刹那的眼神，已经表达了他内心的一切。闪烁在他眼中的，既不是愤怒，也不是悲伤——只是蔑视的、冰冷的光芒。比起被那个男人踢倒，丈夫的眼神更沉重地打击了我，我叫喊了一声，便昏了过去。

等我苏醒过来，穿藏青外褂的男人已经不见了，只有丈夫还被绑在杉树根上。我在竹叶上艰难地坐起身，盯着丈夫的脸。可是，丈夫的目光与方才没有丝毫变化，除了冰冷的轻蔑，还现出憎恶之色。羞耻、悲哀、愤怒……我当时的心情，不知怎样表达才好。我摇摇晃晃地站起来,走到丈夫身边。

"夫君,事已至此,你我不可能在一起了。我决意一死,可是……可是,你也得死。你目睹了我的耻辱,我不能把你一个人留下。"

我艰难无比地说出了这番话。即便如此,丈夫依然只是厌恶地盯着我。我胸痛欲裂,拼命忍耐着,去找丈夫的佩刀。可是,林中岂止没有佩刀,连弓箭都不见了,大概被那个强盗抢走了。庆幸的是匕首还在,就落在我的脚下。我举起匕首,对丈夫说:

"请把命交给我吧,我随后就来陪你。"

听了这句话,丈夫终于动了动嘴唇。当然,他嘴里塞满了竹叶,一点声音也发不出。可是我看到他的模样,立刻明白了他在说什么——丈夫怀着对我的轻蔑,说了一句"杀吧"。于是,几乎在半梦半醒中,我把匕首刺进了丈夫缥青色袍子的胸口。

随后,我再次昏了过去。等我终于醒来时,环顾四周,丈夫还被绑着,已经气绝身亡。一缕斜阳透过杉竹的枝叶,落在他苍白的脸上。我忍住哭泣,解下他尸身上的绳子。然后……然后,我怎样了?我没有勇气说出口。总之,无论如何,我已经没有勇气去死。我拿匕首刺咽喉,又试图在山脚下投水自尽,试了种种方法,都没有死成。这样的我,又有什么颜面。(凄凉的微笑)像我这样不中用的女人,纵然是大慈大悲的观世音菩萨,恐怕也不屑理会我吧。可是,我这个杀死了丈夫的女人,被强盗凌辱过的女人,究竟该如何是好?我究竟……我……(突然剧烈地唏嘘不已)

借巫女之口的亡灵的话

强盗占有我妻子之后,坐在那里甜言蜜语,百般抚慰。我当然出不了声,还被绑在杉树根上。可是,那期间,我频频给妻子使眼色,想要告诉她,不要上那个男人的当,他说什么都是假的。但我妻子只是失魂落魄地坐在落叶上,一动不动地盯着自己的膝盖。看上去,强盗的话已经说到她心里去了。我嫉妒得连连挣扎。可是，强盗继续花言巧语，说个没完。强盗说，一旦失了身，和丈夫再不可能和睦，与其跟着原来的丈夫，不如做自己的老婆，自己就是因为太爱怜她，才做出了无法无天的事——那贼人连如此无耻的话都说了出来。

听了强盗的这番话，我妻子恍恍惚惚地抬起头。我还从没见过妻子像那时候那么美貌，但是美貌的妻子当着被捆绑的我的面，是怎样回答强盗的？如今我在幽冥中游荡，但一想到妻子的回答，还是忍不住怒火中烧。妻子明明白白地说："那么，你带我走吧，去哪儿都行。"（长久的沉默）

妻子的罪孽不仅限于此。假如仅是这样，如今我在黑暗中，尚不至于这般痛苦。妻子像做梦似的，被强盗拉着手，向竹林外走去，突然她变了脸色，指着绑在杉树上的我，叫喊："杀掉他！只要这个人活着，我就不能跟你走！"她发疯一般，连喊了好几遍"杀掉他！"——这句话如风暴一般，直到现在还吹卷着我，让我一头栽进杳渺的黑暗最深处。这样可憎恨的话语，可有人说得出？这样可诅咒的话语，可有人听到过？这样……（突然迸发出一阵嘲笑）听到她的话，连强盗也大惊失色。"杀掉他！"妻子叫喊着，抓住强盗的手臂。强盗紧紧盯着妻子，既不说杀，也不说不杀。突然，他一脚把妻子踢倒在竹叶上。（再次迸发出一阵嘲笑）强盗静静地抱着胳膊，看着我，问："你打算把这女人怎样？杀了她，还是放过她？你只要点头就行，杀了她？"——单凭这几句话，我就愿意饶恕强盗的罪孽。（再度长久的沉默）

在我犹豫的当口，妻子叫喊了一声，忽然朝竹林深处奔去。强盗急忙追过去，却连妻子的袖子都没有抓到。我只是望着那场景，如做梦一般。

妻子逃走后，强盗拿起我的佩刀和弓箭，斩断了我身上的绳子。"这回该我溜之大吉了。"——强盗的身影消失在竹林外的时候，我听到他自言自语。那之后一片寂静。不，还有谁的哭泣声。我松开绳子，一边侧耳倾听。可是，当我回过神来，我发现那正是我自己的哭声。（第三次长久的沉默）

我挪动着疲惫不堪的身体，从杉树下艰难地站了起来。妻子掉落的匕首在我面前闪着寒光，我拾起匕首，一下刺进了自己的胸膛。一团血腥涌上嘴里，但我并没有丝毫痛苦，只是胸口越来越冷。四周越发静寂无声，啊，多么安静。这座山后的竹林上空，连小鸟都不肯飞来鸣啭，只有寂寞的日影，飘浮在杉竹的梢头。日影……也逐渐暗淡，杉树、竹子都看不见了。我倒在地上，被深深的寂静包裹着。

这时，有人蹑手蹑脚地来到我的身边。我想看看他是谁，可是我的周围已是薄暮冥冥。是谁——是谁用我看不见的手，悄悄地拔出了我胸口的匕首。顿时，我的口中再一次血潮喷涌，随后，我便永远地沉入了幽冥世界的黑暗中……

鼻子

[日] 芥川龙之介 | 赵玉皎 译

提到禅智内供[1]的鼻子，池尾一带无人不知，无人不晓。那鼻子有五六寸长，从上嘴唇上方一直垂到下巴颏底下，从鼻根到鼻尖皆是一般粗细，打个比方说，活像是一根细细长长的腊肠，摇摇晃晃地挂在脸的正中间。

内供已年过五十，从昔日做小沙弥时起，到如今晋升为内道场供奉之职，多年以来他内心中始终为这鼻子所苦。自然，表面上他若无其事，仿佛根本不把这放在心上。这倒不仅因为他是僧侣之身，理应专心致志地欣求来世净土，为区区鼻子操心上火不大合宜。比这更贴切的理由是，内供不希望别人知道他在为鼻子烦忧。日常谈话中，内供最怕的便是"鼻子"这个词儿。

内供对鼻子感到棘手，原因有二。一是鼻子过长，委实不太方便。就说吃饭吧，内供一个人是没办法进食的。若是独自吃饭，鼻子尖便会插到铁碗里的饭中。内供只得让一个弟子坐到食案对面，用一条宽一寸、长二尺的木板帮他托住鼻子。不过用这办法进食，无论托

---

1. 禅智为人名，内供即内供奉僧，指日本古时供职于内道场的僧官。内道场即皇宫中修习佛法的场所。

鼻子的弟子，还是被托鼻子的内供，都很不容易。有一回，一个小沙弥代替弟子帮内供托鼻子，童子打喷嚏时手一抖，鼻子便滑进了粥里，这事儿一时间甚至传到了京都——不过，对内供来说，这绝不是他为鼻子伤脑筋的主要理由。说实话，令内供苦恼的，是鼻子伤害了他的自尊心。

池尾街上的人都说，幸好内供是个出家人，否则像他长着这样的鼻子，有哪个女子肯嫁给他呢。甚至还有人议论，或许正是因为内供长着这个鼻子，才出家的吧。但内供并不觉得因为自己是僧人，就能少为鼻子烦心。内供的自尊心格外敏感脆弱，能否娶得上妻室这个问题，足以影响他的心绪。于是内供试图从积极和消极两方面，来恢复受损伤的自尊心。

内供先琢磨的是，有什么办法能让长鼻子显得短一些。趁没人的时候，内供对着镜子，从各个角度照来照去，仔细端详。有时他觉得光靠变化脸的位置不够，便手托脸颊、指按下巴，孜孜不倦地对镜揣摩。可是迄今为止，鼻子还没有一次短得令他满意过。甚至，有时他愈是煞费苦心，鼻子反而显得愈长。每逢这种时候，内供便将镜子收入匣中，长叹一声，怏怏不乐地返回经台前，又去读他的观音经了。

此外，内供还总是留意别人的鼻子。池尾寺中时常举行讲经说法等佛事，寺庙内禅房挨挨挤挤，浴房里每天都烧热水，所以在此间出入的僧俗人等为数众多，内供便不厌其烦地观察这些人的面孔。哪怕找到一个鼻子与自家相同的人，也可以安心释然。所以，内供对什么藏青外褂、白单衫视而不见，至于橘色僧帽、淡黑僧袍之类，更是早就司空见惯、虽有如无。内供并不看人，只看鼻子——可惜鹰钩鼻固然是有的，自己那样的鼻子却一个也见不到。找来找去，始终无处寻觅，内供心里越发不快活了。在同旁人说话的时候，他总是不由自主地捏住下垂的鼻尖端详，虽是一把年纪，老脸依然臊得通红，这都是拜此种不愉快所赐。

最后，内供转念想到，若能从佛经和古籍中觅得鼻子与自家相同的人物，也可获得些许安慰。但无论哪卷经文中，都不曾记载目犍连或舍利弗[1]有个长鼻子，龙树和马鸣[2]自然也是长着正常鼻子的菩萨。从震旦[3]的故事里倒是听说蜀汉的刘玄德耳朵极长，内供心想，倘若是鼻子极长，自己该有多么宽心哪。

内供一方面如此这般消极地煞费苦心，一方面又积极地尝试使鼻子变短的办法，这是不必多说的。内供试遍了诸般方法，煎过土瓜汤喝，往鼻子上涂过老鼠尿，但不管用什么办法，鼻子依然保持着五六寸的长度，从嘴唇上方垂下来，摇摇晃晃地挂在那里呢。

终于，一年秋天，内供的弟子去京城办事，从一位熟稔的大夫那里学会了将长鼻变短的良方。那大夫来自震旦，当时在长乐寺为僧。

内供一如往常，做出对鼻子不甚在意的模样，故意迟迟不去尝试这个秘方。但另一方面，他又淡然地谈起，每次进膳都要麻烦弟子帮忙，很是过意不去。内供心里自然是期待弟子们能劝说自己试试那个方子。弟子们并非不明白内供的心思，不过他们并不反感，莫如说，内供不得不用这样的计策，他的苦衷勾起了弟子们的同情心。于是，正如内供所期待的，弟子们极力劝他试试这个方子。当然，内供趁机顺水推舟，听从了弟子的热心劝说。

说起来，那秘方简单得很，先用热水烫鼻子，再让人踩踏就行了。

寺庙里的浴房每天都烧热水，弟子立即用小提锅打回热水，水烫得指头都伸不进。若是直接将鼻子伸进提锅，恐怕热气会灼伤脸孔，于是将一个方木盘盖在提锅上，木盘上打了个洞，将鼻子从洞中伸进热

---

1. 目犍连与舍利弗为佛陀十大弟子中的两位。目犍连被誉为神通第一，舍利弗为智慧第一。
2. 龙树菩萨是佛教史上著名的大乘佛教论师，约生活于公元2世纪。马鸣菩萨是佛教诗人和哲学家，约生活于公元1世纪，被尊为天竺第十二祖。
3. 震旦是日本古代对中国的异称，来源于古时印度人对中国称呼的音译。对古代日本人而言，"震旦"和"天竺"（印度）是外国的主要代表。

水里。只把鼻子浸在热水里，丝毫不觉得烫。过了一会儿，弟子说：

"烫好了吧？"

内供不由得苦笑。单听这句话，谁会想到是在说鼻子呢？鼻子被热水烫得痒痒的，像被跳蚤叮咬一般。

内供把鼻子从木盘洞中抽出，弟子便用力踩那个还冒着热气的鼻子。内供横卧着，将鼻子搁在地板上，眼前只看到弟子的双脚一上一下。弟子不时露出同情的神色，俯视着内供的光脑袋，说：

"您疼不疼？大夫说要使劲踩。不过，还是很疼吧？"

内供想摇头表示不疼。可是鼻子被踩住了，脑袋如何动得了，他只好翻翻眼珠，盯着弟子脚上的皴裂，气哼哼地答了句"不疼"。其实，鼻子痒丝丝的地方被踩到，非但不疼，简直舒服得很呢。

踩了一阵子，鼻子上冒出小米粒似的东西，形状活像烤过的去毛小鸟。弟子停下了脚，自言自语道：

"据说得用镊子夹出来。"

内供不满地鼓着腮帮子，默不作声地任凭弟子折腾。他当然明白弟子的好意，但自己的鼻子像一件物品似的被摆弄来摆弄去，让他很不愉快。内供像一个被自己不信任的大夫动手术的病人，不情不愿地看着弟子拿镊子从鼻子的毛孔里拔出脂肪粒。脂肪粒约有四分长，样子像鸟的羽毛根。

忙活了一通之后，弟子松了一口气，说：

"再烫一遍就好了。"

内供仍然眉头紧皱，一脸不乐意地由着弟子捣鼓。

鼻子再度烫过之后，拔出来一看，果然比从前短了好多，已经同普通的鹰钩鼻差不多了。内供对着弟子递来的镜子，抚摸着变短的鼻子，羞答答、怯生生地端详着。

鼻子——那曾经垂到下巴颏底下的鼻子，如今神话般地萎缩了，蔫头蔫脑地缩在嘴唇上边苟延残喘。鼻子上还留着点点红斑，大概是踩过的痕迹。如此一来,任是谁也不能再嘲笑自己了。镜子中的内供看看镜子外的内供,心满意足地眨了眨眼。

可是,鼻子会不会再变长呢?一整天,内供忐忑不安,不管是念经还是吃饭,一有工夫就伸手摸摸鼻尖。好在,鼻子端端正正地待在嘴唇上方,并没有要垂下来的意思。过了一晚,内供早早醒来,头一件事就是摸摸鼻子。鼻子依然短短的。内供畅快极了,活像抄完了《法华经》功德圆满一般,好多年没这么舒心了。

可是,过了两三天,内供发现了一个出乎意料的事实。碰巧一个差人来池尾寺办事,他死死盯着内供的鼻子,看个没完没了,话也顾不上说,看他脸上的神气,活像在说内供的鼻子比从前更可笑啦。不仅如此,那个曾经把内供的鼻子掉进粥里去的小沙弥,在经堂外遇见内供时,一开始还低头强忍着笑,有一次终于憋不住,"扑哧"一声笑了出来。内供有话吩咐底下的僧人时,面对面说话时他们还一脸恭恭敬敬,但只要内供一回头,他们马上哧哧地窃笑,这事儿也不是一回两回了。

内供一开始认为,这是因为自己模样变化了。但仅靠这个解释,似乎怎么也说不周全。当然,小沙弥和底下僧众发笑的原因确乎在于此,可同样是发笑,和以前鼻子长时相比,如今的发笑似乎意味不同了。若说因为看惯了长鼻子,没看惯短鼻子,所以短鼻子显得更滑稽,那倒也罢了,可是,内供总觉得其中还有别的缘故。

——以前他们笑得可没这么肆无忌惮哪。

内供放下念了一半的经文,歪着光溜溜的脑袋,时不时地嘀咕一句。每逢这种时候,这位可爱的内供必定呆呆望着旁边挂着的普贤菩萨画像,回忆起四五天前长鼻子的自己,心中郁郁不乐,正可谓"恰似今朝零落人,回首往昔繁华日"。遗憾的是,内供欠缺解答这一疑问的睿智。

人们心中有相互矛盾的两种感情。当然,对他人的不幸,人们莫不表示同情。可是一旦那人勉力摆脱了不幸，别人又感到有点索然无味。稍稍夸张一点说，人们甚至会希望那人再次陷入同样的不幸。不知不觉地，人们虽非有意为之，却对那人怀有了一种敌意——内供虽然不明了原因何在，却感到不愉快，正是因为他从池尾僧俗的态度中，隐隐地察觉出了这种旁观者的利己主义的缘故。

因此，内供的心绪日益恶劣，不管对谁，动辄便横加训斥。最后，连替内供治疗鼻子的弟子都在背地里说，"内供犯了嗔戒，要遭报应的"。尤其大大触怒内供的，是那个淘气包小沙弥。一天，内供听到一阵高亢尖锐的犬吠声，出门一看，原来那个小沙弥正挥舞着一根两尺长的木条，追打一只瘦弱的长毛狮子狗。若光是追赶倒也罢了，那小沙弥偏偏一边追一边嚷："看我不打你鼻子！嘿，看我不打你鼻子！"内供从小沙弥手里夺下木条，狠狠打了他的脸。木条正是以前给内供托鼻子的那一根。

长鼻子变短，反倒使内供懊恼不已。

一天晚上，日暮之后骤然起风，僧塔上的风铃发出阵阵鸣声，传到内供的枕边，扰得他心思烦乱。加上寒气沁人，年老的内供再也难以入睡。在床上辗转反侧之际，内供蓦地察觉到鼻子痒丝丝的，十分异样。用手一摸，鼻子潮乎乎地肿胀着，似乎还有点发烫。

"硬是把鼻子弄短，或许出毛病了吧。"

内供按着鼻子自言自语，手法宛如在佛前烧香供花一般恭敬。

翌日清晨，内供照例早早醒来，寺里的银杏和七叶树一夜之间落叶飘散，庭院中仿佛铺了一层黄金，明丽耀眼。塔顶上或许是落了霜的缘故，在熹微的晨光中，九轮[1]灿然生辉。悬窗已经推起，禅智内供站在檐廊上，深深地吸了口气。

就在此时，那几乎已被遗忘的某种感觉，又在内供身上复苏。

---

1. 九轮是佛塔顶上的装饰，为九层环形金属轮。

内供慌忙去摸鼻子。手所触及的并非昨夜的短鼻子,而是从前那根五六寸长、从上唇直垂到下颏的长鼻子。内供明白了,鼻子一夜之间又变回了原样。与此同时,正如鼻子变短时一样,那种欢畅愉悦的感觉也失而复归。

"如此一来,必然再无人嘲笑我了。"

内供喃喃自语。长鼻子在清晨的秋风中晃晃悠悠。

鸡蛋[1]

[美]舍伍德·安德森 | 楼武挺 译

父亲——我相信——是生性快乐、和善的人。三十四岁前,他一直在给名为托马斯·巴特沃斯的人打工,地点位于俄亥俄州比德韦尔镇附近。那时,父亲有一匹自己的马,周六夜晚常驾马车去镇上,跟其他农场工人相聚。到了镇上,他会在本·黑德酒吧喝几杯啤酒,并流连数小时。一到周六夜晚,那家酒吧总是挤满农场工人:歌声不断,酒杯撞击吧台的砰砰声此起彼伏。到了夜里十点,父亲会沿一条人迹罕至的乡村公路,驾马车回家;回到家,安顿好那匹马后,就心满意足地上床睡觉了。那时的他,随遇而安,与世无争。

父亲在三十五岁那年春天,娶了当时是乡村教师的母亲。次年春天,我扭动着身子,呱呱坠地。此后,这两人变了,变得雄心勃勃。美国人不甘平庸的那股激情,占据了他俩的内心。

也许,这一切得归因于母亲。身为教师,她肯定读了许多书与杂志。我想,她可能读过关于加菲尔德[2]、林肯[3]及其他出身贫困的美国

---
1. 选自舍伍德·安德森的第二部短篇小说集《鸡蛋的胜利》(纽约许布希出版社,1921)第46页至63页。篇名原为《鸡蛋的胜利》,最初发表于1920年3月第68期的《日晷》杂志。
2. 加菲尔德(1831—1881),美国第二十任总统。
3. 林肯(1809—1865),美国第十六任总统。

人如何出人头地的故事,因此在睡懒觉的日子,大概曾梦想躺在旁边的我,有朝一日也能统治众多百姓和城市吧。不管怎样,母亲说服父亲不再当农场工人,卖掉自己的马,踏上自主创业之路。母亲寡言少语,个子高挑,鼻子颇长,灰色的眼睛总是显得忧心忡忡。她对自己毫无所求,但望夫成龙、望子成龙的心,实在无可救药。

这两人的第一次创业,以惨败收场。他俩在格里格斯公路旁租了十英亩贫瘠的乱石地——离比德韦尔镇八英里远,开始养鸡。我的童年就在那里度过,对生活的最初印象也来自那里——从头至尾,全是不幸。如果我现在是个悲观的人,往往只看得到生活较为阴暗的一面,这得归因于我的童年:本该快快乐乐、无忧无虑的时光,却在鸡场度过。

不谙养鸡的人,无法了解一只鸡可能遭受的众多悲剧:从蛋里孵出来;变成毛茸茸的小东西,一如复活节贺卡上所画;几周后,又变得光秃秃,非常丑陋;吃掉大量你父亲额头汗水换来的谷物和谷物粗粉;感染叫作禽鸟舌喉炎、霍乱及其他名字的疾病;傻站着,呆呆地盯着太阳;最后病死。为达到上帝的某些神秘目的,少数一些母鸡,偶尔外加一只公鸡,会挣扎着活到成年。成年母鸡产下蛋,从那些蛋又孵出别的鸡。可怕的循环就此形成。这一切,复杂得令人难以置信。大多数哲学家,想必就是在鸡场长大的。人对一只鸡满怀期待,结果总是彻底失望。刚踏上生命之旅的鸡雏,看上去既机灵又警觉,其实笨得无可救药。它们跟人非常像,让人在对生命的判断中拿不定主意。如果没有病死,它们会等到你满怀期待时,钻进四轮运货马车轮底——给车轮压扁,并让它们的造物主收回。寄生虫肆虐它们的青春,你不得不花大把大把的钱,购买医治药粉。后来,我看到逐渐出现一批鼓吹养鸡发财的书籍与刊物。这是写给刚吃了禁果的神看的。此类书籍与刊物总是给予人希望,宣称有雄心的普通人,养上几只母鸡,就会大有所为。千万别受误导。这不是写给你看的。宁可去阿拉斯加冰雪覆盖的山上淘金,寄希望于政客的正直,或者如果你愿意,相信这个世界一天更比一天美好,正义终将战胜邪恶,也不要去读关于母鸡的书籍与刊物,更不要轻信。这不是写给你看的。

扯远了——其实,我要讲的故事,跟母鸡基本无关。如果不出差错,鸡蛋才是主题。那十年,我父母竭尽所能,想使鸡场赢利,但最终放弃挣扎,另起炉灶。他俩搬去俄亥俄州比德韦尔镇,做起餐饮生意。为不孵化的孵化箱和那些"毛绒小球"——起初样子特别又可爱,接着长成半秃的小母鸡,再长成动不动就死的大母鸡——操心十年后,我们一家抛弃过往的一切,用四轮运货马车载着全部家当,沿格里格斯公路,前往比德韦尔镇。这支怀着希望的小小车队,启程去寻找一处新的起点,好开始在人世间不断往上攀爬的旅程。

现在想来,当时,我们一家看上去肯定挺悲惨,跟逃离战场的难民没多大区别。我和母亲徒步而行。装载家当的四轮运货马车,是问邻居艾伯特·格里格斯先生借的。马车两侧往外戳着几把劣质椅子的椅腿,车上堆着几张床、几张桌子、一些装厨房器具的箱子。那堆家什后面是一只装有活鸡的板条箱,箱顶搁着我年幼时坐过的婴儿车。为何留着那辆婴儿车,我至今仍不清楚。当时的情形,我父母不可能再生孩子,何况婴儿车轮子已坏。没多少财产的人,总爱死抓着手上的东西不放。这是生活令人如此绝望的其中一个原因。

父亲坐在马车上。他那时四十五岁,秃顶,微胖;又因长期跟母亲与鸡群为伴,变得寡言少语、灰心丧气。开鸡场的十年间,他一直在附近各处农场打工,但挣的大部分钱,不是花在给鸡治病上,就是用于购买威尔默的"白色霍乱散"、比德洛教授的"催蛋剂"或母亲在家禽饲养刊物广告中发现的其他药物。父亲头上只剩两小撮头发,就在耳朵上方。我仍记得,冬季出太阳的下午,每逢他在火炉前的椅子上打盹儿,年幼的我总爱坐在附近,盯着他瞧。当时,我已开始看书,凡事有了自己的想法。我想象,父亲头顶那道光光的纹路好似一条宽阔大路,一如恺撒[1]可能会下令修筑的行军通道,以率领麾下军团从罗马出发,去征服奇妙的未知世界。我想象,父亲耳朵上方那两撮头发就像两片森林。半睡半醒间,我梦见自己变成一个小人,正沿那条大路,前往美丽的远方——那里没有鸡场,生活是一件不受鸡蛋打搅的乐事。

关于我们一家从鸡场到镇上的逃亡之旅,都能写一本书了。整整八英里,我们母子俩走了一路——母亲是为防止东西从马车上掉落;我呢,是为领略世界的奇妙。马车座位上,紧挨父亲而放的,是他最珍视的宝贝。到底是什么,且听我解释。

在鸡雏孵化数量多达几百甚至几千的鸡场,偶有灵异发生。鸡蛋里会孵出怪鸡,正如人类会生下怪胎。不过,这类意外并非经常发生——千万分之一的概率吧。万一发生,我跟你说,一只鸡可能生来会有四条腿,或两对翅膀,或两颗脑袋,等等。这些怪鸡无法存活。刚刚手抖了一下的造物主,会立即将它们收回。这些可怜的小东西无法存活,对父亲而言,算得上人生一大悲剧。他心存一个念头,只要能把一只五条腿的母鸡或两个头的公鸡养大,便能发财。他幻想把怪鸡带去县里的各个集市,向其他农场工人展示,以此致富。

总之,父亲保存了在我家鸡场诞生的所有小怪物:一个玻璃瓶装一只,泡上酒精。他小心翼翼地把那些玻璃瓶装进一只箱子。在我们一家前往镇上路途中,那只箱子一直放在马车座位上,紧挨着他——一只手赶马,另一只手紧抓着那箱子。一到目的地,他立即搬下箱子,取出那些玻璃瓶。我家在俄亥俄州比德韦尔镇开餐馆期间,那些用小玻璃瓶装着的怪鸡,一直搁在吧台后面的一块搁板上。母亲偶尔会抱怨,但对于自己的宝贝,父亲心坚如石。这些怪鸡非常珍贵,他说,人们爱看奇奇怪怪的东西。

---

1. 恺撒(前102—前44),古罗马统帅、政治家。

上文,我曾提及我家在俄亥俄州比德韦尔镇做起了餐饮生意,其实,我有点言过其实。此镇坐落在一座小山丘山脚,边上有条小河。铁路没有穿过镇子,火车站位于镇北一英里外名为皮克尔维尔的地方。火车站旁曾有一家生产苹果汁的厂、一家生产泡菜的厂,不过在我们一家到达前,均已倒闭。镇上主街那有家旅馆。每日早晚,会有班车从那家旅馆开出,沿名为特纳大道的公路,开往火车站。去那种偏僻之地做餐饮生意,是母亲的主意。她提了一年,然后突然有天,跑去租下火车站对面的一栋闲置仓库。母亲认为,在那里开餐馆能赚钱。"旅客,"她说,"为坐火车离开镇子,总要在火车站干等,而镇上居民又会来等进站的火车。他们会来餐馆买馅饼、喝咖啡。"如今年岁稍长,回过头去看,我知道母亲此举还有另一个目的。她望子成龙心切:希望我出人头地,进镇上的学校,长大后做城里人。

在皮克尔维尔,我父母辛勤如故。首先,得把仓库收拾成餐馆的样子。这花去了一个月时间。父亲搭了一块搁板,用来摆放蔬菜罐子;又做了招牌,上面用红漆大字写着他自己的名字,名字底下加一条不容置疑的命令——"进来吃",但鲜有人理睬。此外,餐馆里还买了玻璃柜,用来摆放雪茄和烟叶。母亲擦洗了地面和墙壁。我进了镇上的学校,庆幸自己能离开农场,摆脱那些垂头丧气、可怜兮兮的鸡,但并未很快乐。傍晚,沿特纳大道,从学校走回家,我想起在校园里看见的那些孩子:一群小女孩,唱着歌儿,单脚跳来跳去。我学着试了试:沿结冰的路面,郑重其事地单脚跳了几下。"蹦蹦跳跳去理发!"我边跳边尖声唱道,随即猛地停下脚步,疑惑地环顾四周,生怕让人瞧见自己兴高采烈的样子。想必在当时的我看来,自己正在做像我这样的人不该做的事,因为我在死神天天光顾的鸡场长大。

母亲决定,我家餐馆夜里也该营业。夜里十点,有趟客运列车经过我家门前北上。其后,又有趟本地货运列车南下。该货运列车要在皮克尔维尔进行编组,而等一切妥当后,列车班组人员会来我家餐馆喝热咖啡、吃东西。偶尔,其中一人会点个煎蛋。凌晨四点,他们又会从南边回来,再次来餐馆吃喝。小本生意逐渐有了起色。母亲夜里睡觉,白天看店,招待寄膳客人。父亲白天睡觉,睡的是母亲夜里睡的床。我呢,就去比德韦尔镇上学。漫漫长夜里,在我们母子俩睡觉时,父亲得烧好要用的肉,以备次日做成三明治,放入寄膳客人的午餐篮。慢慢地,他脑中萌发出不甘平庸的念头。着了"美国精神"的魔,他也变得雄心勃勃。

漫漫长夜里,如果没多少事要做,父亲就有时间进行思考。这导致了他的悲剧。有天夜里,父亲断定,自己过去之所以一事无成,是因为不够乐观,因此以后要用乐观的态度对待生活。清晨,他上楼来,挤进母亲的床。母亲醒了,他俩开始交谈。我躺在屋角的床上,侧耳听着。

父亲提出,他和母亲都要尽力使来我家餐馆就餐的客人感到快乐。我已记不起原话,但给人的感觉,他似想通过某种费解的方式,变成某类大众艺人。当客人,尤其从比德韦尔镇来的年轻人,走进我家餐馆——其实,鲜有客人来就餐——他俩要跟他们说些幽默风趣的话。从父亲话里,我听出,他似想给客人留下一个印象:他是快乐的餐馆掌柜。母亲想必从一开始就心存疑虑,但未说任何泄气话。父亲认为,比德韦尔镇年轻一辈的心中,会产生对他和母亲的极度喜爱之情;每天夜晚,成群结队的人,会唱着歌儿,喜气洋洋地沿特纳大道赶来,带着欢声笑语,走进我家餐馆;餐馆里将充满歌声与欢乐。我无意给读者留下印象,以为这番高深言论出自父亲之口。正如前面提到的,他是不善言谈的人。"他们想找个地儿。我跟你说,他们想找个地儿。"父亲反复念叨。他翻来覆去,只说得出这么一句话。其他的,都是我自己想象的。

随后两三周里,父亲的提议在家里全面实施了。我们说得不多,但在日常生活中,都竭力用笑容取代愁眉。母亲冲寄膳客人微笑。受她感染，我冲我家那只猫微笑。一心想取悦客人的父亲，变得有些狂热。毫无疑问，他体内某处潜伏着一丝想出风头的天性。不过，父亲并未浪费太多心思在夜间服侍的铁路职工身上，而似乎在等待从比德韦尔镇来的某位年轻小伙或姑娘走进餐馆，好向他们展示自己的绝活。餐馆吧台上摆着一只铁丝篮，里面总是装满鸡蛋。父亲脑中萌发要使客人感到快乐的念头时，那篮鸡蛋想必就在他的眼前。鸡蛋跟这个念头的萌发存在某种联系。不管怎样，一枚鸡蛋彻底挫败了父亲生命中的又一次突发奇想。有天深夜，从父亲喉咙爆发的怒吼，将我吵醒。我和母亲从各自床上坐直身子。随后，母亲哆嗦着双手，点起床头旁边桌上的灯。楼下，餐馆前门砰地关了。几分钟后，父亲迈着沉重的脚步，来到楼上：手拿一枚鸡蛋，同时那只手不住颤抖，犹如打寒战。他站在那里，瞪着我们母子俩，双眼流露出几近疯狂的神色。那副样子让我相信，他会把手中的鸡蛋砸向我们母子俩中的任意一人。但接着，父亲把鸡蛋轻轻放到桌上台灯旁，然后跪倒在母亲床前，像孩子似的哭了起来。受他的悲伤感染，我也跟着哭了。楼上那间斗室顿时充满我们父子俩的恸哭声。说来荒谬，对于当时的情景，我现在能记起的只有一件事：母亲的手不停摩挲父亲头顶那道光光的纹路。我忘记母亲对父亲说了什么，又是如何说服父亲讲出楼下发生的事。父亲的解释也从我脑海彻底消失了。我只记得自己的悲伤和恐惧，只记得灯光下、跪在床边的父亲头顶那道光亮的纹路。

至于楼下到底发生了什么——出于某种解释不清的原因，我对此知道得一清二楚，仿佛自己目睹了父亲的难堪。一个人迟早会知道许多解释不清的事。那天夜里，年轻的乔·凯恩——比德韦尔镇某商人之子——来皮克尔维尔接他父亲。后者坐的正是夜里十点从南边来的那趟客运列车。列车已晚点三小时。乔走进我家餐馆闲坐，以打发等待时间。本地那趟货运列车到站了。列车班组人员来餐馆吃东西。最后，餐馆里只剩下乔和父亲。

这个从比德韦尔镇来的小伙子，自走进我家餐馆那刻起，想必就对父亲的种种举动感到困惑不解。他猜测，父亲不满其在餐馆闲坐，并发觉自己的出现，显然令餐馆掌柜非常不安，于是考虑离开。不巧的是，天开始下雨了。他不想冒雨走远路，先回镇上，再过来，于是买了一支五美分的雪茄，又点了一杯咖啡，接着掏出衣兜里的报纸，读了起来。"我在等夜里那趟列车。它晚点了。"他抱歉地说。

父亲——乔·凯恩之前从未见过——久久盯着眼前的客人，一言不发。毫无疑问，父亲怯场了。正如生活中一再发生的那样，梦寐以求的时刻终于到来时，他不免有些紧张。

首先，父亲不知道该如何摆弄自己的双手。情急之下，他把一条胳膊猛地伸过吧台，跟乔·凯恩握了握手，并招呼道："您好！"乔·凯恩放下手中的报纸，凝视着他。父亲的目光不经意间落到吧台的那篮鸡蛋上。"唔，"他吞吞吐吐地说了起来，"唔，你听说过克里斯托弗·哥伦布[1]吧？"他显得很气愤。"那个克里斯托弗·哥伦布就是骗子。"他语气坚决地说，"他说自己能让鸡蛋竖着立起来。他真是这么说的，可接着他把鸡蛋一头敲破了。"

在客人看来，克里斯托弗·哥伦布的狡诈，似乎令父亲非常气愤。后者不停嘟嘟哝哝，骂骂咧咧，称不该教育孩子们说克里斯托弗·哥伦布是伟人，毕竟此人曾在重大时刻行骗；此人吹牛说能让鸡蛋竖着立起来，等到别人让其演示时，却耍了花招。父亲一面仍不停数落哥伦布，一面从吧台的篮子里拿起一枚鸡蛋，开始踱来踱去，同时两只手掌来回揉搓鸡蛋，面带和蔼的微笑。他开始含混不清地嘟哝，来自人体的电流会对鸡蛋造成什么影响；又说不用敲破蛋壳，只需放在两掌间来回揉搓，就能让鸡蛋竖着立起来；最后还解释手的温度和轻轻揉搓，能改变鸡蛋重心。但乔·凯恩对此不是很感兴趣。

---

1. 克里斯托弗·哥伦布（1451—1506），意大利航海家、新大陆发现者。

"我摸过几千只鸡蛋,"父亲说,"没人比我更了解鸡蛋。"

父亲把手中的鸡蛋立在吧台上,但鸡蛋立即躺倒了。他试了又试,每次都把鸡蛋放在两掌间揉搓一会儿,边揉搓边嘟哝电流的种种神奇之处和关于重力的几条定律。经过半小时的努力,父亲好不容易把鸡蛋竖着立了片刻,一抬头却发现,客人早已没再看了。等到再好不容易把乔·凯恩的注意力吸引过来时,鸡蛋又躺倒了。

迫不及待地想出风头,加上因立鸡蛋没成功而颇感羞愧,父亲从搁板上拿下装着怪鸡的瓶子,开始向客人一一展示。"你希望像这家伙一样,长七条腿和两个脑袋吗?"他边问边展示最奇异的那只怪鸡,脸上闪过一抹愉快的微笑。接着,他把手伸过吧台,想去拍打乔·凯恩的肩膀,就像他年轻时在本·黑德酒吧经常看见别人做的那样——如开头所述,父亲还在农场打工那会儿,周六夜晚常驾马车去镇上那家酒吧饮酒会友。看见那只严重畸形的怪鸡漂浮在瓶中的酒精里,客人略感恶心,起身离去。父亲赶紧从吧台后面出来,抓住那年轻人的胳膊,把后者拉回原来的座位。父亲感到有些生气,不得不暂时别过脸去,强迫自己露出笑容。他把装着怪鸡的瓶子一一摆回搁板;接着豪气大发,自掏腰包,请乔·凯恩再喝一杯咖啡,再抽一支雪茄——几乎是硬逼对方接受这份盛情;最后,拿起一口平底锅,又从吧台底下的醋罐舀了醋,边倒进锅里边说,他要表演一个新戏法。"我将把这只鸡蛋放进这口倒了醋的锅里加热。"父亲说,"接着,我要把鸡蛋完好无损地塞进瓶里。进了瓶子后,鸡蛋会恢复正常形状,蛋壳也会再次变硬。然后,我会把瓶子连里面的鸡蛋一起送给你。你可以走到哪,带到哪。别人会纳闷,你是怎么把鸡蛋弄进瓶里的。别告诉他们。让他们猜去吧。这个戏法的乐子就在这里。"

父亲冲客人又是咧嘴而笑,又是眨巴眼睛。乔·凯恩断定,眼前这个人脑子有点不正常,不过并无恶意。他喝完父亲硬请自己喝的咖啡,继续看起了报纸。鸡蛋在醋锅里煮过一会儿后,父亲用勺子捞出鸡蛋,放到吧台上,然后进后屋拿来一个空瓶。客人连瞧都没瞧一眼,父亲感到很生气,但仍愉快地继续完成戏法。他竭力想把鸡蛋塞进瓶子,可试了很久都没成功,于是把醋锅放回炉子,再次加热鸡蛋,但捞出鸡蛋时,不小心烫了手指。在醋锅里又煮过一次后,鸡蛋蛋壳变软了些,但没软到能塞进瓶子的程度。父亲孤注一掷,使劲把鸡蛋往瓶里塞啊,塞啊。就在他觉得戏法终于要大功告成时,晚点的列车进站了。乔·凯恩开始若无其事地朝门外走去。父亲不顾一切地做了最后的努力,企图征服手中的鸡蛋,完成许下的戏法。假如做成,这戏法将为他博得声名:一位懂得如何让客人感到快乐的餐馆掌柜。父亲反复拨弄手中的鸡蛋;试着让自己略微粗暴一些;开始骂脏话,额头沁出汗珠;鸡蛋在手底碎了。就在蛋液溅到父亲的衣服时,已在门口驻足的乔·凯恩,正好转过身,接着哈哈大笑。

从父亲喉咙爆发出一声怒吼。他气得直跳脚,并含混不清地大骂一通,接着又从吧台的篮子里抓起一枚鸡蛋,朝门口扔去,差点打中那年轻人的脑袋。看到鸡蛋扔来,后者闪到门外,跑了。

父亲手拿一枚鸡蛋,来到我们母子俩所在的楼上。我不知道,当时他打算做什么。可能想砸烂手中的鸡蛋,想砸烂所有鸡蛋,想让我们母子俩看着他开始砸蛋吧。不过,一见到母亲,父亲的内心发生了变化。正如前文所述,他把鸡蛋轻轻放到桌上,然后跪倒在母亲床前。那夜,父亲决定提前打烊,然后回楼上睡觉。在他挤进母亲的床、吹灭桌上的灯后,他俩嘀咕了很久才睡。接着,大概我也睡着了,但睡得并不安稳。黎明醒来后,我久久凝视着桌上的鸡蛋,心中纳闷,为何世上得有鸡蛋,为何鸡蛋里得孵出母鸡,然后母鸡再产下鸡蛋。这个问题融进了我的血液。之所以如此,我想,是因为我是我父亲的儿子。不管怎样,此问题一直盘桓在我脑中,始终没有解决。而这,我认为,只是鸡蛋大获全胜——至少就我家而言——的又一证据。

陪衬人

[法]埃米尔·左拉 | 张英伦 译

一

在巴黎,一切都能出卖:愚笨的姑娘和伶俐的女郎,谎言和真理,泪水和微笑。

你不会不知道,在这个商业国度,美,是一种商品,可以拿来做骇人听闻的交易。大眼睛和小嘴儿可以买卖;鼻子和脸蛋儿都标有再精确不过的市价。某种酒窝,某种痣点,代表着一定的收入。伪造术真是巧夺天工,竟然连仁慈的上帝制造的商品也能仿制。用燃过的火柴棒描绘的假眉,用长长的夹子连在头发上的假髻,售价更是奇昂。

这一切都是合情合理、合乎逻辑的。我们是文明的民族,请问,文明如果无助于我们欺骗人和受人欺骗,从而使我们生活得下去,又有何用?

不过老实说,当我昨天听说工业家老杜朗多(你跟我一样了解他)起了一个奇妙而惊人的念头,要拿丑来做买卖的时候,我真的为之愕然。出卖美,这我能理解;甚至出卖伪造的美,这也是十分自然的,这是进步的一个标志。所以我要宣布:由于把人们称之为"丑"的这种迄今一直是死的物质纳入商品流通,杜朗多应该受到全法兰西的感戴。请听明白我的意思,我这里说的丑,是丑陋的丑,直言不讳的丑，光明正大地当作丑来出卖的丑。

想必你有时会见到一些妇女，成双成对地走在宽阔的人行道上。她们灵巧而引人注目地曳着长裙，缓缓地踱着步子，在商店的橱窗前停下来，发出忍俊不禁的笑声。她们像契友良知般地臂挽着臂，往往以"你"字相称，差不多相同的年龄，穿着一样的雅致。但是，其中一个总是貌不出众，生着一张不会招人议论的面孔，人们不会对她回眸顾盼，倘若偶然打个照面，也不会产生反感。而另一个却总是奇丑无比，丑得刺眼，使路人不禁要看她几眼，并且拿她和她的同伴做个比较。

要知道，你上了圈套。那个丑女子要是独自走在街上，会吓你一跳；那个相貌平常的，会被你毫不在意地忽略过去。但当她们结伴而行时，一个人的丑就提高了另一个人的美。

好吧！我告诉你，那个丑陋不堪的女子，就是杜朗多代办所的。她属于"陪衬人"。伟大的杜朗多以每小时五个法郎的价格，把她出租给那个相貌无可称道的女人。

二

下面就是我要讲的故事。

杜朗多是个百万富翁，具有独创精神的工业家，而今又在商业上显露出他的才华。多年来，每当他想到人们尚未在丑女身上赚过分文，总是兴叹不已。在美女身上固然可以钻营，但这种投机事业易担风险，我敢向你保证，有着巨富们惯有的审慎的杜朗多，连想都没有想过去干这种事。

有一天，杜朗多忽然灵光一现。正像许多大发明家常有的情形一样，他的头脑中一下子闪现出一个新的念头。他在街上的时候，看见前面走着一美一丑两个姑娘。一望之下，他领悟到丑陋女子正可作为那漂亮女子的装饰品。他想，就像花边、脂粉和假辫子可以买卖一样，美女买丑女做装饰品，也是合情合理、合乎逻辑的。

杜朗多回到家里深思熟虑。他策划的这场商业攻势，需要绝顶的巧妙。他可不愿卷到那种成则一鸣惊人、败则贻笑大方的事业中去冒险。他整夜掐指盘算，攻读那些对男人的愚蠢和女人的虚荣心阐述得最透彻的哲学家的著作。第二天黎明时，他主意已定。算术向他表明这种买卖一本万利，而哲学家们所说的人类缺点又是那么严重，他预料准会顾客盈门。

三

如果我有神来之笔，一定会写出一部杜朗多代办所创业的史诗来。那将是一部既滑稽又凄惨的史诗，充满泪水和欢笑。

为采办一批货底，杜朗多费了意想不到的力气。最初，他想直截了当地行事，只在楼道里、墙壁上、树干上和僻静的角落贴一些方纸条，上写着："征求年轻丑女从事简单劳动。"

他等了一个星期，没有一个丑女登门应招，倒有二十五六个漂亮姑娘，哭哭啼啼地来要求工作；她们面临要么挨饿、要么卖身的绝境，巴不得能找个正当职业以自救。杜朗多好不为难，他再三向她们说明，她们长得美，不符合他的要求。但她们硬说自己丑，并且认为，杜朗多说她们美，不是出于礼貌，就是出于恶意。今天，她们既然不能出卖她们所不具备的丑，那就出卖她们所具备的美吧！

面对这种后果，杜朗多懂得了只有美女才有勇气承认她们无中生有的丑。至于丑女，她们永远也不会找上门来，承认自己的嘴过分的大，眼出奇的小。他想，不如到处张贴广告，说明将对每位前来应征的丑女悬赏十个法郎，即使这样，我杜朗多也穷不了多少！

不过，杜朗多放弃了贴广告的办法。他雇了六七个掮客，让他们在城里遍访丑女。这真是对巴黎丑女的一次全面的征募。掮客，这些嗅觉灵敏的人，遇上了一桩棘手的差事。他们根据对象的性格和处境对症下药。如果对方急需用钱，他们就单刀直入；如果和一个绝不至于挨饿的姑娘打交道，那就得委婉一些。有的事对讲礼节的人是沉重负担，他们却视若等闲，比方说走上去对一位妇女讲："太太，你长得丑，我要按天买你的丑。"

在这场对顾影自叹的可怜姑娘的逐猎中，有多少令人难忘的插曲啊！有时，掮客们看到一个丑得十分理想的妇女在街上走过，他们一心要把她献给杜朗多，作为对主子的报答，即使赴汤蹈火，也在所不辞。有些掮客甚至使出了极端的手段。

杜朗多每天上午接见和验收前一天采购到的货色。他身穿黄色睡衣，头戴黑缎子圆帽，四肢舒展地坐在安乐椅中。新招募来的妇女，由各自的掮客陪同，在他面前一个一个地走过。他身体后仰着，眨眼示意，像个业余爱好者一样，不时做出反感或者满意的表情。不慌不忙地猎取一个镜头，便凝神玩味；然后，为了看得清楚些，让商品转一转身，从各个角度细细端详；有时他甚至站起身来，摸摸头发，瞧瞧面孔，就像裁缝摸摸料子，杂货商察看蜡烛和胡椒的质量。如果被检验的女子的丑确证无疑，相貌真的蠢笨而又迟钝，杜朗多就拍手称快，向掮客祝贺，甚至要同那丑女拥抱。但是对于丑得有特色的女子，他却存有戒心：如果她目光炯炯有神，嘴角带着刺激性的微笑，他就皱皱眉头，喃喃地说：这种丑陋不堪的女人，虽然天生不会引起男人的爱慕，却会激起男性的冲动。于是，便对掮客表示冷淡，对那女人说：等老了再来吧。

要成为判断丑的行家，要搜罗一批真正丑陋的女子而又不得罪前来应征的美丽姑娘，并非人们想象的那么轻而易举。杜朗多表明他确有挑选丑女的天才，因为他表现出自己对心理和情欲的理解是何等深刻。他认为主要问题在于外貌，他只录取令人望而生厌的面孔，以及呆若木鸡、冷若冰霜的面孔。

代办所终于人马齐全，可以向美貌女子们供应与她们的皮肤色泽和美的类型相适应的丑女了，杜朗多便贴出如下广告。

四

杜朗多陪衬人代办所

18××年5月1日开业

巴黎M街15号

营业时间：每日上午十时至下午四时

夫人：

兹有幸向您宣告，敝人新创一所商号，旨在永葆夫人之美貌。敝人发明一种新的饰物，其神效可使夫人之天然风韵平添异彩。

悉观今日，化妆用品名目繁多，然皆不能天衣无缝。花边首饰，一目了然；假发盘头，难免破绽；粉面朱唇，世人尽知乃涂抹之功。

有慨于此，敝人立志破此难解之题，为夫人提供装饰，且使众目莫辨新风韵之由来。无需一条丝带，无需一点脂粉，只消为夫人觅得一种手段，引人注目，而又不露蛛丝马迹。

敝人自信可以夸口，此一无法解决之难题，业已迎刃而解。

倘夫人不弃，枉驾光临敝所，廉价一试，定会满城倾倒！

此种饰品，使用极为简便，效能万无一失。稍作描述，夫人自能参透其中奥妙。

君不见着绫罗、戴手套之美貌夫人伸出纤手向女丐施舍？君不见比之褴褛衣衫，盛装艳服何等耀目；比之寒酸女丐，贵妇更显高雅？

夫人，敝人所欲贡献于娇容者，乃丑脸最丰富之集锦。破衣烂衫衬托，可使新衣价值倍增。敝所专备之丑脸，亦有异曲同工之妙。

再毋庸假牙、假发、假胸！再毋庸敷面点唇、簪金戴玉！再毋庸购买绫罗绸缎，徒然耗费！租一陪衬人，与之携手同行，足使夫人陡增姿色，博得男性青睐！

如蒙惠顾，不胜荣幸！届时，最丑陋、最完备之货色将呈现于夫人之目，任您视自身之美貌，挑选相应之丑女，俾使相反相成，相得益彰！

价格：每小时五法郎，全天五十法郎。

谨向您，夫人，致以崇高敬意。

杜朗多

注意：价格公平。亲爹亲娘，叔伯姑婶，一视同仁。

五

广告果然取得了巨大的功效。从第二天起，代办所就忙碌起来，营业部挤满顾客，她们乐不可支地带走自己挑选好的陪衬人。天晓得一位美女倚在丑女的臂上有多少快感。她们即将在别人的丑陋衬托之下增加自己的姿色了。杜朗多真是伟大的哲学家！

别以为做这项生意不费吹灰之力。种种出人意料的障碍接踵而来。如果说在招募人员方面曾经颇费周折的话，要达到顾客满意则尤其不易。

一位贵妇人前来雇个陪衬人。营业员把商品陈列出来任凭她挑选，并在一旁婉转地发表一点意见。这贵妇挨个儿把陪衬人巡视一遍，露出满脸鄙夷的神色，不是嫌这个丑得过分，就是嫌那个丑得不够，声言谁的丑也不配衬托她的美。营业员天花乱坠地夸奖这个姑娘鼻子歪，那个姑娘嘴巴大，这个姑娘额头塌，那个姑娘模样傻，尽管他们巧舌如簧，也是白搭。

又一次，一位太太自己也丑得可怕，如果杜朗多在场，定会疯狂地以重金相聘。但她是为增加自己的美色而来；她要雇一个年轻而又不太丑的陪衬人，因为，据她说，她只需"稍加点缀"。营业员简直无计可施，他们请她站在一面大镜子前面，让所有陪衬人一个个从她身边走过。结果，她还是荣获最丑奖，这才悻悻然地离去，并且还责怪营业员竟敢向她提供这样的货色。

然而，渐渐地，顾客固定下来了，每个陪衬人都有挂好钩的主顾。杜朗多可以踌躇满志地休息一下了，因为他使人类迈出新的一步。

我不知道人们是否能理解陪衬人的境遇。她们有在大庭广众间强装愉快的欢笑，她们也有在暗地里悲伤涕泣的泪水。

陪衬人生得丑，就被人当作奴隶，当顾客付钱给她时，她心如刀割，因为她是奴隶，她容貌丑陋。可是，她又穿着华丽，她跟风流场上的佼佼者们形影相随，她以车代步，她宴饮于名家菜馆，她在剧院里消磨夜晚，她跟美貌的淑女们以"你"字相称。天真的人还以为她是出席赛马会和首场演出的上流社会的人物呢！

整整一天，她都高高兴兴。但到了夜间，她就悲愤交加，呜咽啜泣。她离开代办所的化妆室，独自回到自己的亭子间里，迎面的镜子向她道出真相，丑陋赤裸裸地摆在眼前，她感到自己永远也不会被人爱了。她为别人引来爱情，而她却永远得不到爱情的温暖。

六

今天，我只想叙述代办所的创举，以使杜朗多的大名留芳后世。

这样的人，历史上理应有其显要地位。

也许有一天，我会写一部《一个陪衬人的衷肠》。我认识这么一个不幸的女子，她向我倾吐过她的苦情，使我深有所感。她的主顾有些是名噪巴黎的女士，但她们对她冷酷无情。太太小姐们，发一点善心吧，不要踩躏装饰着你们的花边，对这些丑姑娘要温和些，没有她们，你们毫无美貌可言！

我认识的那个陪衬人，有着火一样的灵魂，我猜想她读过不少瓦尔特·司各特的作品。我不知道有谁比多情的驼背人和渴求爱情幸福的丑姑娘更忧伤了。可怜的姑娘爱上一个小伙子，她的面貌吸引了他的目光，但又把这目光转送到她的主顾身上，就好像她把百灵鸟唤到猎人的枪口下。

她经历过许多悲剧，对那些像买一盒发膏或一双短靴一样付钱给她的贵妇人，她怀着强烈的愤恨。她是按小时出租的物品，可是这物品是有感情的啊！你能设想得到，当她微笑着同偷去她一部分爱情的女人以"你"字相称时，她是多么辛酸吗？那些在人前装作她的知心朋友、善用甜言蜜语打趣她的女人，内心是拿她当奴隶看待的；她们任性地糟蹋她，就像摔碎书架上的瓷人儿一样。

当然，一个痛苦的灵魂于进步是无伤大雅的！人类在前进。未来将对杜朗多感谢不尽，因为他把迄今一直是死的商品投入贸易，因为他发明了一种装饰品，给爱情提供了方便。

游园会

[英] 凯瑟琳·曼斯菲尔德 | 杨向荣 译

毕竟天气很理想。即使提前预定,也碰不上比这更好的天气来办游园会了。温暖无风,天上没有一丝云。蔚蓝的天空只有一层淡淡的金色薄翳,初夏有时就这样。天一亮园丁就起来修整草坪,直到把绿地和栽着雏菊的深色而又平坦的玫瑰形园圃修整得焕然一新。至于玫瑰,你不禁觉得它们自己也明白:游园会上只有玫瑰最引人注目,只有玫瑰大家肯定都认识。不错,几百枝玫瑰一夜之间绽放开来。绿色枝芽被压弯身子,仿佛天使光临过。

早饭还没吃完,那几个人就来搭凉棚了。

"妈妈,你想把凉棚搭在哪儿?"

"亲爱的孩子,别问我了。今年我一定要让你们孩子自己来处理一切。就忘了我这个妈妈吧。就当我也是一个贵客吧。"

但梅格不可能去指挥这些男人。她早饭前洗过头发,这时正裹着绿色头巾坐下来喝咖啡,湿湿的黑色卷发贴在两颊上。蝴蝶一样的乔斯,穿一件丝衬裙和短短的晨衣走下楼来。

"你一定要去,劳拉,你是很有艺术眼光的。"

劳拉手里捏着黄油面包飞一般跑了。找个借口到外面吃东西多香甜啊,况且她也乐于筹划各种事宜。她向来认为自己处理事情比别人高明。

四个只穿衬衣的男子团成一伙站在花园小路上。他们抬着裹着几卷帆布的支架，背着挺大的工具袋，看上去挺神气。此刻，劳拉多么希望自己手里没有攥着那块黄油面包，可是又没地方搁着，也不可能扔掉。她向他们走去时，脸上泛起红晕，极力想表现得一本正经，还装作带点近视。

"早上好。"她模仿妈妈的口气说。但听上去很假，连自己都不好意思了，接着又像小姑娘那样结结巴巴地说，"噢—— 嗯—— 你们来是搭凉棚的吧？"

"对，小姐。"长得最高的那个人说，他是一个身体细长、满脸雀斑的小伙子。他活动了下工具袋，把草帽往后一推，居高临下地望着她微笑。"是为这事来的。"

他笑得非常轻松、非常友好，劳拉恢复了本来的样子。他的眼睛多可爱，虽然小了些，但蓝得多么幽深啊！这时她又注意看着别人，他们也微笑着。"高兴点，我们不会咬你的。"他们的微笑似乎说。这些工人多么好啊！早晨多美啊！别再提早晨了，她必须像个谈生意的样子。要搭凉棚。

"那么，搭在百合花草坪上怎么样？合适吗？"

她用那只没有拿黄油面包的手指着百合花。他们转过来盯着那个方向。一个小胖子努了一下嘴唇，高个子皱了下眉头。

"我不喜欢，"他说，'太不醒目了，像凉棚这种东西，"接着他又毫无拘束地转向劳拉说，"应该搭在好像在你眼睛上猛打一下似的地方。你得听我的。"

以劳拉的教养，心里不禁犹疑了一下，想一个工人跟她讲在眼睛上猛打一下这种话是不是不尊重人。但她也随他了。

"搭在网球场角上吧，"她建议道，"准备把乐队安排在另一个角落。"

"嗯，你是说要安排一个乐队？"另一个工人说。他脸色苍白，黑黑的眼睛扫视网球场时样子挺憔悴的。他在想什么？

"不过是个挺小的乐队。"劳拉轻声说。也许乐队小他就不太在乎。但高个子打断了话头。

"瞧这里，小姐，这地方挺合适，背靠树。那边肯定很理想。"

背靠喀拉树。那样的话喀拉树就要被遮住了。可是它们那么漂亮，宽阔的叶子闪闪发亮，结着成串的金黄色的果子。你可以想象，这些树就像生长在荒岛上，骄傲、孤独，叶子和果实在默默无闻的辉煌中指向太阳。非得要让凉棚遮住吗？

看来非得这样了。几个人已经扛着帆布卷去清理地方。只有高个子没动。他蹲下掐了一朵薰衣草，用拇指和食指捏住靠近鼻子闻着香气。劳拉看见他这个动作后完全忘了喀拉树，很惊奇，他怎么会在乎薰衣草的味道。她熟悉的人里头有几个会干这种事。啊，这些工人简直太好了，她想。为什么她就不能跟这些工人交朋友，却非要跟那些傻男孩来往，一起跳舞，参加星期日晚宴呢？她跟这些人相处会好得多。

高个子在一个纸袋背面画着什么，一些用来箍住，或挂起来的东西。她认定，这些荒谬的等级界限根本就不对。不过，就她自己而言，是感觉不到这种差别的。一点，哪怕一丁点都感觉不到……这时传来捶钉楔子的声音。有人在吹口哨，有人放声唱起来："你好吗朋友？""朋友"！这个词包含了多少亲密劲儿，只想证明她有多高兴，觉得跟高个子有多亲近，对愚蠢的习俗多么蔑视。劳拉盯着这小小的图画，美美地吃了一口黄油面包。她觉得自己就像个女工。

"劳拉，劳拉，你在哪儿？电话，劳拉！"屋里传来喊叫声。

"来了！"她跳着越过草坪，来到路上，登上台阶，跨过走廊，走进门厅。爸爸和劳利正在刷帽子准备去上班。

"我说，劳拉，"劳利迫不及待地说，"今天下午以前，你随便看一下我的大衣，看是不是需要熨一下。"

"好的。"她说。忽然她难以自抑地跑到劳利跟前轻轻地拥抱了一下。"我太喜欢聚会了，你呢？"劳拉上气不接下气地说。

"非常喜欢。"劳利用他那热情、孩子气的声音说。他也抱了一下妹妹，然后轻轻地一推，"赶快去接电话，傻姑娘。"

电话。"对，对。噢，对。是基蒂？早上好，亲爱的。来吃午饭？好吧，亲爱的。当然高兴啦。午饭可能很简单——只有三明治面包片和蛋白甜饼渣，还有以前剩的东西。对，难道早上这天气还不好吗？你的白衣服？噢，我一定会的。等一下——先别挂。妈妈叫我呢。"劳拉坐着回过头，"什么，妈妈？听不见。"

谢里登太太的声音从楼上飘下来。"告诉她戴着上星期天那顶漂亮的帽子来。"

"妈妈说让你戴着上星期天那顶漂亮帽子来。好的。一点钟。再见。"

劳拉把听筒挂回去，双臂举过头顶，深深地呼了一口气，把手臂张开又放下。"唉。"她刚出了口气，出完气又马上坐起来。她凝神倾听着。屋里所有的门似乎都开着。不时传来轻快的脚步声。通向厨房的绿呢绒门一开一合地发出沉闷的响声。这时又传来一长串吱吱呀呀的怪声。这是挪动笨重的钢琴时僵硬的小脚轮发出的声音。空气真好！你要是停下来注意观察，空气会永远如此吗？隐隐约约的微风在窗户顶上流过来，又从门里流出去。太阳照进来落下两个小光点，一个在墨水瓶上，另一个在银相框上，都摇曳不定。可爱的小光点。尤其是墨水瓶盖上的那个光点。墨水瓶热了。一个温暖的小银星。她想去吻它。

大门的铃声响了，楼梯上传来萨蒂印花布裙的窸窣声。一个男子在嘟哝着什么。萨蒂漫不经心地应付着："我真不知道。等等。我去问谢里登太太。"

"怎么回事，萨蒂？"劳拉走进门厅。

"是花店的人，劳拉小姐。"

果然是。门口摆着一只大浅盘，里面放满了一盆盆粉红百合花。只有这一种。除了百合没有别的——美人蕉似的百合，粉红色的大花开得很盛，流光溢彩，红嫩的根茎撑得十分鲜活。

"哦，萨蒂！"劳拉说，声音听上去像轻声呻吟。她蹲下来，好像要让百合的光彩温暖自己。她仿佛觉得百合就在手指上，在自己的嘴唇上，在胸中逐渐生长着。

"这不太对劲吧，"她模模糊糊地说，"谁也不会订购这么多。萨蒂，去找妈妈。"

就在这时，谢里登太太走过来了。

"一点都没错，"她平静地说，"都是我订购的。这些花不漂亮吗？"她拉住劳拉的胳膊。"昨天我路过花店，从橱窗里发现了这些花。我这辈子第一次忽然想到买这么多百合。要开游园会了，我恰好有理由买下这些花。"

"可我以为你说过不想费这个心。"劳拉说。萨蒂已经走了。花店的人还站在外面的货车旁边。她搂住妈妈的脖子，轻轻地，非常、非常轻柔地吻了下妈妈的耳朵。

"我亲爱的孩子，你不会喜欢一个太正统的妈妈吧？别那样。这儿还有人呢。"

他还在搬百合花，又是一整盘。

"把它们架高，就搁在门口稍靠里一点，请在走廊两边都摆上。"谢里登太太说，"同意吗，劳拉？"

"噢，好极了，妈妈。"

梅格、乔斯和漂亮的小汉斯在客厅里，终于成功地完成了搬运钢琴的任务。

"现在，如果我们把长椅挪到墙角，除了椅子，把屋里别的全都搬出去，你们觉得怎么样？"

"太好了。"

"汉斯,把这些桌子搬到吸烟室去,再找一把扫帚把地毯上的印迹全清理掉,还有——等一等,汉斯——"乔斯就喜欢对仆人发号施令,他们也乐得听从。她总让他们觉得大家这是在演戏。"告诉妈妈和劳拉小姐马上到这儿来。"

"好的,乔斯小姐。"

她对梅格说:"我想听听钢琴的声音,以防万一今天下午让我唱歌。来试一下《生活多无聊》。"

"嘣,哒哒哒,踢哒!"钢琴突然爆发出一种激昂的声音,乔斯的脸霎时变色了。她的手缩了回去。妈妈和劳拉走进来的时候,她用一种悲哀而困惑的神情看着她们。

这种生活多无聊,
一滴泪水一声叹息,
爱情一去不复返,
这种生活多无聊,
一滴泪水一声叹息。
爱情一去不复返,
那就……再见吧!

但弹到"再见"时,尽管钢琴声音已到令人沮丧得无以复加的程度,她的脸上却绽放出一种极其灿烂和快乐的微笑。

"我的声音好听吗,妈妈?"她笑着说。

这样的生活多无聊,
希望已经泯灭。
梦想已经苏醒。

这时萨蒂打断了他们。"怎么回事，萨蒂？"

"问您呢，夫人，厨娘问您往三明治上插的签子准备好了没有？"

"三明治上插的签子？萨蒂？"谢里登太太茫然地应了一句。孩子们从脸上判断她没有预备好。"我想想。"接着她肯定地对萨蒂说："告诉厨娘十分钟之内送到。"

萨蒂走了。

"现在，劳拉，"妈妈急急忙忙地说，"跟我去吸烟室。我把菜名都记在一个信封背面了。你得给我把它们都另写出来。梅格，马上上楼，把头上那块湿淋淋的东西拿下来。乔斯，赶快去准备穿好衣服。听见我说的了吗，孩子们，还要等爸爸晚上回来告诉他吗？还有——乔斯，你要是去厨房，别让厨娘着急，听见了吗？今天早上我吓着她了。"信封终于在餐厅的钟表背后找着了，至于怎么会搁那地方，谢里登太太也想不起来。

"肯定是你们哪个孩子从我包里偷出来的，因为我记得特别清楚——奶油饼干和柠檬冻奶。你们做了吗？"

"做了。"

"鸡蛋和——"谢里登太太从她手里拿过信封。"好像写的是老鼠。不可能是老鼠，可能吗？"

"是橄榄，亲爱的，"劳拉回头说，"嗯，可以，就橄榄吧。那搭配听上去真可怕。鸡蛋和橄榄。"

他们终于做完了，劳拉送到厨房。她发现乔斯在那里安慰厨娘，看不出她有一点害怕的意思。

"我从未见过这么精美的三明治，"乔斯兴高采烈地说，"你说做了多少种，厨娘？十五种？"

"十五种，乔斯小姐。"

"好，厨娘，祝贺你。"

厨娘用切三明治的长刀把面包片拢到一起，开心地笑着。

"戈德伯店的人来了。"萨蒂从餐具室出来宣布道。她看见那人从窗下经过。

那就是说奶油松饼送来了。戈德伯店做的糕点远近闻名。也没有人想过在家里自己做了。

"把那些东西拿进来放在桌上，我的姑娘。"厨娘指挥道。

萨蒂拿进来又回到门口。当然劳拉和乔斯已经大了，不会真心喜欢这种东西。不过，她们还是会由衷地觉得松饼让人垂涎。厨娘开始摆放糕点了，她先抖掉多余的糖霜。

"这会不会让人想起过去的宴会呀？"劳拉问。

"我想会，"乔斯世故地说，她从来不喜欢想过去的事，"我得承认，这些东西又嫩又软。"

"每人尝一块吧，亲爱的，"厨娘和气地说，"你妈妈不会知道的。"

噢，这不行。刚刚吃过早点就吃松饼，想想都让人打颤。虽然这样，两分钟后乔斯和劳拉舔着手指头，脸上的那股贪婪劲儿，一看就知道是刚吃完搅过的奶油。

"我们顺小路到花园去吧。"劳拉提议，"我想看看那些人把凉棚搭得怎么样了。这些人简直好得要命。"

但是厨娘、萨蒂、戈德伯店的那人和汉斯待在那里，把后门堵死了。

一定出什么事儿了。

"咯咯。"厨娘像一只兴奋的母鸡般发出咯咯声。萨蒂手捂着脸好像牙疼。汉斯极力想弄明白是怎么回事，脸绷得皱成一团。只有戈德伯店那人好像挺得意，一定是他在讲故事。

"怎么了？出什么事了吗？"

"一件吓人的事故，"厨娘说，"有个人死了。"

"死人了！在什么地方？怎么死的？什么时候？"

可那个戈德伯店的人不愿被抢走话题。

"知道离这儿不远下边那个小村子吗？小姐？知道那地方吧？"她当然知道啦。"嗯，那儿住着个年轻人，叫苏格特，是个赶车的。今天早上他的马在豪克街拐角碰到牵引机的时候受惊了，把他给摔了出去，后脑勺落地，就死了。"

"死了！"劳拉盯着戈德伯店那人。

"大家发现时人已经死了，"那人轻松地说，"我来这儿时他们正抬着尸体回家呢。"他又对厨子说，"他撇下了老婆和五个小孩。"

"乔斯，过来。"劳拉抓住姐姐的袖子把她拽出厨房，走到绿绒门另一头。她停下来靠门站住。"乔斯！"她惊魂未定地说，"无论如何我们得停止现在做的一切，你说呢？"

"停止一切，劳拉！"乔斯惊叫起来，"什么意思？"

"不要搞游园会了。"乔斯干吗还假装不明白呢？

可是乔斯仍然大惑不解。"不搞游园会了？我亲爱的劳拉，别犯傻了。我们可办不到了。谁也不希望我们这样。别太过分了。"

"可是我们怎么能在大门外刚刚死了个人就举办游园会呢。"

这样做的确太过分了，因为小村子在屋外那条下坡路的最底下，中间隔着一条很宽的马路。的确太近了。这些房屋看着很不顺眼，而且它们压根儿就没有理由建在这个街区。这些矮小丑陋的房子都涂着两种巧克力般的棕褐色。园地里除了白菜帮子、病鸡和番茄酱罐子外，什么都没有。连烟囱里冒出的烟也可怜兮兮的，散散淡淡，完全无法与谢里登家烟囱里直直喷出的滚滚浓烟相比。小街上住着洗衣女、扫烟囱的和一个鞋匠，还有一家大门前挂着许多鸟笼。小孩成群地出没街头。谢里登家的孩子们小时候是禁止踏上那块地方的，因为怕学上粗话，也怕传染上什么。但他们长大后，劳拉和劳利有时蹑手蹑脚地从那里穿过。真是个令人作呕和污浊的地方。他们走出来时感觉毛骨悚然。可是人总要什么地方都去去，什么东西都见见。所以他们下决心走了一趟。

"可是想想那个可怜的女人听了乐队的音乐会怎么想啊。"劳拉说。

"噢,劳拉!"乔斯开始真的生气了。"如果每发生一次意外事故就取消乐队,生活会多么单调。我跟你一样难过,可我只限于同情。"她的眼神开始变得冷漠起来。她看着妹妹,她们小时候一起打架时就是用这种眼神对视的。"你伤感也不能让一个喝醉酒的粗人起死回生吧。"她轻声说。

"喝醉的!谁说他喝醉了?"劳拉愤怒地盯着乔斯。她说:"我直接去跟妈妈说。"碰到这种情况她往往这样讲。

"去吧,亲爱的。"乔斯咕哝道。

"妈妈,我能进来吗?"劳拉转动着巨大的玻璃门把手。

"当然可以,孩子。怎么回事?你怎么是这副样子?"谢里登太太从梳妆台旁回过头来。她正在试一顶新帽子。

"妈妈,有个人死了。"劳拉一上来就这样说。

"不是在花园里吧?"妈妈打断她。

"没有,没有!"

"噢,你简直吓了我一大跳!"谢里登太太舒了口气,摘掉那顶大帽子,搁在膝盖上。

"可是听我说,妈妈。"劳拉说。她上气不接下气地把那件可怕的事讲了一遍。"我们别再举办游园会了,行吗?"她请求道,"乐队和请的人都要来,他们会听到我们这边的声音,妈妈。他们是我们的邻居啊!"

令劳拉震惊的是,妈妈的态度跟乔斯几乎完全一样。妈妈听了似乎给她逗笑了,这让她更受不了,她不把劳拉的话当真。

"我亲爱的孩子,还是理智一些吧。这不过是一桩我们偶然听来的意外事故。如果什么人正常死了——我无法理解在那种狭窄的小洞里他们是怎么活下来的——我们就不该照常举行游园会吗?"

劳拉只好说"对",可她心里觉得根本就不对。她坐在妈妈的沙发上,揉着垫子上的褶边。

"妈妈,我们是不是真的太绝情了?"她问。

"宝贝!"谢里登太太站起来,手里拿着帽子朝她走来。还不等劳拉制止她就把帽子扣到劳拉头上。"我的孩子!"妈妈说,"这顶帽子是给你的。专门给你做的。我戴着太年轻了。我还从未见过你这个模样。快瞧瞧自己!"她拿起自己的手镜。

"可是,妈妈。"劳拉又说开了。她没有照镜子,把头扭到了一边。

这次谢里登太太跟乔斯一样忍不住发火了。

"你太荒唐了,劳拉。"她冷冷地说,"那种人并不希望我们牺牲些什么。而且像你现在这样扫大家的兴也算不上就有多大的同情心。"

"我不懂。"劳拉说完快步从屋里走出去回到自己卧室。她一进去就意外地看到自己漂亮的影子,戴着那顶边上装饰着小菊花和一条长长的黑天鹅绒丝带的黑帽子。她没想到自己会这样漂亮。她想,妈妈说得对吗?此时此刻,她但愿妈妈说得对。自己真的过分吗?也许是过分吧。这时她在想象中又瞥了眼那个可怜的女人和那些小孩,以及抬到家里的尸体。不过这些似乎很模糊,也很虚,就像报纸上的照片。舞会结束后,自己又会想起这事来的,她想。不知怎么这好像是最好的办法……

午饭结束时已经一点半。两点半大家都准备好了等待激动人心的一刻。身穿绿衣的乐队已经到了,安排在网球场的角上。

"天哪!"基蒂·梅特兰惊叫一声,"他们在那儿是不是就像青蛙一样?你应该让他们围着池塘排开,让指挥藏在池塘中的一片叶子上。"

劳利回来了,跟大家打了声招呼就去换衣服。看到他,劳拉又想起那场意外。她想对他讲讲。如果劳利跟别人的看法一致,那么这样做就肯定对了。她跟着劳利走进大厅。

"劳利!"

"你好！"他正好在楼梯中间，但他扭过头来看见劳拉时突然鼓起双颊瞪大眼睛盯着劳拉。"我说，劳拉。你看上去真让人着迷，"劳利说，"这顶帽子简直太棒了！"劳拉轻声说了句"是吗"，然后抬起脸望着劳利笑一笑，竟没有告诉他。

不久人们就开始像潮水一般涌来了。乐队开始演奏起来，请来的侍者从屋里向凉棚跑去。到处都可以看见人们一对对随意漫步，俯身欣赏花朵，互相打着招呼，在草坪上走动。他们都像一只只快乐的小鸟在谢里登家的花园里暂时停栖一个下午，然后又启程飞向——何方呢？啊，跟这些幸福快乐的人待在一起，握手、拥抱、微笑着对视多么幸福啊。

"亲爱的劳拉，你真好看！"

"多漂亮的帽子，孩子！"

"劳拉，你长得多像西班牙人。我从未见过你这么动人。"

劳拉呢，也是满脸光彩逼人，轻轻地应答着。"你喝茶吗？要加冰吗？这种西番莲子果冰茶味道确实很独特。"她跑到爸爸跟前恳求："亲爱的爸爸，能不能让乐队喝点什么？"

美妙的午后活动渐渐达到高潮，又渐渐冷淡，最后又谢幕。

"从来没参加过这么愉快的游园会。""办得太成功了……""简直……"

劳拉帮着妈妈送客。她们一起站在门廊边，直到客人全都离开。

"结束了，结束了，谢天谢地。"谢里登太太说，"叫他们都过来吧，劳拉。我们去喝些新鲜咖啡。我累得精疲力竭了。不错，办得很成功。可是，这些游园会！为什么你们这帮孩子一个劲儿地要办游园会呢！"大家全都坐在冷清的凉棚里。

"吃块三明治，爸爸。签是我写的。"

"谢谢。"谢里登先生只咬了一口，三明治就没了。他又拿了一块。"我猜你们没有听到今天发生的那桩残忍的意外事故吧？"他说。

"亲爱的，"谢里登太太举起手说，"我们听说了。差点毁了我们的游园会。劳拉一定要我们换个时间。"

"噢，妈妈！"劳拉不想拿这个来开玩笑。

"这件事太可怕了，"谢里登先生说，"那人也有家了，就住在下面小街，撇下老婆和一大堆孩子，大家都这样说。"

出现了片刻尴尬的沉默场面。谢里登太太摆弄着杯子坐卧不宁。说真的，爸爸这样做太不得体了……

她忽然抬起头来。桌上摆满没吃过的三明治、蛋糕、松饼，都要浪费掉了。她忽然有了一个很妙的主意。

"我知道了，"她说，"我们装一只篮子，把这些还完好的东西给那些可怜的小家伙们吧。不管怎么说，对那些孩子来说这已经相当不错了。"

"你同意吗？肯定有邻居去看她。东西都是现成的多好。劳拉！"她马上跳了起来，"给我从楼上的橱柜里拿个大篮子来。"

"可是，妈妈，你真觉得这个主意好吗？"劳拉说。

太奇怪了，她好像又跟大家不一样了。拿这些聚会用过的残渣剩屑，那个可怜女人会喜欢吗？

"当然！你今天究竟是怎么回事？一两个小时前你坚持要我们有同情心，可现在——"

那好吧！劳拉跑着去拿篮子。妈妈把篮子装得满满的。

"你送去吧，宝贝，"她说，"马上就出发。别，等等，再拿几束海芋百合吧。他们那种人挺喜欢百合。"

"花茎会弄坏她的花边裙。"乔斯世故地说。

是会弄坏的。提醒得正是时候。"那就只带着篮子去吧。还有，劳拉！"妈妈跟出凉棚——"什么也别——"

"什么，妈妈？"

最好别向孩子的头脑灌输这种念头。"没什么！赶快去吧。"

劳拉关上花园门走出去时,天色已开始暗下来。一条大狗像影子一般跑过去。路上隐隐约约闪烁着白光,下面那片洼地上的小村舍笼罩在黑暗中。黄昏时分这里多静啊。她下坡要经过那人摔死的地方,但她并不知道。这是为什么呢?她站住停了一会儿。她觉得那些亲吻、音响、勺子叮当声、笑声、揉碎的草丛发出的味道不知怎么还萦绕在脑际。她现在根本就没工夫想别的事情。多么奇异!她仰望着苍白的天空,心里只想:"不错,游园会办得太成功了。"

现在到了宽马路的交叉口,接着开始进入烟雾弥漫、黑乎乎的小街。女人们披着头巾,男人们戴着粗呢帽匆匆忙忙地从身边经过。有人靠在篱笆上,小孩们在门口玩耍。小村舍里传来低沉的嗡嗡声。有些屋里灯光闪烁,螃蟹一般的人影在窗口移动。劳拉低着头急急忙忙往前走。她心想要是穿一件外套就好了。裙子太显眼了!还有这顶大帽子上的丝带——要是换顶别的帽子多好!是不是大家都在盯着她看?一定在看。到这儿来真是个错误。她一开始就觉得是个错误。难道到了这时候再回去吗?

不行,太晚了。就是那一家了。一定是它,屋外站着一大堆人。门边一个年纪很大的女人手里拿着一根拐杖,坐在一把椅子里看着什么。她双脚垫在一张报纸上。劳拉走近时吵闹声停息下来。人群分开一条道来,好像专等着她来,而且早知道她要来似的。

劳拉极为紧张。她把丝带扬到肩后,问站在一旁的女人:"这儿是苏格特太太家吗?"这女人怪怪地笑着说:"是的,我的姑娘。"

噢,快离开这里吧!她走上小路敲门时心里真的说出来了:"救救我啊,上帝。"赶快躲开那一双双凝视的眼睛,或者索性就用什么东西罩住自己,就是她们哪个女人的头巾也行啊。我决定把篮子一搁下就走,我甚至用不着等着把它腾空。

这时门开了,一个身穿黑衣的小个女人从黑暗中走出来。

劳拉说:"你是苏格特太太吗?"但让她感到可怕的是这女人答

道："请进来，小姐。"她人就给关在通道里了。

"不用了，"劳拉说，"我不想进去。我把这个篮子放下就可以了。妈妈让送——"

这个站在阴暗过道里的小女人似乎没听见她在说什么。"请到这边来吧，小姐。"她的声音听上去有些讨好意味，劳拉跟在她后面。

她发现自己走进一个凌乱不堪、低矮的小厨房，里面点着一盏冒烟的灯。有个女人坐在火堆前。"嗯，"这个领她进来的小女人说，"来了个年轻小姐。"她面对着劳拉，意味深长地说："我是她妹妹，你不会见怪吧？""噢，那当然！"劳拉说。"请，请别打扰她。我——我只想留下这个。"但就在这时，烤火的那女人回过头来。她脸庞红肿，眼睛、嘴唇都肿了，样子很可怕。她似乎很纳闷为什么劳拉会在这里。究竟是什么意思？为什么这个陌生人拿着一只篮子站在厨房里？究竟为什么来的？她那张可怜的脸又皱了起来。

"好吧，亲爱的。"另一个说，"我会向这位年轻小姐道谢的。"

她又说："我相信你会谅解她的，小姐。"她的脸也肿着，讨好地微笑着。

劳拉一心想着赶快出去离开这里。她刚到过道，门开着，她径直穿过停放着死人的卧室。

"你想看一下他吗？"那位妹妹说，她把劳拉拉到床边。"别怕，小可人儿。"——这时她的声音变得有些亲昵和淘气。她亲昵地揭掉被单，"他瞧上去像幅画。什么也看不出来。过来吧，亲爱的。"

劳拉走过去。

那个年轻人躺在那里，睡得很深——睡得那么深沉，好像离她们俩那么遥远。啊，如此遥远，如此安静。他像在梦中。永远不要再搅醒他。他的头陷在枕头里，闭着眼睛。紧闭的双眼什么也看不见了。他完全置身梦里了。对他来说，游园会、篮子、花裙子还有什么意义呢？所有这一切都离他十分遥远了。他很奇妙，很美。人家欢笑、乐队演奏时，这个奇迹已经来到小街。幸福……幸福……一切都很美好，这张沉睡的面孔好像在说。本来就应该如此。我已心满意足了。

可是你依然很想痛哭一场，她不能什么也不对他说一句就离开屋子。劳拉大声地孩子气地哭了起来。

"原谅我的帽子。"她说。

这次她没有等那位妹妹就走出大门来到街上，穿过所有黑暗中的人们。她在街角碰上劳利。

他从黑暗中走出来。"是你吗？劳拉？"

"嗯。"

"妈妈着急了。挺好吧？"

"嗯，挺好。噢，劳利！"她抓住他的胳膊，紧紧靠在他身上。

"我说，你没哭吧？"哥哥说。

劳拉摇摇头。她其实在哭。

劳利扶着她的肩膀。"别哭，"他温馨而爱抚地说，"很可怕吧？"

"不。"劳拉哽咽着说，"简直太奇妙了。不过，劳利——"她停住，看着哥哥。"生命是不是，"她结结巴巴地说，"生命是不是——"可是生命究竟是什么，她也无法解释。没关系，他完全理解。

"不是吗，亲爱的？"劳利说。

白色寂静

[美] 杰克·伦敦 | 王予润 译

"卡门撑不了几天了。"梅森吐出一大块冰，怜悯地望着那头可怜的动物，接着将它的爪子再次放进自己嘴里，继续啃咬死死地冻住了它脚趾的冰块。

"我还从来没见过哪只名字起得特别了不起的狗真能干出点儿大事的。"他说着结束了任务，将卡门推到一边。"它们总是活儿干到一半就跑了，要不就是死了。你见过那些名字靠谱的狗出错吗，比如说叫卡西亚、西瓦许或者赫斯基的？从来没有，先生！你看我们这儿的肖肯，他就——"啪！那头瘦巴巴的畜生突然发怒，白森森的牙堪堪擦过梅森的喉咙。

"挺能干了，嗯？"梅森拿起打狗的鞭子，用握柄巧妙地往那狗的耳朵后面敲了一下，让它摔进雪地里，它的身体微微颤抖，牙上淌下一滴黄色的口水。

"就像我刚才说的，只要看看肖肯就知道，它就有这种精神。我敢跟你打赌，不出这个礼拜，它就会把卡门吃了。"

"我倒是觉得可以赌个别的，"玛莱姆特·基德答道，他正在火堆旁拨动冻住了的面包，把它烤软，"我赌这趟旅行结束之前，我们就会吃了卡门。你觉得呢，露丝？"印第安女人将一片冰溶入咖啡，目光从玛莱姆特·基德移到她的丈夫身上,接着又望向那些狗,却一言不发。她什么也不必说,答案显而易见。他们估计还得赶上两百里的路,却只有勉强够吃六天的口粮,狗食更是一点没有,他们别无选择。两个男人和一个女人围坐在火堆旁,吃起贫瘠的食物。此刻只是午休时分,因此狗的身上还套着挽具,它们躺在地上,羡慕地望着他们。

"从今天之后我们就再没有午饭可吃了,"玛莱姆特·基德说道,"我们还得留神这些狗,它们开始透出一股狠毒劲儿了。要是它们逮着了机会,恐怕巴不得把人扑倒在地。"

"说来,我曾经在埃普沃思做过校长,还在主日学校里教过书。"梅森牛头不对马嘴地提起了自己的事,接着便盯着他那双冒着热气的鹿皮鞋,像是做梦似的发着呆,直到露丝把他手中的杯子倒满,这才唤醒了他。

"感谢上帝,我们有很多茶叶!我可是亲眼看着它们长起来的,就在田纳西。就算是现在,别人拿热玉米饼来给我,我也不跟他换!没关系,露丝,你很快就不会再挨饿了,也不用再穿鹿皮鞋。"听到这里,女人的脸上不再阴霾密布,她充满爱意地望着她的白人主子,他是她见到的第一个白人男子,也是她认识的男人里,头一个能不把女人完全当作动物或野兽来对待的。

"是的,露丝,"她的丈夫继续说道,他用上了黑话来表达自己的意思,它掺杂了好几种语言,只有他们才能明白,"只要等我们捞上一票,到'外边'去就行了。我们要搭上白人的独木舟,去'咸水'。没错儿,水路会很糟,很辛苦,我们得走水路翻越一座座大山。这可是一趟艰苦的远门,你得走上十天、二十天、四十天——"他做着手势给这些日子计数:"一路上都是水,糟糕透顶的水路。但最后你会到达一座大村庄,里面有很多很多人,就像夏天的蚊子那么多。村里的屋子都很高,哦,有十棵、二十棵松树那么高。

"哎哟,那可真壮观!"他虚弱地停了下来,求助似的望向玛莱姆特·基德，接着费力地用手比划着二十棵松树叠起来的样子。玛莱姆特·基德脸上挂着一抹讥讽的笑容，露丝却惊奇地睁大了双眼，眼神中还带着一点儿高兴，她其实将信将疑，觉得他可能在开玩笑，但他这样纡尊降贵地与她说这些，宽慰了她那颗可怜的女人心。

"然后你走进了一个——一个盒子，乓的一声！你就往上去了。"他将空杯子扔向空中来示意，又敏捷地接住了它，嘴里喊道，"乓的一声！你又下来了。哦，多么神奇啊。你在育空河堡，我在北极城——我们之间有二十五天的路程——但我们之间有一条粗线，一直连着—— 我抓着那根线的一头—— 我说：'哎呀，露丝！你好吗？'——而你说：'说话的可是我亲爱的丈夫吗？'——接着我说：'是呀。'—— 你又说了：'没法儿做出好面包啊，没有苏打啦。'—— 于是我说：'去地窖里瞧瞧，就在面粉下面。再见。'你去了，拿了不少苏打。这一切发生的时候，你始终都在育空河堡，而我在北极城。多么神奇啊！"露丝听完这个童话般的故事后露出了天真的微笑，两个男人都笑出了声。狗群中爆发出一阵吵闹声，打断了"外边"的奇迹故事，待将争斗的两条狗分开后，露丝捆紧雪橇，做好了上路的一切准备。"驾！巴尔德！嘿！上路了！"梅森灵巧地挥动鞭子，狗群伏在缰绳下呜咽了一阵，在舵杆的带领下，将雪橇拉了出去。露丝跟上了第二队，留下玛莱姆特·基德，他在雪橇后推了一把，帮她上路。他是个强壮而粗野的男人，一击就能打倒一头公牛，却没法揍那些可怜的动物，他只会迎合它们，而这是一般驱狗人很少会做的事，看到它们那副可怜巴巴的样子，他甚至都要跟着哭出来了。

"来吧，必须得上了，你们这些伤了脚趾的可怜野兽！"他轻声低语，试了几次，却没能让雪橇动起来。但到最后，他的耐心总算有了回报，狗群虽然还在因为疼痛而呜咽，最终还是加快速度，跟上了其他伙伴。

三人再没有交谈。路上的艰辛不容他们再有这样的奢侈余裕。

所有艰难的劳作中，在北地旅行是最糟的。能让人高兴的只有承受这一整天的行程时，可以完全静默无声，而且脚下行进的，是已由前人踏实的道路。而所有让人心碎的劳作之中，开道是最糟的。每走一步，硕大的雪鞋就会往下陷，直到白雪一直没过膝盖。接着你得提起脚，垂直地提起来，只要你的方向稍稍偏离不到一英寸的距离，就必定会成为一场灾难的诱因，因此你的脚必须一直提着，直到雪鞋表面上的雪全部落下；接着向前，放下这只脚，换另一只脚垂直抬起半码高。第一次尝试这活儿的人，要是不巧踩错了地方，或是步距出现问题，那么只消走上一百码之后，就得精疲力竭地放弃；那些走上一整日都能不挡着狗群的人，晚上爬进睡袋时，就能感到安心和自豪；至于那些在长长的旅行中一连走上二十天的人，恐怕是连诸神，也会感到嫉妒的。

下午逐渐过去，旅人们怀着因白色寂静而生的敬畏，静默无言，只是弯腰赶路。大自然有不少圈套，她以此来让人明白自身的局限——潮汐不断涌动、暴风雨肆虐咆哮、地震、天空中的隆隆雷声——但所有这些里，最惊人却也最容易叫人麻痹的，则是白色寂静中的沉寂时分。一切动静都停止了，天空明净，仿若黄铜；最轻微的呢喃都像是冒犯，人也变得胆小怯懦起来，甚至会为自己发出的声音而受到惊吓。人若是独自旅行在这样一片死寂的世界里，荒凉的土地上，定然会为自己的鲁莽而战栗，并由此意识到自己的生命与蝇蛆无异，一切不过如此。

各种古怪的念头不期而至，万物看来似乎都充满神秘。

而他心头，涌动着对死亡、对上帝、对宇宙的恐惧，如同耶稣般复活[1]的希望，对永生的渴望，被囚禁的本我在徒劳挣扎——这种时刻

---

1. 此处原文为"the hope of the Resurrection and the Life"，引用了《圣经》中耶稣所说"复活在我，生命也在我"（I am the Resurrection and the Life）。

若是存在，那旅人就仿佛是在与上帝同行。

一天就这样过去了。河流在此处拐了个大弯，梅森领着他的队伍，想沿狭窄的地峡抄个近道。但狗群在高高的河岸边踌躇不前，尽管露丝和玛莱姆特·基德一次又一次地推动雪橇，它们还是滑了下来。接着他们又齐心协力试了一次。这些可怜的造物，因饥饿而虚弱不堪，却也使出了最后一点力气。向上——向上——雪橇在河岸小坡的顶部维持住了平衡；但领头狗将它身后的一串狗引向右边，撞上了梅森的雪鞋。后果非常严重。

梅森匆匆用鞭子驱赶它们，想让它们离开自己脚边，一只狗套着挽具倒下了；雪橇摇摇欲坠，又落了回去，把一切拖回河岸之下。

啪！鞭子残忍地甩到群狗的头上，尤其是那只倒下了的狗身上。

"别这样——梅森，"玛莱姆特·基德恳求道，"这可怜玩意儿已经撑不了多久了。你等等，我们会上道的。"梅森谨慎地收着鞭子，直到他说完最后一个字，这才用力挥出，鞭子完全卷住了那只犯错的狗。

那是卡门，它在雪中蜷成一团，发出凄惨的哀嚎，接着往一侧翻了出去。

这是悲剧的瞬间，是旅行中一段不幸的插曲——一只垂死的狗，两名愤怒的同伴。

露丝的目光焦虑地在这两个男人身上游移着。玛莱姆特·基德的眼神里透着痛苦与责备，却克制住了情绪，他翻过那只狗的身子，切断挽具。谁也没有说话。他们太累了，还要克服面前的困境。雪橇再次启动，那只奄奄一息的狗拖着身子跟在队伍后面。只要它还能动，就不会被射杀，它还有最后的机会——只要他们爬进帐篷前，能杀死一头驼鹿。

梅森已开始后悔自己暴怒中的行为，却顽固地不愿为此而道歉，他只是在队列的最前面艰难前行，几乎完全没有想到危机就近在咫尺。河岸被遮蔽的底部堆积着厚厚一层木头，他们得在其中穿行。距离他们的道路大约五十英尺的地方，有一棵高耸的松树。它已经在那儿矗立了许多个世代，这无尽的岁月注定了它的结局——或许同样也注定了梅森的命运。

他弯腰系紧鹿皮靴松开的鞋带。雪橇停止前行，狗群都躺在雪地里，连一点呜咽都没有。这种寂静透着一股怪异，也就是在一瞬之后，挂满了霜雪的森林中突然传来了沙沙的声响；冰冷与静默如同来自外太空，它令人的心脏发冷，侵袭了自然颤抖的双唇。空气中似乎颤动出一声叹息，他们没有亲耳听见，却感受到了它，那就像是静止凝固的空间里运动的预兆。接着，那棵承载了自身经年成长形成的重量及其上无数白雪的巨树，它那悲剧的生命，走到了尽头。梅森听到了撞击声的预警，正想要跳起，但几乎才刚直立身子，便被正正砸中了一侧的肩膀。

突如其来的危机，迅速降临的死亡——玛莱姆特·基德早已面对过多少次！他立刻发出命令，他的身子跃起之时，松针还在兀自颤抖。那名印第安姑娘也不像她那些白人姐妹们一样当场昏厥，更没有袖手旁观，放声哀哭。在基德的命令下，她马上做了个凑合用的杠杆，将自己的身体压在上面，边留心听着丈夫的呻吟，边将巨树撬起，减少他身上的重压，而玛莱姆特·基德则以斧子砍向巨树。钢铁击打着冻住了的树干，发出清脆的声响，每一击都伴随着砍伐者不得已而发出的"呼呼"的喘息声。

最终基德还是将梅森从雪中挖了出来，此时他已经没了人形，样子可怜至极；然而比梅森的痛苦更糟的，是女人脸上呆滞的凄苦，她那表情里混杂着淡薄的期望与狐疑的绝望。三人几乎不发一言：北地的人早已深知言语几乎毫无用处，唯有行动才是无价的。在零下六十五度的天气里，没有人能在雪中活着躺上多少分钟。因此他们切下雪橇的捆索，用皮草裹住伤患，把他放在树枝搭起的卧榻上。他们在他面前燃起一堆火,用的木柴正是制造了这起灾难的木头。在他身后和身侧,则围起了帆布质地的简陋帘幕,用以在他身边聚拢发散的热气,这是在阵地上学过医的人都知道的小花招。

而那些曾与死神共枕的人则会知道,袘的呼唤将在何时响起。只需极粗略地检查便知,梅森受到的撞伤严重至极。

他的右臂、右腿和背部都受损严重,他的四肢瘫软,不堪其用,而且,他很可能受了严重的内伤。他全部的生命表征已只剩偶尔的呻吟。

没有希望,也没什么可做的了。无情的夜晚缓慢踽踽而过,露丝的表情带着她的种族特有的坚韧的绝望,而玛莱姆特古铜色的脸上,则又增添了几道皱纹。

事实上,梅森受到的煎熬是最少的,大部分时间里,他都在田纳西东部的大雾山中回顾童年。最令人感伤的是,他语无伦次地提及深水潭、浣熊狩猎和抢西瓜的事,这些话语以他早已遗忘的南方乡音吟咏,在露丝听来与希腊语无异,基德却能听懂,也能感受得到——那是经年来一直被这些文化含义排除在外的人才能产生的感受。

清晨将意识带给了已在弥留之际的男子,玛莱姆特·基德躬身凑近,倾听他的低语。

"你可还记得我们当初在田纳西偶遇,就在大冰溃之前四年?我那时候还没怎么把她放在心上。她挺漂亮的,我想这事儿有点叫人兴奋。但你知道,后来我想她的时间就变多了。她对我来说是个好妻子,在紧要关头总能助我一臂之力。至于买卖,你知道的,根本没人是她的对手。你还记得驼鹿角被袭击时,她为了把你和我从岩石上拉下来,动手开了枪的事吗?那些子弹,射在水上,就好像冰雹。还有努库凯特饥荒的时候?——她与大冰溃赛跑,就为了给我们报信?

"没错,她对我来说是个特别好的妻子,比另一个要好太多。你不知道我以前还结过一次婚?

"我从没告诉过你,呃?好吧,我以前也结婚过,在美国南部那会儿。这也是我在这里的原因。我俩一块儿长大,后来我离开故乡,好给她一个离婚的机会。她没有错过。

"但这事和露丝没有丁点关系。我之前就想着要赚上一票,明年好去'外边'——和她一块儿——但现在已经太迟了。别把她送回她族人那边去,基德。回头对女人来说,太他妈艰难了。想想吧!将近四年里,她吃的都是我们的腌肉、豆子、面粉和干果,然后得回去吃她的鱼和驯鹿。她已经尝试过了我们的生活方式,知道它们比她族人的要好得多,最后却得重新回到那种生活方式里,这对她实在不是什么好事。照顾好她,基德你为什么不干脆——不,你总是避开女人,而且你始终都没告诉我你为什么会来这个国家。好好待她,尽快把她送回美国。不过你也得保证她能回来——我们总是会被乡愁勾住,你知道的。

"还有孩子——它让我们之间的联系更为紧密,基德。我只希望生下来的能是个男孩。想想看!——自我而生的血肉,基德。他必须远离这个国家。但也可能生个女儿,有什么不可能的呢。把我的皮草都卖了,至少能挣五千块,我在公司那儿还存着一笔钱,差不多也是这个数。把我的股份和你的股份放到一块儿,我相信我们申购的那块岩滩会有产出的。你要保证他好好受到教育,还有,基德,最重要的是,别让他回到这里。这个国家不适合白人。

"我已是个将死之人了,基德。最多也就还能再撑三四天。但你得继续。你必须继续下去!记住,那是我的妻子,我的儿子——哦,上帝啊!我希望生下来的是个男孩!你不能守着我——我命令你,将死的我命令你,继续向前。"

"给我三天,"玛莱姆特·基德恳求道,"你会好起来的,情况可能会有转机。"

"不。"

"就三天。"

"你必须继续向前。"

"两天。"

"那是我的妻子和儿子,基德。你不该这样问的。"

"一天。"

"不,不行!我命令——"

"就一天。我们的食物还能撑得住,我也可能打死一头驼鹿。"

"不行——好吧,一天,但一分钟也不能再多了。还有,基德,不要——别留我一个人面对它。就一枪,扣一下扳机。你懂的,想想吧!想想吧!自我而生的血肉,我却不能活着看到他!

"叫露丝过来。我想跟她道别,让她一定得考虑我们的儿子,不要一直等到我死去。要是我不这么说,她可能会拒绝跟你一起走。再会了,老家伙,再会。

"基德!我说——啊——在断层那儿挖个洞,我在那里一铲子就挖出了四十美分的金子。

"还有,基德!"基德俯得更低,好听清楚最后那点微弱的字句,那是这垂死之人放弃了自尊后才说出口的话语,"我很抱歉——因为——你知道的——卡门。"玛莱姆特·基德留下那姑娘伏在她的丈夫身上轻轻啜泣,自己穿上了皮大衣和雪靴,将来复枪夹在腋下,匍匐进了林子。他早已不是第一次面对北地这些伤心事,却也从未遇到如此严峻的难题。理论上来说,这不过只是个直接的数学命题——是要保住三条可能可以活下来的性命,还是那注定要遭到厄运的。但此刻他却犹豫起来。整整五年,在一条条河流和一道道山路上,在无数帐篷与矿坑中,他俩比肩前行,共同面对旷野、洪流与饥荒造成的死亡威胁,友谊牢不可破。他们如此亲近,甚至露丝刚刚插入二人之间时,他便已发现自己时常会对她产生模糊的嫉妒之情。而此刻,他却必须亲手切断这样的羁绊。

尽管他在心中反复祈祷,希望能猎到一头驼鹿,一头驼鹿就好,所有的猎物却像是全都遗弃了这片土地，日落之后，这个早已精疲力竭的男人走向营地，两手空空，心头沉重。他听到狗群在骚动，露丝尖叫了一声，他加快了动作。

他冲进营地，看到那姑娘被挤在一片混乱之中，双手挥舞斧头。狗群已经破坏了它们主人的铁则，蜂拥着冲向食物。

他倒转来复枪加入了那姑娘的战斗，古老的物竞天择游戏在原始的氛围中释放出了最残酷无情的一面。来复枪与斧子上下翻飞，单调地击中目标，或是挥空；柔软的动物躯体闪动跳跃，眼神狂乱，龇牙咧嘴；人与兽为了统治权而战，直到出现最残酷的结局。最后，那些挨了打的畜生爬到火光的边缘，舔舐伤口，痛苦地朝着星星吠叫出声。

他们储存的三文鱼干已被悉数吞食，剩下来的只有五磅左右的面粉，而他们还得在荒野中走上两百里路。露丝回到她的丈夫身边，玛莱姆特·基德切开一条狗的尸体，它的身躯还保持着温度，脑袋已被斧子砍落了。狗身上的每一个部分都得精心储存，皮毛和内脏则抛给了它的伙伴们。

清晨又带来了新的问题。动物开始彼此攻击。卡门本还紧抓着最后一丝生命的细线，却已倒在了货物边。狗群全然不顾落在它们身上的鞭子，在抽打下瑟缩、吠叫，却始终拒绝散开，直到那可怜的东西彻底消失——骨头、外皮、毛发，一丝一毫都没有剩下。

玛莱姆特·基德开始干活，同时听着梅森的动静，他又回到了田纳西，正在絮絮叨叨地说着胡话，狂热地训斥着从前的弟兄们。

露丝望着基德，看到他利用几棵相邻的松树，快速搭出了个地窖般的东西，有些类似猎人们的机关，他们利用它来贮藏肉类，防止狼獾和狗偷食。他接连将两株小松树的顶部向彼此弯折，一直弯到几乎贴着地面，然后用驼鹿皮带将它们捆在一起。接着他揍了群狗，好让它们乖乖听话拉上两个雪橇，他已将一切都摆上了雪橇，只除了包裹着梅森的几条皮草。他将绳索在梅森身上捆紧，绳索的两端则系在那两棵弯折的树上。只消用他那把猎刀割上一刀,就能让它松开,而梅森的身体便会弹向空中。

露丝已听过了丈夫的遗愿,因此便不再抗争。可怜的姑娘,她早已学会了顺从。自儿时起,她便听从男人的命令,也瞧见了所有女人都如此低头听命,反抗似乎不是女人的天性。基德允许她表达悲伤,于是她亲吻了她的丈夫——在她族人中可没有这样的传统——接着,基德将她领到先头的雪橇上,帮她穿上雪靴。她茫然地接过方向杆和鞭子,下意识地"驱赶"狗群上了路。接着他转身面对已陷入昏迷的梅森,在她的身影彻底消失后过了很久,基德还蜷缩在火边,等待着,期望着,祈祷着,等他的伙伴死去。

在白色寂静之中与痛苦的念头为伍并不是什么令人愉快的事。昏暗的静寂是仁慈的,它就像是一层保护,将人覆盖,更吐出无尽而无形的悲悯;然而明亮的白色静寂却如此清晰,如此冰冷,在钢铁似的天空下,显得这般冷酷无情。

一个小时过去了——两个小时过去了——但梅森还没有死。此时已是正午,太阳却分毫没有出现在南方的地平线上,它只往天空中抛洒了一点火光,接着便迅速地又收了回去。玛莱姆特·基德猛然惊醒,走到他的伙伴身边,瞥了他一眼。此时,白色的寂静似乎冷冷一笑,他的心头不由得升起一股莫大的惊恐。随着一声清脆的巨响,梅森的身躯弹入早已为他布置好的空墓之中,而玛莱姆特·基德鞭打狗群,向着雪中疾驰而去。

驿站长

[俄]亚历山大·普希金 | 李君茜 译

谁不曾诅咒过驿站长，不曾跟他们争执过，不曾在一气之下向他们索要过那本"意见簿"，以期在那本子上洋洋洒洒地写下自己的愤怒和无力的控诉，控诉他们的趾高气扬、冥顽不灵和粗鲁无理？谁不把他们当作害群之马？好比那鱼肉百姓的酷吏，或是深山老林里的响马。不过话又说回来，要是换位思考，站在他们的立场上，我们对他们的评价可能要和气得多了。

何谓驿站长？区区七品芝麻官，官场上的牺牲品，小小的一官半职能免去他们的劳役之苦便不错了。我恳请读者们平心而论，这些被维雅齐姆斯基公爵开玩笑称之为土皇的人，他们的职责究竟何在？说白了，不就是苦役吗？昼夜偷不得一点闲。旅人路上的那些个不称心，一股脑儿都撒在驿站长身上。糟糕的天气，泥泞的道路，坏脾气的车夫，偷懒的马匹，芝麻绿豆大的不顺心，通通都怪到他身上。一瞧见他那寒酸破败的住处，旅人准把他当仇人看。要是走运，这个不称心的旅人住不了几天也就走了，但万一要是不顺，驿站恰好没有马匹可用，驿站长就得忍受着这不速之客的阴阳怪气。雨雪交加的天气，他不得不挨家挨户地奔走。暴风雪或者圣诞节这种应该待在家的日子，他却不进屋，在门口待着，只为躲开旅客的咒骂，偷得一刻清闲。来一位将军，驿站长只好诚惶诚恐地双手奉上驿站里最后两个马队，包括那个给信使专用的马队。但那将军呢，连声谢谢也不说就走了。走了还不到五分钟，又是一阵催命的铃声，信使到了，把马匹使用证往桌上一扔……让我们来好好体会一下这时驿站长的心情吧，同情肯定是多过憎恨了。再多说几句：过去的二十多年里，我去过俄罗斯的各个地方，熟悉各处的驿道，认得数代车夫，鲜有我记不得长相的驿站长，几乎没有我没打过交道的驿站长。最近，我打算整理出版自己这些年来旅游积累的趣事。这里我只想说一点：人们对驿站长们的看法有失公允。这些遭人唾骂的驿站长们，实际上都很和善，天生的热心肠，爱跟人打交道，不在乎名利。听他们的对话（其实旅客们有机会都该听听他们的对话），常能听到一些趣事或学到一些有益的事。至于我，我不得不承认，我宁愿听驿站长们聊天，也不愿听高级文官们高谈阔论讨论时事政治。

　　自然而然，我在驿站长这个圈子里，还是有些朋友的。对其中一人的记忆尤其珍贵。我们的相识是机缘巧合，而他也正是我下面故事的主角。

　　1816年5月，我经由一条N市内已废弃的驿道去办事。彼时我官位卑微，只能沿着驿道走，每次雇一个车夫、两匹马。因此，驿站长们对我并不十分客气，我经常要据理力争才能得到那些我本应拥有的东西。那时我也是年轻气盛，碰到驿站长把本是为我准备的马匹拱手让给某位官老爷，我便气不过，觉得饱受委屈。就像有一次在某位省长的宴会上，势利的侍应生根据官阶高低来上菜，对我不理不睬。这一点，我一直耿耿于怀，但现在看来，我倒觉得这些事是天经地义的。要是把"官大一级压死人"这个规矩改成"不论大小随心所欲"，那这个社会还不得乱了套？侍应生该给谁先上菜？好了，闲话说到这里，接下来还是讲我的故事吧。

　　那天天气很热，还有三俄里就到N站了，却下起了小雨，不一会儿小雨变成了倾盆大雨,把我淋了个通透。终于到了N站,此刻,我只想尽快换一身干衣服,再要些热茶水。

"喂!冬妮娅!"站长喊道,"烧点水,再拿点奶油来!"一个十四岁的女孩闻声跑了过来。她的美貌令我吃了一惊。

"是你女儿?"我问道。

"是啊,的确是的,"站长答道,语气里的骄傲和自豪不言而喻,"她聪明着呢,跟她妈妈一样。"

说着,他开始登记我的驿马使用证。我无所事事,只好到处看看,我看到他简陋而整洁的房间墙壁上挂着许多画,画上讲述了一个浪子回头的故事。第一幅画是一个羸弱的老人,头戴睡帽,身着长衣,送别一个心浮气躁的少年,他正匆忙谢过老者的祝福,接过钱袋。第二幅则生动地描绘了那少年的堕落形象:被一群酒肉朋友和恬不知耻的女人们围坐着。接下来,那少年就落入窘境,衣着破败,头戴三角帽,和一群地位卑微的人聚在一起,分食午餐,面带悔恨与自责。最后一幅画是那少年重回父亲身边的景象,心地善良的老人还是穿着他走时的那一套衣服,蹒跚地迎接那少年,而浪子则跪在了老父的面前。远处是厨子宰杀肥牛的情景,哥哥询问佣人们,这番欢乐景象是何缘由。每幅画下面都用德语写着几句应景的话。这几幅画,连同盆里栽着的凤仙花、碎花的床幔以及其他的家具摆设,都令我至今记忆犹新。五十来岁的站长,精力仍然旺盛,穿着深绿色的长制服,胸前戴着三枚勋章,挂勋章的带子都褪了色。

我还没来得及付钱给车夫,冬妮娅已经捧着茶具回来了。这小妖精瞅我第二眼,就知道自己已赢得了我的好感,自信地冲着我眨了眨蓝色的大眼睛。我同她谈话,她全无羞涩扭捏之态,像个涉世已久的女人。我请她父亲喝了杯果酒,给她递过一杯茶。接着我们任便聊了起来,像是相识已久的老友。

马匹早已准备好了,我却不愿这么快离开站长和他女儿。到最后，不得不说再见了，站长便祝我一路顺风，他的女儿一直把我送上车。在门厅里，我问能不能亲她一下，她同意了……我同许多女人接过吻，但没有人像她一样给我留下如此长久的印象。

好几年过去了，机缘巧合。我要去同一个地方，经由同样的驿道。想到还能见到站长的女儿，我心里乐开了花。但我告诉自己，站长可能早已换了人，而冬妮娅也可能早就出嫁了。我甚至想到，那站长，或者是冬妮娅，可能已经死了。我怀着一种不祥的预感前往驿站。

马匹停在了驿站的小楼前。我一进门就认出了那几幅"浪子回头"的画。桌子和床铺仍摆在那个位置，但窗口的鲜花不见了，周围的一切都显得零乱衰败。站长穿着一身毛大衣，他显然还在睡觉，我的到来将他吵醒了。这的确是萨姆森·维林啊，但他怎么老了这么多！在他帮我登记驿马使用证的时候，我望着他一头白发，满脸褶皱，胡子拉碴，显然好久没刮过了，还有他那佝偻的背影，我几乎不能相信自己的眼睛，是什么事情，竟然让那么健壮的一个汉子变成这样羸弱的一个干老头？

"你还认识我吗？"我问道，"我们算是老相识了。"

"很有可能，"他答道，神色阴郁，"这条路挺忙，来往旅客多得很。"

"你的女儿，冬妮娅呢，她还好吗？"我继续问道。

他皱起眉头来："谁知道呢。"

"那她结婚了吗？"我问道。

他假装没听到我的问题，继续捣鼓着手里的文件。我没再问下去，自己动手烧了壶水。在好奇心的驱使下，我指望一杯果酒能让我的老朋友松松口。

我想的没错，老头还是愿意喝杯酒的。一杯酒下肚，老头脸色缓和不少，两杯酒下去，便健谈了。要么是他真的记起了我，要么是假装的，总之我听到了一个感人至深的故事。

"你说你认识我的冬妮娅?"他说道,"是啊,谁不认识她呢,冬妮娅,冬妮娅,她那时可是个好姑娘,谁路过这里,谁不夸赞她一下呢?从没人说过她半句不好。太太们喜欢送她礼物,有时候送头巾,有时候送耳环。过路的老爷们都借故停下来,吃个午饭晚饭什么的,不过就是为了多看她两眼。脾气再大的老爷,在她面前都会软下来,跟我说话也和气了。先生,信不信由你,官差和信使能跟她一口气聊半个小时!这整个房子都是她打理的,打扫或者煮饭,她都做得井井有条。而我这个老傻子,光知道疼她。但是再疼她都没用啊,这都是天意啊。"

接着,他将故事详细地告诉了我。三年前,一个冬日的黄昏,他正捣鼓着新记事簿,冬妮娅正在屏风后面补衣服,一辆三马马车停在了门口。一个旅客,头戴着毛茸茸的冬帽,身披斗篷,一上来就问他要马,但是所有的马匹都借走了。一听没有马,那人立刻就提起嗓门,作势扬起鞭子。见惯了这场景的冬妮娅闻声从屏风后面走出来,甜甜地问道:"您要吃些什么吗?"果然,那人火气全消,同意等待马匹并要了一份晚餐。那人把湿漉漉乱糟糟的帽子摘下来,解开披风,脱掉大衣,原来是个身材挺拔、长相秀气、蓄着两撇小胡子的年轻军官。他很快就跟站长和冬妮娅攀谈起来。晚餐做好的时候,马匹也到了。站长吩咐说不用喂马了,直接就给这位客人套上。但等到站长忙完回来的时候,年轻人却倒在了长椅上,几乎不省人事了,他病倒了,头疼得厉害,已经不能继续上路了。这可怎么办才好呢?老站长把自己的床让给年轻人睡。老站长想,要是明天早上还不见好,就去S市找医生。

第二天,年轻人的病又加重了。他的仆人只好骑马进城去找大夫,冬妮娅用手帕沾了醋放在他额头上,然后坐在床边一边做女工一边照顾他,寸步不离。老站长来看他,他几乎说不出话来,只能发出些含糊的声响。虽然喊饿,饭菜端上来却吃不了几口。年轻人一个劲地喊口渴，冬妮娅给他端上来一罐亲手做的柠檬汁，一口一口地喂他，他却只能湿湿嘴唇。每次递杯子，他都要虚弱地捏一捏冬妮娅的手以示感谢。晚上吃饭的时候，大夫终于到了，他给年轻人把了把脉，并用德语同他交谈了几句，一会又用俄语宣布，病人只需要好好休息几天，就能痊愈上路了。年轻人给了大夫二十五卢布并邀请他留下来吃饭，大夫没有推辞。他俩胃口都不错，喝了一瓶酒，双方都很开心。

又过了一天，年轻人终于痊愈了。他显得尤其开心，一会同冬妮娅说笑，一会又同老站长攀谈，不然就自己吹吹口哨同过往的客人闲聊，帮老站长登记驿马使用证。他对老站长是如此热心，不多久便赢得了站长的欢心，以至于三天后年轻人要走的时候，老站长都舍不得了。那天正好是礼拜天，冬妮娅打算去做礼拜。年轻人跟老站长道别，大方地付了食宿费，又很自然地提出让冬妮娅送他到村口，冬妮娅有些犹豫不决……

"你怕什么？"老站长说，"大人又不是狼，又不会咬人。你就跟大人一起，正好送你到教堂。"

冬妮娅上车坐在年轻人身旁，马夫跳上了马，吆喝了一声，车子便离开了。

没过多久，老站长就懊悔起来：我怎么能这么糊涂呢，怎么让冬妮娅就这么跟他走了呢？我是吃错了什么药？中了什么邪了？才过去半个小时，老站长便心疼起来，惶惶然地，失神落魄，终于再也忍不住，拔腿就往教堂跑去。但等他到教堂的时候，前来做礼拜的人已经散了，院子里、门口，哪里都找不到冬妮娅的影子。他又急忙跑进教堂。神父正从祭坛上走下来，执事正在灭蜡烛，还有两个老太在角落里祷告。可怜的父亲踌躇良久，终于打定主意去问教堂执事："冬妮娅来祷告了没？"执事回答说："没来。"站长万念俱灰地往家走，忽然想，冬妮娅会不会不懂事，自作主张走到下一站，去她教父家了呢？这可是最后一线希望了啊。老站长在家里坐立不安，等着那少年的马车，就是冬妮娅乘坐的那辆马车回来。等到黄昏时刻，车夫终于驾着那马车醉醺醺地回来了。但他带来一个更为致命的消息：冬妮娅同那青年一道，一直往下一站走去了。

听到这消息，老头再也承受不住，一头栽倒在床上，倒在了那张他好心让出来给青年养病的床上。过去的情形历历在目，老站长终于悲伤过度，发起了高烧。驿站里暂时换了人管事，而站长本人也被送到S市里看病。说来也巧，给站长看病的恰好是给那青年看病的医生。医生告诉站长说，那人的身体好得很，根本没有病，完全是装的，他一眼就看穿了那人的心思，不过是怕日后报复，所以一句话也不敢说。不管那医生说的是真话还是只想吹嘘自己有先见之明，反正不管说什么都安慰不了老站长了。病还没痊愈，站长便向邮政局长告了两个月的假，也没对谁说什么，他便踏上了寻找女儿的路途。他从驿马使用证上得知那青年，明斯基骑兵大尉是从斯摩棱斯克动身前往彼得堡的。那个送走明斯基的车夫说：虽然冬妮娅一路哭哭啼啼的，但总的来说还是心甘情愿的。

"说不定，"老站长想，"我能把我的迷途羔羊带回来。"

怀着这一丝希望，老站长出发去了彼得堡。他住在伊兹曼诺夫斯基团的驻地，一个退役老同事的家里。刚刚安顿下来，老站长就一刻都不肯耽搁，立刻开始寻找女儿。不久，他打听到骑兵大尉明斯基就在彼得堡，住在杰蒙特饭店。站长决定去找他。

一天清晨，他走进明斯基的前厅，请求通报大人说有个老兵求见。那勤务兵正擦着上楦头的皮靴，漫不经心地说，老爷正在睡觉，十一点以前不会客。站长只好等到十一点再来。这次，明斯基本人出来见他，身穿晨袍，头戴鲜红小帽。

"老兄，你来做什么？"明斯基问道。

老站长的心怦怦跳起来，眼泪忍不住往外流，声音禁不住颤抖起来，连话也说不清楚了："大人，您行行好吧。"

明斯基瞥了他一眼，脸红了，抓住他的手迅速将他领到书房，随手便把门锁了起来。

"大人，"老站长继续说起来，"虽然说覆水难收，但还是希望您把冬妮娅还给我，您玩够了就好，别毁了她呀。"

"既然覆水难收，你最好还是接受现实吧。"明斯基神色狼狈，"在你面前我的确感到内疚，所以我愿意请求你的原谅。但我是不可能放弃冬妮娅的，我保证会让她幸福。再说了，你带她回去又能干吗呢。要是回去了，你们都得背着这个回忆过一辈子，何必呢。"

明斯基不知给站长袖子里塞了些什么，接着便开门把他请了出去。不知怎的，老站长就站在了大街上。

老站长在街上漫无目的地晃荡，终于想起来那袖子里一卷纸似的东西。掏出来一看，居然是一把五块卢布、十块卢布的票子。眼泪又忍不住涌上来，但这次却是因为愤怒。他把票子揉成一团，用力往地上一扔，用鞋跟使劲地踩了好几次才愤然离去，走了几步，他停下来，想了一会……转过身来，但那一卷卢布票子已经不见了。一个衣着鲜亮的年轻人看到老站长转过身来立刻跳上一辆马车，喊了声："快走！"老站长并没有追上去，他想回到驿站去，但回去之前，他想再见冬妮娅一次。于是，连续好几天他都到明斯基那里去。但每次勤务兵都坚决说老爷不接见任何人，推着他的胸口把他挤出门，"砰"地就把门关上了。老站长在门口站了许久，但最后只能失望而归。

就在同一天晚上，老站长刚从教堂做完祷告出来，正沿街走着，突然，一辆华丽的马车从他身边疾驰而去。老站长立即认出了坐在车里的明斯基。那马车停在了一栋三层高的小楼前，老站长看着明斯基下车上了楼。一个念头从老站长脑子里闪过。于是他转过身，同门口的车夫攀谈起来。

"老兄，这是谁家的马车？"他问，"不是明斯基的吗？"

"是啊。"车夫回答,"你要干吗?"

"是这么回事,你家老爷吩咐我送张条子给他的冬妮娅,可我记不得他的冬妮娅住在什么地方了。"

"就在这儿,第二层。不过,你的条子来迟了,老兄!现在,老爷本人已经在她那儿了。"

"哦,不打紧,谢谢了啊,我上去还有点别的事。"老站长一面谢过他,一面朝着门口走去。

门关着。他按了门铃,一颗心沉沉地等了几秒钟。钥匙响了,门对他打开。

"阿芙朵琪娅·萨姆松诺夫娜住这儿吗?"

"是这儿,"年轻的女仆回答,"你找她有什么事?"

站长不答腔,走进客厅。

"不行!不行!"女仆在后面叫起来,"阿芙朵琪娅·萨姆松诺夫娜有客。"

站长当作没听见,一个劲儿地朝前走。第一间房间暗着,第二间也是,老站长的心怦怦直跳,终于第三间房亮着灯。门没锁,他站在门口,看到明斯基背对着自己坐在椅子里。他的冬妮娅坐在明斯基手边,穿着锦衣华服,戴着珠宝玉石,像极了英国皇家贵族。她含情脉脉地望着明斯基,戴着戒指的手指缠绕一缕乌缎似的发丝。老站长站在门口发蒙了,他从未见过女儿这般美艳,竟不由自主地欣赏起来。

"谁呀?"冬妮娅问了一声,没抬头。

老站长没吭声。冬妮娅没听到回答便抬起头,这时,她大叫一声,跌倒在地毯上。明斯基也吃一惊,弯下身去扶她,然后,眼角余光扫到老站长的身影。明斯基愣了一愣,放下冬妮娅,气势汹汹地向老人走过来,面色不善。

"你想干吗?"明斯基咬牙切齿,一字一顿地问,"阴魂不散!找死吗?滚!"说罢,用力推了老人一下。老站长一个趔趄,跌了出去。

老站长回到住处，跟老同事讲了这一趟的遭遇，老同事气不过，让他去城里告状。老人叹了叹气，只摆了摆手，说了一句："算了吧。"没过两天，老站长就离开了彼得堡，回到原来的地方，重操旧业。

"都三年了，"最后他说，"我失去了冬妮娅，这么多年，一点消息也没有，不知道她是死是活，死了可有善终？活着又是否安好？像她这样被拐走的傻丫头实在是太多了，这些纨绔子弟，前一刻锦衣玉食、绫罗绸缎地供着，玩腻了又随意丢弃，不管死活。我的冬妮娅啊，她要是还活着，可能也是这个下场，衣不蔽体食不果腹，有时候想到这，心一横，就想她还不如死了算了。"

这就是我的朋友，老站长的故事。他向我讲这故事的时候，几次哽咽，泣不成声，提起衣角猛擦眼泪，就像是季米特里耶夫[1]的叙事诗中的那个热心肠的杰连季一样。也可能是酒精的缘故吧，老站长足足喝了五杯，不停地淌眼泪。我看着他，心里也不禁难过起来，长久地为老站长的遭遇难过，也为可怜的冬妮娅难过。

前不久，又是一次机缘巧合，我路过老地方，听说老站长打理的驿站已经撤掉了。我一心念着老站长，不知他现在怎么样了，于是辗转托人打听，又租了几匹马，到了乡下。

已经是深秋时节了，刚过了收割的季节，天上灰蒙蒙的，冷风在空旷的田野上肆虐着。进村的时候太阳都快落山了，我把马拴起来。门厅里（可怜的冬妮娅曾经在这儿吻过我）走出来一个胖婆娘，我问她关于老站长的事，她满不在乎地告诉我说那老头已经死了一年了。现在住在这里的是一位酿酒师傅，她就是那酿酒师傅的老婆。听到这个消息，我心里感到空落落的，为我白白花掉的七个卢布惋惜起来。

---

1. 季米特里耶夫（1780—1837），俄国诗人。这里提到的叙事诗是他的《退伍骑兵司务长》。

"他怎么死的？"我问那胖婆娘。

"喝酒醉死的，老爷！"

"他埋在哪里？"

"就在村子边上，挨着他老伴的坟。"

"带我到他坟上去看看行吗？"

"当然行了！万卡，你跟那小猫玩够了没有，来，领这位老爷上坟地去，就是那个老站长的坟。"

一个穿着破烂的独眼小男孩闻声向我跑了过来，带我去看老站长的坟。

"你认得过世的老站长吗？"路上我问他。

"当然认得了，他还教我们吹口哨呢！有的时候他从酒店走出来，我们跟在背后，口里叫：'爷爷！爷爷！给几个核桃吧！'他就把核桃分给我们吃。他老是跟我们玩。"

"过路的旅客记得他吗？"

"现在很少有旅客过来了，陪审官倒是有时候来，可他们又不管死人的事。不过夏天有位太太来过，还特意去他坟上看了呢。"

"什么样的太太呢？"我好奇地问。

"长得特好看，"小孩回答，"她坐六匹马拉的车来的，带了三个小少爷、一个奶妈、一只哈巴狗。人家告诉她，老站长死了，她就哭起来，对她的孩子们说：'你们在这儿乖乖待着，我去坟上看看就来。'我走上前去自告奋勇给她带路，可那位太太说她自己认得路，还给了我一个五戈比的银币！多好的一位太太呀！"我们到了坟地，那是一块光秃秃的地方，没有围栅，立了许多十字架，没有一棵树。我从没见过如此凄凉的墓地。

"这就是老站长的坟。"小孩对我说，他跳上一个沙堆，沙堆上埋了个黑黑的十字架，头钉了个铜圣像。

"那位太太也来过这儿吗？"我问。

"来过，"万卡回答，"我远远地望着她，看到她跪在坟前，哭了很久。后来她回到村子里，把村上的神父叫过来，两人说了很久的话，然后坐车走了。"

我也给了这小孩五戈比，不再后悔这次旅行了，花掉的七个卢布也不觉得可惜了。

哑女素芭

[印]拉宾德拉纳特·泰戈尔 | 王永斌 译

当给这个女孩取名叫素芭细妮[1]时，谁会料到她长大后竟会是个哑巴呢？她的两个姐姐分别叫素岂细妮[2]和素哈细妮[3]。为了使她们的名字相似，父亲给小女儿取名叫素芭细妮。为了方便，人们都叫她素芭。

根据惯例，她的两个姐姐都相了亲赔了钱才好不容易嫁了出去[4]。现在小女儿的婚事就像一块大石，静静地压在父母的心头。人们似乎都觉得，她既然不会说话，当然也不会有感觉，因此他们时常谈论她的未来，甚至当着她的面就毫不避讳地表示担忧。从小时候起，素芭便明白是神灵的诅咒将她降临到这个家庭，因此她远远地躲开人群，独自待在一边。她觉得只要能被人忘记，自己宁愿忍受这份孤独。可谁能忘掉这刺心的痛楚呢？父母日夜为她焦虑不安，特别是她母亲，

---

1. 在印度语中，素芭细妮(Subhashini)是"说话悦耳动听"的意思，长大后素芭却是个哑巴，悲剧意味十足。
2. 在印度语中，素岂细妮(Sukeshini)是"可爱倔强"的意思。
3. 在印度语中，素哈细妮(Suhashini)是"微笑甜美"的意思。
4. 印度盛行"嫁妆制"，即结婚时女方需向男方提供高额金钱或贵重妆奁，嫁妆越多女性日后的地位就越高，否则容易遭到夫家凌辱。

在她看来，素芭就是个残废。对母亲而言，与儿子相比女儿更属于自己身体的一部分，因此女儿身上任何一种缺陷都会成为自己的耻辱。三个女儿中，父亲巴尼康塔最疼爱素芭，但母亲却将其视为自己身上的一个污点，对她厌恶至极。

素芭虽然不会说话，但却有一双缀着长长的睫毛的漆黑的大眼睛；在表达思想感情时，两片嘴唇宛如娇嫩的玫瑰花瓣，不停地颤动。

我们在用语言表达思想时，往往很难找到合适的话语，而且都会伴有一个翻译的过程。但即使是这样，也不是所有时候都能表达准确，一旦表达不到位，我们便会犯错。但素芭漆黑的眼睛不需要翻译，因为里面就反映了她的思想。在表达思想感情时，这双大眼睛时而睁得大大的，时而闭得严严的；时而炯炯有神，时而暗淡无光；像夕月一般横亘在当空，又如急速的闪电照亮整个苍穹。生来只能通过唇语表达感情的人学会的是一种用眼神交流的语言。它表达丰富，如大海般深邃，如天空般清澈，黎明与黄昏、光明与阴暗在这里尽情嬉戏。这位哑女拥有大自然般孤僻的庄严性格，所以孩子们对她都有一种恐惧感，从不和她一起玩。她如午夜一般沉默而孤独。

她住在一个名为昌迪普尔的小村庄。村边有一条河，这条河在孟加拉邦里只能算是条小溪，流程不长，流域也不大，犹如中产阶级家的女孩子一样瘦小。湍急的河面从不泛滥，只是安分守己地流着，仿佛已经成了岸边所有农户家里必不可少的成员。河的两岸是村民的房屋以及绿树成荫的河堤。在此美景下，河神也走下王座，走入每家每户的庭院，忘我地履行着自己的职责，在急促欢快的脚步声中为村民带来无尽的福祉。

巴尼康塔的家依偎在河畔。过往的船夫可以清晰地看到这家的烟囱和茅草屋。我不知道在这些代表人世间财富的东西中间，是否有人注意到了这个小姑娘。每当干完农活，她便溜到河边，静静地坐着。正是在这里，大自然满足了她说话的愿望，说出了她的心声。溪水潺潺流淌，远处人声喧闹，船夫哼着小曲，鸟儿争相啼叫，树叶沙沙作响，外界的声响与她因孤独而战栗的内心融合在一起。这声音如同海上涌来的巨浪，冲击着这位少女不安的心灵。大自然的低语和万物的运转正是哑女的语言，是那长长睫毛下深邃眼眸的倾诉，也是她周围世界的语言。从蝉声绵绵的树荫到寂静无声的星辰，她的语言有的只是手势与姿态、啜泣和叹息。炎热的正午，船夫和渔民早已回家享用午餐，村民也已酣酣入睡；鸟儿停止了啼叫，渡船也闲靠在岸边。原本忙碌不止的世界突然停止了劳作，化身为一位孤独而庄严的巨人。此时在辽阔的天宇下，只有万籁俱静的大自然和静默无语的哑女静静地对坐在那里——一个在普照的阳光下，一个在小树的阴影里。

但素芭还是有朋友的，牛棚里的两头母牛——萨尔巴斯和潘谷丽——便是其中两个。尽管它们从来没有听到这个女孩叫过自己的名字，但它们熟悉她的脚步声。虽然话不成句，素芭还是亲切地向它们诉说。通过这声音，它们比通过其他语言更容易了解她的心，比其他人更明白素芭何时在爱抚，何时在责怪，何时在哄劝。素芭经常来到牛棚，伸开双手搂着萨尔巴斯的脖子，把脸颊紧紧贴在它耳朵旁轻轻偎擦；此时潘谷丽也用温柔的目光注视着她，轻轻地舔着她的脸颊。素芭每天照例来牛棚看望它们三次，其间还会不定时地拜访。每当听到令自己伤心的话语，即使不是看望时间，她也会来到这些缄默的朋友身边。而它们仿佛也可以从她悲伤的神情中看出她精神上的苦痛。它们走到素芭的身边，用角轻轻地抚弄她的胳膊，用这无言、不为他人所知的方式安慰她。除了这两头母牛，素芭的朋友还有几只山羊和一只小猫，只是与它们的友情没那么深厚。但它们可不管那些，仍然对她相当亲热、依恋。不管白天黑夜，只要有机会小猫便跳到素芭的怀里，趴下身子打瞌睡。每当素芭用手指轻轻抚摸它的脖颈和后背时，它就特别容易进入梦乡，因此对素芭充满感激之情。

在高等动物中，素芭也结识了一个伙伴，但却很难描述他们之间的关系。因为他会说话,所以两个人之间没什么共同语言。此人是贡赛家的小儿子,名叫普拉塔普,是个游手好闲的家伙。贡赛夫妇为了培养他下了很多工夫,但最后还是选择了放弃,他们已经不再指望这小子能自谋生路了。但懒人倒是有一个好处:他们虽然遭亲人厌弃,但却颇受外人好评。因为没有正式工作要做,他们便成了公用劳力。这就像是在城里,需要有一个半个的公共花园,让人们在这里自由呼吸;在乡下,也需要三两个无所事事的闲人,能陪人消磨时光。所以如果我们懒得工作,又需要一个伴儿散心,他们就能随时奉陪。

普拉塔普的主要爱好是垂钓,在这上边他浪费了大把的时间。几乎每天下午,人们都可以看到他在河边从事自己的"钓鱼事业"。也正因为如此,他差不多每天都会碰到素芭。此外,不管干什么,他都喜欢有个伴儿,而钓鱼的时候,能有个不说话的同伴陪在身边再好不过了。普拉塔普敬重素芭的沉默寡言,其他人都喊她素芭,他就亲昵地称她为素。素芭通常坐在一棵合欢树下,普拉塔普则坐在离她不远的地方抛竿垂钓。普拉塔普带点蒟酱叶,素芭就帮他调弄好。我想,素芭长时间坐在那里看着普拉塔普垂钓,是热切地希望自己能帮上忙,为他做点有意义的事。她试图用各种方法证明自己在这个世界上并非一无是处。但可惜的是,在这里她真的帮不上什么忙。这时,她便默默地向造物主祈祷,祈求赐给自己一股神奇的力量,让普拉塔普看到这一奇迹后,惊讶地叫道:"哎呀,我做梦也没想到我们亲爱的素还有这么大的本事!"

想想看,假如素芭是一位水神公主,她就会慢慢浮出水面,将蛇形王冠上的宝石带到岸边。那时候,普拉塔普就会丢下自己毫无前途的钓鱼事业,潜到水下世界,亲眼看到银光闪闪的宫殿里,安坐在金色宝座上的不是别人,正是巴尼康塔家的孩子——沉默、瘦小的素!是的,是我们亲爱的素,她才是那星光熠熠的珠宝城里国王唯一的爱女!难道这不可能吗?这是完全可能的!其实,凡事都有可能。只是，素芭未能生在巴塔尔普尔[1]王族的宫殿中，而是出生在巴尼康塔家的房舍里，所以她也没有办法使这个贡赛家的孩子为她感到惊讶。

她渐渐地长大，也慢慢地开始察觉到自己的与众不同。一种从未有过的、难以名状的意识，犹如月圆之日从大海深处袭来的潮水，从她心中涌过。她望着自己，不停地询问自己，却始终得不到想要的答案。

在一个月如银盘的深夜，她悄悄打开卧室的门，胆怯地向外瞥去。月圆时节的大自然正如此时的自己，孤独地俯视着酣睡的大地。青春的活力同年轻的心一起有力地跳动着，欢乐与悲伤充溢着她瘦小的身体，此时她那一直无以言表的孤独和寂寞比以往任何时候都更加强烈。她内心沉重，却一句话也说不出来。一个外表沉默、内心不安的少女，就这样伫立在寂静、忧伤的大自然母亲身边。

素芭的婚事令父母焦虑不已。村民开始责骂他们，甚至声称要把他们从村子里赶出去。巴尼康塔家还算比较殷实，一日三餐，两顿有鱼有米，因此仇人也不少[2]。家里的女人们此时也开始出谋划策。经过协商，巴尼康塔到外地待了一段日子，不久便回来对她们说道："我们得到加尔各答去。"

之后，他们便开始为去外地做准备，但素芭的心却如同浓雾笼罩下的清晨，完全被泪水浸透。几天下来一种莫名的恐惧笼上她的心头，她就像一头不会说话的牲畜，紧跟在父母的身后，睁着一双大大的眼睛，不停地观察他们的脸色，企图从中得到一点儿消息。但他们还是什么都没对她讲。在此期间的一个下午，普拉塔普在钓鱼时，笑着对素芭说："嘿，素，他们到底还是给你找新郎了，你就要出嫁了？你可别把我忘干净了啊！"说完便接着专心钓他的鱼去了。素芭像一头受伤的小鹿望着猎人一样注视着普拉塔普，忍着巨大的痛苦在

---

1. 巴塔尔普尔（Patalpur），古印度的贵族之一。
2. 印度农村里，普遍存在"仇富"现象。

心里默默地问道："我到底哪里得罪你了啊？"这一天，她没有再坐在树下。巴尼康塔睡完午觉后，在卧室抽着烟，此时素芭走过来坐在父亲脚下，望着他的脸突然哭了起来。巴尼康塔本想安慰女儿几句，脸颊却早已被泪水濡湿。

父母已经决定了明天就得去加尔各答。这一天，素芭来到牛棚向她儿时的伙伴告别。她把草料放在手心喂它们，用双手搂住它们的脖颈，用蕴含着话语的双眼最后一次深情地凝视它们。不觉间，泪水已经簌簌落下。当晚恰好是月圆之夜，素芭走出卧室，来到她深爱的小河边，扑倒在绿茸茸的草地上，仿佛要用双手拥抱大地——她那伟岸而沉默的母亲，并想对她说："不要让我离开您啊，母亲！请您也像我拥抱您一样，伸出双手紧紧抱住我吧！"

一天，在加尔各答的一座住宅里，素芭的母亲正在悉心为她梳妆打扮：母亲扎起素芭的长发，编成小辫，再在发辫上扎上发带，戴上首饰——尽力掩盖住她的素颜。化妆时，素芭一直泪眼婆娑，母亲怕她把眼睛哭肿了，不停地斥责她，但眼泪可不理会这些，仍肆意地流淌。新郎在朋友的陪伴下来相亲，这架势就如同神灵下界挑选自己的祭品。素芭的父母担心新郎官能不能看得上自己的姑娘，害怕相亲失败，头都有点犯晕了。在与媒人见面之前，母亲仍在屋里大声教训她，这使得素芭哭得更厉害了。她被带出来相亲时，这位"神人"上上下下打量了好一阵子才说了句："还不赖。"

他特别注意到了素芭的眼泪，觉得她一定有一颗善良温柔的心。之所以这样夸奖她，是因为今天在与父母分别时她是如此难过，在日后的生活中，她的温柔和善良也将会是一种良好的品质。珍珠可以提高牡蛎的价格，女孩的眼泪也会为她赢得更高的评价，因此，他也就没再说什么。

双方查过黄历后，选了一个良辰吉日举行了婚礼。素芭的父母把自己的哑巴女儿嫁出去后，便回家去了。谢天谢地，他们的家姓和来世总算是保住了！[1]新郎在西部地区工作，婚后不久，便带着妻子又去了那里。

但没过十天，人们便都知道新娘子竟然是个哑巴！如果还有谁不知道的话，那也不是她的错，因为她并没有欺骗任何人。那双眼睛向他们诉说了一切，只是没人能理解。她环顾四周，说不出话来。她开始怀念那些从降生起便熟悉的面孔，只有他们才真正懂得一个哑女的语言。沉寂的内心里回响的是她无声的、无休止的哭泣声，这种哭泣声除了"寻心者"再没有其他人能听见。

她的丈夫眼耳并用，又相了一次亲，这次他认真听仔细看，终于娶了一位会说话的姑娘。

---

1. 印度盛行种姓制度，分为婆罗门、刹帝利、吠舍和首陀罗四个种姓，社会地位依次降低。女方为了提高种姓，只能贴钱与高种姓家族通婚，以保证后代在将来处于较高的社会地位。

黑猫

[美]爱伦·坡 | 曹明伦 译

对于我正要写出的这个荒诞不经但又朴实无华的故事，我既不期待也不乞求读者相信。若是我期望别人相信连我自己的理性都否认其真实性的故事，那我的确是疯了。然而我并没有发疯，而且也确信自己不是在做梦。可是我明天就将死去，我要在今天卸下我灵魂的重负。我眼下的目的就是要把一连串纯粹的居家琐事直截了当、简明扼要且不加任何评论地公之于世。正是由于这些琐事的缘故，我一直担惊受怕，备遭折磨，终至毁了自己。但我并不试图对这些事详加说明。对我而言，这些事几乎只带给我恐怖；但对许多人来说，它们也许显得并不那么恐怖，而是显得离奇古怪。说不定将来会发现某种能把我这番讲述视为等闲之事的理智，某种比我的理性更从容、更有逻辑、更不易激动的理智，它会看出我现在怀着敬畏之情所讲述的这些详情细节不过是一连串普普通通且自然而然的原因和结果。

我从小就以性情温顺且富于爱心而闻名。我心肠之软甚至是那么地惹人注目，以至于使我成了伙伴们的笑柄。我特别喜欢动物，父母便给我买了各种各样的小动物让我高兴。我大部分时间都和那些小动物待在一起，没有什么能比喂养和抚摸它们更使人感到快乐。这种性格上的怪癖随着我的成长而逐渐养成，待我成年之后，它成了我获取快乐的一个主要来源。对那些能珍爱一条忠实而伶俐的狗的人们来说，我几乎无须费神来解释那种快乐的性质和强度。而对那些已多次尝到人类虚情假意和背信弃义之滋味的人们，动物那种自我牺牲的无私之爱中自有某种东西会使其刻骨铭心。

我很早就结了婚，并欣喜地发现妻子与我性情相似。她见我豢养宠物，便从不放过能弄到其优良品种的任何机会。我们有雀鸟、金鱼、兔子、一条良种狗、一只小猴和一只猫。

那只猫个头挺大，浑身乌黑，模样可爱，而且聪明绝顶。在谈到它的聪明时，我那位内心充满迷信思想的妻子往往会提到那个古老而流行的看法，认为所有的黑猫都是女巫的化身。这并不是说她对这种看法非常认真，而我之所以提到此事，更多的是因为我刚才恰好记起了此事。

普路托，这是那只猫的名字，是我宠爱的动物和朋友。我单独喂养它，而它不论在屋里屋外都总是跟在我身边。我甚至很难阻止它跟着我一道上街。

我们的友谊就这样延续了好几个年头，在此期间，由于嗜酒成癖（我羞愧地承认这点），我通常的脾气和秉性经历了朝坏的方向的激剧变化。日复一日，我变得越来越喜怒无常，烦躁不安，越来越无视别人的感情。我居然容忍自己对妻子使用恶言秽语。后来甚至对她拳打脚踢。当然，我那些宠物也渐渐感到了我性情的变化。我不仅忽略它们，而且还虐待它们。然而，对普路托我仍然保持着足够的关心，我克制自己不像对其他宠物一样粗暴地对待它，而对那些兔子，对那只猴子，甚至对那条狗，不管它们是偶然经过我跟前还是有意来和我亲热，我都毫无顾忌地虐待它们。但我的病情日渐严重。还有什么病比得上酗酒呢！到后来甚至连由于衰老而变得有几分暴躁的普路托也开始尝到我坏脾气的滋味。

一天晚上，当我从城里一个常去之处喝得醉醺醺的回家之时，我觉得那只猫在躲避我。我一把将它抓住；它被我的暴虐所惊吓，便轻轻地在我手上咬了一口，使我受了一点轻伤。我顿时勃然大怒而且怒不可遏，一时间变得连我自己都不认识自己。我固有的灵魂似乎一下子飞出了躯壳，而一种由杜松子酒滋养的最残忍的恶意渗透了我躯体的每一丝纤维。我从背心口袋里掏出一把小刀，一手将其打开，一手抓紧那可怜畜生的咽喉，不慌不忙地剜掉了它一只眼睛！在我写下这桩该被诅咒的暴行之时，我面红耳赤，我周身发热，我浑身发抖。

当理性随着清晨而回归，当睡眠平息了我夜间放荡引发的怒气，我心中为自己所犯下的罪行产生了一种又怕又悔的情感，但那至多不过是一种朦胧而暧昧的感觉，我的灵魂依然无动于衷。我又开始纵酒狂饮，并很快就用酒浆淹没了我对自己所作所为的记忆。

与此同时，那只猫渐渐痊愈。它被剜掉了眼珠的那个眼窝的确显得可怕，但它看上去已不再感到疼痛。它照常在屋里屋外各处走动，可正如所能预料的一样，它一见我走近就吓得仓皇而逃。我当时旧情尚未完全泯灭，眼见一个曾那么爱我的生灵而今如此明显地厌我，我开始还感到过一阵伤心。但这种伤感之情不久就被愤怒之情所取代。接着，仿佛是要导致我最终不可改变的灭亡，那种"反常心态"出现了。哲学尚未论及这种心态。然而，就像我相信自己的灵魂存在，我也相信反常是人类心灵原始冲动的一种，是决定人之性格的原始官能或原始情感所不可分割的一个组成部分。谁不曾上百次地发现自己做一件恶事或蠢事的唯一动机就仅仅是因为他知道自己不该为之？难道我们没有这样一种永恒的倾向：正是因为我们明白那种被称为"法律"的东西是怎么回事，我们才无视自己最正确的判断而偏偏要去以身试法？就像我刚才所说，这种反常心态导致了我最后的毁灭。正是这种高深莫测的心灵想自寻烦恼的欲望，想违背其本性的欲望，想只为作恶而作恶的欲望，驱使我继续并最后完成了对那个无辜生灵的伤害。一天早晨，我并非出于冲动地把一根套索套上它的脖子并把它吊在了一根树枝上。吊死它时我两眼噙着泪花,心里充满了痛苦的内疚。我吊死它是因为我知道它曾爱过我,并因为我觉得它没有给我任何吊死它的理由。我吊死它是因为我知道那样做是在犯罪,一桩甚至会使我不死的灵魂来生转世于猫的滔天大罪(如果这种事可能的话),一种甚至连最仁慈也最可畏的上帝也不会宽恕的深重罪孽。

就在我实施那桩暴行的当天晚上,我在睡梦中被一阵救火的喊叫声惊醒。床头的幔帐已经着火。整幢房子正在燃烧。我和我妻子以及一个仆人好不容易才从那场大火中死里逃生。那场毁灭非常彻底。我所有的财产都化为了灰烬,而从那之后我就陷入了绝望的境地。

我现在并不是企图要在那场灾难和那桩暴行之间找到一种因果关系。但我要详细讲述一连串事实,并希望不要漏掉任何一个可能漏掉的环节。火灾的第二天,我去看过了那堆废墟。除了一个例外,墙壁全都倒塌。那个例外是一堵不太厚的隔墙,它处在房子的中央,原来我的床头就靠着它。墙面的泥灰在很大程度上抵御了烈火对墙的摧毁。我把这归因于泥灰是新近涂抹的缘故。那堵墙跟前聚集着一大堆人,其中许多正在仔仔细细地查看墙上的某个部分。人群中发出的"奇哉""怪哉"和诸如此类的惊叹激起了我的好奇心。我走上前一看,但见白色的墙面上好像有一幅浅浅的浮雕,形状是一只硕大的猫。那猫被雕得惟妙惟肖,脖子上还绕着一根绞索。

当我第一眼看到那个幻影之时(因为我还不至于把它视为乌有),我的惊讶和恐惧都到了无以复加的地步。但回忆又终于令我释然。我记得那只猫是被吊在屋子旁边的一个花园里。发现起火之后,花园里立刻挤满了人,肯定是有人砍断了吊猫的套索,从一扇开着的窗户把猫扔进了我的卧室。他这样做也许是为了把我唤醒。其他墙壁的倒塌把我暴虐的牺牲品压进了刚刚涂抹的泥灰。石灰、烈火加上尸骸发出的氨,相互作用便形成了我所看见的浮雕。

尽管我就这样轻而易举地对我的理性(如果不完全是对我的良

274

心）解释了刚才所讲述的那个惊人事实，但那事实并非没有给我的想象力留下一个深刻的印象。一连好几个月我都没法抹去那只猫的幻影。而在此期间，我心中又滋生出一种像是悔恨又不是悔恨的混杂的感情。我甚至开始惋惜失去了那只猫，并开始在我当时常去的那些下等场合寻找一只多少有点像它的猫，以填补它原来的位置。

一天晚上，当我昏昏沉沉地坐在一家臭名昭著的下等酒馆里时，我的注意力忽然被一团黑乎乎的东西所吸引，那团黑乎乎的东西在一个装杜松子酒或朗姆酒的大酒桶上，而那个酒桶是那家酒馆里最醒目的摆设。我注意看那个酒桶上方已经有好几分钟，而使我惊奇的是刚才竟然一直没发现上面有个东西。我走到酒桶跟前，伸手摸了摸那东西。它原来是一只黑猫，一只个头很大的猫，足有普路托那么大，而且除了一点之外，其他各方面都长得和普路托一模一样。普路托浑身上下没一根白毛，可这只猫胸前，却有一块虽说不甚明显但却大得几乎覆盖整个胸部的白斑。

我一摸它，它马上就直起身来，一边发出呼噜噜的声音，一边用身子在我手上磨蹭，好像很高兴我注意到它。看来它就是我正在寻找的那只猫。我当即向酒馆老板提出要把它买下；可老板说那只猫不是他的。他对那猫一无所知，而且以前从不曾见过。

我继续抚摸了它一阵，而当我准备回家时，那只猫表示出要随我而去的意思。我允许它跟着我走，一路上我还不时弯下腰去摸摸它。它一到我家就立即适应了新的环境，而且一下子就赢得了我妻子的宠爱。

至于我自己，我很快就发现我对它产生了一种厌恶之情。这与我原来预料的正好相反，但是，我不知道是怎么回事，也不知道为何至此，它对我明显的喜欢反而使我厌腻，使我烦恼。渐渐地，这种厌烦变成了深恶痛绝。我尽量躲着它，一种羞愧感和对我上次暴行的记忆阻止了我对它进行伤害。几个星期以来，我没有动过它一根毫毛，也没有用别的方式虐待它，但渐渐地，慢慢地，我变得一看见它那丑陋的模样就有一种说不出的憎恶,我就像躲一场瘟疫一样悄悄地对它避而远之。

毫无疑问,使我对那只猫越发憎恶的原因在于我把它领回家的第二天早晨竟发现它与普路托一样也被剜掉了一只眼睛。不过这种情况只能使它深受我妻子的钟爱。正如我已经说过的一样,我妻子具有那种曾一度是我的显著特点并是我获取天趣之乐之源泉的博爱之心。

然而,虽说我厌恶那只猫,可它对我似乎却越来越亲热。它以一种读者也许难以理解的执着,寸步不离地跟在我身边。只要我一坐下,它就会蹲在我椅子旁边或者跳到我膝上,以它那股令人讨厌的亲热劲儿在我身上磨蹭。如果我起身走路,它会钻到我两腿之间,曾经险些把我绊倒。要不然它就用又长又尖的爪子抓住我的衣服,顺势爬到我胸前。每当这种时候,我都恨不得一拳把它揍死,但每次我都忍住没有动手,这多少是因为我对上次罪行的记忆,但主要是因为(让我马上承认吧)我打心眼里怕那个畜生。

这种怕不尽然是一种对肉体痛苦的惧怕,但我不知此外该如何为它下定义。我此时也几乎羞于承认(是的,甚至在这间死牢里我也羞于承认)当时那猫在我心中引起的恐怖竟然因为一种可以想象的纯粹的幻觉而日益加剧。我妻子曾不止一次地要我注意看那块白毛斑记的特征,我已经说过那块白斑是这只奇怪的猫与被我吊死的普路托之间唯一看得出的差别。读者可能还记得这块白斑虽然很大却并不十分明显。但后来慢慢地(慢得几乎难以察觉,以致我的理性在很长一段时间内都竭力把那种缓慢变化视为幻觉),那块白斑终于呈现出一个清清楚楚的轮廓。那是一样我一说到其名称就会浑身发抖的东西的轮廓。由于这一变化,我更加厌恶也更加害怕那个怪物;要是我敢,我早就把它除掉了。如我刚才所说,那是一个可怕的图形,一件可怕的东西的图形,一个绞刑架的图形!哦,那恐怖和罪恶的、痛苦和死亡的、令人沮丧和害怕的刑具!这下我实在是成了超越人类之不幸的最不幸的人。一只没有理性的动物,一只被我若无其事地吊死了其同类的没有理性的动物,居然为我(一个按上帝的形象创造出来的人)带来了那么多不堪忍受的苦恼!天哪!无论是白天还是黑夜,我再也得不到安宁的祝福!在白天,那家伙从不让我单独待上一会儿;而在夜里,我常常从说不出有多可怕的噩梦中惊醒,发现那家伙正在朝我脸上呼出热气,发现它巨大的重量(一个我没有力量摆脱的具有肉体的梦魇)永远压在我的心上!在这种痛苦的压迫下,我心中仅存的一点善性也彻底泯灭。邪念成了我唯一的密友,那种最最丧心病狂的邪念。我原来喜怒无常的脾性发展成了对所有事和所有人的怨恨憎恶;而从我任凭自己陷入的一种经常突然发作的狂怒之中,我毫无怨言的妻子,哦,天哪!我毫无怨言的妻子则是最经常、最宽容的受害者。

一天,为了某件家务事她陪我一道去我们由于贫穷而被迫居住的那幢旧房子的地窖。那只猫跟着我下陡直的阶梯,并因差点儿绊我一跤而令我气得发疯。狂怒中我忘记了那种使我一直未能下手的幼稚的恐惧,我举起一把斧子,对准那只猫就砍,当然,如果斧头按我的意愿落下,那家伙当场就会毙命。但这一斧被我妻子伸手拦住了。这一拦犹如火上浇油,使我的狂怒变成了真正的疯狂,我从她手中抽回我的胳膊,一斧子砍进了她的脑袋。她连哼也没哼一声就倒下死去。

完成了这桩可怕的凶杀,我立即开始仔细考虑藏匿尸体的事。我知道不管是白天还是晚上,我要把尸体搬出那房子都有被邻居看见的危险。我心里有过许多设想。一会儿我想到把尸体剁成碎片烧掉。一会儿我又决定在地窖里为它挖个坟墓。我还仔细考虑过把它扔进院子中那口井,考虑过按杀人者通常的做法把尸体当作货物装箱,然后雇一名搬运工把它搬出那幢房子。最后,我终于想出了一个我认为比其他设想都好的万全之策。我决定把尸体砌进地窖的墙里,就像书中所记载的中世纪僧侣把他们的受害者砌进墙壁一样。

那个地窖派这样一种用场真是再合适不过了。它的墙壁结构很松，而且新近用一种粗泥灰抹过，新抹上的泥灰由于空气潮湿还没有变硬。此外，其中一面墙原来有一个因假烟囱或假壁炉而造成的突出部分，后来那面墙被填补抹平，其表面与地窖的其他墙壁没有两样。我相信我能够轻易地拆开填补部分的砖头，嵌入尸体，再照原样把墙砌好，保管做得叫任何人都看不出丝毫破绽。

这一番深思熟虑没有令我失望。我轻而易举地就用一根撬棍拆开了那些砖头，接着我小心翼翼地置入尸体，使其紧贴内墙保持直立的姿势，然后我稍稍费了点劲儿照原样砌好了拆开的墙。为了尽可能地防患于未然，我弄来了胶泥、沙子和头发，搅拌出了一种与旧泥灰别无二致的抹墙泥，并非常仔细地用这种泥灰抹好了新砌的墙面。完工之后，我对一切都非常满意。那面墙丝毫也看不出被动过的痕迹。地上的残渣碎屑也被我小心地收拾干净。我不无得意地环顾四周，心中暗暗对自己说：“看来我这番辛苦至少没有白费。”接下来我就开始寻找那个造成了这么多不幸的罪魁祸首，因为我终于下定了决心，非要把那畜生置于死地。要是我当时能够找到那只猫，那它肯定必死无疑；可那狡猾的家伙似乎是被我刚才那番狂暴之举所惊吓，知趣地自个儿避开了我那阵雷霆之怒。简直没法形容或想象那只可恶的猫之离去为我带来的那种令人心花怒放的轻松感。它整整一晚上都没有露面。这样，自从它被我领进家门以来，我终于酣畅而平静地睡了一夜。唉，甚至让灵魂承受着行恶之重负睡了一夜！

第二天和第三天相继而过，那个折磨我的家伙仍没有回来。我再次作为一个自由人而活着。那怪物已吓得永远逃离了这幢房子！我再也不会见到它的踪影！我心中的快乐无以复加！我犯下的那桩罪孽很少使我感到不安。警方来进行过几次询问，但都被我轻而易举地搪塞过去。他们甚至还来进行过一次搜查，但结果当然是什么也没发现。我认为自己的前景已安然无忧。

在我杀害妻子之后的第四天，一帮警察非常突然地到来，对那幢房子又进行了一番严密的搜查。不过我确信藏尸的地方他们连做梦也想不到，所以我一点儿不感到慌张。那些警察要我陪同他们搜查。他们连一个角落也不放过。最后，他们第三次或是第四次走下地窖。我泰然自若，神色从容。我的心跳就像清白无辜者在睡梦中时那样平静。我从地窖的这端走到那头。我把双臂交叉在胸前，悠哉游哉地踱来踱去。那些警察消除了怀疑正准备要走。这时我心中那股高兴劲儿已难以压抑。我忍不住要开口，哪怕只说一句话，以表示我的得意之情，让他们更加确信我清白无罪。

"先生们，"就在他们踏上台阶之际我终于开了口，"我很高兴消除了你们的怀疑。我祝你们大家身体健康，并再次向诸位表示我微薄的敬意。顺便说一句，先生们，这，这是一座建筑得很好的房子。"（在一种想使语言流畅的疯狂欲望之中，我几乎不知道自己都说了些什么。）"请允许我说这是一座建筑得最好的房子。这些墙……要走吗，先生们？这些墙砌得十分牢固。"说到这儿，出于一种纯粹虚张声势的疯狂，我竟然用握在手中的一根手杖使劲敲击其后面就站着我爱妻尸体的那面墙拆砌过砖头的部分。

但愿上帝保佑，救我免遭恶魔的毒手！我敲击墙壁的回响余音刚落，壁墓里就传出一个回应我的声音！一个哭声，开始低沉压抑且断断续续，就像是一个小孩在抽噎，随之很快就变成了一声长长的、响亮的、而且持续不断的尖叫，其声怪异，非常人之声。那是一种狂笑，一种悲鸣，一半透出恐怖，一半显出得意，就像只有从地狱里才可能发出的那种声音，就像因被罚入地狱而痛苦的灵魂和因灵魂坠入地狱而欢呼的魔鬼共同从喉咙里发出的声音。

现在要来说我的想法可真愚蠢。我当时昏头昏脑，跟跟跄跄地退到对面墙根。由于极度的惊恐和敬畏，台阶上那帮警察一时间呆若木鸡。其后十几条结实的胳膊忙着拆那面墙。墙被拆倒。那具已经腐烂并凝着血块的尸体赫然直立在那帮警察眼前。在尸体的头上正坐着那个有一张血盆大口和一只炯炯独眼的可怕的畜生，是它的狡猾诱使我杀害了妻子，又是它告密的声音把我送到了刽子手的手中。原来我把那可怕的家伙砌进了壁墓！

莫斯肯漩涡沉浮记

[美]爱伦·坡 | 曹明伦 译

> 神造自然之道犹如天道，非同于吾辈制作之道；故自然之博大、幽眇及神秘，绝非吾辈制作之模型所能比拟，自然之深邃远胜德谟克利特之井。
>
> ——约瑟夫·格兰维尔

我们当时登上了最高的巉崖之顶。那位老人一时间似乎累得说不出话来。

"不久前，"他终于说道，"我还能像我小儿子一样利索地领你走这条路；可大约三年前我有过一次世人从未有过的经历，或至少是经历者从未有人幸存下来讲述的那种经历。我当时所熬过的那胆战心惊的六小时把我的身子和精神全都弄垮了。你以为我是个年迈的老人，可我不是。就是那不到一天的工夫使得我黑发变成了白发，手脚没有了力气，神经也衰弱了，结果现在稍一使劲就浑身发抖，看见影子就感到害怕。你知道吗，我现在从这小小的悬崖往下看都有点头晕目眩？"

这"小小的悬崖"，他刚才还那么漫不经心地躺在悬崖边上休息，以至于他身体的重心几乎是挂在崖壁上，仅凭他一只胳膊肘支撑着又陡又滑的岩边以保持身子不往下掉。这"小小的悬崖"是一道由乌黑发亮的岩石构成的高峻陡峭的绝壁,从我们脚下的巉岩丛中突兀而起,大约有一千五百英尺或一千六百英尺高。说什么我也不敢到离悬崖边五六码的地方去。实际上,看见我那位同伴躺在那么危险的地方我都紧张得要命,以至于我挺直身子趴在地上还紧紧抓住身旁的灌木,甚至不敢抬眼望一望天空。与此同时,我总没法驱除心中的一个念头:这山崖会被一阵狂风连根吹倒。过了好一阵我才说服了自己,鼓足勇气坐起来并朝远处眺望。

"你一定得克服这些幻觉,"那位向导说,"因为我领你上这儿来就是要让你尽可能地看看我刚才所说的那件事发生的地点,以便我给你讲那番经历时那地方就在你眼皮底下。"

"我们现在,"他以他独特的格外详细的讲述方式继续道,"我们现在是在挪威海边,在北纬六十八度,在诺尔兰这个大郡,在荒凉的罗弗敦地区。我们脚下这座山叫赫尔辛根,也称云山。请把身子抬高一点儿,要是头晕就抓住草丛。就这样,朝远处看,越过咱们身下的那条雾带,看远方大海。"

我头晕眼花地极目远望,但见浩浩汤汤一片汪洋。海水冥冥如墨,使我一下想起了那位努比亚地理学家所记述的黑暗海洋[1]。眼前景象之凄迷超越了人类的想象。在我们目力所及的左右两方,各自伸延着一线阴森的黑崖,犹如这世界的两道围墙,咆哮不止的波涛高卷起狰狞的白浪,不断地拍击黑崖,使阴森的黑崖更显幽暗。就在我们置身于其巅峰的那个岬角对面,在海上大约五六英里远之处,有一个看上去很荒凉的小岛;更确切地说,是透过小岛周围的万顷波澜,那

---

1. 指摩洛哥地理学家易德里希(Al Idrisi, 1100—1165),他写的世界地理志之拉丁语译本于1619年在巴黎出版,书名被译为《努比亚地理志》(*Geographia Nubiansis*),从此他也被讹传为努比亚人。爱伦·坡在《埃莱奥诺拉》和《未来之事》开篇也提到这位地理学家和那片黑暗的海洋。

小岛的位置依稀可辨。靠近陆地两英里处又矗起一个更小的岛屿,荒坡濯濯,怪石嶙峋,周围环绕着犬牙交错的黑礁。

较远那座荒岛与陆地之间的这片海面有一种非常奇异的现象。虽然当时有一阵疾风正从大海刮向陆地,猛烈的疾风使远方海面上的一条双桅船收帆停下后仍不住颠簸,整个船身还不时被巨浪覆盖,但这片海面上却看不见通常的波涛,只有从逆风或顺风的各个方向流来的海水十分短促地交叉涌动。除了紧贴岩石的地方,海面上几乎没有泡沫。

"较远的那座岛,"老人继续道,"挪威人管它叫浮格岛。中途那座是莫斯肯岛。往北一英里处是阿姆巴伦岛。再过去依次是伊弗力森岛、霍伊荷尔摩岛、基尔德尔摩岛、苏尔文岛和巴克哥尔摩岛。对面远处(在莫斯肯岛和浮格岛之间)是奥特荷尔摩岛、弗里门岛、桑德弗利森岛和斯卡荷尔摩岛。这些名称便是这些小岛准确的叫法,但至于人们为什么认为非得这么叫,那就不是你我能弄懂的了。你现在听见什么吗?你看见海水有什么变化吗?"

我们当时在赫尔辛根山顶已待了大约十分钟,我们是从罗弗敦内地一侧爬上山的,所以直到攀上绝顶大海才骤然呈现在我们眼前。老人说话之际,我已经听到了一种越来越响的声音,就像美洲大草原上一大群野牛的悲鸣。与此同时我还目睹了水手们所说的大海说变就变的性格,我们脚下那片刚才还有风无浪的海水眨眼之间变成了一股滚滚向东的海流。就在我凝望之时,那股海流获得了一种异乎寻常的速度。那速度每分每秒都在增大,海流的势头每分每秒都在增猛。不出五分钟,从海岸远至浮格岛的整个海面都变得浊浪滔天,怒涛澎湃;但海水最为汹涌的地方则在莫斯肯岛与海岸之间。那里的海水分裂成上千股相互冲撞的水流,突然间陷入了疯狂的骚动,跌荡起伏,滚滚沸腾,嘶嘶呼啸,旋转成无数巨大的漩涡,所有的漩涡都以水在飞流直下时才有的速度转动着冲向东面。

几分钟之后,那场景又发生了一个急剧的变化。海平面变得多少比刚才平静，那些漩涡也一个接一个消失，但在刚才看不见泡沫的海面，现在泛起了大条大条带状的泡沫。泡沫带逐渐朝远处蔓延，最后终于连成一线，又开始呈现出漩涡状的旋转运动，仿佛要形成另一个更大的漩涡。突然，真是突如其来，那个大漩涡已清清楚楚地成形，其直径超过了半英里。那漩涡的周围环绕着一条宽宽的闪光的浪带，但却没有一点浪花滑进那个可怕的漏斗。我们的眼睛所能看到的那漏斗的内壁，是一道光滑、闪亮、乌黑的水墙，墙面与水平面大约成四十五度角，以一种令人眼花缭乱的速度飞快地旋转，并向空中发出一种可怕的声音，一半像悲鸣，一半像咆哮，连气势磅礴的尼亚加拉大瀑布也从不曾向苍天发出过这种哀号。

一时间山崖震颤，岩石晃动。我紧张得又一下趴到地上，紧紧抓住身边稀疏的荒草。

"这，"我最后终于对老人说，"这一定就是著名的梅尔斯特罗姆大漩涡了。"

"有时候人们也这么叫，"他说，"但我们挪威人称它为莫斯肯漩涡，这名字来自海岸和浮格岛之间的莫斯肯岛。"

一般关于这大漩涡的记述都未能使我对眼前所见的景象有任何心理准备。约纳斯·拉穆斯[1]的记述也许是最为详细的，但也丝毫不能使人想象到这番景象的宏伟壮观或惊心动魄，或想象到这种令观者心惊肉跳、惶恐不安的新奇感。我不清楚那位作者是从什么角度和在什么时间观察大漩涡的，但他的观察既不可能是从赫尔辛根山顶，也不可能是在一场暴风期间。然而他的描述中有几段特别详细，我们不妨把它们抄录在这里，尽管要传达对那种奇观异景的感受这些文字还嫌太苍白无力。

他写道："莫斯肯岛与罗弗敦海岸之间水深达三十六至四十英

---

1. 约纳斯·拉穆斯（Jonas Ramus, 1649—1718），挪威学者。

寻；但该岛至浮岛（浮格岛）之间水深却浅到船只难以通过的程度，即便在风平浪静的日子，船只也有触礁的危险。当涨潮之时，那股强大的海流以一种疯狂的速度冲过罗弗敦和莫斯肯岛之间；而当它急遽退落时所发出的吼声，连最震耳欲聋最令人害怕的大瀑布也难以相比。那种吼声几海里之外都能听见。那些漩涡或陷阱是那么宽，那么深，船只一旦进入其引力圈就不可避免地被吸入深渊，卷到海底，在乱礁丛中撞得粉碎。而当那片海域平静之时，残骸碎片又重新浮出海面。但只有在无风之日涨落潮之间的间歇，才会有那种平静之时，而且最多只能延续十五分钟，接着那海流又渐渐卷土重来。当那股海流最为狂暴且又有暴风雨助威之时，离它四五英里之内都危机四伏。无论小船大船只要稍不留意提防，不等靠拢就会被它卷走。鲸鱼游得太近被吸入涡流的事也常常发生，这时它们那种徒然挣扎、奢望脱身时所发出的叫声非笔墨所能形容。曾有一头白熊试图从罗弗敦海岸游向莫斯肯岛，结果被那股海流吸住卷走，当时它可怕的咆哮声岸上都能听见。枞树和松树巨大的树干一旦被卷入那急流，再浮出水面时一定是遍体鳞伤，仿佛是长了一身硬硬的鬃毛。这清楚地表明海底怪石嶙峋，被卷入的树干只能在乱石丛中来回碰撞。这股海流随潮涨潮落或急或缓，通常每六个小时一起一伏。1645年六旬节的星期日清晨，这股海流的狂暴与喧嚣曾震落沿岸房屋的砖石。"

说到水深，我看不出那个大漩涡附近的深度如何能测定。"四十英寻"肯定仅仅是指那股海流靠近莫斯肯岛或罗弗敦海岸那一部分的深度。莫斯肯漩涡之中心肯定是深不可测，而对这一事实的最好证明莫过于站在赫尔辛根山最高的巉崖之顶朝那旋转着的深渊看上一眼，哪怕是斜眼匆匆一瞥。从那悬崖之巅俯瞰那条咆哮的冥河，我忍不住窃笑老实的约纳斯·拉穆斯竟那么天真，居然把鲸鱼白熊的传闻当作难以置信的事件来记载；因为事实上在我看来，即便是这世上最大的战舰，只要一进入那可怕的吸力圈，也只能像飓风中的一片羽毛，顷刻之间便消失得无影无踪。

我曾经读过那些试图说明这种现象的文章。记得当时还觉得其中一些似乎言之有理，现在看来则完全不同，难以令人满意。人们普遍认为这个大漩涡与法罗群岛那三个较小的漩涡一样，"其原因不外乎潮涨潮落时水流之起伏与岩石暗礁构成的分水脊相碰，水流受分水脊限制便如瀑布直落退下，于是水流涌得越高，其退落就越低，结果就自然形成涡流或漩涡，其强大吸力通过模拟实验已为世人所知"。以上见解乃《大英百科全书》之原文[1]。基歇尔[2]等人推测莫斯肯漩涡之涡流中心是一个穿入地球腹部的无底深渊，深渊的出口在某个非常遥远的地方，而有一种多少比较肯定的说法是认为那出口在波的尼亚湾。这种推测本来并无根据，但当我凝视着眼前的漩涡，我的想象力倒十分倾向于同意这种说法；当我对向导提起这个话题，他的回答令我吃了一惊，他说虽然一说起这话题几乎所有挪威人都接受上述观点，但他自己并不同意这种见解。至于前一种见解，他承认自己没有能力去理解。在这一点上我与他不谋而合，因为不管书上说得多么头头是道，可一旦置身于这无底深渊雷鸣般的咆哮声中，你便会觉得书上所言完全莫名其妙，甚至荒唐透顶。

"你现在已好好地看过了这大漩涡，"老人说道，"如果你愿意绕过这巉崖爬到背风的地方，避开这震耳欲聋的咆哮，我将给你讲一段故事，让你相信我对莫斯肯漩涡应该有几分了解。"

我爬到了他所说的地方，他开始讲故事。

"我和我的两位兄弟曾有一条载重七十吨的渔船，我们习惯于驾船驶过莫斯肯岛，在靠近浮格岛附近的岛屿间捕鱼。海中凡有漩涡之

---

1. 有趣的是，如今的《大英百科全书》等辞书在"莫斯肯漩涡"这个词条中都要提及爱伦·坡对此漩涡的描述。
2. 基歇尔（Athanasius Kircher, 1602—1680），德国学者。

处都是捕鱼的好地方，只要掌握好时机，再加上有胆量去一试。不过在罗弗敦一带所有渔民之中，只有我们三兄弟常去我告诉你的那些岛屿间捕鱼。通常的渔场在南边很远的地方。那儿随时都能捕到鱼，没有多少危险，所以人们都情愿去那儿。可这边礁石丛中的好去处不仅鱼种名贵，而且捕捞量大，所以我们一天的收获往往比我们那些胆小的同行一个星期所得到的还多。事实上，我们把这营生作为一种玩命的投机，以冒险代替辛劳，以勇气充当资本。

"我们通常把船停在沿这海岸往北大约五英里处的一个小海湾里；遇上好天气，我们就趁着那十五分钟平潮赶快驶过莫斯肯漩涡的主水道，远远地在那大漩涡的北边，然后调头南下直驶奥特荷尔摩岛或桑德弗利森岛附近的停泊地，那儿的涡流不像别处那么急。我们通常在那儿停留到将近第二次平潮，这时我们才满载鱼虾起锚返航。若是没遇上一阵那种能把我们送去又送回的平稳的侧风，那种我们有把握在我们回来之前不会停刮的侧风，那我们绝不会扬帆出海去进行这种冒险，而对风向的预测我们很少出错，六年期间我们因为没风而被迫在那儿抛锚过夜的事只发生过两次，天上一丝风也没有的情况在我们这儿十分少见；还有一次我们不得不在那边渔场上逗留了将近一个星期，差点儿没被饿死，那是因为我们刚到渔场不一会儿就刮起了狂风，狂风使水道怒浪滔天，那狂暴劲儿叫人想都不敢想。不管怎么说，那次我们本该被冲进深海（因为那些漩涡使我们的船旋转得那么厉害，结果连锚都缠住了，我们只得拖着锚随波逐流），但幸好我们漂进了那些纵横交错的暗流中的一条，今天漂到这儿，明天漂到那儿，最后顺流漂到了弗里门岛背风的一面，在那儿我们侥幸地抛下了锚。

"我们在'渔场那边'遭遇的艰难，我真是难以向你一言道尽。那是个险恶的地方，即便在好天也不太平，但我们总能设法平安无事地避开莫斯肯漩涡的魔掌。不过也有过吓得我心都提到嗓子眼的时候，那就是我们通过主水道的时间碰巧与平潮时间前后相差那么一分钟左右。有时启航之后才发现风不如我们预测的那么强劲，我们只好缩短我们本来该绕的圈子，这时候那海流就会把船冲得难以控制。当时我哥哥已有一个十八岁的儿子，我也有两个健壮的男孩。在刚才说到的那种需要划桨加速的时候，或是在到达渔场后撒网捕鱼的时候，孩子们都可以成为很好的帮手。可不知什么缘故，尽管我们自己就在玩儿命，但却没勇气让孩子们去冒风险，因为那毕竟是一种可怕的危险，而我说这话是千真万确。

"再过上几天，我下面要给你讲的那件事就已经发生三年了。那是18××年7月10日，这一带的人们永远都忘不了那个日子，因为就在那天，这里刮过一场从来没有过的最可怕的飓风。然而在那天上午，实际上一直到下午很晚的时候，天上还一直吹着轻柔而稳定的西南风，头顶上也一直艳阳高照，所以连我们中最老的水手也没料到会骤然变天。

"我们三人（我的两个兄弟和我）大约在下午两点左右到达那边的岛屿之间，并很快就使鱼舱几乎装满了好鱼，我们都注意到那天捕的鱼比以往任何时候都多。七点整，根据我表上的时间，我们开始满载返航，以便趁平潮之机驶过那涡流的主水道，我们知道下次平潮是在八点。

"我们乘着从右舷一侧吹来的劲风驶上归途，以极快的速度行驶了好一阵，压根儿没想到有什么危险，因为事实上我们看不出任何值得担忧的迹象。可突然之间，从赫尔辛根山方向吹来的一阵风使我们吃了一惊。这种情况异乎寻常，我们以前从未遇过，我不由得感到了一点不安，虽然我不清楚不安的缘由。我们让船顺着那阵风，但由于流急涡旋，船完全没法前进；我正想建议把船驶回刚才停泊的地方，这时我们朝后一望，但见整个天边已被一种正急速升腾的黄铜色的怪云笼罩。

"与此同时，刚才阻挠我们的那阵风也渐渐消失，我们完全没有了前行所需的风力，一时间只能随波逐流。可这种情况并未延续多久,甚至不够我们细想一下当时的处境。不出一分钟,风暴降临我们头上。不出两分钟,天空布满了乌云。乌云遮顶加上水雾弥漫,我们周围顿时变得漆黑一团,以致同在一条船上也彼此看不见对方。

"要描述当时那场飓风可真是痴心妄想。整个挪威最老的水手也不曾有过那种经历。我们趁那飓风完全刮来之前赶紧收起了风帆;可第一阵风头就把我们的两根桅杆都刮倒在船外,仿佛它们早就被锯断了似的。主桅把我弟弟也带进了海里,因为他为安全起见把自己绑在了桅杆上。

"我们的船是海上航行的船只中最轻巧的一种。它有一层十分平滑的甲板,只在靠近船头的地方有一个小小的舱口,而我们一直习惯于在驶越大漩涡之前钉上扣板将其密封,以防止汹涌的海水灌入。要不是采取了那样的措施,恐怕我们早就沉到了海底,因为有一阵子我们完全被埋在水下。我说不上我哥哥是如何逃过那灭顶之灾的,因为我根本没机会去弄明白。至于我自己,当时我一放下前帆就趴倒在甲板,用双脚紧紧抵住船头狭窄的舷边,双手则死死抓住前桅杆下一个环端螺栓。我那样做仅仅是由于本能的驱使,那毫无疑问也是我当时最好的选择,因为我慌得没工夫细想。

"正如我刚才所说,有一阵子我们完全被埋在水下,其间我一直屏住呼吸,并紧紧抓住那个螺栓。待我实在不能再坚持时我才跪起身来,但抓螺栓的手一点也没放松,因此我保持了神志清醒。接着我们的小船晃了一阵,就像狗从水中出来时晃动身子,这样多少总算从水下钻出了水面。我正试图驱散刚向我袭来的一阵恍惚,以便定下神来考虑对策,这时我觉得有人抓住了我一条胳臂。那是我哥哥,我高兴得心里直跳,因为我刚才以为他肯定已掉下船去,可我的高兴转眼之间就变成了恐惧,因为他把嘴凑近我的耳朵,惊恐地喊叫出了那个名字:'莫斯肯漩涡!'

"没有人会知道我当时是什么心情。我浑身上下直打哆嗦,就像发一场最厉害的疟疾。我清楚他嚷出的那个名称所包含的意义,我知道他想让我明白的是什么。随着那阵驱赶我们的狂风,小船正飞速驶向莫斯肯漩涡,我们已毫无希望得到拯救!

"你知道我们每次穿过这漩涡的主水道,总是远远地从漩涡北边绕一个大圈,即便在最好的天气也不例外,然后还得小心翼翼地等待平潮,可现在我们却直端端地被驱向那大漩涡本身,并且是在那样的一场飓风之中!'自然,'我暗想,'我们到达漩涡时会正赶上平潮。这样我们也许还有一线生机。'但紧接着我就诅咒自己是个十足的白痴,居然会想到从大漩涡生还的希望。我知道得非常清楚,就算我们是一条比有九十门大炮的战列舰还大十倍的船,这一次也是在劫难逃。

"这时风暴的头一阵狂怒已经减弱,或者是因为我们顺风行驶而觉得它不如刚才凶狂,但不管怎样,刚才被狂风镇服、压平、只翻涌着泡沫的海面现在卷起了一排排山一样的巨浪。天上也起了一种奇异的变化。虽说周围仍然是一片漆黑,可当顶却骤然裂开一个圆孔,露出一圈晴朗的天空,我所见过的最清澈明朗的天空,呈一种深沉而晶莹的湛蓝。透过那孔蓝天涌出一轮圆月,圆月闪射着一种我从不知月亮有过的光华。月光把我们周围的一切照得清清楚楚。可是,天哪,它照亮的是一番什么景象!

"我当时试了一两次要同我哥哥说话,可我弄不明白是怎么回事,震耳欲聋的喧嚣声越来越猛,我对着他的耳朵扯开嗓门喊叫也没法使他听到我的声音。不一会儿他朝我摇了摇头。面如死灰地竖起一根手指,仿佛是说'听!'。

"开始我还弄不懂他的意思,但紧接着一个可怕的念头倏然掠过脑际。我从表袋里掏出怀表。指针没有走动。我借着月光看了一眼表面,不禁哇地一下哭出声来,随之把怀表扔进了大海。表在七点钟时就已经停走!我们已经错过了平潮期,此时的大漩涡正在狂怒之中!

"当一条建造精良、结构匀称,且载货不多的船顺风而行之时,被强风掀起的海浪似乎总是从它的船底一滑而过，这对不懂航海的人来说显得非常奇怪，可用海上的行话来说，那就叫骑浪。对啦，在此之前我们就一直骑浪而行；但不久一个巨大的浪头紧紧贴住了我们的船底，并随着它的涌起把我们托了起来，向上，向上，仿佛把我们托到了空中。我真不敢相信浪头能涌得那么高。然后伴随着一顿、一滑、一坠，我们的船又猛然往下跌落，跌得我头晕眼花，直感恶心，就像是在梦中从山顶上往下坠落。但当我们被托起之时，我趁机朝四下扫了一眼，而那一眼就完全足够了。我一眼就看清了我们的准确位置。莫斯肯大漩涡就在我们正前方大约四分之一英里处，但它已不像平日所见的莫斯肯涡流，而像你刚才所见到的水车沟一样的漩涡。如果我当时不知道我们身在何处，不知道我们正面临什么，那我一定完全认不出那地方。事实上那一眼吓得我当即闭上了眼睛，上下眼皮像抽筋似的自己合在了一起。

"其后可能还不到两分钟，我们突然觉得周围的波涛平息了下来，包围着小船的是一片泡沫。接着小船猛地朝左舷方向转了个直角，然后像一道闪电朝这个新的方向猛冲。与此同时，大海的咆哮完全被一种尖厉的呼啸声吞没。要知道那种呼啸声，你可以想象几千艘汽船的排气管同时放气的声音。我们当时是在那条总是环绕着大漩涡的浪带上。当然，我以为下一个时刻马上就会把我们抛进那个无底深渊。由于我们的船以惊人的速度在飞驶，我们只能朦朦胧胧地看见下面。可小船并不像要沉入水中，而是像一个气泡滑动在水的表面。船的右舷靠着漩涡，左舷方则涌起我们刚离开的那片汪洋。此时那片汪洋像一道扭动着的巨墙，横在我们与地平线之间。

"说来也怪，真正到了那漩涡的边上，我反倒比刚才靠近时平静了许多。一旦横下心来听天由命，先前使我丧魂失魄的那种恐惧倒消除了一大半。我想当时使我平静下来的正是绝望。

"这听起来也许像在吹牛，但我告诉你的全是实话。我开始想到以这样的方式去死是多么的壮丽,想到面对上帝的力量如此叹为观止的展现,我竟然去考虑自己微不足道的生命,这是多么可鄙,多么愚蠢。我确信,当时这种想法一闪过我脑子,我的脸顿时羞得通红。过了一会儿,我终于被一种想探究那个大漩涡的强烈的好奇心所迷住。我确实感到了一种想去勘测它深度的欲望,即使为此而牺牲生命也在所不惜,可我最大的悲伤就是我永远也不可能把我即将看到的秘密告诉我岸上那些老朋友。毫无疑问,这些想法是一个面临绝境的人脑子里的胡思乱想。后来我常想,当时也许是小船绕漩涡急速旋转使得我有点儿神志恍惚了。"使我恢复镇静还有另一个原因,那就是风停了,风已吹不到我们当时所处的位置,因为正如你现在亲眼所见,那圈浪带比大海的一般水位低得多,当时海面高高地耸在我们头顶,像一道巍峨的黑色山梁。假若你从未在海上经历过风暴,那你就没法想象风急浪高在人心中造成的那种慌乱。风浪让你看不清,听不见,透不过气,让你没有力气行动也没有精力思考。可我们当时基本上摆脱了那些烦恼,就像狱中被宣判了死刑的囚徒被允许稍稍放纵一下,而在宣判之前则禁止他们乱说乱动。

"说不清我们在那条浪带上转了多少圈。我们就那样绕着圈子急速地漂了大约一个小时,说是漂还不如说是飞,并渐渐地移到了浪带中间,然后又一点一点向浪带可怕的内缘靠近。这期间我一直没松开那个螺栓。我哥哥则在船尾抓住一只很大的空水桶,那水桶一直牢固地绑在船尾捕鱼笼下面,飓风头一阵袭击我们时甲板上唯一没被刮下海的就是那只大桶。就在我们贴近那漩涡边缘之时,他突然丢下那只桶来抓环端螺栓,由于极度的恐惧,他力图强迫我松手。因为那个环并不大,没法容我们兄弟俩同时抓牢。当我看见他这种企图,我感到了前所未有的悲伤,尽管我知道他这样做时已神经错乱,极度的恐怖已使他癫狂。不过我并不想同他争那个螺栓。我认为我俩谁抓住它结果都不会有什么不同;于是我让他抓住那个环,自己则去船尾抓住那个桶。这样做并不太难；因为小船旋转得足够平稳，船头船尾在同一水平面，只是随着那漩涡巨大的摆荡，前后有些倾斜。我勉强在新位置站稳脚跟，船就猛然向右侧一歪，头朝下冲进了那个漩涡。我匆匆向上帝祷告了两句，心想这下一切都完了。

"当我感觉到下坠时那种恶心之时，我早已本能地抓紧木桶并闭上了眼睛。有好几秒钟我一直不敢睁眼，我在等待那最后的毁灭，同时又纳闷怎么还没掉到水底做垂死的挣扎。可时间一刻一刻地过去。我仍然活着。下坠的感觉消逝了，小船的运动似乎又和刚才在浪带上旋转时一样，只是现在船身更为倾斜。我壮着胆子睁开眼再看一看那番情景。

"我永远也忘不了我睁眼环顾时那种交织着敬畏、恐惧和赞美的心情。小船仿佛被施了魔法，看起来就像正悬挂在一个又大又深的漏斗内壁表面上，而若不是那光滑的内壁正以惊人的速度在旋转，若不是它正闪射着亮晶晶的幽光，那水的表面说不定会被误认为是光滑的乌木。原来那轮皓月正从我刚才描述过的那个乌云当中的圆孔把充溢的金光倾泻进这个巨大的漩涡，光线顺着乌黑的涡壁，照向深不可测的涡底。

"一开始我慌乱得根本无法细看，蓦然映入眼中的就是这幅可怕而壮美的奇观。但当我稍稍回过神来，我的目光便本能地朝下望去。由于小船是悬挂在涡壁倾斜的表面，我朝下方看倒能够一览无余。小船现在非常平稳，那就是说它的甲板与水面完全平行，但由于水面以四十五度多一点的角度倾斜，小船看起来几乎要倾覆。然而我不能不注意到我几乎并不比在绝对水平时费劲就能抓紧木桶、固定身体。现在想来，那是因为我们旋转的速度。

"月光似乎一直照向那深深漩涡的涡底；可我仍然什么也看不清楚，因为有一层厚厚的雾包裹着一切，浓雾上方悬着一道瑰丽的彩虹，犹如穆斯林所说的那座狭窄而晃悠的小桥，那条今生与来世之间唯一的通路。这层浓雾，或说水沫，无疑是那个漩涡巨大的水壁在涡底交汇相撞时形成的，可对水雾中发出的那种声震天宇的呼啸，我可不敢妄加形容。

"我们刚才从那条涌着泡沫的浪带上朝漩涡里的猛然一坠，已经使我们沿着倾斜的水壁向下滑了一大段距离，但其后我们下降的速度与刚才完全不成比例。我们一圈又一圈地随着涡壁旋转，但那种旋转并非匀速运动，而是一种令人头晕目眩的摆动，有时一摆之间我们只滑行几百英尺，而有时一摆之间我们却几乎绕涡壁转了一圈。我们每转一圈所下降的距离并不长，但也足以被明显地感知。

"环顾承载着我们的那道乌黑的茫茫水壁，我发现漩涡里卷着的并非仅仅是我们这条小船。在我们的上方和下面都可以看到船只的残骸、房屋的梁柱和各种树干，另外还有许多较小的东西，诸如家具、破箱、木桶和木板等等。我已经给你讲过那种使我消除了恐惧的反常的好奇心。现在当我离可怕的死亡越来越近之时，我那种好奇心似乎也越来越强烈。我怀着一种不可思议的兴趣开始观察那许许多多随我们一道漂浮的物体。我肯定是神经错乱了，因为我居然津津有味地去推测它们坠入那水沫高溅的涡底的相对速度。有一次我竟发现自己说出声来，'这下肯定该轮到那棵枞树栽进深渊，无影无踪了'，可随之我就失望地看到一条荷兰商船的残骸超过那棵枞树，抢先栽进了涡底。我接着又进行了几次类似的猜测，结果没有一次正确，这一事实，我每次都猜错这一事实，终于引得我思潮起伏，以致我四肢又开始发抖，心又开始怦怦乱跳。

"使我发抖心跳的不是一种新的恐惧，而是一种令人激动的希望。这希望一半产生于记忆，一半产生于当时的观察。我想起了那些被莫斯肯漩涡卷入又抛出，然后漂散在罗弗敦沿岸的各种各样的东西。那些东西的绝大部分都破碎得不成样子，被撞得千疮百孔，被擦得遍体鳞伤，仿佛是表面上被粘了一层碎片，但我也清楚地记得有些东西完全没有变形走样。当时我只能这样来解释这种差异,我认为只有那些破碎得不成样子的东西才被完全卷到了涡底,而那些未变形的东西要么是涨潮末期才被卷进漩涡,要么是被卷进后因某种原因而下降得太慢,结果没等它们到达涡底潮势就开始变化,或是开始退潮,这就视情况而定了。我认为无论是哪种情况,这些东西都有可能被重新旋上海面,而不遭受那些被卷入早或沉得快的东西所遭受的厄运。我还得出了三个重要的观察结论。其一,一般来说物体越大下降越快;其二,两个大小相等的物体,一个是球形,另一个是其他任何形状,下降速度快的是球形物;其三,两个大小相等的物体,一个是圆柱形,另一个是其他任何形状,下降速度慢的是圆柱形物体。自从逃脱那场劫难以来,我已经好几次同这个地区的一名老教师谈起这个话题,我就是从他那儿学会了使用'圆柱形'和'球形'这些字眼。他曾跟我解释(虽然我已经忘了他解释的内容)为什么我所看到的实际上就是各种不同漂浮物的必然结果,他还向我示范圆柱形浮体在漩涡中是如何比其他任何形状的同体积浮体更能抵消漩涡的吸力,因而也就更难被吸入涡底。[1]

"当时还有一种惊人的情况有力地证明了我那些观察结论,并使得我迫不及待地跃跃欲试。那种情况就是当我们一圈一圈地旋转时,我们超过了不少诸如大木桶或残桁断桅之类的东西,我最初睁开眼看漩涡里那番奇观时,有许多那样的东西和我们在同一水平线上,可后来它们却留在了我们上面,似乎比原来的位置并没有下降多少。

"我不再犹豫。我决定把自己牢牢地绑在我正抓住的那个大木桶上,然后割断把它固定在船尾的绳子,让它和我一道离船入水。我用手势引起我哥哥的注意,指给他看漂浮在我们船边的一些大木桶,千方百计让他明白我打算做什么。我最后认为他已经明白了我的意图,

---

1. 参见阿基米德《论浮体》(*De Incidentibus in Fluido*)第二部分。

但不管他明白与否，他只是绝望地向我摇头，不肯离开他紧紧抓住的那个螺栓。我当时不可能强迫他离船，而且情况紧急，刻不容缓；于是我只好狠狠心让他去听天由命，径自用固定木桶的绳索把自己绑在桶上，并毫不犹豫地投入水中。

"结果与我所希望的完全一样。因为现在是我在给你讲这个故事，因为你已经看到我的确劫后余生，因为你已经知道了我死里逃生的方法，因而也肯定能料到我接下去会讲些什么，所以我要尽快地讲完我的故事。大约在我离船后一个小时，早已远远降到我下面的那条船突然飞速地一连转了三四圈，然后带着我心爱的哥哥，一头扎进了涡底那水沫四溅的深渊，一去不返。而绑着我的那只大木桶只从我跳船入水的位置朝涡底下降了一半多一点儿的距离，这时漩涡的情形起了巨大的变化。涡壁的倾斜度变得越来越小。旋转的速度变得越来越慢。水沫和彩虹渐渐消失，涡底似乎开始徐徐上升。当我发现自己又升回海面之时，天已转晴，风已减弱，那轮灿灿明月正垂悬西天，我就在能望见罗弗敦海岸的地方，就在刚才莫斯肯漩涡的涡洞之上。当时是平潮期，但飓风的余威仍然使海面卷起小山般的波涛。我猛然被推进了大漩涡的水道，在几分钟内就顺着海岸被冲到了渔民们捕鱼的'渔场'。一条渔船把我打捞上来，当时我已累得精疲力竭，恐怖的记忆（既然危险已过去）使我说不出话来。救我上船的那些人都是我的老伙计和经常见面的朋友，可他们居然仅仅把我当作一名死里逃生的游客。我前一天还乌黑发亮的头发当时就已经白成了你现在所看见的这个样子。他们还说我脸上的神情都完全变了。我给他们讲了我那番经历。他们并不相信。现在我讲给你听，可我并不指望你会比那些快活的罗弗敦渔民更相信我的故事。"

情妇肖像

[法]夏尔·波德莱尔 | 胡小跃 译

在一间男宾专用的小客厅里,也就是说,在漂亮的赌场隔壁的一个吸烟室里,四个男人在吸烟喝酒。准确地说,他们既不年轻,又不年老,既不漂亮,又不丑陋;可是,不管年老年轻,他们都带有寻欢老手的那种不难辨别的特征,那种无法形容的东西,那种忧伤冷漠而带有嘲笑的意味,它分明在说:"我们曾尽兴地生活过,现在来追寻值得喜爱和珍惜的东西。"

其中一位把话题引到了女性身上。如果不谈这个问题,那反倒显得明智得多,可有些聪明人,喝了酒之后就满不在乎地说出庸俗的话来。大家听他说,就像听舞曲一样。

他说:"每个人都有过谢吕班[1]的年纪:那时,由于缺少护林仙女,人们会搂抱橡树的树干而不觉得厌恶,这是爱情的第一阶段。在第二阶段,人们开始挑选。能慎重考虑,这已经是没落。也就是在这个阶段,人们开始明确地追寻美女。对我来说,先生们,我早已荣幸地达到第三阶段这个关键时期。在这个阶段,光是美已经不够了,

---

1. 谢吕班,博马舍所著《费加罗的婚姻》中伯爵的年轻侍从,是个崇拜伯爵夫人、渴望爱情的纯真少年。

还要加上香水、首饰等东西。我甚至要承认，我有时憧憬应该属于绝对平静的第四阶段，就像渴望一种未知的幸福。可是，在我整个一生中，除了在谢吕班的年纪，我对女人恼人的愚蠢和令人发怒的平庸比任何人都要敏感。在动物身上，我最爱的是它们的单纯。请想想，我的最后一位情妇给了我多大的痛苦啊！"

"她是一位国王的私生女。当然啦，长得很漂亮，否则我干吗还要她？可是，她不合适的变态的野心，把这个很大的优点给糟蹋了。她是个总要装出男子气的女人。'你不是个男人！啊！我要是个男子那该多好！我们两人中，我才是男人！'从那张我希望飞出歌声的嘴里，说出的却是令人难以忍受的陈词滥调。当我忍不住赞扬一本书、一首诗、一部歌剧时，她立即就说：'你也许以为这很了不起吧？你可懂得什么叫了不起吗？'于是她就大发议论。

"有一天，她开始学起化学来；从此，我觉得在我和她的嘴之间有了一层玻璃罩隔着。于是，她变成了一本正经的女人。如果我有时做出热情得有点过分的动作，碰了她一下，她马上就像受到侵犯的含羞草一样痉挛起来……"

另外三个人当中有一位问道："结果怎么样呢？我没想到你有如此的耐心。"

他回答说："还是上帝能对症下药。有一天，我发现这位渴望理想之力的弥涅尔瓦[1]在跟我的男仆窃窃私语，只好悄悄地退到一边，以免使他们脸红。当晚，我就付清了拖欠他们的工钱，把他们都辞掉了。"

刚才打断他话头的那一位说："至于我，我只有埋怨自己。幸福曾降临到我身上，而我却没有意识到。最近一段时间，命运送来一个女人让我享受，可以说，她是最温柔、最听话、最忠实的一个造物，

---

1. 弥涅尔瓦，即雅典娜，希腊神话中的智慧女神。在西方，她是勇气和谋略的双重象征，同时也代表着绝对的自由。

随时准备听从我的召唤，而不主动表示热情！'既然你喜欢这样，我也乐意。'她总是这样回答。你用棍棒敲击墙壁和沙发，它们都会发出哀叹，而我的那位情妇，她的心中永远不会产生强烈的爱的冲动。我们共同生活了一年以后，她对我承认说，她从未感到过快乐。我不喜欢这种不对等的决斗，于是那位无与伦比的姑娘也就嫁给了别人。后来，我心血来潮地去看她，她指着六个可爱的孩子对我说：'哎，亲爱的朋友，做了妻子的我跟以前做你的情妇时一样贞洁。'她身上没有任何变化。失去了她我有点惋惜：我本来应该娶她的。"

其他人都大笑起来，轮到第三个人说话了：

"先生们，我尝到过也许你们都不屑的快乐，我敢打赌那是爱情中的滑稽剧，但这种滑稽剧并非没有可赞的地方。我很赞赏我的前一个情妇，我想我对她的爱或恨要比你们的更深。谁都会像我一样欣赏她。当我们走进一家饭店，几分钟之后，所有的人都会看着她而忘了进餐，甚至侍者和老板娘也受到影响，忘了自己的工作。总之，我跟一个活怪物亲密地生活了一段时间。她吃东西嚼东西咬东西或吞东西时，无不表现出世界上最轻松、最无忧无虑的神情。在好长一段时间里，她把我弄得神魂颠倒。她说'我饿了'时，那英国式的口气别提多温柔、多奇幻、多浪漫了。她日日夜夜重复着这句话，露出世界上最美的牙齿，使你听了又心软，又高兴。—— 要是把她带到集市上当作贪吃的怪物展览，我准会发一笔财。我把她养得好好的，可她却抛弃了我……""大概是跟一个管伙食的私奔了吧？""反正是这类人，是军需处的一个职员，他用只有他自己明白的非法手段把许多士兵的口粮都给了这个可怜的姑娘。至少我是这样猜想的。"

第四个人说话了："人们往往指责女人自私，我却不这么看，为此我感到了难以忍受的痛苦。你们这些过于幸福的人啊，我觉得你们这样抱怨情妇的缺点是不合适的！"

这番话是以极其严肃的口气说的,说话者是一位看上去温和而庄重的人,长得颇似教士,可惜闪动着浅灰色的眼睛,那眼神似乎在说:"我想这样!"或是:"应该这样!"又像是在说:"我决不原谅!"

"G先生,我知道你好冲动,或者你们二位,K兄和J兄,你们又懦弱又轻浮,如果你们碰上一个像我认识的那种女人,你们不是逃走就是送命。而我,你们看,却活了下来。请想象一下,一个在感情和算计方面不会犯错的女人;一种文静得让人受不了的性格;一种没有虚情假意和夸张色彩的忠贞;一种并不软弱的温柔;一种并不粗暴的生命力。我的浪漫史就好像在纯净而光滑的镜子上做一次无穷无尽的旅行,单调得令人眩晕。这面镜子映出了我的一切感情和行为,与我心里想的一模一样,这使我不能有任何不理智的感情和行动,否则马上就会受到那位与我形影不离的幽灵无言的责备。爱情在我的眼里就像是监督。我的多少蠢事都被她制止了啊!我真后悔没有干出来。我违心地还掉了多少债务啊!她剥夺了我从自己愚蠢的举动中本来可以得到的一切好处。她用冷酷而不可违反的规则制止了我的任性。更可怕的是,危险过后,她还不要求感谢。有多少次我忍不住扑过去搂住她的脖子,向她叫道:'可怜的人,别这么十全十美好不好!让我也能爱你,而不是感到不安和恼怒!'一连好几年,我敬佩她,心里却充满了怨恨。最后,因此而送命的却不是我!"

其他人说:"啊!这么说她死了?"

"是啊!不能再这样继续下去了。爱情对我来说已经成为一个难以忍受的噩梦。正如政治上所说的非胜即死一样,这就是命运强迫我做出的抉择!一天晚上,在森林中……在一个池塘边……在一次忧郁的散步之后,她的眼睛映着柔和的天光,而我的心却像地狱一样抽紧……"

"什么!"

"怎么样!"

"你说什么？"

"这是不可避免的。我的平等观念太强了，不可能去殴打、侮辱或辞退一个无可指责的仆人！但是，必须协调这种感情与这个女人使我产生的恐怖；摆脱她而又不失去对她的尊敬。你们要我怎样对待她，既然她是那么完美？"

另外三个伙伴用茫然而又略显呆滞的目光看着他，好像装作听不懂的样子，又好像在默默地承认：他们觉得自己不可能做出如此严厉的行为，尽管这种行为已得到了充分的解释。

随后，他们又要了几瓶酒，以消磨生活得如此艰难的时间，加快结束如此缓慢的人生。

黄昏

[英]萨基 | 杨珊珊 译

诺曼·戈茨比坐在海德公园的长椅上,背后的草坪灌木丛生,四周拿栅栏围了起来。街道隔着宽阔的马车道横在面前。海德公园角就在他右手边,车水马龙,鸣笛不断。这是三月初的一个傍晚,约莫六点半的样子,暮色笼罩大地,只有微弱的月光和点点街灯冲淡着昏暗的夜幕。公园小道上空荡荡的,默默无闻的人们或在暮色中静静穿行,或低调地散坐在长椅和木凳上,几乎淹没在阴影里,叫人难以辨认。

眼前的景象正是戈茨比内心的写照,这令他很是满意。在他看来,黄昏是属于失意者的时刻。经过奋斗却惨遭失败的男男女女,总想藏起自己的霉运和失落,免受好事者的打探。他们趁着黄昏纷纷出来活动,在昏暗的光线下,那些寒酸的衣衫、耷拉的肩膀和忧郁的眼神才不至于引人注目,起码不会被人认出来。

被征服的国王必会遭遇异样的目光,
此情此景,何其苦涩。

游荡在暮色下的人们显然不愿承受异样目光的窥探,他们选择昼伏夜出，等待这片游乐场上原本的主人离开后，才安心地出来舔舐伤口。灌木丛和栅栏像屏障一般隔开了另一个世界，那里灯火辉煌，车来车往热闹极了，光亮透过一层层窗户照射出来，几乎要把夜幕冲得一干二净。那是别人家的地盘，属于那些拥有立足之地，或者至少还没认输的人们。戈茨比坐在长椅上，任由思绪蔓延开去。他把自己归入失意者的队伍，倒不是为钱所困，只是他多么渴望能够从容地踏上那条灯火通明的大街，在来来往往的人群中占得一席之地，享受荣华富贵，或者为之而奋斗。眼下栽的跟头小得不值一提，但还是弄得他心灰意冷。出于一种愤世嫉俗的心理，他幸灾乐祸地打量眼前飘过的行人，看他们穿梭在两盏路灯中间最阴暗的区域，猜测他们遭遇了何种不幸。

跟他同坐一张长椅的是位上了年纪的先生，看得出来，他还在和命运做无谓的抗争，但是气概已趋衰退，这或许是他仅剩的一点自尊了。老先生穿得还可以，至少在昏暗的光线下不算寒酸，但你绝不会指望他买半克朗一盒的巧克力，或是花九便士在纽扣孔上别一枝康乃馨。他就像被遗弃的乐队中的一员，没有人愿意随他们的音乐起舞；他的悲伤也勾不起一滴同情的眼泪。坐了一会儿，他起身要走，戈茨比仿佛看见他回到家备受冷落，毫无地位可言，或是回到一间破败的小屋，付上一个礼拜的账单，已经是他力所能及的最大限度了。老先生远去的身影渐渐消失在夜色中，原先的位子很快被一个年轻人占据了。他的衣着十分考究，但脸上的神情丝毫不比先前那位老人轻松多少。他一屁股坐在长椅上，气得骂骂咧咧，似乎要强调这一天过得有多不顺。

"你看起来心情不大好啊。"戈茨比意识到应该对邻座的举动做出一点回应。

年轻人转过身，投来一个坦言相待的眼神，看得戈茨比立刻起了戒心。

"你要是碰到这种麻烦,肯定也开心不起来,"他说,"我干了这辈子最蠢的一件事。"

"哦?"戈茨比冷冷地应声。

"我今天下午到的伦敦。本打算住伯克希尔广场的巴塔哥尼亚酒店,结果到了才发现那儿几周前就拆了,原址上盖了座电影院。出租车司机介绍了另一家酒店,离那儿有段路,我就住过去了。到了酒店,我赶紧给家里人写信,把新地址告诉他们,然后就出门买香皂了——我忘记带了,酒店的香皂又特别糟。我四处溜达了一圈,上酒吧喝了点小酒,然后去商店买香皂。等我打算掉头回去的时候,怎么也想不起来酒店叫什么,在哪条街上。我在伦敦没亲没故,真是倒霉透了!没错,我可以写信给家里人要地址,可他们最快要到明天才能收到信。我身上也没钱了,出来的时候带了一先令,买香皂喝酒花得差不多了,这会儿只能揣着两便士瞎晃悠,今晚不知该上哪儿去落脚呢。"

说罢,他意味深长地顿了顿。"你大概以为我在胡说八道吧。"年轻人随即又说道,听起来颇有些愤愤不平。

"也不是没可能,"戈茨比不失公允地说,"我也干过这样的事,那是一个国外的首都,当时我们是两个人,听起来更荒唐了吧。好在我们记得酒店在一条运河边,最后沿着河才找到回酒店的路。"

年轻人听他忆起往事,不禁眼前一亮。"要是在国外,还不至于这么发愁,"他说,"再不济也可以去找本国的领事,从他那儿寻求一些基本的帮助。可是在自己国家遇上这样的事,就真没辙了。我大概得到河堤上凑合一宿了,除非碰上个够朋友的人,愿意听我诉苦,再借上点儿钱。不管怎么说,我很高兴,至少您不觉得这个故事离谱得没边。"

最后一句话饱含热情,似乎在暗示戈茨比基本上具备了够朋友的必要条件。

"可不是么,"戈茨比慢悠悠地说,"不过你的故事有个漏洞,你拿不出那块香皂来。"

年轻人急忙往前坐了坐,在大衣口袋里摸索一阵便跳了起来。

"我准是弄丢了。"他气急败坏地咕哝道。

"一下午丢了酒店又丢香皂,这样的马虎还真是处心积虑啊。"没等戈茨比说完,年轻人就沿着小径溜掉了,头昂得高高的,神情有些高傲,却不免透着几分倦意。

"太遗憾了,"戈茨比陷入了沉思,"出来买香皂是这个故事里唯一可信的环节,可他偏偏在这细节上露了马脚。如果他够聪明,事先准备一块包好的香皂,像从药店刚买来那样细致地封起来,那他准会成为这一行的天才。干这行的,要想出类拔萃,深刻的预见性是必不可少的。"

想到这里,戈茨比站起身准备离开,突然惊讶地叫出声来。长椅下的地上竟躺着一个椭圆形的小纸包,像药店那样细致地封了起来。这分明就是一块香皂,准是年轻人一屁股坐下来的时候从大衣口袋里掉出来的。戈茨比立马沿着暮色笼罩的小径追了出去,急切地搜寻穿浅色大衣的年轻身影,找了半天正要放弃,却见那人站在马车道边左右徘徊,犹豫是从海德公园穿过去呢,还是往骑士桥熙熙攘攘的人行道走去。听到戈茨比招呼自己,年轻人带着不甚友好的防备猛地转过身。

"证明你故事真实性的重要目击者出现了,"戈茨比取出那块香皂,"一定是你坐下来的时候从大衣口袋里滑出来的。你走后我在地上找到的。请原谅我的多疑,但刚才的情况确实对你不利。好了,既然这块香皂的证词成功说服了我,我想我也该服从它的判决。不知道借您一枚一英镑的金币够不够——"

年轻人急忙接过金币塞进兜里,从而排除了这个疑虑。

"这是我的名片,上面有我的地址,"戈茨比接着说,"这周我都在,哪天来还都行,香皂给你——别再弄丢这位挚友啦。"

"还好你找着了。"年轻人有些哽咽,蹦出一两句感激不尽的话，然后朝着骑士桥的方向匆匆离去了。

"可怜的孩子，差点哭出来了，"戈茨比自言自语道，"但也不足为奇，毕竟从这样的窘境里突然解脱，一时反应不过来是正常的。算是给我一个教训吧，不能再自作聪明，仅凭一时的情况就给人随便下判断。"

戈茨比顺着原路往回走，经过先前的长椅时，戏剧性的一幕发生了。他看见一位上了年纪的先生正往长椅下面和周遭又是掏又是瞧。戈茨比认出这是先前那位跟他一起坐的老先生。

"先生，您丢了什么东西吗？"戈茨比问。

"是啊，丢了一块香皂。"

抽彩

[美]雪莉·杰克逊 | 良品 译

六月二十七号早上，天清气爽，艳阳高照，繁花似锦，绿草如茵……一个十足的盛夏早晨。十点左右的光景，村里的人们开始陆陆续续地往邮局和银行夹着的广场上聚集了。有的镇子人特别多，光抽奖就得抽两天，所以不得不在六月二十六号就开始；但这个村只有村民三百，一整套奖抽下来也花不了两个钟头，是以早上十点才开始，完事后回家还能赶上午饭。

孩子们率先扎作一堆，可不么——学校刚刚结了课，才开始放暑假，大多数孩子手脚无处安放的自由感觉还没有完全坐实。在吵吵嚷嚷、闹闹哄哄地开玩笑之前，他们乐意凑到一块儿先安静安静。谈论的话题仍然离不开课堂、老师、课本和惩诫之类老三篇儿。鲍比·马丁已经往他自己的衣服口袋里塞满了石头子儿，很快地，其他男孩子也有样学样地跟着他，挑拣起最光滑、最圆的小石头来。鲍比、哈里·琼斯和迪奇·德拉克罗伊克斯——村民们把他名字念成"德拉克罗伊"——最终在广场一角堆了一个大石头堆，并且护卫着石头堆免遭其他男孩子侵袭。女孩儿们则站在一边，要么彼此闲聊天，要么扭头打望着男孩子们；三寸丁小儿童呢，要么在泥地里打滚，要么就是紧紧拉着他们哥哥姐姐的手。

不多时，村里的男人们也聚过来了，眼睛盯着自己家孩子，嘴上聊着庄稼和雨水、拖拉机和税收。他们站到一块儿，远远离开广场角上的石堆，轻声开着玩笑，只是面带笑意却并没有真笑出声来。女人们穿着已经褪了色的家居裙子和毛衫，跟她们的男人前后脚也到了集结地。她们一边互相打着招呼、交换着小道八卦，一边朝自己的男人走去。不大会儿工夫，女人们就已经站在丈夫身边，吆喝起自家孩子来了。怕是只得喊个四五遍，孩子们才心不甘情不愿地过来。鲍比·马丁从他妈手指头缝儿里溜掉了，大笑着又跑回到那堆石头旁。直到他爹厉声大吼，鲍比才飞快地跑回来，在他爹和他哥中间站站好。

抽奖环节由萨摩斯先生主持——就像方块舞，青少年俱乐部，和万圣节的那些活动一样——他有大把时间和精力奉献给群众活动。这是个满月脸、爱交际、又友善快活的男人，做煤炭生意的。大家伙都替他不值——膝下不仅没有个一男半女的，妻子还是个骂大街的泼妇。在他拿着一个黑色的木头箱子来到广场之时，人群中发出一阵交头接耳的低语声。"今天晚了点儿啊，老乡们。"他摆摆手说道，邮政局长格里夫斯先生紧随其后，端着一个三只脚的凳子。凳子被放在广场的正中央，上面再搁上萨摩斯先生的黑木箱子。村民们站得与凳子之间有些距离。"老乡们，有没有谁可以搭把手的？"萨摩斯先生问道。有两个男人犹豫不前。马丁先生和他的大儿子巴克斯特，走上前来，稳稳把持住凳子上的箱子。与此同时，萨摩斯先生搅动起箱内的纸条。

抽奖最开始使用的工具老早以前就丢了，现在搁在凳子上的这只黑箱子，也是早在老华纳——这个村里最年长的人——出生以前就使上了的。萨摩斯先生再三跟村民提请要更换一只新箱子，可就是没人愿意去坏掉传统——即使是这只黑箱子所代表的那么一丁点儿传统。坊间流传着关于箱子的这么一个版本——现在这只是由之前那只箱子的碎片制成的，而之前那只是被第一批定居在村子的先民所打造的。每一年的抽奖一结束，萨摩斯先生就开始一遍一遍絮叨新箱子的事情，而每一年，这个话题都会被村民们彼此心照不宣地搞成不了了之……到最后什么都没变。这只黑箱子一年比一年破，现在的它早就不是全黑的了，有一面还皴裂得厉害，暴露出木头最本源的原色，还有些地方不是褪了色就是斑斑驳驳的。

马丁先生和他大儿子巴克斯特，牢牢地扶着凳子上的箱子，直到萨摩斯先生用手充分搅匀箱子里的纸条。鉴于太多仪式已然被忘记或摒弃，萨摩斯先生才能成功地用纸条代替祖祖辈辈所用的木条。木条嘛，萨摩斯先生争辩说，在村里没什么人的时候，还是非常好的。但现在村里居民已经超过三百了，并且还有继续增长的苗头，所以使用一些更合适、更容易被装进箱子的材料是很有必要的。抽奖的头天晚上，萨摩斯先生和格里夫斯先生做了这些纸条，并将之放入箱内，继而箱子被带到萨摩斯先生的煤炭公司，锁锁好——直到萨摩斯先生一切准备就绪了，第二天早上再把它拿到广场去。除了六月二十七号这一天，一年到头其他的日子里，这只箱子都会被撂在一边，时而这里，时而那里。它在格里夫斯先生的谷仓里待过一年，在邮局的什么地方也落过一年脚，有时候，它给搁在马丁杂货店的货架子上，会，且一直会，被搁在那儿。

萨摩斯先生宣布抽奖开始之前，总会有很多鸡毛蒜皮的事情需要处理：要制定出一长串各种名目的名单——族长的、各家户主的、家庭成员的等等。还有由邮政局长主持、萨摩斯先生宣誓就职为抽奖官的仪式大典。有些人记得曾经还有过一阵子为抽奖官举办音乐会那样的活动，无非就是稀里糊涂走个过场，年年来来回回重复着曲不成曲、调不成调的吟颂，应付应付交差了事；有些人认为抽奖官讲话或者吟唱的时候，就该像以前一样站着；其他人则认为他应该在人群当中走过来走过去才好……仪式的这一部分好多年前就已经被允许废止了。以前还有过一项敬礼的仪式来着，就是被点到名字上前抽奖的村民，抽奖官务必对其行礼——这一仪式也随时间的推移而改变了。现如今，只剩下抽奖官对上来从箱子里抽奖的人"说上两句"被认为是唯一蛮有必要的这么一条了。萨摩斯先生对此十分在行，他穿着干净的白衬衫和蓝牛仔裤，一只手不经意地搭在黑箱子上。在跟格里夫斯先生和马丁先生没完没了地讲话时，显得他十分得体百般权威。

就在萨摩斯先生终于要结束讲话、转向聚集的村民的当儿，哈金森太太匆匆忙忙沿着小道赶来广场，毛衫搭在肩上，溜到人群后方找了个地方待着。"我把今天是什么日子给忘得一干二净了！"她对站在旁边的德拉克罗伊克斯太太说。她俩都轻声笑了起来。"我还以为我家老头子在后院堆柴火呢，"哈金森太太接着说道，"我再一看窗户外头吧，孩子们也都不在啦，这才想起来今天是二十七号，就立马儿跑过来了。"她在围裙上抹了把手。德拉克罗伊克斯太太说："到得可正是时候，他们还在上头说着呢。"

哈金森太太抻着脖子在人群里寻找，看到她丈夫和孩子们靠前站着。她轻轻拍了拍德拉克罗伊克斯太太的手臂以示告辞，随即开始穿过人群往那边挤。人们很友好地为她让路。有两三个人用仅是周围人能听见的音量说"你的哈金森太太来啦"，"比尔，她到底还是赶来了"。哈金森太太站在她丈夫身边。一直等着她的萨摩斯先生愉快地说："我还以为我们不得不丢下你就开始抽奖了呢，苔丝。"哈金森太太咧嘴笑道："你不会让我把碗碟留在水槽里的，对吧，乔？"一阵轻笑掠过人群，哈金森太太过来之后，人们又复归原位。

"好啦，现在么……"萨摩斯先生严肃地说，"最好就开始抽奖吧，早完早了，完事儿我们就可以回家干活了。还有谁缺席不在吗？"

"邓巴。"好几个人发出声音，"邓巴，邓巴。"

萨摩斯先生查看了一下花名册。"克莱德·邓巴，"他说，"没错。他摔断了腿，是吧？谁替他抽一注呢？"

"我！我吧……"一个女人应声回答。萨摩斯先生转过去看着她。"老婆替男人抽奖。"萨摩斯先生说,"难道你们家再没个成年男人可以替你做这事吗,珍妮?"尽管萨摩斯先生和村里所有人都十分清楚地知道答案,但身为抽奖官,如此郑重其事提问实乃职责所在。萨摩斯先生表现出一种很有礼貌的兴趣,等着邓巴太太回答。

"哈里斯还没成年呢,他才十六岁。"邓巴太太遗憾地表示,"我想今年非得由我替我家老头子抽奖不可了。"

"你说的是。"萨摩斯先生说着,在手里拿着的名单上做了个标记,然后再问:"华生家儿子今年来抽奖吗?"

人群里一位高个子少年举起手。"在这儿,"他应着,"我为我和我妈抽。"他紧张得频频眨巴眼,当听到人群里有几个声音对他说"好小伙子,杰克""真高兴看到你妈有个男人来帮她做这件事……"时垂下了头。

"那——"萨摩斯先生说,"我想人都到齐了。老华纳来了吗?"

"在这儿呢。"一个声音说道。萨摩斯先生点了点头。

在萨摩斯先生一边清嗓子一边看名单的当儿,人群突然一下子安静了。"都准备好了吗?"他高声喊道,"现在,我要念名字了——首先是族长——被点到名儿的人上来,从箱子里抽一张纸。在每个人都拿到纸条之前,不能打开,也不能看。大家都清楚了吗?"

村民们抽过无数次奖,对那些抽奖步骤早就烂熟于胸了,所以只是心不在焉左耳进右耳出地听着指示,大多数人都保持着安静,舔着嘴唇,没有左顾右盼。这时,萨摩斯先生高高举起一只手说:"亚当斯。"一个男人从入群中走上前去。"嗨,史蒂夫。"萨摩斯先生问候道,亚当斯先生嘴里应和着:"嗨,乔。"他们对着彼此紧张兮兮、毫无幽默可言地龇牙一笑。亚当斯伸手够到黑箱子里取出了一张折叠好的纸条。他紧紧攥着纸条一角,急速走回人群中,站回到原先的位置上——他站得离他家人有点儿远——也并没有低头看向手里。

"艾伦。"萨摩斯先生接着点名,"安德森……本瑟姆。"

"感觉好像时间没怎么过就又到抽奖了。" 德拉克罗伊克斯太太对站在后排的格里夫斯太太说。

"就像上个礼拜才抽似的。"

"时间过得可真快啊。"格里夫斯太太感叹道。

"克拉克……德拉克罗伊克斯。"

"到我家老头子了。"德拉克罗伊克斯太太念叨着,随着丈夫前进的脚步她屏牢了呼吸。

"邓巴。"萨摩斯先生叫道。邓巴太太迈着稳健的步子走向箱子,旁边有个女人说道:"去吧,珍妮,往前走。"另一个就嚷着"她上去啦"。

"我们是下一个。"格里夫斯太太说道。她看着丈夫从箱子的一侧转过身来,被萨摩斯先生郑重其事地问候着,从抽奖箱里挑了一张纸条。到这会儿为止,人群里到处是大手中抓着张小纸条、紧张地一遍遍翻转着的男人们。邓巴太太和她的两个儿子站在一起。纸条在她手里攥着。

"哈伯特……哈金森。"

"上去啊!比尔。"哈金森太太催他,周围的人都笑开了。

"琼斯。"

"他们可真说了,"亚当斯先生对站在旁边的老华纳说,"北边村里的人都在谈论废掉抽奖这件事。"

华纳老头倒吸了一口凉气。"一帮子疯子蠢蛋,"他鄙夷道,"听听那些小年轻说的是什么吧……什么都不合他们的适。接下来你知道会发生什么吗?他们会想着回到山洞里住去,没人再干活,就那么样活一阵子。老话讲说'六月抽奖,丰收在即',这样做会发生什么知道吗?我们都得靠吃橡果炖繁缕草过活了……总是要有抽奖的呀。"他继续没好气地加了句:"看着小乔·萨摩斯在前面跟每个人都开玩笑,这就已经够糟糕的了。"

"有些地方已经放弃抽奖了。"亚当斯太太随声附和。

"这样只会带来大麻烦,"华纳老头气冲冲的,"一帮子少不更事的蠢蛋。"

"马丁。"鲍勃·马丁看着他父亲走上前去,"欧沃迪克……珀西。"

"我巴不得他们能快点儿,"邓巴太太对她大儿子说,"巴不得他们能快点儿。"

"马上就好了。"她儿子支应着。

"你得赶紧准备好跑回去告诉你爸。"邓巴太太吩咐道。

萨摩斯先生叫到了他自己的名字,然后一丝不苟地走上前去,从箱子里面抽取了一张纸条。随即喊道:"华纳。"

"我都抽奖抽了七十七年了,"华纳老头一边穿过人群一边说着,"第七十七回啦!"

"华生。"一个高个儿男孩别别扭扭地穿过人群,有人念叨着"别紧张,杰克",萨摩斯太太对他说"慢慢来,孩子"。

"赞尼尼。"

叫到这个名字之后,四下鸦雀无声,时间就像停滞了很久似的,直到萨摩斯先生复又举起他手中的纸条,"来吧,伙计们。"有那么一分钟时间,没有一个人动过一下。接着,所有的纸条都被打开了。刹那间,所有女人们同时开始唧喳起来:"是谁?""谁摸到了?""是邓巴家么?""是华生家么?"接着就有一些声音说:"是哈金森家的。是比尔。""比尔·哈金森摸中了!"

"快去告诉你爸。"邓巴太太催促她的大儿子。

人们的眼睛都开始寻找哈金森一家。比尔·哈金森静静地站着,盯着手里的纸条。突然,苔丝·哈金森对萨摩斯先生大喊——"你没给够他时间挑选,这不是他想要的那张。我都看到了。这不公平!"

"别这么输不起，苔丝。"德拉克罗伊克斯太太大叫着，格里夫斯太太对她说："大家伙儿每个人的机会都一样。"

"你闭嘴吧，苔丝！"比尔·哈金森说。

"好了好了，乡亲们，"萨摩斯先生说，"抽奖进行到这会儿都挺快的，现在我们需要再加快点儿，把剩下的这点事情做完。"他查阅着下一份名单。"比尔，"他说，"你是为你们哈金森家族抽的奖。你们家族还有其他人家吗？"

"还有唐和伊芙。"哈金森太太扯着嗓子喊——"也让她们碰碰运气！"

"姑娘们要跟随她们的丈夫来抽奖，苔丝，"萨摩斯先生柔声道，"你和大伙都清楚这一点。"

"这不公平。"苔丝说。

"我可不这么想，乔。"比尔·哈金森懊悔地说，"我女儿随着夫家来抽奖——这样才公平。我们家除了孩子就没有别人了。"

"那么，就族长为家族抽奖而言，是你没错的，"萨摩斯先生解释道，"就家长为家庭抽奖而言么，也是你，对吧？"

"对。"比尔·哈金森说。

"比尔，你有几个孩子啊？"萨摩斯先生郑重问道。

"三个。"比尔·哈金森答。

"有小比尔、南茜、小戴夫……还有苔丝和我。"

"那么，好了，"萨摩斯先生说道，"哈利，你把彩券都收回来了吗？"

格里夫斯先生点点头，手里拿着一叠纸条。"把这些纸条都放到箱子里吧，"萨摩斯先生指挥着，"把比尔的也拿回来放进去。"

"我认为我们应该从头再来一次，"哈金森太太在努力使自己镇静，力争心平气和地说，"我跟你说吧，这不公平。你没有给他足够的时间去选……每个人都看到了。"

格里夫斯先生挑了五张纸条塞进箱子里，其他的那些纸条被丢到地上，随风飘走了。

"听着，大家伙儿。"哈金森太太对着身边的人说。

"准备好了么，比尔？"萨摩斯先生问道。比尔·哈金森飞快地瞥了一眼老婆和孩子们，点点头。

"记住，"萨摩斯先生说，"挑一张纸条，放在手里，在人手一张前，不要打开它。哈利，你帮小戴夫抽吧。"格里夫斯先生拿起小男孩的手，戴夫顺从地把手伸向箱子。"抽一张纸出来，戴维。"萨摩斯先生说。戴维把手探进箱子里面，咭咭笑起来。"只抽一张出来。"萨摩斯先生说。"哈利，你替他拿好。"格里夫斯先生握着孩子的手，从他紧握的小拳头里取走了纸条。小戴夫紧挨着他站着，一脸好奇地望着他。

"南茜，你是下一个。"萨摩斯先生说。南茜才十二岁，她甩着裙摆，走上前去，轻巧地从箱子里抽了一张纸出来。"小比尔。"萨摩斯先生叫道。小比尔的脸涨得通红，脚又超大，挑纸条的时候险些踢着箱子。"苔丝。"萨摩斯先生说。苔丝犹豫了一会儿，对抗似的看了看四周，抿抿嘴，走到箱子前，突然伸过手去抓了一张纸出来，攥着放在身背后。

"比尔。"萨摩斯先生叫道。比尔·哈金森把手伸进箱子，摸摸掌掌，取出最后一张纸条。

人群鸦雀无声。一个女孩小声儿叨咕着："我希望可别是南茜。"这小小的声音一直传到人群的尽头。

"非同从前咯，"华纳老头清楚地说，"人也都变了。"

"好了，"萨摩斯先生说，"打开纸条吧。哈利，你打开小戴夫的。"

格里夫斯先生打开了纸条，举起来给人们看，大家看到纸条上一片空白时都长吁了一口气。南茜和小比尔同时打开了纸条，也同时进发出灿烂的笑容来。他们转向人群,高高举着自己手中的纸条。

"苔丝。"萨摩斯先生说,停顿片刻,萨摩斯先生继而转过头去看着比尔·哈金森。比尔展平了纸条,摊给人们看。空白的。

"是苔丝,"萨摩斯先生语调平静地说道,"给我们看看她的纸条,比尔。"

比尔·哈金森走到他妻子身旁,劈手夺过纸条,上面有个黑色的圆点。这个黑点是萨摩斯先生头一天晚上,用他煤炭公司办公室里的深色铅笔涂上去的。比尔·哈金森举起纸条给人们看,人群躁动起来。

"好了,乡亲们。"萨摩斯先生说,"让我们速战速决吧。"

尽管村里人已经忘了仪式,并且连最初的抽奖黑箱子也给遗失了,但他们仍旧记得要使用石头。不久前男孩子们码起来的石头堆已经准备就绪;地上还有些石头,跟被风吹散的纸片们躺在一起。德拉克罗伊克斯太太挑了块巨大的石头,太大了,她不得不用两只手抱着。她转向对邓巴太太。"来啊,"她说,"赶紧的。"

邓巴太太两只手里都攥着小石头,上气不接下气地应和着她,"我简直一点儿也跑不动。你先过去,我待会儿就赶上你。"

孩子们也都准备好了石头。有人给了小戴维·哈金森几块小点儿的。

苔丝·哈金森此时已经站在了清好的一片空地的正中央,看着村民们一步步朝她走来,她绝望地伸出双手:"这不公平啊!"一块儿石头砸中了她的一边儿脑袋。华纳老头喊叫着:"来啊!招呼啊!大家伙儿!"史蒂夫·亚当斯打头阵冲在村民最前面,格里夫斯太太就在他身畔。

"这不公平!不对啊!"哈金森太太惊声尖叫着,俄顷,他们扑向了她。

黑面纱

[英]查尔斯·狄更斯 | 雍毅 译

19世纪末最后一两年的一个冬夜,一位新近开业的青年医生回到家中,坐在客厅的炉边取暖。炉膛里的火烧得正旺,室外的雨点敲打着窗棂,发出噼里啪啦的响声,凄厉的寒风吹得烟囱呼呼直响。

那是一个阴冷潮湿的夜晚。此前医生已在泥水中走了一整天,现已换上舒适的睡衣拖鞋,坐在炉边休息,在半睡半醒间浮想联翩,思绪万千。他心想,若没及时赶回,惬意待在家中,此时他定会遭受寒风的欺凌和冷雨打在脸上的剧痛。继而,他又想起每年圣诞节回乡访友的一幕幕情景。他心想,朋友若是见他归来,将会多么高兴。他又想,若他告诉罗斯,说终于有人找他看病,希望能有更多病人,待数月后再来娶她回家,让寂寞的人生充满欢乐,使活力重新燃起,那她听后一定特别开心。接着他又开始纳闷,不知他的第一位患者何时才能出现,又或许他天命如此,今生注定永远没人找他看病。后来,他复又想起罗斯来,思来想去,渐入梦乡,耳畔响起她甜蜜的欢声笑语,她那温柔小巧的手仿佛就搭在他的肩头。

他的肩头果然搭着一只手,但既非小巧,也不温柔。那是一只男孩的手,那孩子身体肥胖,圆头圆脑,牧区派他送药送信,管他吃饭，每个礼拜还给他一先令的工钱。不过，人们通常无需吃药，他也没必要送信，一般就是嚼嚼薄荷糖，要么吃点奶酪，要么呼呼睡觉，以打发无聊的光阴——因为每天平均有十四个小时他都无事可做。

"有人来了，先生——是个女人！"男孩摇着主人的肩膀轻声叫道。

"哪来的女人？"医生惊问，浑然不觉自己是在做梦，并指望来者就是罗斯本人——"哪来的女人？在哪儿？"

"那边，先生！"男孩指着诊疗室的玻璃门，神色慌张，而通常只有不速之客突然造访，可能才会引起这般惊慌。

医生朝玻璃门望去，一时竟盼着这位不速之客赶快露面。

来者是个身材高挑的女人，身着深色丧服，紧靠屋门站着，脸面几乎碰到玻璃。上半身精心裹着一条披巾，仿佛是在刻意遮掩，脸上蒙着一层厚厚的黑面纱。女人挺着腰杆，笔直站在门前。医生感觉那层面纱下似有一双眼睛紧盯着自己，但来者一动不动，无需任何手势便已表明，她已微微觉察到他在打量着自己。

"你是来看病的吧？"他问，声音略带犹豫，打开屋门。门是往里开的，并不影响外面的人。来者站在原地，一动不动，只是微微颔首默认。

"请进！"医生说。

来者往前迈进一步，然后将头转向男孩，似乎有些疑虑——这使男孩惊恐不已。

"你先出去，汤姆！"医生吩咐男孩，后者那双圆溜溜的大眼差点瞪出来。

"拉上帘子，把门关上。"

男孩拉过绿色帘子遮住门上的玻璃，然后退入诊疗室，关上门后,立刻将那只大眼贴近锁孔,往客厅这边窥探。

医生将一把椅子拉至炉边,示意来客入座。那神秘女人缓缓移步向前,在火光的映照下,医生发觉她黑衣裙的下摆已被泥水湿透。

"你湿透啦!"医生说。

"是啊!"陌生人低声应答。

"你是不是病啦?"医生关切地询问,因为对方的声音听来像是痛苦的呻吟。

"我是病啦,"来者答道,"而且病得不轻,不是身体的毛病,是脑子有病。我来找你,不为自己,也不代表本人。"陌生人继续说道:"我要是拖着病体,绝不可能在这样的夜晚,这个时辰独自出门。我要是真的有病,从现在起,我就躺在床上,躺上一天一夜,祈祷上帝,叫我早点儿死去,那多开心。先生,我来请你帮忙,是为另一个人。我大概疯了,才会替他求情——看来我是疯了。可是,天天夜里,我都流着眼泪守护,经受漫长无聊的煎熬,脑子想的尽是他的病。我知道,他得了绝症,治也没用,但一想起放弃治疗,等着将他安葬,我的热血就要冰凉!"来者说话间,身子一直不停颤抖。医生心里清楚,身子这样颤抖的人,想要使诈假装,是装不像的。

女人说得绝望而又认真,青年听得为之动容。他在医疗界资历尚浅,同行司空见惯的病痛,他见得不多,相对说来,对患者的痛苦不至于无动于衷。

"你是说,你说的那个病人得了绝症!"医生急忙起身,"既然这样,刻不容缓,我马上跟你走。你当初为何不请医生?"

"请也白请——现在请也不管用。"女人抱拳答道,情绪有些激动。

医生盯着面纱瞧了一会儿,似乎想要透过它看清来者的面容,却因面纱太厚,无法看清。

"你病啦,"他轻声道,"只是自己不知道。分明你是疲劳过度,但自己感觉不到,因为体内发烧。喝点水吧!"他倒了一杯水,继续说道:"先休息一会儿,冷静冷静,再告诉我病人得了什么病,病了有多久。我得先了解具体情况,才能对症下药,然后跟你去。"

陌生人端杯举至唇边,没喝一口又放下来,然后哭了起来,却始终没掀起面纱。

"我知道,"她大声啜泣,"我跟你说这些,听来像是发烧病人胡言乱语。之前别人也这么跟我说,但没你这么和气。我已过不惑之年。人们常说,随着生命悄悄临近终点,人就像是一抔土,风烛残年的朽木,对身边的人可能毫无价值可言。可是,对他来说,弥留之际却比过去的岁月更珍贵。他时常怀念久已去世的故友,还有年轻的一代——想必是子女——他们都离他而去,彻底将他遗忘,就好像他们也全死了一样。我的余年所剩无几,也应当好好珍惜。假如我说的是瞎编的谎话,那我情愿一死,笑赴黄泉,绝无怨言。我说的这个男人,等到明天早上就救不活了,这我心里有数,但我宁愿不这么想。尽管他的病情十分危险,但你今晚千万不能去,不能去给他治疗。"

"你说的话,"医生犹豫片刻,继续道,"我不想发表任何看法,更不想让你觉得,我特想知道你那些不愿启齿的事,免得让你徒增悲伤。可是你说的话,前后不一致,恐怕叫我难以置信。那人今晚就要死了,也许我能救他一命,你却不让我去给他看病。你担心明天太晚,怕来不及救,可你又要我明天再去给他看病。若他果真像你说的那样,对你特别重要,你为何不想法及早救他,免得病情恶化,再也无法救治?"

"上帝保佑!"女人哭泣道,"连我自己都难以置信的事,我又怎么指望陌生人相信?"说着,她突然起身问道:

"这么说,你是不愿给他看病啦,先生?"

"我没说不愿意,"医生说,"不过,我要提醒你,要是你再拖延下去,万一病人死了,你得承担重大责任。"

"肯定得有人承担责任，"陌生人哀痛道，"该是我的责任，我愿意承担，也心甘情愿。"

"既然我无需承担任何责任，"医生继续说道，"那我答应你的请求。留个地址吧，我明早就去给他看病。啥时比较方便？"

"九点。"陌生人答道。

"抱歉我刨根问底，"医生说，"他现在是你在护理？"

"不是。"女人否认。

"要是我告诉你，他今晚应该怎么护理，你能不能帮上忙？"

"帮不了。"女人哭诉道。

医生发现，即使再问下去，也不大可能了解更多情况。女人起初情绪激动，后来极力克制才稍稍平静，此刻又无法抑制，看着叫人心痛。医生不想再勾起她的忧伤，于是再次向她保证，说他明早定会如期赶到。来者说出沃尔沃斯街上一个不起眼的地方，然后仍像方才进门那样，神秘兮兮地离去。

可想而知，那位不速之客的来访，给青年医生留下了深刻的印象。他反复斟酌可能出现的各种情况，却没什么结果。关于某人某天某时预感到死亡并得到应验这类怪事的报道，他和普通人一样，也曾听说或读过一些。他一时不由猜想，目前的情况大概就是这样。继而他又想起曾经听说过的这类奇闻，讲的尽是当事人预感到自己死亡的苦恼。而那个女人所说的，却是另一个人——一个男人。她说他已临近死亡，并且说得如此肯定；若说她的预感是梦境或幻觉使然，又不大可能。有没有这种可能——那男子将在凌晨被人杀害，那女人本是帮凶，并曾发誓保密，但后来心慈手软，却又无力阻止对受害人施以暴行的使命，遂决定尽量拖延他的死亡，于是便及时上演了一出请医生治疗的戏来？若说大都市两英里内常有这类事件发生，又似乎过于荒诞离奇，超出先例。接着，他又想起初见那女人的情景，感觉她思维混乱。既然这是圆满解决这一难题的唯一途径,那他执意相信,她就是疯了。然而就在同时,他又对此感到疑虑重重。这个疑虑已潜入心头,在漫长无聊的不眠之夜反复闪现。虽然他一再努力不去想她,但那袭黑面纱却一直萦绕在他狂乱的幻想中。

沃尔沃斯街后的区域,离镇上最远。时至今日,那里仍是一片破败萧条的景象。三十五年前,那里的大片地区简直就是萧条的荒地,零星散住着一些性格可疑的人家。他们或因贫困潦倒,住不起像样的街区,或因人生追求和生活方式相近,而喜欢待在那片荒凉之地。后来,周围出现了许多房舍,都是若干年后建造的。原先那些散户中的绝大多数房屋,经常简陋不堪,凄凉之状难以描述。

青年医生清晨途经此地所见的景象,估计不会令他精神振奋,也不会消除他的顾虑,更不会排遣此次异常出诊带给他的沮丧。下了公路,穿过几条歪歪扭扭的小巷,眼前便是一片湿地牧场。这里随处可见被拆毁的破败房舍,因为腐朽,无人居住,不久将变成一片废墟。路边偶有一株矮树,或是一洼积水,已被昨夜那场大雨浇得毫无生气。间或可见一块贫瘠的菜地,旁边是一间用几块旧木板拼凑而成的消夏小屋。屋前放着几个尚未补好的旧提桶,修补材料是从邻近树篱上偷来的木桩。这一切足以证明,当地居民何等贫穷,他们将他人财产占为己有,毫无顾忌。时而会有一个模样邋遢的女人,走出一间肮脏房子的屋门,将炊具里的泔水倒进房前的排水沟,还对着一个脚穿拖鞋的女娃的背影高声尖叫。那女娃背着一个几乎与她一般大的沉甸甸的黄脸婴儿,踉踉跄跄,已走出房门数码开外。然而,这里的一切几乎毫无活力。透过氤氲缭绕的湿冷薄雾,大片景象隐约可见,显得寂寥萧条,完全吻合我描述的对象。

医生吃力地穿过泥潭,四处打听女人说的那个地址,得到的回答却前后不一致,难如人意。后经几番周折,他终于行至目的地的房前。这是一座双层的低矮小房,外观比起沿路所见房舍更加萧条荒凉。楼上的窗上挂着一条泛黄的旧窗帘,客厅的百叶窗是关着的,但没紧闭。这座房子远离其他房舍,坐落在一条小巷的转角,挡住了别的房舍。

需要交代的是:医生先是举棋不定,欲叩门又止,然后大步走过房前。我这么说,就连胆量过人的读者听来,恐怕也难以露出微笑,因为当时的伦敦警察与现在的判若两人。那时人们对楼房的狂热和改造尚未开始,不能融入城市的主流和环境。又因这里地处荒郊,与世隔绝,故而大片地区(尤其这一带)已成为穷凶极恶之人经常出没的地方。在那个年代,即使伦敦最繁华的街道也并非灯火通明,更不消说这种地方,纯粹是靠星月照亮。因此查找亡命之徒,或跟踪他们行至其贼窝的希望非常渺茫。况且随着经验的日益积累,犯罪分子越发觉得比较安全,作案也越发明目张胆。考虑到上述因素的同时,切莫忘记一个事实:这位青年曾在大都市的公立医院实习过,虽然当时的伯克医院或主教医院尚未臭名昭彰,但他亲眼所见已向他表明,以"伯克"命名的暴行[1]可能极易在此地发生。尽管如此,也无论是何顾虑使他裹足不前,但这位意志坚强的青年胆量过人,所以他只犹豫片刻,便迅速折回门前,轻轻叩响了房门。

接着便有低语声,立刻从走廊尽头的楼梯口传来,好像有两个人在窃窃私语。随后便是皮靴踏着光地板的沉重响声,继而听到门链被轻轻解下,房门忽然打开,出来一个样子丑陋的大个子男人。他满头黑发,面容苍白憔悴,如同死人一般。这是后来医生经常挂着嘴边的话。

---

1. 伯克(Burke)本是人名,亦有"使人窒息而死(以出售无伤痕尸体供解剖用)"之意,此处指谋杀。

"进来吧,先生!"男人低声说道。

医生应声走进屋来。男人上好门链,将医生带到走廊尽头一间背阴的小客厅前。

"我来得及时吧?"

"非常及时!"男人答道。医生露出惊讶而又慌张的神色,迅速转身,想回身已来不及。

"进去吧,先生,"那人分明已注意到医生想要离开。"进去吧,先生,最多只待五分钟,我向你保证。"

医生随即走进屋里。男人关上屋门,撇下医生独自离去。

房间狭小阴冷,只摆了两把松木椅和一张松木桌,别无其他家具。壁炉里生着一把火,不见防护炉栏,看似意在除湿,不为取暖,因为墙壁潮湿发霉,水汽脉脉往下流淌,如鼻涕虫一般,留下道道痕迹。窗户破烂不堪,多处有修补的痕迹,窗外是一小块圈地,几乎被水淹没,屋里屋外不闻一丝声音。医生往壁炉旁一坐,等候着他首次登门问诊的病人。

他还没坐上几分钟,忽闻一辆马车行至路边,临街的房门随即打开。接着传来一声低语,继而是沉重的步履声,像是两三个人抬着一个沉重的身体,沿过道踏上楼梯,走进楼上的房间,俄而又闻楼梯嘎吱作响。看来那伙人已办完差事,就要离开。接着房门关上,又恢复了先前的平静。

不觉又过了五分钟,医生正欲往其他房间寻人,说明来意。屋门突然打开,昨晚那位不速之客出现在眼前,仍是原先的装束,脸上依然蒙着黑面纱,示意让他出来。那奇高的身材,加之沉默不语,让医生瞬间产生一个念头:眼前这位大概是个穿着女装的男人。可是,黑面纱下那歇斯底里的啜泣,还有那浑身悲恸的抽搐,却表明医生的猜疑荒唐可笑。于是,他急忙走出房间。

女人将他带到楼上的外屋,在门口停住脚步,叫他先行入内。

屋内家具甚少，只有一只旧松木箱和几把椅子，外加一个帐篷床架，既无床帘，也无横栏，只搭了一块拼布床单。医生进门前就发现屋内一片昏暗，窗帘隐隐透着阳光，屋里的一切模糊不清，看似只是一种色调，医生什么也没看清。那女人疯也似的从他身旁扑过，跪倒在床前，他这才发现，原来床上有个人影。

那人直挺挺地躺着，装在一个亚麻袋里，上面盖着毯子，身体僵硬，一动不动。他闭着眼睛，只露出一张脸来，头上缠着绷带，一直裹到下巴，左臂摊开搁在床上，手指不能动弹，已给那女人握在手里。

医生轻轻推开女人，抓起男人的手。

"天啊！"医生惊叫，不禁将手松开——"这人死啦！"

女人蓦地站起，拍掌叫道："哦，休要胡说，先生！"她情绪激动，几近疯狂。"哦，休要胡说，先生！我受不了！人生在世，本来是要活命，却断送在无能之辈的手里，若是救治得法，也许可以起死回生。你可不能叫他躺着，见死不救啊，先生！他眼看就没命了。求求你啦，先生——看在上帝的分上，救救他吧！——她一面说，一面拿手连忙擦拭眼前这个毫无知觉的身体，先擦擦额头，又擦擦胸脯，后又疯狂拍打那双冰冷的手。等她松手后，那双手又毫无生气地垂落在被单上。

"他没救了，好心的女人。"医生安慰道。他刚把手从那男人的胸口拿开，又补了一句："等下——拉开窗帘！"

"为什么？"女人慌忙问道。

"拉开窗帘！"医生又道，声音听来有些激动。

"我是特意不让屋里见光的，"女人说着，没等医生起身去拉窗帘，便立刻扑上去将他拦住。"啊，先生，求求你！要是真没救了，他真的死了，那就别让外人看见他的身体！"

"这人死得蹊跷，极不寻常，我得看看尸体！"医生没等女人反应过来，突然从她身边蹿过，拉开窗帘，让阳光照进屋里，又回到床边。

"这里发生过暴力。"医生指着尸首说道,忽然发现女人脸上的面纱已经取下,便认真端详起那张脸来。

适才女人一时激动,取下帽子和面纱,此时她立在地上,眼睛盯着医生。从五官来看,她五十来岁,想必当年也颇有姿色。若非整日悲伤垂泪,岁月不会在她脸上留下这般痕迹。她面如死灰,由于过分紧张,嘴角显得有些扭曲,眼里冒着异常的火光。显而易见,她已身心交瘁,再也不能承受日积月累的不幸。

"这里发生过暴力。"医生说,眼睛仍在继续搜索。

"是发生过暴力!"女人回应。

"他是让人给杀啦。"

"是的,上帝作证,就是让人给杀啦。"女人情绪激动,"手段极其残忍,毫无人性!"

"是谁?"医生攥住女人的胳膊问道。

"你先看看凶手留下的痕迹,再问我他是谁!"女人答道。

医生将死者的脸扭向床沿,借着窗里透进的阳光,欠身观察,发现喉咙已经肿大,并有一道青印,立刻明白了死亡的真相。

"这人是今天早上被绞死的!"医生说着,战战兢兢退到一旁。

"没错!"女人目光呆滞,冷冷地说道。

"他是谁?"医生问道。

"是我儿子!"女人说着,一头栽在医生脚下,失去了知觉。

其实,那个男子已经死亡,又被绞死一回,绞死他的人,本来是个罪人,却因缺乏证据无法定罪。事隔多年,再提起这个公案,也许没有必要,可能还会让活人感到伤心。历史天天都在上演。原来,那女人是个寡居的母亲,无钱也无朋友。她断绝了丧父之子的生活来源,因那小子不听母亲劝阻,经常花天酒地,从事犯罪活动,忘了母亲为他受尽的苦难——母亲经常为他担忧,宁愿自己挨饿,供他挥霍。结果，他终于死在行刑者的手中，而他母亲也因此蒙羞，精神错乱，无法治愈。

那件事过去多年以后，许多人仍在为名利奔波，早已忘了那个不幸的人，而青年医生却日日探望那个并无恶意的疯女人。他不仅以自己的陪伴和善良抚慰她，而且毫不吝啬地接济她，以缓解她拮据的处境，让她的日子过得舒心一些。这个无亲无友的可怜女人，死前回光返照，热心为医生祷告，祝他幸福平安。她张嘴说话的样子，就像常人呼吸一样。她的祷告声传遍天堂，响彻云霄。医生的乐善好施，得到了千倍的回报。从那以后，他的地位和身价一路飙升，荣誉纷至沓来，而最令他欣慰的回忆，却是那袭黑面纱。

水泥桶里的一封信

[日]叶山嘉树 | 黄悦生 译

松户与三干的是倒水泥的活。他身上别处倒不太显眼，可是头发上和鼻子底下都蒙着一层灰糊糊的水泥。他想把手指伸进鼻孔，抠掉鼻毛上像钢筋混凝土一样硬邦邦的水泥灰，可是混凝土搅拌机每分钟要卸出十立方尺的混凝土，他手上忙着送料，没那闲工夫去抠鼻子。

他一直惦记着自己的鼻孔，可是整整十一个钟头过去了，都没有顾得上去抠一下。其间，只是在吃午饭和下午三点时有过两次休息。但中午忙着填饱肚子，下午又得清洗搅拌机，所以一直腾不出手来抠鼻子。他的鼻子已经硬得像石膏一样了。

快到收工时间了，当他用筋疲力尽的双手搬动水泥桶时，忽然从桶里面掉出一个小木盒来。

"这是啥？"他觉得有点奇怪，可是又顾不上去捡它。他忙着用铁锹把水泥铲进水泥斗里去量，再把斗里的水泥倒进搅拌机的槽子里，紧接着又把那只水泥桶倒干净。

"慢着，水泥桶里怎么会跑出个小盒子来呀！真见鬼了。"

他捡起小盒子，揣进围裙前襟的兜儿里，那盒子挺轻的。

"这么轻，看来里面也不会装着钱。"

他来不及多想，又得去倒下一桶水泥，再用水泥斗去量。

过了一会儿，搅拌机开始空转起来。混凝土搅拌完，就可以收工了。

搅拌机上接了一条胶皮水管。他用水随便洗了洗脸和手，然后把饭盒挂在脖子上，向自己住的工棚走去，心里想着先喝上一杯再吃饭。

发电所已经有八成完工了。白雪皑皑的惠那山耸立在苍茫暮色中。他忽然感觉到汗淋淋的身体开始发冷，像要冻僵了似的。一路上，木曾川的河水泛起白色的浪花，在他脚下奔腾咆哮。

"唉，老婆的肚子又大起来了，真受不了啊……"他想到家里那群闹哄哄的孩子，想到那将要在天寒地冻时出生的婴儿，想到那没完没了地生孩子的老婆，不禁垂头丧气。

"每天才挣一块九毛的工钱——五毛钱一升的米就得吃掉两升，剩下九毛钱还得管穿的、管住的……真混账！哪儿还有钱喝酒呀！"

这时，他忽然想起了放在兜里的小盒子，于是掏出来，用裤脚擦了擦上面沾着的水泥。

小盒子上什么也没写，却用钉子钉得牢牢的。

"还钉着钉子呢，整得多神秘似的！"

他把盒子往石头上摔了一下，可是没摔破。于是他就赌气似的在盒子上乱踩起来，仿佛要把整个世界都踩烂。

这时，从他捡到的小盒子里，掉出一张用破布包着的纸条。纸条上写着：

我是在N水泥厂缝水泥袋的一名女工，我爱人是个往碎石机里填石料的工人。十月七日那天早上，他把一块大石头装进去时，自己也和那石头一起掉进碎石机里去了。

同伴们想上前抢救，可是他很快沉到石头底下去了，就像沉进水里一样。我爱人的身体和石头一起被碾碎，变成红色的小石块，落到传送带上，然后被传送带送进了粉碎筒。在那里，他经受着钢球的碾压，发出剧烈而悲愤的轰鸣声。就这样，他被碾成细细的粉末，再经过烧制，就变成了地地道道的水泥。

他的骨头、他的肉体，连同他的灵魂，全都被碾得粉碎了。我的爱人，他变成了水泥，留下来的，就只有这工作服的破布片了。

我每天缝制的水泥袋，竟然是用来装我爱人的。

我的爱人已经变成了水泥。

第二天，我写了这封信，把它偷偷放进这个水泥桶里。

您是工人吗？如果您是个工人，就请您可怜可怜我，给我回封信吧。

我很想知道，这个桶里的水泥用来做什么了？

我的爱人变成了多少桶水泥呢？又被用到什么地方去呢？您是个泥瓦匠，还是个建筑工人呢？

我不忍心看见我的爱人变成剧场的走廊，或是豪宅的围墙。可是，我又怎么能制止得了呢？您如果是个工人，就请不要把这水泥用在那些地方吧。

唉，算了吧，用在哪儿都行。我的爱人，不论被埋在什么地方，他都一定会在那儿做好事。没关系，他一向踏实稳重，一定会有所作为的。

他是个温柔善良的好人，又是个靠得住的男子汉。他还很年轻，刚满二十六岁。他是多么爱我啊！可是，最后我连件寿衣也没有给他做，却给他穿上了水泥袋！他连口棺材也没有，就这样进了旋转窑炉！

他被埋葬在四面八方，有远有近——这叫我怎样为他送殡呀？

您如果是个工人，就请给我回一封信吧。作为答谢，我把我爱人穿过的工作服的破布片送给您——就是包着这封信的布片。这块布上面沾满了石头粉末，也渗透着他的汗水。他曾经穿着这件工作服紧紧地拥抱过我……

我想拜托您一件事，请您告诉我这桶水泥的使用日期、详细的地点、用在什么地方以及您的姓名。如果方便的话，请一定一定要告诉我。

望您多保重！再见！

松户与三回过神来,发现孩子们正在自己身边吵闹,像开了锅似的。

他看着信末尾的地址和姓名,把倒在杯子里的酒一饮而尽。

他大声嚷道:"真想喝个烂醉,然后全都砸个稀巴烂!"

他老婆说:"你只管喝醉了耍酒疯,别人受得了吗?孩子们怎么办呀?"

他盯着老婆的大肚子,那将是他的第七个孩子。

幽暗的林荫小径

[俄] 伊凡·蒲宁 | 范玉贤 译

那个秋天非常寒冷，阴雨连绵。图拉城郊外的一条大路上积满雨水，来来往往的车辆留下的黑乎乎的车辙印子，纵横交错。路边有一长排茅屋，一半是政府设立的驿站，另一半则是私人开设的旅栈，人们可以在这里歇脚过夜或是用餐喝茶。这时，一辆车身溅满污泥的四轮马车奔驰而过，马车支起半截车篷，三匹驽马努力前行。马尾巴束了起来，免得溅起泥浆。驾车的是个身材壮实的庄稼汉，他身穿厚重的呢上衣，腰部紧束，脸色黑沉，表情严肃，稀疏的胡须乌黑发亮，活像是古时的强盗。车里坐着一个身材瘦削的军官，上了年纪，头戴宽大的遮檐帽，身穿尼古拉式的灰色军大衣，海狸毛皮的衣领高高竖起，脚蹬军靴（没有一丝皱痕）。他的眉毛还是乌黑的，但唇髭连同两鬓的胡须却已经斑白，下巴剃得精光，整个人看上去就像是生活在亚历山大二世统治期间，当时军界就十分流行这副打扮。这人的目光也同亚历山大二世一样，严厉地扫视着周围，眼神中流露出些许倦意。

马车在这一长排茅屋前停了下来。他一只脚跨出了马车，戴着鹿皮手套的双手提起军大衣的下摆，快步走上了茅屋的台阶。车夫粗声粗气地喊道："大人，请往左边走。"身材高大的军官跨过门槛时稍稍弯下身子，走进穿堂，朝左边的客房走去。

客房收拾得干净整洁，很温暖很干燥。左边墙角里有一尊镀金的崭新圣像，圣像下的一张桌子上摆着一块干净无污的桌布；桌后的几张长凳擦拭得干干净净；右边墙角深处砌着厨用的炉灶，上面刚刚刷过石灰，显得焕然一新，锅灶里炖着一锅牛肉卷心菜汤，里面还放有用来调味的月桂叶，氤氲的烟气里，一缕缕诱人的香气沁人心脾，撩拨着人们的嗅觉器官；稍近的角落里摆着类似沙发的躺椅，上面盖着一条杂色的呢毯，椅背靠在炉灶的一侧。

这位客人脱下军大衣，扔在长凳上，只穿着便服和军靴的他，身材看上去更加匀称。接着又麻利地脱下手套，摘下帽子，用那双苍白清瘦的手捋了捋头发，头发很顺从地向后倒去，他那花白的头发和长至眼角的鬓发略微卷曲。英俊的长脸上有一双深色的眼睛，脸上还隐隐约约留有几个痘印。客房里一个人影都瞧不见，于是，他把通往穿堂的门推开了一道缝，顺着缝隙，很不高兴地大喊道："嗨，有没有人？"

不一会儿，一个头发乌黑的夫人走了进来，脚步轻盈，仪态万千，虽然上了年纪，但体态丰满，风韵犹存，颇似风情万种的吉卜赛女郎。她的双眉乌黑乌黑的，上唇和两侧面颊有一层深色的茸毛。红色的短上衣里高耸着一对硕大的乳房，黑色的呢裙衬托出她鼓起的小腹，腹部呈现出三角形的轮廓，像鹅的胸脯一样。

"欢迎光临，大人。"她说道，"您是要用餐还是喝茶？"

来客漠然地瞥了一眼她丰满的双肩和小巧的双脚（脚上穿了一双红色的鞑靼式便鞋），心不在焉地用三言两语回答道："上茶炊。你是这家店的主人还是仆人？"

"大人，我是这家店的主人。"

"那么这个地方由你当家喽？"

"是的，由我一人当家。"

"那是怎么一回事啊？您是个寡妇？所以不得不自己出来抛头露面？"

"大人，我不是寡妇，但我总得养活自己啊。而且，我还挺喜欢操劳管事的。"

"哦，好吧，原来如此。你把这地方打理得井井有条的，看上去既干净又舒适。"

这个妇人稍稍眯起了眼睛，从上到下紧紧地打量着他，目光自始至终没有离开，似乎想洞穿一切，包括他的内心。

"我很爱干净。"她回答说，"毕竟，我从小生活在名门世族家庭，怎么会不知道要保持体面呢？尼古拉·阿列克谢耶维奇。"

他听到自己的名字，大吃一惊，有些始料不及，顿时挺直了身子，睁大了眼睛，变得面红耳赤。

"纳杰日达，是你吗？"他慌慌张张地问道。

"是我，尼古拉·阿列克谢耶维奇。"

"噢，天哪，老天爷啊！"他说道，一屁股坐到了长凳上，目不转睛地盯着她。

"真是世事难料啊！我们已经有多久没有见面了？大概有三十五年了吧？"

"是三十年，尼古拉·阿列克谢耶维奇。我今年四十八岁了，而您，我想，估计也快要六十岁了吧？"

"怎么会发生这样的事……老天爷啊，真是太不可思议了。"

"有什么不可思议的，先生？"

"但是这一切，这一切……实在是让人难以捉摸。"

他疲惫不堪的神态和心不在焉的神情顿时消失了。他起身开始在屋子里来回踱步，若有所思望着地板，心情难以平静，然后他又停下了脚步，整个脸涨得通红，开口说道："从那时候起，你音信全无，我对你的情况一无所知。你怎么会流落到这个地方？你为什么不留在主人家里？"

"您走了之后，主人给了我自由。"

"那后来你住在哪里?"

"说来话长,大人。"

"听刚才那番话,您没有嫁人?"

"没有。"

"为什么呢?凭你当年的姿色,怎么会嫁不出去呢?"

"是我自己不愿意嫁人。"

"为什么不愿意嫁人?你说这话是什么意思?"

"这有什么好解释的呢?您或许还记得,当年我是多么地爱您。"

他听后羞愧难当,眉头紧锁,一时间难以控制自己的情绪,继而热泪盈眶,又开始踱起步子来。

"我的朋友啊,一切事情终将烟消云散,"他开始喃喃自语道,"爱情、青春,一切的一切都是如此。这是件日常的、庸俗的事。一切都随着时间的流逝,终将烟消云散。《约伯记》里面是怎么记载的?'就是想起,也如流过的水一样。'"

"上帝给每个人安排了不同的命运,尼古拉·阿列克谢耶维奇。每个人都将逐渐老去、青春不再,但爱情却是截然不同的一回事。"

他停下脚步,抬起头来,苦笑着说道:"你总不可能为我守一辈子吧。"

"我能,多少年过去了,我还是单身一人。我知道以前的您早已经不复存在,对您来说,好像什么事情也不曾发生过,可是……哎,现在责备您也晚了,但是您要知道,您抛弃了我,这么做实在太薄情寡义了——不说别的,单单这一件事,我就不知道多少次想过自杀。尼古拉·阿列克谢耶维奇,曾经有这么一段时候,我管您叫尼柯连卡,您管我叫什么,还记得吗?那时候您还常常念诗给我听,是各种关于'幽暗的林荫小径'的诗句。"她冷笑着补充道。

"啊,想当年,你是多么美丽啊!"他摇着头说,"多么热情,多么迷人!那优雅的身段,那动人的眼睛!曾经所有人都为你痴迷,你还记得吗？"

"大人，我还记得。您那时候也是英俊潇洒、一表人才、器宇轩昂。您要知道，我把自己的美貌、自己的热情全部都奉献给了您。这种事情怎么能忘记呢？"

"啊！一切都会过去的，一切都会被忘记的。"

"一切都会过去，但并不是一切都会被忘记。"

"你出去吧，"他一边这样说，一边转身朝窗口走去，"请你出去吧。"

然后他掏出手帕来擦拭眼睛，又飞快地补充说道："但愿上帝会宽恕我，看来你已经原谅我了，不是吗？"

"不，尼古拉·阿列克谢耶维奇，我并没有原谅您。既然我们谈到了我们的感情，那我就坦白地告诉您，我永远都不会原谅您的。当年，除了您以外，这世上我再也没有亲密的人，后来也不曾有过，这就是我无法原谅您的原因。算了，何必再去回忆这些痛苦的往事，刻骨铭心、不堪回首的往事。正如人死了，您把他从墓地拖出来，也无法令他死而复生。"

"对，你说得对，没有必要再去回忆了。请您吩咐下去，把马匹准备好。"他回答说，离开了窗边，脸色也变得凝重起来。"不过我还是要告诉你，我这一生从来没有快乐过，你不要以为我过得有多幸福，不，不幸福。也许我伤害了你的自尊，我很抱歉，但我还是要坦白地告诉你——我爱我的妻子，爱到不可救药的疯狂的境地，但她对我不忠，狠心地抛弃了我，跟着别的男人跑了，她给我带来的凌辱，甚至比我使您受到的伤害还要厉害。我爱我的儿子，把他像宝一样宠着疼着，把一切的希望都寄托在他的身上，可他长大之后却成了一个一无是处的人——挥金如土、傲慢无礼、没有良心、不知羞耻……然而，这一切也不过是最常见最庸俗的事罢了，人们已经习以为常的事。亲爱的朋友，请多保重。我想，我也把一生中最宝贵的东西留给你了。"

她走到尼古拉·阿列克谢耶维奇跟前,吻了他的手,他也吻了一下她的手。

"请准备马匹吧……"

他们启程出发,往事在眼前复活,他想起了三十年前的岁月。他忧郁地想道:"当年,她是多么的楚楚动人,多么的光鲜明亮啊。"他回想起自己最后说的那几句话,还亲了她的手,不禁感到羞愧起来,这种羞愧增加了他内心的愧疚。"她把最美好的时光奉献给了我,不是吗?"

接近日落,阳光十分微弱。马车夫赶着马儿向前小跑。他要准确地选择不是太泥泞的道路,所以一路上不得不从一道黑乎乎的车辙驶向另一道车辙,同时还在想着心事。最终,他神情严肃地开了口,直言不讳地问道:"大人,刚才我们离开的时候,那个女人一直站在窗口望着。她是不是您的旧相识啊?"

"是旧相识,克里姆。"

"这女的非常聪明能干。听人说她越来越有钱,越来越富有,还拿钱放债哩。"

"这算不了什么。"

"怎么会算不了什么呢?谁不想自己过上好日子啊!如果放债时还讲点道义,那还说得过去,如果不讲道义呢?据说,她放债还是比较公道的。但她也不是好惹的主,如果谁没有及时还债,到时候可有苦头吃了。当然不能怨她,只能怨自己。"

"是啊,谁也怨不了,只能怨自己。好了,你快点赶车吧,可别耽误了火车。"

太阳缓缓西沉,落日金黄色的余晖洒向空旷的田野。马儿稳步地踩着水洼,溅起水花,一路向前。他望着时隐时现的马蹄,蹙着黑色眉毛,陷入了沉思,心想:

"是啊，只能怪自己。过去的日子的确是最美好的时光，不仅仅是最美好的，而且简直可以说是不可思议的美妙时光！'一条条幽暗的林间小径隐藏在椴树间，周遭的蔷薇在争奇斗艳……'但是，上帝啊，如果我当初没有抛弃她，那后来又是怎样的一番光景？太荒唐了！纳杰日达，如果她不是这家店的主人，而是我在圣彼得堡的家的女主人，是我孩子的母亲，那又会是怎样呢？"

想到这里，他合上眼睛，无奈地摇了摇头，任思绪蔓延开去。

乌撒之猫

[美] H.P.洛夫克拉夫特 | 姚向辉 译

据说在斯凯河之外的乌撒，谁也不能杀猫。此刻望着它趴在火堆前咕噜咕噜叫唤，我对此更是深信不疑。因为猫是神秘的生灵，能够接近人类看不见的怪异事物。猫是远古埃古普托斯的灵魂，承载着被遗忘城市梅罗和俄斐的传说。猫是丛林之主的亲属，继承了邪灵出没的古老非洲的秘密。斯芬克斯是猫的表亲，猫会说斯芬克斯的语言。但猫的历史比斯芬克斯还要悠久，记得斯芬克斯已经遗忘的往事。

在乌撒的镇民禁止杀猫之前，曾经有过一个老佃农，他和他老婆喜欢诱捕和杀死邻居家的猫。我不知道他们为什么这么做，不过确实有许多人讨厌猫在夜晚闹出的响动，不喜欢猫在黎明时分的院子和花园里偷偷摸摸地乱转。原因暂且不论，总之这对老夫妻诱捕和杀死了胆敢靠近他们住处的每一只猫，而且从中得到了莫大的乐趣。根据大家在入夜后听见的一些声响，许多镇民认为他们杀猫的手段相当残忍。不过，镇民不会和那对老夫妻讨论这种问题，一方面因为那两张饱经风霜的老脸永远挂着的表情，另一方面也因为他们的窝棚特别小，阴森森地藏在几棵枝叶茂盛的橡树底下，外面还隔着一个无人照料的院子。实话实说，猫的主人既痛恨那两个老家伙，但更害怕他们。没有人敢痛斥两人是暴虐的凶手，只好小心照顾至爱的宠物、家中的捕鼠能手，不让它们接近阴森树木下的那间偏僻小屋。然而疏忽总是在所难免，终究会有谁家的猫莫名失踪，入夜后响起那些声音时，失主不是无能为力地哀叹，就是感谢命运没有让他的孩子这么消失，借此安慰自己。因为乌撒的镇民实在淳朴，况且也不知道每一只猫最初的来历。

有一天，一支古怪的流浪大篷车队从南方走进了乌撒铺着鹅卵石的狭窄街道。这些漂泊者肤色黝黑，一点也不像每年经过小镇两次的其他行商。他们在市集支起摊位，靠预言未来换取银币，向商贩购买颜色艳丽的珠子。谁也说不清他们到底来自何方，但大家都见过他们念诵怪异的祷词。他们的车身上画着猫头人身、鹰头人身、羊头人身和狮头人身的古怪图画。车队的首领戴着头饰，这个头饰有一对角，双角之间是一枚造型奇特的圆盘。

大篷车队里有个小男孩，没有父亲也没有母亲，只有一只小黑猫和他做伴。瘟疫对他没有手下留情，不过也留下这只毛茸茸的小东西来纾解他的悲伤。年幼的时候，一个人能从一只小黑猫的憨态中得到莫大的安慰。肤色黝黑的人们叫他美尼斯，他每天坐在绘着怪异图画的马车的踏脚台阶上和优雅的小黑猫玩耍，欢笑远远多于哭泣。

车队待在乌撒的第三个早晨，美尼斯找不到小猫了。他在市集大声哭泣，有几位镇民告诉了他那对老夫妻和夜间那些凄惨声音的事情。美尼斯听完他们的话，哭泣变成了思索，最终开始祷告。他向太阳伸展双臂，用镇民不懂的语言祈祷——不过话又说回来，镇民并没有很认真地听他在念叨什么，因为天空和云朵变幻出的怪异形状吸引住了他们的注意力。说来奇怪，就在小男孩对天空祈愿的时候，云朵似乎形成了各种朦胧模糊的怪异物体，比方说兽首人身、角顶圆盘的怪物。大自然充满了这一类能够激发想象力的奇观。

当天夜里，大篷车队拔营离开，从此再也没有露面，而镇民陷入困惑，因为他们发现整个小镇都找不到一只猫了。无论大猫小猫、黑猫灰猫、黄猫白猫还是条纹三花，每一户人家的猫都从壁炉前消失得无影无踪。老镇长克兰侬信誓旦旦地说是那些黑肤外来者搞的鬼，为了报复美尼斯的小猫被人杀死，他们带走了镇上所有的猫，他诅咒大篷车队和那个小男孩。但瘦骨嶙峋的公证人尼斯声称老佃农夫妇更值得怀疑，因为他们对猫的憎恶众所周知，而且最近越来越肆无忌惮，只是谁也不敢去责备那两个恶毒的家伙。然而，旅店老板的儿子阿塔尔赌咒说他在黄昏时分见到乌撒镇所有的猫都聚在那个可憎的院子里，两两并排，绕着窝棚非常缓慢而庄重地踱步，像是在施行某种闻所未闻的动物仪式。镇民不知道该不该相信一个这么小的孩子的话。尽管他们担心那对恶毒的老夫妻已经用魔法迷住并杀死了所有的猫，但他们不敢冲过去质问老佃农，而是想等他走出那个阴森可怕的院子再说。

于是，乌撒镇在徒然的愤怒中沉沉入睡，等人们在清晨醒来——天哪！所有的猫都回到了它们最喜欢的壁炉前！无论大猫小猫、黑猫灰猫、黄猫白猫还是条纹三花，一只猫都没有少。这些猫看上去都毛色光鲜，肚皮浑圆，满意地咕噜咕噜直叫唤。镇民互相讨论，大为惊异。老克兰侬坚持认为它们是被黑肤外来者带走了，因为猫进了老夫妇的窝棚从来是有去无回。不过，有一件怪事得到了所有人的注意，那就是没有一只猫愿意吃分给它们的肉，喝摆在它们面前的牛奶。整整两天，乌撒镇这些毛色光鲜、懒洋洋的猫都不碰任何食物，只顾在炉火前或太阳下打盹儿。

整整过了一个星期，镇民才注意到树下窝棚到了黄昏时分也不会亮起灯光。瘦子尼斯发现自从猫全体离家的那晚开始，就没有人再见过那对老夫妻。又过了一个星期，镇长决定克服恐惧，以履行职责的心态去一趟那个沉寂得奇怪的窝棚。出于谨慎起见，他还是拉上了铁匠尚恩和石匠苏尔做个见证。他们撞开形同虚设的房门，只发现地上躺着两具剔得干干净净的人类骨架，阴暗角落里有许多形状古怪的甲虫爬来爬去。

　　乌撒的镇民对此讨论了很久。验尸官扎斯和瘦子公证人尼斯争论不休，各种各样的问题淹没了克兰侬、尚恩和苏尔。就连旅店老板的儿子阿塔尔也受到了仔细的盘问，最后还得到了一份甜点当作奖赏。他们讨论老佃农夫妇，讨论黑肤者的流浪大篷车队，讨论小美尼斯和他的小黑猫，讨论美尼斯的祈祷和祈祷时的天空变化，讨论大篷车队离开当晚猫的表现，讨论后来在那个可憎院子中阴森树下窝棚里发现的东西。

　　最后，镇民全体通过了那条著名的法令，哈索格的商人将其告诉世人，尼尔的旅行者们热烈讨论。简而言之就是：在乌撒镇，谁也不能杀猫。

致悼艾米丽的玫瑰

[美] 威廉·福克纳 | 张和龙 译

一

艾米丽·格瑞尔森小姐去世了，我们全镇的人都去参加葬礼。男人们怀着某种敬意去瞻仰这座倒塌的丰碑，女人们则大多出于好奇，想窥一眼深宅老院的内貌。除了那个老黑奴——艾米丽的园丁与厨子外，镇里的人至少有十年光景没进她的家门了。

这是一座方方正正的大宅子，一度漆成白色。圆形屋脊，尖顶装饰，涡轮形状的阳台带有70年代的明快风格。它坐落在小镇曾经最考究的街道上。不过，修车铺与轧棉厂已经将这条久负盛名的老街蚕食殆尽。只有艾米丽小姐的老宅硕果仅存，在棉花车与加油泵中间显得桀骜不驯，撩人眼球，其衰败破落之状极为丑陋，难看至极。此时此刻，艾米丽小姐也加入到小镇作古名人的行列，静卧在雪松环抱的墓园中。这座墓园里还安葬着杰弗逊战役中阵亡的南北双方无名士兵的遗骨。

在世的艾米丽小姐曾是小镇传统的化身，象征着责任与关爱。她是小镇世袭下来的某种义务。早在1894年的某日，萨多里斯上校——那位最早下令黑人妇女不穿围裙不得上街的镇长——就免除了她的税赋，而且从她父亲去世之日算起，终身有效。艾米丽小姐并不情愿接受这一慈善之举。于是萨多里斯上校虚构了一个貌似相关的理由，声称小镇曾向艾米丽小姐的父亲借过一笔款子，因此决定用豁免税赋的方式作为回报和补偿。上一代人中，只有萨多里斯这样有想法的人能编出这样的说辞，也只有女人们才信以为真。

后来，具有更多现代思想的人当上了镇长和议员。大家对免税之事颇有微词。第一年的一月，他们寄来了税单。到了二月，都没有收到她的反馈。于是他们又发了一封正式公函，敦请她方便时去一趟郡长办公室。一周后，镇长亲自执笔写信，提出要主动登门拜访，或安排专车把她接来。她在一张老式的便笺上写了回信，字体纤细流畅，字迹暗淡，大意是说她从不出门会客，并随信退回了税单，对之未置一词。

于是小镇议员们召开了特别会议，成立专门小组登门拜谒。可是她在八年或十年前不教瓷画课的时候起，就已经闭门谢客了。那位老黑奴开门纳客，将他们领进灰暗的楼道内，而楼梯的上方笼罩在更加灰暗的阴影中。屋子里尘埃扑鼻，潮气袭人。黑奴领着他们进了厅堂，只见满屋的家具全都裹着皮革。老黑奴打开百叶窗时，大家发现皮革上满是裂痕。他们落座时，只见微小的尘埃在身下冉冉腾起，在一缕阳光的照射下缓慢地转动着。火炉前生锈的镀金画架上，矗立着一幅艾米丽小姐父亲的蜡笔画像。

她走进厅堂的时候，大家起身示意。她身材矮小，通体肥胖，一袭黑衣，一根细细的金链子垂落腰间，消失在皮带内。她挂着一根乌木手杖，镀金的杖头锈迹斑斑。她的脑袋干瘪瘦小。也许正是这个原因吧，同样的丰腴对她而言就变成了肥硕。她的外表显得臃肿，仿佛是死水中长期浸泡过的尸身。她的脸部堆满了脂肪，双眼眯缝在皱纹中，如同两颗细小的煤球被塞进了一大块面团。来访者说明来意的时候，只见她的双眼在大家的脸上睃过来睃过去。

她并没有请大家坐下。她自己就站在门旁，静静地听着，直到说话者结结巴巴地停下。这会儿,大家能听见金链子的末端传来看不见的怀表的嘀嗒声。

她说话的声音干涩,语气冷淡。"我在杰弗逊是不用纳税的。萨多里斯上校亲口说的。只要你们找到相关记录,这事儿自然就清楚了。"

"我们找过。我们就是政府派来的代表,艾米丽小姐。你没有收到郡长签名的纳税单吗?"

"哦,我收到过一份文件。"艾米丽小姐说,"谁知道他是不是假冒的郡长……我在杰弗逊是不用纳税的。"

"可我们在档案里查不到任何记录。你瞧,我们必须遵守……"

"你们去找萨多里斯上校吧。我在杰弗逊是不用纳税的。"

"可是,艾米丽小姐……"

"你们去找萨多里斯上校吧。"(萨多里斯上校死了快十年了)"我在杰弗逊是不用纳税的。托比!"黑奴应声而来。"送一送这些先生们。"

二

就这样,她干净利落地打败了他们,犹如三十年前她在臭味一事上打败了他们的前任一样。

当时,她父亲去世刚满两年,她的心上人——我们本以为会跟她结婚的心上人——刚刚抛弃了她。父亲死后,她很少出门。心上人弃她而去后,人们就根本见不到她了。一些女士们冒冒失失地去拜访她,但是都吃到了闭门羹。老宅内唯一能表明生命存在的就是那位黑奴了——当时他还是个小伙子呢——只见他提着购物篮进进出出。

"还有哪个男人能把自家的厨房收拾好?"女人们风言风语。因此,当臭味越来越大的时候,她们并没有感到惊讶。这是熙熙攘攘的世界与傲慢自大的格瑞尔森家之间的另一种联系。

邻家一位主妇向年届八旬的镇长斯蒂芬森法官投诉了。

"可是，你能让我怎么办呢，夫人？"他问。

"嗯，告诉她呀，不能再这样下去了。"那位主妇说，"不是有法规吗？"

"我看没有必要吧。"斯蒂芬森法官说，"可能只是黑鬼在院子里打死了一条蛇，或打死了一只老鼠而已。我去跟那个黑鬼说说看。"

第二天，他又接到了两份投诉，其中一位男士谨慎地提出了抗议："我们必须得做点什么呀，法官先生。我是天底下最不愿意打扰艾米丽小姐的人了，但是我们必须得做点什么。"那天晚上，全体议员开会商讨。议事会里有三位老者和一位年纪稍轻者。

年纪稍轻的议员说："事情很简单。告诉她把房子内外清扫一遍。给她一个期限，如果她不能……"

"算了吧，先生。"斯蒂芬森法官说，"你能当面指责一位女士说她身上有臭味吗？"

于是，第二天晚上，午夜过后，四个男人穿过艾米丽小姐的草坪，仿佛窃贼一般查探着她的老宅，或沿着墙根一路嗅探，或是在地窖的入口处用鼻子闻闻。其中一个人像播种一样不时从肩上的口袋里掏出点什么。他们撬开地窖的门板，朝里面撒上了石灰，在老宅周围也撒上了石灰。当他们再次穿过草坪时，一扇本来漆黑的窗户亮起了灯光。艾米丽小姐坐在房间里，灯光照在她的身后，只见她直立着上身一动不动，宛如木偶一般。他们蹑手蹑脚地从草坪上返回，没入老街槐树的阴影中。一两个星期后，臭味消失了。

打那时起，大家开始对艾米丽小姐感到非常歉疚。我们镇上的人都还清楚地记得，她的姑奶奶怀厄特老太太最后是如何发疯的。大家相信，格瑞尔森家里的人总把自己看得比别人高出一等。镇上的年轻人没人能配得上艾米丽小姐。我们始终把这一家人看成是一幅静态画：身材苗条、身穿白衣的艾米丽小姐站在后排，她的父亲的高大身形矗立在前排，手攥着马鞭挡在她的身前，老宅的大门框构成了画的边框。因此，当她年届三十却依然单身的时候，我们并没有幸灾乐祸，反而觉得我们的看法得到了验证。这家人虽然有精神病的家史，可是要真有谈婚论嫁的好机会出现，她也不至于白白错过呀。

她的父亲去世后，留给她的唯一遗产就是那幢老宅了。不过，大家反而感到很高兴。他们终于能够同情艾米丽小姐了。她孑然一身，不名一文，已经变成了普通人。眼下她也能体验到因一分钱而兴奋或因一分钱而绝望的心情了。

她的父亲去世那天，镇上的妇女全都赶往老宅，以示哀悼并施以援手。艾米丽小姐遵照风俗，在门口迎接了她们。她依然如平时一般打扮，脸上毫无哀恸之色。她对大家说，她的父亲并未辞世。一连三天如是重复。牧师们不断去找她，还有医生们，想尽力说服她，好让他们去处理遗体。正当他们打算诉诸强制措施的时候，她就没再坚持了。人们迅速将她的父亲下葬。

我们不是说她那时候就已经疯了。我们只是相信她不得不那样做。我们也没有忘记她的父亲将所有求婚的年轻人赶走之事。我们还知道一无所有的她只能对这个曾经剥夺她婚恋权利的人恋恋不舍。这也是人之常情嘛。

三

她从此久病不起。当我们再次见到她的时候，她的头发已经剪短，看起来更像是一位少女——那样子依稀与教堂彩窗上的那些天使颇为相似——神情中既有悲伤，也有安详。

镇子里签订了铺设人行道的合约。她父亲去世的那年夏天，项目开工了。建筑公司带来了黑奴、驴子与筑路机器,还有一个叫荷马·柏伦的建筑队队长。他是个北方佬,身材魁梧,肤色黝黑,动作敏捷,大嗓门,眼睛比脸色还要浅淡。男童们喜欢成群结队地跟在他的身后,看他声色俱厉地训斥那些黑奴,看黑奴们随着铁镐的起落齐声唱着号子。时间不长,他就认识了镇子上的每一个人。无论何时,只要你在广场附近听到串串笑声,荷马·柏伦肯定是人群的中心人物。没过多久,每个星期天的下午,我们开始看见他与艾米丽小姐驾着那辆黄色双轮马车,还有一对出自马房的褐色辕马一同进进出出了。

起初,我们很高兴艾米丽小姐心有所属了。镇子上的女人们絮叨起来:"格瑞尔森家的人当然不会嫁给一个北方佬,一个干粗活的人。"不过,也有其他人,那些年长的人说:即使是悲伤,也不会让真正的淑女忘记什么叫"尊贵品行"……当然,他们并没有直接称之为"尊贵品行"。他们只是说:"可怜的艾米丽!她的亲戚应该来陪陪她呀。"她在亚拉巴马州还有一户亲戚,但是多年前,她的父亲因为疯老太太怀厄特的房产问题与他们大吵过,两家从此再没有往来。对方甚至连她父亲的葬礼也未参加。

只要老人们说一句"可怜的艾米丽",人们就交头接耳起来。"你认为情况真是这样的吗?"他们相互交谈着,"当然是。难道还有别的……"他们用手捂着嘴,窃窃私语。阳光灿烂的星期天下午,那一对辕马驶过街道时传来了轻快的哒哒哒声,人们便关上遮阳的百叶窗,长长的丝缎窗叶发出了簌簌的声音。"可怜的艾米丽!"

她将头高高昂起——甚至当我们相信她已经堕落的时候。她仿佛比以往任何时候都想保持格瑞尔森家族最后一个人的尊严,仿佛这份尊严还需要接一点地气来确保密封性。她在购买老鼠药,也就是砒霜的时候就是如此。那时候离人们感叹"可怜的艾米丽"已有一年多了,她的两位表妹也正要来看望她呢。

"我想买点毒药。"她对药剂师说。当时她刚过三十,尽管略显单薄，但身材仍然苗条。那张脸上有一双冷淡而傲慢的黑色眼睛，太阳穴和眼窝的肌肉绷得很紧。你能想象到的灯塔守望人的脸应该就是这样。"我想买点毒药。"她说。

"好的，艾米丽小姐。哪一种？毒老鼠用吗？我推荐——"

"我要你们这儿最好的。我不在乎哪一种。"

药剂师说了好几种。"这些毒药的毒性都很强，能毒死大象。但是你想要的是——"

"砒霜。"艾米丽小姐说，"它的毒性强吗？"

"是砒霜吗？好的，夫人。可是你要的——"

"我要的是砒霜。"

药剂师低头看着她。她也朝他看去，直着身子，她的脸就像绑紧的一面旗子。

"哦，当然可以。"药剂师说，"如果这就是你想要的。可是根据法律，你要说明一下你买砒霜派什么用场。"

艾米丽小姐只是盯着他看，仰着头，逼视着他的眼睛，直到他把目光移开。他离开柜台取出砒霜，然后包好。跑堂的黑人男孩把包好的砒霜拿给她，药剂师本人却没有回前台。她回家后打开包裹，只见盒子上骷髅标记的下方写着"毒鼠用"。

四

第二天，我们大家都在议论："看来她要服毒自杀了！"我们还说，如果能这样就最好不过了。我们第一次看见她和荷马·柏伦在一起的时候，我们都在说："她就要嫁给他了。"接着我们又说："她终究会说服他的。"荷马亲口说过：他喜欢男人。众所周知，他在埃尔克斯俱乐部与更年轻的男人一起喝酒。他还说过：他并不想结婚。

后来，我们就在百叶窗的后面感叹："可怜的艾米丽！"每个星期天的下午，只见他们俩乘坐在亮丽的马车上，艾米丽小姐高昂着脑袋，荷马·柏伦斜戴着帽子，嘴里叼着雪茄，手戴黄色手套，紧握着缰绳和马鞭。

那时候，一些女士们议论纷纷，认为这是小镇的耻辱，他们给年轻人树立了一个坏榜样。男人们却不想横加干涉，但是在女人们的压力下，浸礼会的牧师——艾米丽家的人隶属圣公会——被迫去找她。那次见面到底发生了什么，牧师绝口不提，但是拒绝再去找她。第二个星期天，他们俩照样坐着马车招摇过市。次日，牧师的太太给艾米丽小姐在亚拉巴马州的亲戚写了封信。

她的两位亲戚又一次来到她家。我们静观着事态的发展。起初，什么事也没发生。接下来，我们确信他们俩打算结婚了。我们知道艾米丽小姐去过首饰店，订制了一套男人用的银首饰，每一件首饰上都刻有"荷""柏"的字样。两天后，我们还知道她买过一整套男人的衣服，包括睡衣。我们真的很高兴，说："他们俩就要结婚了！"我们很高兴，是因为与艾米丽小姐相比，那两位堂姐妹更带有格瑞尔森家族的遗风。

因此，当荷马·柏伦走了后，我们并没有感到惊讶——因为马路边的人行道早就完工了。我们略感失望的是，他们俩的关系并不是公开破裂的，但是我们相信他继续准备着艾米丽小姐的到来，或者给她一个机会撵走那两个堂姐妹。（当然，这是一次共谋。我们都是艾米丽小姐的盟友，都想帮助她除掉那两个堂姐妹。）富有成效的是，一周后她们俩就卷铺盖走人了。正如我们大家所期待的那样，荷马·柏伦不到三天就回到了小镇。一天傍晚，一位邻居看见黑奴打开厨房的门，让他进了老宅。

这是我们最后一次见到荷马·柏伦。有一段日子，我们还能见到艾米丽小姐呢。黑奴提着购物篮进进出出，但前门一直紧闭不开。偶尔，我们会看见她在窗前待上片刻，就像撒石灰的晚上人们所看见的那样。然而，几乎有整整六个月的时间，她都没有上过街。当时，我们知道这也是预料之中的事情。她作为女人的一生因为父亲而屡受挫折，她父亲那种性格的影响仿佛太过狠毒、太过暴躁而久久难以消失。

当我们再次看到艾米丽小姐的时候，她已经发胖，头发渐成灰白。随后的几年里，她的头发越来越灰白，直到完全变成了银灰色，此后才不再变色了。在她七十四岁去世的那天，头上仍然是充满活力的银灰色，犹如脑袋灵活的人的头发。

打那时起，她家的正门始终紧闭不开，这个状况维持了六七年的光景，直到她四十岁时，她才开始出门教授瓷画课程。

她在楼下的房间里开设了一间画室。萨多里斯上校那代人的女儿们、孙女们被定期送到那儿。她们兴高采烈，如同星期天送她们去教堂做礼拜一样。她们还将二十五便士投入募捐的盘子中。与此同时，艾米丽小姐的税务已经被免除。

后来，更新的一代人成为小镇的骨干和灵魂。学画的学生们长大了，离开了画室，却不再让她们的孩子带着颜料、枯燥的画笔以及从贵妇人杂志上剪下来的图片去她那儿学画了。老宅的正门在送走最后一位学生后关上了，而且永远地关上了。当小镇提供免费邮递服务时，唯独艾米丽小姐拒绝人们将铁质门牌与邮箱安在她家的大门上，而且也根本听不进别人的劝说。

时光飞逝，岁月荏苒。我们眼看着黑奴的头发越来越白，背越来越驼，还依然提着购物的篮子进进出出。每年十二月，我们照例给她寄去税单，一周后保准被邮局退回，上写"无人领取"。偶尔我们会透过一楼的窗户看见她——她显然已经把楼上的房间封存了起来——如同佛龛里的半截雕像。她的眼睛到底是在看着我们，还是没有看我们，我们一直分辨不清。就这样过了一代又一代，她是那么的尊贵、安宁、怪异，让人捉摸不透，又无可回避。

现在她去世了。她在布满尘埃与阴影的老宅内一病不起,只有那个老黑奴服侍着她。我们甚至都不知道她生病了。我们早就不想从黑奴那儿打听她的事情了。黑奴从不主动和别人说话,可能也从不和她说话。他说话声音大,嗓音粗粝,干巴滞涩,仿佛很长时间都没说过话了似的。

她是在一楼的房间里过世的。她躺在笨重、挂着床帏的胡桃木床上,头发灰白的脑袋枕在黄色的枕头上,枕头因为常年不见阳光已霉迹斑斑。

五

老黑奴在正门迎接第一批女士的到来,开门让她们进屋。她们保持着肃静或发出咝咝的声音,眼睛迅速而好奇地朝室内扫视着。老黑奴随后不见了。他径直穿过厅堂,朝后屋走去,此后就再也没有见到他了。

那两位堂姐妹也立刻赶来奔丧。她们在第二天举办了葬礼。我们全镇的人都来了。艾米丽小姐的身上覆盖着一簇簇的鲜花。灵柩上方的蜡笔画上,她的父亲正深沉地凝视着。镇上的女人们有的窃窃私语,有的神情骇然。镇上的老人们——有的穿上整齐的邦联军服站在门廊或草坪上,议论着艾米丽小姐的一生,仿佛他们都是同代人似的。他们还以为自己当年同她一起跳过舞——也许还追求过她呢,殊不知把数学般精确推进的时间给搞混了。老人们向来如此。在他们的眼里,过去的时光不是一条越走越窄的小道。相反,它是一块不受冬天侵袭的巨大草地,与他们的现在之间只隔着十来年岁月的狭窄瓶颈。

我们都知道,老宅的楼上还有一间卧室,四十年了无人得以一见,现在将不得不强行打开。直到艾米丽小姐体面下葬后,人们才破门而入。

大门被用力撞开时，卧室内弥漫着腾起的灰尘。薄薄的带有刺鼻味的帷幕布满了整个房间，层层叠叠，仿佛是一场婚礼的装饰物——褪了色的玫瑰红帷幔布帘、玫瑰红灯台、梳妆台，一排精致的水晶饰品，还有那个男人用过的银制梳洗用品——早已锈蚀斑斑，上面刻过的"荷""柏"字样已模糊不清了。这些物品中放着一副领子与领带，仿佛刚从身上取下来。拿起来后，桌上灰尘的表层留下了苍白的新月状。一把椅子上挂着一套西服，小心摆放着。椅子底下有两只无声的鞋子，还有被丢弃的袜子。

躺在床上的正是那个男人。

我们久久地站在那里，俯瞰着凹陷的、无肉的骷髅上的笑容。遗骨的姿势表明他曾经被人拥抱过。但是现在，永世的长眠超越了爱情，甚至征服了爱情的煎熬，最终与他做伴了。他在睡衣下面的肉身早已腐烂干净，与他躺卧的床榻难以分离了。在他的遗骨上、旁边的枕头上，覆盖着一层厚厚的、均匀的灰尘。

这时，我们注意到了第二个枕头上有人睡过的凹痕。有人从枕头上捡起了什么。我们探身过去，骷髅的洞窟中散发出淡淡的刺鼻味儿——我们看到了一绺长长的深灰色发丝。

美女还是老虎

[美] 弗兰克·斯托克顿 | 吴涛 译

很久以前有一位暴君,他的国家虽已受到拉丁远邻的文明开化,但他的思想仍然野蛮、专制、不受拘束,这造就了他性格中残酷暴虐的一面。这位国王的脑中充满狂野的念头,同时手握至高的权威,将这些妄想随心所欲地化为现实。他与这些念头对话,一旦达成共识,马上动手落实。当国家与政体中的每一个臣民都依照他的规则行事,他就会表现出平和与友善的一面;若稍有偏离,他仍会保持平和与友善,因为没有什么比攘平反乱、粉碎错误更让他中意的了。

国王残暴的那一面,借由某种外来建筑得到了发挥——公共竞技场。它能彻底展现人的英勇与兽的本性,从而让观看的人民获得思想的提升与教化。

残暴性与戏剧性在此结合。国王的竞技场并非为了让人有幸听见角斗士垂死前的胡言乱语,也并非为了让人见证宗教与饥肠之间产生冲突时导致的必然后果。竞技场的意义在于引发人们心智上的进步。这座宏大的圆形剧场,以及它环状的观台、神秘的地牢、隐秘的地道,宛如一位浪漫的大法官,以绝对公正的判决惩治罪恶的灵魂,褒赏高尚的情操。

当有公民被控犯罪,并且罪行惊动国王时,全国上下就会张贴告示，宣布择日审判，地点正是国王的竞技场。虽是模仿遥远的邻邦建造的竞技场，也保留了其名称和设计，但功用却大相径庭，完全源自国王本人。这个男人身上的每一寸血肉都在告诉他，身而为王就必须将脑中的幻想变成现实，将狂野无边的残酷观念灌输给每一个个体，化为其行事的准绳。

于是他所有的子民都聚集在环形观台上，国王本人则坐在竞技场一端高高的王座上，身边围绕着宫廷大臣。他稍稍示意，下方的大门便轰然洞开，被告从中走向竞技场中央。在他面前出现两扇一模一样的门，门后是封闭的空间。被告必须上前打开其中一扇门，选择权完全在他手中。被告无需遵守任何命令，免受任何影响，如前文所述，他将获得绝对公正的判决。如果门后是一头饥饿的猛虎，可以想见他的下场将是多么悲惨无情，饿虎会立刻扑在他身上，将他撕成碎片，罪行就此得到惩戒。被告若是如此收场，顷刻间丧钟就会响起，竞技场外围的演员开始大声痛哭，而全场观众纷纷低头，怀着沉重的心情缓缓踏上回家之路。他们为如此年轻有为的生命哀悼，或是为如此年长受尊敬的灵魂痛惜。

而如果被告打开了另一扇门，会从中翩跹走出一位美丽的女子，是国王从整个国度里依照被告的年龄与身家精心挑选的结婚对象，并且婚契即刻生效，以此作为无罪的奖赏。即便被告已经成家立业，或是他早就心有所属，都不影响这场天降的婚姻。国王才不会容许一些凡俗杂事来动摇他至高的奖惩大计。婚礼在现场当即举行，从王座下的暗门里会走出一名牧师和一整支唱诗班，还有跃动的舞娘吹起欢快的金色小号，为这对新人送去幸福的祝愿。在庄严与欢乐的气氛中，在铜钟洪亮的鸣响中，观众们为婚礼欢呼喝彩。这位清白的被告在孩童们撒满鲜花的道路上，引领他的新娘回家。

这位暴君惩恶扬善的方式堪称粗暴，不过其公平性也显而易见。被告无从得知哪扇门的背后是美女，只能按照自己的意愿选择，丝毫不知下一秒自己难逃虎口还是难辞婚约。有时老虎在这道门背后，有时则相反。这种裁决不仅公平，而且立竿见影：被告如果有罪，当场就会受到制裁；而若是无罪，则无论愿意与否，立即兑现奖赏。在国王的竞技场上，绝无模棱两可的判决。

这种做法反响非常好，每当人民在审判之日齐聚一堂时，谁也不知道他们将目睹一场血腥的虐杀，还是一场可笑的婚礼。就因为这种不确定的因素，使得这种审判方式独树一帜，大众对它充满期待，从中获得满足，而社会舆论对于审判结果绝不会抱有异议，毕竟，选择权岂不正掌握在被告自己的手中吗？

暴君国王有一个女儿，这个女儿与他最瑰丽的想象一样美，也和他一样拥有热诚跋扈的性格。不难想象，国王视公主为掌上明珠，对她倾注的爱超越一切。宫廷中有一位出身名门但地位低下的年轻人，勇敢地爱上了公主。公主对这位浪漫而传统的情人也十分满意，因为整个王国上下，再也没有谁比他更英勇潇洒。公主也不可救药地爱上了他，骨子里的粗暴性格让这份爱格外温暖、坚定。两人厮守了好几个月，直到某一天国王意外发现了这段热恋。他毫不迟疑就将年轻人投入大牢，并且很快选定了审判日。由于情况特殊，国王与所有子民都对这场审判极为关注。毕竟这种事前所未闻：竟有人胆敢爱上国王的女儿。许多年以后这可能算不得稀罕，但当时确实极为新奇，令人咋舌。

这场审判专门搜寻了王国中最凶狠残暴的野兽，只有最可怕的怪物才配得上这一天的竞技场；同时也以挑剔的眼光寻找最美丽的少女，万一命运眷顾，年轻人得以逃脱一死，能够由此获得最般配的新娘。当然，每个观众都知道这位被告所犯的罪行：他爱上了公主，这是他、她或者任何人都无法否认的事实。唯有国王不容许这种事实与他引以为傲的审判机制发生抵触。不管结果如何，年轻人落得怎样的下场，国王都会带着他的审美观看到底，看看有人爱上公主，究竟该不该惹来杀身之祸。

裁决之日来临，人们从四方远近聚拢到竞技场，挤满了环形观台。那些找不到容身之处的观众把外墙围得水泄不通。国王与大臣纷纷就位，他们的对面正是那两扇命运之门，因为彼此分毫不差而越发显得可怕。

一切都准备就绪。在国王的示意下，王座下的大门打开，公主的情人走入场中。他高大的身材、英俊的容貌激起一阵惊叹与焦躁的嗡嗡声。观众中的一半人从未见过这样一个好小伙，难怪公主对他倾心！他根本不该站在这审判台上！

依照礼仪，年轻人到达指定位置后，转身向国王鞠躬。其实他的眼中除了坐在国王身边的公主外，根本容不下其他王室成员。要不是公主的血液里流淌着她父亲的野蛮天性，她可能根本不会出现在这种场合，但她炽热的灵魂不会允许她错过。自从国王决定让年轻人选择自己的命运之时起，公主再也无法思考任何与她的爱人无关之事，不分白昼与黑夜。好在公主比任何一个对这场判决感兴趣的人都拥有更大的权力、影响力和支配力，她做到了此前无人能及的一件事——她破解了门后的秘密。哪一扇门的背后是笼门未关的猛虎，哪一扇又有美女静候，她心知肚明。这两扇沉重的门的内侧还覆盖了厚厚的毛皮，以确保里面不会传出任何声音或暗示给那些接近门闩之人。然而什么也挡不住一个有意志力的女人，挥霍手中的权力和金币来获得她想知道的秘密。

公主不光知道哪间房里坐着美女，正红着脸幸福地等待大门打开，她还知道这个美女的真实身份。国王选择了宫廷中最可爱、最漂亮的一位女官，只要年轻人证明无罪，就能立刻与这位比他官阶高许多的美女成婚。公主着实讨厌女官，曾不止一次看见，或者说想象自己看见这个妖娆的货色对着自己的挚爱眉目传情，有时甚至会得到对方的回应。还有几次她看见这两人在一起说话，虽然时间短暂，但已足够互诉衷肠。也许谈话的内容空洞无聊，但她又如何能确定？这个女人仗着美貌，竟敢抬眼与公主所爱的男人互相对视。从古老的先祖开始传递下来的野蛮之血已经在身体里沸腾，她对寂静的房间里满脸幸福的女官恨之入骨。

她深爱的男人转过身，用目光寻找她。在无数焦急渴盼的脑袋之中，他看见了公主苍白黯淡的面容。两人的心意如此相通，所以他一下就看出，公主知道哪扇门的后面是老虎，哪扇是美女。这在他的预料之内，因为他了解她的本性。这位公主在搞清楚事情的真相前，是不会善罢甘休的，而且包括国王在内的所有旁观者，都不会知道她的心思。年轻人唯一的指望就是仰仗公主解开谜题。他们眼神相通的瞬间，他知道她成功了。他对此深信不疑。

他迅速瞥了一眼公主，那紧张的眼神分明在问："选哪扇？"清晰得仿佛他站在原地大声喊出了这个问题。这正是分秒必争的时刻，这一秒抛出的问题，下一秒就亟待解答。

她的右臂搁上面前栏杆的绒垫，右手轻微但迅速地指一指右方。除了心爱的他，没有别人看到这个动作，因为所有人的眼睛都紧盯着竞技场上的裁决。

他扭过头，踩着坚定的快步穿过场地。每个人都屏息凝神，两眼死死跟随着年轻人的步伐。他走到右边的门前，没有丝毫犹豫便打开了门。

故事的高潮就在这里：那扇门里跳出一头猛虎，还是走出一位美女？

我们越是推敲这个问题，就越难找到答案。人心宛如迷宫般迂回，一旦深究起来便迷失了感情的方向。亲爱的读者朋友，请一起来思考看看，不要以你自己的思想来推测，而是站在这个冲动、野蛮的公主的立场来判断。她的灵魂正居于绝望与嫉妒的烈焰之中。既然横竖都要失去所爱之人，那么该由谁来接管呢？

她曾在不眠之夜来回踱步，也在最深的噩梦中饱受折磨，每每都使她陷入惊恐之中，掩面而泣，害怕心上人打开门后，迎来饿虎的利爪和尖牙。

但更多的时候她幻想的是他打开了另一扇门！一想到曾经的爱人开门后看到美女后的狂喜画面，她便咬牙切齿，撕扯自己的头发。他一定会冲向那位两颊滚烫、眼中闪耀着胜利光芒的女人；他会牵起她的手，因重获新生而喜不自禁；他会迎着观众的欢呼和幸福的钟声，在牧师和欣喜的唱诗班面前宣誓成婚。公主不得不眼睁睁地看着他和她走在鲜花铺就的道路上渐行渐远，身后是全体子民的祝福与欢腾。公主的灵魂将饱受痛苦的煎熬，将发出绝望的尖叫，但必然被现场的欢呼声冲刷得一干二净。

倒不如让他即刻死去，在受祝福的混沌来世等待她岂不更好？

但一想到那可怕的老虎、那撕心裂肺的惨叫、那血腥的场面！

她的决定在瞬间确定，背后却是日日夜夜反反复复的痛苦掂量。她猜到他一定会问她，她也准备好了答案，所以毫不迟疑地用手指向了右边。

公主的决定经过了深思熟虑，以我个人的猜测恐怕难以回答。所以我把问题留给你们：右边的门里，会出现美女，还是老虎呢？

使用暴力[1]

[美]威廉·卡洛斯·威廉姆斯 | 楼武挺 译

他们是我的新病人。除了姓"奥尔森",我对他们一无所知。请您尽快来一下,我女儿病得厉害。

迎接我的,是孩子母亲:个子高大,穿戴整洁,一脸惊慌与愧疚。您就是医生吗?只问了这么一句话,她就领我进屋了。在后面,她补充道。很抱歉,医生,我们让她待在厨房,因为那里暖和。这里有时很潮湿。

厨房餐桌旁,那孩子穿戴整齐,坐在父亲腿上。后者想起身。我示意他不必麻烦,接着脱掉外套,开始给孩子做检查。他们一家用怀疑的目光,上下打量我,看得出来很紧张。一如往常,这种时候,他们只会告诉我最基本的情况。剩下的,得由我来告诉他们。这正是他们在我身上花费三美元的原因。

那孩子面无表情,死死盯着我,冷酷的目光简直要把我生吞。她一动未动,显得内心很平静,外表又异常可爱,而且壮得像头小母牛,但脸颊通红,呼吸急促,显然正在发高烧。她有一头浓密金发,非常美丽,活像经常出现在广告传单和星期天报纸凹版印刷部分的画中女孩。

---

1. 该篇小说的特点之一,是大量使用自由间接引语和直接引语,其特征是不使用引号。

她发烧三天了，孩子父亲说，但我们不知道原因。我妻子给她吃了点药，您知道，就像大家经常做的那样，可毫无效果。加上周围许多孩子生病。所以我们觉得，最好请您给她检查一下，告诉我们到底怎么回事。

一如医生经常做的那样，我先试探性地问了一下症状。她喉咙痛吗？

孩子父母同时回答，不……不，她说喉咙不痛。

你喉咙痛吗？孩子母亲问那孩子。但小女孩的表情没有丝毫变化，目光也未从我脸上移开。

你们瞧过吗？

我试了，孩子母亲回答，可看不到。

凑巧的是，当月，那孩子所读学校暴发了多起白喉病例。显然，我们都想到了这事，尽管到此刻为止，谁也没提及。

那个，我说，我们先瞧瞧她的喉咙吧。我露出生平最和蔼的医生式微笑，并在问得那孩子的教名后说，乖，玛蒂尔达，张开嘴，让我们瞧瞧你的喉咙。

毫无反应。

啊呀，乖，我哄道，把嘴张大，让我瞧一眼吧。看，我边摊开双手边说，我手里什么也没有。快张开嘴，让我瞧一眼吧。

多好的先生啊，孩子母亲插嘴道。瞧，他对你多么和蔼啊。乖，快照他说的做。他不会伤害你的。

这话气得我直磨牙。要是他们不说"伤害"一词，说不定我就能看到点什么。不过，我没让自己因此乱了方寸，而是慢声细语地哄着，再次接近那孩子。

就在我把自己的椅子挪近一点时，冷不防，那孩子的双手犹如一对猫爪，本能地抓向我的眼睛，而且几乎得手。确切地说，她打飞了我的眼镜，使之落在离我几英尺远的厨房地上，尽管并未摔碎。

孩子父母尴尬得无地自容，不住道歉。你这个坏丫头，孩子母亲边斥责,边拽孩子的一条胳膊。瞧你干了什么。这位好先生……

天哪,我打断孩子母亲。别对她说我是好先生。我来这里,是为了检查她的喉咙,以防她感染白喉,并可能因此死掉。但她不明白这事的严重性。听着,我对那孩子说,我们要检查你的喉咙。你都这么大了,听得懂我的意思。现在,是你自己张嘴呢,还是让我们帮忙呢?

依旧毫无反应。就连表情也没有变化。不过,那孩子的呼吸变得越来越急促。较量开始了。我必须那么做。为了保护她,我必须采集喉部培养细胞。不过,我首先告诉孩子父母,这事完全取决于他们。我解释了孩子面临的风险,但又说,只要他们愿意承担责任,不是非得做喉咙检查不可。

要是你不照医生说的做,就得去医院,孩子母亲严厉警告道。

哦,是吗?我不由得暗笑。毕竟,我已喜欢上眼前的刁蛮丫头,对她父母则感到不齿。他们越来越卑贱、绝望、疲惫,而那孩子,出于对我的恐惧,无疑愤怒得近乎失去理智。

孩子父亲尽了全力,且身材魁梧,但那孩子是他女儿,加上为女儿的行为感到羞愧,又生怕伤害女儿,结果在我差点得手的关键时刻,他松了手。一连几次都这样,我真恨不得杀了他!但他也怕女儿可能感染白喉,所以不停地催我继续,尽管自己几乎要晕倒了。与此同时,孩子母亲在我们后面踱来踱去,一会儿抬起双手,一会儿又放下,担心得要命。

让她正坐在你腿上,我吩咐道,然后抓住她的两只手腕。

但孩子父亲一那么做,那孩子就开始叫唤。放手,你弄疼我了。放开我的手。我叫你放开我的手。接着,她越发叫得歇斯底里,听得人毛骨悚然。停下!停下!你快把我弄死了!

您觉得她承受得住吗,医生?!孩子母亲问。

你出去,丈夫对妻子说。你想让她死于白喉吗?

快,抓住她,我说。

我用左手抓住那孩子的脑袋，试图把木质压舌板塞入她的牙齿之间。她咬紧牙关，拼命反抗！但现在，我也发怒了——冲一个孩子。我竭力克制自己，但做不到。我知道如何打开口腔，检查喉咙。我尽了全力。终于把压舌板塞入最靠里的牙齿后面，并刚把压舌板顶端伸入口腔时，那孩子张了一下嘴，可没等我看清什么，又闭上嘴，还用大牙咬住压舌板中段。没等我来得及拔出来，她就把压舌板咬碎了。

你不害臊吗？孩子母亲冲那孩子吼道。在医生面前这么做，你不害臊吗？

给我拿一把勺子，勺柄光滑的那种，我对孩子母亲说，我们得做完检查。那孩子嘴巴已开始流血——舌头破了，所以疯了似的大喊大叫。也许我该停手，过一小时或更长时间再来。毫无疑问，那样会更好。但在此类病例中，我已目睹至少两名患儿因疏忽死在床上，所以觉得必须立即得出诊断，否则一切就晚了。我再次动手检查。但最糟糕的是，我也失去了理智：怒不可遏，恨不能活撕那孩子而后快。攻击她是一件乐事。我激动得脸庞发烫。

必须保护那个该死的小恶魔，不能任由她因自己的愚蠢而送命，在这种情况下，你会对自己说。必须保护其他人免受她传染。对社会来说，这极有必要。话都没错，但出离的愤怒和忍不住想动粗带来的羞耻感，令你失去理智：不达目的，誓不罢休。

在失去理智的最后一击中，我彻底制服那孩子的脖子和嘴巴，把厚实的银制勺子硬塞入她的牙齿后面，又把勺子伸入喉咙，直至她作呕。可算看见了——黏膜覆盖的两侧扁桃体。那孩子一直奋勇反抗，不让我发现她的秘密。咽喉发炎的症状，她至少瞒了三天，还一直欺骗父母，目的只是为逃避像现在这样的结果。

那孩子彻底怒了。她之前一直处于守势，现在开始进攻：拼命想从父亲腿上跳下来，扑向我，眼里噙着失败的泪花。

罗马热[1]

[美] 伊迪丝·华顿 | 周晓欣 译

一

两位稍上年纪但保养有方的美国中年女士从午餐桌上起身,穿过这家罗马餐厅高高的露台,倚靠在矮墙边,她们对视了一眼,然后看着下面壮阔辉煌的帕拉蒂尼山和罗马广场,脸上都带着模糊但亲切的赞许表情。

她们正靠在墙边,通向下方院子的楼梯上传来一个欢快的少女声音。"赶紧跟上来啊。"声音喊道,不是朝她们说话,而是朝另一位看不见的同伴。"让年轻人们忙她们的针线活吧。"另一个同样年轻的声音笑着回应:"噢,听着,小芭,其实并不真是针线活——""唔,我是比喻嘛,"第一个声音回答。"毕竟,我们可怜的母亲们也没什么别的可干……"此时,声音湮没在楼梯的拐角。

两位女士又彼此看了一眼,这一次笑容中有些许尴尬,较娇小、苍白的那位摇摇头,脸微微变红了。

"芭芭拉!"她低声说,责备楼梯上那阵嘲笑声,却没被听见。

另一位女士身形要丰满些,也更有气色,直挺的小鼻子上架着朝气

---

1. 罗马热:疟疾的一种,因曾在罗马流行而得名。

蓬勃的黑眉毛,她愉快地笑了。"我们的女儿就是这么想我们的。"

她的同伴做了一个不以为然的手势。"并不是对我们个人的看法。我们必须牢记这一点。只是对母亲这个整体的现代观念而已。而且你看——"她半带愧疚地从装饰精美的黑色手提包里拿出一捆深红色丝织物和两支穿插其中的细编织针。"这很难说,"她嗫嚅道,"新的世界绝对给了我们很多时间打发,有时候我也厌倦了只是看看而已——即便是如此景色。"她指着脚下这壮观的景象。

黝黑的女士又笑了,她们看到美景都重新陷入了静静的沉思,弥漫着一种心境的宁静,仿佛被罗马春日里烂漫的天空感染了一样。午餐时间早就过了,两人站在一端,独享这个巨大的露台。露台的另一侧,几群人流连忘返地欣赏这座广阔的城市。他们纷纷拿出旅游指南,翻找景点指示。最后一群人散开后,两位女士便独自站在这空气清冽的高地上。

"唔,我看不出我们为什么不能留在这儿。"斯莱德太太说,她是那位神色活泼、顾盼神飞的女士。身边放着两张被遗弃的藤椅,她将椅子推至矮墙的一角,安坐在其中一张上,定睛看着帕拉蒂尼山。"这始终是世上最美丽的景色。"

"对我来说,这里永远都是如此。"她的朋友安斯利太太同意,斯莱德太太虽然留意到她在说"我"字时轻微加了重音,却不知道这是否只是巧合而已,就像老派的人写信时随意加下划线一样。

"格蕾丝·安斯利一直都是个老派的人。"她想,一边带着念旧的笑容大声说:"这个景色我们多年来早已了然于胸了,我们第一次在这里见面时比我们女儿还要年轻。你还记得吗!"

"哦,对,我记得,"安斯利太太喃喃说,依然带着让人琢磨不透的重音——"你看那位饭店领班正纳闷呢,"她打断道。显然,她远不及同伴那般信任自己和自己在世上的权利。

"我来断了他的念想。"斯莱德太太说,她伸手去拿一个和安斯利太太的袋子一样毫不起眼却胀鼓鼓的手包。她向领班示意，解释说她和朋友是罗马的老情人了，希望能在下午余下的时光里饱览脚下的美景——前提是她们不会打扰服务！领班鞠躬感谢她的打赏，向她保证他们无比欢迎两位女士，要是她们愿意屈尊留下享用晚餐的话便更乐意款待她们了。这晚月圆皎洁，她们定当难以忘怀……

斯莱德太太拧紧了黑色眉毛，好像提及月亮既不合时宜还让人反感似的。但领班退下时她收起了皱眉，报以一笑。"好吧，为什么不呢！我们可能还不如在这里好呢。我想，我们是不会知道女孩们何时回来了。你知道她们到哪里去了吗？我是不知道！"

安斯利太太脸上再次泛起红晕。"我想我们在大使馆认识的那些年轻的意大利飞行员邀请她们飞到塔尔奎尼亚[1]喝茶去了。我猜他们会等待时机，趁着月光飞回来。"

"月光——月光！它还是那么重要啊。你觉得她们会和我们以前一样多愁善感吗？"

"我已经下结论了：我根本不知道她们是怎么样的。"安斯利太太说，"或许我们对彼此也一样所知甚少。"

"是的，也许我们的确如此。"

她的朋友拘谨地瞄了她一眼。"我从不觉得你多愁善感，爱丽达。"

"唔，也许我不是吧。"斯莱德太太闭上眼睛回想过去，有一阵子，这两位自孩童时期便亲密无间的女士思量她们对彼此的了解有多么浅薄。当然，两人都早已给对方贴上了标签。比如说，德尔文·斯莱德的太太会告诉自己或任何问她的人：二十五年前，贺拉斯·安斯利的太太曾是一位精致的美人——不，你不会相信，对吧！虽然现在依然迷人、出众……唔，少女时期的她很精致，比女儿芭芭拉漂亮多了，虽然按新的标准来说，小芭能给人留下更深的印象——正如人

---

1. 塔尔奎尼亚：意大利中部城市，被联合国列入世界文化遗产名录。

们所说,她更有棱有角。她的父母性格平平无奇,真不知道她是从哪里学来的。没错,贺拉斯·安斯利是——嗯,完全就是他妻子的复制品。他们是老纽约人的模范,长相俊俏,清白无瑕,堪称人中龙凤。斯莱德太太和安斯利太太彼此对立地生活了多年——这既是事实,又是比喻。当东七十三街20号门的会客厅换上新窗帘时,对门的23号总能知晓,还有他们的每一次搬东西、购物、旅行、周年纪念和患病——这是对这双受人尊敬的夫妻的乏味记录。大小事情都逃不过斯莱德太太的双眼。但当她丈夫在华尔街大获成功时,她早已厌倦了,到他们买下公园大道北的房子时,她已经开始想:"我宁愿换换口味,住在一家非法酒吧对面,这样至少还能看见它发生抢劫。"看着格蕾丝被抢劫这个想法让她乐不可支,她(搬家前)在一次女性午餐会上第一次说了出来。这个想法大受欢迎,被一一传诵—— 她有时候想它会不会传进街对面安斯利太太的耳中。她希望并没有,却并不十分在意。那个时候,体面这种品质并不很受欢迎,身家清白的人偶尔嘲笑他们一下并不会怎么样。

几年后,两位女士在几个月间相继失去了丈夫。她们得体地互赠花环和慰问,并在哀痛的阴影中重新短暂地亲密起来。现在,又过了一段时间,她们在罗马的同一间酒店里不期而遇,两人都谦逊地成为了活蹦乱跳的女儿的附属物。相似的境遇再一次将她们拉近,让她们得以说着无伤大雅的笑话,并且互相坦承,过去她们想"跟上"女儿的步伐一定会疲惫不堪,而现在,不这么做有时候反而变得无趣了。

斯莱德太太仔细想,她对无所事事的感受无疑比可怜的格蕾丝更为强烈。从当德尔文·斯莱德的妻子到当他的遗孀可谓一个巨大的落差。她总认为(带着一种配偶的自豪)自己的社交天赋与他不相上下,她不遗余力地将他们塑造成了现在这对无与伦比的夫妻:但他去世所带来的差别是无法弥补的。作为一位手头总有一两件国际案件的知名公司律师的妻子,她每天都会遇上刺激、意外的任务:即席款待国外来的尊贵同事，因法务公差而匆忙赶到伦敦、巴黎或罗马，在那里受到对方回馈的盛情招待。她也乐于听到人们在她身后说："什么，那位衣着靓丽、眉清目秀的美人是斯莱德太太——是斯莱德的妻子！真的吗！名人的太太通常都是老古董啊。"

是的，在那之后，当斯莱德的遗孀便是一件无趣的事了。为了配得起这样一位丈夫，她使出了浑身本领，现在，她只需要配得起她的女儿，因为那个似乎遗传了父亲天赋的儿子在儿时便忽然夭折。她战胜了丧子之痛，是因为丈夫在身边接受她的帮助，也能给她帮忙。现在，孩子的父亲去世了，她对儿子的思念便变得难以承受。她要做的事只剩下抚养女儿，亲爱的珍妮简直是一个完美的女儿，她根本不用过多操心。"现在有小芭·安斯利在身边，我不知道还能不能有片刻安宁了。"斯莱德太太有时半带嫉妒地想，但珍妮是一个千载难逢的意外，她比那位聪慧的朋友年轻，美艳绝伦，却不知怎的让年轻和貌美看起来像囊中之物一样稳妥，即使失去了也并不要紧。这让人十分困惑——对斯莱德太太来说还有点沉闷。她希望珍妮能堕入爱河——即使是和不合适的男人一起。这样女儿就只能被看守、被智胜、被拯救了。相反，现在是珍妮在照顾母亲，避免她着凉，确保她有吃药……

安斯利太太远不及她朋友伶牙俐齿，她对斯莱德太太的印象也不那么鲜明，形象较为模糊。一句"爱丽达·斯莱德聪明绝顶，但不如她自认为的那般聪颖"便可总结她的看法。虽然为了向不了解她的人解释清楚，她总会补充说斯莱德太太曾经是一位非常时髦的女孩，比她女儿时髦多了，后者当然很漂亮，某些方面也很聪明，却丝毫没有她母亲的——唔，"机灵"，有人曾经这么说。安斯利太太会记住这些现成的说法，然后加以引用，将其称为前所未闻的狂言。不，珍妮不像她母亲。有时候，安斯利太太觉得爱丽达·斯莱德十分失望。整体来说，她的一生十分悲惨，充满了失败和错误。安斯利太太一直都很可怜她……

两位女士就是这样从她们反转了的小望远镜中幻想对方的。

二

她们一直并肩坐着，没有说话。对两人来说，在这个巨大的死亡象征面前，放下她们某种程度上无谓的活动也是一种解脱。斯莱德太太坐着一动不动，双眼紧紧盯着恺撒宫殿金色的斜坡，过了一会儿，安斯利太太不再摆弄她的手袋，也陷入了沉思当中。像许多亲密的朋友一样，两位女士从来没有机会静静地相处，安斯利太太对多年后她们亲密关系中的这个新的阶段感到一丝窘迫，一时间不知道该如何应对。

忽然，空气中充满了铿锵作响的浑厚钟声，这种声音每隔一段时间就会伴随银色的穹顶将罗马笼罩起来。斯莱德太太看了一眼腕表。"已经五点了。"她说，似乎十分吃惊。

安斯利太太不确定地提议道："大使馆五点钟有桥牌活动。"斯莱德太太久久没有回答。她好像在深思中迷失了，安斯利太太觉得她没有听到自己的话。但过了一会儿，她梦呓一般地说："你说桥牌吗！除非你想参加……但我想我是不会去了。"

"哦，不。"安斯利太太赶紧向她保证，"我压根不感兴趣。这里太舒服了，像你所说的，这里充满了过去的回忆。"她舒舒服服地坐在椅子里，几乎是偷偷摸摸地拿出了针线。一旁的斯莱德太太注意到这个举动，但她膝盖上的精心保养的双手依然没有移动。

"我刚刚在想，"她慢慢开口，"对不同年代的旅行者来说，罗马会代表什么不同的东西。对我们的祖母来说，它代表着罗马热，对我们的母亲则代表着感情上的危险——我们以前被管得真严啊！——而对我们的女儿来说，这里不比站在大街正中危险多少。她们并不知道——可是她们错过了多少啊！"

长长的金光开始慢慢褪色，安斯利太太稍稍举起了针线活凑近着看。"是的，我们被管得真严啊。"

"我以前总是想，"斯莱德太太继续说，"我们母亲干的活可比我们祖母难多了。罗马热在街上肆虐的时候，在危险时刻把女孩叫回家里一定相对容易些。但你我年幼的时候，有这么多美景呼唤着我们，加上反抗命令的刺激，还有日落后天凉了得感冒的风险，母亲们想把我们关在家里一定是犯了愁——不是吗！"

她又扭头看着安斯利太太，但后者的针线活刚好到了十分精巧的一步。"一，二，三——跳过二。是的，她们那时一定是这样。"她表示同意，并没有抬起头来。

斯莱德太太更加专注地盯着她看。"她居然还能做针线活——在这个景色面前！这可真像她啊……"

斯莱德太太向后靠在椅子上，静静思考，眼睛从面前的遗址扫到绿草如茵、空荡荡的罗马广场，再到广场远处光芒逐渐消退的教堂正面和外围广阔的罗马斗兽场。她忽然想："说我们的女儿已经摆脱了情感和月光的影响固然不错，但如果小芭·安斯利不是想勾搭那个年轻的飞行员——身为侯爵的那位——那我就不知道是什么了。珍妮在她身边一点机会都没有。我也知道这点。不知道格蕾丝·安斯利是否因为这样才总爱让两个女孩到哪里都如影随形呢！好让我可怜的珍妮当衬托——"斯莱德太太发出一阵几乎听不见的笑声，安斯利太太听见后放下手中的针线。

"怎么了——"

"我——噢，没什么。我只是在想你的小芭是怎么战无不胜的。那个叫坎珀里埃利的男孩是罗马最抢手的婚配人选之一。不用一脸无辜了，亲爱的——你知道他就是的。而我在想——带着敬意，你知道的……我在想你和贺拉斯这两位楷模是怎么生出这么一位生龙活虎的孩子的。"斯莱德太太又笑了笑，语气中带着一点愠怒。

安斯利太太的双手懒懒地放在编织针上。她直勾勾地看着眼前这片以激情和光辉堆积起来的伟大残骸。但她瘦小的侧脸几乎面无表情。良久,她终于说:"我想你高估小芭了,亲爱的。"

斯莱德太太的语调柔和了一些。"不,我没有。我很欣赏她。大概也羡慕你。哦,我女儿是完美的,如果我是一个行动不便的慢性病患者,我会——唔,我想我宁愿被珍妮照顾。一定会有那么一些时候……但就是这样!我一直想要一个聪明的女儿……也一直不是很明白为什么反而得到了一个天使。"

安斯利太太以一声模糊的低语回应她的笑声:"小芭也是一位天使。"

"当然了——当然了!但她有一双彩虹翅膀。唔,她们正和小伙子在海边散步,而我们坐在这儿……往事全都真真切切地浮现在眼前了。"

安斯利太太已经继续开始编织。人们可能总会想象(如果人们不太了解她的话,斯莱德太太想),对她来说,这些令人心生敬畏的遗址逐渐拉长的影子也会涌现出许多回忆。但是没有,她只是埋头于她的活计之中。她有什么可担忧的呢!她知道小芭回来时几乎肯定已和那位称心如意的坎珀里埃利订下婚约。"她会卖掉纽约的房子到罗马去,在他们附近定居下来,永远不会妨碍他们……她太老谋深算了。但她会有一位一流的厨师,邀请合适的人来家里打桥牌、喝鸡尾酒……而且儿孙绕膝,安享晚年。"

斯莱德太太忽然因一阵自我厌恶而畏缩起来。在所有人中,她最不应对格蕾丝·安斯利有刻薄的想法。她也许永远都没有办法不嫉妒她!她可能许久以前便是这样了。

她站起来,靠在矮墙旁,让忧愁的眼睛饱览此刻焕发魔力、让人平静的景色。但景色没有让她平静下来,却似乎增添了她的恼怒。她的目光转向了斗兽场,它金光闪耀的侧面已经浸润在紫色的日影里,上空则是水晶般透明的穹隆,没有光线,没有色彩。这一刻,午后的日光与夜色在半空中势均力敌。

斯莱德太太转过身来,将手搭在朋友的手臂上。这个动作很突然,安斯利太太抬起头来,一脸惊诧。

"太阳下山了,你不害怕吧,亲爱的?"

"害怕——?"

"罗马热和肺炎啊!我记得那年冬天你病得有多重。你还是姑娘的时候喉咙非常娇弱,不是吗?"

"噢,我们在这上面没事的。在下面的广场上的确会一下子变得冷飕飕的……但这里不会。"

"啊,你当然知道,因为你要很小心。"斯莱德太太转身回到矮墙边。她想:"我必须再努力一把,不能恨她。"她大声说道:"每当我从这上面看着罗马广场,就会记起你那位姨婆的故事,是她吗?一位恶毒又可怕的姨婆?"

"哦,是的,哈里特姨婆。据说她让妹妹在日落后到罗马广场上采集一朵夜间绽放的花,放在她的相簿里。以前我们的所有姨婆和祖母都会有好几本收集干花的相簿。"

斯莱德太太点点头。"但她让妹妹去的真正原因是她们爱上了同一个男人——"

"唔,那是家族的传统。他们说哈里特姨婆多年后坦白了。不管怎样,那位可怜的妹妹得了罗马热去世了。我们小时候,母亲总用这个故事吓唬我们。"

"那年冬天你也用来吓唬我了,你和我那时还是小女孩呢。那是我与德尔文订婚的那个冬天。"

安斯利太太轻轻笑了一下。"噢,我有吗!真的吓到你了?我不信你会轻易受到惊吓。"

"并不经常,但那一次吓坏了。我会轻易受到惊吓是因为我当时太高兴了。我不知道你是否理解那种感觉?"

"我——是的……"安斯利太太结巴着说。

"唔，我想就是因为这样，我才会对你那位恶毒的姨婆故事印象深刻吧。我还想：'现在已经没有罗马热了，但罗马广场日落后还是冷死个人——尤其是在经历了一个炎热的白天之后。斗兽场也变得更加寒冷潮湿了。'"

"斗兽场——？"

"是的。在晚上锁上门以后，要进去可不容易。一点儿也不轻松。不过，那个时候总有办法的，也经常这么干。不能到其他地方去的恋人会在那里见面。你知道吗？"

"我——我必须说，我不记得了。"

"你不记得？你不记得有一晚天黑后去看某个遗址，还得了重感冒！你本来要去看月亮升起的，人们总说是那次远足让你得病的。"

她们沉默了一阵。安斯利太太回答："他们这么说吗？已经是很久以前的事了。"

"是的，你后来又康复了——所以并不打紧。但我想你的朋友们都吓坏了——在听到你得病的原因后。我的意思是——因为每个人都知道你为了保护嗓子所以十分谨慎，你母亲也一直精心照料你……那天晚上你很晚出去是去游览了，不是吗？"

"可能是吧。最谨慎的姑娘也并不总是如此的。是什么让你现在想起这件事的呢？"

斯莱德太太似乎没有想好答案，但过了一会儿忽然说："因为我再也无法忍受了——"

安斯利太太马上抬起头。她双目圆睁，十分苍白。"无法忍受什么？"

"怎么——你不知道我一直清楚你那天为什么去了。"

"我为什么去了——？"

"没错。你以为我在糊弄你是吧？好吧，你是去见那个与我订婚的男人——我还能逐字复述那封把你叫去的信。"

斯莱德太太说话时，安斯利太太摇摇晃晃地站起来。她的包、针线活和手套在慌乱中一股脑掉到地上了。她看着斯莱德太太,像看着鬼魂一样。

"不,不——别这样。"她磕磕绊绊地说。

"为什么不?如果你不相信我的话,那你听着。'我唯一心爱的人,不能再这么下去了。我必须单独见你。明天天黑后马上到斗兽场来。会有人放你进去的。不用担心有人生疑。'——不过也许你已经忘记信上是怎么说的了?"

安斯利太太以一种出乎意料的镇静应对这个挑战。她靠着椅子站稳,看着她的朋友,回答说:"没有,我也熟记于心了。"

"那签名呢?'你唯一的,D.S.'是这么写的吗?我说得没错,对吧?就是那封信让你在天黑后出门的?"

安斯利太太依然看着她,娇小平静的脸就像一张自愿受控的面具,斯莱德太太觉得这张脸后正在进行着一场缓慢的挣扎。"我一开始就不该觉得她能很好地把控自己。"斯莱德太太几乎带着怨恨地想。但这时,安斯利太太说话了。"我不清楚你是怎么知道的。我马上就把那封信烧了。"

"是的,你当然会这么做了——你这么谨慎!"讥讽已经相当明显了。"如果你把那封信烧了的话,那你一定想知道我是怎么得知信中内容的。是这样的,不是吗?"

斯莱德太太等待着,但安斯利太太没有出声。

"这个嘛,亲爱的,我知道那封信里写了什么,因为那是我写的!"

"你写的?"

"是的。"

有那么一会儿,两个女人站在金色的余晖中盯着对方。然后安斯利太太跌坐在椅子上。"噢。"她啜嚅着用双手盖住脸庞。

斯莱德太太焦急地等着她的下一句话或者下一个动作。但什么都没有发生,终于,她开腔:"我让你吓坏了。"

安斯利太太将双手放在膝盖上,露出的脸庞挂满泪水。"我不是在想你,我是在想——那是我收到他的唯一一封信。"

"而那封信是我写的。没错,是我写的!但我才是与他订婚的那个姑娘。这你还记得吗?"

安斯利太太又低下了头。"我不是在为自己找借口……我记得……"

"但你还是去了?"

"我还是去了。"

斯莱德太太站在那里,低头看着身旁这个矮小蜷缩的身形。她的怒火已经减退了,她在想,她怎会以为在朋友身上造成如此无意义的伤害会给她带来任何的满足。但她必须要为自己正名。

"你明白吗?我发现了——我恨你,恨死你了。我知道你和德尔文相爱了——我害怕了,怕你,怕你的安静、你的甜美……你的……嗯,我想把你赶走,就是这样。只要几周就够了,直到我确信他是我的。所以我被怒火蒙蔽了双眼,写下了那封信……我不知道我为什么要现在告诉你。"

"我想,"安斯利太太慢慢说道,"是因为你一直都恨着我吧。"

"可能吧。也可能是因为我想一吐为快。"她顿了顿,"我很高兴你烧了那封信。当然,我从来没想过你可能会死。"

安斯利太太恢复了沉默,斯莱德太太在她身旁弯下腰,有一种奇怪的疏离感,好像从温暖的人际交往中隔绝开来一样。"你一定觉得我是个妖魔!"

"我不知道……那是我唯一的一封信,你却说不是他写的!"

"啊,你现在依然在意他!"

"我在意那份回忆。"安斯利太太说。

斯莱德太太一直低头看着她。她似乎因为这个打击而变得更瘦小了——她站起来的时候,仿佛一阵风就能把她刮走。看见这个景象,斯莱德太太忽然再次妒火中烧。这么多年来,这个女人靠那封信而活。

375

她一定很爱他，才会如获至宝地珍藏这份烧成灰烬的回忆！那是她朋友的未婚夫的信。难道不应说她才是妖魔吗？

"你用尽了一切办法把他从我身边抢走，不是吗？但你失败了，他留在了我身边。就是这样。"

"是的，就是这样。"

"我现在真希望我没有告诉你。我不知道你会有这种感受。我以为你会觉得很好笑。像你所说，这已经是很久以前的事了。为了公平，你一定要记得我根本没有理由认为你会认真对待过这件事。我怎么会呢？你两个月后就嫁给了贺拉斯·安斯利。你能下床后，你母亲就赶紧将你送到佛罗伦萨结婚。人们都很惊讶——他们觉得这件事办得太快了。但我想我知道。我暗暗觉得你这么做是为了赌气——好跟人说你抢在德尔文和我前头了。孩子们总用最愚蠢的理由来干最严肃的事情。你这么快结婚也让我深信你从来就没有在乎过。"

"是的。我想的确会这样。"安斯利太太同意。

头顶清澈的苍穹已经褪掉了所有金光，霞色布满天空，七丘[1]迅即模糊了。她们下方的林叶不时闪烁着霞光。人烟稀少的露台上，脚步声来来往往——侍应生从门道里看了看阶梯顶端，重新出现时拿来了餐盘、餐巾和酒瓶。餐桌搬好了，椅子摆正了。一道微弱的电光一闪而过。一位穿着风衣的矮胖女士忽然出现，用蹩脚的意大利语询问有没有人看见一条橡皮筋，是她用来绑紧那份破破烂烂的贝德克尔旅行指南的。她用手杖在用过午餐的那张餐桌下戳戳找找，侍应生们在一旁帮忙。

斯莱德太太和安斯利太太所坐的那一角依然阴暗冷落。她们谁都没有说话，过了很久，斯莱德太太终于开口："我想，我那么做是想

---

1. 七丘：罗马心脏地带台伯河东侧的七座山丘，在罗马神话中是罗马建城之初的重要宗教与政治中心。

开个玩笑——"

"玩笑?"

"唔,你也知道女孩子们有时候是很残忍的。恋爱中的女孩尤为如此。我记得那天一想到你在黑夜里等待,东躲西藏不被发现,留心听每一个声音,尝试溜进门,我就整个晚上笑个不停——当然了,我听说你后来生重病的时候十分难过。"

安斯利太太久久没有动,但此刻,她慢慢地转向同伴。"但我没有等。他安排好了一切。他就在那里。我们马上就被放进去了。"她说。

斜靠着的斯莱德太太一下子跳起来。"德尔文在那里!他们放你们进去了!啊,你在撒谎!"她暴怒地大吼。

安斯利太太的声音越发清晰,满是惊讶。"他当然在那里了。他当然来了——"

"来了?他怎么知道去那儿见你?你在胡说八道!"

安斯利太太犹豫了一下,仿佛是在回想。"我回了那封信。我告诉他我会到那儿。所以他来了。"

斯莱德太太一下子捂着脸。"噢,天啊——你回信了!我从来没想到你会回信……"

"你从来没想过可真奇怪,如果你写了那封信的话。"

"是的。我被怒火蒙蔽了眼睛。"

安斯利太太站起来,往身上裹紧了她的皮毛围巾。"这里很冷。我们该走了……我替你感到难过。"她说,一边将皮毛在脖子处系紧。

这句突如其来的话让斯莱德太太内心极为痛苦。"是的,我们该走了。"她拿起包和斗篷。"我不知道你为什么要替我难过。"她喃喃地说。

安斯利太太站在那里,目光从她身上转向暮光中庞大的斗兽场。"唔——因为那天晚上我没有等待。"

斯莱德太太大声笑了。"是的,这一着我输了。但我不需要羡慕你。毕竟在这么多年之后,我有了一切。我拥有他二十五年,而你,除了那封他根本没写的信以外,你一无所有。"

安斯利太太再一次沉默了。良久,她朝露台的大门走了一步,然后回过头来向着她的同伴。

"我有芭芭拉。"她说,然后在斯莱德太太前头走向楼梯。

沃尔特·米蒂的秘密生活

[美]詹姆斯·瑟伯 | 良品 译

"我们要冲过去！"指挥官的声音冷峻得薄冰碎裂一样。他穿着一身军礼服，镶了重重厚边的白色军帽潇洒地斜压在他冰冷的灰眼睛上。"我们冲不出去了，长官。我觉得飓风已经要让飞机玩儿完了。""我不是在问你，伯格中尉，"指挥官说道，"让动力指示灯亮起来！加速到8500转！我们要冲过去！"气缸的运转冲击声越来越大：嗒、啪咔嗒、啪咔嗒、啪咔嗒、啪咔嗒、啪咔嗒。指挥官看了眼驾驶舱窗玻璃上正在凝结的冰。他走过去扭了一排十分复杂的按钮。"开启8号备用引擎！"他大喊道，"开启8号备用引擎！"伯格中尉重复道。"3号引擎全速！"[1] 指挥官喊道。"3号引擎全速！"机组成员们在巨大的、飞驰着的八引擎海军水上飞机里，一边俯身在各自的工作中忙活着一边互相龇牙咧嘴地笑："这老东西会带我们冲过去的。"他们交头接耳着："这老东西连下地狱都不怕！"

……

"别开这么快！你开得太快了！"米蒂太太说道，"你开这么快

---

1. 原文turret为炮塔，虑及本文作者后面还有若干语焉不详之处，此处可结合上下文推断出是引擎而不是炮塔。

干吗？"

"欸？"沃尔特·米蒂诧异道。他惊骇地看着坐在副驾驶位置的老婆。她看上去有些失真，十分不熟悉，就像一个在人堆里冲他大喊大叫的素不相识的女人。"你都快开到五十五迈了，"她说，"你知道，我可是连超过四十迈都不喜欢的……你刚才都快到五十五了……"沃尔特·米蒂继续向沃特伯雷开去，一句话也不说——那架SN202咆哮着冲过海军二十年飞行史上最险恶的风暴，从他最熟稔的航线上，渐行渐远，消失了。

"你又开始紧张了，"米蒂太太说道，"你老是这样……最好再让伦肖医生给检查检查。"

沃尔特·米蒂将车停在他老婆要去做头发的那幢大楼前。"趁我做头发的时候啊，记得去把那套鞋买回来。"她说。"我不需要套鞋。"米蒂说。她把小镜子放回手袋里去。"我们不是已经讲好了么。"她边说着边下了车。"你不是小孩子了。"他踩了踩油门。"你怎么不戴上手套呀？是不是弄丢了？"沃尔特·米蒂把手伸进口袋，掏出手套，戴上。但在她转身离开进了大楼、他把车开到一个红绿灯前时，复又把手套摘了。"赶紧戴上，哥们儿！"变绿灯的时候一个警察匆促地吆喝着，米蒂慌忙再把手套又戴上，曲里拐弯地朝前开。他漫无目的地在街上转了一阵子，然后在沿途一家医院的停车场停下来。

……

"是那个百万富翁、银行家威灵顿·麦克米兰。"漂亮的护士小姐说道。"嗯？"沃尔特·米蒂问，慢悠悠摘下手套。"谁是他的主治医生？""伦肖医生和本伯医生，但还有两位专科医生也在这里——从纽约来的雷明顿医生和从伦敦来的普里查德—米特福德先生——他是专门飞过来的。"阴冷的长走廊的另一端打开了一扇门，伦肖医生从中走了出来。他看起来心惊肉跳又形容憔悴的。"你好，米蒂，"他说，"我们跟麦克米兰正经历着活见鬼的时刻——这位罗斯福的私人好友、百万富翁银行家——真没辙了……导管瘤[1]三期。您要是能看看他就太好了。""好，我去看看！"米蒂说。

手术室里，大家低语着介绍："雷明顿医生，米蒂医生。普里查德—米特福德医生，米蒂医生。"

"我读过你写的关于链丝菌方面的著作。"[2]普里查德—米特福德医生边说着话边跟米蒂握手。"精彩至极，先生。""谢谢。"沃尔特·米蒂说。"不知道你也在美国，米蒂。"雷明顿小声嘟哝着，"要知道你在，还把我和米特福德弄过来对付这个三期病患，这不是班门弄斧，纯属多此一举嘛。""你太客气了。"米蒂说。一个巨大又复杂的机器，密密麻麻的各种管子连着手术台，此时这机器开始运转。啪咔嗒、啪咔嗒、啪咔嗒。"新麻醉机出故障了！"某住院医生喊出声来。"整个东岸就没人知道怎么修它！""嘘，安静一点！"米蒂冷静地沉声说道。他跳到机器前，它正发出异常的声音来，啪咔嗒，啪咔嗒、噗、啪咔嗒、噗、啪咔嗒。米蒂开始扭动一长串闪着光的按钮。"给我一支水笔！"他叫着，有人递给他一支水笔。他从机器里拔出一个有问题的活塞，把笔插进活塞原先的位置。

"这笔能让我们坚持个十分钟。"他说。"继续手术吧。"一个护士慌忙地跑过来对伦肖耳语，米蒂看到那人的脸色一下子变得苍白。"金鸡菊开始出现了。"[3]伦肖紧张地说道，"您能接手手术吗，米蒂？"米蒂看了看他，看了看喝多了酒的、怯懦的本伯，又看了看两位大专家一筹莫展的面容。"如果你们愿意的话——"他说。他们给他套上白大褂；他整理停当口罩，套好薄手套；护士们递给他闪闪发光的……

---

1. 原文为"obstreosis of the ductal tract"，米蒂想象出来的医学名词。
2. 原文为"streptothricosis"，一种牲畜常见的皮肤病。米蒂对人病与兽病的区别全无概念。
3. 此处"金鸡菊"（原文为coreopsis）一词为作者臆想出来的，推断是想表达病人出现濒死征兆。

"往后倒！老兄！留神那辆别克！"沃尔特·米蒂急踩刹车。"停错车道了，我说老兄。"停车场管理员凑近了盯着米蒂说道。"这个这个……嗯。"米蒂咕咕哝哝地说。他开始小心翼翼地倒车退出这条标着"仅限出口"的车道。"你把车先撂这儿吧，"管理员说，"我来挪好了。"米蒂下了车。"嘿，把钥匙留下呀。""哦。"米蒂应着，把汽车钥匙递给他。管理员钻进车，轻易得简直傲慢无理地将它倒出，然后精准地停到了该停的地方。

这帮人就是他妈该死的狂妄自大，沃尔特·米蒂边沿着主街走边这么想，自以为他妈什么都懂似的。有一回在新米尔福德城外，车链缠到车轴上了，他不得不试着把它弄出来。一个半道路过的主儿，从一辆几乎是破烂到要报废的车里跳出来帮他松开链条——是个在汽车修理场工作的年轻人，干完活后也是一脸嬉笑的冷嘲热讽。打那以后，米蒂太太就一直要他把车开到修车房去让人卸车链子。"下一回"，他想着，"下一回，我要把我的右胳膊用绷带吊起来，这样他们就不会再讽刺、挖苦我了。我把右臂吊上绷带，那么他们就会看出来我是不可能自己卸下车链的。"他踢了一脚人行道上的烂泥。"套鞋。"自言自语着，然后开始找鞋店。

当他再一次回到街上，胳肢窝下夹着套鞋盒子，沃尔特·米蒂开始使劲想他老婆叫他买的另一样东西到底是什么。在他们从家出发去沃特伯雷之前，她跟他讲过的，还讲了两次。从某种意义上来说，他痛恨这种每周一次的进城之旅——他总会出错。面巾纸？[1]他思索着，施贵宝[2]？刀片？不是……牙膏，牙刷，小苏打，金钢砂？还是主观能动性和全民公投来着？他放弃了。可是她准会记得的。"那个什么什么在哪儿呢？"她会这么问。"可别跟我说你又忘了要买什么什么

---

1. 原文为"kleenex"，纸巾牌子。
2. 原文为"squibb's"，美国公司名，主业为制药。

了。"一个报童从身边走过,大声叫卖着什么沃特伯雷大审判之类的。

……

"也许这会让你回想起来。"地方检察官突然将一把重枪推给沉默地站在证人席上那个家伙。"你见过这把枪吗?"沃尔特·米蒂拿起枪并熟练地检视了它。"这是我的韦伯利-维克斯50.80啊,"他平静地说。法庭里发出骚动的嗡嗡声。法官猛敲槌子以保持法庭秩序。"我认为,不管什么枪支,你都玩得转,是个神枪手?"地方检察官带着引导、暗示的口气说道。"反对!"米蒂的律师喊道,"我们已经展示了被告当时无法使用枪械的证据。七月十四号晚上,被告右臂受伤,吊着绷带。"沃尔特·米蒂简单地举手示意,争论中的律师们停下来了。"任何已知型号的枪,"他平静地说,"我都能用它们在三百英尺开外射杀格列高里·菲茨赫斯特,还是用左手。"法庭一下子陷入混乱。一声女人的尖叫在一片疯人院似的乱哄哄中尤为突出,一个可爱的黑头发姑娘也已经在沃尔特·米蒂的臂弯中了。地方检察官狠狠地揍她[1]。米蒂的屁股都没从椅子上挪一挪,由着他给了他腮帮子一拳。"你这可怜的狗杂种!"

"小狗饼干。"沃尔特·米蒂念叨着。他停下脚步,沃特伯雷的建筑从烟雾缥缈的法庭中浮现而出,并让他又置身其中。一个正路过的女人笑开了:"他刚说了'小狗饼干'。"她对她的同伴说道:"那男的刚刚对自己说了'小狗饼干'。"沃尔特·米蒂匆匆走开了。他来到一家"A&P"[2],不是他进去过的第一家,而是在离街那边更远一点、更小一点的一家。"我想要一些给小型幼犬的狗粮。"他对售货员说。"有什么特别的牌子吗,先生?"这个世界上最伟大的神枪手想了一会儿。"那盒子上写着'小狗叫着要吃它'。"米蒂答道。

---

1. 按后文之意,此处应为"他"。
2. A&P:老牌食品杂货店。

米蒂看了眼手表，再有十五分钟他老婆就会做完头发，除非他们在吹头发的时候遇到麻烦了；他们吹头发的时候是偶尔会出点儿问题的。她不喜欢先回酒店；她应该会像往常那样想让他在那儿等着她。他在大堂里找到一张对着窗子的大皮沙发，把套鞋和小狗饼干放在沙发旁的地板上，随手拿起一本过期的《自由》杂志，然后将自己陷进沙发里。"德国能够借由空战征服全世界吗？"沃尔特·米蒂看着轰炸机和街道废墟的照片。

……

"连续轰炸已经把小罗利累坏了，长官！"中士说道。米蒂上校透过蓬乱的头发抬眼看着他。"把他弄到床上睡觉去，"他疲惫不堪地吩咐，"跟其他人一起睡。我自己飞。""但是不行，长官！"中士紧张地说。"得要两个人才能操控那个轰炸机，况且高射炮把天空炸得像噩梦一般。冯·里奇曼一部就在这里与苏里尔之间。""总有人得去丢炸弹的吧。"米蒂说道。"我要走了。来点儿白兰地？"他给中士和自己各倒了一小杯白兰地。战火惊雷般响彻在防空洞四周围，并且还不断冲击着大门。一些碎木头和飞沙走石的碎片直飞进屋里来。"很有点儿近了呢。"米蒂上校满不在乎地说。"阻击越来越近了！"中士说。"我们只活一次，中士。"米蒂带着他那淡淡的、转瞬即逝的笑意。"难道不是吗？"他又倒了一杯白兰地，一饮而尽。"我从没见过谁像您这么喝白兰地的，长官。"中士说。"你说什么，先生？"米蒂上校站起身，披挂好他那把巨大的韦伯利-维克思自动手枪。"那是地狱一般的四十公里啊，长官。"中士说。米蒂喝了最后一杯白兰地。"到最后，"他柔声说，"有什么不是呢？"炮火的轰击更加猛烈了，间中夹杂着哒哒哒的机关枪声，还有哪里传来的新型火焰喷射器的咻咻声。沃尔特·米蒂走到防空洞门口，哼着"回到我的金发女郎身边"，他转过身跟中士挥手道别。"回见！"他说。

……

有什么东西打到他肩膀了。"我在旅馆里到处找你，"米蒂太太说，"你干吗要躲在这么个旧椅子里？这样怎么指望我能找到你？""情势逼人。"米蒂茫然自语。"什么玩意儿？！"米蒂太太说，"你买了那个什么了吗？小狗饼干？盒子里是什么？""套鞋。"米蒂说。"你不能在鞋店里就把它们套上？""我当时正在琢磨事情，"沃尔特·米蒂说，"你没看见过我偶尔要想想事情吗？"她看着他。"回到家之后我得给你量量体温了。"她说。

　　他们顺着转门走出去，门被推转的时候发出略显嘲弄的鸣音。离停车场还有两个街区。走到街角的药店时她说："你在这儿等我，我忘了点儿东西……我一分钟就回来了啊。"她去了可远不止一分钟。沃尔特·米蒂点上了根烟。天开始卜起雨来，雨里夹着雪。他倚靠着药店的墙，抽着烟……他挺胸收腹，并拢脚跟站好，"去他妈的蒙眼布。"沃尔特·米蒂轻蔑地说。他抽了最后一口烟，甩掉烟屁头。然后，嘴角挂着一抹微笑，面朝行刑队，身板挺直、纹丝不动，满脸倨傲和蔑视；从未被打败过的、谜一样的沃尔特·米蒂，走到了终结。

公主的月亮

[美]詹姆斯·瑟伯 | 吴涛 译

很久很久以前，在一个紧挨着大海的王国里，住着一位诺诺公主。她十岁，转眼就要十一岁了。有一天，因为吃了太多浆果馅饼，诺诺公主病倒在床上。

于是皇家大御医来了，又是问诊又是把脉，量完体温后还让她把舌头伸出来看。情况看起来不太妙，大御医派人通知了国王，也就是诺诺公主的爸爸。国王也来了。

"只要是你心所向往的，我都给你。"国王说，"你的心，渴求什么吗？"

"有啊，"公主说，"我想要那月亮。若是把月亮给我，我就会康复。"

国王的智囊团总能为他找来想要的东西，所以他告诉女儿，一定会为她摘下月亮。国王回到王座上，拽了拽铃绳，铃铛三长一短响了四声，进来了宫廷大宰相。

大宰相身高体胖，鼻子上架着一副厚厚的眼镜，足足把双眼放大了两倍，也使他看起来比原来聪明两倍。

"我派你给我把月亮摘下来。"国王说，"诺诺公主说要是有了月亮，她就能恢复健康。"

"月亮？"大宰相惊声喊道，眼睛睁得大大的，看起来比原来聪明四倍。

"对，月亮。"国王说，"月——亮——月亮。今晚就搞定，最迟明天。"

宫廷大宰相用手帕一抹额头，响亮地擤了下鼻子。"陛下，我曾为您立下汗马功劳，"他说，"刚巧我这里有一份清单，记录了我曾为您奉上的每一件物品。"说着，他从口袋里掏出长长一卷羊皮纸。

"现在，我们来看看。"他看了一眼卷轴，皱紧了眉头，"象牙、野猿、孔雀、红宝石、蛋白石、翡翠石、黑兰花、粉红象、蓝色贵宾犬、金甲虫、圣甲虫、琥珀里的苍蝇、蜂鸟的舌尖、天使的羽毛、独角兽的角、巨人、侏儒、美人鱼、乳香、龙涎香、没药、吟游诗人、流浪歌手、舞娘、一磅黄油、两打鸡蛋和一袋砂糖——不好意思，后面是我老婆写的。"

"我怎么不记得见过蓝色贵宾犬？"国王问。

"清单上明明写着蓝色贵宾犬，而且旁边还打了钩。"宫廷大宰相回答，"那就一定有蓝色贵宾犬，准没跑儿。是您贵人多忘事。"

"别管蓝色贵宾犬了。"国王说，"我现在要的是月亮。"

"为了您，我曾远涉重洋到撒马尔罕、阿拉伯和桑给巴尔岛，陛下。"宫廷大宰相说，"但是月亮就另当别论。它远在35000英里之外，远比公主的卧房更大。何况，它还是用熔化的铜做成的！我无法为您奉上月亮。蓝色贵宾犬，可以；月亮，不行。"

国王气不打一处来，叫宫廷大宰相赶紧滚出去，再把皇家大巫师传来见他。

皇家大巫师是个瘦小的男人，长着一张长脸，头戴一顶又高又尖的红色巫师帽，上面缀着银色的星星。身披蓝色巫师长袍，上面纹着金色的猫头鹰。当国王说要为公主摘下月亮，并将这项任务委派给他时，皇家大巫师的脸色"唰"地一下变白了。

"陛下，我曾为您立下汗马功劳。"大巫师说，"事实上，我的口袋里刚巧有一份清单，记录了我曾为您施展的每一个魔法。"他从法袍的深口袋里掏出一张纸，"开头是这样写的：'亲爱的皇家大巫师，我就此归还您所需的那颗贤者之石——'不，不是这张。"皇家大巫师从法袍的另一个口袋里掏出长长一卷羊皮纸。"瞧这儿，"他说，"我们来看看，我为您从芜菁里榨出汁，又把芜菁汁变回芜菁。我从丝绸帽子里抽出兔子，又从兔子里变出丝绸帽子。我为您凭空变出过鲜花、手鼓、鸽子，又把鲜花、手鼓和鸽子变消失。我献给过您预言之杖、魔术短杖和水晶球，每一件都能预知未来。复方媚药、万用软膏和魔药，专治心碎、饱食和耳鸣。我为您专门调制了牛扁、龙葵和鹰泪的混合剂，用以驱散邪术、恶魔和那些夜间出没的怪物。我为您奉上了千里靴、金手指和隐形斗篷……"

"那东西没用，"国王说，"隐形斗篷根本不管用。"

"当然管用。"皇家大巫师说。

"不，压根儿没用。"国王说，"我还是不停撞到东西，就和以前一样。"

"那件斗篷是让您隐形，"大巫师说，"不是让您穿越物体。"

"我只知道，我老是撞上东西。"国王说。

大巫师又低头看清单。"我还给过陛下，"他说，"仙境的号角、睡魔的魔沙、彩虹上的黄金。还有一卷纺线、一包绣花针和一块蜂蜡——不好意思，这些是我老婆写给我去买的东西。"

"我现在要你做的，"国王说，"是把月亮给我。诺诺公主想要月亮，只有这样她才会康复。"

"谁也别想得到月亮。"大巫师说，"它远在150000英里之外，是颗用绿奶酪做成的大球，尺寸是这座宫殿的两倍。"

国王再次发飙，让皇家大巫师滚回自己的地窖。铃铛长鸣，国王传唤皇家大数学家来见他。

皇家大数学家是个近视眼，秃秃的脑袋上有一顶无边帽，两只耳朵上分别夹着一支铅笔。他黑色的西装上写满白色的数字。

"我不要听你从1907年开始翻旧账。"国王说，"我要你现在就告诉我，怎么才能为诺诺公主摘下月亮。只有这样她才能重新恢复健康。"

"真高兴您提到那些从1907年起我就为您解开的难题。"皇家大数学家说，"刚巧我随身带着一份清单。"

他从口袋里掏出一卷长长的羊皮纸，然后照着读了起来："来，一起看看，我为您计算过'进退维谷'的'谷'有多深，黑夜与白昼分别有多久，从字母A到字母Z有多远。我计算过'离我远点'是要走多远，'再过不久'是要过多久，'快点消失'是要多快。我发现了传说中的大海蛇的身长、无价之宝的实际价格，以及一头河马所占的面积。我知道您急得七上八下时，究竟是'七上'还是'八下'，多少沙粒才算沙堆，还有用大海里的盐能抓住多少只鸟——如果您想知道，我可以告诉您，187796132只。"

"没有那么多鸟。"国王说。

"我也没说有，"大数学家说，"我只是假设。"

"我不想听你胡扯那一亿多只想象中的鸟，"国王说，"我要你为诺诺公主找来月亮。"

"可它远在300000英里之外，又圆又扁像枚硬币，不仅是用石棉做的，面积还有半个王国那么大。最糟的是，它牢牢地粘在天空上，谁也拿不下来。"

国王气得脸红脖子粗，让皇家大数学家赶紧从眼前消失。然后他摇铃叫来了宫廷小丑。

打扮得五颜六色的小丑蹦蹦跳跳地来到国王面前，帽子上的铃铛叮当作响。他在王座边坐下，问道：

"有什么能为您效劳的吗，我的陛下？"

"谁也帮不上我的忙，"国王悲伤地说，"诺诺公主想要月亮，否则就一直卧病在床。可谁都办不到。每次我征询他们的建议,结果他们描述的月亮一个比一个大,一个比一个远。我想你也无能为力,就用你手中的鲁特琴,为我弹一首悲伤的曲子吧。"

"那么他们说月亮有多大呢?"宫廷小丑问,"离我们又有多远呢?""宫廷大宰相说有35000英里远,比诺诺公主的卧室大。"国王回答,"皇家大巫师说150000英里远,比这座宫殿大上两倍。皇家大数学家说远在300000英里开外,尺寸能抵上我们的半个王国。"

宫廷小丑漫不经心地弹拨了几下鲁特琴。"他们都是有学问的人,"他开口了,"所以他们说的想必都对,那么月亮就一定和他们每个人以为的一样大、一样远。我们应该问一问诺诺公主,她觉得月亮有多大、有多远。"

"我怎么就没想过?"国王说。

"就让我去问吧,陛下。"小丑说完,轻手轻脚地进了小公主的卧房。

诺诺公主还没有睡,见到小丑进来她很高兴。可是,她的脸色苍白,声音也很虚弱。

"你把月亮带来了吗?"她问。

"还没有,"小丑回答,"再耐心等待一下。您觉得月亮会有多大?"

"它比我的拇指盖还小,"她说,"当我用小拇指对着月亮,正好可以遮住它。"

"那它离您有多远呢?"小丑问。

"不会比窗前那棵大树更高了。"公主说,"有时候它会卡在树梢之间。"

"要为您摘下月亮,不费吹灰之力。"宫廷小丑说,"只等今晚它在树梢出现,我就爬上去摘给您。"

紧接着,他又想起了什么。"公主,月亮是用什么做成的?"他问。

"哦,"她说,"当然是金的,笨。"

宫廷小丑离开诺诺公主的房间，径直去找皇家金匠，让他打造了一颗小小的金月亮，就比公主的拇指盖小一圈。最后配一条金链子，刚好可以让公主把它戴在脖子上。

"你让我制作的这件东西，是什么？"皇家金匠问。

"您造了颗月亮。"小丑回答，"这是月亮。"

"可是月亮……"金匠说，"应该在500000英里之外，青铜制，圆得像颗弹珠才对。"

"那只是您的想法。"宫廷小丑说着离开了。

小丑把月亮交给公主，她高兴坏了。第二天早上她就完全康复了，还下床去花园里玩耍。

然而国王的烦心事没有完。他想到今晚，月亮会像往常一样升上夜空，诺诺公主看到后会知道自己脖子上吊着的不是真正的月亮。

国王派人叫来了宫廷大宰相。"我们不能让诺诺公主看到今晚月亮高悬空中，快想想办法。"

宫廷大宰相用指头敲着脑门，陷入沉思。"我有个好主意，让公主戴上一副漆黑的墨镜，透过镜片无法看到任何东西，她也就见不到夜空中的月亮了。"

国王勃然大怒，脑袋从左边摇到右边。"她要是戴上那样的墨镜，就会撞得东倒西歪，马上又躺上病床了。"他赶走大宰相，叫来了皇家大巫师。

"我们得把月亮藏起来。"国王说，"这样的话诺诺公主就不会在今晚看见月亮在夜空中闪耀。你说我们该怎么做？"

皇家大巫师先用双手倒立，又用脑袋倒立，最后用两只脚站好。

"我知道该怎么做了。"他说，"我们可以在城堡的尖顶上挂起黑丝绒幕布，罩住整座宫殿花园，就像马戏团的帐篷那样。待在里头的诺诺公主看不见外面发生的一切，包括天上的月亮。"

国王听得火冒三丈，挽起袖子就要抡拳头。"黑丝绒幕布会阻断空气流通。"他说,"诺诺公主没法呼吸,又会病倒的。"他让皇家大巫师出去,另召来皇家大数学家。

"我们得采取措施,"国王说,"不让诺诺公主见到今晚的月亮。你的知识那么丰富,倒是想个办法出来。"

皇家大数学家先沿着圆圈踱步,又绕着方块走路,最后他停下了脚步。"我想到了!"他说。

"每天晚上我们都在花园里举办烟花表演。那些火树银花一旦上天,就会将整片夜空映衬得金碧辉煌,和白昼没有分别。这样一来,诺诺公主就看不到月亮啦。"

国王大发雷霆,气得跺脚。"烟花表演会让公主睡不着觉,"他说,"缺少睡眠的她,马上就会一病不起。"最后国王把大数学家也打发走了。

国王抬头看见夜幕已经降临,月亮的光晕正爬上地平线。他吓坏了,赶紧摇铃唤来了宫廷小丑。小丑蹦蹦跳跳地进来,在王座边坐下。

"有什么能为您效劳吗,我的陛下?"他问。

"谁也帮不上我的忙,"国王悲伤地说,"月亮又要出来了。当月光洒向公主的房间时,她就会发现月亮还在天上,并不在她脖颈的金链子上挂着。就用你手中的鲁特琴弹一首特别悲伤的曲子吧,因为公主很快就会看到月亮,然后再次病倒。"

宫廷小丑漫不经心地弹拨了几下鲁特琴。"您的智囊团有什么建议吗?"他问。

"他们出的那些藏月亮的馊主意,全都会让诺诺公主生病。"国王回答。

宫廷小丑又弹了一首温柔的乐曲。"您的智囊团无所不知,"他说,"如果他们都无法办到,那月亮就根本藏不起来。"

国王把头埋进双手中,连连叹气。

突然,他从王座上一跃而起,指着窗外。"看!"他大喊,"月光已经照进诺诺公主的卧房。现在谁能向她解释，为什么月亮既挂在天空中，同时又挂在她脖子的金项链上？"

宫廷小丑放下手中的鲁特琴。"当您的智囊团说月亮又大又遥远，没人可以得到时，是谁给出了正确的答案呢？是诺诺公主自己。所以说，公主比您的智囊团更聪明。关于月亮，她知道得也比他们更多。我去问问她。"在国王阻止他之前，小丑就悄无声息地离开了王座，登上宽宽的大理石台阶去诺诺公主的卧室了。

躺在床上的公主，没有一点睡意，看着窗外皎洁的明月挂在半空。在她手中闪烁的，正是小丑送她的月亮挂饰。小丑看起来很伤心，眼中似乎含着泪。

"告诉我，诺诺公主，"他的语气很悲哀，"月亮明明已经挂在您脖子上了，为什么还在夜空中发光？"

公主看着他，笑了。"道理很简单，笨。"她说，"当我掉了一颗牙，就会在原处长出一颗新牙，没错吧？"

"当然！"小丑说，"当森林里的独角兽失去了角，就会在额头中间长出一只新的。"

"是啊。"小公主说，"当皇家园丁修剪掉花园里的鲜花时，新的花就会开出来呀。"

"我怎么就没想到。"小丑说，"就像新的一天总会到来。"

"月亮不也如此吗？"诺诺公主说，"我想，万事万物都是如此。"她的声音越来越轻，几乎要听不见了，小丑看着她进入梦乡。他轻轻为熟睡的公主盖好被子。

在他离开卧房之前，小丑来到窗口，对月亮眨眨眼睛，因为月亮刚刚也对他眨了眨眼睛。

乡村医生

[奥] 弗兰兹·卡夫卡 | 温仁百 译

　　我陷于极大的窘境：我必须立刻启程到十里之外的一个村子看望一位重病人，但狂风大雪阻塞了我与他之间的茫茫原野。我有一辆马车，轻便，大轮子，很适合在我们乡间道路上行驶。我穿上皮大衣，提上出诊包，站在院子里准备启程，但是，没有马，马没有了。我自己的马在昨天严寒的冬夜里劳累过度而死了。我的女佣现在满村子里跑东跑西，想借到一匹马，然而我知道这纯属徒劳。雪越积越厚，行走越来越困难，我茫然地站在那里。这时那姑娘出现在门口，独自一人，摇晃着马灯。当然，有谁在这种时候会借他的马给别人跑这差事？我又在院子里踱来踱去，不知所措。我心烦意乱，苦恼不堪，用脚踢了一下那已经多年不用的猪圈的破门。门开了，摆来摆去拍得门枢啪啪直响。一股热气和类似马的气味扑面而来，里面一根绳子上一盏厩灯晃来晃去；低矮的棚圈里有个人蜷曲蹲在那里，脸上一双蓝眼睛大睁着。他匍匐着爬过来，问道："要我套马吗？"我不知道该说什么，只是弯下腰，想看看这圈里还有没有其他什么东西。女佣站在我身旁，说道："人们都不知道自己家里有什么东西。"我们两个都笑了。

　　"喂，兄弟！喂，姑娘！"马夫喊着，于是两匹健壮的膘马相拥而现，它们的腿紧贴着身体，漂亮的马头像骆驼一样低垂着，仅靠着躯体运动的力量从与它们差不多大小的门洞里一匹跟着一匹挤了出来，但马上它们都站直了，长长的四肢，浑身散发着热气。"去帮帮他。"我说。听话的女佣便急忙过去给马夫递挽具。可是，不等她走近，马夫就抱住了她，把脸贴向她的脸。她惊叫起来，跑到我身边，脸颊上深深地留下两道红红的牙印。"畜生！"我愤怒地喊道，"你想挨鞭子吗？"但转念又想，他是个陌生人，我不知道他从哪里来，而且在大家拒绝我的时候自愿来帮助我。他好像知道我在想什么，所以并不计较我的威胁，只是向我转了一下身体，手里不停地套着马车。"上车吧。"他说。一点不假，一切已准备就绪。我发现这套马车非常漂亮，我还从来没坐过这么漂亮的马车呢。我高兴地上了车，说道："不过，车我来驾，因为你不认识路。""那当然，"他说，"我压根儿就不跟你去，我留在罗莎这里。""不！"罗莎直喊，然后，预感到无法逃避的厄运的降临，跑进屋里。随后，我听到她拴上门链发出的叮当响声，又听见锁被锁上；我看见她还关掉了走廊的灯，又迅速穿过好几个房间，关灭了所有的灯，以使自己不被人找见。"你跟我一起走，"我对马夫说，"否则我不去了，不论怎样急迫。我不能想象为此行而把那姑娘送给你作为代价。"

"驾！"他吆喝一声，又拍拍手，顿时，马车就像激流之中的木块一样奔出。我听到马夫冲进我家里时屋门震裂的声音，然后，我的眼睛、耳朵以及所有感官只觉得一阵呼啸风驰电掣般掠过，但这瞬间即逝，因为，那病人家的院子就好像紧挨着我家的院门，我已经到达了。马儿静静地站在那儿，雪也不下了，只有月光洒满大地。病人的父母急匆匆迎出来，后面跟着他姐姐。我几乎是被从车里抬出来的。他们七嘴八舌，而我却不知所云。病人房间里空气污浊，令人无法呼吸，废旧的炉子冒着烟。我想推开窗户，但首先我要看看病人。他消瘦，不发烧，不冷，也不热，两眼无神。小伙子没穿衬衣，盖着羽绒被。他坐起身来,抱住我的脖子,对着我的耳朵悄声说道:"医生,让我死吧。"我看了一下四周,发现没人听见这话。病人的父母躬着身子呆站在一旁,等候着我的诊断。他姐姐搬来一把椅子让我放下诊包。我打开包,寻找工具。小伙子不断地从被窝里向我爬过来,提醒我别忘了他的请求。我抓出一把镊子,在烛光下试了试,然后又放回去。"是啊,"我渎神地想,"在这种情况下众神相助,送来了需要的马匹,又因为事情紧迫而送来第二匹,更甚者,还送来了马夫——"这时,我才又想起了罗莎。距她十里之遥,而拉车之马又无法驾驭,在这种情况下,怎样才能救她,怎样才能把她从马夫身下拉出来呢?现在,那两匹马不知怎么已经松开了缰绳,又不知怎么把窗户从外边顶开了,每匹都把头伸进一扇窗户,不受那家人的干扰,观察着病人。"我要立刻返回去。"我想,好像马儿也在催我动身。但我却任凭他姐姐脱掉我的皮大衣,她以为我热得头昏脑涨。老人给我端来一杯朗姆酒,并拍了拍我的肩膀。献出心爱的东西表明他对我的信任。我摇了摇头,在老人狭隘的思想里我感到不适,仅鉴于此我拒绝喝那酒。他母亲站在床边叫我过去,我走过去,把头贴在小伙子胸口上,他在我潮湿的胡须下颤抖起来。那边,一匹马对着屋顶大声嘶叫。我知道的事已被证实:小伙子是健康的,只不过是有点供血不足,他那忧心忡忡的母亲给他喝了过多的咖啡。然而他却是健康的,最好干脆把他从床上赶下来。我并不是救世主,让他躺着吧。我供职于区上,忠于职守,甚至于有些过分;我薪俸微薄,但却慷慨大方,乐于帮助穷人,另外,我还要负担罗莎的生活。如此看来,小伙子也许是对的,我也想去死。在这漫长的冬日里,我在这里干什么呀!我的马死了,而且村子里又没人借给我一匹。我得从猪圈里拉出马来,如果不是意外得马,我就要用猪拉车了。事情就是这样。我向这家人点点头。他们对此一无所知,即使知道,他们也不会相信的。开个药方是轻而易举的,但是与这些人互相交流沟通,却是件难事。现在,我的探诊也该结束了。人们又一次让我白跑一趟,对此,我已习惯了。这个区的人总是在夜里来按门铃,使我备受折磨。然而这次却还要搭上罗莎。这个漂亮的姑娘,多年来生活在我家里而没有得到我多少关心—— 这个代价太大了。我必须马上认真考虑一下,以克制自己,不致对这家人发火,虽然他们不管怎样也不会把罗莎还给我。但当我收拾起诊包,把手伸向我的皮大衣时,这家人站在一起,父亲嗅了嗅手里那杯朗姆酒,母亲可能对我深感失望——是啊,大家到底想要什么呢?—— 她满眼泪水,紧咬嘴唇;他姐姐摆弄着一块血迹斑斑的手帕,于是我准备在必要的时候承认这小伙子也许真的病了。我向他走过去,他对我微笑着,好像我给他端来了最美味的汤——啊,这时两匹马都叫了起来,这叫声一定是上面所安排,用以帮助我检查病人——而这时我发现:的确,这小伙子是病了。在他身体右侧靠近臀部的地方发现了一个手掌大小的伤口,玫瑰红色,有许多暗点,深处呈黑色,周边泛浅,如同嫩软的颗粒,不均匀地出现淤血,像露天煤矿一样张开着。这是远看的情况,近看则更为严重。谁会见此而不惊叫呢?在伤口的深处,有许多和我小手指一样大小的虫蛹,身体紫红,同时又沾满血污,它们正用白色的小头和无数小腿蠕动着爬向亮处。可怜的小伙子,你已经无可救药。我找到了你硕大的伤口,你身上这朵花送你走向死亡。这家人都很高兴,他们看着我忙这忙那,姐姐把这情况告诉母亲,母亲告诉父亲,父亲又告诉一些客人。这些人正踮着脚尖,张开双臂以保持平衡,从月光下走进敞开的门。"你会救我吗?"小伙子如泣如诉地悄声问我,伤口中蠕动的生命弄得他头晕目眩。我们这里的人就是这样,总是向医生要求不可能的事情。他们已经丧失了旧有的信仰,牧师闲居家中,一件接着一件撕烂他们的法衣,而却要求医生妙手回春,拯救万物。那么,随他们的便吧:我并非不请自到,如果你们要我担任圣职,我也就只得顺从。我一个年迈的乡村医生,女佣被人抢去了,我还能企望什么更好的事情呢!此时，这家人以及村子里的老者一齐走过来脱掉了我的衣服；一个学生合唱队在老师的带领下站在屋前，用极简单的声调唱着这样的歌词：

"脱掉他的衣，他就能医，
若他不医，就置他于死地！
他只是个医生，他只是个医生。"

然后，我被脱光了衣服，用手指捋着胡子，侧头静观着众人。我镇定自若，胜过所有的人，尽管我孤立无援，被他们抱住头、抓住脚、按倒在床上，但我仍然这样。他们把我朝墙放下，挨着病人的伤口，然后，都退出小屋，并关上了门；歌声也戛然而止，云块遮住了月亮，暖暖的被子裹着我，马头在窗洞里忽隐忽现地晃动着。"你知道，"我听见有人在耳边说，"我对你缺乏信任，你也不过是在某个地方被人抛弃了而不能自救。你没有帮我，反倒使我的病榻更小。我恨不得把你的眼睛挖出来。""不错，"我说，"这是一种耻辱。但我现在是个医生，你要我怎样呢？相信我，事情对我也不容易。""难道这样的道歉就会使我满足吗？哎，也许我只能这样，我一向都很知足。带着一个美丽的伤口，我来到人世，这是我的全部装备。""年轻的朋友，"我说道，"你的缺点是不能总揽全局。我这个人去过附近所有的病房，我告诉你，你的伤并不么可怕。伤口比较深，是被斧子砍了两下所致。许多人将半个身子置于树林中，却几乎听不到林中斧子的声音，更不用说斧子向他们逼近。""事情真是这样吗？还是你趁我发烧在欺骗我？""确实如此。请带着一个公职医生用名誉担保的话去吧。"他相信了，安静下来不再作声。然而，现在是我考虑自我解救的时候了。马匹依然忠实地站在原位，我很快收集起衣服、皮大衣和出诊包，也顾不上去穿衣服。马儿如果还像来时那样神速，那么在某种程度上，我就是从这张床上一下就跳上我的床。一匹马驯服地把头从窗户中退回去。我把我那包东西扔进车里,皮大衣丢得好远,只一个袖子紧紧挂在一个钩子上。这样就可以啦。我飞身上马。缰绳松弛下来,马匹也没有互相套在一起,而马车则晃晃悠悠地跟在后面,再后面皮大衣也拖在雪地里。"驾!"我喊道,但马并没有奔驰起来,我们像老人似的慢慢地驶过雪原,耳后久久地回响着孩子们那新而谬误百出的歌:"欢乐吧,病人们,医生已被放倒在你们的床上!"

  我从未这样走进家门。我丢掉了兴旺发达的行医工作,一个后继者抢走了它。但无济于事,因为他无法取代我。在我家里那可憎的马夫正在施行暴虐,罗莎是他的牺牲品。我不忍再往下想。在这最不幸时代的严冬里,我一个老人赤身裸体,坐在人间的车子上,而驾着非人间的马,四处奔波,饱受严寒的折磨。我的皮大衣挂在马车后面,而我却够不着它,那伙手脚灵活的病人呢,也不肯动一动指头帮我一把。受骗了!受骗了!只要被夜间的铃声提弄一次——这永远不可挽回。

亚洲胡狼与阿拉伯人

[奥] 弗兰兹·卡夫卡 | 温仁百 译

我们宿营在一块绿洲上,旅伴们都睡了。一个阿拉伯人,他高高的个子,白白的皮肤,从我身旁走过去。他刚安顿好骆驼,正向睡铺走去。

我仰面躺在草丛中,总想睡觉,却又睡不着。远处,一只亚洲胡狼在哀嚎。我又重新坐起来。刚才还很遥远的东西,现在一下子近在眼前。一群胡狼向我涌来,它们眼睛一闪一闪地放出黯淡的金光,细长的身躯,像是在鞭子的指挥下有规律地、灵活地运动着。

其中一只从背后挤过来钻在我的臂下,跟我紧紧地贴在一起,好像它需要我身体的热量,然后走到我面前,几乎贴着脸面对我说道:"我是这一带最老的亚洲胡狼,很幸运还能在此向你问好。我几乎已经气馁了,因为很久很久以来我们都在期盼着你,我母亲等待过你,她的母亲以及母亲的母亲以至全部亚洲胡狼的母亲都等待过你。请相信这一点。""这使我感到吃惊。"我说,同时却忘记点燃那堆木柴,用它的烟可以吓退胡狼。"听到这些我感到十分吃惊。我来自遥远的北方这只是巧合,现在作短暂旅行。胡狼们,你们到底想要什么?"

好像是受到我那似乎过分友好的答话的鼓舞,它们更紧地围在我身边,都短促地喘着气。

"我们知道，"那只最老的开始说，"你来自北方，这正是我们的希望所在，那里有理解，而这在此地的阿拉伯人中间是无法觅到的。他们冷漠傲慢，毫无理解可言，这你也知道。他们戕害动物以为食，而对于腐烂的动物尸体则不屑一顾。"

"说话声音别这么大，"我说，"阿拉伯人就睡在附近。"

"你真是个外地人，"那亚洲胡狼说，"否则你该知道，在世界历史上还从未有过胡狼害怕阿拉伯人的事。难道要我们惧怕他们吗？我们被下逐与这样的民族为伍，这难道还不够倒霉吗？"

"可能，有可能，"我说，"但对于与我毫不相干的事情，我不敢妄做评论。这好像是一场由来已久的争吵，它已经与双双的血液融为一体，因此，也许只有血流尽了，矛盾才能解除。"

"你太聪明了。"那个老胡狼说。所有胡狼呼吸更加急促，尽管一动不动地站着，胸脯却起伏不断。一股苦苦的、有时只有紧咬牙关才能忍受的气味从它们张开的嘴中涌出。"你真是太聪明了，你所说的正符合我们的古训。那么，我们就喝了他们的血来结束这场争吵。"

"哎！"我异常地惊叫道，"他们会保卫自己，他们会用他们的火枪把你们成群成群地杀死。""你误解了我们，"它说，"看来这种人在北方高地也是有的。我们是不会杀死他们的，况且尼罗河水也不够清洗我们身上的血迹。只要看一眼他们活着的躯体我们就会跑开，跑到干净的空气里，跑到沙漠里去，那儿因此就成了我们的家。"

这期间，从远处又跑来许多胡狼。所有的胡狼都把头低下来夹在两腿之间，用爪子擦洗着，似乎要掩藏一种厌恶的心情，这厌恶狰狞可怖，我恨不得一纵身逃出它们的包围圈。

"那么你们想干什么？"我问道，并试图站起来，然而我不能，因为两只小胡狼在身后紧紧地咬住了我的外衣和衬衣，我只好继续坐着。"它们咬着你们的衣襟呢，这是尊敬的表示。"那老胡狼认真地解释道。"它们应该放开我！"我吼道，一会儿对着那老狼，一会儿又对着那两个小狼。"它们自然会放开的,如果你这样要求的话。但是需要稍等片刻,因为按照习俗它们咬得很深,必须慢慢地才能松开牙齿。利用这点时间,请你听听我们的请求吧。""你们的做法并未怎么使我动心。"我说。"我们再不要这样因为行为笨拙而互相报复。"它说,第一次以其自然的声调哀求道,"我辈乃是可怜的动物,无论好事情还是坏事情,我们都只能使用这副牙齿。""你究竟想要什么?"我问道,语气稍微缓和了一些。"先生啊,"它叫道,同时其他胡狼都嗥叫起来,远远地听起来好像一首曲子,"先生啊,你可要来结束这场使世界分裂为二的争吵啊!你正是我们祖先所描述的那位肩负这使命的人。我们一定要从阿拉伯人那里获得和平,我们一定要得到可呼吸的空气以及未受阿拉伯人玷污的环顾一切的视野,我们不要听到羊遭到阿拉伯人屠杀时的悲哀鸣叫。所有动物的死都应该是平平静静的。我们要毫无干扰地喝尽它们的血,吃尽它们的肉。我们只要纯洁无瑕,除此而外,别无所求。"——这时,所有的胡狼都抽噎地哭起来——"为什么这世界上只有你还能忍受这种事?你灵魂高贵,内脏甜美。他们的白衣服肮脏不堪,他们的黑衣服污秽至极,他们的胡须狰狞可怖,看一眼他们的眼角令人作呕,他们抬起胳膊时,腋窝里肮脏得如同地狱。因此,先生啊,因此,尊贵的先生啊,请用你万能的双手,请用你万能的双手拿这把剪刀剪断他们的喉咙吧!"随着它的头猛地一转,走过来一只胡狼,用尖牙叼着一把满是锈迹的小剪刀。

"这把剪刀终于出现了,那么事情可以结束了!"我们旅队的阿拉伯向导喊道。他迎风悄悄地摸到了我们跟前,现在正挥舞着他那巨大的鞭子。

胡狼们顿时作鸟兽散,但在不远处又停住了。这么一大群动物紧挨着呆呆地蹲在一起,看起来像一条窄窄的栅栏,被鬼火包围着。

"先生,你现在也耳闻目睹了这出表演,"那阿拉伯人说,他愉快地笑着,但不失其民族的矜持。"你现在知道了这些动物想要什么吗?"我问。"当然,先生,"他说,"这个妇孺皆知。只要有阿拉伯人存在,这把剪刀就会在沙漠上游曳,跟踪我们直到天边。它们会把这把剪刀交给每一个欧洲人去完成这一重大的使命,而每个欧洲人都可能是它们的合适人选。一种荒谬的企图附着于这些动物身上,它们是笨蛋,十足的笨蛋。因此,我们喜欢它们,它们是我们的爱犬,比你们的要好。看着吧,一头骆驼在夜里死了,我叫人把它弄来。"

四个人把一具沉重的尸体抬到我们面前,扔到地上。不等它落地,胡狼们就叫了起来。每只都好像被绳索牵着一样顺从地、时断时续地爬过来。它们完全忘记了阿拉伯人的存在,忘记了仇恨,那具散发着浓浓的气味的尸体使它们着了魔,忘记了一切。一只已经抱住了死骆驼的脖子,一口就咬住了动脉血管。像一台疯狂的小水泵不顾一切而又无望地想扑灭一场大火一样,它浑身每一块肌肉都被扯动、都在抽搐。转眼间,所有的胡狼扑过去,像座小山一样压在那具尸体上,干起了同样的事情。

这时,那向导挥起坚利的鞭子,左右开弓,用力向它们抽打过去。它们抬起头,似醉似昏,看见阿拉伯人站在面前,这才感觉到嘴被鞭子抽打的疼痛。于是后跳一步,又向后跑了一段距离。但是那骆驼的血已经流得满地都是,还蒸发着热气,躯体已被撕开了好几个大口子。它们抵挡不住这诱惑,又扑上去。那向导又举起了鞭子,这次,我抓住了他的胳臂。

"你是对的,先生,"他说,"让它们继续它们的营生吧,而且,我们也该出发了。你已经看到它们了,奇怪的动物,不是吗?它们是多么恨我们呀!"

墙上的斑点

[英] 弗吉尼亚·伍尔夫 | 何蕊 译

  我初次看到墙上的那个斑点差不多是在今年一月中旬，至于具体是哪一天，我想我还得回忆当时都看见了些什么。首先浮现在我脑海中的是炉火，一整片黄色的火光映射在我的书页上，三朵菊花安静地伫立在壁炉上的圆形玻璃缸中。是的，我可以肯定，那定是冬季里的某天，我们刚饮过茶后，因为我记得当时我正在抽烟，偶然一抬头，第一次看见了墙上的这个斑点。循着烟雾望去，我的目光在那堆火红的炭块上停留了片刻。久违的幻觉再次浮现，数不清的红衣骑士如潮水般策马奔上黑色岩壁的侧坡，鲜红的旗帜依稀在城堡的塔楼上随风飘扬。而就是那个斑点把我从幻觉中拉回现实，我的心情也变得轻松起来，因为那幻觉是陈旧的，是一种无意识的幻想，大概萌生于我的童年。那是一个呈暗黑色的圆形小斑点，就在壁炉上方六七寸的雪白墙壁上。

  我们的思绪总会轻易地喷涌而出，围着一件新鲜事物打转，就仿佛一群蚂蚁，狂热地抬起一根稻草，片刻之后又将其抛弃……如果这个斑点是一枚钉子所遗留下的痕迹，那铁定不是为了挂一幅油画，而是为了挂一幅小肖像画——一幅贵妇人的肖像画，画中的贵妇用白粉扑饰鬟发，用脂粉装扮脸庞，而她的嘴唇就如红石竹花般娇艳。当然，这肖像画无疑是件赝品，这房子以前的主人也只会选这一类画——老房子就应该配老式画像，他们就是这样一家人——十分有趣的一家。我常常会想到他们，基于一些奇怪的场景，毕竟谁都不会再见到他们，也不会知道他们后来的遭遇。他说那家人是因为想换一套其他样式的家具才搬出了这所房子，就在他正说着在他看来艺术品背后应该包含着思想的瞬间，我们分手了。这情形如同我们坐在火车上，看见有个老太太在路旁郊外的别墅里正准备倒茶，有个青年正举起球拍打网球。火车一霎而过，我们便和老太太及青年分了手，并将他们抛于火车之后。

不过，我仍无法弄清那个斑点的实质，毕竟我不相信它是由一枚钉子造成的，对于一枚钉子而言，它太大，也太圆了。我倒是可以站起来，但即便我站起来去瞧它，也八成说不出它是个什么。因为一旦完成一件事，就没人知道它为什么会发生。哦！老天！生命是多么的奇特，思想是多么的难以捉摸，人类是多么的无知！为了验证我们对自己的私有物品是多么地无从控制——相对我们的文明而言，人的生活有太多偶然性——我只需列举我们一生中遗失的少数几件物件就够了。譬如那三只装着订书工具的浅蓝色罐子，这算得上遗失物中最神秘的类型——它们总不会是被猫吃了，或是被老鼠啃了。再譬如那几个鸟笼、铁裙箍、钢质滑冰鞋、安女王时代的煤斗子、弹珠戏球台、手摇风琴——全不见了，那些珠宝也都不见了，还有那些散落在芜菁根部的乳白宝石和绿宝石。它们都是费尽心血省吃俭用积攒起来的。这一刻我的背上还盖着衣服，身边的家具都还颇有价值，这是多么神奇啊！若是要用什么来比喻生活，就只能是像一个人被以每小时五十英里的速度抛出地下铁道，当他从隧道口出来时，赤身裸体，连头发上的一只发卡都不剩，就这样又被抛到上帝脚下。如同一捆捆棕色纸包被扔进邮局的管道[1]一样，倒立着摔在开满水仙的草原上，头发随风

---

1. 当时英国的邮政系统采用气压传输装置，利用锅炉、气泵、阀门的精密系统产生的真空或气压，沿着地下管道推进装有邮件的传输箱。

飞扬,与奔跑在赛马会上的马的尾巴十分相像。对了,这些比拟同样适用于表达生活的快速性,表达永无止境的消耗和修复,一切都是如此偶然,如此碰巧……

那来世又怎样呢?粗壮的绿色枝条在拉扯中缓慢地弯了下来,杯盏形的花朵如同倾翻一般,用它那紫色和红色的光芒照耀着人们。人究竟为何要投生到此地,而非彼地,不能行动,不能说话、连目光也无法集中,只得在青草之间或巨人的脚间摸索呢?而对于何为树,男人和女人的本质是什么,或是否存在这些东西,五十年后人们也无法给出答案。除了充满黑和白的空间,没有其他的东西。若干条粗大的茎干横亘中间,或许在更高一点的地方,还有一些颜色模糊的玫瑰花形状的斑块——淡粉色或蓝色——它会随时光流逝而愈加清楚,愈加——我也不知道怎样……

不过,墙上的斑点不是个小洞,它大概是个深黑色的圆形物。比如说是一片在夏天保存下来的玫瑰花瓣的杰作,因为我并不是一个十分警惕的管家——看看壁炉上的尘土,那就是证据。传言特洛伊城就是被这样的尘土给结结实实地埋了三层,只有一些罐子的碎片无法被它们毁灭,这一点完全令人信服。

窗外树枝柔和地轻叩玻璃——我希望能够悠闲、安静地思考,不被人打扰,不必从椅子上站起来,可以在没有任何反对和阻碍的情况下,轻松地从这件事想到那件事。我希望远离表层的某些事实,能够不断深入地沉下去。使自己保持平稳,以使我能抓住第一个一闪而过的念头……莎士比亚……对啦,不管是他还是其他的什么人都行。此人在扶手椅里安稳地坐着,看着炉火,如此这般——一阵像暴雨般的想法从天国连续不断地倾注到他的脑中。人们站在敞开的大门外面向里张望,他正用手支着前额——我们假设这情景发生在夏天的傍晚——可是,这一切虚构的历史太过沉闷,我对它根本没有兴趣。我希望我能想出一条令人满意的思路,这条思路还能间接地给我带来几分荣耀,这种想法是最美妙的。连那些深以为自己不爱听到他人赞赏的谦虚之人也时常产生这种想法。这种想法不同于那些直截了当进行自我赞扬的想法,这就是妙处,这种想法是这样的:

我走进屋子的当儿,他们正在谈植物学,我说我曾经看见一朵花,就在金斯威一座老房子的地基上,大概是人们在查理一世当国王时种下的一粒花籽。"人们在查理一世当国王时种些什么花呢?"我问道——(我已经忘了回答的是什么)。可能是有着紫色花穗的高高的花吧,于是便这样想了下去。同时,我一直在自己的脑海里爱怜且低调地打扮自己的形象,完全不是那种公开的做派。因为,倘若我真的公开这么干了,我就会马上用书来掩盖自己。这也着实奇怪,人们通常都会本能地进行自卫,以免被偶像崇拜或别的什么愚弄,或者避免太远离本貌而使人们不再相信。但是,这事实也很平常,这问题挺重要。假设镜子被打碎,那个浪漫的形象和周围一片葱郁的森林就会消失。只有别的人看见了那个人的外表——这个世界会变得何等的单调、沉闷!一个完全不适宜生存的世界。当我们在公共汽车和地铁上相对而坐的时候,我们就是在照镜子。这反映出了我们的眼神为什么那么没有神采。这些想法的重要性会被未来的小说家逐渐认识,因为这是无数想法,而非一个。他们会追逐那些深奥又虚幻的东西,他们也会将故事中现实的东西减得越来越少,并认为这类知识是一种天赋,希腊人就这样认为的,可能莎士比亚也是这么想的。但是,这种概括没一点儿价值,一听到概括这词儿的音调就已经够了,它使人回想起社会评论、内阁大臣等一系列事物。人们在幼年时期就认为这些事物很正经,不得违犯,否则便会有被打入十八层地狱的危险。提到概括,不知为何会让人联想到伦敦的星期日及星期日午后的散步和午餐,也会使人想起已经过世的人的音容笑貌。好比大伙一起坐在一间屋子里直到某个固定时间的习惯,尽管所有人都讨厌这么干。所有事都有一定的规矩,在那个特殊的时期,对桌布来说,规矩就是一定要用印有黄色的小方格的花毯做成，如同照片中所见到的皇宫走廊上铺的毯子。而其他花样的桌布就难被称作真正的桌布。当我们觉察到这些诸如星期天的午餐、散步以及庄园府邸和桌布等真实的事物很多是假的——的确有虚幻的感觉——而怀疑它们的人所得到的惩戒仅仅是一种违法的自由感时，让人很是惊奇！令我奇怪的是，究竟是什么代替了那些真实而又正经的东西？如果你是个女人，那它大概就是个男人。我们的生活被男性的想法支配，是它制定了那些准则以及惠特克的尊卑序列表[1]。据我推断，它在大战后已经让许多男人和女人觉得非常虚幻，并且我们盼望它短时间内就会像幻象、红木碗橱、兰西尔的版画、上帝、魔鬼和炼狱之类的东西般被嘲笑，被视为垃圾，为我们留下一种让人留恋的违法的自由感——若自由真实存在的话……

墙上的那个斑点在某种光线下看上去竟像是墙上凸出来的，它并不是一个完全的圆形。我不敢确定，不过它仿佛投下了一点模糊的影子，这使我感到，如果我用手指沿着墙壁摸过去，在某一点上，我会摸到一个非常小的旧坟，这旧坟如同南方唐斯丘陵[2]上的旧坟一样平滑。据说，它们如果不是坟墓，就是营地。两者之间，我倒希望它更像坟墓。就同多数英国人一样，我更钟情忧伤，并且觉得在散步后很自然就会联想到地下埋有白骨……绝对有一部书描绘过它。肯定有某个古董收藏家曾挖掘出这些白骨，并赋予它们名字……我渴望了解古董收藏家会是怎样的人？大概准是些上校在退役后带着一帮年老的工人爬上这儿的顶端，对泥块和石头进行检查，与邻近的牧师彼此通信。牧师在早餐时看拆开的信，感到自己很够分量。为了将不同的箭镞进行比较，需要在各县城之间进行频繁的乡间旅行，这样的旅行对

---

1. 指《惠特克年鉴》，由英国出版家约瑟夫·惠特克（Joseph Whitaker，1820—1895）于1868年创刊，被誉为英国最好的年鉴和一部微型百科全书。
2. 唐斯丘陵，位于英国英格兰南部和西南部的有草丘陵地。

牧师及他们的老伴都是一种惬意的职责，他们的老伴正打算用樱桃做酱，或正打算把书房收拾一番。他们自然希望那个有关营地或坟址的重大问题长期搁置。而就上校来说，他对搜集到这一问题两方面的证据很乐观。的确，他最终更倾向于相信营地说。面对质疑，他写了一篇文章，打算在本地会社的一个季度性的例会上朗读，这时他刚巧因中风病倒，盘旋在他头脑中的最后一个清醒的念头无关他的妻儿，而是营地和箭镞，这个箭镞此刻置身于当地博物馆的一个展柜，和一捧伊丽莎白时代的铁钉、相当大一堆都铎王朝的土制烟斗、一个罗马时代的陶制品，以及曾被纳尔逊[1]用来喝酒的酒杯放在一处——我的确不清楚它究竟证明了什么。

不，不，什么都没证明，什么都没发现。假设我当下站起身来，将墙上的斑点弄清楚，它的确是——该怎么说呢？——一枚被钉进墙里两百多年的旧的大钉子的头部，延续至今，经过数代女佣仔细地擦拭，钉头终于露在了油漆的外面，在燃烧着炉火、墙壁洁白的房间里，初次领略现代生活，这样做我会有什么收获呢？是知识？还是一些可以让我增进思索的参考？静坐或站立都不会影响我的思考。知识是什么？我们的学者除了那些蹲在洞穴里或森林里煮草药、盘问老鼠、研究占星术的巫神的后裔和隐士，还会是什么？随着我们的迷信越来越少，以及我们对漂亮和健康的意识越来越注重，我们对他们的崇敬也会越来越少。没错，人们可以构思一个迷人的世界，这是一个祥和宽广的世界，有着红艳和湛蓝的花朵在旷野上绽放。这个世界没有专家、学者，或是有着警察特征的管家。在这里人们能像鱼儿用鱼鳍划开水面般凭自己的想法划分世界，在轻柔地掠过荷花的茎条后，于满是白色海鸟蛋的鸟巢上飞旋……在世界的中心立足，穿过浑厚的

---

1. 纳尔逊：全名霍雷肖·纳尔逊（Horatio Nelson，1758—1805），英国18世纪末及19世纪初的著名海军将领及军事家。

海水和水中转瞬即逝的光影向上看，这里万籁俱寂——如果没有《惠特克年鉴》和尊卑序列表的话！

为了弄清墙上的斑点，我必须得跳起来观察下，不管它是——一枚钉子、一片玫瑰花瓣，还是一条在木块上开裂的纹。

大自然又在施展永存的老套路，她想这只是费点力气的事儿，或许违背现实，但是谁会无端指责惠特克尊卑序列表呢？大法官在坎特伯雷大主教的排名之后，紧接着是约克大主教。每个人都要有一个排列的顺序，这便是惠特克的哲学观念。排列次序极其关键，惠特克当然明白。大自然给你一个提醒，别因此而不高兴，要想到好的一面。如果你想不到好的一面，非得让这一小时变得扫兴的话，那就思考下墙上的斑点吧。

对于大自然的把戏我再清楚不过——她以卑劣的手段鼓动我们停止让人振奋或痛苦的思想。我想，正是这样，我们才看不惯那些实干家——这种人在我们看来毫无思想。不过，我们也可以试图通过观察墙上的斑点来转移这种苦涩的思想。

确实是这样，我此刻越认真瞧它，越感觉像在落水后抓住一块木板。我感受到一种让人欣慰的存在感，将那两位主教和大法官赶往虚幻的空间。这里，不是一件模糊不清的东西，它非常真实。半夜，我们被噩梦吓醒之后，也都会这样想，赶紧打开电灯，平静地躺一段时间，夸赞抽屉，夸赞坚实的物体，夸赞现实，夸赞这个能够证明我们并不是单独存在的客观世界。这也是一直困扰我们的问题……木头是一件值得让我们思考的事物。它来自一棵树，树木会渐渐长大，我们对它的生长经历一无所知。它们在森林、草地或水边生长——这些东西很符合我们思考的习惯——它们随年月生长，无视我们。

炎热的下午，母牛的尾巴在树下摇摆；树木为小河边的地方装点上一片翠绿，甚至会让我们想到一只母红松鸡在潜水之后会披着绿毛出现。我非常热衷去想如同鼓风飞扬的旗帜般逆流游着的鱼群；我还热衷去想那些在河边制造圆土堆的水甲虫。我比较钟意那棵树自身的模样：最初是它本身木质的又干又密的感觉，接着受到风雨洗礼，然后就感到树的汁液慢慢地、畅快地逐渐流出来。我还热衷去想这棵树如何在冬天孤傲地伫立在旷野上，树叶抱成团，将柔软的内在隐藏起来，不让月光冷硬的子弹看到，如同在整夜不休地滚来滚去的大地上立着的一根光秃秃的桅杆。鸟儿在六月的叫声一定很喧嚣，很奇怪；小昆虫费劲地爬过皱皱的树皮，或是在树叶搭成的躺椅上享受日光浴，眼睛像红色的宝石一般，直视前方，此时它们的脚肯定很冷……酷寒使树木的纤维开裂。最后的暴风雨将树摧折，枝叶落入泥土。即便如此，生命也未消失。这个世界还散布着这棵树上的千百万个坚强且清晰的生命，可能在卧室中、轮船上或人行道上，也可能被制成房内的护壁板，喝完茶后，人们就在这屋里抽烟。太多恬淡而幸福的联想是由这棵树所勾起的。我非常乐意依次去对它们进行思考——不过，中间有些麻烦……我想到哪儿啦？怎么会想到这儿呢？不管是树、河流、唐斯、《惠特克年鉴》，还是那些在原野上盛开的水仙花，我都忘了。所有的事物都在旋转下沉中消失……事物显得无比混乱。有人弯腰和我说话——

"我准备出去买份报纸。"

"是吗？"

"但是买报纸没什么意义……都是些旧闻。这该死的战争，让它下地狱去吧！……不过，无论如何，我想我们不该让一只蜗牛待在墙上面。"

啊，那个墙上的斑点！原来是只蜗牛。

好人难寻

[美] 弗兰纳里·奥康纳 | 李天奇 译

祖母并不想去弗罗里达州。她想去东田纳西州拜访几位老朋友，一有机会就试图说服贝利。贝利是她唯一的儿子，她就住在他家里。贝利坐在餐桌边，屁股悬在椅子沿上，正低头专心读着报纸上橙色版面的体育专栏。"看这个，贝利。"祖母说，"就是这儿，你快读读。"她一手搭在自己干瘦的腰上，另一只手冲着贝利的秃头挥舞报纸，抖得哗哗作响。"这个自称与社会'格格不入'的家伙从联邦监狱逃出来了，正往弗罗里达跑呢。你看这儿，瞧他对那些人都做了些什么呀。你快看啊。有这样的罪犯逍遥法外，我可不会带孩子去有他在的地方。要不然我良心上都过不去。"

贝利头也不抬。于是祖母转过身，对着孩子们的母亲。母亲是位穿着长裤的少妇，脸庞和卷心菜一样宽大，一样无辜。她头上戴了块绿色的头巾，顶上系起两个角，像一对兔子耳朵。她正坐在沙发上，拿着罐头给宝宝喂杏子。"孩子们都去过弗罗里达了。"老太太说，"应该带他们去个新地方，让他们看看不同的景色，开开眼界。他们可从来没去过东田纳西。"

母亲似乎没听见她的话。八岁的约翰·威斯里开了口："要是不想去弗罗里达，你干吗不留在家里？"他身材矮胖，戴着眼镜，此时正和妹妹琼·斯达一起坐在地上阅读幽默专栏。

"她不会留在家里的,就算让她当一天女王也不行。"琼·斯达说,一头金发的脑袋抬也不抬。

"哦,那万一这个家伙,这个叫'格格不入'的人抓到你们,你们要怎么办?"祖母问。

"我会抽他耳光。"约翰·威斯里说。

"就算给她一百万,她也不会留在家里。"琼·斯达说,"她就怕会错过什么。不管我们去哪儿,她都要跟着去。"

"好了,小姑娘。"祖母说,"看我下次还帮不帮你卷头发。"

琼·斯达说她天生就是卷发。

第二天早晨,祖母第一个坐进了汽车,等待出发。她带上了自己的黑色大手提箱,它看起来像是河马的头颅。祖母把箱子塞到角落里,在底下藏了只篮子,篮子里装着猫咪皮缇·辛。祖母不想让猫整整三天都孤独地待在家里,因为猫一定会思念她的,她也怕猫会不小心把煤气炉蹭开,煤气中毒而死。她儿子贝利可不愿意带着猫去住汽车旅馆。

祖母坐在后座中央,两侧分别是约翰·威斯里和琼·斯达。贝利、孩子们的母亲和婴儿坐在前排。他们在八点四十五分开出了亚特兰大州,汽车的英里数显示是55890。祖母把这个数字写了下来,觉得如果回来时能说出一共跑了多少英里会很有趣。二十分钟后,他们开进了城市周边的郊区。

老太太找了个舒服的姿势,脱下白色的棉手套,和钱包一起摆到车后窗前面的置物架上。孩子们的母亲仍然是长裤加绿色头巾的打扮,但祖母不一样。她头上戴着一顶海军蓝的宽檐草帽,帽檐上插了一束白色的紫罗兰,身上则穿着小白圆点图案的海军蓝长裙。她的领子和袖子都是缀有蕾丝的白色蝉翼纱,领口上还别了一束布制的紫色紫罗兰,里面包着香囊。万一出了什么意外,只要看到高速路上的遗体,谁都能一眼看出她是位尊贵的夫人。

祖母说这真是个开车的好天气,既不太热也不太冷。她提醒贝利路上的限速是每小时五十五英里,巡逻的交警会藏在广告牌和小型树丛后面,瞬间扑上来抓住你,不给你时间减速。她一一指出周围有趣的景色:石头山;有时会在高速路两侧同时出现的蓝色花岗岩;河岸上稍稍发紫的亮红色黏土;田野里仿佛绿色蕾丝般交织成行的各种农作物。树丛间满溢着银晃晃的阳光,植被相对稀薄的地方闪得直耀眼。孩子们读着漫画杂志,母亲又睡了过去。

"咱们赶紧开出佐治亚州吧,免得看它太久。"约翰·威斯里说。

"如果我是个小男孩,"祖母说,"我可不会这么说自己的家乡。田纳西有高山,佐治亚有小山。"

"田纳西就是个乡村垃圾场。"约翰·威斯里说,"佐治亚也是个破破烂烂的地方。"

"说得好。"琼·斯达说。

"在我那个年代,"祖母把青筋暴露的干瘦手指交叠在一起,"小孩要比现在更尊重他们生长的家乡,尊重他们的父母,还有其他一切。那时的人都很守规矩。哦快看,那个可爱的小黑崽子!"她指向一个站在窝棚门口的黑人小孩。"简直像是一幅画,你们说呢?"她说。全家人都回过头,透过后车窗望向那个黑人小孩。小孩挥了挥手。

"他没穿裤子。"琼·斯达说。

"他可能根本没有长裤。"祖母解释道,"乡下的小黑崽不像我们拥有那么多东西。如果我会画画,我一定把这景象画下来。"她又说。

两个孩子互相交换了漫画书。

祖母提议把宝宝给她抱,母亲从前座把婴儿递了过来。祖母把婴儿放到腿上轻摇,给他讲起窗外的景色。她转动眼珠,嘟起嘴巴,将干瘪粗糙的脸贴到他冷漠光滑的小脸上。婴儿偶尔冲她露出心不在焉的微笑。车开过一片宽阔的棉花地,田地中央立着五六座墓碑,周围围起栅栏,像座小小的孤岛。"瞧啊,墓地!"祖母伸手指着那片地方,"那是以前的家族墓地,属于种植园。"

"种植园去哪儿了?"约翰·威斯里问。

"都'飘'[1]没了。"祖母说,"哈哈哈。"

孩子们读完了所有的漫画书,打开午餐盒吃了饭。祖母吃了一个花生酱三明治和一颗橄榄,不许孩子们把午餐盒和纸巾扔出车窗外。然后他们无事可做,便玩起了猜云的游戏:一个人挑出天上的一朵云,叫其他两个人猜那是什么形状。约翰·威斯里选了一朵看起来像牛的云,琼·斯达猜是牛,约翰·威斯里说不对,是汽车。琼·斯达说他这样不公平。两人越过祖母,互相拍打起来。

祖母说如果他们安分下来,她就讲个故事给他们听。讲故事的时候,她总是转动眼珠、摇头晃脑,表现得十分夸张。她说,当她还是少女的时候,曾有一位名叫埃德加·阿特金斯·提加登的先生追求过她,他来自佐治亚州的加斯帕。她说这位先生是位非常英俊的绅士,每个周六下午都给她送来一个西瓜,瓜皮上刻着他的姓名首字母"E.A.T",组成了"吃"这个单词。然后呢,她讲道,又是这么一个周六,提加登先生送来了西瓜,家里一个人也没有,他就把西瓜留在门廊上,坐着双轮马车回加斯帕了。但祖母她可从来没有收到这个西瓜,因为有个小黑崽看见首字母缩写组成的"吃"这个词,就把西瓜给吃了!这故事触动了约翰·威斯里的好笑神经,他咯咯地笑个不停。但琼·斯达并没觉得这故事有什么好。她说,光凭周六送来的一个西瓜,她可不会嫁给对方。祖母说她当年要是嫁给提加登先生就好了,因为他是位绅士,还在可口可乐刚上市的时候就买了他们的股票,几年前去世的时候是个大富豪。

一家人在塔楼停了车,买了烤肉三明治吃。塔楼是提默西郊外

---

1. 此处祖母戏用小说《飘》(*Gone With the Wind*)的书名,指种植园已不复存在。

空地上一座用灰泥和木梁搭起的建筑，既是加油站，又是舞厅，老板是个名叫瑞德·塞米·巴茨的胖男人。塔楼周围好几公里的高速路上都竖着招牌，楼里也竖了好几处同样的牌子：尝尝瑞德·塞米的烤肉吧！远近闻名的瑞德·塞米！瑞德·塞姆！开怀大笑的小胖子！退伍老兵！瑞德·塞米为您服务！

瑞德·塞米躺在塔楼门外的空地上，头埋在一辆卡车底下。离他不远处有只约一英尺高的灰毛猴子，拴在一棵小栋树上吱吱叫唤。两个孩子跳下车奔了过去，猴子顿时跳上树，爬到了最高的树枝上。

塔楼内部是间阴暗狭长的屋子，一头摆了柜台，另一头摆了几张餐桌，中间都是跳舞的地方。一家人在五分钱点唱机旁边的牌桌就坐，瑞德·塞米的老婆走来给他们点了单。她是个皮肤棕黑的高个子女人，头发和眼睛的颜色比肤色还浅。孩子们的母亲往点唱机里投入一枚十美分硬币，机器播放起《田纳西华尔兹》。祖母说这首曲子总让她想跳舞，并问贝利愿不愿意和她共舞一曲，但贝利只是瞪了她一眼。他可没有祖母这样天生的快活性格，旅行总会令他紧张不已。祖母的棕色眼睛闪闪发亮。她左右摇晃脑袋，坐在椅子里假装跳舞。琼·斯达要求放首她能跟着跳踢踏舞的歌，孩子们的母亲就又投进一枚十美分，换了一首快节奏的曲子。琼·斯达走到舞池里，跳了支踢踏舞。

"多可爱啊！" 瑞德·塞米的老婆说，从柜台后面俯出身来，"你愿不愿意做我家的女儿呀？"

"绝对不愿意。"琼·斯达说，"就算给我一百万，我也不要住在这么破的房子里！"她奔回了餐桌边。

"多可爱啊！"女人重复道，礼貌地咧嘴一笑。

"你就不觉得羞愧吗？"祖母低声训斥。

瑞德·塞米进了屋，叫老婆别在柜台后面晃悠了，赶紧把点的菜给上了。他的卡其裤裤腰卡在胯部，圆滚滚的肚子向前凸出，在衬衫下左右摇晃，像一袋面粉。他走到一家人旁边，在另一张餐桌边坐下，半是叹息、半是哼歌似的吐了口气。"没法子。"他说，"真是没法子。"他拿出一块灰色的手帕，脸色通红地擦了擦汗水。"现在这年头，连个能相信的人都找不到。"他说，"你们说是不是？"

"现在的人确实和从前不一样了。"祖母说。

"上周来了两个人。"瑞德·塞米说，"开着辆克莱斯勒。那车挺旧的，但质量不错，我也觉得那俩小伙子还行。说他们在磨坊工作，结果呢？他们加完油，我就让他们赊了账。我干吗要那么做啊？"

"因为你是个好人！"祖母毫不迟疑地回答。

"是啊，夫人，我想也是。"瑞德·塞米说，似乎被这个答案吓了一跳。他老婆端着五盘食物回来了，一个托盘都没用：两手各端两只盘子，还有一只架在胳膊上。"在上帝创造的这个绿色世界上，没有一个人是可信的。"她说，"没有任何人例外。任何人。"她盯着瑞德·塞米重复。

"你读没读报纸？知不知道那个'格格不入'的罪犯已经逃出来了？"祖母问道。

"就算他跑来打劫我们这儿，我也一点都不奇怪。"瑞德·塞米的老婆说，"只要他听说有这么个地方，他就一定会来。就算听说收银机里只有两分钱，他也一定会……"

"够了。"瑞德·塞米说，"把他们点的可乐拿来。"他老婆回身去拿饮料了。

"好人难寻啊。"瑞德·塞米说，"现在越来越差劲了。我还记得以前那些日子，出门的时候连门都不用锁。现在可不行了。"

他和祖母讨论起以前的美好年代。老太太说她觉得变成现在这样都要怪欧洲。她说，看欧洲的反应，好像我们全是用钱做的一样。瑞德·塞米说没什么可说的，她说得太对了。孩子们跑出了门，在耀眼的白色阳光下观察楝树上的猴子。猴子蹲在稀疏的枝叶间，忙着捕捉身上的虱子。每捉到一只,它就会用牙把虱子细致地咬碎,仿佛在品尝美食。

在下午蒸腾的热气中,一家人又上了路。祖母打起了盹,每过几分钟就被自己打的呼噜惊醒一次。到了图姆斯波罗镇外,她醒了过来,想起这附近有座老种植园,她年轻时曾经去过。她说那房子门前竖着了六根洁白的石柱,连接着一条种满橡树的大道。门前两侧各有两把小小的木制格状藤椅,她和追求者在花园里散步后可以坐下乘凉。她还清楚地记得去那儿该怎么走。当然啦,她知道贝利不会为了一座老房子耽搁赶路的时间,但她讲得越多,就越想再去一次,看看那对藤椅还在不在。"屋里有面秘密夹板墙。"她富有技巧地撒谎,并暗自希望自己说的是事实,"传说在谢尔曼军队经过的时候,那家人把祖传银器藏到了那面夹板墙里,之后就再也没有人找到过……"

"嘿!"约翰·威斯里说,"咱们去那儿看看吧!我们一定能找到!把所有木板都捅穿,然后就能找着了!现在有谁住啊?应该在哪儿拐弯?嘿老爸,在这儿拐弯不行吗?"

"我们从来没见过有夹板墙的房子!"琼·斯达尖声喊道,"咱们去看有夹板墙的房子吧!嘿老爸,让我们去看有夹板墙的房子吧!"

"离这儿不远,我记得很清楚。"祖母说,"来回也就二十分钟吧。"

贝利直视前方,下巴扳得和马蹄一样僵硬。"不行。"他说。

孩子们叫喊起来,嚷着要去看那座有夹板墙的房子。约翰·威斯里踢起前座,琼·斯达则把头探到母亲肩上,在她耳边急切地抱怨说每次假期旅行都一点也不好玩,从来都没做过他们两个想做的事。婴儿尖声哭喊起来,约翰·威斯里踢得更用力了,坐在前排的父亲可以感到每一次震动传到他的肾脏里。

"够了!"贝利喊道,把车停到了路边,"你们能闭嘴吗?安静一会!如果你们不闭嘴,我们就哪儿都不去。"

"那地方很有教育意义。"祖母低喃。

418

"好吧。"贝利说,"但给我听好了:之后我再也不会为这种事停车。就这一次,下不为例。"

"你应该在大概一英里之前就拐弯,上一条小土路。"祖母指示道,"经过的时候,我特别注意了一下。"

"小土路。"贝利不满地咕哝。

他们掉头驶向小土路。祖母讲起那座房子的其他看点:前门漂亮的玻璃,大厅里的烛台提灯。约翰·威斯里说夹板墙很有可能藏在壁炉里。

"你们不能进屋。"贝利说,"都不知道里面住的是谁。"

"你们在前门跟住那儿的人说话,我可以跑到后面,找扇窗户钻进去。"约翰·威斯里提议。

"所有人都老老实实待在车里。"他母亲说。

他们转上小土路,汽车在飞扬的粉色尘土中剧烈颠簸。祖母讲起以前,那时没有任何平整的道路,光三十英里就够走上整整一天。小土路的地势时高时低,不时会突然出现一片水洼,还有悬崖边危险的急转弯。他们上一刻还在小山顶上眺望绵延数英里的蓝色树丛,下一秒就陷在红土谷底仰望满是尘土的树林。

"如果这房子再不出现,"贝利说,"我就要掉头了。"

土路看起来已经几个月没人经过了。

"不远了。"祖母说。这句话刚一出口,她的脑海里就掠过一个可怕的念头,让她难为情地涨红了脸、瞪大双眼,惊跳起来的时候踢到了角落里的手提箱。手提箱一动,底下篮子上盖的报纸就随着一声低吼猛然掀开,猫咪皮缇·辛纵身跃上了贝利的肩。

两个孩子从座位里被甩了出去,母亲紧抱着婴儿摔出了车门,老太太则飞到了前座上。汽车在空中翻了个跟头,左侧冲下落进了路边的深沟。贝利还坐在驾驶座上,长着一张白色宽脸、橘色鼻子的灰斑猫则像毛毛虫一样紧附在他的脖子上。

两个孩子发现手脚还能动,忙不迭爬出了车,放声大喊:"翻车了!"祖母蜷在仪表台下面,希望自己受了严重的伤,免得贝利把怒火全发在她身上。撞车前,她脑海里冒出来的可怕念头是:记忆中那座印象鲜明的房子不在佐治亚州,而是在田纳西州。

贝利用双手把猫从脖子上扯开,扔出车窗,甩到了一棵松树上。然后他爬出车,四处寻找孩子们的母亲。母亲背靠红土沟的沟壁坐着,怀里的婴儿号啕大哭。她只受了点轻伤,脸上划破了,肩骨也断了。"翻车了!"两个孩子兴高采烈地大喊。

祖母瘸着脚爬出了汽车。"可是没死人。"琼·斯达遗憾地说。祖母的帽子还别在头上,但帽檐折了,向上突兀地翘起,紫罗兰从边上垂了下来。除了两个孩子,一家人都在沟里坐下了,惊魂未定地瑟瑟发抖。

"也许会有别的车经过。"母亲哑着嗓子说。

"我好像伤到了内脏。"祖母按着腰侧说,没人接话。贝利的牙关咯咯响个不停。他穿着一件印有亮蓝色鹦鹉的黄色运动衫,此刻的脸色和衣服一样黄。祖母决定不告诉他那座房子在田纳西。

土路在他们头顶上大概十英尺高的地方,他们只能望见路对面树林的树冠。他们所在的深沟后面是又深又黑的森林,树木都很高大。过了几分钟,远处的山丘高处开来一辆车,车速很慢,仿佛车里的人正在观察他们。祖母站起身,夸张地挥舞双臂,想吸引他们的注意力。汽车慢吞吞地逐渐驶近,随着土路的弯曲消失后又重新出现,开到了他们翻车的这座小山顶部,速度比之前还慢。这辆黑车又大又旧,看起来像辆灵车,里面坐着三个男人。

黑车在一家人头顶上停住了。司机面无表情地低头看着坐在沟里的一家人,沉默地凝视了几分钟。然后他转头和其他两个人低声说了句什么,两人下了车。其中一个很胖,穿着黑色长裤和红色汗衫,汗衫上印着银色的牡马。他走到一家人右侧盯着他们,嘴巴半张,似笑非笑。另一个人穿着卡其布长裤和蓝色条纹外套，头上的灰帽子压得很低，遮住了大半张脸。他脚步缓慢地走到了一家人头顶的左侧。没有人开口。

司机也下了车，站在车边低头看着他们。他比另外两个人年纪更大，头发已经开始发白，脸上的银边眼镜让他看起来像位学者。他长着一张长脸，上面满是皱纹，上身赤裸，没穿衬衫也没穿背心，腿上套了条紧巴巴的蓝色牛仔裤。他手里拿着一顶黑色帽子和一把枪。另外两个男人手里也有枪。

"我们翻车了！"两个孩子高喊。

祖母有种奇怪的感觉，觉得那个戴眼镜的男人似曾相识。他的脸非常熟悉，仿佛是她认识了一辈子的人，但她想不起来究竟是谁。那个人离开了汽车，开始沿着土坡往下爬，每一步都踩得非常小心。他肤色黝黑，脚上穿着一双白鞋，没穿袜子，脚踝干瘦发红。"下午好啊。"他说，"你们摔下来了。"

"我们在空中翻了两圈！"祖母说。

"一圈。"男人纠正道，"我们都看见了。伊拉姆，看看他们的车还能不能开。"他轻声吩咐戴灰色帽子的年轻人。

"你那把枪是干吗用的？"约翰·威斯里问道，"你要拿枪干什么？"

"太太，"男人对孩子们的母亲说，"能不能麻烦你叫两个孩子坐到你身边？小孩让我紧张。你们都坐下来吧。"

"凭什么要你吩咐我们怎么做？"琼·斯达问道。

他们身后的树林开了个小豁口，仿佛一张黑漆漆的嘴。"你们过来。"母亲说。

"听着，"贝利突然开口，"我们遇到麻烦了！我们……"

祖母尖叫起来。她手脚并用地爬起身，站直后紧盯着对方。"你是'格格不入'！"她说，"我一眼就认出来了！"

421

"没错,太太。"男人说,微微一笑,似乎因为有人认出他而情不自禁地感到开心。"可是啊太太,对你们来说,还是没认出我比较好。"

贝利猛转过头,对他母亲说了句脏话,连两个孩子都目瞪口呆。老太太哭了起来,"格格不入"涨红了脸。

"太太,"他说,"你别伤心。男人有时候会说些口是心非的话。我想那并不是他的本意。"

"你该不会对女士开枪吧?"祖母说,从衣袖里抽出手帕,抹了抹眼睛。

"格格不入"用鞋尖在地上戳了个小洞,又踢土将它抹平。"我情愿不那么做。"他说。

"听着,"祖母几乎是在尖叫,"我知道你是个好人。你一点也不像普通人。看得出,你父母一定都是好人!"

"是啊,太太。"他说,"这世上最好的人。"他微笑起来,露出一排强壮的白牙。"上帝从没造过比我母亲更好的女人,我爸有一副金子心肠。"他说。穿红汗衫的胖子走到一家人身后,枪别在胯上。"格格不入"往地上啐了口唾沫。"看好孩子们,鲍比·李。"他说,"你知道小孩让我紧张。"他望向挤在一起的一家六口,脸色有些尴尬,好像想不出该说点什么。"天上一丝云都没有。"他抬头看着天空评论道,"没太阳,但也看不见云。"

"是啊,今天天气不错。"祖母说。"听着,"她说,"你不该管自己叫'格格不入',我知道你心底是个好人。光是这么看着你我就知道。"

"别说了!"贝利喊道,"嘘!所有人都闭嘴,交给我处理!"他以准备起跑的姿势蹲在地上,结果一动没动。

"谢谢你这么说,太太。""格格不入"说,用枪托在地上划了个小小的圆。

"车要半小时才能修好。"伊拉姆检查着敞开的车篷顶喊。

"那你和鲍比·李先带他和小男孩到那边去。""格格不入"说,指了指贝利和约翰·威斯里,"他们有话要问你。"他对贝利说:"你能不能跟他们到森林里去一下?"

"听着,"贝利说,"我们遇到麻烦了!你们都没明白这是什么情况。"他的声音嘶哑,双眼和运动衫上的鹦鹉一样蓝、一样瞪得滚圆,身体纹丝不动。

祖母抬手整理帽檐,仿佛要和儿子一起走进森林,但它从帽子上掉了下来。她盯着帽檐看了片刻,松手让它落到了地上。伊拉姆抓住贝利的胳膊把他拉起来,像在搀扶一位老人。约翰·威斯里抓住了父亲的手。鲍比·李跟在三人后面,他们一起向森林走去。刚走到黑暗的入口,贝利就转过身来,靠在一棵松树光秃秃的灰色树干上,喊道:"我很快就回来,妈妈,等我!"

"现在就回来呀!"他妈妈尖声喊道,但四个人还是走进森林,消失不见了。

"贝利儿啊!"祖母声音悲恸地喊。她意识到自己正盯着"格格不入",后者在她面前蹲了下来。"我知道你是个好人。"她绝望地说,"你一点都不普通!"

"不,我不是个好人。""格格不入"顿了一秒才说,似乎在仔细考虑她的话,"但我也不是这世界上最坏的人。我爸说我和其他兄弟姐妹根本不是同一个物种。'要我看,'我爸当时说,'有些人活一辈子什么都不问,还有些人就必须得搞懂这一切到底是为什么,这孩子就属于后者。他会对一切着迷!'"他把黑帽子戴到头上,突然抬头看了看天,又望向森林深处,好像又有些难为情。"抱歉我没穿上衣,这对女士太失礼了。"他说,微微耸起肩膀,"逃出来的时候,我们把原来的衣服都埋到地里了,只能就这么先忍着。这些衣服是从路上遇见的几个人身上借来的。"他解释道。

"没事,挺好的。"祖母说,"贝利的行李箱里可能有多余的衬衫。"

"我会找找看的。""格格不入"说。

"他们把他带到哪儿去了?"孩子们的母亲尖声叫道。

"我爸也是个奇人。""格格不入"说,"没人能骗到他。不过他从来不和当局惹麻烦,他很擅长对付那些人。"

"只要努力,你也能做一个老实人。"祖母说,"你想想啊,要是能安定下来过上舒适的生活,不用担心老有人在后面追你,那该有多好啊。"

"格格不入"不停用枪托在地面上划来划去,似乎在思考这个主意。"是啊,太太,总有人在后面追你。"他低声喃喃。

祖母低头看着他的帽子和肩膀,注意到他的肩胛骨非常瘦削。"你祈祷吗?"她问。

他摇了摇头,祖母只能看见那顶黑帽子在肩胛骨之间摇晃。"不。"他说。

森林里传来一声枪响,没多久又传来了第二声,随即只有一片沉寂。老太太猛然扭过头去。她能听见风在树顶掠过,像一声满意的深呼吸。"贝利儿啊!"她喊道。

"我在唱诗班里唱过一阵。""格格不入"说,"我几乎什么都干过。当过兵,陆军和海军都进过,国内国外到处跑。结过两次婚,在殡仪馆干过,当过铁道工人,犁过地,遇到过龙卷风,看过一个人被活活烧死。"他抬起头,望向紧挨在一起的母亲和小女孩,她们脸色惨白,双眼无神。"我还见过一个女人被人抽鞭子。"他说。

"祈祷吧,祈祷吧,"祖母说,"祈祷吧,祈祷吧……"

"我记得我小时候一直是个好孩子。""格格不入"的语气有些恍惚,"但后来我做错了事,进了感化院。他们活埋了我。"他抬头盯着祖母的眼睛,迫使她将注意力转回他身上。

"那时候你就应该开始祈祷。"她说,"你第一次进感化院是因为什么?"

"往右转是墙。""格格不入"说,抬头看着无云的天空,"往左转也是墙。抬头是天花板,低头是地板。我忘了我干什么了,太太。我坐在那儿想啊想啊,想记起我究竟干了什么,但事到如今也没想起来。每过一段时间,我都会觉得马上就能想起来了,但一直都没想起来。"

"也许他们弄错了。"老太太含糊地说。

"不,"他说,"他们没弄错。他们有我的罪证。"

"那你肯定是偷东西了。"她说。

"格格不入"轻嗤一声。"没人有我想要的东西。"他说,"感化院的精神医生说我杀了我爸,但我知道他在撒谎。我爸在一九一九年死于流感大流行,跟我一点关系都没有。他埋在霍普维尔山浸礼会教堂的墓地里,你不信可以自己去看看。"

"如果你愿意祈祷,"老太太说,"耶稣就会来帮你。"

"没错。""格格不入"说。

"既然如此,你为什么不祈祷呢?"祖母突然高兴得浑身发抖。

"我不需要帮忙。"他说,"我自己活得挺好。"

鲍比·李和伊拉姆从森林里慢悠悠地走了回来。鲍比·李手里拿着一件印着亮蓝色鹦鹉的黄色运动衫。

"把衣服扔过来,鲍比·李。""格格不入"说。运动衫飞到了他的肩上,他把衣服穿上了。祖母觉得那运动衫让她想起了什么,但又想不出是什么。"是这样的,太太,""格格不入"一边系扣子一边说,"我后来发现,罪行是什么都无所谓。不管你做了什么,是杀了人,还是从车上偷了只轮胎,早晚你都会忘了究竟干过什么,都一样要受罚。"

孩子们的母亲发出粗重的呼吸声,好像喘不过气。"太太,""格格不入"问道,"你和小姑娘能不能跟鲍比·李和伊拉姆一起走,去那边和你丈夫会合?"

"好，谢谢你。"母亲声音微弱地说。她的左臂无力地垂在身侧，右手抱着的婴儿已经睡着了。"搀这位女士一把，伊拉姆。"见她挣扎着从沟里站起身，"格格不入"补充，"鲍比·李，你牵着小姑娘的手。"

"我不想和他牵手。"琼·斯达说，"他长得像头猪。"

胖子涨红了脸，发出一阵大笑，抓住她的胳膊，跟在伊拉姆和她母亲后面进了林子。

只剩下"格格不入"和祖母待在一起，祖母发现自己说不出话来。天空中没有一丝云彩，也看不见太阳。周围除了森林一无所有。她想告诉"格格不入"，他必须祈祷。她张开嘴又闭上，重复了好几次才发出声来："耶稣，耶稣。"她的意思是耶稣会帮助你，但她的语气像在咒骂耶稣一样。

"是啊，太太。""格格不入"说，仿佛同意她的观点。"耶稣把一切都搞砸了。他和我是一样的，只不过他没犯罪，而那帮人拿着我的罪证，可以证明我有罪。当然了，"他说，"他们从来没把那些罪证给我看过，所以现在我都自己记下来签字。很久以前我就说过，应该搞个签名，把做过的所有东西都记下来签好字，自己存一份。这样你就知道都做过什么事，回头可以把罪行和得到的惩罚对比一下，看看两者是否对得上。这样一来，你就有东西证明那惩罚不公平了。我管自己叫'格格不入'，是因为我做的错事和我所承受的惩罚对不上。"

森林里传来一声尖厉的惨叫，随即是一声枪响。"你觉得这样对吗，夫人？有的人受到无穷无尽的惩罚，有的人却根本不用受罚？"

"耶稣啊！"老太太喊道，"你出身高贵！我知道你不会对女士开枪的！我知道你父母都是好人！祈祷吧！耶稣啊，你不该对女士开枪。我愿意把所有的钱都给你！"

"太太，""格格不入"说，目光越过她投向森林深处，"尸体是不会给送葬的人塞小费的。"

又有两声枪响传来。祖母抬起头,像在火上烤到干瘪的老母火鸡乞求清水般地唤道:"贝利儿啊,贝利儿啊!"她叫得仿佛心都要裂开了。

"只有耶稣才能让死者复活。""格格不入"继续说,"他不该那么做的。他打破了事物的平衡。如果他真的兑现了承诺,那你就只能抛下一切,随他而去。如果他做不到,那你就只能尽量享受生命的最后几分钟了,不管是杀人,给房子放火,还是干点什么别的来折磨别人。毫无乐趣,只是为了折磨。"他几乎是在低吼。

"也许他没有让死者复活。"老太太喃喃着。她不知道自己在说什么,只觉得一阵眩晕,双腿一软,慢慢坐倒在冲沟里。

"我不在场,不知道他到底做了没有。""格格不入"说,"真希望当时我也在。"他说,用拳头捶打地面。"我本该在场的,如果我在,我就能确定了。听着,太太。"他高声说,"如果我当时在场,我就能知道真实的情况,就不会变成现在这个样子了。"他的声音差点哽咽。祖母的思绪清晰了片刻。她看着男人近在咫尺的脸皱成一团,好像要哭似的。她低声说:"哦,你就像我的宝贝。你就是我的孩子!"她伸出手,碰了下他的肩。"格格不入"像被蛇咬了一样跳起身向后退去,冲着她的胸口开了三枪。然后他把枪放到地上,摘下眼镜,开始擦拭镜片。

伊拉姆和鲍比·李从树林里回来了,站在沟边低头看着祖母。她在一摊血泊里半坐半躺,像小孩一样盘着腿,仰脸对着无云的天空,脸上还挂着微笑。

摘下眼镜的"格格不入"眼眶发红,眼神黯淡而脆弱。"把她拖走,和其他人扔到一起去。"他说,抓住正在他腿边蹭来蹭去的猫,提了起来。

"她话可真多啊,是吧?"鲍比·李说,哼着小曲跳进了沟里。

"如果每分钟都有人冲她开枪,""格格不入"说,"她也能成为一个好女人。"

"真有趣！"鲍比·李说。

"闭嘴，鲍比·李。""格格不入"说，"人生根本没有真正的乐趣。"

黄色墙纸

[美]夏洛特·帕金斯·吉尔曼 | 钟山雨 译

一

像我和约翰这样的平凡人，这个夏天居然守着一座祖屋，可真是难得。

一幢殖民地豪宅，世袭房产。

我真想说这是间鬼屋——那样的话该多浪漫，多么让人开心！——是我想得太美了，那么可能。

不过我还是要得意地宣布：这房子有些古怪。

不然为什么租金这么便宜，而且这么长时间都无人问津？

约翰嘲笑了我，不过结了婚嘛，他这么做也在意料之中。

约翰是极其讲求实际的人。他对信仰一点儿耐心都没有，觉得那是迷信恐怖，但凡听到别人说起看不见摸不着的事情，他就会毫不留情地咒骂起来。

他是个医生，而且可能……（我可不会对哪个活人这么说，不过这张纸是死的，让我放松多了）可能这就是我身体无法好转的原因。

你知道吗，他根本不相信我病了！

那我还能怎么办？

如果你的丈夫是个医术高明的医生，他跟亲朋好友保证你一点事儿都没有，只不过是暂时的神经衰弱，有轻微的歇斯底里倾向——那你能怎么办？

我哥哥也是个医生，医术高明，他也说了同样的话。

所以我要服用硝酸盐（还是亚硝酸盐，管它是哪个呢），吃补品，还需要旅行，需要空气，需要适量锻炼，而且直到身体恢复之前都绝对禁止"工作"。

我自己是不同意他们那一套说法的。

我觉得适度工作能带来兴奋和改变，那对我有好处。

不过我能怎么办呢？

尽管他们那么说，我还是写下了如上这些话，只是得偷偷摸摸地，不然会招来强烈反对——这么一来确实把我累坏了。

有时我幻想，像我这种身体状况要是少一些反对，多些社交活动，再有点儿刺激的事情，那会是什么样——但约翰说，我最不该惦记着自己的身体状况，我也得承认，那样想总让我难过。

那我就抛开这个话题，说说这幢房子。

真是顶顶漂亮的住处！孤零零的一幢，远离马路，到最近的村庄有三英里。它让我想起报纸上描述的那些英国住所，有树篱、围墙、能上锁的大门，还有给园丁和工人住的小屋分散在周围。

那芳香四溢的花园！我从来没见过这样的花园——那么大，到处都有树荫，一条条小径方方正正，一排排葡萄藤架下面放着座椅。

这儿以前还有温室，不过现在都废弃了。

肯定是出了些法律问题，继承人之间的纠纷，我是这么想的。不管怎么说，这个地方空了好多年。

恐怕这激起了我心里潜伏的幽灵，但我才不在乎——这房子就是有些诡异，我感觉得到。

我甚至还对约翰说了这事，那是一个有月光的晚上。但他说我感觉到的是气流，然后关上了窗户。

有时候我会没来由地生约翰的气。我敢肯定,以前的我可没这么敏感,大概是神经质的缘故。

不过约翰说要是我有这种情绪,就不该压抑在心里。所以我就努力压抑着自己,至少在他面前。这样很累。

我一点儿都不喜欢我们的卧室,我想要楼下那间——面朝广场,窗户上装点着蔷薇,还有那漂亮的老式印花布帘!但是约翰不听我的。

他说那房间只有一扇窗,也放不下两张床,分开睡的话隔壁也没有房间能给他住。

他很关心人,很爱我,不让我在没有指导的情况下四处走动。

我一天中什么时候要做什么都已经固定好;我的一切都由他照顾,所以不领情的话就太忘恩负义了。

他说我们来这儿都是为了我能够绝对静养,充分呼吸新鲜空气。"能做多少锻炼取决于你的精力,亲爱的,"他说,"能吃多少基本取决于你的胃口,但空气是你每时每刻都能呼吸到的。"就这样,我们在楼上育儿室住了下来。

房间大且通风—— 这一整层都是如此——四向都有窗户,光照充足,空气新鲜。本来是间育儿室,后来成了游戏和健身室,我这么推测。因为窗户都用木条封严实了,防止小孩跌落,墙上还安了铁环一类的东西。

油漆和墙纸看上去就像哪所男校用过的一样。墙纸全都撕成了一片片的—— 在床头正上方——几乎我能够得着的地方都撕破了,房间另一端靠近地面的部分也相当壮观。我这辈子没见过比这还糟糕的墙纸。

那四处蔓延的艳丽图案简直犯尽了艺术的原罪。

这花纹真是枯燥,跟着看得眼都花了,但是它也真是显眼,反复刺激催促着你去研究。等你的视线跟着那蹩脚又没有规律的弧线游走了一会儿后,它们又突然自寻死路—— 它们以骇人的角度跳了下去,在闻所未闻的矛盾里自我毁灭。

墙纸的颜色也让人反感，简直叫人作呕。脏兮兮、烟熏过似的黄色。等太阳慢慢照到墙上，颜色就奇怪地变淡了。

有些地方是既暗沉又耀眼的橘色，另一些地方是恶心的淡硫磺色。

难怪孩子们讨厌它！我要是长期住在这个房间里肯定也得恨死它了。

约翰来了，我得把这个收起来——他不想看到我写东西，一点儿都不行。

二

我们来这儿两周了，自第一天后我一直没有写东西的欲望。

现在我坐在窗边，在楼上这令人作呕的育儿室里。只要我想，没有什么可以阻碍我写作，除了精力不足。

约翰整天都不在家，有时病人病情严重，他甚至彻夜不回来。

真庆幸我的病不算严重！

不过这些神经质的困扰让人消沉得很。

约翰不知道我到底有多痛苦，我没什么痛苦的理由——这是他知道的，而且对此很满意。

当然了，只是神经质而已。然而这对于我来说确实很沉重，让我怎么都做不好自己的分内事！

我本来想成为约翰的贤内助，呵护他，安慰他，然而我现在已经多少是个负担了！

没人会相信，做我唯一能做的那一点点事情有多么费劲——只是穿衣打扮，玩乐，整理东西而已。

庆幸的是玛莉很会带孩子。多可爱的宝宝啊！

但是我就没法跟他待在一起，我会特别紧张。

我想约翰这辈子都没有过神经敏感的时候。在墙纸的事情上他狠狠地嘲笑了我。

一开始他打算重新贴墙纸，但是之后又说，那样的话我就被墙纸打败了，还说对于神经质病人来说，没有什么比屈服于这样的臆想更糟的了。

他说要是把墙纸换掉，接下来就得轮到笨重的床架，然后是封了木条的窗户，然后是台阶顶上的门，没完没了。

"你知道这地方对你有好处，"约翰说，"而且说真的，亲爱的，我可不想只租三个月还把这房子翻新一遍。"

"那我们就搬到楼下去吧，"我说，"楼下的房间那么漂亮。"

然后他把我抱在怀里，管我叫幸福的小傻瓜，他说只要我想，他就算把酒窖粉刷一遍也不是问题。

不过在关于床和窗户等等的事情上，约翰说得没错。

这房间确实很舒服，空气清新，没人会不满意。再说了，我当然也不会蠢到为了自己一时兴起让约翰为难。

我真的开始喜欢上这个大房间了，除了那可恶的墙纸。

从一扇窗可以看见花园——神秘而荫凉的藤架，繁茂的过时花卉，灌木丛，枝干错综的树。

从另外一扇可以看见海港，还有属于这房产的一个小小的私人码头。一条荫蔽的漂亮小径从房子一直通到那里去。我总幻想自己看见人们走在这数不清的小路上，走在藤架下，不过约翰叮嘱过不能给幻想一点儿机会。他说以我的想象力和编故事的习惯，我那神经质的弱点一定会让我陷入无尽的兴奋臆想，他说我得用自己的意志和判断力来检查这个趋势。我尽力吧。

有时候我想，要是我的身体足够支撑我写点儿东西该多好，可以减轻压抑在我心里的念头，那样我就能歇息了。

但我尝试写点儿什么的时候总是累得不行。

我的写作得不到任何建议，也没人陪伴，真叫人灰心。约翰说等我的身体恢复得不错了，我们就邀请亨利和朱莉娅——我的表兄表嫂——来多待一阵儿；但是他说我要是现在就让那些人来刺激我，他就要生气了。

真希望我能好得再快些。

但我绝对不能去想这件事。这张纸看着我，好像它知道琢磨这件事会有多么恶劣的影响似的！

有一小块区域反复出现——图案像断了的脖子一样垂下来，凸鼓鼓的双眼从上往下盯着你看。

它那么离谱又接连不断，让我很生气。它们爬行着，往上，往下，往两边，到处都是那双荒谬可笑、一眨不眨的眼睛。有时候两边没对上，两只眼睛一上一下，高低不一。

我还没见过无生命的东西有这么丰富的表情。大家都知道这些东西表情确实很丰富！我还是小孩子的时候，常常躺在床上看着白墙和简单的家具，那样的乐趣和恐惧比在玩具店里可强多了。

我记得家里以前那只很大的旧衣橱，它的把手会友好地眨眼，还有一把椅子，看上去就像个可靠的朋友。

那时我觉得，要是别的什么东西长得太凶狠，我只要一坐进那张椅子便不会有危险。

不过现在这个房间里的家具最多也就是不够统一而已，因为都是我们从楼下搬上来的。我想是这房间被用作游戏室的时候，他们把原来育儿室的东西都搬走了。难怪呢！我还从来没见过任何破坏有这些孩子干的这么严重！

我之前说过，墙纸被撕成了一片一片，牢牢地粘在墙上，亲密得如同手足兄弟——它们不仅有很强的毅力，一定也怀着深仇大恨。

地板上全是划痕，被凿坏了，裂成一块块的。石膏被挖得到处都是。这张笨重的大床是房间里唯一原有的家具，看上去就像经历了战争一般。

不过地板的问题我根本无所谓——我只介意墙纸。

约翰的妹妹来了。她是个多么惹人喜爱的女孩儿啊！还那么关心我！绝不能让她发现我在写什么。

她是个完美又热心肠的管家，竟然觉得不会有什么工作比这更好了。我坚信她认为我生病的原因就是写作！

但是她不在的时候我就可以写，从窗户老远就能看见她。

从一扇窗户可以远远看见那条盘曲的可爱林荫小道，另一扇可以俯瞰这个村子。村子也很可爱，到处是粗壮的榆树和丝绒般的草坪。

墙纸在另一个亮度下呈现出一种暗纹，这个花纹真是恼人，因为只有在特定光线下才能看见，还看不太清。

但是在没有褪色、阳光也恰好的地方——我看见一个奇怪又恼人的人形，飘忽不定，仿佛在那愚蠢又显眼的前景花纹后面偷偷摸摸地潜行。

他妹妹上楼了！

三

好，国庆日过去了！人们都走了，我也累得不行。约翰觉得有人做伴也许对我有好处，所以我们让妈妈、娜莉和孩子们来住了一周。

当然我什么事都没做。现在一切都由珍妮照料。

不过我还是感到很累。

约翰说如果我不快点儿好起来，秋天他就把我送到威尔·米切尔大夫那儿去。

我可不想去。我有个朋友曾经落到他手上，她说他跟约翰还有我哥哥一模一样，只会更糟！

再说，去这么远的地方也太折腾了。

我感到插手任何事情都没有任何意义，而且变得无比焦虑和暴躁。

我没来由地哭，大部分时候都在哭。

当然有约翰或者别人在场的时候我不会哭，只有独自一人的时候。

而我现在总是一个人待着。约翰常常因为棘手的病例被困在城里，加上珍妮很好心，我想自己待着的时候她就让我一个人。

于是我就在花园里走走，或者沿着那条可爱的小径散步，坐在玫瑰花架下面的长廊里。还有很多时候就在这儿躺着。

我现在真的喜欢起这个房间了，除了墙纸。可能正是因为那墙纸吧。

它在我的脑海里挥之不去！

我躺在这张无法挪动的大床上——我敢肯定它是被钉在地上的——一刻不停地随着花纹移动视线。我向你保证，这和锻炼身体一样有效。这么说吧，我从那边角落的最底端开始，那儿还没被碰过。这是我第一千次下决心非要从那个毫无意义的图案里找出个结论来。

设计原则我多少懂一点儿，我很清楚这玩意儿不是以任何一种辐射排列构成的，也不是交替、重复或者对称，总之不是任何我知道的法则。

当然，每幅之间确实是重复的，但是纵向看就不是这么回事了。

从一个方向看过去，每幅墙纸都是独立的，臃肿的线条和花饰（那是某种患有震颤性谵妄症的粗劣罗马式花纹）上下摇晃颠簸着，形成一根根愚蠢的柱子。

但是从另一个方向，它们在对角线上又连成一道，四处蔓延的线条狂奔在视觉恐惧的斜浪里，如同无数翻滚的海草你追我赶。

整片墙纸横向也呈现出一种纹样，至少似乎是这样，我费了很大的劲儿去弄清它走向的规律。

他们又在装饰带上横着贴了一条，这可是恰到好处地加重了困扰。

房间一端，墙纸几乎完好无损，每当交叉光线黯淡下去、斜阳照在上面时，终于，我几乎臆想起辐射来——那没有止境的怪诞形状似乎围绕着一个同心渐渐成型，然后漫不经心地冲刺、猛栽下去。

跟着它的轨迹真累。我想打个盹儿。

四

我不知道为什么我要写这个。

我不想写。

我觉得没力气写。

而且我知道约翰一定觉得这很荒谬。不过我必须得以某种方式说出我的感受和想法——写出来真的让人宽慰了不少！

但耗费的精力渐渐要超过得到的宽慰了。

现在每天有一半时间我都懒得很，基本都躺着。

约翰说我一定不能消耗体力，他让我服用鳕鱼油还有好多补品，诸如此类，啤酒、葡萄酒和半熟肉就别提了。

亲爱的约翰！他深爱着我，不愿见到我生病。有天我试着跟他理智诚恳地谈谈，告诉他我有多么希望他能让我出门，去拜访表兄亨利和表嫂朱莉娅。

但他说我去不成，就算去了也没法忍受；再加上我自己表现得也不怎么样，因为话还没说完我就哭了起来。

清楚地思考对我来说越来越难了。我想就是这神经质的问题。

亲爱的约翰抱起我走上楼梯，把我放在床上，坐在身边给我读书，直到我感到无聊。

他说我是他心爱的人，是他的慰藉，他的一切，还说为了他我得照顾好自己，保持健康。

他说除了我自己，没有别人可以帮我的忙，我必须用意志和自制力来战胜它，千万别陷入愚蠢的幻想。

欣慰的是，宝宝健康快乐，而且不用住在这育儿室里，成天对着那讨人厌的墙纸。

要是我们不住这儿，那幸福的孩子就得住进来了！真是虎口脱险！因为我无论如何都不愿让我的孩子，让这脆弱的小生命住进这样的房间。

以前我没想过，但我现在觉得约翰让我待在这儿怎么说也是幸运的，你瞧，比起婴儿来说，我对这房间的忍受力可强多了。

当然我再也没跟他们提过这事儿——我太明智了——不过我仍然对这墙纸保持着密切观察。

墙纸里有些东西只有我知道，别人都不知道，也永远不会知道。

表面的图案背后，那些暗影一天天清晰起来。

形状倒总是同一个，只是数量庞大。

这形状看上去，像是一个女人在图案背后匍匐爬行。我一点儿都不喜欢。我想知道……我开始这么想……我多希望约翰能带我走啊！

五

和约翰聊我的病实在太难，因为他是那么聪明，又那么爱我。

不过我昨晚还是试着说了。

一个月夜。月光照亮了房间四处，有如白昼。

有时候我不愿看见月光，它爬得如此之慢，而且总是从这扇或那扇窗户进来。

约翰睡着了，我不想吵醒他，所以我一动不动地看着月光洒在波纹状的墙纸上，直到毛骨悚然的感觉涌上来。

墙纸后的暗影似乎在摇晃着图案，好像她想出来似的。

我蹑手蹑脚地起身，凑近去看看墙纸是不是确实在晃动，等我回到床上的时候，发现约翰醒着。

"怎么了，小姑娘？"他说，"别像刚才那样走来走去——会着凉的。"

我觉得这是个交谈的好时机，就告诉他现在这样对我真的没什么好处，要是他能带我走就好了。

"为什么，亲爱的！"他说，"我们的合同还有三周就到期了，我不知道为什么要在这之前离开。

"家里的修修补补还没结束呢，我也不可能现在就离开城里。当然假如你危在旦夕，我肯定会这么做，但是亲爱的，你真的好多了，不管你自己有没有发现。我是个医生，亲爱的，我很清楚。你长胖了些，脸色好多了，胃口也不错，我对你放心多了。"

"我的体重一点儿也没增加，"我说，"还轻了些。胃口呢，晚上你在这儿的时候或许要好些，但白天你不在的时候可糟得多！"

"上帝保佑她幼小的心灵！"他说着给了我一个拥抱，"只要她愿意，想怎么生病都行！但是为了白天更好过些，咱们还是现在睡觉，明天早上再谈这件事吧！"

"你不准备走吗？"我忧伤地问。

"为什么，亲爱的，我怎么能走呢？只要再过三周我们就可以出去短途旅行几天，到时候珍妮会把房子收拾好。真的亲爱的你好多了！"

"也许只是身体好多了吧——"我刚说一句便打住，因为约翰坐起身一脸严肃地看着我，表情里满是责备，我实在没法接下去说了。

"我亲爱的，"他说，"求求你，为了你自己，也为了我和我们的孩子，永远都不要有那种想法！你这样的性格是最危险、最容易被蛊惑的。这只是错误愚蠢的幻想。你就不能相信我这个医生的话吗？"

于是，理所当然，我没再在这件事上多说，不久我们就躺下睡了。他以为我比他先睡着，但其实我醒着，躺了好几个小时，试图决定前景和背后的图案到底是不是在一起移动。

六

　　白天看起来这样的图案缺乏规律，无视法则，反复刺激正常人的心智。

　　那颜色已经够难看，够不靠谱，也够惹人气愤的了，不过那图案更是折磨。

　　你以为你掌握了规律。但正当你顺利地跟随着那轨迹时，它突然来了个后空翻，就这样。给你一记耳光，把你一击在地，踩在脚下。简直是场噩梦。

　　外面的图案是华丽的阿拉伯式花纹，让人想起某种菌类。如果你想象一朵连在一起的伞菌，无数朵伞菌连成一线，萌芽，生长，无休止地盘曲回旋——怎么着，它就是像这样。

　　确实，有时候是这样！

　　这墙纸尤其罕见的一点在于——这一点除了我似乎没人发现——它会随着光线变化。

　　阳光从东边的窗户直射进来时——我总是守候着那第一缕长长的笔直光线——它变幻得如此之快，我总是难以置信。

　　所以我才一直观察它。

　　月光下呢，有月亮的时候月光整夜都照亮着房间，这时候墙纸完全变了个模样。

　　晚上不管在什么光线下——暮色也好，烛光、灯光也罢，最糟的便是月光——它会变成栅栏状！我是说外面的图案，而它背后的女人变得清晰起来。

　　我好长一段时间没意识到那背后的东西、那模糊的暗纹到底是什么，不过现在我十分确信那是个女人。

　　在日光下她被压抑住了，非常安静。我想着是那图案让她一动不动地待着。真困惑啊，这让我很长时间都保持沉默。

我现在总是躺着。约翰说这对我有好处，还让我尽量多睡觉。

确实，他养成了每顿饭后都要我躺一个小时的习惯。

这习惯糟透了，我觉得，因为你瞧，我根本不睡。

这样一来滋生了欺骗，因为我不会告诉他们我醒着——噢不！

事实是我开始有点儿惧怕约翰了。

有时候他古怪得很，珍妮也会露出一种难以形容的神情。

有时候我突然想到——只是科学假设——也许是墙纸的原因！

我观察过约翰，在他没注意我在看他的时候，有时还以特别无辜的借口突然闯进房间——有好几次他都在看着那墙纸，被我抓个正着！珍妮也一样。有一回我看见珍妮把手放在墙纸上。

她不知道我在房间里，等我用最小最小的声音，礼貌克制地问她这是在干什么时——她转过身来，就像偷东西被抓了现行一样，愤怒地问我为什么要这样吓唬她！

然后她说那墙纸把碰到的东西都弄脏了，她在我和约翰的每件衣服上都发现了黄色污渍，还说希望我们能注意点儿！

听起来是不是很无辜？但是我知道她是在研究那图案，我也下定决心了，除了我之外没人能发现它的秘密！

七

现在的生活可比之前让人兴奋得多。你看，我又有了些可以期盼、指望和观察的东西。我吃得比以前多些，也比以前更安静了。

约翰看到我的改善非常欣慰！有天他笑起来，说尽管有那墙纸在，我还是在健康成长。

我用笑声结束了话题。我才不打算告诉他其实正是因为墙纸的缘故——他肯定会取笑我的，说不定还会要把我带走。

在发现图案的真相之前，我还不想走。还有一周时间，我想应该足够了。

八

我的感觉从来没这么好过！晚上我不怎么睡，因为观察进展实在是很有趣；不过白天我睡得很多。

白天这墙纸不仅烦人还很费解。

那菌类总是长出新芽，被新的黄色覆盖。我非常努力地数还是数不过来。

那黄色极其怪异，墙纸的颜色！让我想起见过的所有黄色的东西——不是像毛茛植物那样美丽的，而是陈旧、腐烂、糟糕的黄色东西。

不过这墙纸还有另一个问题——气味！当初进屋的那一瞬间我就注意到了，不过空气流通很好，阳光也很充足，所以不算糟。而现在一周都是雾气弥漫的阴雨天，不管窗户开没开，那味道都散不掉。

它在整幢房子里四处游走。

它盘旋在餐厅，潜伏在会客室，藏在大厅里，躺在楼梯上等着我。

它跑进我的头发里去。

就连我骑马的时候，只要突然回过头吓它一跳，就能遇上那气味！

而且那味道真怪异！我花了好长时间，试着分析找出它到底像什么。

这气味并不算糟——起初是这样，很温和，微妙至极，什么气味都比不上它那样久久不散。

现在天气这么潮湿，这气味变得令人作呕，我半夜醒来时会发现它悬在头顶半空。

一开始它让我很烦。我真的考虑过烧掉这幢房子——为了消灭这气味。

不过现在我习惯了。我能想到它唯一相像的东西，就是这墙纸的颜色！一种黄色的气味。

这面墙上有个十分有趣的印记，在下方靠近踢脚板的位置。一条满屋子游走的痕迹。它经过每件家具背后，只有床除外，一条细长、笔直、均衡的污迹，仿佛被一遍又一遍地摩擦过。

我想知道这是怎么画上去的，是谁干的，那人为什么要这么做。一圈一圈又一圈……一圈一圈又一圈……我头都晕了！

九

最终我真的有了新发现。

经过晚上的大量观察，当它变化时，我终于看出来了。

外面的图案真的会动——也难怪！是后面那个女人在摇晃它！

有时我觉得后面有好多好多女人，有时只有一个，她迅速地爬来爬去，就是这样爬才导致图案被晃动的。

然后在很亮的地方她就一动不动，而一到阴影里她就抓住栅栏，拼命地摇晃。

而且她一直努力想要爬出来，不过没人能穿过那个图案——它把人勒得死死的。我想这就是它上面有这么多脑袋的原因。

他们一爬过来，那图案就会把他们勒住，倒立过来，让他们翻白眼！

要是那些脑袋都被盖住或者被弄掉，这墙纸也不会这么糟了。

十

我觉得那女人白天会爬出来!

我告诉你原因——悄悄地——因为我见过她!

我能透过任何一扇窗户看见她!

就是同一个女人,我清楚得很,因为她总在地上爬,而大部分女人不会在光天化日之下爬来爬去。

我看见她在那条树荫密布的长长小径上,沿着路来回地爬行;我看见她在那深色葡萄藤架下,在整个花园里爬来爬去。

我看见她在树下,沿着马路爬行,有马车经过的时候就躲到黑莓藤蔓下面去。

我一点儿也不怪她,大白天被发现在爬来爬去,肯定够丢人的。

我白天爬来爬去的时候都会把门锁上。晚上可不行,因为约翰肯定马上会起疑心。

而且约翰现在太古怪了,我可不想刺激他。要是他去别的房间睡就好了!再说除了我自己之外,我不想还有别人发现那女人晚上在外面。

我老在想,是不是能同时从所有的窗户看见她。

但是虽然我尽可能快地转头,还是只能一次从一扇窗户里看见她。

而且虽然我总能看见她,但说不定她爬得比我转身还快呢!

我也远远见过她在旷野迅疾地爬过,就像强风掠过的云影。

十一

要是那表面的花纹可以被弄掉,露出里面就好了!我的意思是可以试试,一点一点地撕掉。

我又发现另一个有意思的事情,不过这回我可不会说出来!太信任别人没什么好处。

离把墙纸弄掉只有两天时间了，我确信约翰已经多少察觉出什么了。我不喜欢他那种眼神。

我还听见他向珍妮问了好多关于我的事情，都是很专业的问题。她汇报得挺好。

她说我白天睡得很多。

约翰知道我晚上睡得不好，即使我那么安静！

他也问了我各种问题，并且装出一副善良又充满爱意的样子。

好像我看不穿他的把戏似的！

不过他有这种举止也不奇怪，毕竟三个月都睡在这张墙纸下面。

虽然只有我对墙纸感兴趣，但我很确信约翰和珍妮无形中也被它影响了。

十二

太棒了！今天是最后一天，不过完全够了。约翰今晚在城里过夜，到晚上之前都会待在家里。

珍妮想和我一起睡——狡猾的东西！但我对她说，一个人睡我肯定会休息得更好。

那挺高明，因为说真的我才不是一个人！一到月亮出来，那个可怜的家伙就开始爬来爬去，摇晃图案，这时候我就起床跑过去帮她。

我扯她晃，我晃她扯……到早上我们已经撕掉了好几平方米的墙纸。

从地上一直到我头顶的高度，半个房间的墙纸都被撕掉了。

然后太阳照进来时，那个恶心透顶的图案开始嘲笑起我来。我发誓今天要把它完成！

我们明天就得走，我的家具又将被搬到楼下去，一切又会恢复原状。

珍妮一脸惊愕地看着墙，但我愉快地告诉她，我这么做纯粹是出于对那个邪恶东西的憎恨。

她笑了起来，说她不介意自己来做，只是我可不能累坏了。

她可真是违心啊！

不过我现在在这里，除了我，没人能碰这墙纸——没有活人！

她想说服我不要待在这个房间——这想法可真妙！但我说这房间现在很安静，空荡荡的，又很干净，所以我想好好躺下尽量多睡会儿，连吃晚饭也别叫醒我——我醒过来会叫他们的。

所以现在她走了，仆人们也走了，屋里的东西也没了，什么都没剩下，除了被死死钉在地上的床架，还有我们刚来时就有的帆布床垫。

今晚我们得睡在楼下，明天乘船回家。

这个房间令我愉快，现在它又空空如也了。

那些孩子在这儿真是蹿上蹿下呀！

床架被啃蚀得不成样子！

不过我必须得开工了。

我已经把门锁好，把钥匙扔到了前门的小路上。

我不想出去，也不想放任何人进来，直到约翰回来为止。

我想让他大吃一惊。

我准备了根绳子，连珍妮也没发现。要是那女人真的爬出来想逃，我可以绑住她！

但我差点儿忘了，不站在什么上面我肯定够不着那么高。

这张床没法移动！

我努力想把它抬起来，又试着去推动，累得我四肢僵痛，然后我气得把床架的一角咬下了一块——可是牙齿却咬疼了。

接着我站在地板上，把够得着的墙纸全都撕了。它牢牢粘在墙上，那图案还很享受呢！所有那些被绞住的脑袋、凸起的眼睛，还有那歪歪扭扭生长的伞菌，都在嘲弄地尖叫！

我已经愤怒到了极点，可以做出不顾一切的事情。跳窗大概会是个令人敬佩的举动，不过那些木条封得太死了，连试都不用试。

再说我也不会这么做。当然不会。我明白得很，迈出那样一步不仅不合规矩，而且容易被误解。

我甚至都不喜欢朝窗外看——外面有那么多女人在爬来爬去，而且爬得那么快。

我在想她们是不是也是从那墙纸里出去的，跟我一样？

不过现在我把自己紧紧拴在了早就藏好的绳子上——你没法把我弄到外面马路上的！

我猜到了晚上还是得回到花纹后面去，不过那可不容易！

能出来真好，在这个房间里我想怎么爬就怎么爬！

我不想到外面去，也不会，即使珍妮要我出去也没戏。

因为外面你得在土地上爬，而且一切都是绿的而不是黄色的。

但在这儿我可以畅通无阻地在地板上爬来爬去，我的肩正好能抵在那条环绕整面墙的长条印记上，所以肯定不会迷路。

怎么约翰会在门口！

没用的，年轻人，你打不开的！

他怎么在大喊大叫，还把门捶得咚咚响！

现在他喊着要斧子。

弄坏那扇漂亮的门就太可惜了！

"约翰，亲爱的！"我用最温柔的声音说道，"钥匙就在楼下前门的阶梯上，盖在芭蕉叶下面！"

这让他安静了一小会儿。

然后他说——确实说得很小声——"把门打开吧，亲爱的！"

"我不能开，"我说，"钥匙就在楼下前门的阶梯上，盖在芭蕉叶下面！"

然后我又温柔缓慢地说了一遍，好几遍，说得他不得不去看看，然后当然他拿到了钥匙，打开门。他顿时在门口怔住了。

"这是怎么回事？"他叫道，"天哪，你在干什么！"

我继续像刚才那样爬着，回过头看着他。

"我终于还是出来了，"我说，"虽然你和珍那样阻止我，是不是？而且我把墙纸差不多都撕光了，你没法把我弄回去了！"

怎么回事，他怎么晕倒了？不过真的，而且正好倒在墙边我要经过的地方，这样一来，我只能每次都从他身上爬过去了！

里昂的婚礼

[奥]斯蒂芬·茨威格 | 姜乙 译

1793年11月12日，针对发动叛乱、终被镇压的里昂城，巴雷尔在法兰西国民议会上发表了极端议案并以强有力的两句话结尾："里昂抵制自由。里昂不复存在。"他提出，暴民之城的全部房屋需夷为平地，城中的所有文物需化为灰烬，城名将被废除。八天来，国民议会对这一彻底摧毁法兰西第二大城市的议案迟迟不予表决。即便是法令签署后，秘密被罗伯斯庇尔认可的国民代表库东，也对这一狂妄的命令心不在焉。他装模作样地将浩浩荡荡的民众纠集到贝勒古广场，用银锤象征性地敲击了那些决定毁掉的房屋，迟疑着，对富丽堂皇的门面不肯下手，而断头机那咯吱作响的闸刀更是鲜见轰隆落下。他意外的温和态度让这座遭受内战、饱受数月残酷围剿的城市从动荡中稍微平定下来。人们开始再次暗抱希望。可是当这位心慈手软的民众领袖被突然召回，取而代之的是身披佩带出现在阿弗朗西城的科洛·德赫布伊斯和富歇时——在共和国的法令中，里昂城从此更名为阿弗朗西——一夜之间，人们原本误以为仅用于恐吓的敕令，变成了严峻的现实。"这里迄今毫无行动。"为了证明自己的爱国热忱，表达对温和前任的质疑，两位新上任的领袖迫不及待地向国民议会汇报，并马上开始了对这项法令的残暴执行。"里昂的刽子手"富歇，未来的

"法则的捍卫者"，贵族赫尔佐格·冯·奥特朗，日后对这段往事不愿忆及。

现在取代榔头的是火药。不再是慢吞吞地敲击，而是成排地炸毁华丽的屋宇。而取代"靠不住，不充分"的断头机则是霰弹，上百名犯人被集体枪决。伴随每天收到的新法令，司法机构的行动变本加厉，手段日益毒辣。他们一天凶似一天的屠杀就像镰刀砍麦穗，乃至尸首多得来不及一一装棺掩埋，就被湍急的罗讷河卷走。几座监狱更是人满为患，早已装不下大量的嫌犯，于是公共建筑的地下室，学校和修道院也用来安置他们。毫无疑问，这只是短暂的安置，因为镰刀很快就会向他们砍来，就连能在同一块草堆上取暖挨过一夜的人都少得可怜。

在这杀戮之月的一天，天气异常寒冷。市政厅地下室里这群待在一起的时间越来越短的不幸之人中，又加入了一群新犯人。中午时分，这些人被挨个带到政府委员面前，仓促地问过话后，命运就成定局。现在，这六十四名死囚，有男有女，混杂地堆坐在弥漫着腐酒味和沼气的拱形地窖的黑暗中。前屋壁炉里的星星火苗，与其说能取暖，倒不如说只给地窖增添了一抹微芒。大部分人都漠然地歪在草垛上，另一些人则在唯一的一张木桌上，借着微弱的烛光匆匆写着遗书。他们知道，他们的命不会比这冰冷的地窖中蓝光盈盈的蜡烛更长。所有人说话都只能压低嗓音，为此街上传来的地雷爆炸声，随之而来的房屋倒塌声，在冰冷安静的地窖中听得一清二楚。可这些遭受重创的人们因为打击来得太过突然，已经完全丧失了感受和思考的能力。黑暗中的大多数人，就像守着自己的坟墓般麻木地蜷缩着，陷入绝望，对一切都无动于衷。

接近晚上七点时，门口突然传来一阵坚实的脚步声。枪托叮当作响，生锈的门闩被打开，发出尖厉刺耳的声音。大家不由惊恐起来：难道最后的时刻已经来临？难道连像那可悲的惯例一样，挨过一夜也不再允许吗？敞开的门中吹来冷风，蜡烛忧郁的光跳跃着，就像要摆脱烛身，一逃了之。人们在这颤抖的光中对未知的一切都充满恐慌。但很快，他们就从诚惶诚恐中平定下来，因为狱卒不过是又带来了一队犯人，有二十来个。这些人未被特别指定位置，就默默地走下楼梯，步入拥挤的地窖。之后，沉重的牢门又被轰然关上。

原先的犯人们并不友好地打量着新人，这种奇怪的不友好乃为人类的天性：人无论在哪里都忙着适应环境。哪怕只是匆匆过客也要感觉惬意，就像这是他们的权利。所以，先来者已情不自禁地把这潮湿的地窖、发霉的草垫，火旁的一席之地当成了自己的私产。而每一个新到的人都是不请自来、瓜分财产的闯入者。反之，新来者也明确地感知到前者那临刑前毫无意义的冷酷敌意。因为——奇怪，他们跟这些同命相怜的人既不打招呼也不交谈，既不要求分用桌子也不要求分得草垫，而是抑郁无言地在角落里蜷缩下来。寂静早已残酷地笼罩了拱顶，而现在，一种由无谓的挑衅带来的压迫感则让地窖显得更为昏暗阴森。

就在这时，一声像是来自其他世界的清脆呼喊打破了寂静。这一明亮而几乎带着哭腔的喊声不由分说，将行尸走肉们从寂静中、消沉中惊醒过来。一个姑娘，刚被带来的囚犯之一，突然不顾一切地一跃而起，像是要跌倒似的向前伸着胳膊，声音颤抖地喊着"罗伯特，罗伯特"，扑向一个年轻人。而那位隔着几个犯人靠在铁窗边的也闻声朝她扑来。马上，两个年轻人就像一团火的两簇熊熊燃烧的火苗般，真挚热烈地身贴身，嘴对嘴，紧紧地拥抱在一起。激动的泪水奔涌而出，打湿了他们彼此的脸颊。他们的啜泣声回荡着，就像是发自同一个爆破的咽喉。稍事喘息后，他们才意识到这一切是多么令人难以置信，不由陷入极度的恐惧之中。但马上，他们就更加热烈地再次抱住对方，上气不接下气地哭着，抽噎着，诉说着，叫嚷着，完全沉醉在无尽的情感中旁若无人。难友们十分惊讶地骚动起来，凑向他们。

原来姑娘和这位罗伯特·德·L,市政高官的儿子,自幼青梅竹马,几个月前刚刚订婚。教堂里已经张贴了他们的结婚告示。可他们婚礼的日子却正是议会的军队进攻里昂城那血腥的一天。姑娘的未婚夫奉命在佩希将军的队伍里和共和国的军队作战,他有责任陪同保皇党进行殊死突围。几个星期以来,未婚夫音信全无,姑娘开始暗自盼着他已幸运地越过边境,抵达瑞士。可突然,市政文员却告诉她,他躲在一个村里,被密探揭发,昨日已经被押送革命法庭。勇敢的姑娘一听说未婚夫被俘,无疑会被判处死刑,马上做出了常人完全不可能做到的事。她以女人在危机时刻,天性中迸发出的令人费解的能量,亲自闯到难于接近的人民代表身边,为她的未婚夫求情。她跪在科洛·德布瓦脚下,后者却生硬地回绝了她,并表示绝不宽恕叛徒。接着她又一刻不停地找到富歇,此人的冷酷不比德布瓦少几分,内心却更为狡诈。他看着这位绝望的姑娘,本来心生同情,但为了遏制自己的感情,他谎称他很愿意为她的未婚夫伸出援手。可就在这时,这个谎话连篇的家伙却透过手柄眼镜,向一张无关紧要的纸上瞥了一眼,他看见今天上午罗伯特·德·L……似乎已在勃罗托的田野上被枪决。这个诡计多端之人完全把姑娘蒙骗了:她马上相信她的未婚夫已经死去。可她却并没有沉溺于女性那无助的痛苦之中,而是扯下头上的徽章,扔在地上,一脚踏上去。她已将生命置之度外。她大声叫嚷着,声音穿过所有敞开的房门。她骂富歇和那些匆忙赶来的手下全是卑鄙的嗜血鬼、刽子手和阴险的罪犯。还没等士兵们把她捆绑起来拖出房间,她就听见富歇在向他的麻脸秘书口授她的拘捕令。

这位刚烈的姑娘几乎是愉快地向周围的人讲述着——她根本不在意这一切。相反,一想到马上就能追随她死去的未婚夫,巨大的满足感就充满她的身心,强烈的赴死的愿望愉悦地激荡着她。审讯时她没有回答任何问题。是的,甚至当看守将她和后来的犯人们一起推进监牢,她也不为所动。这个世界上还有什么值得留恋?她的心上人已死，而她正在通向死亡的道路上幸福地靠近他。就这样，她漠然地坐在角落里，直至她几乎适应了黑暗的双眼注意到那个与众不同的青年。他靠在窗口沉思着，他那眺望的神情和她的爱人何其相像！她极力克制自己屈服于那毫无意义的虚妄的渴望，却不由自主地站起身来。就在这一刻，那个青年走近了烛光。她真不明白——即便事后说起，她依旧颤栗不已——她为何没在那心惊肉跳的瞬间死去。因为她清楚地感觉到，当她突然看见本以为死去的未婚夫活生生地出现在她面前时，她的心脏行将跳出胸腔！姑娘飞快而匆忙地讲着，她的手一刻不松地紧握着爱人的手，就像对眼下发生的事依旧无从把握。她依偎着他，不住地拥抱他。这动人的一幕，这对年轻人表现的真挚亲密，以奇妙的方式震撼了在场的难友。这些刚才还麻木、疲惫、冷漠而紧锁心扉的人，现在热情洋溢地簇拥着这对奇特地结合在一起的爱侣。他们特殊的遭遇让大家忘记了自己的命运，每个人都蠢蠢欲动着想跟他们说几句赞赏甚至同情的话，但这位热情的姑娘却以她那欣喜的自豪感拒绝任何怜悯。不，她是幸福的。一种纯粹的幸福。她说。因为她知道，她将和她的爱人死在一起，谁也不必为对方哀戚。只是她还有唯一的遗憾：她不得不带着她娘家的姓，而不是作为他婚配的妻子，同他一道荣归主怀。

她无心又质朴地说着，似乎刚一说完，就已经全部忘记。她不住地依偎着、拥抱着她的爱人，根本没觉察到，一位被她的愿望深深打动的罗伯特的战友，已经小心翼翼地溜到一旁，开始和一位年长的男子轻声耳语。他似乎说了些重要的话，乃至对方马上走向这对情侣，对他们说，他打扮成农民的模样，是为了让人辨认不出他是位来自图尔农的拒绝宣誓的神父。他因人告密而被捕。尽管他现在没有神父的常服，但他对他的神职和他作为神父的权利从未倦怠。既然他俩的结婚公告已经宣布，而他们的判决又让婚礼刻不容缓，那么他愿意冒险，马上满足他们绝对正当的愿望。此刻，这里所有的难友和无处不在的天主将见证他们结为夫妻。

年轻的姑娘为自己再次实现了本不可能实现的愿望而惊诧不已，她疑惑地望向她的未婚夫，而对方则以灿烂耀人的目光作答。于是姑娘屈身跪在坚硬的石地上，亲吻了神父的手并请求他就在这并不相称的地方为他们举行婚礼，因为她感到此刻她纯洁的思想已完全被神圣占据。而那些听说这阴郁的死牢将瞬间变为教堂的人则深受震撼，他们情不自禁地被新娘的激情感染，赶紧分头忙碌起来，以拼命掩饰自己激动的心情。男人们摆好了为数不多的几把椅子，将蜡烛在一个铁制圣像旁摆成笔直的一排，并把那张桌子布置得形似祭台。女人们则赶紧用仅有的几朵她们入狱时，路上的好心人递到她们手上的花，编成一个细小的花环，戴在姑娘头上。其间，神父将一对新人带进了邻室，先为他，再为她办了告解。等两人走向临时的祭台时，室内顿时肃然无声。这时，门外的看守见狱内一时毫无动静，以为发生了什么可疑之事，突然打开牢门，走了进来。他意识到室内正预备着一件特殊之事，黝黑的农民面孔不禁严肃和敬畏起来。他没有打断他们，而是站在原地，成了这场非凡婚礼的沉默的见证人。

神父走到桌前，简短地宣讲道：教堂和祭台存在于人们愿意谦卑地在上帝面前结合的任何地方。说罢，他跪下身来，所有在场的人也跟着跪了下来。室内安静得连微弱的烛火也纹丝不动。接着，神父在一片肃穆中问，两人是否愿意生死与共。他们坚定地回答："生死与共。"这个"死"字，刚才还令人心惊胆战，此刻却不再恐怖，而是清晰嘹亮地回荡在寂静的室内。最后，神父将两双手叠放在一起，庄严地说道："现在，我以圣父、圣子、圣灵之名宣布你们正式结为夫妻。"

就这样，婚配仪式结束。新婚夫妇亲吻了神父的手。犯人们则一个个拥上来，每人说了句发自肺腑的话。这一刻没有人再想到死，即便是感觉到死的人，也不再感到恐惧。

这时，婚礼上做证婚人的那位朋友又和另外几位轻声低语起来，很快，他们就又重新开始忙起了特别的事。男人们把草袋从邻室一件一件搬来。新婚夫妇没有任何察觉，他们依旧沉醉在梦幻的婚礼上。当那位朋友走向他们并微笑着告知，他和难友们很想在他们的新婚之日赠送一件礼物，可是性命难保的人哪来什么尘世的礼物可以馈赠，所以他们只想将一件能让新婚夫妇高兴又觉得珍贵的礼物赠予他们，那就是让他们安静地单独度过这新婚之夜，这最后一夜。他们宁愿挪到外屋，挤在一起，也要腾空这间小室，好让它完全属于他们俩。"利用这有限的时间。生命一去不返。在这样的时刻还能拥有爱情的人，当好好享受它。"

姑娘羞得满脸通红，一直红到发根。她丈夫却注视着朋友的眼睛并感激地握紧他兄弟般的手。他们什么都没说，只是沉默地互相凝视着。于是，并没有人调动，男人们就自动排在新郎身边，女人们排在新娘身边，庄重地举着蜡烛，护送他们进入这从死神手中借来的陋室。由于内心满溢的同情，这些人竟下意识地运用起了最古老的婚礼习俗。

轻轻地，他们在新婚夫妇身后关上房门。没有人对他俩即将度过的新婚之夜说一句失礼的话，或开一个不洁的玩笑。因为自从他们知道，他们对自己的命运无能为力，却能赠予他人一些幸福后，神圣感便无声地弥漫在他们中间。而在他们的内心深处，则无人不对这场令他们暂时忘却自己那不可避免的结局的婚礼充满感激。于是他们分头躺在黑暗中的草垫上，或梦或醒，直至天明。在这间拥挤得透不过气的牢房，难得响起一声叹息。

第二天早上，当士兵们进来准备把这八十四名囚徒带上刑场时，发现这些人均已醒来，准备就绪。只是新婚夫妇的那间房内仍旧寂静无声：甚至连枪托的撞击声也没能把他们从疲惫中唤醒。婚礼的傧相赶紧轻手轻脚地推门进去，以免刽子手粗暴的叫喊吵醒这对幸福的人。他们正躺着，轻轻相拥，新娘的手似乎忘记了从新郎的脖颈下抽出。这位好心的朋友不忍搅乱他们的平静，因为即使在深沉的睡梦中，他们的脸上仍旧洋溢着幸福和陶醉的神采。但他不能迟疑，得赶紧叫醒他们，提醒他们时候已到。他推了推他，新郎恍惚地睁开双眼，却马上清醒过来。他温柔地将新娘扶起。而她却像个孩子，惊吓着在这突如其来的冰冷现实面前醒来。接着，她却马上微笑起来，默契地对他说："我已经准备好了。"

大家都不由自主地为这对牵手的恋人让路。他们就这样走在了这队迈向死亡的犯人的前列。尽管每日押送刑场那不幸的队伍早已令人熟视无睹，但今天，人们却错愕地目送着他们。因为走在前面的两人，一位青年军官，一位头戴新娘花环的姑娘，浑身散发着非比寻常的喜乐，甚至就像迈向天堂，即便是麻木的心灵也对这其中蕴含的崇高秘密充满敬重。而其他人也不像平日的死囚那般脚步踉跄，跌跌撞撞，而是心怀坚定的信念走向刑场，目光如炬地紧盯着队首那两位曾经三次实现了不可能实现的愿望之人。在这两个幸福的人身上，想必仍会再次发生奇迹。这最后的奇迹，必定会挽救他们走出必死的绝境。

然而生活中奇事虽多，真正的奇迹却少：里昂城中每日发生的事情还是发生了。死囚们被带过大桥，到达勃罗托那片泥泞的田野。早已等在那里的十二队步兵，每三支枪瞄向一人。囚犯们被排成一列。随着子弹连发，他们应声倒下。接着，士兵们就把血淋淋的尸体扔进了罗讷河。罗讷河湍急的河水无情地将这些无名士的尸体连同他们的命运一道冲向远方。只有那新娘的花环，轻盈地挣脱了即将沉没之人的头顶。它失控又异样地在奔流的河面上漂浮着，最终和那段记忆，和那个摆脱了死神之唇的值得纪念的爱之夜一起，消失得无影无踪。

看不见的藏品

——一段德国通货膨胀时期[1]的插曲

[奥]斯蒂芬·茨威格 | 姜乙 译

德累斯顿再往后两站，我们的车厢里上来一位老先生。他客气地向大家打过招呼后，又再次像个老熟人似的朝我点头致意。我一下子记不起他是谁，但当他微笑着道出他的姓名时，我马上想起来：他是柏林有名的艺术品古董商。和平年代[2]时，我常光顾他的店，转转，买些旧书和手稿。我们聊了会儿无关紧要的事情后，他突然意外地说：

"我得跟您讲讲我从哪儿来。这件事太奇特，我这个老艺术品商贩，干了三十七年，还从未遇到过。您大概也清楚，现在艺术品交易的状况。自打钞票贬值的速度快得像煤气挥发，暴发户们突然热衷于圣母像、古版书和旧铜版画。卖给他们多少，他们都不满足。我们甚至得提防他们将店铺一抢而空。他们恨不得把袖子上的袖扣和桌上的台灯买走。所以，现在最紧要的是不断进货——请原谅，我突然管这些我们平日敬畏的东西叫作货，但这帮家伙叫人习惯了拿多少多少美

---

1. 即20世纪20年代至30年代。
2. 第一次世界大战前。

金来掂量一部上乘的威尼斯古版书，也习惯了把圭尔奇诺[1]的手绘看作几百法郎的化身。这些突如其来的抢购狂鲁莽的入侵让人无从招架。这不，一夜之间我又被买空，恨不得关店。真让人羞愧，我们这家我父亲从我祖父手里继承的老店，现在只剩下些寒碜的破烂货。以前，这些东西连北方推车的小贩都不要。

"窘迫之下，我想再翻翻旧账簿，查查老主顾，说不定我还能从他们手上搞到些赝品。这种老主顾名单总是像片墓地，特别是现在这个时候，对我没太大用处。那些以前的买主，大部分人要么早已不得不将财产当给了拍卖行，要么已经过世。撑得住的少数几人，也不能对他们抱什么希望。可是这时，我却突然发现了一捆信，大概是最早的一位老主顾写来的。我已经把这人忘了。因为自从1914年战争爆发以来，他再也没跟我们订过货或询问过什么事情。信件往来——毫不夸张，可以追溯到六十年前。他曾经在我父亲和祖父手里买过东西，但我毫无印象。在我经营的这三十七年里，他从没来过。总之，很明显，他是个奇特人物。古怪，老派，一个消逝的门策尔或斯比茨维克[2]笔下的德国人。这样的人到了我们这个年代已经极少，作为稀罕物，在一些外省小城还零星生活着几位。他的字迹堪称书法，写得工工整整。金额下面都用尺子打着红线，款项都写两遍，以免出错。这还不算，他居然用来信裁下来的空白纸边儿或用信封背面写信。一看就是个不可救药的节俭的乡巴佬。在这些奇怪的信件落款处，他不只签了名，还写上一串头衔：'退休林务官及财经顾问、退休少尉、一级铁十字勋章获得者'。这个19世纪70年代的老兵如果还活着，起码八十岁。可就是这个怪人，这个节俭成癖的人，作为一个古版画收藏家，却拥有非凡的才智、精准的知识和高雅的鉴赏力。我慢慢整理了他

---

1. 意大利画家。
2. 两位均为德国画家。

六十年来的订单，其中第一单还是用银币计价。我确信，这个不起眼的外省人在那个年代，那个一个塔勒[1]能买一堆最精美的德国木雕的年代，肯定已经悄悄攒了一批古版画。这批藏品和暴发户们花大价钱收藏的那些名气很响的作品相比毫不逊色。在过去的半个世纪，仅就他在我们店里花几个马克、几个芬尼买下的东西，如今已是价格不菲。此外可以想见，他在拍卖行或其他商人手里也没少攒货。不管怎样，1914年以来，我们没再收到过他寄来的订单。我对古董市场的交易可是十分熟悉，大宗的公开拍卖或私下交易都不会瞒过我，所以说这位奇人要么还活着，要么这批藏品仍在他的继承人手上。

"这事激起了我的兴致。第二天，也就是昨天晚上，我立即出发，直奔那个在萨克森[2]触目皆是破败的小城。出了火车站，我沿着主街漫步。简直难以置信，在这里，在四处遍布的这些俗气乏味的小市民气十足的房子当中的某一间里，居然住着一位拥有伦勃朗的精美画幅、丢勒和曼特尼亚的全套版画的人。我先是到邮局打听，这里是否住着一位叫这个名字的退休林务官兼财经顾问。我居然意外地听说这位老先生还活着。这让我——老实讲，心跳加速——于是我中午前就动身去找他。

"我不费力气就找到他的住处。他住在一所普通又简陋的房子的三层。这种房子都是由19世纪60年代那些只会砌墙的投机建筑师仓促堆砌而成的。二楼住着一位老实的裁缝。三楼左侧光亮的名牌上写着邮局局长的名字，而在右侧的景泰蓝牌子上，我终于见到了这位林务官兼财经顾问的名字。我谨慎地拉了门铃，随后马上出来一位白发老太太，头上戴着一顶干净的小黑帽。我递上名片问，是否能求见林务官先生。她惊讶而疑惑地看着我，接着看我的名片。在这座与世隔绝的

---

1. 德国旧银币。
2. 德国东部一州。

小城，在这幢老房子里，有客人从外头来，显然是件大事。她和蔼地让我稍等，拿着我的名片进了屋。我听见她在屋里低语，接着听见一个洪亮的男声：'啊，R先生……柏林的，那家大古董店的……请进，让他进来……我很高兴！'这时，老妇人已经小跑着重新回来，请我进屋。

"我脱帽进屋。简朴的起居室中间，笔挺地站着一位高龄却健硕的老人。他蓄着浓密的髭须，穿着镶边儿的半军装式居家便服。他向我亲切地伸出双手。可这坦诚的问候手势所表达的明显的喜悦与友好，却似乎跟他那种奇怪的呆立姿态有些矛盾。他一步也没向我走来，我只好——觉着有些别扭——凑上前去和他握手。可等我要握他的手时，却发现他那两只手伸着，一动不动。它们不是伸向我，而是等着我的手去握。我立即明白了：这人是个瞎子。

"我从小遇见瞎子就感觉不适。我明明知道他们是活生生的人，可我同时也知道，他对我的感受，不像我对他的感受。这总让我心生愧疚，感到难堪。这一刻，当我看见他翘起的白眉毛下那双了无生气，呆滞地望向空无的眼睛时，我必须克服我最初的惊恐。可这位盲人却并没让我感到太久的不习惯。我的手一碰到他的手，他就猛地握住，并重新以狂风暴雨般高声而热烈的方式问好。'稀客啊！'他满面笑容地对着我，'简直是个奇迹！柏林的大人物光临寒舍……做大买卖的上了火车，这可得当心啊……我们这里有句俗话：'吉卜赛人来了，要把好门，抓牢钱袋……'是啊，我可以想象您为什么来找我……现在，在我们贫穷而衰败的德国，生意难做，没有买主，于是大老板们又想起了他们的老主顾，出来找他们的羊群……不过在我这儿，我担心您交不到什么好运。我们这些可怜的老退休人员，能有口面包吃就不错了。你们现在疯抬物价，我们可奉陪不起……我们这种人是彻底退出江湖了。'

"我马上做出解释，他误会了，我不是来卖东西的。我是刚好路过这里，不想错过机会，来拜访一下我们店里的老主顾和德国最伟大的收藏家之一。我刚一说出'德国最伟大的收藏家之一',老人的脸立即发生了奇妙的变化。他依然呆立在屋子中间,但脸上却突然绽放神采,表现出发自内心的自豪。他转向他猜测的他妻子的方向,仿佛在说:'听着了吗!'接着,他转向我,声音和善、仁慈,甚至温柔,一点儿没有刚才粗鲁的军人腔:'您简直太好了……不过您也别白跑一趟,我让您看些您平日见不到的东西。哪怕是在阔气的柏林……几幅在阿尔贝蒂娜[1]和该死的巴黎都见不到的上品……没错,收藏了六十来年,总得有些各式各样的东西。这些东西可不会摆在大街上。路易丝,把柜子的钥匙拿来!'

"可这时出乎意料,站在一旁始终微笑着、亲切地听我们交谈的老太太突然恳求地对我摆起了手,同时,她的头部还做出强烈反对的姿态。我起先不大明白。接着她走向她丈夫,双手轻轻地放在他的肩膀上。'赫尔瓦特,'她提醒道,'你也不问问先生现在是否有空看那些藏品。马上就中午了,午饭后你还得休息一小时,这可是医生一再叮嘱的。要是下午再请这位先生来看,再一起喝杯咖啡不是更好?那时安娜玛丽也在,她比我在行,还能帮上忙!'

"她话音刚落,就又忙着越过那位丝毫未起疑心的人,向我做出哀求的手势。现在我懂了,她希望我拒绝马上参观。于是我迅速借口说,我午饭约了人。对于我来说,能看到他的藏品,是件乐事,也是荣幸。可现在得等到下午三点,那么我愿意再来。

"就像一个被夺走心爱玩具的孩子,老人生起气来。'当然,'他转了个身,嘟囔着,'柏林的大人物从来都没空儿。但这次,您得抽点儿时间。因为这可不是三幅五幅的,我要给您看的是二十七套。每套都是一位大师的藏品。每套都是满的。那么三点钟,您可得准时,否则我们看不完。'

---

1. 维也纳阿尔贝蒂娜博物馆。

"他再次将手伸向我。'当心,您可能会高兴——也可能会恼火。而您越是恼火我就越高兴。我们收藏家就是这样,所有的都是我们自己的,不留给别人!'他又使劲儿握了握我的手。老太太送我出门。我早就注意到她一直惴惴不安,既羞愧又恐慌。快到门口时,她结巴着低声道:'可以……可以……可以让我女儿安娜玛丽在您来之前去接您吗?……由于……由于一些原因……这样安排会好些……您是在旅馆用饭吗?'

"'是的,我很高兴,这是我的荣幸。'我说。

"果然,一小时后,市集广场边的旅馆餐厅里,我刚吃完午饭,进来一位老姑娘。她衣着朴素,一看就是找人。于是我走上去,向她自我介绍后告诉她,我马上可以跟她一起去看藏品。可是她却唰地一下子红了脸,尴尬慌张得就像她母亲。她问我能不能先听她说几句话。我马上发现她很为难。她总是刚一鼓足勇气讲话就手搓衣襟,脸上那不安又飘忽的红晕一直蹿到额头。终于,她不知所措地支吾着开了口:

"'我母亲让我来找您……她都跟我说了……我们有一个请求……我们想在您去见我父亲前告诉您……父亲当然想给您看他的收藏,但这些藏品……藏品……已经不全了……缺了不少……很不幸缺了很多……'

"说着,她不得不大喘一口气。接着,她看着我,急速地说:

"'我必须非常坦率地跟您谈谈……您了解时势,一切都能理解……我父亲的视力过去就常出毛病。战争爆发后,他情绪激动,双目完全失明——尽管他当时已经七十六岁,可他还打算从军,去法国参战。当军队没能像1870年那样挺进时,他气得要命,视力一天不如一天。不过除了失明,他身体很硬朗。一直到不久前,他还能一口气走上几小时,甚至去打猎,那也是他的爱好。可现在他都没法出门散步。他唯一的乐趣是每天看他的藏品……我的意思是,他看不见,他已经什么都看不见了,但他每天下午会把所有的画夹拿出来摸一摸,挨张地摸,按同样的次序。几十年下来,他了如指掌……现在他对什么都没兴趣,除了拍卖信息。我必须给他读报,价格涨得越高他越高兴……因为……可怕的是,父亲对物价和时势已经一无所知……他不知道我们失去了一切。他每月的退休金连两天都不够活……再加上我妹夫阵亡,剩下我妹妹带着四个孩子……可父亲对我们物质上的困难毫不知情。最初我们节省,再节省,可怎么省都无济于事。接着我们开始变卖——我们当然不碰他的藏品……我们只卖了首饰,可是,天啊,那简直少得可怜!我父亲在过去六十年间,把省下来的每分钱都用在收藏上。就这样,终于有一天我们什么都没有了……真不知该怎么活下去……这时……这时……我母亲和我就卖了一幅画。父亲当然不会允许。他不了解我们的处境有多糟。他根本不能想象在黑市上弄点粮食多难。他更不知道德国打了败仗,阿尔萨斯和洛林已经沦陷。我们读报时不再给他读这些消息,以免他激动。

"'我们卖掉的是一幅伦勃朗的铜版画,十分珍贵。商人出了好几千马克。本来我们以为可以用这些钱维持几年的生活,可是您知道,钱贬值得……我们把剩下的钱存进银行,但两个月后就一文不值。我们只好再卖一张,又卖一张。商人总是迟迟付钱,以至于等钱到手,已经贬值。后来我们试着去拍卖,可是就算他们出价几百万,我们还是上当受骗……而等这几百万到手时,又变成了一堆没用的废纸。就这样,为了勉强维持艰难的生活,我们把我父亲最好的几件藏品,甚至几幅名画都慢慢卖掉了。父亲什么都不知道。

"'所以今天您一来,我母亲吓坏了……因为一旦他给您展示藏品,一切就败露了……镶画的旧纸板,我父亲一摸便知里头是什么。我们在里面放了些印刷品或类似的纸,代替那些变卖的真品。这样他就摸不出来。只要他还能摸着、数着,顺序他都记得一清二楚,他就会像从前亲眼看见那些作品时一样高兴。平时,在这座小城里,我父亲认为没人有资格看他的宝贝……他狂热地爱着每幅画。我相信，如果他知道他每天抚摸的画早就失散了，他一定会心碎。自从德累斯顿铜版画馆早年的馆长去世后，这么多年来，您是第一位他愿意给您看画的人，所以我请求您……'

"突然，这个老姑娘眼中闪着泪光，举起双手……

"'我们求您……别让他难过，别让我们难过……别毁了他最后的幻象。帮帮我们，让他相信他向您描述的这些画依然存在……如果他有所察觉，他肯定活不下去。也许我们做了件对他不公平的事，但我们也是走投无路：人总要活命……而人命，我妹妹那四个孩子的命总比那些印刷的画幅重要……我们至今从未夺走他的快乐。他是幸福的。每天下午他都花三小时翻弄他的画夹，跟每幅画讲话。而今天……今天可能是他最幸福的一天。多年来，他就盼着向懂行的人展示他的宝贝。求您了……我举双手求您，别毁了他的幸福！'

"她这番话说得那么动情，我的复述根本无法再现。天哪，我们商人见过太多被人卑鄙地洗劫一空，被通货膨胀糟蹋得倾家荡产的人，这些人为了一片面包就被骗走了家里的百年藏品——但这回，命运创造得有些奇特，我格外激动。我二话没说，答应她会守口如瓶，尽力配合。

"我们一起往她家走——一路上，我又气愤地听说这个可怜无知的女人被人用多么便宜的价钱骗走了东西，就更坚定了尽量帮忙的决心。我们上了楼，刚推开门，就听见起居室里传来老人喜悦的嚷嚷声：'进来！进来！'凭着盲人敏锐的听觉，他一定已经听见了我们上楼的脚步声。

"'赫尔瓦特着急给您看他的宝贝，中午都睡不着觉。'老太太笑着跟我说。她女儿只使了个眼色就让她知道了我完全同意帮忙，不必担心。桌子上摊着一大堆等人翻弄的画夹。没什么寒暄，盲人一碰到我的手就一把抓住我的胳膊，把我按在座椅上。

"'好,我们马上可以开始!——东西太多,而柏林来的先生又老是没空儿!这第一个夹子里是大师丢勒的作品。您将看到,收藏相当完整——而且一幅比一幅美。喏,您可以自己评判,您看看!'说着他打开画夹里的第一张,'这张是《大马图》。'

"他轻柔小心地用指尖从画夹中取出一张嵌了发黄白纸的硬纸板,就像拿起一件易碎品。他兴奋地举起这张一文不值的废纸看了足足几分钟,尽管他什么都没看见。可他醉心地把这张白纸大模大样地举到眼前时,他的整张脸却不可思议地绽放出一个只有看得见的人才有的神采。他那没有生命的眸子,发直暗淡的双眼不知是因为白纸反光,还是因为他发自内心的喜悦——闪耀着智慧的光芒。

"'怎么样,'他自豪地说,'您见过比这更美的复印画吗?多么清晰,每个细节都清晰可辨——我曾经比较过我这张和德累斯顿那张复印画,德累斯顿那张十分寡淡。再看看它的来源!这儿'——说着,他准确地用指甲指着白纸的某处,我不禁望过去,看看是否那里真有印章——'您看,这是那格勒的藏品印章,这是雷米和艾斯代勒的印章。这些杰出的收藏家不会想到,他们之前的藏品现在跑到了我这间陋室。'

"看着这个毫不疑心的人热情地夸耀一张白纸,我后背直冒凉意。当他的指甲毫厘不差地指着只存在于他想象中的看不见的收藏印章时,我简直像活见了鬼。我吓得嗓子眼儿发堵,不知如何作答。但当我慌张地望向那两个女人,看见老太太激动得直哆嗦,正举着双手恳求我时,我赶紧镇定下来,开始了我的表演:

"'太罕见了!'我终于结巴着说,'真是一幅绝妙的作品!'老人马上一脸自豪。'这可算不得什么。'他得意地说,'您得再先看看这幅《忧郁》,或看看这幅《基督受难》,精良的作品。这种品质的画,极少有第二份。您看这儿——'说着,他又用他的手指温柔地抚摸起他想象中的画——'这精气神儿,这笔触,这温暖的色调。

这些画会让柏林所有的老板和博物馆专家们震惊。'

"就这样，他滔滔不绝、趾高气扬地讲了足足两小时。唉，我没法跟您描述这有多么恐怖：跟他一起看了一百还是两百张白纸，以及粗鄙的复制品。那些真品真实地存在于这个不幸的毫不猜疑的人的记忆中，以至于他能丝毫不差地一张张夸赞和描述每幅画的细节。这些看不见的藏品早已随风而逝，但它们对于这个盲人，这个感人的受骗者来说，依然真实存在。他那由幻象引发的激情如此扣人心弦，以致我都差点开始相信它们的存在。只有一次险情，差点儿可怕地粉碎这位梦游者无忧的观赏热情：他当时正拿着伦勃朗的《安提俄珀》，一幅试印品，过去确实极为昂贵，一边夸赞印刷的清晰，一边用他那神经敏锐的指头钟爱地顺着印刷线抚摩。可他那训练有素的触觉却在这陌生的纸上没有捕捉到凹痕，于是突然，阴霾笼罩了他的额头，他慌张地说：'这不是……这不是《安提俄珀》吗？'他喃喃自语，不知所措。于是我马上出手，赶紧从他手中拿过这幅镶框的画，热情地描绘起我熟知的这幅铜版画上的一切细节。盲人那张无措的脸松弛下来。而我越是夸赞，这个乖僻老朽的男人越是由衷地快活，越是表现出一种纯粹的赤诚。这可是懂行的人说的话！他欢叫着，胜利地转向他的妻女：'总算，总算来了个行家，你们也来听听，我的这些画多值钱。你们总是怀疑地责备我把所有的钱都投到我的收藏上。这倒是真的，六十年来，我啤酒红酒都不喝，也不抽烟不旅行，不看戏不买书，为了买画不停地省啊省。但你们早晚会看到，等我不在人世时——你们可就发了，比城里所有人都有钱，就像那些德累斯顿的大富翁。那时你们会为我干的蠢事感到高兴。但只要我活着，这些画一幅也别想拿出这幢房子……你们得先把我抬出去，再动我的藏品。'

"说着，他温柔地抚摸那早就空荡荡的画夹，就像抚摸一些有生命的东西——对我来说，这场景既骇人又动人。在战争年代，我还从未在一个德国人脸上看到过如此彻底而纯粹的幸福。他身边站着的女人们,跟那位德国大师[1]的铜版画上的妇女们神秘地相像:那些来瞻仰救主坟墓的妇女,矗立在敞开的空无一物的墓穴前,既惊恐,又带着虔敬和狂喜。就像画上被圣灵感动的女圣徒,这两个衰老、沧桑而贫苦的小市民阶层妇女,脸上洋溢着老人脸上那天真烂漫的喜悦,一边笑,一边流泪。这震撼人心的场面我还从未见过。可是老人似乎听我的夸奖听不够,他一而再再而三地翻弄画夹里的画,如饥似渴地听着我说的每句话。终于,当这些虚构的画夹被推到一边,他不得不为咖啡而腾空桌子时,我才放松下来。可我这罪过的放松哪敌得过他那高涨而亢奋的好心情,哪敌得过这个像年轻了三十岁般的男人的忘乎所以!他喋喋不休地讲着上千件淘宝趣事,一再摸索着——拒绝任何帮助——站起身来,抽出一张画幅,再抽出一张,像喝了酒似的得意忘形。当我总算说出我必须告辞时,他简直无法接受,气得像个执拗的孩子,倔强地跺起了脚:'这可不行。一半还没看完哪。'两个女人费了半天劲才让这个固执又恼火的老头明白,他不能再挽留我了,否则我就赶不上火车。

"终于,经过绝望的抵抗,他顺服下来,开始和我道别。他的声音十分温和。他握着我的双手。他的手以一个盲人全部的表现力沿着我的手直到手腕,爱抚着,就像希望更多地了解我,并向我表达更多言辞难以表达的爱意。'您的来访为我带来了极大的、极大的快乐。'他带着发自内心的颤抖的热情说出了我永生难忘的话,'这对我来说是一种真正的善举。终于,终于,我又能和一位行家一起浏览我心爱的藏画!您将会看到,您不会白来看我这个又老又瞎的人。我承诺您,我妻子在这儿作证,我将在我的遗嘱中附加一条,由您那久经考验的老店承担我藏品的拍卖。您应当享有管理这批不为人知的珍宝的荣耀。'说着,他又慈爱地将手放在那空空如也的画夹上——

---

1. 指丢勒。

'一直管理到它们四散在世界各地的一天。请您答应我，做一个漂亮的藏品编目，它将是我最好的墓碑，我别无所求。'

"我望向他妻子和女儿，她们紧紧地靠着，时常，一阵颤栗从一个人身上传到另一个人身上。她们俩就像连体，在同一种冲击下一齐颤抖。而我自己，则因为这位令人感动的充满信任的人将他那看不见的、早已荡然无存的藏品像宝贝一样托付给我而感到庄重。我激动地答应他去照办这桩永远无法履行的事。又一次，他了无生气的双眸闪过光明。我觉察到他内心是多么渴望感受到我的存在。我从他的温柔亲切中，从他带着谢意和誓言，紧握着我的双手中，感受到他的渴望。

"两个女人送我到了门口。她们不敢说话，因为他敏锐的听觉什么都能捕捉到。但她们的眼泪是多么灼热，她们望着我的盈盈目光中流淌着多么饱满的感激之情！恍恍惚惚地，我下了楼，内心却感到羞愧。我像个童话里的天使般降临到一户穷人家，让一个瞎子见到了一小时的光明，而我的相助仪式是虔诚的欺术和无耻的谎言。我，事实上是个卑鄙的商贩，为了狡猾地猎取几件值钱的东西前来。可我得到的却多得多。在这个沉闷阴郁的年代，我再次真正地感受到一种纯洁的热情，一种我们这些人早已荒疏的对艺术纯粹的痴迷。我心里充满——我无法用其他语言表达——敬畏的情感，尽管我不知为什么，仍感到羞愧。

"我已走在街上，上面的窗子当啷一声，我听见有人叫我的名字。确实，老人不听劝阻，要用他失明的双眼向他以为我离开的方向目送我。他的身体探出窗子，两个女人只好当心地扶着他。他挥舞着手帕，兴高采烈地用一个小伙子才有的清亮嗓音喊道：'一路平安！'这是令人难忘的一幕：楼上的窗口，那张白发老人喜悦的脸，高高悬浮于大街上愁眉不展、疲于奔命的人群之上，它被一片仁慈虚幻的白云温柔地托举着，远离我们这令人作呕的现实世界——我不禁又想起那句古老的箴言——我想是歌德说的：'收藏的人是幸福的人。'"

谢谢您选择果麦图书

邀请您扫码 延伸阅读

《50：伟大的短篇小说们》

十篇精选英文原著

50：伟大的短篇小说们

果麦 _ 编

产品经理 _ 王宇晴　装帧设计 _ 刘洪斌　产品总监 _ 何娜　技术编辑 _ 白咏明
责任印制 _ 路军飞　出品人 _ 王誉

营销团队 _ 毛婷　石敏　郭敏

果麦
www.guomai.cn

以　微　小　的　力　量　推　动　文　明

图书在版编目（CIP）数据

50：伟大的短篇小说们 / 果麦编. —— 天津：天津人民出版社, 2017.12（2024.9重印）
ISBN 978-7-201-12691-3

Ⅰ.①5… Ⅱ.①果… Ⅲ.①短篇小说—小说集—世界 Ⅳ.①I14

中国版本图书馆CIP数据核字（2017）第288879号

50：伟大的短篇小说们
50：WEIDA DE DUANPIAN XIAOSHUO MEN

出　　版	天津人民出版社
出版人	刘锦泉
地　　址	天津市和平区西康路35号康岳大厦
邮政编码	300051
邮购电话	022-23332469
电子信箱	reader@tjrmcbs.com
责任编辑	霍小青
产品经理	王宇晴
装帧设计	刘洪斌
制版印刷	河北鹏润印刷有限公司
经　　销	新华书店
发　　行	果麦文化传媒股份有限公司
开　　本	890毫米×1280毫米　1/32
印　　张	15
印　　数	250,501-255,500
插　　页	2
字　　数	384千字
版次印次	2017年12月第1版　2024年9月第39次印刷
定　　价	50.00元

版权所有 侵权必究
图书如出现印装质量问题，请致电联系调换（021-64386496）